樽本　照雄

漢訳ホームズ論集

大阪経済大学研究叢書第52冊

汲　古　書　院

まえがき

清朝末期から中華民国初期にかけての中国において、コナン・ドイル作シャーロック・ホームズ物語がどのように受容されたか。これが本書の主題である。

ホームズとは、ことさらいうまでもなく英国作家ドイルが創作した人物だ。

ホームズ物語は、発表されるや世界中の読者をとりこにした。中国でも例外ではない。

清末民初に発表されたホームズ物語の漢訳は、おびただしい数にのぼった。作品によっては日本より早く、あるいは遅く、また、原作発表とほとんど同時に漢訳がでてくる。あまりに強烈な印象を残したから、探偵小説といえば当時はホームズ物語しか漢訳されなかったかのように記憶する人もまれにいる。

だが、私が大学で中国語を勉強しはじめた1966年以降は、様子が違う。中国で存在していた以前のホームズ熱は、まったく無視された。などと、知ったようなことを書いている、と自分で感じる。中国におけるホームズ熱もなにも、探偵小説が流行していたことなど、そのころはまるで知らなかった。当時の中国では、誰も、何もいわない。書かない。論文を発表しない。研究しない。

「文化大革命」時代の中国では、書籍そのものが出版されなかった。『毛主席語録』とごく少数を除いては、だ。ゆえに、私が著名な阿英『晩清小説史』を入手したのも、香港の影印本でだった。それも改訂版である（原本初版はのちに日本国内で購入して複数になった）。「翻訳は創作より多い［原文：翻訳多於創作］」といったのは阿英その人である。ところが、該書で紹介されるべきはずのホームズ物語は、ドイルの名前と一緒に抹殺されている。書かれていないことについては、知るよしもない。

今から思えば、1930年代にホームズ物語を無視する『晩清小説史』が出版されたその背後には、ホームズものの漢訳が氾濫していたのである。

中国においてホームズ物語がどのように消されていったのか。まず、研究方面から説明しよう。

つぎに、ホームズ物語が中国において受容された歴史をたどる。

中国人はドイルのホームズをどのように漢訳してきたのか。そのはじまりからのべる。翻訳情況をありのままに追跡する。概論ではこぼれてしまう部分に注目したい。ゆえに、原作英文と漢訳を詳細に比較対照することになる。これが、私の興味の中心にある。

本書は、中国で地中深くうずめられてしまったホームズ物語を、日本において発掘する試みである。

目　次

凡　　例

1　書名の角書、副題は、本書での初出のみ記し、以下は省略する。

2　旧暦は漢数字で、新暦はアラビア数字でしめす。

例：宣統二年九月十九日（1910.10.21）

ただし、引用文はこの限りではない。

3　記号は以下のとおり。

『　』雑誌、新聞、単行本（書名）、全集

「　」論文、雑誌掲載、あるいは単行本中の個別作品、作品名一般、叢書名

［　］　原文と翻訳文の区別がつきにくいばあい、使用することがある。また筆者の注

4　漢語文献に使用される記号は、そのままを引用する。ただし、簡化字は使わない。日本語漢字にかえる。

5　カッコ類は、引用文のなかでも原文のままである。例：「○○「○」○」とし、「○○『○』○」と書き換えない。

6　私の主な著書についての書誌は以下のとおり。注などにおいては書名だけをかかげ、くりかえさない。

『清末小説閑談』大阪経済大学研究叢書XI　法律文化社1983.9.20

『清末小説論集』大阪経済大学研究叢書第20冊　法律文化社1992.2.20

『清末小説探索』大阪経済大学研究叢書第34冊　法律文化社1998.9.20

『清末小説叢考』大阪経済大学研究叢書第45冊　汲古書院2003.7

『初期商務印書館研究（増補版）』清末小説研究会2004.5.1

『清末小説研究論』清末小説研究会2005.8.1　清末小説研究資料叢書 9

漢訳ホームズ論集

漢訳ホームズ研究小史

『大阪経大論集』第51巻第5号（通巻第259号2001.1.15）に掲載。原題「漢訳コナン・ドイル研究小史」。『漢訳ドイル作品論考1』（しょうそう文学研究所出版局2002.1.15）電字版に収録。「黄金骨」について文章を一部修正した。資料に関するご教示は、注に示している。

漢訳コナン・ドイル Arthur Conan Doyle 作品、特にホームズ物語を研究対象とした最初の本格的な論文が書かれたのは、中国ではなかった。中国では、探偵小説研究そのものの存在を許さない政治情況が長く続いたからだ。

では、本格的研究論文は、どこで発表されたのか。それは、1970年代の日本である。

中国におけるコナン・ドイル研究を見るためには、中国の研究だけに注目していては、全体がわからない。

日本における研究を視野に入れて、中国で行なわれたコナン・ドイルの翻訳研究の情況を、1920年代から現在まで見ていくことにする。

0　日本と中国

本来ならば、コナン・ドイルの作品、とりわけシャーロック・ホームズを含む翻訳探偵小説の本格研究は、中国でこそ最初に着手されるべきものであったろう。資料の蓄積からいっても、研究者層の厚みからいってもだ。なによりも自国の翻訳文学研究なのだから。しかし、中国で本格的なコナン・ドイル研究が始まったのは、日本よりもかなり後になる。中国の研究に、1978年の中村忠行論文に遅れること約20年間の空白が生じたのには、それなりの理由があった。

1　1940年代以前

ドイルのホームズ物語が、中国で最初に翻訳されたのは、1896年のことだった。清朝末期にあたる。

漢訳された事実はあるにしても、研究の面からいえば、それほど充実したものが発表されたわけではない。

もともと清末小説は、研究界では冷遇されていた。古典文学のシッポだったり、新文学のわずかなアタマだったり、その扱いは一定しておらず、いきおい無視される傾向に陥っていたのだ。ゆえに、外国作品の翻訳など、まず研究者の視野には入ってこない。はるか後の1980年代になってからも、翻訳文学は中国の文学ではない、と断言する研究者に私が出会ったりするのも無理もないことだ。

冷遇されていた清末小説研究のなかでも、特に手薄な分野が翻訳小説であり、もっと無視されていたのは、ほかならぬ探偵小説だった。

范烟橋のばあい（1）

翻訳探偵小説について、中国小説史でまったく触れられなかったというわけでもない。まれに言及するものもあった。

たとえば、范烟橋『中国小説史』（蘇州・秋葉社1927.12）がある。

中国小説の誕生から、清末をへて1920年代までを記述する本書において、大衆小説にまで目配りができていて貴重な小説史となっている。

「外国小説の中国への流入は、愛情ものが最も多く、その次は探偵であった」と書きはじめ、ホームズ、ニック・カーター、ディック・ドノバン、ウイリアム・ル・キューなどの名前をあげる。作中人物と著者名を混在させているのだが、それに違和感はないらしい。さらに、程小青が霍桑物語を作ったのは、コナン・ドイルのホームズ物語にならったものだとか、雑誌『偵探世界』を主編して中国で翻訳されたホームズ物語をあつめて編集したなどとも紹介している(301-304頁)。詳しくはないが、同時代者としての記録として、見る価値のあるものだ。

范烟橋の小説史には、1960年代に書かれたものがある(後述)。

阿英のばあい

あの著名な阿英は、『晩清小説史』(〈上海・商務印書館1937.5〉/[北京・作家出版社1955.8])において翻訳探偵小説について、つぎのように説明している。阿英は、改訂するにあたり初版の〈 〉部分を削除し[ ]部分を追加した。

> 後期にいたり探偵小説は、なぜ中国において台頭し流行することになったのであろうか。その主な原因は、[資本主義が中国において台頭し]探偵小説が、中国の裁判および武侠小説と多くの脈絡の通じる箇所があり、〈同時に、末世にある人民の悪を振り捨てる心理に迎合したからである〉。まず一二種の試訳が出て読者を得ると、嵐のような勢いでお互いに呼応しはじめ、後期の翻訳探偵の世界をつくりだしたのだった。呉趼人と協力していた周桂笙(新庵)は、この種の翻訳の腕利きであるが、当時の翻訳家で探偵小説と関係のないものは、後にはまったくいなかったといってもよかった。もしも、当時の翻訳小説が千種あるとすれば、翻訳探偵は、五百部以上を占めたはずだ。発展の結果、譴責小説と合流して後の「黒幕小説」の勃興となる。「黒幕小説」の来源は、「譴責小説」の単純な影響では決してないのである。(初版282-283頁、改定版186頁)

阿英『晩清小説史』は、以前はほとんど唯一の清末小説史だったから、後の研究者に多大な影響を与えた。清朝末期における探偵小説流行を説明するとき、阿英の上記部分を引用する研究書も多い。いかに多くの探偵小説が翻訳されたか、翻訳が千種あればその半分以上は探偵小説だ、と阿英の言葉を繰り返すのである。

だが、阿英の記述が奇妙なものであることに、読者の誰もが、すぐに気づく。翻訳のうちの半数以上が探偵小説だといっているにもかかわらず、具体的な書名も著者名もなにひとつ、誰ひとりとしてここには掲げられていないからだ。コナン・ドイルもシャーロック・ホームズもいない。これほど具体例を欠いた文学史があるであろうか。

実際は、多くの読者に歓迎され、多数の翻訳、創作がなされていた探偵小説ではあった。しかし、文学史には言及されることが少ない、あるいは具体性を欠いた記述しかない、という乖離情況が生まれている。その象徴として、この阿英『晩清小説史』（ことに翻訳探偵小説部分）を見ることもできよう。文学史の筆者の方に問題があったということが可能だ。

評論、文学史において、翻訳探偵小説については、積極的に無視する、言及しない、というのであれば、まだしも作品そのものが生き延びる余地はあったはずだ。

だが、政治情勢が、それを許さなかった。無視するどころか、積極的に批判を始めるにいたるのである。中華人民共和国が成立してのち、1960年になってからあらわになる。

2　1960年――ふたつの文学史

1960年、北京と上海のふたつの都市においてほぼ同時に文学史が出版された。無視から弾圧へ、または研究受難がここからはじまる。

上海の復旦大学中文系の編著になる『中国近代文学史稿』（1960）は、表題に「近代」をもちいた当時としては珍しい文学史だ。「近代」に的をしぼっただけに探偵小説についての比較的詳しい記述がある。

> この時期（注：1905-1911）の翻訳文学には、多くの有害な作品も出現した。探偵小説と恋愛（言情）小説の数量は、当時の翻訳小説の約半分を占めており、さらにいわゆる「冒険」「侠客（侠情）」「幻想（神怪）」小説を

くわえて一世を風靡するなど反動の逆流を形成したのである。それらの込み入って突飛なプロットは、読者を迷わせた。当時、最も広範に流行した翻訳探偵小説には、英国コナン・ドイルの「ホームズ探偵事件　福爾摩斯探案」があり、フランスはモーリス・ルブランの「アルセーヌ・リュパン」などがある。コナン・ドイルの探偵小説は、世界各国にひろく伝わり、中国では、彼の作品の重訳本、抄訳本、選訳本が書店にあふれた。『福爾摩斯偵探案』『福爾摩斯偵探第一案』『福爾摩斯最後之奇《ママ》案』『福爾摩斯再生案』『新訳包探案』『歇洛克奇案開場』などのほかに、『恐怖窟』『紅髪案』などなど数十種にのぼった。……／探偵小説は、資本主義制度の産物であって、その内容はすべてが、窃盗殺人事件が当局あるいは私立探偵の複雑な調査を経て、ついには事件の内容が明らかにされて犯人が罪を認めるというものである。「これはまさに資産階級の文学である。その主要な英雄はペテン師、窃盗犯であって、つぎは探偵、最後はまた窃盗犯で、上流の窃盗犯にすぎないのである」（『ゴーリキー文学を論ずる』）。結局のところ、それは「私有財産は神聖にして侵犯してはならない」という資本主義のために奉仕するものなのだ。／中国資本主義の発展は、これらの小説の訳本が社会に入り込むことができる基礎を形成した。ゆえに、当時、探偵小説の訳本が書店に充満し、全国に害毒を流したのである。(281-282頁) [1)]

探偵小説は「有害な作品」で「反動の逆流を形成し」「資産階級の文学」だ、と決めつけるのだ。それだけではまだ不十分であると考えたのか、「資本主義のために奉仕する」ときては、当時の評価としては最大級の批判をあびせたと理解せざるをえない。かさねて「害毒を流した」と書かれて致命的な一撃となる。

政治第一を前面に押し出し、否定的結論が先行したこういう文章が、公式見解として表明されている。

あげられた書名を見てみよう。「福爾摩斯偵探第一案」と「歇洛克奇案開場」は、あたかも別作品のように書かれているが、実は同一作品「緋色の研究」であって翻訳書名が異なっているだけにすぎない。「恐怖の谷」と「赤髪連盟」は単独作品だが、それ以外は作品集の名前を掲げて記述が一貫していない。さらに「福爾摩斯最後之奇案」は、いかにもドイルの作品に見えるかもしれないが、実はそうではない。贋作ホームズ物語なのだ。

以上のように細かく見ていけば、必ずしも正確な知識をもってドイルの翻訳小説を批判しているわけではないことがわかる。批判されるべき小説を研究することは、「資本主義のために奉仕する」のと同意味だと短絡する社会においては、正確な知識を得る努力をする必要はないのだから、当然の結果であるといえよう。

研究と実生活が分離不可能であった当時の情況を考慮すれば、以上の評価は、探偵小説の研究を禁止したことを意味する。否定されるべき探偵小説を研究する専門家は、その個人の政治性が問われることになる。探偵小説を研究する、あるいは論じる文章を発表でもすれば、その研究者の政治立場が反動であることの証拠とされるのだ。

私がそう考えているわけではない。この文学史が出版され流通した1960年代、中国の研究界では周知の事実であった。

北京大学中文系『中国小説史稿』（1960）の翻訳探偵小説に関する評価も、復旦大学とほぼ同じである。文章自体の言葉数は少ない。概略だからこそ、編者の主張があからさまに出てくる。

> 「鴛鴦蝴蝶」派のなかの何人かは西洋小説の翻訳に従事しており、当時の文壇に少なくない影響をおよぼした。当時の刊行物において、短篇の翻訳小説は重要な地位を占めていたが、内容にはないものはなく、選択もしていなかった。周痩鵑のように比較的有意義な作品を翻訳しているものもいる（彼の『欧美小説訳叢《ママ》』は魯迅の賛美を受けたことがある）。しかし、趣味を追求して、当時最も多かった翻訳は、やはり愛情物語あるいは冒険探偵事件の小説であった。／……「鴛鴦蝴蝶派」の当時における影響は、悪いものであった。特に、知識青年は、その悪風に染まり害毒を受けた。五四

以後、文学研究会などを代表とする革命文学は、致命的な打撃を加え、30年代になってようやくそれらは消滅したのであった。(580-581頁)[2)]

革命文学派から見れば、探偵小説を含んだ「鴛鴦蝴蝶派」は、打倒の対象としてしか存在していない。このわずかな部分から、明確に理解できるだろう。

探偵小説などは、革命文学派の敵である。革命文学派が正義であり、正統だと認識される情況において、その敵と断定された探偵小説を研究する研究者がいるであろうか。もしいるとすれば、中国ではその研究者は、文字通りの意味において身の破滅を味わうことになる。

以上が、中国の研究界で、長期間にわたって探偵小説が研究されなかった理由である。

3　1960年代

范烟橋のばあい（2）

北と南から探偵小説批判の大嵐が吹き荒れ始めたころ、研究者用（だと私は想像するのだが）として魏紹昌編『鴛鴦蝴蝶派研究資料』（史料部分1962）[3)]が出版される。日本で影印本が出版されるくらいだから、原物は日本に輸入されなかったのかもしれない。それだけ印刷部数が少なかったのか（版権ページには2,500冊とある）、あるいは別の理由があったのか。

1920年代に発表された范烟橋『中国小説史』の民国部分を大幅に改稿したのが、該資料集に収録された范烟橋「民国旧派小説史略」だ。編者の説明によると、范烟橋が該資料集のために旧作を書きあらためたものという。

五四運動以後、新文学あるいは革命文学が最大の攻撃目標としたのが、鴛鴦蝴蝶派、民国旧派などとよばれる大衆文学であった。范烟橋の文章は、攻撃される側から見た小説史略であるところにその特徴がある。

その内容は、言情、社会、歴史、伝奇、武侠、翻訳、偵探、短篇、団体などについて述べるものだ。

「翻訳小説」のなかでホームズ、リュパンに言及し、「偵探小説」で中国人作家の創造した探偵小説を紹介する。

> 翻訳小説の中で、外国の探偵小説の翻訳は、相当重要な位置を占めていた。ひとつには、それが込み入って引き締まった筋と主要人物の機知と冒険行為によるものであり、中国の武侠小説と同工異曲ということができ、さらには構成の巧妙さがあって、読者は深く夢中になったのだ。翻訳の種類からすれば、はじめはそれほど多くはなかったが、発行数は驚くべきものがあった。ふたつには、外国小説の翻訳の仕事は、新文藝が勃興して以後は、徐々に旧派から新派の訳者の手に移っていったが、しかし探偵小説は、文言で翻訳された「ホームズ探偵物語　福爾摩斯探案」からはじまって、それ以後の多くの長短篇探偵小説の翻訳と掲載は、すべて旧派小説の著訳者および彼らの主宰する刊行物が掌握していたのである。(328頁)

いってみれば、五四時期以降は、清末からつづいている大衆小説派と新興の新文学派のふたつに別れていたということだ。新文学派は、自らの存在価値を広く知らしめるためにも旧来の存在である大衆小説を目の敵にした。一方、大衆小説派は、反論らしいこともせず、せっせと翻訳と創作の探偵小説を生産し続ける。

范烟橋は、ホームズ物語を紹介してつぎのように書く。

> 探偵小説は、清末にはすでに翻訳があり、最初の「ホームズ物語」は、『新小説』創刊号に掲載された。コナン・ドイルは、この物語集で探偵ホームズと書記のワトスンの形象を作りあげ、人物情景の描写は細かく、構造も巧みで一定の文学価値をそなえている。(329頁)

ここでいう『新小説』は、『時務報』の誤りだ。両誌ともに梁啓超が関係しているから、范烟橋は勘違いをしたのだろう。范烟橋はつづけて『福爾摩斯偵探案全集』12冊（中華書局1916）で全60件ある事件のうちの44件（文言）を収録すること、それが日本との抗戦以前には20版を数えていたこと、『福爾摩斯新探案全集』４冊（大東書局1925）、『福爾摩斯探案全集』（世界書局1927。白話）などが出版されたと解説する。

范烟橋は、ホームズ物語が事実として読者に歓迎されていたことを述べる。ここには、批判する意図は、当然ながらない。

だが、事実を事実として冷静に書くことも許されない時代の到来を、北京と上海のふたつの文学史が予告していた。こうして研究の空白10年間――「文化大革命」が発動される。

4　1970年代

日本――中村忠行のばあい

中国において発動された「文革」に、日本で強く影響を受けた分野のひとつは、近現代中国文学研究だった。

中国で行なわれない研究は、日本でもタブー視に近い扱いを受けた。清末小説研究が、それに当たる。

そんな風潮にさからって創刊されたのが研究専門誌『清末小説研究』（1977創刊。のち改題して『清末小説』）である。中村の「清末探偵小説史稿」は、該誌第２号から連載がはじまる（『清末小説研究』第２-４号1978.10.31-1980.12.1）。

それまで日本にも、中国の漢訳ホームズ物語に言及する文章がなかったわけではない。一応、清末から民国初期にかけてホームズ物語が中国読者を魅了したことは文学史上の常識にはなっている。

だが、ホームズ物語の流行が強調されるあまり、それ以外の外国探偵小説が翻訳された事実は、軽視される傾向にあった。すると、当時の中国ではホームズ物語のみが流行した、と短絡して解釈する人も日本にでてくる。

そういう中で、中村論文は、従来よく見られた中国の研究をそのまま受け売りにした論文群とは一線を画した、まさに屹立した存在として出現した。

漢訳作品を収集しながら、それぞれの原作を特定するという気の遠くなる作業をつづけ、中国における翻訳探偵小説の流れを詳細にあとづけた。

論文全体の構成を紹介しておく。

1．コナン・ドイルの紹介（第2号）
2．その他の英・米作家と作品――アーサー・モリスン、林訳に見る探偵小説、ボドキンとオルツィ、オップンハイム、アレン・アップワード、ブースビィ、ニック・カーター物、ヒューム、ドノバン、デラノイ、リンチ、ル・キュー、ハウズなど、ポウ（第3号）
3．大陸の作家と作品――ガボリオー、デュ・ボアゴベイ、ルブラン、ルルー
4．日本訳から重訳された作品――徳冨蘆花、黒岩涙香ほか（以上第4号）

一見して、中国の翻訳探偵小説の多様さが理解できる。そればかりではない。書影を示しながらそれぞれの作品の原作を明らかにし、どのように中国で紹介されたのかが丁寧に書かれている。まことに目をみはるばかりの内容になっている。

論文の冒頭を飾ったのがコナン・ドイルのホームズ物語研究である。

中村論文の特徴1は、前述のごとく原作を明らかにしながら漢訳を紹介していることだ。それまで一部分は明らかにはされていたが、これほどまで全面的に示されたことはなかった。

特徴2は、日本におけるドイルの紹介と対比させている。ややもすれば、中国のみの漢訳紹介に陥るのが、しかたがないといえばそうなのだが、ひとつの傾向であった。考えてみれば、それも当たり前で、中国の研究者が日本の翻訳ホームズ物語を研究するとも思えない。日本文学の素養があればこそ、中国と日本の翻訳情況を対比することができる。

対比の例をあげれば、中村は、『時務報』6-9冊（1896）掲載のホームズ物語が中国最初のドイルの翻訳小説であることを述べ、日本の水田南陽が「不思

議の探偵」と題して「シャーロック・ホームズの冒険」のほとんどを『中央新聞』(1899)に訳載したことをいう。

単純に引き算すれば、中国の方が日本に先んずること3年も前に翻訳していることになる。のちの中国の研究者の多くは、この部分に注目し、そのままに記述することが多い。(ただし、これは後の調査で正しくないことが判明する)

特徴3は、英語原文と漢訳を引用比較しながら、漢訳の達成程度を判定する。

特徴4は、基本的に年代を追って漢訳された作品にそって記述する。論文の題目となっている「史稿」の理由である。

それまで中国のみならず世界で、これほど詳細に清末の翻訳探偵小説について論じた論文はなかった。

では、なぜ中村にできて、ほかの研究者には書くことのできなかった種類の論文なのであろうか。

ひとつの理由は、中村が、日本文学を専攻していたからだ。

その研究の出発点が、「中国文芸に及ぼせる日本文芸の影響」1-5(『台大文学』7巻4号-8巻5号1942.12.31-1944.11.5)であったことを見れば、容易に想像ができるだろう。日本文学において、明治時期の翻訳小説研究は、原文と日本語訳を対象にして精密に行なわれて来た。中村は、その方法を、清末民初の漢訳小説に応用し、すでにいくつもの成果を世に出している。

もうひとつの理由は、日本における中国文学研究の偏りにあったろう。

私の体験からいえば、私の学生時代がちょうど中国の「文化大革命」時期に当たっていたから特にそうだったのだろうが、中国の探偵小説に注目する中国文学専門の研究者は、ほとんどいなかった。そればかりか清末小説そのものにも関心は払われなかったのだ。理由は簡単で、中国で批判されたことのある分野を、あえて研究対象にする研究者はいなかっただけのこと。それほどに中国の研究動向に注目していたのが、日本の学界というものであった。

中村論文は、中国学界の注目を集めた。

徐允平「日本近年中国古典研究述略」(『文学評論』1981年第5期1981.9.15)、林岗「日本研究中国近代(清末)文学述略」(『中国近代文学研究』第1輯1983.11)、

魏仲佑「清末小説的研究在日本」（台湾『漢学論文集』第３輯晩清小説討論会専号1984.12）らの論文名をかかげるだけで十分だろう。

それればかりか、論文の無断漢訳まで出現するのである。

台湾で刊行された大型叢書「晩清小説大系」の『黒蛇奇談』（台湾・広雅出版有限公司1984.3）の巻にその事実がある。ところが、奇妙なことに、この漢訳には、論文名、著訳者名、掲載誌ともに書かれていない。どう見ても、該叢書関係者が書き下ろした探偵小説史稿にしか見えないようになっている。

私は、複写を中村氏へおくった。別の文章[4)]を読むと、中村自身、「清末探偵小説史稿」が中国で翻訳されることを確信していたという（台湾までは予想がつかなかったのだろう）。漢訳の申し出があれば、原稿に補訂したものを提供しただろうともある。無断翻訳であったのにご立腹の様子であった。

中村論文の研究成果は、清末小説研究会編『清末民初小説目録』（中国文芸研究会1988.3.1）、樽本照雄編『新編清末民初小説目録』（清末小説研究会1997.10.10）に全面的に採りいれてある。

中国——研究の復活、または新たなはじまり

反右派闘争（1957）から10年間の「文化大革命」（1966-1976）をへて、改革開放政策（1978）が実行されても、研究者の意識は、すぐには解放されなかった。空白の時間が、あまりにも長すぎた。研究者のこうむった被害もそれだけ大きかったと想像される。それでも周囲の情況をながめながら、徐々にではあるが研究が復活していく。

それまでタブーであった探偵小説研究に新しい動きが見られたのは、私の知るかぎり、翻訳では『福爾摩斯探案集』全５冊の発行と、創作関係では范伯群による資料収集とその整理出版である。

『福爾摩斯探案集』全５冊

Ａ・柯南道爾著、丁鍾華、袁棣華等『福爾摩斯探案集』全５冊（北京・群衆出版社1979.2/1981.3北京第４次印刷-1981.5）には、ホームズ物語60篇がすべて収録

されている。

時期的に見れば「文革」直後といってもいい出版である。

実は、1957年から1958年年にかけて、『巴斯克維爾的猟犬 The Hound of the Baskervilles』『四簽名 The Sign of Four』『血字的研究 A Study in Scarlet』などが群衆出版社から出版されていた。それまで発行できなかった原稿が、ようやく日の目を見たということだろう。

序文として書かれた王逢振「柯南道爾与福爾摩斯」5) では、コナン・ドイルとホームズ物語の一般的な紹介しかなされない。該翻訳がどのように成立したのか、「文革」前に出版されたのかどうか、具体的な説明はない。さらには、中国におけるホームズ物語受容の歴史について一言の解説もないのだ。解説よりも、読者にはホームズ物語の実物に触れてもらいたいという意図であるのだろう。

5　1980年代

前述、徐允平、林崗、魏仲佑らによって、日本における清末小説研究の進捗情況、中村の探偵小説研究のすぐれていることが指摘されはした。しかし、その情報は、ごく限られた研究者だけにしか届かなかったらしく、中国での探偵小説研究が始動するまでには、さらに時間が必要だった。

たとえば、馬祖毅『中国翻訳簡史——“五四”運動以前部分』(北京・中国対外翻訳出版公司1984.7) では、コナン・ドイルには4行、その他の探偵小説に5行分の字数を割いているにすぎない。補足していえば、これから15年後には、同氏の『中国翻訳史』上巻 (漢口・湖北教育出版社1999.9) が出版され、以前の全体で9行の記述が、4ページ近くまでふくらんでいる。著者と作品名を具体的に掲げた分、記述が増えたわけだ。贋ホームズ物語の「深浅印」を混入させたり、「福爾摩斯偵探第一案」を「福爾摩斯第一偵探案」と誤記したりする箇所はあるにしても、充実したといえば、そうだ。

范伯群のばあい

范伯群の資料収集と整理出版は、中国人の手になる創作探偵小説で有名な程小青と孫了紅の作品を含んで鴛鴦蝴蝶派の作品群を選集のかたちにして実現された[6)]。

資料収集は地味で、その整理出版には忍耐を要求される。范伯群が長期間にわたってその仕事に従事したのには、大きな目的があったからだ。それまで全面的に否定されていた鴛鴦蝴蝶派に代表される大衆文学を、本来あるべき正統の場所に位置付けをしなおすという大仕事のためである。これは、のちの『中国近現代通俗文学史』（2000.4）に結実することになる。

陳平原のばあい

中国人作家の手になる創作探偵小説の復権は、作品集の出版によってその第一歩が実現された。

一方で、「文革」後の新しい世代による新しい清末民初小説史が出現する。

陳平原『中国小説叙事模式的転変』（上海人民出版社1988.3）[7)]は、古代小説から近代小説への過渡期に生じた叙事モデルの転変に注目する。変化する小説全体の流れを把握しようとする、その巨視的研究姿勢は、それ以前の中国に見られなかった種類のものだ。従来とは異なる発想から執筆されており、大いに注目された。

その主旨は、20世紀初頭、輸入された西洋小説の影響を受けて、中国小説は、叙事の時間、角度、構造に変化を生じたとする。

陳平原の該書について、指摘しなければならないのは、確かな資料に基づいて書かれているということだ。当たり前だと思われるかもしれないが、1960年に出版されたあの２種類の文学史、小説史が、あらかじめ評価の結論を定めたのちにそれぞれの部分を執筆したような印象を与えるのとは、根本的に異なっているといいたい。

それを可能にしたのが、資料の収集整理だ。それは、陳平原、夏暁虹編『二十世紀中国小説理論資料』第１巻（1897年-1916年）（北京大学出版社1989.3）を手にとれば理解できるだろう。
探偵小説に関連する部分に注目したい。
当時の資料を丹念にさぐっていった陳平原は、「“新小説”家および読者にとって最も魅力を感じたものは、実は政治小説ではなく、探偵小説であった」(296頁) 事実を明らかにする。また、翻訳探偵小説に関心をよせた作家として、周桂笙、徐念慈、林紓、包天笑、周瘦鵑および呉趼人、劉鉄雲らの名前をあげてもいる。
清末の文壇で最も人気があった外国小説の人物は、ひとりはホームズであり、もうひとりは椿姫 (マルゴット) であった (301頁)。
それほど人々に知られていたホームズ物語だが、陳平原は、ホームズ物語そのものに関してはそれ以上に深い探求はしていない。それは当然である。執筆の主旨が違うところにあるからだ。
陳平原は、本書において翻訳探偵小説が当時の作家におよぼした影響の大きさを指摘した。それまでの探偵小説軽視ないし無視の情況を一変させた点でも、重要なのだ。
同じく、陳平原『二十世紀中国小説史』第1巻 (1897年-1916年) (北京大学出版社1989.12) [8] がある。
清末民初の20年間に発表された小説の実態とその変化について、資料に基づいて把握するという執筆者の動的な視点が、ここにもある。
該書は、探偵小説に言及して、次のようにいう。「晩清の理論界は、外国の政治小説、科学小説、探偵小説を主要な翻訳紹介対象とするように主張したが、実際には探偵小説の数量が、その他の2種類を遙かに超えた。理論上は、前2者についてさらに声高に主張すれば、社会を改良する意図を実現することができると考えたらしいが、しかし、探偵小説の込み入っておもしろい筋は、広範な中国の読者をとりこにしてしまい、よびかけるまでもなく絶え間なく翻訳紹介されたのだ」「外国小説が、本当に局面を打開し、最終的に中国において根付き花を咲かせたのは、いくらかは探偵小説の魅力にその手柄があることを認めなければならない」「「物語」を読むという角度からは、晩清の翻訳家はコナ

ン・ドイルを選択し、ヴォルテール、ディズレイリを棄てたのだ」(63頁)

ここでも前作同様に探偵小説の価値を率直に認める。陳平原の小説史は、その後の翻訳探偵小説研究の方向を示したということができよう。

その後の研究の方向は定まったとはいえ、共通の認識にまでなるのには時間がかかる。翻訳探偵小説を否定する態度を抜け切れない文章も発表される混乱情況が出現するのもやむをえない。ましてや、個々の翻訳探偵小説にまで立ち入って筆をのばそうとすれば、それなりの手間と暇がかかる。

6　1980年代末——混乱状態

たとえば、陳平原の著書が発行された同じ時期の文学史である任訪秋主編『中国近代文学史』(開封・河南大学出版社1988.11)を見れば、研究の基本方針が変更される前の微妙な情況を知ることができる。

すなわち、近代翻訳文学を概観するなかで、「小説翻訳の領域では、ふたつのブームが出現した。ひとつは虚無党ブームであり、もうひとつは探偵小説ブームである。一時、洛陽の紙価を高め、大部分の定期刊行物雑誌にあふれかえった。代表的翻訳家は、陳冷血と周桂笙である。その原因を考えると、まずは虚無党は帝制を覆すことを主張して暗殺を実行したから、中国資産階級革命派が暴力革命を主張するのと多くの部分が合致したからだった。また探偵小説の台頭は、主に市民階層の需要に適合したためだ。中国の公案、武侠小説とあい通ずるところがあるが、新しい見解がたくさんあって、だからこそ多くの読者から歓迎された。この2種類の小説については、毀誉は一致していないが、それらは創作技法上は確かに中国の作家に有意義な手本を提供したのである」(468頁)と中国語原文ではわずかに8行ですましている。

具体的な書名は、なにひとつとして掲げられていないのが不可解である。それを書き留めることに躊躇を覚えたからこその記述であろう。これは私の深読みであって、あるいは、単に原本などの資料が手元になかった可能性もある。だが、私にいわせれば、政治的な評価が定まらないうちに、独自の見解を打ち出すことのできない情況があったのではないかと思わせるに十分な書き方だ。

たとえば、王祖献、裔耀華「"訳籍東来、学術西化"——論外国小説対清末民初小説的思想影響」(復旦大学中文系近代文学研究室編『中国近代文学研究』第1期1991.10)がある。論文集に収録された論文で、初出を知らない。該論文集は1991年の発行だが、収録論文の中にはずいぶん前に公表されたものもあり、王祖献等論文もたぶん1980年代に書かれたものだろう。

翻訳探偵小説を、「誤った創作傾向に導くもの」のなかに分類する。また、あのゴーリキーの言葉を引用して探偵小説の価値を低く置いているところを見れば、まるで1960年に舞い戻ったかのような印象を受ける。

裴效維その他のばあい

翻訳探偵小説に光を当てた研究者では、裴效維も早い部類にはいる。

「探偵小説は、中国人が目を見開いた後、目にし、かつ学んだ外国の新しい小説であった」とその積極面を強調し、受容と創作の歴史を紹介する。シャーロック・ホームズ物語の成立を簡潔に述べた後、中国に翻訳紹介されたホームズ物語の最初が時務報館翻訳の『新訳包探案』(上海・素隠書屋1899)であったこと、中国の読者の大歓迎を受けたことをいう。さらに辛亥革命後は創作探偵小説が増加しブームとなり、中国における小説繁栄に少なくない貢献をしたとも書くのだ。

> 非常に奇妙なのは、新中国が打ちたてられたあと、我が国の探偵小説はなんと「歴史のゴミ」だとみなされ、実際上の禁書になったのである。広範な読者とは完全に絶縁し、また文学研究領域の立入禁止地区となったのだ。さらに奇妙なのは、我が国の探偵小説がほしいままに悪運にあうと同時に、外国の探偵小説はかえって流通することができたことだ。その結果、異常な現象が生まれた。すなわち、「ホームズ探偵事件」は、我が国では誰でも知っているにもかかわらず、一般の読者は自分たちの探偵小説についてはかえって何も知らない。もっとも滑稽なのは、このような異常な現

象は、おどろくことに民族虚無主義を批判し、愛国主義を高らかにうたったあの年代に発生したのである。人々は問わずにはいられない：外国の探偵小説がいわゆる「香り高い花」であって、我が国の探偵小説はすべてが「毒草」なのだろうか、と。答えは、否だ。外国の探偵小説は、中国の探偵小説が手本としたものであって、両者は本質上の違いはまったくないからである。ここに極左思潮の影響があるばかりでなく、底に潜んだ民族虚無主義が災いしたことを見ることができる。（281頁）[9]

ここに述べられている研究の基本方針は、当時の政治趨勢が変化したことを反映していると考えられる。立入禁止は解除されたということだ。

1980年代末に、探偵小説をめぐる評価に方向転換があった。方向転換に気づかず従来通りに負の評価を引きずるもの、新しく正の評価を打ち出すものが混在したのがこの時期だ。

一種の混乱状態だから、禁止解除を前面に謳う論文も発表されるし、一方で旧来の否定的立場を堅持する論文がでたりする。だから、ただちに研究成果の公表になったかといえば、それほど簡単ではない。くりかえすが、翻訳探偵小説研究には、時間がかかる。

翻訳探偵小説研究には、原作を明らかにしながら論じていくというひと手間もふた手間もかかる部分があることを知れば、十分だろう。それだけに、正面から研究に着手する人はなかなか出てこない。

袁健、鄭栄編著『晩清小説研究概説』（天津教育出版社1989.7）は、阿英の例の「翻訳小説は、総数の３分の２を占めていた」という言葉を引用する。これが根拠の薄いものであることに気づいていないのは、しかたがない。考えようにもそれを検討する手段と資料を持っていないからだ。

翻訳小説が多数出版されているにもかかわらず「建国前のこのように繁栄した翻訳小説とその訳者についての研究は、十分には重視されなかったし、論文も比較的少ない」と過去を回顧するよりほかにない。だが、過去と同じ情況が、新中国になっても続いていたことは以上に見てきたとおりだ。いくら評論文において、資料が不足している、力を入れるべき研究分野だ、と旗を振ったとしても、ただの旗振りで他人に努力を押しつけたままで研究が進むわけもない。気がついているのなら、気がついている研究者自身が着手しなければならないことに気づくべきなのだ。

鴛鴦蝴蝶派を論ずる著作には、当然ながら探偵小説に触れるものがある。探偵小説に言及しないほうがおかしいのだから、触れるだけの文章ならば、さがせばいくらでもあるだろう。ここでは、ふたつだけ紹介しておく。

魏紹昌『我看鴛鴦蝴蝶派』(香港・中華書局1990.8／台湾・商務印書館1992.8)の「偵探小説」では翻訳ホームズ物語を列挙するくらい。

袁進『鴛鴦蝴蝶派』(上海書店1994.8)も翻訳ホームズ物語と中国人作家の創作探偵小説に触れる。

もうひとつ『中国近代文学大系』第11集第26巻翻訳文学集1(上海書店1990.10)には、主編・施蟄存の「導論」があり、探偵小説にもちらりと言及している。それだけ。

7　1990年代

漢訳ホームズ物語は、文字通り翻訳である。その専門知識がない研究者が、へたに言及すると間違いをおかしやすい。

黄岩柏『中国公案小説史』(瀋陽・遼寧人民出版社1991.5)は、末尾においてかろうじて「福爾摩斯探案」を提出する。ただし、その最初の漢訳は、梁啓超が1902年に創刊した東京の『新小説』第1期に掲載されたと書いてしまう(280頁)。すでに紹介した范烟橋の誤りを踏襲したことが明らかだ。雑誌で確認すればすぐに分ることなのだが、手間をかけることを惜しんだ。

鄒振環のばあい

鄒振環『影響中国近代社会的一百種訳作』(北京・中国対外翻訳出版公司1996.1)は、近代中国で翻訳された書籍について100項目にわたってメモ風に書かれた文章だ。その中のひとつにホームズ物語に言及する項目がある（「風靡一時的《福爾摩斯偵探案全集》」248-253頁）。

ホームズ物語が中国に紹介された最初は、『時務報』第６冊であった、からに始まり、陸続と翻訳された書名を列挙する。清末では、孫宝瑄、周桂笙、林紓など、民国では、鄭振鐸、魯迅、劉半農、程小青などの同時代人の感想を引用して、探偵小説についての受け取り方を紹介し、短文ながら行き届いている。中村論文に触れているところにも時代の変化を感じる。参考資料のひとつに日本人の論文をあげるなど、以前には見られなかった。（もっとも、以前には参考にする日本人の論文がなかったという事情もあろうが）

短文だからドイルの原作を明記する余裕はなかったのも理解できる。ただ、贋作ホームズ物語である「深浅印」を混入させるのは間違いだ。同じく「黄金胄《ママ》」（「黄金骨」が正しい）も贋作にほかならない。鄒振環は、調査のために中国各地の図書館を訪問したと書いている。「深浅印」「黄金骨」は、それでも見ることのできない作品のなかのひとつだったのだろうか。

また、前出阿英の『晩清小説史』から引用して「当時の翻訳小説が千種あって、翻訳探偵は、五百部以上を占めた」と書く。原文の「もしも　如果説」を省略するから、実際に翻訳探偵小説が500部以上あったように読める。引用が不正確だといわなくてはならない。

小さな誤記はあるにしても、学界の探偵小説に対する評価が低いことに触れているのは注目すべきだろう。

「ホームズ物語は、近代中国においてずっと最も売れ行きのよかった外国小説のひとつだったにもかかわらず、文壇学界は、これについてそれほど重視するということはなかったようだし、ひどいのになると遠回しの批判であったりする」（251頁）。林琴南が、ホームズ物語のような２３流に属している無価値な本を翻訳している、との鄭振鐸の言葉、また、探偵物語などは、酒と満腹のあとでふくれた身体の痒いところをちょっと掻くだけのことしかできなかった、という魯迅の語句を取り出してその証拠とする。

鄒振環が、探偵小説が学界で冷遇されていることを冷静に判断することができたのは、理由があるだろう。ひとつには研究情況の変化であり、もうひとつは、中国各地の図書館を実際に訪問しての書籍調査に従事した経験を持っているからだ。図書カードをめくって原物を手に取っているからこそ、探偵小説の翻訳がいかに多く出版されていたかを理解することができた。それまでの文学史の記述には、書かれていないことなのだ。探偵小説が無視されていた事実に気づいたといえる。

孔慧怡のばあい

ホームズ物語を主として論じたのが香港の孔慧怡 Eva Hung である。専論としては、中村論文以来、はじめてのことだろう。

その「以通俗小説為教化工具：福爾摩斯在中国（1896-1916）」（『清末小説』第19号1996.12.1）は、中国ではホームズ物語が教化のために使われたことをいう。翻訳者が、清末社会の教育の需要に応えなければならないと考えたため、あるいは、西洋文化と中国文化の違いを考慮したため、原作に勝手な削除などを加えたことを立証する。

孔論文は、それまでの単に書名を列挙する研究水準を、簡単に超えている。中国においてホームズ物語がどのように受容されたか、を実証的に論じている点で、すぐれたものとなっている。

1996年、香港中文大学で「翻訳と創作」を主題とする国際学会が開催され、私も参加した。その時の研究発表を1冊にまとめたのが、“TRANSLATION AND CREATION：readings of literature in early modern China, 1840-1918”（David Pollard（ed.）, John Benjamins Publishing Company, Amsterdam/Philadelphia, 1998）だ。

孔慧怡の“Giving Texts a Context: Chinese Translations of Classical English Detective Stories 1896-1916”は、のちに中国語でも刊行された。「還以背景、還以公道——論清末民初英語偵探小説中訳」（王宏志編『翻訳与創作——中国近代翻訳小説論』北京大学出版社2000.3／『通俗文学評論』1996年第4期未見）がそうだ。

英文、中国とも同内容だから、今、中国語にもとづいて紹介する。

孔論文は、大きく分けて「背景」と「訳文」およびシャーロック・ホームズ物語漢訳一覧によって構成されている。前の論文がホームズに焦点をしぼっていたのから、漢訳探偵小説にワクを広げたところに発展がある。

「背景」では、清末当時において、創作および翻訳小説の原動力は、非文学的なもので、知識の伝播と文化の輸入のためだけだったことが述べられる。探偵小説が好まれた理由を、内容と形式が新奇なものであり、新しい科学技術が盛り込まれており、現代生活と密着していた、物語性に長けていた、などなどに求める。前の論文と同様に一貫して強調するのは、漢訳探偵小説に、大衆を教育する目的があったことだ。

また「訳文」において、作品の叙述方法に関連して『時務報』に訳載されたホームズ物語の書き換えに注目して問題にする。なぜ書き換えたか。西洋の文化のなかで生まれた作品を中国の文化に移植する際に生じる衝突を避けるためだった。また、原題名を漢訳するに際して犯人がわかるように変更し、読者も意に介さないのは、中国伝統の裁判小説の規範におけば、理解ができるともいう。

同一原作の時期的に異なる漢訳を比較して、翻訳に描かれた女性像の違いを指摘し、基づく中国文化に対する訳者の態度の問題とするところなど、その視点がおもしろい。

最後に、清末民初の訳者たちは、原著に忠実ではない、また、西洋文学と文化に対して知識が欠乏しているとよく非難されるが、それは新文学運動がうちたてたいくつかの見方にもとづいており、論者は往々にして翻訳時期の社会背景と文化要求をまったく抹殺してしまっている（106頁）、と述べるところは作者ならではの意見であろう。新文学運動が自らの価値を強調するためには、今目の前に存在する清末の翻訳を敵とするのがてっとりばやい。同感である。

総じて、孔論文は、中村論文を使用しつつ、陳平原論文の影響を受け、さらに孔独自の観点を提示して書かれた印象を受ける。論じるところは詳細にして、新しい見方を提出している。議論が深まる可能性を秘めているといえる。論文が、広く浅く言及するだけの翻訳探偵小説史ではなく、専論である強みだろう。

巻末にあるシャーロック・ホームズ物語漢訳一覧は、便利だ。少しの間違いがある。113頁の“The Adventure of the Speckled Band”の漢訳で常覚、陳小蝶による訳名を「毒帯」とするのは、「彩色帯」の誤りだろう。同原作の欄（114頁）に収録する袁若庸訳「毒帯」（『小説月報』）の原作は、“The Poison Belt”であってホームズ物語ではない[10]。また、白侶鴻「福爾摩斯最後之奇案」（115頁）を“The Adventure of the Final Problem”とするのは誤り。中村論文ですでに指摘があるように、これは贋作ホームズ物語のひとつ[11]。全集以外の作品で原作不明の中に楊心一訳「秘密党」（117頁）を含めるのも誤解。原作は Coulson Kernahan“Scoundrels & Co.”だ[12]。

誤りは訂正すればすむ。大きな問題ではない。

郭延礼のばあい

中国におけるホームズ物語に関する比較的早い研究成果のひとつが、郭延礼の『中国近代翻訳文学概論』（漢口・湖北教育出版社1998.3）だ。この意見には多くの人の賛同を得ることができるだろう。それでも陳平原の小説史からは、10年近くの年月を必要とした。

もっとも、郭延礼が翻訳探偵小説に言及したのは、これがはじめてというわけではない。全３冊という大部な『中国近代文学発展史』の第２巻（済南・山東教育出版社1991.2）「第30章　林紓及近代翻訳文学」のなかで、翻訳探偵小説を簡単に紹介している（1514-1515頁）。

その後、日本、香港での研究成果をふまえたうえで、郭延礼が、翻訳文学に集中して執筆したのが、上にあげた『中国近代翻訳文学概論』なのだ[13]。

郭延礼の研究が、それ以前の中国における翻訳文学研究の水準を大きく超越することができた要因のひとつは、主として外国における研究を視野に入れたからだ。すでに述べたように、翻訳探偵小説に関しては、日本の中村論文を無視しては、研究は進まないといってもいい。郭延礼が、中村論文に注目し依拠するのは当然なのだ。

郭延礼は、該書の上篇「六、中国近代翻訳偵探小説」において、コナン・ドイルの作品、欧米の作家と作品、および探偵小説が当時の読者に歓迎された理由などについて記述する。

掲げられた作品は、かなり多い。専門の論文としても、中国では今までに類を見ないほどに詳しい。中村論文を読んでいる研究者ならば、別に驚くほどのことではない。しかし、中村論文を知らない中国の研究者は、目を見開くだろう。翻訳作品の英文原作を羅列するだけの箇所があったりするのだが、それすらもそれまでの中国では言及されたことがないだけに、はじめて目にした研究者は、驚くに十分であるはずだ。

郭延礼が最初に書くのは、探偵小説が低俗な読物ではないことである。ソビエトの学者の文章に基づいて、探偵小説を好む科学者は75%を超え、その中で高等教育を受けたことのある専門家が65%を超えていることをいう。「この事実は、探偵小説がけっして低俗な読物ではないこと、同様にそれは人類の知恵の表現であり、人々の精神文化生活の一部分であることを説明している」(139頁)

ソビエト時代の科学者が好むものが、そのまま肯定されるべき種類のものであるかどうかは、また別の問題だと思う。だが、それまでタブーであった探偵小説研究を取り上げるに際して、郭延礼は、根拠をあげる必要を感じたのかもしれない。過去には、ゴーリキーが引用されて探偵小説の否定に力を添えた事実がある。探偵小説の復活には、ロシア人を引きあいに出すのが有効だと考えたのか。

郭延礼は、そこで決定的な文句を記す。「現在、いくらかの著作は、これ(注:翻訳探偵小説)についてふたことみこと、ついでに触れるのでなければ全面的に否定している。これは取るべき態度ではない、と言わなければならない」(140頁)

1960年、北京と上海で出版されたふたつの文学史は、探偵小説が「有害な作品」で「反動の逆流を形成し」「資産階級の文学」だと断定した。それから数えれば、38年ぶりの翻訳探偵小説復活宣言である。山東大学文学院教授、博士生導師、中国近代文学学会会長、山東省近代文学学会会長などの要職にある郭延礼の言葉であるからには、それ相応の重みを持つと誰でもが自然に理解する。

郭延礼によるコナン・ドイルとホームズ物語の紹介は、以下の順序で行なわれる。

中国で最初のホームズ物語の翻訳が『時務報』に掲載されたこと、コナン・ドイルについて、中国におけるホームズ物語の翻訳情況、英文原作と漢訳名新旧対照表など。

英文原作との漢訳名新旧対照表は、これだけを見ても郭延礼の学識の深さを感じる中国の研究者がいるのではなかろうか。実を言えば、ホームズ物語の原作を明らかにした部分にかぎっていえば、中村論文をこえるものではない。しかし、郭延礼の文章は、それまでの中国における研究の空白を埋めたという点を評価すべきだろう。さらには、日本、香港などの研究成果を十分に取り入れるだけの研究環境の変化と郭延礼自身の努力があったからこその結果だということを再び強調しておきたい。つまり、清末小説研究は、中国国内にだけ目を向けていては進まない事実がある。全世界的な規模で研究が進行中だという認識が必要だという意味だ。

「毒帯"The Poison Belt"」の原作を"The Adventure of the Speckled Band"と間違ったり（150頁)、劉延陵、巣幹卿翻訳の書名を書き忘れていたり（154頁。おぎなえば『囲炉瑣談 ROUND THE FIRE STORIES』上海商務印書館1917.12のこと）はする。いくつかの誤りはあるにしても、いずれもが瑕疵である。中国における本格的なドイル研究の最初と考えれば、繰り返して言うが、空前の成果だと高く評価するのにいささかのためらいも私にはない。

本書のあとに出版された郭延礼の『中西文化碰撞与近代文学』（済南・山東教育出版社1999.4）では、「福爾摩斯的東来与偵探小説熱」（194-207頁）において、また、『近代西学与中国文学』（南昌・百花洲文藝出版社2000.4）でも、「五　福爾摩斯的東来」（205-211頁）で、「毒帯」についての誤りを含んで上記部分を抄録する。

湯哲声のばあい

范伯群が長年収集していた資料を基礎に、分担執筆者各自が独自に材料を追加して（と私は想像するのだが）執筆したのが范伯群主編『中国近現代通俗文学史』上下巻（南京・江蘇教育出版社2000.4）である。

「第三編　偵探推理編」の執筆者は、湯哲声だ。彼は、その前に自らの『中国現代通俗小説流変史』（重慶出版社1999.1）を世に問うている。両者の出版年を見れば、自著の「第四章　中国現代偵探小説之流変」部分を増補したものが『中国近現代通俗文学史』らしい。量からいっても後の「第三編　偵探推理編」の方が断然多いので、主としてこちらについて見ていく。

全体の構成は、以下のようになっている。

「引論」では、探偵小説が、最初、文学とは認められなかったころから、その評論とは関係なく発展しつづけていたこと、その読者がいたことを指摘して探偵小説の存在価値を積極的に評価する。同時に、これまでの研究が「空白」であることを直視する。以下、「第1章　中国探偵小説の源流」、「第2章　清末民初探偵小説の翻訳とその中国小説への影響」、「第3章　中国近現代探偵小説創作の概況」に続いて第4章から第7章で中国人作家の程小青、孫了紅、兪天憤、陸澹安、張碧梧、趙苕狂などを紹介する。

コナン・ドイルに関係する部分に注目しよう。

第1章でポーとドイルおよびその作品を紹介し、第2章において中国語翻訳のホームズ物語を解説する。

中国で最初にホームズ物語4篇を訳載したのは、『時務報』であったこと[14)]、作品集である『福爾摩斯偵探案全集』12冊（中華書局1916.5）、『福爾摩斯新探案全集』4冊（大東書局1925）などの発行に触れる。

個々の作品について英文原作名を掲げるなどの具体的な紹介をしているわけではない。「文学史」とうたっているところからもわかるように、湯哲声が説明したいのは、別のことである。すなわち、外国からもたらされた探偵小説という形式が、当時の中国小説に与えた影響について語るところにより力がそそがれている。

その影響のひとつは、語り手の問題だ。事件の真相を知らないワトスンが「私」という形式を利用して読者に直接話しかける。「中国小説の全知型叙事モデルが、半知型の叙事モデルに発展した」(776頁) という重大変革を引き起こしたことだ。

もうひとつは、時間の流れについてだ。「小説で叙述する時間は、必ずしも飛び超えてはならないというものでもない。決まって先に発展していく長い河というわけでもない。それは、止める、分散する、入り交じらせる、ひっくり返す、または折り畳むこともできる」(779頁)

叙事モデルを問題にするという発想それ自体が、陳平原の立論に近づいている。結論も似たりよったりになるのもしかたがない。

曹正文のばあい

世界の探偵小説を主題とした文学史は、めずらしい。曹正文『世界偵探小説史略』(上海訳文出版社1998.11) が、それだ。探偵小説の発生から、その主たる作家と作品を1冊で解説しようというのだから力業だ。前半でその歴史を、後半で各国の代表作品を紹介する。その分、各作家に割くページが少ないのは、しかたがない。第3章でコナン・ドイルを紹介し、第15章で中国における探偵小説を概括した。

中国の探偵小説家は、「鴛鴦蝴蝶派」の陣営に入れられてしまい、批判と打撃を加えられた、とここにはっきりと書かれている。「50年代の中国では、ソ連の文芸思想を受け入れ、探偵小説は資産階級思想の産物であると考えられた。社会主義国家に犯罪問題が存在するとは認めず、単純化するやり方で30年代の探偵小説を出版することを禁止したのだ」(159頁)

私が上に述べてきた中国におけるドイル研究の歴史と、基本の部分で共通している。驚いたのは、「不完全な統計によれば、中国で十余の出版社が前後して出版した『福爾摩斯探案集』は、総発行数が500万冊以上にのぼる」(160頁) という点だ。ホームズ物語が、いかに中国人に好まれたかの証拠となろう。

以上、中国におけるホームズ物語を中心とした翻訳探偵小説研究を概観すれば、ようやく研究が始まりつつある、という感を深くする。別の言い方をすれば、ついこの前まで、研究らしきものが存在しなかったことを思うと、今後の研究の深化が期待できるということだ。

上に述べた事柄が、ホームズ物語に限定した内容の文章になっていることに、読者は、気づかれたことだろう。ホームズ物語だけをとりあげて、それ以外のドイル作品について言及していない。

理由は、簡単である。誰も、コナン・ドイルにはホームズ物語の他にいかなる作品があるか、ほとんど触れていないからだ。中村論文に、わずかにホームズ物語以外の作品が題名を掲げられているだけだが、それも論文の主旨からそれる、という説明があって意図的に言及されなかった。言及のないものを、とりあげるわけにはいかない。

過去の研究業績を検討すれば、今後の研究方針を定めることが可能になる。

中国における探偵小説、あるいはホームズ物語の研究は、今のところ大局的、巨視的に論ずることが主流のように見える。過去の空白を埋めるためには、概説的な説明が要求されていると理解できる。だが、研究を次の段階に進めるために、なによりも実現しなければならないのは、資料の整理だ。強調したいのだが、これは研究に不可欠だ。具体的にのべれば、過去に発表された翻訳探偵小説について、書誌的探求がもっと行なわれる必要があると思う。ホームズ物語にかぎらず、視野をひろげてコナン・ドイルの作品全体を探っていけば、研究の新しい展開があると確信するからだ。

注

1）復旦大学中文系1956級中国近代文学史編写小組編著『中国近代文学史稿』北京・中華書局1960.5／采華書林影印1962.2.15

2）北京大学中文系1955級《中国小説史稿》編輯委員会編著『中国小説史稿』北京・人民文学出版社1960.4／采華書林影印1972

3）上海文藝出版社1962.10初版未見／日本大安影印1966.10／のちの版本に、香港・生活・読書・新知三聯書店香港分店影印1980.1と上海文藝出版社1984.7がある。今、上海文藝出版社1984年本による。

4）「中村忠行先生著作目録」『甲南国文』第33号中村忠行教授古稀記念論文集1986.3.15

5）Ａ・柯南道爾著、丁鍾華、袁棣華等『福爾摩斯探案集』1　北京・群衆出版社1979.2/1981.3北京第4次印刷

6）范伯群の論文をかかげておく。

范伯群「論程小青的《霍桑探案》」『程小青文集——霍桑探案選』（一）北京・中国文聯出版公司1986.7

范伯群「程小青的《霍桑探案》」『礼拝六的蝴蝶夢』北京・人民文学出版社1989.6

范伯群『鴛鴦蝴蝶——《礼拝六》派作品選』上下　北京・人民文学出版社1991.9

范伯群、金名「（中国近代文学大系俗文学集）導言」『中国近代文学大系』第7集第20巻俗文学集一　上海書店1992.12

范伯群「偵探小説「中国化」之宗匠——程小青」『偵探泰斗——程小青』台湾・業強出版社1993.4　民初都市通俗小説叢書3

范伯群「独領風騒的俠盜文怪——孫了紅」『俠盜文怪——孫了紅』台湾・業強出版社1993.9　民初都市通俗小説叢書7

范伯群「中国偵探小説之宗匠——程小青評伝」『中国偵探小説宗匠——程小青』南京出版社1994.10　中国近現代通俗作家評伝叢書之3

范伯群「偵探小説“中国化”之宗匠——程小青」范伯群、范紫江主編『偵探泰斗程小青代表作』南京・江蘇文藝出版社1996.12　鴛鴦蝴蝶－礼拝六派経典小説文庫

范伯群「独領風騒的俠盜文怪——孫了紅」范伯群、范紫江主編『俠盜文怪孫了紅代表作』南京・江蘇文藝出版社1996.12　鴛鴦蝴蝶－礼拝六派経典小説文庫

7）今、『陳平原小説史論集』上巻（石家荘・河北人民出版社1997.8）所収のものによる。

8）参考：樽本「『二十世紀中国小説史』第一巻索引」『大阪経大論集』第200号大阪経大学会1991.3.31

9）裴效維「偵探小説——一個外来的小説流派」『中国近代文学百題』中国国際広播出版社1989.4

10）藤元直樹氏よりご教示いただき、私が漢訳原物で確認した。

11）漢訳原本の複写を、平山雄一氏よりいただいた。

12）漢訳原本の複写を、平山雄一氏よりいただいた。英国図書館所蔵の英文原本で確認している。

13）「附録三」の「徴引書目挙要」に香港の孔慧怡論文が抜けている理由は不明。1996

年の香港中文大学における国際学会に、郭延礼も参加しており孔慧怡の発表を聞いている事実がある。配付された論文は、公表されていないという理由で、「徵引書目挙要」にはあげられていないのかもしれない。本書の書評がある。樽本「本格的翻訳文学研究の出現——郭延礼『中国近代翻訳文学概論』について」『清末小説研究論』所収。高旭東「通向世界文学的橋梁——《中国近代翻訳文学概論》」『文学評論』2000年第1期　2000.1.15

14）誤りがある。『時務報』に掲載されたホームズ物語4篇は、1906年に商務印書館が発行した「説部叢書」初集第4編に収録して『華生包探案』と題したとする（759頁)。これは勘違いだ。「説部叢書」初集第4編の『華生包探案』は、『繡像小説』に掲載した6篇を収録したもので、『時務報』掲載の作品とは1篇も重複しない。

「唇のねじれた男」の日訳と漢訳

『大阪経大論集』第51巻第６号（通巻第260号2001.3.31）に掲載。原題「コナン・ドイル作「唇のねじれた男」の日訳と漢訳」。『漢訳ドイル作品論考２』（しょうそう文学研究所出版局2003.3.15）電字版に収録。平山雄一氏よりご教示いただきました。ありがとうございます。

コナン・ドイルの「唇のねじれた男 The Man with the Twisted Lip」は、雑誌『ストランド・マガジン The Strand Magazine』（1891.12）に掲載された。のちに『シャーロック・ホームズの冒険 The Adventures of Sherlock Holmes』（1892）に収録されている。

日本におけるホームズ物語の最初の翻訳は、ほかならぬこの「唇のねじれた男」であった。

題名を「乞食道楽」とし、『日本人』第６-９号（明治27（1894）年１月３日-２月18日）に連載されている。原作者および訳者の名前は、書かれていない。

一方、該当作品の漢訳で一番古いものは、「偽乞丐案」とするものが存在する。日本語になおせば、「偽乞食事件」になる。警察学生訳で『続包探案』（上海・文明書局　光緒二十八（1902）年十二月/光緒三十一（1905）年十一月再版）に収録された。漢訳では、ドイルの名前は、柯南道爾などと表記するのが普通だが、なぜかしら、日訳と同じくこちらも原作者の名前は、省略されている。

日漢両翻訳には、約８年間という時間の開きがあるが、ほぼ、同時代の翻訳だと考えてもいいだろう。

日本最初のホームズ物語である「乞食道楽」と漢訳「偽乞丐案」を比較して、両者の翻訳の質を検証するのが、本稿の目的である。記述の都合上、犯人を明らかにしているから読者は注意されたい。すでに古典であるから、ことわるまでもないか。

1　導入部

まず、書き出しを比較してみよう。

ISA WHITNEY, brother of the late Elias Whitney, D.D., Principal of the Theological College of St. George's, was much addicted to opium. 聖ジョージ神学校の校長だった故イライアス・ホイットニー神学博士の弟にあたる、アイザ・ホイットニーは、阿片にふかく中毒していた。[1)]

【日訳】セントゼオーヂ大学にて地質学に名を得しエリァスホイトニイの兄弟にてアイサホイトニイといひしは甚しく阿片煙に耽り家をも身をも忘るゝに到れり

【漢訳】以撒名灰脱乃姓者聖局而奇道学書院監院。道学博士以利亜灰脱乃之弟也。嗜鴉片。イサ・ホイットニは、聖ジョージ神学校校長、神学博士のイリア・ホイットニの弟で、アヘンに染まっていた。

日訳と漢訳を並べてみれば、こまかな違いが目につく。

英語の固有名詞について、日本と中国で翻訳するばあい、それぞれに違うのは、これはしかたがない。

日漢ともに、late を翻訳しない。

日訳で不可解なのは、原文で D.D. すなわち Doctor of Divinity 神学博士を「地質学に名を得し」としている部分だ。誤解だろう。さらには、校長を削除するし、「家をも身をも忘るゝに到れり」は、原文にはないことだ。

もうすこし続けよう。

The habit grew upon him, as I understand, from some foolish freak when he was

明窓淨几

乞食道樂

セントセオーヂ大學にて地質學に名を得しエリアスホイトコイの兄弟にてアイサホイトコイといひしは甚しく阿片烟に耽り家をも身をも忘るゝに到れりかゝる慣習を生せしももとはわけもなき戲よりのことにてかのクインシイの人種談を讀みてタバコをラウダニュムに取換て試みしに初り今は其嗜好は益つのり實際これをやむることはかたくこれを遂るはやすしといふべき場合に陷りその朋友親族の憤慨と悲哀との中にありてこの毒物の奴隷となり果たり共顏色は黄ばみて板目紙のごとく瞼は眼を掩ひて僅かに針のごとき眸子常に椅子にのみもたれて貴人の風症に中れることし

頃は八十九年七月の夜のことなり表に鈴のなる音して人の入來るけはいす予は第一に欠しなから時計に目を屬するに早十時を過たり妻は傍にありていまた針仕事をやめす

暫くして戸の開くを見たり人をそるゝがごとき物いひはしかと聞とれす見れは雲雀色の服を裝ひ黒き覆面したる一婦人部屋に入來れり

「晩く上りましてすみませんといひ初しもはや我まんならすと見え進てわか妻の頸に手をかけ肩に頭をもたせて「どんなに心配でせうたすけてとゆきなりに泣出す妻はその覆面をとりて「オ、ケートさんいつくりしました今頃御出で

「わたしはモウどうしてよいかわからないから一目さんにおまへのとこへ來たのとはいつものことにて困しいときは我妻を燈明臺としてとまる海の鷗

「さうですかマアそのコップに葡萄酒へ水でも入れて御上りそして氣を落付てから御相談の事はどうとか又どうしやうとか御はなしをしませうやどか寐ましてからでもわたしはこのゼームスを寐かして來升からすこし

「イエイエわたしはおまへよりかけふは先生の御智惠か拜借したく又御助けをも願ふのですそれはいつもの通りイサの事ですモウ今晩て丸二日かへ

日訳「唇のねじれた男」

續譯華生包探案（華生一作滑震）

僞乞丐案

以撒名灰脫乃姓者聖局而奇道學書院監院。道學博士以利亞灰脫乃之弟也。嗜鴉片。當其在書院肄業時。偶讀第坤散所著述夢等篇。謂人吸食鴉片。必感異夢。因取淡芭菰。和以鴉片油。大啖之。期一試其異。試之再四。竟無效。而癮成矣。蓋鴉片之爲物。染之則易。去之頗難。數年以來。復爲此藥之奴。親友雖哀之憐之。然亦無如何也。今面黃膚縐。目瞳矓小。坐於椅內。瑟縮如蝟。竟不圖一世家貴胄。斲傷至此。一千八百八十九年六月某夜。予方兀坐。忽聞門鈴響。時納人將睡之候也。予妻置針線膝上。略睨予曰。其病人乎。予必往視。予不禁嚬蹙而嘆。蓋是日診視頗勞。歸尙未久也。語次。聞啓外戶聲。繼聞地毯上足聲細急。轉瞬室門亦啓。一婦人走入。所穿服色。大都深暗。面遮黑網。婦先曰。爾必怨我之來遲也。言至此。忽身不自主。直前緊抱我妻之頸。欷歔不已。曰。我今在急難中。必需爾臂助者也。予妻揭去其網。曰。開脫灰脫乃以撒灰脫乃之妻也爾嚇我哉。當爾入時。我不知爾爲誰也。婦曰。我不知所措。故竟來爾處。蓋所有親家婦女。遇

漢訳「唇のねじれた男」

at college, for having read De Quincey' s description of his dreams and sensations, he had drenched his tobacco with laudanum in an attempt to produce the same effects. 私のきいた話では、彼のこの悪習は、学生時代のばかげた悪戯からはじまったということである。彼は、あの有名なド・クィンシィの阿片の夢と官能の昂奮とをえがいた文章を読み、自分もおなじく効験を生み出そうとこころみて、たばこを阿片チンキにひたして飲んだのであった。81頁

【日訳】かゝる慣習を生せしももとはわけもなき戯よりのことにてかのクィンシイの人種談を読みてタバコをラウダニュムに取換て試みしに初り

【漢訳】当其在書院肄業時。偶読第坤散所著述等篇。謂人吸食鴉片。必感異夢。因取淡芭菰。和以鴉片油。大啖之。彼が学校で勉強していた頃、ド・クィンシィの書いた、人がアヘンをのむと必ず不思議な夢をみるという文章をたまたま読み、タバコをアヘンチンキにひたして大いにのんだのであ

る。

アヘンの習慣が、ばかげた悪さからはじまったのをいうのは、日訳が原文に忠実だが、それでも学校時代のことだというのを省略する。作家名ド・クィンシィは、漢訳のほうが正確だ。日訳にいう、『クィンシイの人種談』とは何のことか不明。また、「ラウダニュムに取換て」という箇所も、英語の意味がわからなかったのだと想像する。訳者が説明しないから、読者はなんのことか理解できない。

ドイルは、作品の時間設定を1889年の6月 it was in June'89 にした。漢訳は、「一千八百八十九年六月」と原文通りに翻訳している。しかし、日訳では、「頃は八十九年七月」とわざわざ変更している。June と July は、間違いようがなさそうに思う。日訳者には、別に考えがあったのだろうか。後述する。

One night—it was in June, '89—there came a ring to my bell, about the hour when a man gives his first yawn, and glances at the clock. I sat up in my chair, and my wife laid her needlework down in her lap and made a little face of disappointment.

"A patient!" said she. "You'll have to go out."

I groaned, for I was newly come back from a weary day. ある晩——一八八九年の六月のことであったが——そろそろあくびでもして、時計を見あげようとする時刻に、玄関のベルが鳴った。私は椅子にすわったまま体をおこしたが、妻も膝のうえに編物をおいてちょっとがっかりした顔をした。／「患者さんらしいわ」と妻はいった。「また往診ね！」／私はちょうど一日の疲労から解放されたばかりだったので、ううむとうなった。82頁

【日訳】頃は八十九年七月の夜のことなり。表に鈴のなる音して人の入来るけはいす。予は第一に欠しなから時計に目を属するに早十時を過たり。妻は傍にありていまた針仕事をやめす。(注：原文に句読点はほどこされていない。読む便宜を考えて、句点をつける)

【漢訳】一千八百八十九年六月某夜。予方兀坐。忽聞門鈴響。時約人将睡之候也。予妻置針線膝上。略睨予曰。其病人乎。子必往視。予不禁嚬蹴〈顰蹙〉而嘆。蓋是日診視頗労。歸尚未久也。1889年6月のある夜、私が座っていたとき、玄関のベルが鳴るのを聞いた。ほかの人ならそろそろ寝ようかという時刻だった。妻は、針と糸を膝のうえにおいて、私をちょっとにらむようにして言った。「患者さんよ。往診に行かなくちゃね」私は、思わずしかめ面をしてため息をついた。その日の診察に疲れて、帰ったばかりだったからだ。

日訳に誤訳が多い。「予は第一に欠しながら時計に目を属するに早十時を過たり」という部分を見ると日訳者は、アクビをするのがワトスンだと誤解していることがわかる。そうではなくて、ここは、一般論を述べている。普通の人なら、まずアクビをして時計を見るくらいの遅い時刻だというのだ。おまけに、原文にない「十時」をつけ加える。原文には存在する、そのあとの、妻のがっかりした表情と、患者ならば往診するのもやむをえない、という医者の妻としての責任感を表現したセリフを省略してしまう。

この部分についていえば、漢訳の方が、日訳よりもはるかに、よい。

こまかいことをいうようだが、床の「リノリュウム linoleum」が出てくる。当時の英漢字典[2)]にも、英日字典[3)]にも収録されていない単語だ。日訳では、無視して訳さない。漢訳では、「絨毬［地毯］」をあてている。リノリュウムと絨毬では、異なる。誤りといってもいいのだが、なんとか翻訳しようという漢訳者の積極的な姿勢を感じることができる。

ジョン・ワトスンの妻が夫のことを「ジェームズ」と呼んだことについて、現在では、いろいろな説がとなえられているという。それはそれで研究の対象になるのだろうが、ここは、日訳で「ゼームス」、漢訳で「及姆斯（華生之字）」となっているというだけでいいだろう。

夜遅く訪問して来た女性がいうには、夫が2日も帰宅していない。たぶんアヘン窟に入り込んでいるのだろうという予想である。

アヘン窟のあり場所と屋号を説明して、the “Bar of Gold,” in Upper Swandam-lane「アッパー・スワンダムレインにある「金の棒」という家」とある。普通名詞の lane だが、ハイフンでつないであるとひとつの地名のように見える。単行本になったとき、大文字のLに変更して分割し Swandam Lane と表示する。そのばあいは「小路」「横町」と訳すのもひとつの方法だ。

日訳では、「上シツンダンレーンの黄金亭」とする。このままでは意味がわからない。「シツンダン」とは、なにか。「ツ」は、「ワ」の誤植だろう。「シワンダン」とすれば、原文に近くなる。事実、すこし後に「スウアンタンラン」という表記で出てくる。「スワンダムラン」というのもある。すべて、同じ場所だ。先の「レーン」を「ラン」と変える。同じ場所なら、おなじカタカナにしてほしいものだ。

漢訳では、「史渾藤巷」つまりスワントン横町となる。こちらは揺るがない。屋号は省略してある。

妻の友人の夫であると同時にワトスンの患者であるアイザ・ホイットニーをつれもどすために、アヘン窟に踏み込んだワトスンだった。

日訳は、アヘンで気抜けしたアイザがワトスンに気づいて「ワツトトソン先生か」という。「ワツトソン」の誤植である。

原作では、時間設定が1889年6月19日になっていることは述べた。金曜日Of Friday, June 19 だと書いてある。

漢訳は、英語原文通り「金曜日の6月19日」とする。しかし、日訳は、「火曜日て七月の十九日」になっている。問題の所在は、1889年6月19日は、実際のところ金曜日ではないところにある。

アイザは、驚いて「え、なんだって！水曜日のはずなんだがな。いや、たしかに水曜日にちがいない。驚かさないで下さいよ。Good heavens! I thought it was Wednesday. It *is* Wednesday. What d'you want to frighten a chap for?」と答える。

ところが、新旧暦一覧によって調べれば、1889年6月19日は、実は、水曜日である。金曜日ではない。

だから、アイザが水曜日というのは、表面上は正しいことになる。だが、2日間意識を失っていた状態だったのだから、さかのぼって月曜日にアヘン窟に足を入れたことにしなければつじつまが合わない。ゆえに、アイザのセリフは、「月曜日のはずなんだがな」に訂正すれば、正しい年月日と曜日を表わすことになる。

もうひとつの可能性として、金曜日が正しいとしよう。そうなれば、7月19日が、まさに金曜日に当たる。6月19日を7月19日に直せば、こちらも整合性を保つことができる。どちらにしても、ワトスン、つまりドイルの書き誤りということになろう。

ならば、日訳に見える日付を聞かれて「火曜日て七月の十九日」はどうなるか。今、説明した6月19日にするならば、水曜日に書き換えなければならないし、7月19日ならば金曜日にしなければならない。どのみち正しいことにはならない。原作にない曜日と日付なのが、不思議だ。

アイザが答えて「ハア水曜かとおもつた一日ひろつたありがたし」と不思議なセリフを言わせている。たしかに、水曜日と思ったところが、実際には火曜日ならば、「一日ひろつたありがたし」にはなろう。だが、それは日本語翻訳者の勝手な書き換え、というよりもこの場合は、加筆となろう。日訳のおかしなところだ。

アヘン窟で、ワトスンは、不思議な老人から声をかけられた。

As I passed the tall man who sat by the brazier I felt a sudden pluck at my skirt and a low voice whispered, “Walk past me, and then look back at me.” The words fell quite distinctly upon my ear. 火鉢のかたわらを通りすぎようとしたとき、ふいに服の裾を引かれ、「通りすごしてから、振りかえってごらん」と低い声で話しかけられたような気がした。いや、私は自分の耳でたしかにそう聞いたのだ。84頁

【日訳】かの炭火を盛れる銅器の傍にはたれはそこにある背高き老人は予か裾を引てわしにかまはすといふかことくきこえたれとも声低けれはよく

もわからす。されと正しくかの老人より来れる声なり

【漢訳】行過銅爐旁之老人忽覚有人拉予衣襟。並聞細声語予。曰。試過予前。然後回視。聞之頗詳。火鉢のかたわらの老人を通り過ぎたとき、服の裾をひかれ、「私の前を通り過ごしてから、ふりかえってごらん」という低い声が私に語りかけるのを聞いたような気がした。いや、はっきりとそう聞こえたのだ。

日訳の「わしにかまはす」だけにしてしまうと、ふりかえって見ろ、が抜けてしまう。加えて、「声低けれはよくもわからす」ならば、話しかけられた内容がわからない、という意味になる。いずれも英語原文から、はずれる。その点、漢訳の方は、ほぼ原文通りの翻訳になっているということができる。

導入部分の終わりに、アヘン窟についての説明がある。ここでは、殺人など日常茶飯事なのだ。

We should be rich men if we had a thousand pounds for every poor devil who has been done to death in that den. It is the vilest murder-trap on the whole riverside あの阿片窟で人ひとり殺されるごとに、千ポンドずつもらうとすれば、富豪になれるだろう。あそこは、河岸でももっともけがらわしい、呪われた家だ。85頁

【日訳】こゝに一の金持かあつてそれか千ポンドの金を持てあの貧乏神ともにとられておまけに殺されたのだが中々巧なころし方てうまくわなにかけた物と考へるが僕か方にもわなかある

【漢訳】使我有金千磅。将設法免彼閭閻死此煙窟中。此蓋為河旁諸謀害機械中之最隠秘者。私に千ポンドあれば、方法を講じて民間人がこのアヘン窟で死なぬようにするだろう。ここは、河岸のあらゆる謀殺装置のなかで最も秘密の場所なのだ。

原作の、殺人事件ひとつにつき、かりに千ポンドずつもらうとすれば、大金

持ちになることができるだろう、というのは、言葉のアヤである。それほど頻繁に殺人が行なわれているという意味だ。日訳は、殺人事件がひとつ、実際に発生したと誤解している。また、trap を「わな」に固定してしまったから、「僕か方にもわなかある」などと奇妙な作文を付け加える結果になった。漢訳も、前半部分の意味が理解できなかったらしい。ただし、後半は正しく翻訳している。

このアヘン窟には、ホームズに対して恨みをもつ水夫あがりのインド人がいる。日訳では、「ラスカル（東印度人を卑しむ名目）」と割注をほどこす。訳語としては、水夫あがりのごろつきインド人、などが考えられる。

ところが、漢訳ではその箇所を「雷斯揩鴉片煙鋪主為此案要犯詳見下」と訳す。すなわち、傍線を引いているところかもわかるように、ラスカルは人名であると考えている。さらに「アヘン窟の主人。この事件の重要犯人。以下に詳しい」と説明する。この部分は、余計だ。

英漢字典には、「Lascar 水手（東印度人水手之称)」と解説されているのに、漢訳者は気づかなかったのだろうか。

漢訳者は、なぜ人名だと考えたのか。それは、『ストランド・マガジン』初出では、Lascar と大文字のＬで綴っているからだ。

ここで、それぞれの翻訳者が拠った版本の問題に言及しておこう。すなわち、雑誌初出（1891.12）か、のちの単行本（1892）か。

日本語訳が掲載された『日本人』（1894）の発行年を見れば、雑誌初出と単行本の、両方の可能性がある。漢訳の場合も、同様だ。

この判別作業は、思うほどには簡単ではない。雑誌初出と単行本の文章に大きな書き換えがなく、区別がむつかしいからだ。

私の見るところ、１ヵ所の表記が雑誌初出と単行本で異なる。これがわずかな手掛かりだ。

地名の Swandam-lane（雑誌）が Swandam Lane（単行本）に変更される箇所である。ほんのわずかな違いにすぎない。しかし、その意味するところは異なる。すなわち、-lane はハイフンでつないで地名の一部分を構成するとみる。Lane

は普通名詞の小路、横町に翻訳可能だと解する。

翻訳する際の訳者のクセがあるかもしれない。通りの名前の例をあげておく。

Baker Street	ベーカ町	盤克街
Bow Street	弓（ボー）町	把街
Cannon Street	大砲（カノン）町	開能街
Fresno Street	フレスノ町	弗蘭士拿街
Threadneedle Street	糸針（スレートニータ）町	色来特尼特街
Waterloo Bridge Road	ウオートルロウ橋×	華忒路橋×
Wellington Road	ウエルリングトン町	衛霊敦街

Swandam-lane	スウアンタンラン	
Swandam Lane		史渾藤巷

Street および Road ともに、日訳では「町」に、漢訳では「街」に翻訳していることが上の例から理解できる。

そうなると、Swandam-lane と Swandam Lane の場合は、どうか。

日訳は、「シツ（ワ）ンダンレーン」「スアンタンラン」「スウァンダムラン」「スウアンタンラン」になっている。翻訳者は、地名の一部分だと考えている、と理解してもいいのではないか。日本語の翻訳傾向に照らせば、小路、横町という把握はなされていない。ならば、雑誌初出が底本だ。

平山雄一氏のご教示によると、1895年にジョージ・ニュウンズ社からでたスーベニア・エディションでは Swandam-lane と書いてあるという。日訳の「乞食道楽」は、その前年の1894年の公表だから、関係はない。とはいえ、単行本でも Swandam-lane とする可能性が残っていれば、上説は、成立しない。問題としておく。

一方、漢訳は、「史渾藤巷」のように「横町」と解釈している。Street および Road ともに、漢訳では「街」に翻訳している例にならえば、原文が Swandam

Laneと綴ってある可能性が高い。そうならば、単行本の文章に拠ったのだろう。少なくとも、雑誌初出を底本にしたのではないことだけは、確かだ。

今のところ、私の意見としては、日訳は雑誌初出に、漢訳が単行本にそれぞれもとづいていることを示していることにしておく。

ついでにいえば、欧米の小説作品を漢訳した当時の翻訳のなかのいくつかは、日本語翻訳を経由しているものがある。

「唇のねじれた男」は、日訳の方が、漢訳にくらべて約8年も早く発表されている。ならば、漢訳は、日訳を参照したかといえば、その事実はない、と判断する。両者を比較すれば、漢訳の方がはるかに原文に忠実なのだ。単行本掲載の原文から、直接、漢訳したものだと推測ができる。

2　事件の発端

事件の内容というのは、ネヴィル・セントクレア Neville St.Clair が行方不明になっており、それを探し出すことだ。

セントクレアは、日訳では、いろいろな表記で出現する。ノイククライア（ノイクは誤植かと思う）、ウィルシントクライアル（ウィルはネヴィルのことだろう）、クライア、子ビルシントクライアなど。最後のものが、原文に近い。それにしても、これほどまでにマチマチなのは、なぜなのか。連載だからひとつに統一できなかったのかと思ってみたりもするが、訳者の不注意以外のなにものでもなかろう。

漢訳では、乃維而聖克来而あるいは、聖克来而で統一されている。

ホームズが、セントクレア失踪事件のあらましをワトスンに説明するなかに、セントクレアの負債に触れる部分がある。

I may add that his whole debts at the present moment, as far as we have been able to ascertain, amount to £88 10s., while he has £220 standing to his credit in the Capital and Counties Bank. There is no reason, therefore, to think that money troubles have been weighting upon his mind. ついでにいっておけば、ぼくに分っているかぎりでは、現在負債が八十八ポンド十シリングあり、一方、キャピタル・アンド・カウンティ銀行に二百二十ポンドの預金があるから、金銭問題で頭をなやましていたと考えられる理由はない。86頁

【日訳】たゝ僕か気にかゝるのはその負債たかこれはたゝの八十八ポントと十シルリングといふのか此頃俄に二百二十ポントといふ数に上つてそれか銀行て受取越になつてゐるといふ丈たかそこの捫着から心か狂つたかも知れぬテ

【漢訳】且其現今所欠之項僅八十八磅十先令。而其存款則有二百二十磅。寄存克阿浣脱康旦銀行内。故其事頗与銀銭無干。また、現在のその負債は、わずかに88ポンド10シリングにすぎない。しかも、預金220ポンドがキャピタル・カウンティ銀行に預けてある。だからそのことと金銭とはまったく無関係なのだ。

一読して、日訳が大きく間違っていることが、わかる。預金を負債の金額に取り違えたのだ。それに較べれば、漢訳は、ほとんど原文通りといっていい。

事件が発生した曜日が、また、問題だ。セントクレアがロンドンにでかけたのは、月曜日であった。日訳では、なぜかしらそれを「日曜日」にする。おかしなことだ。すぐ後ろに「月曜日はえらい暑さてあつた」とあるところを見れば、「日」は「月」の誤植だろう。

日訳には、小さな問題が、ほかにもいくつかある。

セントクレアが、早目にロンドンに出かけたのは大切な用事がふたつあったためで、それがすんだら子供に積み木をみやげに買ってくるということだった。それを日訳では、「そして市中て是非せんければならぬ用か一ツある。それは小さい男の児に鉄葉箱の玩具を土産に買ふてかへるへき約束かあつた。その為にいつもよりはすこし早く出かけた位の事てあつた」とし、子供へのみやげを外出の主目的にしてしまうのだ。

妻が市中で、夫らしき人物が二階（実質三階）の窓から手を振っているのを

目撃した。カラーもネクタイもつけていなかった。日訳を見れば、「袖口と襟とはなかつた」になっている。collar を「襟」と訳すのは、妥当だ。だが、necktie を「袖口」とするのは、いかがか。英和字典にある「襟紐　エリヒモ」なら、まだ、ましか。漢訳では、「領」と「頸結」に置き換え、後者については「西洋人が胸前につけるリボンのようなもの　西人穿於胸前若飄帯者」と説明する。こちらの方が、わかりやすい。

アヘン窟にいた乞食のヒュウ・ブーン Hugh Boone が、セントクレアを窓から突き落としたのではないかと疑う。ホームズは、問題を整理して、セントクレアはアヘン窟で何をしていたのか、どんな事件に遭遇したのか、いまどこにいるのか、ブーンはどう関係するのか、とワトスンに語る。日訳では、その部分を、削除する。漢訳は、「セントクレアは、アヘン窟で何をしていたのか、そこで何に遭遇したのか、今、どこにいるのか。また、ブーンとその失踪とはどんな関係があるのだろうか。惟聖克来而至煙窟何為。在彼何遇。而今安在。且此何某与其失去有何関渉」として、原文のままだ。

3　事件の追求

セントクレアの屋敷にやってきたホームズとワトスンは、夫人と事件について会話をはじめる。こうして事件の追求が開始された。

ホームズは、セントクレアは死亡したのだろうと予測したが、あにはからんや、妻宛に彼からの手紙が届いていたのだった。手紙の内容が、示される。

> 'Dearest, do not be frightened. All will come well. There is a huge error which it may take some little time to rectify. Wait in patience. ——Neville.' 心配することはない。やがて万事がうまくゆく。大変な手ちがいがあったから、なかなか手がかかるだろう。しばらく辛抱して待ってください。——ネヴィル。91頁
>
> 【日訳】削除

【漢訳】愛妻粧次幸勿憂懼。諸事平順。今雖稍有驚恐。不久将息。姑忍待之。下署乃維而聖克来而名。愛する妻へ。心配することはない。すべてが順調だ。少しばかり驚くことがあったが、もうすぐおさまるだろう。しばらく辛抱して待て。ネヴィル・セントクレア。

ホームズが死んだと考えているセントクレアからの手紙である。重要証拠だ。その文面を、日訳では削除するとはどういう考えなのだろうか。不可解といわなければならない。

日訳は、削除ばかりを実行しているのではない。原文をいささか別の形に書き換える場合もある。

ホームズが、あまりにセントクレアが死亡したという前提で話をするのを聞いて、夫人は、それに反論を試みる。夫人と夫との間には、強い心の交流がある、身の上になにかあればすぐに感じることができる、もし死にでもしたら気づかないはずがない、と。ホームズは、夫人の言葉に対して、つぎのように言う。

I have seen too much not to know that the impression of a woman may be more valuable than the conclusion of an analytical reasoner. ぼくはいろいろな経験をしてきましたから、分析的な推理による結論よりも女性の直感のほうがたっとい場合もあるということを、知らないわけではありません。92頁

【日訳】いかなる論理学者の論辨も説破すへきホームスもこの詞には勝を制さられたかホームスは猶暫く思案の体なりしか

【漢訳】福見此婦心坎中所印。深牢不移。ホームズは、この婦人の心に印されたものが、深く堅固で動かぬものであるのを知った。

この部分は、日訳、漢訳ともに、ホームズのセリフを、ワトスンの記述に変更してしまった。

夫人から事の次第をこまごまと聞き出したホームズは、その夜は寝ずにタバ

コを大量に消費して思考に没頭した。その明け方、事件の全体を組み立てることができたホームズは、ワトスンに話しかける。

I think, Watson, that you are now standing in the presence of one of the most absolute fools in Europe. I deserve to be kicked from here to Charing-cross. But I think I have the key of the affair now. ワトスン君。君はいまヨーロッパ一の大ばかを前にして立っているのだ。ぼくは、ここからロンドンのチャリング・クロスまで蹴とばされたって当然なのだ。しかし、いまこそやっと、事件を解決する鍵を発見したつもりだ。93頁
【日訳】ワツトソン君。君は欧羅巴中此上もない馬鹿といふだらうがわしはこれから直にチヤリンコロスまでかけつけるには此位早くて相当だらうとおもふ。あそこで此一件の鑰はわしか手に入れる積だ
【漢訳】華生。爾将見一人。実為欧洲之大愚。予知其已得此案之要領矣。ワトスン君。君は、まったくヨーロッパの大バカを見ているのだよ。私には、この事件の要点がすでにわかっているのだ。

原文の、ヨーロッパ一のバカだとか、チャリング・クロスまで蹴とばされるとか言っているのは、たとえ話であるにすぎない。それを日訳では、実際にチャリング・クロスまで出かけるために朝早く（４時25分）に起きたことにするのだ。おまけに、事件の鍵は、チャリング・クロスにあるというにいたっては、原文の意味が理解できていないといわざるをえない。ホームズは、この時、事件を解決する鍵を自らのカバンに入れているのだから。
漢訳は、チャリング・クロスうんぬん部分を省略してしまったが、原文の主旨は理解している。

4　事件の解決

ホームズとワトスンは、警察 the force に勾留されている乞食のブーンに会

いに行く。ブーンは、セントクレアが失踪した現場に居合わせたからだ。いよいよ事件の種明かしである。

寝ている汚れたブーンに細工をすれば、それが、事件解決になるという趣向なのだ。それはさておき、ここには、4人の人物が登場している。ホームズ、ワトスン、乞食のブーン、およびブラッドストリート警部 inspector Bradstreet だ。記述者ワトスンとそのうちのたった2人が交わすなんでもなさそうな会話が、日訳と漢訳では、おかしな運びになっている。

> The prisoner turned with the reckless air of a man who abandons himself to his destiny. "Be it so," said he. "And pray, what am I charged with?" ／ "With making away with Mr. Neville St.――Oh, come, you can't be charged with that, unless they make a case of attempted suicide of it," said the inspector, with a grin. "Well, I have been twenty-seven years in the force, but this really takes the cake." 囚人は棄て鉢になった人間の向こうみずな態度で、くってかかってきた。「そうだとして」と彼はなじる。「ぼくは、なんの罪で引っぱられているんですかね」／「ネヴィル・セントクレア氏殺し――おお、そんなばかなことが！いや、自殺未遂罪ってことになるかな。でなければ告訴されないな」そういって警部は苦笑した。「おれは二十七年も警察のめしをくってきたが、こんな話はまだはじめてだ」94頁

【日訳】囚人は最早覚悟をきめたるかごとく起直りて無頓着に／「でもござらうしかし此からいかにしなさる
――自棄になって、くってかかるのを「無頓着に」と翻訳するのも、まあ、よしとしよう。囚人は、反撃にでて、勾留されている理由をたずねているのだが、それを「此からいかにしなさる」では、訳が弱い。
「これからはいふまでもない子ビルクライア君の名前で埒をあけるてござらう／とホームスのいふを探偵は引とり
――原文はブラッドストリート警部のセリフにもかかわらず、これをホームズ

に書き換える。その必要があるのだろうか。「子ビルクライア君の名前で埒をあける」とは、乞食の名前であるブーンからセントクレアの名前にもどって、事件の詳細を解明するという意味だろうが、ややわかりにくい。

「クライア君とした所が何故に身をやつしたかこれは一吟味ものでござらう／と歯をむき出す

——英文原作では、殺されたと思われていた人物が目の前にいる。そうなると自殺未遂罪か。これでは犯罪が成立しない。警部の思考回路を文章にして見せた箇所だ。それを日訳では、偽乞食になった理由を明らかにしよう、と跳んでしまった。大いなる意訳である。

ホームスは／「さうてない／といはせも果てす／「わしは廿七年来この勤をしてゐる。罪のないものかこのざまをするものか

——原作に、「そうではない」とホームズが口をはさむ箇所は存在していない。

【漢訳】犯者驚定。徐徐言曰。然則予有何罪。犯人は、驚きがおさまると徐々に話し始めた。「しかし私になんの罪があるというのですか」

——原文の、自棄になって、くってかかる犯人を無視する。おだやかな犯人になっている。

福曰。爾罪在使聖克来而失去也。ホームズは、「君の罪はセントクレアを失踪させたことにある」という。

——ここは、もともとブラッドストリート警部のセリフだ。それを日訳と同じくホームズの言葉にした。

犯者莞爾笑曰。爾不能以此罪予。欲罪予。当俟彼自戕耳。然予居此下流者二十七年之久。要亦難逃其咎。犯人は、にっこりとしていった。「あなたはそのことで私を罰することはできませんよ。罰したいのなら、彼が自殺しなけりゃね。しかし、私は27年の長い間乞食をしていましたから、そのとがめを逃れることはむつかしいかもしれません」

——警部が27年間警察に勤めているのが原文にもかかわらず、セントクレアが乞食をやっていた年月に入れ替わってしまった。漢訳者の大きな誤解である。

セントクレアが、なぜ乞食をするようになったのかの説明が、始まる。英文原作では、ロンドンのある夕刊紙の記者になったとき、ロンドンの乞食を取材することがあった。取材のため偽乞食に扮したというわけだ。

しかし、日訳では、乞食の芝居（一狂言）にする。

【日訳】「わたくしかその乞食を勤めました時は大出来でムりましてこの伎は独特だ本元だと三階（グリーンルーム）での賞（ホメ）ものになりました」

原文を示そう。When an actor I had, of course, learned all the secrets of making up, and had been famous in the green-room for my skill. 舞台生活をしていたころ、私は当然メーキャップの技術をいろいろ習ったのですが、それがなかなか上手なので、楽屋でもちょっと評判でした。96頁

昔、身につけていた技術を、新聞の取材のために乞食の扮装に応用したというのだ。日訳だと、新聞社で大評判になったと読める。「三階（グリーンルーム）」というのも不明。もともとは、壁が緑色に塗られていたから、楽屋というのだそうだ。新聞社に楽屋はなかろう。漢訳の方には、この部分は、削除してある。

日訳には、加筆もある。

新聞で乞食の取材をしたところ、扮装がうまく、もらいが26シリング４ペンスもあったことを述べたあとだ。

【日訳】皆様御考へ下さい。わたくしか毎夕新聞て社説を書たとて廿六シルリンクといふ高より多くは得られますまひ。それからこれはよい商売たと心つきました。

この日本語部分は、原文には、ない。翻訳者が、説明して付け加えたことになる。そう解説してあれば、理解しやすいことは確かだろう。そのすぐあとでも、もう１ヵ所の加筆を行なう。友人の借金25ポンドを肩代わりすることにな

り、それを10日の乞食稼業で返済したことを言ったあとだ。

【日訳】皆様にも御考へかつきませう。二周間に廿五ポンドといふ金か大概な骨折てとれるものてはムりませぬ。

2ヵ所ともに「皆様」で始めている。日本語翻訳者による勝手な加筆である。日訳には、「ドルラル」という一見、理解不能の言葉がみえる。

【日訳】自尊の心と金ほしいといふ心とか戦つて居ましたかとうとうドルラルに勝を制せられまして

「ドルラル」についての説明は、ない。同じ箇所の漢訳を示せば、次のようになる。

【漢訳】於是心同轆轤。躊躇不定。而卒為貪念所勝。そこで心はロクロのようにぐずぐずと決まりませんでしたが、とうとう貪欲が勝ったのです。

漢訳の方では、直訳ではなく「貪念」と意訳する。原文は、なにかといえば、“It was a long fight between my pride and the money, but the dollars won at last, それからながいあいだ、心の誇りと金とのたたかいがつづいたのですが、けっきょく、金が勝ちまして”（96頁）なのだ。ドルというのは、当時のイギリスの俗語ではクラウン銀貨の意味だという。「金」と翻訳していい部分だが、日本語の翻訳者は、原語のままに「ドルラル」としてしまった。はたして、一般の日本人に理解されたかどうか、わからない。

セントクレアが乞食として勾留されたが、妻を安心させようと手紙を書いた。ところが、投函されるのが遅く、1週間もかの妻を苦しませる結果となる。

“That note only reached her yesterday,” said Holmes.／“Good God! What a week she must have spent.”「その手紙は、やっと昨日奥さんの手もとにとどきましたよ」ホームズがいった。／「おや！それでは、妻は何というおそろしい一週間をすごしたことでしょう」

【日訳】「その御手紙は昨日夫人の方にとゝきました／「届きましたか。ありかたい。それて落付ましたらう。さそ弱つてゐたらうとおもひ升

Good God! を、よいことのように誤解したからこそ「ありがたい」という日本語になったのだろう。続くは、感嘆文なのだが、それにも気づかなかったらしい。ついでに漢訳を示す。「福爾摩斯曰。是信彼昨日方接到。犯者嗜曰。上帝乎。此一礼拝。苦彼矣。この手紙は、奥さんは、昨日、ようやく受けとったのです、とホームズがいった。犯人が呻いて、神よ、この一週間というもの、あれを苦しませたことだろう、という」簡潔に原文を翻訳していることがわかるだろう。

さて、結びの部分だ。

日訳が、もたついて、しようがない。

【日訳】「ブラツトストリー君今御聞の通りてモウこれてゆるしておやりなさい。わしもこゝに用はない。出かけませう。先生実にわしも考へは考へたかかううまく行ふとはおもはぬ。先生も心配したらう。／「さやうサ。五ツの枕の中て一玉の煙草をふかし／「さうさう先生行ませう。これからベーカ町まて行と丁度昼飯時た

最初の「ブラツトストリー君今御聞の通りてモウこれてゆるしておやりなさい。わしもこゝに用はない。出かけませう」は、いかにもホームズのセリフだが、原文にこのような文章は、ない。

次の「先生実にわしも考へは考へたかかううまく行ふとはおもはぬ。先生も心配したらう」は、流れから判断すれば、ブラッドストリート警部の言葉だ。かろうじて、それに似たような表現は、ある。“I wish I knew how you reach your results. ところで、どうやって真相に到達したのか、知りたいものですな”。だからといって、まったく同じというわけではない。

ホームズが、５つの枕の上に座って、タバコを１オンス吸って事件を解決したのは、原文の通りだ。

しかし、最後の「さうさう先生行ませう。これからベーカ町まで行と丁度昼飯時た」は、どうだろうか。前に出てくるブラッドストリート警部のいう「先生」がホームズならば、こちらの「先生」もホームズを指し、ならば、ワトスンの言葉になり、二人でベーカー街へ戻ろうという意味になる。

しかし、原文では、はっきりとホームズが「ワトスン君」と呼びかけているのだ。“I think, Watson, that if we drive to Baker-street we shall just be in time for breakfast. ワトスン君。これからベーカー街にかけつければ、朝食に間にあうだろう”

ホームズ物語のきめセリフのひとつである。朝食を日訳のように「丁度昼飯時た」としたのでは、ホームズとワトスンの事件に対する勤勉さが出てこないと思うが、いかがか。ひとこと付け加えれば、漢訳は、原文に忠実に翻訳している。

日本と中国で、ほとんど同時に翻訳された「唇のねじれた男」は、日訳よりも漢訳の方が、訳者の英語力が勝っているように思われる。

あくまでも比較の問題ではあるが、漢訳は、簡潔な文言で翻訳しており、誤訳もそれほど多くない。なによりも訳者が勝手な加筆をほどこしていないのが、いい。人名、地名にしても、統一して漢訳しようとする姿勢が堅持されている。

日訳の方は、基本的に英語原文を大きく外れる箇所は、ない。登場人物を日本人に書き換えないから、翻訳の持ち味を保っているとは思う。だが、漢訳の翻訳姿勢を裏返した部分が見受けられる。つまり、いくつかの誤訳と省略、勝手な加筆がある。その分、漢訳と比較して、翻訳の質が劣ると判断せざるをえないのだ。

注

1）阿部知二訳「唇のねじれた男」『シャーロック・ホームズ全集』第１巻　河出書房新社1958.6.25/1959.5.20四版。81頁。引用は、以下同じ。頁数だけ示す。

2）『商務書館華英字典』上海・商務印書館　光緒壬寅（1902）三次重印

3）『（ウェブスター氏新刊大辞書）和訳字彙』日本・三省堂1888.9.19/1903.8.10四十六版

【参考文献】

Sir Arthur Conan Doyle“The Original Illustrated‘STRAND’Sherlock Holmes -The Complete Facsimile Edition”Wordsworth Editions Limited 1990,1998

“Sherlock Holmes: The Complete Novels and Stories”Volume 1, Bantam Books 1986

畑實「シャーロックホームズの訳「乞食道楽」について」『文学年誌』第６号1982.4.25

中国におけるホームズ物語

『清末小説』第24-28号（2001.12.1-2005.12.1）に連載。原題「中国におけるコナン・ドイル」。一部を『漢訳ドイル作品論考２』（しょうそう文学研究所出版局2003.3.15）電字版に収録。藤元直樹、平山雄一、李慶国、劉徳隆、范伯群、張元卿各氏からは、資料の提供またはご教示をいただきました。感謝します。

中国において、過去の一時期、翻訳探偵小説の研究が進まなかったのは、事実である。だが、研究がほとんどなかったからといって、多くの中国人読者が、コナン・ドイルをはじめとする翻訳探偵小説を大いに歓迎していた時代が存在したという歴史事実までは、消すことはできない。

日本において、古くは江戸川乱歩が、中華書局の『福爾摩斯偵探案全集』に触れて次のように書いた。「中国は探偵小説では日本より遙かに遅れているというのが常識だが、少なくともホームズの翻訳では向こうの方が進んでいたことが分り、ちよつと意外に感じた」[1)]。中国におけるホームズ物語の翻訳が、日本よりも進んでいるとの指摘が、すでにここでなされている。しかし、乱歩は、その後、中国のホームズ物語についての文章を発表することはなかったようだ。乱歩の指摘は、一般読者の共通した認識にはならなかった。

中国文学研究者で翻訳探偵小説を研究する人は、いない。そのなかで、中村忠行の「清末探偵小説史稿」全３回（『清末小説研究』第２-４号1978.10.31-1980.12.1）は、ホームズ物語だけでなく、その他の外国探偵小説がいかに多く中国に紹介されたかを詳細に説明する。しかし、これも一部の研究者だけが知っているにとどまっている。掲載誌が、専門研究誌だからだろう。

コナン・ドイルの小説作品は、どのように中国に翻訳紹介されたのか[2)]。以下に私なりの検証をしてみた結果を述べる。いくつかの意外な事実が出現する。そのなかの１例を示せば、中国において、ホームズとワトスンは、当初、実在の人物だと受け取られていたことがある。にわかには信じがたい事かもしれない。おいおい説明することになろう。

コナン・ドイルの創作で特に有名なのは、シャーロック・ホームズ Sherlock Holmes 物語だ。しかし、彼が書いた小説は、ホームズ物語ばかりではなかった。小説に限っても、歴史、恐怖、怪奇、空想科学、神秘、冒険などなど、その内容は多岐にわたっている。

ホームズ物語だけで、長篇４篇、短篇56篇（短篇集は５冊）の合計60篇がある。だが、ホームズ物語60篇を含んで、ドイルの創作小説数は、全部で232篇を数える[3)]。これを見ても、ホームズ物語だけの作家ではないことが理解できるだろう。

中華人民共和国成立の1949年以前に限定して、どれくらいドイルの作品が漢訳されているかといえば、つぎのようになる。

ホームズ物語60篇のうち、すべての漢訳が存在していることが現在判明している。

漢訳について、その発表時期を日本語翻訳と並べてみると、なんと39篇の漢訳が日訳に先行している。この驚くべき事実には、注目してもいい。この点だけをとらえても、中国の読者の方が、日本人よりもホームズ物語を歓迎していたという見方をすることが可能だ。

日本で最初のドイル小説の翻訳は、「乞食道楽」（The Man with the Twisted Lip 1891.12 『日本人』（６）-（９）1894.1.3-2.18）だという[4)]。中国最初の翻訳ホームズ物語である「英包探勘盗密約案」（張坤徳訳『時務報』第６-９冊　光緒二十二年八月二十一日1896.9.27－九月二十一日10.27、The Naval Treaty 1893.10）よりも、２年ほど先行する。いままで流布していた通説、すなわち漢訳ホームズ物語が日本に３年先んじていたというのは、くつがえる。

翻訳一番乗りという点では、中国と日本が逆転するにしても、ホームズ物語全体の翻訳、あるいは翻訳が先行する数などを見れば、中国における漢訳ホームズは、日本に勝るとも劣らない。

ホームズ（福爾摩斯）の名前を冠した全集と称する出版物が、書目を見ただけでいくつも存在することがわかる。中華書局（1916）、大東書局（1925）、世界書局（1927）、三星書店（1935）、大通図書社（1937）、重慶・上海書店（1943）などから刊行されているのを知れば、その熱狂ぶりを想像することができよう。

江戸川乱歩が言うように「少なくともホームズの翻訳では向こう（注：中国）の方が進んでいた」情況は、確かに存在したのだ。

ホームズ物語以外の小説作品を視野にいれるとどうなるか。

漢訳されたホームズ物語以外のドイル作品は、65篇が存在する。漢訳ホームズをうわまわるホームズ物語以外の翻訳があるというのには、やはり注目せざるをえない。ドイル作品で中国で知られていたのは、ホームズ物語のみではなかった事実があるとわかるのだ。

参考までにいえば、日本語訳のあるホームズ物語以外の作品は、107篇だ。

ドイル全作品232篇のうち、漢訳総数にして125篇（約54％）が発表されている。日訳の全部は、167篇（約72％）だ（いずれも1949年以前）。

全体の翻訳数を日中で比較すれば、日本での翻訳紹介が、中国でのものを上回っている。しかし、9篇については、想像しにくいかもしれないが、日本語翻訳がなくて漢語翻訳のみが存在している。

中国は、日本とならぶドイル作品翻訳の大国だったといわなければならない。

1　漢訳ホームズ物語

中国における探偵小説は、伝統の裁判小説とはまったく別のところからはじまった。外国探偵小説の翻訳という形で、中国に輸入されるのだ。

中国で翻訳探偵小説を最初に掲載したのは、清朝末期維新派の主要刊行物のひとつ『時務報』であった。

最初の漢訳ホームズ物語――犯罪報道として

『時務報』創刊のいきさつは、以下のとおりだ。

1895年、北京には、官吏登用試験の最終段階である会試受験のために集まっていた各省挙人1,300名余りがいた。日清講和条約が締結されたと聞くと憤慨し、康有為を中心にして署名を集め、遷都、練兵、変法などの要求を光緒帝につきつけた。これが、世にいう公車上書である。昔、受験のため車馬で都に登ったことにちなむ。梁啓超、麦孟華らもこれに参加した。

その後、康有為、梁啓超らは北京に維新派の政治団体強学会を組織し、おなじく強学会上海分会も設立した。上海分会に参加した者のなかに、汪康年、黄遵憲、章炳麟らがいる。しかし、両者とも短期間で閉鎖された。上海分会は、定期刊行物『強学報』を発行したが、これもわずか3号で発行禁止となる（2号までが、現在、影印されている）。

閉鎖された強学会上海分会には、張之洞らからの寄付金の残額1,200両があった。これに黄遵憲が1,000元を、盛杏蓀が500元を寄付して創刊したのが『時務報』だった[5)]。

『時務報』第1冊は、光緒二十二年七月初一日（1896.8.9）に発行され、第69冊（光緒二十四年六月二十一日1898.8.8）までが出た。主宰者は汪康年。主筆を担当した人々は、梁啓超、麦孟華、章炳麟などである。日本文翻訳者は、古城貞吉だ。

『時務報』は、新聞を連想させる名前だが、実は雑誌である。月3回発行の旬刊。紙面は、梁啓超の「変法通議」などの論説を冒頭に掲げ、公文書、国内ニュース、海外の新聞（西洋と日本）からの翻訳記事などで構成される。

『時務報』の文言による翻訳探偵小説は、「域外報訳」欄に掲載された。該欄は、文字通り外国の新聞記事を漢訳して掲載する。『時務報』には、小説欄はもともと設定されていない。

次の5篇が探偵小説である。原作などの判明しているものは、注に書いておく。

「英国包探訪喀迭医生奇案」　張坤徳訳　『時務報』第1冊　光緒二十二年七

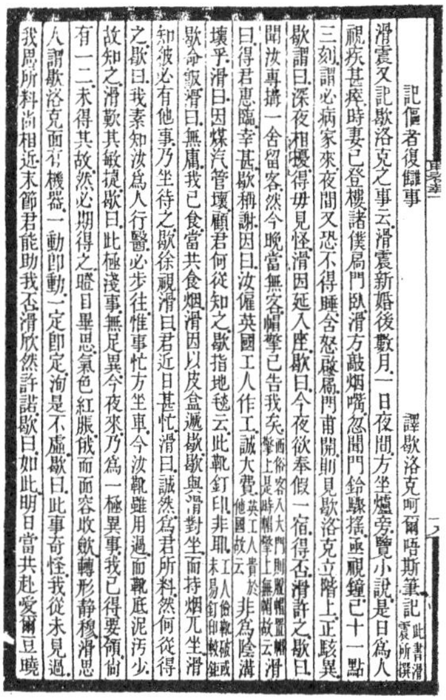

記傴者復讎事　譯歇洛克呵爾唔斯筆記（此書滑震所撰）
滑震又記歇洛克之事云。滑震新婚後數月。一日夜間方坐爐旁覽小說。是日爲人視疾甚疲。時妻已登樓。諸僕局門臥。滑方敲烟嘴。忽聞門鈴聲搖。亟視鐘已十一點三刻。謂必病家來。夜間又恐不得睡。含怒啟扃門甫開。則見歇洛克立階上。正駭異歇謂曰。深夜相擾。得毋見怪。滑因延入座。歇曰。今夜欲奉假一宿。得否。滑許之。歇曰聞汝專構一舍留客。然今晚當無客。帽掌已告我矣（西俗客入大門則脫帽置帽掌上是時帽掌上無帽故云）滑曰。得君惠臨。幸甚。歇稱謝。因曰。汝僱英國工人作工。誠大費（英工人貴於他國故云）非爲陰溝壞乎。滑曰。因煤汽管壞。顧君何從知之。歇指地毯云。此靴釘印非耶（工人僉靴破或末易釘印較鉅）歇命飯。滑曰。無庸。我已食。當共食烟。滑因以皮盒遞歇。歇與滑對坐。而持烟兀坐。滑知彼必有他事。乃坐待之。歇徐視滑曰。君近日甚忙。滑曰。誠然。爲君所料。然何從得之。歇曰。我素知汝爲人行醫。必步往。惟事忙方坐車。今汝靴雖用過。而靴底泥污少故知之。滑歎其敏捷。歇曰。此極淺事。無足異。今夜來乃爲一極異事。我已得要領。尚有一二未得其故。然必期得之。瞪目畢思。氣色紅脹。俄而面容收斂。轉形靜穆。滑思人謂歇洛克面有機器。一動卽動。一定卽定。洵是不虛。歇曰。此事奇怪。我從未見過我思所料。尚相近。末節君能助我否。滑欣然許諾。歇曰。如此。明日當共赴愛爾豆境

漢訳「曲がった男」

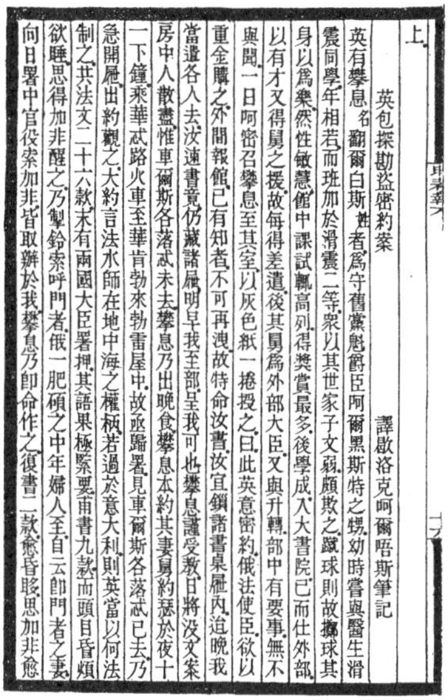

上
英包探勘盜密約案　譯歇洛克呵爾唔斯筆記
英有攀息（名）翻爾白斯（姓）者。爲守舊黨魁爵臣阿爾黑斯特之甥。幼時嘗與醫生滑震同學。年相若。而班加於滑震二等。衆以其世家子文弱。頗欺之。蹴球則故擲球其身以爲樂。然性敏慧。館中課試。輒高列。得獎賞最多。後學成。入大書院。已而仕外部以有才。又得舅之援。故每得差遣。後其舅爲外部大臣。又與升轉。部中有要事。無不與聞。一日阿密召攀息至其室。以灰色紙一捲授之。曰。此英意密約。俄法使臣欲以重金購之。外間報館。已有知者。不可再洩。故特命汝書。汝宜鎖諸書桌屜內。迨晚我當遣各人去。汝速書竟。仍藏諸屜。明早我至部。呈我可也。攀息謹受教。日將沒。文案房中人散盡。惟車爾斯各落武未去。攀息乃出晚食。攀息本約其妻舅約瑟於夜十一下鐘。乘華武路火車至華肯。勃來勃雷屋中。故亟歸署。見車爾斯各落武已去。乃急開屜出約觀之。大約言法水師在地中海之權柄。若過於意大利。則英當以何法制之。共法文二十六款。末有兩國大臣署押。其語果極緊要。甫書九款。而頭目昏煩欲睡。思得加非醒之。乃掣鈴索呼門者。俄一肥碩之中年婦人至。自云卽門者之妻向日署中官役。索加非皆取辦於我。攀息乃卽命作之。復書二一款。愈昏眊。思加非愈

漢訳「海軍条約文書事件」

月初一日1896.8.9

この1編は、原作が不明だ。

以下は、シャーロック・ホームズ物語である（冒頭の数字は、藤元編「コナン・ドイル小説作品邦訳書誌」の通し番号を示す。作品検索に便利なようにつけた）。

085「英包探勘盜密約案」（（英）柯南道爾著）　張坤徳訳
『時務報』第6-9冊　光緒二十二年八月二十一日1896.9.27－九月二十一日10.27
「海軍条約文書事件 The Adventure of the Naval Treaty」訳歇洛克呵爾唔斯筆記。

081「記傴者復仇事」（（英）柯南道爾著）　張坤徳訳
『時務報』第10-12冊　光緒二十二年十月初一日1896.11.5－十月二十一日11.25

「曲がった男 The Adventure of the Crooked Man」訳歇洛克呵爾唔斯筆記。此書滑震所撰。

050「継父誑女破案」（(英）柯南道爾著） 張坤徳訳
『時務報』第24-26冊　光緒二十三年三月二十一日1897.4.22－四月十一日5.12
「花婿失踪事件 A Case of Identity」滑震筆記。

087「呵爾唔斯緝案被戕」（(英）柯南道爾著） 張坤徳訳
『時務報』第27-30冊　光緒二十三年四月二十一日1897.5.22－五月二十一日6.20
「最後の事件 The Adventure of the Final Problem」訳滑震筆記。

張坤徳訳としたのは、翻訳が掲載された「域外報訳」「英文報訳」欄の下に張の名前が記してあるからだ。ただし、5篇の漢訳が単行本に収録された時、訳者の名前が張坤徳から丁楊杜に変更されたという。これについては後で問題にしたい。「柯南道爾」すなわちコナン・ドイルをカッコにいれたのは、『時務報』に掲載されたとき、原著者名を明記していないからである。

『時務報』に見える5篇の文章は、漢訳探偵小説だ、と現在、誰でもが知っている。阿英の指摘があって以来、中村の論文をはじめとするこれまでの研究成果により、5篇のうち4篇はドイルのホームズ物語だということが判明している。なによりも漢訳本文に「歇洛克呵爾唔斯」「滑震」と書かれているのだ。前者が、シャーロック・ホームズ、後者がワトスンの漢訳名であることは、今では周知の事柄だ。

研究者が漢訳ホームズ物語に言及する場合、はじめからホームズ物語だと疑わずに、既知のものとして論じているのも無理はない。

だが、『時務報』を読んでいた当時の人々が、それらを創作としての探偵小説だと知っていたかどうか、これはまた別の問題となる。

なぜなら、5篇の翻訳が掲載されたのは、「域外訳報」「英文報訳」という英字新聞に見える記事を漢訳する欄だった。「東方の時勢を論じる」とか「日本の国勢を論じる」などの比較的短い新聞記事あるいは論説の重訳のなかに、それらの探偵小説は紛れこんでいる。さらには、探偵小説という表示は、どこにもない。なによりも、それまでホームズ物語が漢訳されたことがない。

読者にしてみれば、新聞に発表された新聞記事のひとつ、それもかなり長いニュースの漢訳としてしか認識しなかった、と私は考える。新聞記事のうち犯罪をあつかっているから、犯罪報道である。犯罪報道であるからには、事件と登場人物は実在していると考えられたとしても不思議ではない。『時務報』には、それらが創作であるとわからせる工夫は、なにひとつなされていないのだ。編集者自身が、創作であると知っていたかどうかも問題になるが、今は、指摘しておくにとどめたい。

作品を提供する側は、掲載するにあたり、神経を使ったのではないか。これについては、後述する。

それぞれの作品を見てみよう。

『時務報』掲載の漢訳探偵小説１篇

書名に出てくる「包探」という漢語について、説明しておく。

「包探」は、日本語で言えば、探偵である。探偵という単語からの連想で、ホームズのような私立探偵のみを意味していると想像されるかも知れない。だが実は、「包探」は、本来は、欧米における警察制度のもとの警察官（刑事を含む）を指す言葉として使用された。「包」からの連想で北宋の名裁判官包拯と関係があるように考えられるかもしれない。しかし、直接の関連はないと思っている。なぜならば、「包探」の使用例は、清末らしいからずいぶんと新しい。香港・三聯書店の『漢語大詞典』は「又称包打聴」という。「包打聴」は上海語だとするものもあり、この「包」は動詞ではなかろうか。

もともと、ホームズに代表される私立探偵は、中国には存在しなかった。ゆえに「包探」に私立探偵を含めて使用するのが普通だ。ただし、警察官と私立探偵を区別して翻訳する場合も、まれにではあるが、実例がある（後述）。本来ならば、内容にそって訳し分けなければならないだろう。本稿においては、

「包探」は、刑事と私立探偵を含むものとする。また、ホームズなどを指す場合、単に探偵という場合がある。

最初の漢訳探偵小説は、「英国包探訪喀迭医生奇案」と題されている。この場合の「包探」は、内容から見れば、私立探偵ではなく、刑事のようだ。ゆえに、「英国刑事のカルチエ医師怪奇事件」と訳しておく。

『倫敦俄們報』掲載のものを翻訳したように見えるが、該報の発行年月日を明記しない。中村が、ドイルの作品ではないこと、原作は不明だと指摘してから、いまだに原作不明のままになっている。

話の筋は、つぎのとおり。

数年前、英国ロンドンの警察［包探公所］に、一人の病人のような金持ちの老商人嗃子生がやってきた。最近、フランスの年若い妻を娶ったが、身体の調子が悪いところに、カルチエ（音訳。喀迭）という美男子の医者にあい治療してくれることになった。妻の知り合いでもある。ところが自分の身体はますます悪くなるので調べてほしいという依頼である。そうこうするうちに一人の婦人が医者をともなってやって来ていうには、夫は病を得てから疑り深くなってしまい、毒殺されるなどと恐れている、と泣き崩れる。警部は、著名な刑事を派遣することにした。調べても婦人と医者のあいだには疑わしいところはない。しかし、老人の病気はますます悪くなる。食事を検査しても毒物は検出されない。医者を他の者に替えたので、刑事はしばらくそのままにしておいたところ、突然、嗃子生死亡の知らせが届いた。苦痛もない急死だという。埋葬後、疑問に思った刑事は、許可を得て棺桶を開けると死体が消失している。遺産の大半を手に入れた若い妻は、各国を旅行したのち、英国にもどるとカルチエ医師と結婚することにしたという。その前にロンドン市外でひとりの婦人とふたりの子供の死体が発見された。室内に残された紙片に薬売りの手掛かりがあり、刑事が調査するとカルチエが塩素ガスを購入していた。さらに家具を運搬した車夫も死んだ。その妻の証言では、ある婦人のために家具を運んだ日、医者が薬を処方し、それを飲んだあとに死亡したという。刑事は、カルチエ医師が事件に関係していることを確信しその家に行くが、不在である。室内を見れば、いろいろな殺人方法についての文書がある。そこに帰宅したカルチエ医師を刑事は逮捕した。留置場に送ったところが、不明の薬物で自殺してしまった。若い婦人は、ロンドンを離れ、いくらもしないうちにパリで死んだ。刑事の厳密な推理によると、死体で発見された婦人とふたりの子供は、カルチエの妻子であり、車夫はインドの毒草で殺害したもの。香港へむかった汽船からの報告によると、ロンドンを出発する時、夜中に二人の客があり、そのひとりは老人で病気であった。出港したのち病気の老人は死亡してしまい、例にならって水中葬とした。刑事が、その情況を詳細に考えた結果は、こうだ。船に乗ったのは、嗃子生とカルチエのふたりだった。嗃子生をインドの薬草で殺し（たように見せかけ）、その腹のなかに痕跡が残っているため、棺桶から取り出して覚醒させた。その理由は、船上で死去すれば死体は海に棄てられることになり、それは証拠隠滅のためであった。刑事の考察から逃げることはできないのである。

中村は、この物語が探偵小説だと考えていたから、すこし脚色して粗筋を紹介した。

そもそも、探偵小説の特徴は、謎の発生→謎の追求→謎の解決の３段階にある。謎の解決は、意外な犯人、想像もしなかった結末にむすびつく。

だが、上の物語は、どうだろうか。いくらか謎めいた部分もあるにはあるが、事件の発生とその経過、および犯人に関する説明という、平板な記述に終始している。粗筋だけがあって、小説らしい描写がない。残された資料から、推理をかさねて犯人を割り出す、不思議な行動を理論にもとづいて説明する、という探偵小説の肝心の部分が存在しない。手のこんだ殺人事件のひとつだとはわかる。だが、山場というものがまったくないのは、不可思議であろう。

刑事が、小さな証拠を集めて、綿密に推理を行なう、という箇所もない。ゆえに、この物語の翻訳に教育的目的があったとも思われない。

インドの薬草で殺したように見せかけるなどの場面を見れば、現実の犯罪事件とも思えない。そうなるとやはり探偵小説なのだろうが、その部分だけを取り上げれば、あまり出来のよくない作品だ。ただし、昔のロンドンにおいて、共謀して金持ちを毒殺するなどの事件は、普通に発生していたかもしれない。実話にもとづいた探偵小説という場合もあるだろう。

掲載誌が『倫敦俄們報』というからには、ロンドンで発行されていた新聞のようだが、犯罪実話雑誌だとしてもおかしくはない。

原作がどのような文章であったのか不明だから、断言はできない。だが、少なくとも『時務報』に掲載されている文章そのものから判断するに、犯罪報道、もしくはそれに毛の生えた程度の読物だと考えて間違いなかろう。

該作品そのものは、『時務報』１号分で掲載が終了するほどの短さで、新聞記事といってもいい。だからこそ新聞記事重訳欄に収録されている。

では、同じく新聞記事重訳欄に掲載されているホームズ物語を、同じ犯罪報道として見るとどうなるだろうか。こまかく見ていくと、それぞれに翻訳の仕方が違っていることに気づくのだ。

『時務報』掲載の漢訳ホームズ物語４篇

「英国探偵の密約盗難探査事件　英包探勘盗密約案」が、中国で翻訳された最初のホームズ物語である。

◎「英国探偵の密約盗難探査事件　英包探勘盗密約案」

――「海軍条約文書事件」

085 The Adventure of the Naval Treaty ｜ The Strand Magazine 1893.10-11

上の一覧で示しているように、著者名をカッコでくくったのは、私の注記である。くりかえすが、もともとの『時務報』には、原作者コナン・ドイルの名前はない。『時務報』は原作者を隠している。「シャーロック・ホームズ筆記の翻訳　訳歇洛克呵爾唔斯筆記」と書いて、他の掲載誌を明示しているのに合わせているくらいだ。

ここが肝心な点だが、当時、シャーロック・ホームズを知っている一般読者が中国にいたかどうかは、はなはだ疑問である。なにしろ、本作品が、中国ではじめて翻訳されたホームズ物語なのだ。一般の読者に知られていたと想像することは不可能だ。ゆえに、外国ニュースを重訳する欄に掲載されている以上、形の上では、あくまでも犯罪報道としか受け取ることができないようになっている。原作者が明示されていないこともその証拠になる。

だいいち漢訳題名が問題だ。英文原作の題名は、内容がわからないような命名の仕方をしている。探偵小説は、謎解きが主眼なのだから、題名を見て内容がわかるようでは困る。ところが、漢訳題名は、その内容がわかるように翻訳されており、これだけ見れば、小説ではなくて新聞報道、つまり犯罪報道の体裁をとっていると理解される。

ちなみに、ドイルの該作品が日本語に翻訳されたのは、天馬桃太（本間久四郎）「海軍条約」（『神通力』祐文社1907.12.15）という。漢訳は、日本より11年も前のことだ。いかに漢訳が早かったかが、理解できるだろう。

原作の「海軍条約文書事件」は、結婚直後のワトスンが執筆したという設定になっている。

保守党の大政治家ホールダースト卿の親戚であるパーシ・フェルプスは、ワトスンと学校が同窓だった。外務省勤めのパーシが、伯父ホールダースト卿の指示でイタリアとの秘密条約の原本を筆写することになる。事務室で書き写していた時、コーヒーを命じた隙に条約原本を何者かに盗まれてしまった。警察も犯人の手掛かりをつかむことができない。パーシは、脳炎で9週間寝込んでしまった。婚約者アニーの兄ジョーゼフが滞在しており、その寝室をパーシの病室としたのだった。ワトスンの紹介でホームズが調査に乗り出すや、関係する人々からの証言を得ただけで、彼はすぐさま結論を得る。それを証明するため、ホームズは、単身、パーシ家を見張り、犯人から秘密条約の原本を取り返すことに成功した。

謎が発生する。ここでは誰かが条約原本を盗み出した、にはじまる。

謎の追求過程では、読者の関心をそらすために、作者は、意図的な誤誘導を盛りこむ。誰が得をするのか、ホールダースト卿か、と思わせてみたりする。

謎の追求には、読者に対しても証拠のすべてが、開示されていることが必要だ。手掛かりが誰にもわかるかたちで書かれている。すなわち、条約文書が盗まれてから10週間も経過するのに、外国外務省の手にわたったという情報がない——パーシは９週間も寝たきりだった事実に気がつく読者は、感覚がするどいことになろう。また、パーシが付き添いなしに寝た夜、ナイフをもった人物が病室に侵入しようとした——犯人は、パーシに付き添いがいないことを知っていたことになる。これなどは、ホームズが種明かしをして、ああ、なるほどと思うのがほとんどの読者ではないか。

ワトスンらにも、また読者にもその理由を明かさずに策略をめぐらすのも、読者の興味を引きつける箇所だ。婚約者アニーをパーシの病室にくぎ付けにし、ホームズ、ワトスンとパーシはロンドンのホームズ宅に向う。ところが、途中でホームズは、ロンドンには行かない、留まることにした、そのことを他人に知らせるなといって、読者を煙にまく。

翌朝、左手に包帯をしたホームズが、ロンドンの自宅にもどってきて、パーシたちと朝食をともにする。パーシがふたをとった皿の中には、例の盗まれた秘密条約の原本が置かれているではないか。ホームズが取り戻したのである。朝食の皿に盛ったのは、意表をつく、ホームズ好みの芝居がかった演出だ。最後に、事件の経過と謎の解明、犯人の特定がホームズによって語られる。意外な結末である。

漢訳では、以上の物語がどのようになっているのか。

出だしはこうだ。

> 英国に名前をパーシ、姓をフェルプスという保守党の大政治家ホールダーストの甥がいた。幼時、医者のワトスンと同窓で、年はほぼ同じだが、ワトスンよりもクラスはふたつ上級だった。英有攀息名翻爾白斯姓者。為守旧党魁爵臣呵爾黒斯特之甥。幼時嘗与医生滑震同学。年相若。而班加於滑震二等。

英文原作は、ワトスンの手記だが、漢訳では、記述の主をワトスンではなく第三者に変更している。

ワトスンが結婚直後にかかわった三つの事件のなかのひとつがこの「海軍条約文書事件」である、という原文の冒頭部分が削除され、上の説明からはじまる。

パーシが伯父の指図で秘密文書を筆記しているところ、すこしの隙に文書を盗まれる。手を尽くして捜したが、みつからない。パーシは昏倒し自宅で9週間も寝ついてしまう。ややよくなったところで昔の友人であるワトスンに手紙を送り、ホームズに事件の解決を依頼する。英文原作では冒頭部分にあるパーシの手紙が、漢訳では、この部分に移動させられている。細かいことをいう。この手紙にパーシの昔のあだ名が「おたまじゃくし tadpole」と書かれている。これを、漢訳ではまず音訳して「忒坡爾」とする。さらに、注をつけて「これはあだ名で翻訳すれば小蛤蚧（オオヤモリ）だ」と誤る。

削除といえば、ホームズのバラの花について意見を述べる部分がある。だが、宗教は推論を必要とする云々は、意味不明だと判断されたものか（誰が判断したかは後述）、漢訳では省略される。また、ポーツマス線の汽車の中で、外の風景にある小学校を見て、ホームズがワトスンに「灯台だよ」と話しかける部分も、事件の本筋とは無関係だと考えられたらしく、省略。

では、事件に関係のない箇所は、すべて省略されているかといえば、そうともいえない。ホームズが自室で化学実験を行なっている部分は、漢訳で6行分が残されている。

いくつかの削除はあるが、あとは、英文原作にほぼ忠実に漢訳されているといえる。

これを読んだ中村は、つぎのように書いている。

> ……梗概をあらあらと綴るばかり、時に大きな改変がある。例文の箇所について言へば、原文冒頭の（筆者注：英文略）以下の一節は省略されてゐるし、パーシ・フェルプスからワトスンに充てた手紙以下、数頁の文章は後に廻され、フェルプスがホームズに事件の経過を話す条りに織込まれてゐる。その為、筋が平明となり、探偵小説としての面白さは失はれ、原作

者独特の話術の巧みさも、印象が薄れたものとなつてしまつた[6]。

中村は、漢訳について明らかに不満を感じている。それは、『時務報』掲載の漢訳を探偵小説として考えているからだ。ドイルの原作を損なった翻訳に対する中村のきびしい評価である。

漢訳において、パーシがワトスンにあてた事件解決依頼の手紙を、冒頭から物語の途中に移動させるという大きな変更をほどこした理由は、時間の推移のままに事件を述べた方が読者にとっては理解しやすいと考えたからだ。

だが、だからといって完全な形では犯罪報道に改変されていない。最後の種明かしの部分は、英文原作のままになっており、犯罪報道としては完全さが崩れた。しかし、だからこそその分だけ物語としてのおもしろみを伝えることができたとはいえる。

一部分であろうとも、英文原作の順序をわざわざ改変するには、労力が必要とされる。原文そのままを漢訳するほうが、ずっと楽なはずだ。それをあえて書き換えたのは、原作の探偵小説を小説として提供するつもりがなかったからだ。結果として徹底したものとはならなかったが、犯罪報道に書き直したかった。こう考えれば、これらの改変は、不思議でも不当でもない、当たり前のものとなる。

漢訳最初のホームズ物語を見る限り、改変があったり、省略があったり、また例の豪傑訳に近い翻訳か、と思われる可能性が高い。だから、中村も厳しい評価を下したのだ。だが、残りの3篇を丁寧に読んでいけば、その印象は違ったものになる。

作品がニュース欄に掲載されていることからも、ドイルの創作した名探偵ホームズは、中国では、英国ロンドンに実在した探偵だと受け取られたことがわかる。ホームズが実在したなどと考えること自体、現在から見れば、信じられないことかもしれない。だが、当時の中国においては、それが事実であった。

ドイルの作品それ自体がうまく構成されているため、漢訳時に少々の変更をほどこされても、物語として成功した部類にはいる。大多数の中国人読者から見れば、探偵小説というよりは、新聞の犯罪報道として理解された。このことをくりかえし指摘しておきたい。

ところが、つぎの作品になると、翻訳者は、犯罪報道のワクを頭から放り出しかかっているように見える。原文の記述順序を改変することなく、そのままに読者に提供しはじめる。

◎「曲がった男復讐事件　記傴者復仇事」――「曲がった男」

081 The Adventure of the Crooked Man ｜ The Strand Magazine 1893.7

ロイヤル・マロウズ連隊のバークレイ大佐殺人事件である。

バークレイ大佐と夫人のナンシは、仲睦まじかった。ところが、ある日、外出から帰宅した夫人は、突然、夫と喧嘩をはじめ、恐ろしい悲鳴とともに大佐は変死、夫人は失神しているのが発見された。死んだものとばかり思われていた30年前の恋敵が、再び出現したことが原因で発生した変死事件だった。

この物語のなかのホームズは、関係者の証言を取っていくことにより、自然と真相に到達する。それほど困難な事件ではない印象を受ける。

該作品の日本語訳についても触れておけば、藤原時三郎「邪悪の人」(『ホルムスの思ひ出』金剛社1924　万国怪奇・探偵叢書２。未見）がある。中国のほうが、日本よりも28年も早い。

漢訳には、「本書は、ワトスンの作。此書滑震所撰」と書いてある。中国の読者は、原作者のワトスンが実在していると理解するだろう。まさか、ワトスンまで創作上の人物だとは、これだけでは想像できない。しかも、ワトスン作と明記しながら、この漢訳でも会話部分を除いて、第一人称は使われない。あいかわらずセリフの前に「ワトスン　滑震」をかぶせている。

本作品も漢訳題名が、内容を暗示したものであることに注目されたい。「記傴者事」だけならまだしも、これに「復仇」を付け加えるから、復讐にかかわる事件だと推測することが可能だ。それだけでも、探偵小説としての興味は少し削がれる。ただし、小説と考えなければ、別にこれでもかまわない。

出だしは、人称問題を除けば、英文原作に忠実な漢訳である。そればかりか、注をほどこして読者の理解を助けている。

たとえば、ホームズが、ワトスンの家を訪れ、帽子かけを見て患者のいないことをいう箇所“I see that you have no gentleman visitor at present. Your hat-stand proclaims as much”を、次のように漢訳する。「今晩は客がいないはずだ。帽子かけがそう私に教えているよ。今晩当無客。帽擎已告我矣」ここに注をつけて「西洋の風俗では、客は玄関を入ると脱帽し、帽子かけに置く。その時、帽子かけに帽子がなかったからそう言ったのだ。西俗客入大門則脱帽置帽擎上。是時帽擎上無帽故云」と説明する。わかりやすい。

たとえば、おなじくホームズは、ワトスンの家で最近工事があったことを指摘して“He has left two nail-marks from his boot upon your linoleum ……”という箇所を漢訳して「絨毯を指さし、これはクツの釘跡じゃないかね。歇指地毯云。此靴釘印。非耶」という。注して「労働者はつつましく、クツが破れても替えないので、釘跡が大きい。工人倹。靴破或未易。釘印較鉅」と説明する。注釈をほどこすのは、原文を忠実に翻訳しようとする意識があるからだ。

こまかいことだが、絨毯ではクツ跡は残りにくいのではないか。リノリュウムと絨毯は違うだろう。

物を詳細に観察して推理するのは、ホームズの特徴のひとつでもある。注釈をつけてでも、その特徴を漢訳で示したいと翻訳者は感じたからだとわかる。

ワトスンの靴が汚れていないのを見たホームズが、医者の仕事が忙しいことを言い当てる箇所など、ホームズ物語の特徴をあますところなく漢訳している。

同じ『時務報』に掲載されている漢訳ホームズ物語「英包探勘盗密約案」と比較して、「記傴者復仇事」は、少しの省略とほんの小さな誤訳（冒頭、食事の場面）はあるにしても、英文原作にほぼ忠実な翻訳である。にもかかわらず、原作者であるドイルの名前を一貫して出さないのは、掲載する欄が新聞記事の重訳ものだから、それに束縛されているとしか思えない。

◎「娘を欺く義父事件　継父誑女破案」——「花婿失踪事件」

050 A Case of Identity ｜ The Strand Magazine 1891.9

前回の「曲がった男復讐事件　記傴者復仇事」から、約四ヵ月の空白時間をはさんで、みたびホームズ物語が掲載される。ここでも内容そのままを説明した漢訳題名であるといわざるをえない。

日本語訳の南陽外史「紛失の花婿」((不思議の探偵)『中央新聞』1899.8.15-20)からすれば、こちらは漢訳が日本語訳よりも、2年早い。漢訳が先を行っていることに変わりはない。

原作の内容は、次のようなものだ。

財産目当てに年上の女性と結婚した男ジェームズ・ウィンディバンクが、義理の娘メアリ・サザーランドの所有する金までも自由にしたいがため、変装して娘と交際をはじめ、結婚式の当日に失踪する。花婿ホズマー・エンゼルの生死がわからなければ、少なくとも10年間は、娘は、他の男に心を向けないだろう、と読んだ義理の父親の計略である。

花婿捜索を依頼しに来た娘を観察しただけで、彼女が近眼であること、タイプライタを打つことをホームズは推理する。娘が近視だから、義理の父親の変装を見破ることができなかったという伏線になっている。

また、恋人ホズマー・エンゼルからの手紙は署名までもタイプライタで書いてあるというのが、事件解決の決め手のひとつともなる。タイプライタの文字は、一部分が欠けていたりして個別に特徴がある。別人の手紙と称しても、同一機器を使用した証拠となるのだ。

義理の父親が犯人だとホームズがあげる根拠は、複数ある。ひとつは、花婿が失踪して利益を得る人物は、義理の父親のみであること。また、花婿と義理の父親は、けっして同時に現われないこと。および上に述べたタイプライタの印字癖だ。ホズマー・エンゼルからの手紙と、義理の父親からの手紙が同じタイプライタを使用して書かれていることをホームズは指摘するのである。

義理の父親が、娘の花婿になるという、まことに奇妙な事件であるといわなければならない。しかも、ホームズのゆるがぬ推理で義理の父親を追い詰め、彼に罪を認めさせ、事件を解決しながら、その本人を罰する法律が存在しない。事実を娘に教えても、おそらく信じないだろう、といって話は終わる。

娘の母親は、あやしげな花婿の存在に疑念を持たなかったのか、という読者からの当然すぎる疑問が予想できる。これに対して、ドイルは、「妻の黙認と援助」としか書いていない。義理の父親と母親はグルになって娘を騙していたことになる。はるか年下の男を好きになった母親は、実の娘を騙しても不思議ではないというのが、ドイルの考えであろうか。ならば、読者は、そうですか、というよりほかない。

漢訳は、「私がホームズの所で、彼と暖炉をはさんで話していると、ドアを叩く音が聞こえた。……余嘗在呵爾唔斯所。与呵擄竈觚語。清談未竟。突聞叩門声」ではじまる。

ここでようやく「私［余］」を使用する第一人称で物語が綴られることになった。これでこそ「滑震筆記」とした意味があるし、また、英文原作に忠実な書き出しである。

ところが、それにつづく新聞記事「妻を虐待する夫」をめぐる雑談とボヘミア王からの記念の品などを説明する部分は、漢訳では全文が削除される。

ホームズ物語では、ホームズとワトスンの関係、それぞれの経歴、別の事件への言及などが語られることがある。とりあえずそれをホームズとワトスンの生活史と言っておくが、その記述は、事件そのものとは直接の接点をもたない場合がある。しかし、作品の血肉になっており、その血肉があるからこそ、個々の事件で独立する短篇小説が寄り集まって、全体でひとつの大きなホームズ物語を構成しているという、いわば二重構造を成立させているのだ。

しかし、漢訳者は、その生活史部分を削る。その理由は、犯罪報道には余分だと判断したためであろう。いきなり、メアリ・サザーランド［邁雷色実］が訪問してくるのだ。

以上のような少しの省略はあるが、あとはほぼ英文原作のままに漢訳している。

ただし、首をひねる例も、ないことはない。

タイプライタを打つことを「排鉛板」「彫板」と漢訳している。まるで活版印刷あるいは木版印刷をしているように漢訳するよりほかなかった。その理由は、訳者のまわりにタイプライタそのものがなかったのか、中国人読者にはなじみのない機械だから、理解しやすいように改変したのだろう。

たとえば、南陽外史「紛失の花婿」では、タイプライタを「活字手紙の印刷」と翻訳している。漢訳と似たようなものだ。

タイプライタを利用して打った文字は、肉筆文字と同じに個性があることをホームズが指摘する箇所がある。英語原文では、活字体小文字の「e」と「r」を例にあげており、そのままに漢訳する。その際、どういうわけか2文字ともに筆記体を使用する。筆記体のタイプライタなど、そのころあったのだろうか。疑問だ。筆記体を示したことで、漢訳者は、タイプライタの構造を理解していないのではないかと思わせる。

まあ、これなどは細かい誤りにすぎない。『時務報』は、木版の誌面だから筆記体小文字もそのままに印刷ができる。別の漢字に置き換えて翻訳することもできる箇所なのだが、英語原文の通りに翻訳したかったようだ。筆記体にしたから、結果として少しズレてしまったが、基本はやはり、翻訳の態度として原文に忠実であろうと努めていると考えていいだろう。

◎「ホームズ殺害事件　呵爾唔斯緝案被戕」――「最後の事件」

087 The Adventure of the Final Problem ｜ The Strand Magazine 1893.12

『時務報』に掲載されたホームズ物語の最後の1篇である。日本語訳の天岡虎雄「鎖された空家」（『古城の怪宝』博文館1922.4　探偵傑作叢書4。未見。“The Final Problem”と“The Empty House”を合わせたものという）より25年も先んじている。

天才、哲学者、理論的思索家、最高級の頭脳の持ち主で数学の才能を持ち、かつ犯罪の組織者でもあり、犯罪史上最高峰に位置するモリアーティ教授とホームズの死闘を描いた作品だ。

この作品は、それまでのホームズ物語とは異なる。ホームズが、イタリア人牧師に変装する場面はあるが、細かな観察から推理をするなどのホームズ得意の見せ場がない。

なによりも解決すべき事件がない。謎の事件がないのだから、厳密にいえば、探偵小説ではなかろう。

ホームズが、モリアーティ教授と対決するのが事件そのものである、という言い方はできようか。

しかし、ライヘンバッハの滝壷に両者が転げ落ちて死んだように思わせる結末は、いかがか。ホームズが死んでしまったのでは、事件解決というには程遠いといわなくてはならない。英国読者の納得をえることができなかったのは、当然のことであろう。

これが、ホームズ物語を打ち切るために、ドイルが、ホームズを葬り去るために書いた作品であることは、現在では周知の事実だ。ドイルの創作として見れば、エピソードの多い作品ではある。

だが、中国では、これが犯罪報道だと受け止められたことを知れば、ホームズが死去するようなことがあったとしても、それはそれですっきり収まるような気もするのだ。

漢訳は、「娘を欺く義父事件　継父誑女破案」に引き続いて「私［余］」ワトスンの筆記となっている。

本文冒頭に興味深い翻訳箇所がある。

ワトスンが、ホームズとの交流を回想するところで事件の名前（つまり作品の題名）をあげる。英文では、“Study in Scarlet”と“The Naval Treaty”の2作品だ。漢訳者は、前者を「敓験紅色案」と翻訳した。これは、いい。問題は、次の“The Naval Treaty”だ。こちらは、おなじ『時務報』に漢訳が掲載されている。その漢訳名は、「英包探勘盗密約案」だった。ところが、本文では「獲水師条約案」と漢訳している。同じ漢訳者が、同じ作品を、同じ雑誌のなかで別の題名に翻訳するのは、どこか不思議だ。「英包探勘盗密約案」と「獲水師条約案」を比較した場合、後者の方が、原文に近い。

ひとつの作品にふたつの漢訳題名がある。なぜ、このような現象が発生したのか。別の刊行物で漢訳題名が違うことは、よくあることだ。だが、同一雑誌内だからこそおかしい。あとで問題にする。

最後の方に、“my brother Mycroft 兄のマイクロフト”とある箇所を弟「我弟麦闊労傳戕」と翻訳する。兄弟としか書かれていないから、この部分だけを見て兄と訳すのはむつかしいかもしれない。だが、「最後の事件」よりも前に発表されている「ギリシア語通訳 The Adventure of the Greek Interpreter」(1893.9)に、“Seven years my senior 七歳上の兄”とあるのを知っておくべきだった。漢訳者は、忘れたのかもしれない。

以上のような小さい誤訳を除けば、こちらの漢訳も英文原作に忠実であることをくりかえしておきたい。

『時務報』の漢訳ホームズ物語を検討して

4篇の漢訳ホームズ物語すべては、その翻訳水準はとても高い。小さな誤訳はあるにしても、原文をそこなうほどではない。大意を述べるだけの豪傑訳とは無縁であるし、登場人物を中国化させることもない。筋の運びは、例外の1ヵ所を除いて、そのまま原文を尊重しており、訳者の勝手な加筆もまったく行なわれていない。タイプライタなど、中国の日常生活に普通あまり見かけない機械は、別のもので置き換えている場合がある。しかし、そういう例は、まれだ。西洋の風俗特有と思われるものについては、注釈をほどこす。これも原文に忠実であろうとする翻訳態度から出てきたものだ。翻訳は、原作のおもしろさを十分に伝えているということができる。

最初の漢訳ホームズ物語として、誇るべき質の高さを示しているのは事実だ。これを賞賛することに私は躊躇を感じない。

『時務報』掲載の漢訳ホームズ物語4篇を検討した結果、そこに通底する訳者の基本態度を認めることができる。

つまり、英文原作を忠実に漢訳しようとする姿勢を訳者は保持している、と私は強く感じるのだ。これに尽きる。

だが、ふりかえって実際の漢訳を見れば、原文に忠実な翻訳という基本態度を裏切っている箇所があるのも事実だ。

その1:「英国探偵の密約盗難探査事件　英包探勘盗密約案」では、話の順序を入れ替えている箇所がある。

不思議なのは、入れ替えがあるのが、最初の該当翻訳作品に限ることだ。それ以外の3篇では、同様の事例はない。ひとつの翻訳で順序の入れ替えがあれば、別の漢訳でくりかえしても不思議ではない。ところが、1篇のみにそれが発生している。厳密な翻訳態度を持っている訳者という視点から逆に見ると、入れ替えを実施している方が、かえって不自然に思える。

ということは、翻訳者の考えに変化が生じたということだろうか。

その2：原文が第一人称で書いているのを無視する。

これもはじめの2篇に限った現象だ。それ以後は、原文のままに翻訳されている。短期間に翻訳者が方針を変更したと考えざるをえない。

その3：翻訳題名は、原文を離れている。

翻訳4篇ともに事件の内容を示唆する題名に変更されている事実をどう見るのか。

原文を忠実に漢訳するという翻訳者の姿勢からすると、題名を書き換えていることには、違和感をおぼえる。

前述のように翻訳本文において、同じ作品を別の題名で漢訳している事実がある。“The Naval Treaty 海軍条約文書事件”を、漢訳本文では「獲水師条約案」としており、こちらの方が原文に近い。にもかかわらず、わざわざ「英包探勘盗密約案」とまわりくどい題名に変更する。

まわりくどい題名と書いたが、頭に「英包探」を持ってくるところなど、『時務報』第1冊に掲載した「英国包探訪喀迭医生奇案」の影響――犯罪報道の枠組みを引きずっているとしか考えられない。

では、なぜ、題名を変更したのか。

可能性としては、題名の書き換えは、掲載欄が新聞記事を重訳するものであったことが理由のひとつではないか。犯罪報道だと考えたためのひとつの工夫だった、と私は判断するのだ。

張坤徳は、時務報館の人物だ。『時務報』第3冊（光緒二十二年七月二十一日1896.8.29）に「本館辦事諸君名氏」がある。総理汪康年、撰述梁啓超に並んで

「英文翻訳　桐郷張坤徳少塘」と名前があがっているところからわかる。短い英文記事を翻訳しながら「域外報訳」「英文報訳」欄の編集を担当していたと思われる。

『時務報』に連載された5篇の漢訳を収録した単行本が、出版された。いわゆる『新訳包探案』（素隠書屋1899／文明書局1903）である。すこし横道にそれるが、訳者について問題があるので触れておく。

『包探案』（又名『新訳包探案』）の訳者――丁楊杜の謎

該書は、ひとつの解決不能に見える問題を発生させた。原因は、阿英の目録である。

阿英は、その目録において、いわゆる『新訳包探案』の訳者を、時務報館訳、丁楊杜訳と表示している（154頁）。おまけに、ドイル著とは書かれていないらしい。

ここに、突然、出現した丁楊杜は、誰なのか。

研究者は、『時務報』に見える張坤徳とこの丁楊杜には悩まされどおしだ。なぜ同一の作品に二人の翻訳者が存在するのか解答を出せないでいる。

阿英が記録しているのだから、間違っているはずがない、と研究者は考える。阿英は、原本によって目録を編集した。おまけに彼は研究の権威なのだ。

中村は、時務報館訳、丁楊杜訳と併記してあることを指して「何れが是か、或いは個々別々の訳出になるものか、詳細は審らかではない」[7]と書いた。張坤徳、時務報館、丁楊杜の3者をならべて答えがでない。

郭延礼は、「『時務報』で発表した時は、署名は張坤徳だったが、今（いわゆる『新訳包探案』が）なぜ「丁楊杜訳」と署名するのかわからない」[8]と述べて、問題を放り出している。

ふたりとも、よけいな推測をしないだけましだ。原物を見ることによってのみ謎を解くことができる。

文明書局の1903年十二月初版、1905年七月再版本を見れば、『包探案』と表紙に書いてある。阿英が記録した「新訳包探案」は本文と奥付に見える。ひと

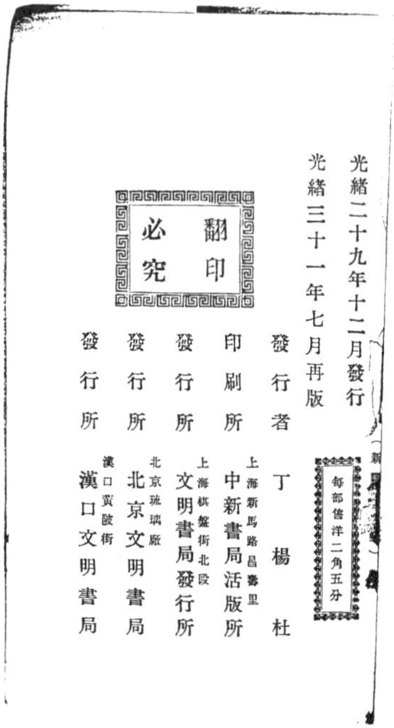

光緒二十九年十二月發行
光緒三十一年七月再版

每部售洋二角五分

翻印必究

發行者 丁楊杜
印刷所 上海新馬路昌壽里 中新書局活版所
發行所 上海棋盤街北段 文明書局發行所
發行所 北京琉璃廠 北京文明書局
發行所 漢口黄陂街 漢口文明書局

『包探案』奥付

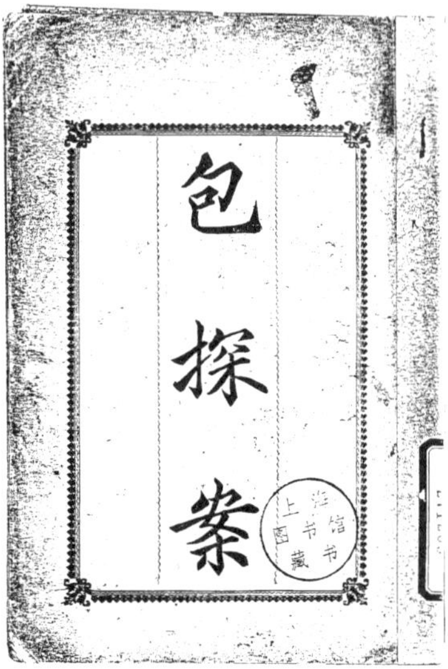

『包探案』表紙

つの単行本にふたつの書名がある。こういう例は、めずらしいことではない(後述)。素隠書屋1899本には、『新訳包探案』とあるのだろうか。そちらは見ていないから何ともいえない。

『時務報』掲載の作品を集めて単行本にしたのだから、べつに「新訳」とうたう必要もない。ここは、表紙に書いてある通りに『包探案』と呼ぶことにする。

その奥付を見れば、原著者のコナン・ドイルも訳者の名前も記載されていない。時務報館訳などは、どこにも存在しない。問題の丁楊杜は、なんと「発行者」として名前があがっているのである。どうやら阿英は、見間違えたらしい。

ふたりの翻訳者など、もともと存在しなかったのだ。人騒がせな記述まちがいである。

さて、ふたたび『時務報』にもどる。

『時務報』にホームズ物語を掲載するにあたって、次のような経過があったのではないかと考える。

張坤徳は、主編の梁啓超と相談のうえ、ホームズ物語を「域外報訳」欄に連載することにした。張坤徳は、ホームズ物語を、実在するホームズ探偵がてがけた犯罪事件だと考えていたのではないか。

探偵小説を読んだこともない中国人読者を相手にしているのだ。いきなりホームズ物語を登場させる前に、新聞記事重訳欄のなかに犯罪報道の体裁をした「英国包探訪喀迭医生奇案」を掲載して読者の反応をさぐった。その他の新聞記事とのバランスも考慮して、分量もあまり多くはない。あくまでも犯罪報道を看板にする。

記事の評判がいいのを手がかりにして、ホームズ物語連載に踏み切る。ホームズとワトスンの中国初登場である。

その際、原稿に漢訳していた題名を「獲水師条約案」から「英包探勘盗密約案」へ変更した。『時務報』第１冊の「英国包探訪喀迭医生奇案」につながるように、犯罪報道風になるようにと考えたのだ。あつかいは、あくまでも犯罪報道である。さらに、読者が理解しないのではないかと危惧して、話の順序を時間の経過のままに変更してみた。いずれも張坤徳の判断であったろう。

よけいな工夫をしなくても、読者の反応がすばらしいと判断すれば、次の段階に移る。すなわち、原作に手を加えることなく、そのままの漢訳を掲載する。部分的に訳文を省略するのは、話の筋には無関係だと判断したからだ。

だが、誌面の上では、あくまでも新聞記事重訳のワクをはずすつもりはない。コナン・ドイルの名前を出していないのが、その証拠のひとつだ。シャーロック・ホームズがかかわった事件をワトスンが記録した。それだけで充分だ。脚色したドイルの名前は必要ないという考えなのだろう。

以上は、実録風「英国包探訪喀迭医生奇案」から、原作の順序を一部入替えた「英包探勘盗密約案」を経て、原作の忠実な漢訳となっている「記傴者復仇事」以下の翻訳を見ての、私の推測である。

犯罪報道と探偵小説

私は、犯罪事件と探偵小説の間に、いくつかの段階、あるいは濃淡の差異を考えている。

実際に発生するしない（つまり創作）にかかわらず、まず、犯罪事件がある。事件発生の経過を雑誌、新聞などに掲載する犯罪報道がある。犯罪報道が筋道だけの、いわゆる骨とすれば、それにいくらかの血肉を盛りこむ犯罪実話が出現する。ドキュメンタリ風の読物といってもいい。それが、さらに探偵小説に変形し、それは謎の発生→謎の追求→謎の解決によって構成される。有能な探偵がからむのは、必要条件である。

この、犯罪事件－犯罪報道－犯罪実話－探偵小説という分類は厳密なものではない。その境界線も、アイマイである。また、順番に発生するわけでもない。それぞれを分類する根拠は、ただ、血肉部分が多いか少ないかの主観的な判断によるほかない。

以上の分類、あるいは傾向を頭に置いて説明すれば、ホームズ物語は、『時務報』の編者にしてみれば、犯罪報道であった。もとの探偵小説を犯罪報道だと誤解するのだから、血肉部分が余計なものと思われてもしかたがない。話の本筋とは無関係、かつ余分だと判断すれば、当然のように削除する。話の順序を時間の経過のままに配列したくなる。

漢訳ホームズ物語のいくつかには、省略があるという現象は、原作が探偵小説であるにもかかわらず、それを犯罪報道としてとらえていたという両者の意識のズレが主たる原因によって発生した。

ホームズ物語は、中国人にとっては、犯罪報道、あるいは犯罪実話であったという認識は、『時務報』に最初のホームズ物語が掲載された1896年から1906年くらいまでの間、約10年間は持続したように思う。

読者は、外国の翻訳探偵小説を犯罪報道として読んでいたのだから、ホームズもワトスンも実在の人物だと思うのは当然だ。

『時務報』掲載の漢訳ホームズ物語は、作品そのもののできがいいことに加えて、真摯な漢訳であったこともあり、読者に大歓迎された。

その評判を背景にしてホームズ物語は連載され、それが梁啓超の『時務報』主編辞職まで継続された。連載には、当然、梁啓超の後押しがあったはずだ。梁啓超が『時務報』の実務から離れると、それ以後、ホームズ物語の漢訳が誌上を飾ることはなかった。

2　漢訳ホームズ物語の反響

漢訳ホームズ物語は、『時務報』第30冊（光緒二十三年五月二十一日1897.6.20）で連載を終了した。単行本になったのは、その2年後だ。前出『包探案』（素隠書屋1899／文明書局1903）である。

清末では、雑誌に掲載されはしたものの、単行本にまとめられることのない作品の方が多い。だが、漢訳ホームズ物語は、書店を替えて重版されてもいるから、大きな評判をとったとわかる。

『時務報』掲載のホームズ物語は、翻訳の質が高かったことも原因のひとつだろう、知識人の記憶に強く残った。

日本に亡命した梁啓超が、横浜で創刊したのが『清議報』である。日本の政治小説の漢訳「佳人奇遇」（該誌第1-35冊 1898.12.23-1900.2.10）と「経国美談」（該誌第36-69冊 1900.2.20-1901.1.11）を連載したのが有名だ。ただし、探偵小説の翻訳掲載は行なわれていない。梁啓超は、上海の『時務報』で漢訳ホームズ物語を連載しているにもかかわらずだ。なぜなのか。横浜にいる梁啓超のまわりに英語のできる人材がいなかったとも考えられるが、詳しい事情はわからない。

『清議報』に探偵小説は載らなかった。しかし、梁啓超が探偵小説についてまったく興味を失ったというわけではない。

『清議報』停刊後、梁啓超が主宰する『新民叢報』の第14号（光緒二十八年七月十五日1902.8.18）に中国で最初の小説専門雑誌を創刊することが宣言されている。その『新小説』を広告する「中国唯一之文学報　新小説」において、創刊の主旨と内容を公表した。論説、歴史小説、政治小説など内容による分類があって、掲載予定の作品まで具体的に掲げられている。そのなかに、「探偵小説」の分野がある。「偵探」ではない。ここでは、日本語の「探偵」と同じであることに注意されたい。

それを説明して、つぎのように書く。

> 八探偵小説／探偵小説のその奇怪な思想は、しばしば人の意表外に出る。以前、『時務報』ではいくつか翻訳したことがあるが、ほんの試みにすぎなかった。本誌では、西洋の最新奇抜な書を採択し翻訳する（題未定）[9]

ここではじめて『時務報』掲載の文章が、探偵小説であったことが公にされた。『時務報』ではいかにも犯罪報道のように装っていたのだが、もうその必要はないと判断されたのだろう。『新民叢報』は、横浜で印刷発行されていたが、もともとが中国人を直接の対象にする雑誌である。中国国内に輸送されて読まれていた。当然、『新小説』の発行予告も知られたであろう。ところが、ホームズ物語が犯罪報道として受けとられていた情況は、この後も、続いていたように思われる。

『時務報』に言及するその他の文献をまとめて見ておきたい。

周桂笙訳述「歇洛克復生偵探案」（『新民叢報』第３年第７号（原第55号）光緒三十年九月十五日1904.10.23。作品名としては「竊毀拿破侖遺像案」とよぶのが正確。後述）には、訳者の「弁言」がついている。早い時期の探偵小説論のひとつだ。

周桂笙は説明して、西洋の「写情小説」「科学小説」「理想小説」に並べて「偵探小説」を提出する。周桂笙が「偵探小説」を特に提出する理由は、それだけが中国にはなかったものだからだ。

中国の刑法、裁判は、西洋とは異なっているため、探偵などは夢想だにしなかった。外国人が治外法権を租界にのばしてきており、警察を設立し警察官［包探］までもある。西洋各国は、人権を最も尊重する。訴訟になれば弁護をする。証拠が確実でなければみだりに人を罪に問うことはできない。そういう事情と探偵小説が無縁ではないことを指摘する。

周桂笙の説明を逆から解釈すれば、確実な証拠もなく人を罪におとしいれるのが当時の中国の刑法、裁判であったということだ。人権を尊重しないから、探偵小説も生まれなかったと言っているのにほかならない。

「英国のホームズ、シャーロック［呵爾唔斯歇洛克］は、最近の探偵の有名人である。各事件を解決し、しばしば人を驚かせ、目もくらんで心臓が動悸をうつ。その友人ワトスン［滑震］が、たまたま一二の事件を記録し、朝に脱稿すると、夕には欧米をかけ巡り、大いに洛陽の紙価を高めたのである。ゆえにその国の小説の大家であるドイル、コナン［陶高能］氏は、その説明にこじつけて探偵小説をつぎつぎと著わし、ワトスンの筆記として世に広めた。そうでなかったならば、実際に経験するようなすばらしさを生みだすことはできなかっただろう。わが国では時務報館の張氏が翻訳したものがふるく、華生包探案などがそれにつづいており、ワトスンの筆記である」

周桂笙の説明は、とても興味深い。『時務報』に掲載された漢訳探偵小説1篇プラス漢訳ホームズ物語4篇を、そのままなぞって説明していると読めるからだ。「時務報館の張氏」とは、前述の張坤徳にほかならない。

『時務報』には、たしかに「訳歇洛克呵爾唔斯筆記」「滑震筆記」などと記してある。シャーロック・ホームズ筆記、ワトスン筆記だ。これを見て、周桂笙は、ホームズとワトスンを実在の人物だと考えた。ワトスンが、ホームズの手掛けた事件を記録したというドイルの創作を、本当にあったことだと思っている。犯罪事件をドイルが探偵小説に仕立てて発表したと信じている。周桂笙の書き方を見ると、そうとしか読めない（後述）。

中村は、「ホームズを実在する「近世之偵探名家也」と考へてゐるのは、愛敬であるが」[10]という。だが、周桂笙個人の「愛敬」だけではすまない、より深い背景があったのだ。

周桂笙が、ホームズとワトスンが英国に住む実在の人物だと考えたのには、「訳歇洛克呵爾唔斯筆記」「滑震筆記」と書かれていたことのほかにいくつかの根拠があった。

ひとつには、上に述べたように『時務報』の掲載が、犯罪報道の形をとっていたことがある。新聞記事翻訳欄に掲載されているのだから、現実の犯罪事件であると考えるのは、当たり前といえば当然だ。

もうひとつの資料は、『四名案』（文明書局1903。未見。原作は、“The Sign of Four”）である。

寅半生「小説閑評」[11]の紹介によると「［唯一偵探譚］四名案　原文医士華生筆記、英国愛考難陶列輯述、無錫呉栄鬯嵇長康同訳　文明書局印行」と書いてある。

顧燮光「小説経眼録」も該書について、「英愛考難陶列輯述、呉栄鬯意訳、嵇長康作文。本書原文為医士華生筆記、凡十二章」[12]とする。

両者の記録は、同じだ。同一書なのだから、不思議ではない。つまり、原文は、医師ワトスンの筆記であって、A・コナン・ドイルがそれを編集記述したことになっている。

周桂笙は、該書を読んでいたはずで、「原文医士華生筆記、英国愛考難陶列輯述」をそのまま信じこんでしまったと考えられる。だからこそ周桂笙の上の説明文になったのだ。

もっとも、ホームズとワトスンが実在人物だと考えられていたのは、せいぜいが1906年あたりまでで、もうすこし時間が経過すれば、これが創作上の人物だとはわかってくる。

『小説林』第3期（丁未1907年三月）に「小説林新書紹介」がある（影印本では削除）。『福爾摩斯最後之奇案』を紹介して、「ホームズは理想の探偵であって、実際にはそういう人物はいないことがわかるのである」と書いている。実際に存在しないとわざわざいうのは、ホームズが実在の人物だと信じられていることの裏返しだ。『福爾摩斯最後之奇案』そのものは、まったくの贋作ホームズ物語ではあるのだが。

もうひとつ兪明震「觚荅漫筆」（『小説林』第5期丁未1907年七月）において、「ある人が問うて、ホームズ事件は、贋作を作ってもかまわないのか、というので、私は笑って、ホームズという人物がいないのだから、贋作でないものはひとつもないのだ……と答える」と述べる。この記述からも、当時の中国では、ホームズが実在の人物であると広く信じられていたことがわかる。と同時に、贋作漢訳ホームズ物語が、大量に中国で生産される事実ともつながる証言であると理解することができよう。

さて、周桂笙に筆をもどす。

ドイルのホームズ物語を漢訳している周桂笙がだまされるくらいだ。読者の反響を得る、という視点から見れば、『時務報』が、犯罪報道風にしてホームズ物語を公開したのは、大成功だったことがわかる。

周桂笙が「偵探」という単語を使っているところにも注目しておきたい。

「包探」から『新小説』広告の「探偵」を経て、ここにいたってようやく「偵探」という言葉が表に出てくる。文中には、「包探案」が使用されてはいるが。もうひとつ「議探」という特別な訳語がある。これについては後述する。

上海で創刊された小説専門雑誌『繍像小説』第4-10期（癸卯閏五月十五日1903.7.9-八月十五日10.5）に漢訳ホームズ物語6篇が連載された。

『繍像小説』の紙型を利用して単行本になったものが『補訳華生包探案』（商務印書館　光緒二十九1903年。柯南道爾ドイルの名前は、ない）だ。「説部叢書」に組み込まれた。

はじめは線装本だったが、あとで洋装本に形をかえる。中国商務印書館編訳所訳述『補訳華生包探案』だ（中国商務印書館　光緒32（1906）丙午孟夏月／光緒33丁未孟春月二版　説部叢書第一集第四編。柯南道爾の表示はない）。

これがさらに『（偵探小説）華生包探案』と改題され、説部叢書初集第4編に収められる（上海商務印書館　丙午1906年四月／1914.4再版）。

「序」がついていて、つぎのような箇所がある。「最初に探偵事件［包探案］を翻訳したのは、上海時務報館である。すなわちいわゆるシャーロック・ホームズ筆記だ。呵爾唔斯は福爾摩斯であり、滑震は華生である」と説明する。ホームズの筆記だといっているところに注目されたい。ここでもホームズとワトスンは、実在する人物だと考えられている。

人物の名称が呵爾唔斯から福爾摩斯へ、滑震から華生へと転換していく過程にある。

また、「お茶や食後のうさばらしの助けになるにすぎず、学界になんの裨益するところがあろうか、なぜ翻訳するのだ、と言われるかもしれない。しかし、ここにはかの文明人の真実と虚偽があらわれているのだ。いつか交通が発達し、東西の往来が盛んになれば、用心するための鑑とすることができないこともない。また転じて、詳細に審査するよう当事者に学ばせ、粗暴で滅びる害を免れることができれば、また必ずしも無益というわけでもない」[13] とも書く。

当時、犯罪報道に対しても、社会改良、大衆教育などの効用を求める風潮があったことがわかる。だが、それはナイモノねだりだ。

原作そのものが、効用を目的としてはいない。それを翻訳したところで、もともと存在しないものが出現するはずもない。だが、当時の中国では、一部の人は、犯罪報道（実は探偵小説）にも直接的な社会的効用を求めずにはいられなかったらしい。反発が出るくらい、大きな反響があったということだ。

最後にひとつだけ、『時務報』に言及する例を示しておきたい。

『月月小説』第1年第5号（丁未1907年正月）にある「紹介新書」欄に「福爾摩斯再生後之探案第十一二三」（小説林発行）を紹介して、「……わが国の訳本は、時務報の張氏が最初である。その後、翻訳がつづいた。たとえば包探案、続包探案などの類がみなそれである」（267頁）という。

『時務報』掲載の漢訳ホームズ物語が、知識人にあたえた衝撃度がいかに強かったか、以上の例を見れば十分であろう。

3 『泰西説部叢書之一』と『議探案』

『時務報』につづく漢訳ホームズ物語の発表は、阿英「晩清小説目」[14] によれば、（英）柯南道而《ママ》著、黄鼎、張在新合訳『泰西説部叢書之一』（光緒辛丑1901）になる。

（英）柯南道而《ママ》著と阿英が記しているから、ドイル原作だとわかる。

該書の収録作品は、「毒蛇案」「宝石冠」「拔斯夸姆命案」「希膱詩《ママ》人」「紅髪

会」「紳士《ママ》」「海姆《ママ》」などであるという。大体の原作は中村によって推測されているが、「海姆」については、題名を見ただけでは原作の見当は皆目つかない。また、妙なことに、阿英目録は出版社名を書いていない。

該書の各作品は、『泰西説部叢書之一』としてまとめられる前に、成都『啓蒙通俗報』誌上を飾った。

『啓蒙通俗報』も、『時務報』と同じく木刻雑誌である。

日本に現存する『啓蒙通俗報』には、以下の2篇が見られる[15)]。

059「毒蛇案」（（英）柯南道而著）　黄鼎、張在新訳、黄広潤《ママ》参校
『啓蒙通俗報』第4-5期　[光緒28.6（1902.7）]-光緒28.7（1902.8）未完
「まだらの紐 The Adventure of the Speckled Band」

051「抜斯夸姆命案」（（英）柯南道而著　黄鼎、張在新合訳）
『啓蒙通俗報』第12-15期　[光緒29.3（1903.4）]-光緒29.閏5（1903.7）未完
「ボスコム谷の謎 The Boscombe Valley Mystery」

カッコ内に示した柯南道而、あるいは原作については、私が補った。

奇妙な書名

見ればみるほど奇妙な書名である。『泰西説部叢書』なら、まだ、わかる。しかし「之一」というのはどういうことか。「之二」も出版されたという意味だろうか。しかし、『泰西説部叢書之二』という書名は、見たことがない。

『泰西説部叢書』から理解できるのは、それがシリーズ名であることだ。だから、奇妙な書名だというのである。

もうひとつ不思議なことがある。阿英目録には発行年を光緒辛丑（1901）にしているにもかかわらず、『啓蒙通俗報』の掲載は、1902年、1903年であったりする。これでは雑誌掲載の前に単行本が出ていることになる。雑誌に掲載されたあとで単行本にまとめられるのが一般的である。だから、おかしい。

『啓蒙通俗報』の目次に見えるのは、「泰西説部的毒蛇案」という題名だ。

そうすると『啓蒙通俗報』第12期にある「抜斯夸姆命案」と並列される「泰西説部的宝石案子」も、ホームズ物語ではないのか。「小説経眼録」は、「宝石冠」を『啓蒙通俗報』掲載だと説明している。作品名が、よく似ているのが気になる。もしも「宝石案子」が「宝石冠」だとすれば、原作は、以下のように推測できる。

064「宝石案子」
『啓蒙通俗報』第12期　[光緒29.3（1903.4）]未完
「緑柱石宝冠事件 The Adventure of the Beryl Coronet」

推測が正しいならば、その他の翻訳も、同誌に掲載された可能性が高い。

中村は、「「毒蛇案」と「宝《ママ》冠」には、成都啓蒙通俗報社から単行上梓された異版があつて」[16] と考えた。「小説経眼録」には、「成都啓蒙通俗報本」と記述してあるところから、そう判断したのだろう。

しかし、「異版」だろうか。おかしなことは、阿英目録には、出版社名がない、発行年にずれがある。くりかえすが、どう見ても奇妙な書名だ。

もうひとつ、『泰西説部叢書之一』に関係するらしい『議探案』という書物を阿英目録は記録している。

『議探案』のこと

『議探案』　黄鼎、張東《ママ》新合訳。光緒壬寅（1902）餘学斎木活字本［阿英169］[17]

黄鼎、張在新訳が『啓蒙通俗報』に見られるのだから、『泰西説部叢書之一』と『議探案』には、なにか共通したものがあるように思われる。たしかに、阿英目録だけからは、張在新と張東新のどちらが正しいのかは、判断がつかない。

原作者名は、明示されていないらしい。

郭延礼は、『議探案』について説明し、原本未見ながら、こちらもドイル作品だとする。さらに『議探案』は、『泰西説部叢書之一』の翻刻本あるいは増訂本ではないかと考えた[18]。

原本を見ることができないのだから、推測の域を出ない。

私が考えるに、『泰西説部叢書之一』は、『啓蒙通俗報』に掲載された作品を抜き出して合冊装丁したものではなかろうか。のちの『繍像小説』に、同様の例を見ている。雑誌そのものが、線装本である。連載ものは、バラしてのちにまとめることができるように工夫印刷されている。『月月小説』は、活版印刷だが、これも連載を集めて1冊に仕立てている作品がある。出版社がそういう単行本を発行している例さえあるのだ。

各作品名にかぶせられた「泰西説部」は、シリーズ名であろう。『啓蒙通俗報』に連載されたホームズ物語を合冊にしたもので、シリーズ名らしき「泰西説部叢書之一」を全体の書名として題簽を作るなりして、名前不明の出版社から発行された（後述）。

私は、以上のように推量した。

はたして、『啓蒙通俗報』第4期から連載が開始された「毒蛇案」の冒頭には、次のように記されている。

泰西説部叢書之一　同安黄鼎佐廷、上海張在新鉄民訳　上海黄慶瀾涵之参校

「泰西説部叢書之一」は、ここではシリーズの名称であるように見える。シリーズ名が、書名になることは、十分にありうる。

はじめに簡単な説明がなされ、「毒蛇案」がはじまる。

掲載されている個々の作品には、訳者名が記載されていないから、冒頭の黄鼎、張在新のふたりが、シリーズ全体の漢訳者であるとわかる。原作者であるドイルの名前は、ない。

「毒蛇案」の丁数は、「一」だ。ということは、「泰西説部叢書之一」は、「毒蛇案」から始まっていることを示している。「毒蛇案」が連載された『啓蒙通俗報』の発行は、1902年らしいから、阿英がその目録で『泰西説部叢書之一』の発行を「光緒辛丑（1901）」とするのは、誤りということになる。

「英国の医師ワトスン［華生］とシャーロック・ホームズ［休洛克福而摩司］は、友人であり、かつて同じく探偵［議探］であった。ホームズは事件を解決するのがうまく、ワトスンはそのつど筆をとりあげて記録した。……」というのが、冒頭の説明である。ここには、ホームズとワトスンが、創作上の人物であると推測できる材料は示されていない。つまり、ホームズとワトスンは、実在の英国人なのである。

「議探」とは、見慣れない単語だ。

黄鼎ら漢訳者は、「包探」とは区別するために「議探」を特別に考えだして使用している。

「包探」は、警察官（刑事を含む）を指し、民間の私立探偵を「議探」という名称で呼んでいるのだ。英文原文に「警視庁の警部 the official detective force」という箇所がある。これが、「包探」に当たる。残念ながら、該当部分の漢訳を見ることができない。だが、同じ漢訳者の別の作品「ボスコム殺人事件　抜斯夸姆命案」には、ロンドン警視庁 Scotland Yard のレストレイド（漢訳では名前を出さない）を指して「包探」と訳している。どのみち、説明部分に「外国語の原意によってこれを「議探」と訳す」とあるから、区別していることに間違いはない。

警察官を「包探」と訳し、民間の私立探偵を「議探」と別の単語をあてるのは、それぞれの違いを知った上での厳密な翻訳ということができよう。

「議探」は、黄鼎らが特別に使用している訳語だ[19)]。ということは、前出『議探案』は、黄鼎と張在新が翻訳した『啓蒙通俗報』連載の「泰西説部叢書之一」にほかならないことになる。

以上のことから、阿英が目録に記録した『泰西説部叢書之一』は、『啓蒙通俗報』掲載のドイル物語を抜き出して合冊したものだと理解できる。出版社名が、なぜ記載されていないのか不明だ。出版社名があっても、採録しおとした可能性もあろう。一方の『議探案』も、同じく『啓蒙通俗報』掲載の抜き刷りながら、こちらは餘学斎という発行所が発売した出版物だ。

『議探案』の発行年の1902年というのが正しいとすれば、漢訳作品の部分収録になる。『啓蒙通俗報』連載の作品全部は、収録していない可能性もあろう。原物を見ることができないので、断言はできないが、阿英の記録した発行年は、間違っているかもしれない。

西洋の小説シリーズだと銘打っているのだから、小説だという認識はあるはずだ。しかし、原作者コナン・ドイルの名前を、なぜ、脱落させるのか。ことさらに、ホームズとワトスンのみを前面に押し出している箇所に、黄鼎、張在新らも、ホームズとワトスンが実在の人物であると考えている証拠を私は見る。少なくとも、『時務報』掲載の漢訳ホームズ物語の影響を強く受けている、ということができる。

◎「毒蛇事件　毒蛇案」1-8丁――「まだらの紐」

059 The Adventure of the Speckled Band ｜ The Strand Magazine 1892.2

「毒蛇」と漢訳しただけで、原作の意外性は、少しばかり減じてしまった。日本語訳である南陽外史「毒蛇の秘密」（(不思議の探偵)『中央新聞』1899.7.12-22）も同類といえば、そうだ。日本語の方が、漢訳より3年先行する。

現在、『啓蒙通俗報』で読むことのできる「毒蛇案」は、該誌2期分にすぎない。女性の依頼者が、ベーカー街のホームズとワトスンを訪問してくる開始から、事件の概要を説明し、依頼者の双子の姉が怪死する部分までだ。作品全体の約4割くらいの分量だろうか。残りを目にできないのが残念だ。

漢訳は、「ワトスンが言う　華生云」と書き始められ、三人称に書き換えられている。

英語原文の冒頭と漢訳を示そう。

IN glancing over my notes of the seventy odd cases in which I have during the last eight years studied the methods of my friend Sherlock Holmes, I find many tragic, some comic, a large number merely strange, but none commonplace ; for, working as he did rather for the love of his art than for the acquirement of wealth, he refused to associate himself with any investigation which did not tend towards the unusual, and even the fantastic. この八年の間に、友人シャーロック・ホームズの探偵としての活躍について、わたしが記録した事件は七十余りにもなるが、それらに目を通してみると、その中には、多くの悲劇的な事件や、いくつかの喜劇的な事件、また、奇妙としか言えないようなものもたくさんあるが、ごく普通の事件というのは、一つもない。なぜならば、ホームズが探偵という仕事そのものを非常に愛していて、金儲けのことなど、全く考えず、珍しい事件や、非常に奇抜な事件でなければ、引き受けなかったからだ[20]。

華生云　吾近八年中　記休洛克福而摩斯所緝奇案　多至七十件　大抵可歌可泣可驚可愕之事　福（即福而摩斯省文以下仿此）固好為此　非徒資以求利也　凡尋常案件　不費思索者　福輒謝弗屑　ワトスンが言う。私がこの八年のあいだにシャーロック・ホームズのかかわった奇怪な事件を記録して七十件あまりになる。大抵はおもしろく悲しい驚愕の事件で、ホームズは、もとよりそれを好んでやったのであって、いたずらに利益を追求したのではなかった。普通の事件や考えなくてよいものは、ホームズはそのつど断わってきた。

漢訳は、句読点のかわりに空白一字を入れている。固有名詞には傍線を引く。外国の地名、人の名前など、読者にとっては目新しい単語を理解させるための工夫だ。

漢訳は、逐語訳ではない。しかし、必要なものはすべて翻訳している。文言だから、自然と簡潔になる。英文“many tragic, some comic”が「可歌可泣」のように、書きなれた表現になるらしい。

英語原文は、時間設定を1883年4月にする。漢訳では、それを三月にしているのは、旧暦に換算したつもりだろうか。そうであれば、芸が細かい。ただし、それが妥当であるかどうかは別で、考えすぎのような気もする。

女性の依頼者を観察したホームズが、彼女が汽車で来たこと、ぬかるみ道を馬車で走ったこと、馭者の左側に座ったことなどを言い当てる。ホームズ物語のきまり部分も、すべて漢訳されている。

この作品の題名になっている「まだらの紐」が出現する箇所を見よう。

"Oh, my God! Helen! It was the band! The speckled band!"は、漢訳では、「噫　海倫　一抜痕畳也　一司卑格而抜痕畳也（英語抜痕畳衆也又帯也司卑格而花紋也）　ああ、ヘレン。バンドよ。スペクルド・バンドよ」となる。中国人読者には、「スペクルド・バンド」と英語のままを音訳しても理解できない。訳者は割注で「英語でバンドとは、人の群また帯である。スペクルドは、飾り模様である」と説明する。バンドに「人の群」と説明するのは、親切だ。なぜなら、ジプシーの一団（バンド）が屋敷の敷地内に住み着いていて、これが、ドイルによる意図的な誤誘導のひとつであるからだ。

漢訳は、ホームズ物語のツボを押さえた見事なものだということができる。余分な加筆はしていない、人物、土地も中国風に書き換えない、話の順序も原文のままだ。適当な省略はあるにしても、物語全体の構成に影響を及ぼすものではない。ホームズ物語を簡潔な文言で、格調高く漢訳した翻訳者の力量は、たいしたものだ。作品の部分漢訳を見ただけでも、『時務報』の漢訳に勝るとも劣らないほどの高水準を示していると私は判断する。

「毒蛇案」は、雑誌2期分で8丁、それで全体の約4割だから、1話で約20丁を必要とする計算になる。ページ数をざっと勘定すると、「毒蛇案」が終了するとそのまま「宝石冠」が続いて掲載されたとわかる。

◎「宝石冠［宝石冠］」33-35丁——「緑柱石宝冠事件」

064 The Adventure of the Beryl Coronet ｜ The Strand Magazine 1892.5

見ることができるのは、『啓蒙通俗報』第12期に掲載された、結末部分3丁のみである。目次では「宝石案子」となっているらしい。たぶん、目次と本文の記述が異なっているのだろう。今、一般に知られている「宝石冠」を使用する。

こちらも、南陽外史「歴代の王冠」（〈不思議の探偵〉『中央新聞』1899.9.28-10.1、21-26）が漢訳にさきがけて発表されている。

漢訳は、盗まれた緑柱石宝冠のいきさつを、ホームズが説明する事件解明の部分だ。

雪上に残された足跡、男の足跡が一方が深く片方が軽いのを見て木の義足であると推測すること、つま先だけが地面についていることから急いで走った様子、靴をはいた足跡に裸足の足跡、後者が前者を追いかけたと考えるなどなど、漢訳し忘れている箇所は、ひとつもない。

◎「ボスコム殺人事件　抜斯夸姆命案」36、41-48丁――「ボスコム谷の謎」

051 The Boscombe Valley Mystery | The Strand Magazine 1891.10

同じく、南陽外史「親殺の疑獄」（〈不思議の探偵〉『中央新聞』1899.8.21-29）が漢訳よりも早く発表されている。

丁数が連続しているところからわかるように、「ボスコム殺人事件　抜斯夸姆命案」は、上の「宝石冠」連載終了を受け継いで同じ『啓蒙通俗報』第12期から掲載され始める。

過去における外国での生活が、目の前の事件の原因となったホームズ物語のひとつである。

英文原作がワトスンの手記であるのを、漢訳は、無視する。上海の『時務報』では、すでに第一人称のままに漢訳しているにもかかわらずだ。「余」で書き始めるのは、中国人にとってはよほど抵抗感があると見える。

某日晨華生接福而摩斯電報　嘱同往抜斯夸姆　查勘一案　華生欣然詣福同乗火車行　ある朝、ワトスンはホームズから、事件を調査するためボスコムへ一緒に行ってくれという電報を受け取った。ワトスンは喜んでホームズを訪問し、一緒に汽車に乗って行った。

これが漢訳の書き出しである。英文原作には、ワトスンが結婚していること、アフガニスタン戦役に従事した経験を持つことなどが書き込んであるのだが、漢訳者は、事件とは無関係だと考えたらしく、省略する。

漢訳で、本来はイギリス人であるジョン・ターナーをオーストラリア人とするのは、誤訳である。

欠落している37丁から40丁は、『啓蒙通俗報』第13期の掲載分にあたる。その内容は、ターナーの知人チャールズ・マッカーシーがボスコム沼で撲殺され、マッカーシーの息子ジェームズが犯人だとされる。そこにホームズとワトスンが、事件の調査に乗り出す。情況証拠からは息子が犯人はゆるがない。さらには新聞報道による息子の供述が明らかにされるというところまでだ。

無罪を信じる女性の出現、息子の知られざる行為の暴露、無能な警官の行動、ボスコム沼でのホームズの実地調査、得られた資料による犯人の特定（読者には明らかにされない）、ワトスン相手のホームズの推理解説がはじまる部分で漢訳は途切れる。

誤訳が、少しある。ターナーとマッカーシーを鉱石商と漢訳するが、原作では鉱山で働いていたことになっている。被害者の左側後頭骨が砕かれているが、漢訳で「左側」を省略するのはマズい。犯人の手掛かりが原文のここで示してあるからだ。

その他の部分は、私の見るかぎり、英文原作から大きくはずれた箇所は、ほとんどない。

『啓蒙通俗報』に掲載された漢訳ホームズ物語３篇を見た私の結論は、漢訳には、省略部分とわずかな誤訳があるが、事件の記述を損なうものではなく、原文を忠実に漢訳している、ということだ。

『啓蒙通俗報』は、四川省成都で出版されていた雑誌である。上海からはずいぶんと隔たった場所での発行だ。しかし、漢訳ホームズ物語は好評だった。好評だからこそ『議探案』という書名を与えられて単行本にまとめられたと考えられる。また、単行本になったことからもわかるように、漢訳の質は高かった。

漢訳者のひとりである黄鼎は、中村の紹介によると、上海の聖約約翰大学を卒業後、1892年、アメリカのヴァージニア大学に学び、1897年に帰国、母校で教鞭をとっていたが、1901年に山西大学に迎えられ、1904年に上海のアメリカ領事館の通訳になった人だという[21]。

部分的ではあっても翻訳そのものを読んだだけで、ホームズ物語を正確な漢語に翻訳するのに十分な学識をそなえた人物であるとわかる。その経歴を示されると、一層、納得がいくのである。

いまいちどまとめる。『啓蒙通俗報』に「泰西説部叢書之一」と題されたシリーズが、連載終了後、抜き刷りが出版された。それも2種類ある。ひとつは、『泰西説部叢書之一』と命名され、もうひとつは『議探案』と呼ばれた。抜き刷りだから両者ともに大判の木刻線装本であるはずだ。

『泰西説部叢書之一』は、のちに小型活版線装本のかたちで再版されている。

私が見たのは、表紙には、『泰西説部叢書之一』と印刷題簽がある。

扉の右側に「啓明社訳本　毎本定価大洋二角」とあり、中央は、「泰西説部叢書之一」、左下に「上海｜時事報館内／蘭陵社印行」と2行に分けて印刷される。扉裏に「宣統紀元仲春再版」と表示されるから1909年陰暦二月となろう。

訳者、本文などは、『啓蒙通俗報』と同一だ。

収録作品は、以下のようになる。くりかえしになる部分もあるが、原作と訳名をかかげておく。

059「毒蛇案」1-9丁

「まだらの紐 The Adventure of the Speckled Band」

064「宝石冠」9-16丁

「緑柱石宝冠事件 The Adventure of the Beryl Coronet」

051「抜斯夸姆命案」16-25丁

「ボスコム谷の謎 The Boscombe Valley Mystery」

084「希臘訳人」25-30丁

「ギリシア語通訳 The Adventure of the Greek Interpreter」
049「紅髪会」30-36丁
「赤毛組合 The Red Headed League」
079「紳士克你海姆」36-42丁
「ライゲイトの地主 The Adventure of the Reigate Squire ／The Reigate Puzzle」

興味深いのは、扉に見える「啓明社訳本」という部分だ。

上海・啓明社からホームズ物語６篇が漢訳出版されているということは、前から指摘されている[22)]。しかし、詳細は、いままで不明だった。

だが、『泰西説部叢書之一』の扉に明示された「啓明社訳本」によって、ひとつの推測が可能となった。すなわち、阿英が記録している出版社不明の『泰西説部叢書之一』（光緒辛丑1901《ママ》）は、ほかならぬ啓明社によって発行されていたということだ。これは、『啓蒙通俗報』からの抜き刷りで木版線装本だったろう。それを再版したのが、蘭陵社の小型活版線装本ということになる。一方で、『啓蒙通俗報』の抜き刷りによる『議探案』（光緒壬寅（1902《ママ》）餘学斎木活《ママ》字本）があることは、すでに述べた。

ここで従来からの誤りを指摘しておきたい。

郭延礼は、その『中国近代翻訳文学概論』において、『泰西説部叢書之一』を紹介する。収録作品が７篇あると書く（147頁）。そのうちの「紳士」について「The Adventure of the Noble Bachelor, 今訳《貴族単漢案》」と説明した。が、これは誤り。だいいち該書には、「紳士」という作品は収録されていない。たぶん、阿英の小説目を見たうえで、中村の原作指摘をそのまま引用したものだろう。該書に収められた作品は、上に示したように「紳士克你海姆」という。阿英が、目録作成時に、勘違いしてひとつの作品を「紳士」と「海姆」に書き誤ったものと思われる。原物を見なければ、阿英の小説目の誤りに気づかなかった。

1896-97年の『時務報』に掲載された中国最初の漢訳ホームズ物語４篇、および1902-03年の『啓蒙通俗報』に連載された漢訳ホームズ物語のいずれもが、いくらかの省略はあるにしても、きわめて良質で厳格な翻訳であったことは誇るべきことである。

つぎに述べる『続包探案』は、『議探案』よりも早くに出版されている可能性もある。ほぼ同時期の刊行物としてあつかう。

この『続包探案』は、まず書名を決定しなければならないという手間のかかる問題をかかえている。

4　『続包探案』(又名『続訳華生包探案』)

『続包探案』と書いても、これを知る研究者は、少ないだろう。あの大部な郭延礼『中国近代翻訳文学概論』にも書名を見いだすことはできないのだ[23]。

しかし、『続包探案』は、まったくの未知の書籍ではない。なぜなら、もうひとつの書名『続訳華生包探案』の方で知られるからだ。

阿英目録は、『続訳華生包探案』だけを収録しており、『続包探案』を記録していない。

そればかりか、阿英目録には、複雑な記述がされている。

> 続訳華生包探案　英柯南道爾《ママ》著。警察学生訳。光緒二十八年(一九〇二)刊。収福爾摩斯探案三種：
>
> (一)親父囚女案(二)修機断指案(三)貴冑失妻案
>
> 又同年文明書局刊本、除上三種外、増訳四種：
>
> (四)三K字五橘核案(五)跋海淼王照相片(六)鵝腹藍宝石案
>
> (七)偽乞丐案[24]

このままに読めば、1902年に初版と再版を出版して、再版には、作品4種の追加があったと理解できる。

だから、中村も「当初は「親父囚女案」以下の三篇のみであつたが、更に

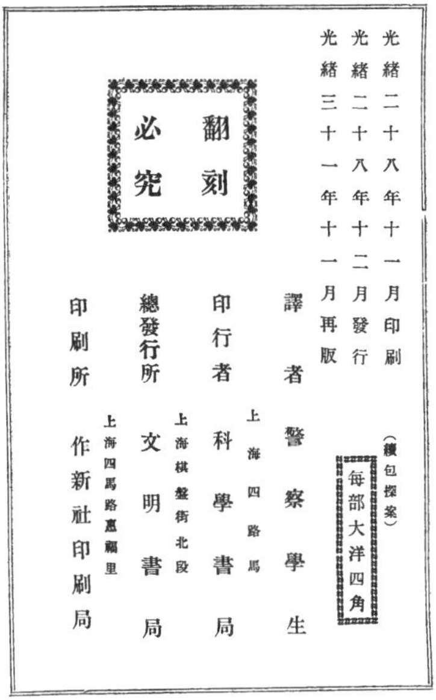
光緒二十八年十一月印刷
光緒二十八年十二月發行
光緒三十一年十一月再版

（續包探案）每部大洋四角

譯者　警察學生
印行者　上海四馬路　科學書局
總發行所　上海棋盤街北段　文明書局
印刷所　上海四馬路惠福里　作新社印刷局

翻刻必究

『続包探案』奥付

『続包探案』表紙

「三K字五橘核案」以下の四篇を加へ、文明書局から再版された。書名に冠せられた「続訳」の文字は、再版本上梓の際に附されたものであらう」[25]と推量した。中村は、原物を見ることができなかったのだから、阿英の記述を信用するよりしかたがない。

書名を前にしてしばし佇む。それ以前に『華生包探案』も出ていないのに、いきなり『続訳華生包探案』が出版されているのは変だと感じる。だから「続訳」は再版本に追加されたと考えた。突然の『続訳華生包探案』は、不合理だからこその中村の推測だった。

ところが、阿英目録には増補版があって、こちらには同一作品を収録して次のように書いている。

続訳華生包探案　警察学生訳。光緒二十八年（一九〇二）刊。文明書局刊。

収探案七種：

三Ｋ字五橘核案／跋海淼王照相片／鵝腹藍宝石案／偽乞丐案／親父囚女案／修機断指案／貴冑失妻案[26)]

前にはあった原作者である柯南道爾の名前を、ここでははずしている。作品の順序を入れ替えている。作品の追加については、文章を削除する。

阿英目録の増補部分で同じ『続訳華生包探案』を重複収録したということは、原物でふたたび確認したからではなかろうか。つまり、以前の記述は、メモかなにかに拠っており、不十分だと阿英は考えたと思われる。

ということは、はじめの３篇にあとから４篇を加えたという事実はなかったということだ。最初から、いわゆる『続訳華生包探案』１本のみが存在していた。

いわゆる『続訳華生包探案』という書名には、謎があることを指摘したい。

文明書局の『華生包探案』は、出版されるもされないも、もともとこの世に存在してはいない。商務印書館の『華生包探案』は、別物だし、だいいち1903年以降の発行だから、文明書局とは関係がない。

前身であるはずの『華生包探案』が存在していないのに、なぜその続編を意味する『続訳華生包探案』が書名なのか。これが、書名の謎である。

手元にある、いわゆる『続訳華生包探案』活版印刷洋装の原物を見れば、その謎は、解明できる。

表紙、扉、目次１、本文108頁に加えて奥付がある。

原著者名の「（英）柯南道爾」は、記されていない。『時務報』連載の時もそうだった。さらに、『啓蒙通俗報』連載でも、原作者のドイルは削除されていた。

奥付には、「光緒二十八（1902）年十二月／光緒三十一（1905）年十一月再版、訳者　警察学生、印行者（上海）科学書局、総発行所（上海）文明書局、印刷所（上海）作新社印刷局」と書いてある。

光緒二十八年十二月は、新暦に換算すれば1903年になるが、ここでは、光緒二十八年だけを指して1902年としておく。

書名の問題は、複雑である。

目録と本文冒頭にのみ『続訳華生包探案』と印刷されている。ところが、表紙、扉、奥付、柱は『続包探案』となっているのだ。表紙と扉は同一で、中央に縦書きで大きく『続包探案』とあり、左に添えて「総発行所文明書局」と印刷する。

ひとつの書物に『続訳華生包探案』と『続包探案』のふたつの書名が、共存していることになる。

書名不統一というべきだ。別に珍しい現象ではない。頭を悩ますのは、目録編集者くらいであって、作品を読むだけの場合は、なんの支障もない。

阿英は、『続訳華生包探案』と『続包探案』のふたつの書名があるのを見て、前者を書名として選択し目録に記録した。その時、『続包探案』とも書かれている、と注記してくれたら、もっと親切だった。しかし、『続包探案』の方は無視したのだ。

というよりも、阿英の目には、ふたつとも同じ書名に見えたのではなかろうか。

『続訳華生包探案』と『続包探案』は、明らかに異なると考えるのは、私くらいのものかもしれない。

現代の研究者に、二つの書名を示せば、即座に同一であると答える可能性がある。似た例をあげれば、郭延礼は、『新訳包探案』を指して、《新訳（華生）包探案》[27] と解釈する。書かれていない「華生」を当然のようにして補っている。

清末翻訳小説で『華生包探案』といえば、ホームズ物語を意味する。中国では誰でも承知の、あまりにも有名な翻訳作品である。だから、郭延礼が、実際には存在しない「華生」を付け足して《新訳（華生）包探案》と書くのに、なんら違和感はないのだろう。

これを適用すれば、『続包探案』は、『続（華生）包探案』となって『続訳華生包探案』と変わらなくなるのだ。

だが、ここには『華生包探案』そのものが奇妙な題名だと考える発想が、存在しない。

『華生包探案』という名称そのものが奇妙だ、と言われて、なんのことかと思われる人もいるだろう。

今まで、この書名の奇妙さについて、研究者が疑問を提出したことがあるとは聞いたことがない。それくらい、当たり前のようにして言及される書名なのだ。

なぜ奇妙かといえば、簡単なことだ。華生は、ワトスンを指す。ならば、『華生包探案』は、『ワトスン探偵事件』という意味にしかなりようがない。

探偵は、シャーロック・ホームズなのだよ、ワトスン君。

ワトスンが記録した探偵事件だと言いたいのであろうか。そうならば、『時務報』ですでに見られる『滑震筆記』にならえば、『華生筆記』で充分だろう。

人名を用いたいのならば、ここは『福爾摩斯包探案』としなければならない。

事実、のちの翻訳では、『福爾摩斯探案』とか『福爾摩斯偵探案』になっている。この時期にのみ、それも文明書局と商務印書館の書籍に限って『華生包探案』が出現しているのは、おかしなことだ。はっきり言って、間違いである。

なにも誤っているものを正式な書名とすることはなかろう。もっとも、商務印書館の方は、間違った書名を正式なものとしたため、訂正のしようもない。

あらためて言うが、『続訳華生包探案』と『続包探案』、ふたつの書名が最初から共存していた。

では、どちらが適切か、という問題になる。

私は、『続包探案』の方が、より適切だと考える。『続訳華生包探案』は誤訳だから、採らない。

ふたつの書名があるのは、事実だ。しかし、表紙と扉に黒々と大書して『続包探案』とあれば、これが書名だと誰でも思う。逆にいえば、阿英は、『続包探案』ではなくて『続訳華生包探案』の方をなぜ選択したのか。そちらの方が不思議である。

孫宝瑄は、癸卯八月二十四日（1903.10.14）、北京において『続包探案』を読んでいる[28]。

当時、実際に読んでいた人物が、その書名を『続包探案』として日記に記録しているのだ。1903年のことだから、初版を指して『続包探案』と言っている。初版、再版ともに『続包探案』であって、『続訳華生包探案』を改題したものではないことがわかる。有力な証拠だということができよう。

周作人は、東京に留学している兄周樹人（魯迅）にいわれて、わざわざ『続包探案』を購入した。ただし、彼の日記では『華生包探案』と誤記しているが。

癸卯日記（1903）

四月十四日（5.10）　……夫子廟前の明達書荘までもどり『華生包探案』を一部購入する（購入して日本に送るよう長兄が手紙をよこした）洋四角……夜、『続包探案』を読む　……回至夫子廟前明達書荘買華生包探案一部（大哥来信令購並嘱寄往日本）洋四角……夜看続包探案……[29]

「洋四角」は、『続包探案』の値段と一致する。周作人日記に見える『華生包探案』は、どうせ書くなら『続訳華生包探案』だろう。だが、それはいわば俗称であるから、夜に出てくる『続包探案』が正確だ。それにしても、日本にいる周樹人が読みたがるほどに、話題になっていた。

もうひとつ、根拠がある。

すでに触れた『包探案』（素隠書屋1899／文明書局1903）が、問題を解く鍵となる。

『包探案』は、上海『時務報』に連載された中国最初の漢訳ホームズ物語をまとめた単行本である。以前に、充分説明した。

重要なのは、文明書局が『包探案』の再版本を出そうとしていたほとんど同時期に、別の漢訳ホームズ物語を出版していることだ。この別の漢訳ホームズ物語こそが、阿英の記録するいわゆる『続訳華生包探案』、すなわち『続包探案』である。

同じ版元であれば、シリーズである漢訳ホームズ物語は同じ書名にするだろう、という簡単な類推にすぎない。

『包探案』を受け継いで『続包探案』と命名するのは、筋が通っており、なんの矛盾も飛躍もない。つけくわえる単語も必要なく、それだけできわめて理解しやすい書名である。

『続訳華生包探案』を採用するとすれば、先行する書物に『新訳（華生）包探案』のように存在しない「華生」を補わなくては連続性が維持できない。それだけ余分だと思うのだ。

『続包探案』とするのは、道理にかなった扱いだと考える。

ひとつ資料をつけくわえる。

文明書局自身が、『世界繁華報』（光緒二十九年正月十四日1903.2.11）紙上において出版広告を掲載し、書名を『続訳包探案』とする。該書に見える『続包探案』とも異なってはいるが、書店の意識としては、こちらに近いように見受けられる。

以上のようなわけで、私は、『続包探案』という書名を使用する。

なお、訳者について、中村は、以下のように考えた。「訳者から推して犯罪捜査に資する為の参考といつた功利的観点からの翻訳といつた可能性が強いが、警察（傍点ママ）学生といつた筆名が用ゐられてゐるところから推すと、訳者は、或いは前年北京警務学堂から宏文書院の速成警務科に送られて来た留日学生中に、求められるかも知れない」[30)]

今、警察学生についての資料を持たない。

◎「三個のKの字五個のオレンジの種事件　三K字五橘核案」

——「五つのオレンジの種」

052 The Five Orange Pips ｜ The Strand Magazine 1891.11

第１行に「続訳華生包探案」と書いて、つづけて次のような語句がある。「華生は、滑震ともいう。華生一作滑震」。漢訳７篇の冒頭において、これをくりかえす。

ワトスンの漢訳が、滑震から華生に変更されたことを示している。前述『啓蒙通俗報』第 4 - 5 期（[光緒28.6（1902.7）]-光緒28.7（1902.8））掲載の「毒蛇案」でも、すでに華生が使われていた。漢訳の趨勢が、そちらの方に向っていたらしい。

原作は、アメリカでの過去の生活が、現在の殺人事件の原因をなしているものだ。ホームズが手掛けた事件のうち、数少ない失敗に属するもののひとつである。なぜ失敗かといえば、依頼人の命を救うことも、犯人を逮捕することもできなかったからだ。ただし、犯人たちは、遭難した船に乗っていたのだから、天罰が下ったということはできよう。

續譯華生包探案（華生一作滑震）

三K字五橘核案

暇時披閲福爾摩斯于一千八百八十二年及一千九百年間所緝之案。多有驚人發微之處。亦難定孰選孰刪。其間或有已登之報紙。彰其高才深謀者。或有竭精思而僅得其要領者。或有事機碍難尙未水落石出者。唯最後數年之案。予皆樂得而誌之。而案之繁複精奇。尤推一千八百八十七年爲最。中尤奇特者曰派拉杜房案。曰阿美透煤笛懇會案。曰克姆培耳毒斃案。曰獨發島之丕得森案。曰沙反恩特生英船遺失案。尙憶福爾摩斯緝克姆培耳毒斃案時。轉死者之時表。因知死者傷於兩點鐘前。引爲案中要處。由是勘得案情。凡此請俟他日握管記之。今姑述其尤淺近易明之一案。

當是年之九月末號。天頗陰晦。終日北風怒吼。暴雨洒窗。至晚風聲更狂。如泣如訴。如小孩號咷煙囱中。予妻適歸寗。故予暫居培克街。與我友福爾摩斯相晤對。惟時福坐火爐之右。勃然若不懌者。予則坐火爐之左。方閲克洛克羅賽所著航海故事。目注神往。蓋不啻置身書中。而

續包探案　三K字五橘核案　一

漢訳「五つのオレンジの種」

漢訳について気づいたことを述べてみる。

詳細が語られない事件のひとつに“Amateur Mendicant Society 素人乞食協会”がある。その Mendicant が理解できなかったためか、「阿美透煤笛懇会」と固有名詞扱いで音訳してすませている[31]。

英文原作にある“none of them present such singular features as the strange train of circumstances which I have now taken up my pen to describe. 今ここで書こうとしている事件のように、奇怪な状況が続発するという異常な様相を示すものはないのである”を「今姑述其尤浅近易明之一案。今、そのもっとも簡単で分りやすい事件について述べよう」と漢訳して、原文とは正反対にしてしまった。

事件の依頼人ジョン・オープンショウの父親を説明して、“He was the patentee of the Openshaw unbreakable tire. 彼はオープンショウ印耐久タイヤの特許権所有者だった”という。自転車が発明されたころ、パンクしないタイヤを開発し、自らの姓を商標にして、それにより財をなしたことを言っているのだ。それを漢訳では、「我父且在唖犇旭地。領有印票。得専售首飾。其貿易既如此順利。

私の父は、オープンショウにおいて許可書を持っておりましたので、首飾りを専ら売ることができ、その商売は順調でした」とする。オープンショウを人名から地名に変化させた。自転車とタイヤの関係に気づかず、首飾りを出すのは、奇妙に思われるだろう。確かに奇妙なのだが、当時の英漢字典に tire を装身具の首飾りの意味にしているものがあり、そのままに適用したらしい。どのみち誤訳である。

秘密結社K. K. K. を「開。開。開」とするのは、Kの字を音訳したものだ。中国人読者は、これを見れば、何を開けるのかと訝しく思うに違いない。だから、「英語の11番目の字母である。英文第十一字母也」と注釈をつけた。漢訳題名の「三K字」は、このことをいう。題名で使える「K」の字ならば、本文中にも埋めこめるだろうに、と思う。案の定、本文のうしろの方で「三K字」と組み込んでいるではないか。不統一である。もう１ヵ所、英文原作で“H Division H署”とあるのを「哀去」と漢字で音訳するのも「開」と同じ発想による。

末尾に少しの加筆があるのが、注目される。

英文原作では、ホームズが逆襲のために威しの手紙を犯人たちに送った。ところが、犯人たちが乗っていた船が遭難したという説明で終わっている。

犯人たちが死亡したので、ホームズの逆襲は成功しなかった、と書いてしまえば、これは蛇足である。船は遭難したと示すだけで筆を止めたところに、ドイルの小説作法の冴えがある。読者に解読の楽しみを残しているからだ。

ところが、漢訳者は、ドイルの書き方が不十分に思われ、気にくわなかったようだ。

「オープンショウ親子兄弟の仇を、海があたかも先に報復したかのようであった。人事のこまやかさは、しょせん天網の粗さにかなわないのである」

漢訳者の手による、まるで因果応報といわんばかりの説明は、付け加えて書かずにはいられなかったのだろう。現実の犯罪事件だ、との意識がそうさせたものか。

漢訳は、細かな誤りはあるが、作品そのものから見れば、原文に、ほぼ、忠実だということはできる。

◎「ボヘミア王の写真　跋海淼王照相片」――「ボヘミアの醜聞」

046 A Scandal in Bohemia | The Strand Magazine 1891.7

冒頭から、省略がある。アイリーン・アドラーについて、ワトスンの結婚、ホームズのコカインと犯罪探求について。そのすべてをきれいさっぱり削りおとし、「華生云」でいきなり1888年の事件がはじまる。さらには、ワトスンが開業医を再開したことを彼の様子を観察するだけで言い当てる、というホームズ物語の特徴のひとつを無視する結果となった。

いわゆるホームズとワトスンの生活史は、余分な描写だ、と漢訳者の目には映ったのかもしれない。だが、ホームズ物語が多くの読者を引きつけたのは、事件の怪奇さのほかに、ひとつひとつの物語が相互に、かつ緊密に関連して全体を構成している点にもある。だから、一見むだなように見える部分も、全体にとっては重要な役割をはたしている。それが漢訳者には、理解できていない。ホームズは、ワトスンにむかって「ボズウェルがいないと心細いよ。I am lost without my Boswell」と発言する。ジョンソン博士伝を書いた人物の名前を出すことによって、ワトスンにホームズの伝記作家の地位をあたえたわけだ。漢訳のように、ここを削除すると、ホームズとワトスンの役割分担の妙がわからなくなる。

奇妙な点は、まだ、ある。事件解明の依頼を記した便箋を、漢訳では、なんと「新聞紙」にしてしまった。原文の notepaper を newspaper に取り違えたらしい。秘密の訪問を新聞で公表するなど、考えればおかしいと気づかなければならない種類の間違いであろう。ゆえに、便箋の紙質と透かし文字の詮索をする部分を削除することになったし、英語の組み立て方がドイツ人らしいという推測も、なしだ。もっとも、ドイツ語、英語のまじる箇所を漢訳するのは、骨が折れる。それを回避したとも考えられる。

漢訳者は、どうやらややこしい箇所は、無視するつもりらしい。

ボヘミア王の名前 Wilhelm Gottsreich Sigismond von Ormstein, Grand Duke of

Cassel-Felstein, and hereditary King of Bohemia を、無視する。

ホームズの人物ファイルにもとづくアイリーンの人物紹介も、なし。

ボヘミア王が、アイリーンと撮った写真をとりもどそうと、人を雇ってことごとく失敗したことは、順序を入れ替える。

という具合に、大幅に省略した結果、ページ数も少なく、事件の粗筋をたどるだけになってしまった。肉の部分が、削がれたというわけだ。漢訳者は、肉をけずって犯罪の骨格だけを取りだしたかったのか、と思わざるをえない。そうであるならば、この時点においても、訳者はホームズ物語を犯罪報道として受けとっていたのではないか、という私の推測が正しいことになる。原作者の名前を出さないのも、その証拠のひとつになるのだ。

かろうじて事件の筋を追うだけだから、漢訳としては、優良可のうちの可の部類に属する。

◎「ガチョウの腹に青い宝石事件　鵝腹藍宝石案」――「青いガーネット」

057 The Adventure of the Blue Carbuncle ｜ The Strand Magazine 1892.1

原題のガーネット carbuncle は、漢語でいえば、紅玉、紅宝石である。青いガーネットは、もともと存在しないものという。漢語題名の「藍宝石」には、サファイアという意味があるが、ここでは、単に「青い宝石」としておく。

前訳「ボヘミア王の写真　跋海淼王照相片」が、あまりにも省略が多いので、こちらの翻訳はいかがかと見れば、前翻訳とは大いに異なり、省略はほとんど、ない。

残された帽子を観察するだけで、持ち主の過去から現在の生活状況、はては妻に愛想をつかされていることまで推理する部分など、ホームズ物語のおもしろさを英文原作のままに、削除することなく漢訳している。

ただし、妙な箇所がまったくない、というわけではない。

たとえば、人口400万を、漢訳では40万に変更する。

原作で「ピータースンという守衛を知っているかね？ You know Peterson, the commissionaire?」というのを、「ピータースンという委員を知っているかね？

爾識委員彼得森乎」と守衛が委員になっている。commissionaire が収録されていない当時の英漢字典を見たらしい。「commissioner 委員」の方は載っていたから、何も考えずに「委員」という訳語にしてしまった。

英文原作では、ガチョウを担いだ人と数人の与太者の喧嘩になっているのを、漢訳では、ふたりだけの、つまり背の高い男と背の低い男の喧嘩に変更している。

ホームズの住所ベーカー街221番Bを「培克街六百二十一号」に番地変更したのは、なぜだか不明。培克街は、別の箇所では盤克街と表示される。不統一だ。

鵞鳥の出所をさがしてホームズとワトスンは、アルファという居酒屋に行く。主人は男だが、漢訳では女性［店主婦］に変更する。英語原作では、landlord であり he と書いているにもかかわらずだ。英漢字典の 1 行上に landlady［酒店女主人］とあるのと取り違えたものか。そうだとすれば、うかつなことだ。

鵞鳥の仲買人が扱った数は、 2 ダースなのだが、漢訳では、 2 ダース20羽としたり、12対だったり、12羽にしてみたり、と一定しないのはなぜだか知らない。

細かな思い違い、誤訳はあるが、比較的少ないといってもいいだろう。漢訳としては、いい方に属する。

前出孫宝瑄は、癸卯（1903）八月二十四日の日記において、「鵝腹藍宝石案」の感想を次のように記した。

「西洋人は、文字と話し言葉を分けない。その話し言葉を聞けば、その教養の程度をうかがうことができる。たとえば「ガチョウの腹に青い宝石事件　鵝腹藍宝石案」で、ヘンリー・ベイカーがホームズに面会したとき、「しゃべりかたは風雅で、言葉使いは慎重であり、学識にとむ人物であることを十分に証明している。呑吐風雅，用字猶謹，足証為飽学之士」というのがそれである。わが国の人間は多くは小学校も卒業しておらず、文字使いは慎重でなく、話し言葉はいうまでもない。／私が西洋人の探偵筆記を読んでもっとも好きなのは、その内容が往々にして奇抜にして不思議であって、人にあれこれ考えさせないところだ。探偵家の追求する能力には予想外のところがあるが、解明されるや、情理にかなっているのが常で、人が気づかなかっただけなのだ」[32)]

注意しなければならないのは、日記に見える「呑吐風雅，用字猶謹，足証為飽学之士」という部分は、孫宝瑄自身の感想ではないことだ。漢訳ホームズ物語の中で使われている語句を、そのまま引用したにすぎない。

ちなみに英文原作の該当箇所は、“He spoke in a slow staccato fashion, choosing his words with care, and gave the impression generally of a man of learning and letters. 彼の、一語一語注意深く言葉を選びながら、低い声でポツリポツリと話す態度は、全体として教育と学問のある人物という印象をあたえた”となっている。

孫宝瑄は、探偵筆記のおもしろさを謎解きに求めていることが理解できよう。ごく当たり前の反応だと考えていい。また、漢訳ホームズ物語が、中国の知識人に好まれた理由が、ここにある。もうひとついえば、孫宝瑄は、「包探筆記」と書いて、「包探小説」とはしていない。彼も、ホームズ物語が創作であるとは気づいていないらしい。

以上は、漢訳ホームズ物語を読んだ同時代知識人の率直な感想として、貴重な証言だということができる。さらに、読者層を考える場合のひとつの資料ともなるだろう。

◎「偽乞食事件　偽乞丐案」――「唇のねじれた男」

054 The Man with the Twisted Lip ｜ The Strand Magazine 1891.12

ジョン・ワトスンの妻が夫のことを「ジェームズ」と呼んだのは、なぜか。

ホームズ研究者が話題にする箇所だ。ドイルの書き間違い、植字工の誤植、夫人の健忘症、はては犬の名前などなど、現在では、多種多様な説がとなえられている。

漢訳者は、「及姆斯（華生之字）」（42頁）と割注で説明した。つまり、ワトスンの名がジェームズだというのだ。ジョンであることなど念頭にない。

ジェームズが字（あざな）で、ジョンが本名、というような複雑な考えを漢訳者が持っているわけではなさそうだ[33)]。それほど深くはワトスンのことを知らない。というよりも、ここは、原文のままを漢訳しただけのことなのだろう。

本作品にも床の「リノリュウム linoleum」が出てくる。当時の英漢字典には、収録されていない単語だ。漢訳では、『時務報』掲載の「曲がった男復讐事件　記傴者復仇事」と同じく「絨毯［地毯］」をあてている。漢訳者は、『時務報』を参考にしている可能性もあるのではないか。

本事件の主人公ネヴィル・セントクレア Neville St. Clair 乃維而聖克来而をアヘン窟で目撃した夫人が、探しもとめて2階（実質3階）へ駆けあがろうとする。水夫あがりのインド人 Lascar が夫人を上がらせまいと阻止するのだが、漢訳ではそれを雷斯揩と固有名詞にしている。Lascar は、これより前の部分にも出て来ており、漢訳者は同じく人名だと考えている。

英漢字典を見れば「水手（東印度人水手之称）」と説明されているにもかかわらず、なぜ人名だと受け取ったのか。それは、『ストランド・マガジン』あるいは後の単行本では、Lascar と大文字のLで綴っているからだ。漢訳者が人名だと考えたとしても無理はない。

以上の小さな誤り、あるいは漢訳者の誤解はあるが、原文にほぼ忠実な漢訳だということができる[34]。

◎「実父の娘拘禁事件　親父囚女案」――「ぶな屋敷」

066 The Adventure of the Copper Beeches ｜ The Strand Magazine 1892.6

本漢訳は、「ボヘミア王の写真　跛海淼王照相片」と同様に冒頭から大きな省略がある。

だから、原作の、ホームズがワトスンの書いた事件報告書について、文句をつける箇所も省略する。

「君が間違っているとすれば、おそらく、書くものに色をつけたり、肉をつけたりしようとすることだよ。原因から結果を厳格に推理するという、事件の中で唯一注目に価することだけを記録することを仕事にする代りにね」[35]

そのあとで出てくるホームズがかかわった事件は、その題名でいえば「ボヘミアの醜聞 A Scandal in Bohemia」、「花婿失踪事件 A Case of Identity」、「唇のねじれた男 The Man with the Twisted Lip」、「独身貴族 The Adventure of the Noble Bachelor」なども、当然のように省略する。いきなり事件が発生するのだ。

つまり、ワトスンが説明によって血をかよわせ肉をつける、あるいは色彩をほどこす部分——例の生活史を、漢訳者は余分なものだと判断し、勝手に削り落としたのである。ホームズが文中で要求するままに、従ったことになる。ここにも、翻訳者が、創作を犯罪報道と混同している証拠を、私は見る。

事件の依頼人であるヴァイオレット・ハンターは、女性家庭教師 governess であるが、漢訳では家政婦［襄理家政］、乳母［乳母］にされてしまった。

ハンターをぶな屋敷に迎える時、馬車 dogcart で、とあるのを漢訳では文字通り「犬車」にしてしまう。アラスカではあるまいに。

ホームズたちに来てほしいと要請するハンターからの電報は、夜遅く late one night 届いたのだが、漢訳は、翌朝「翌晨」に変更する。なぜだか知らない。

ぶな屋敷の主人は、姓をルーカッスル Rucastle 羅開色而、名をジェフロ Jephro という。ある場所では傑勿洛（65頁）とし、別のところでは傑弗洛（70頁）と1字を違える。

冒頭の省略のほかに、あと細かい違いはあるにしても、それ以外は、原文のままの漢訳となっている。

◎「技師の指切断事件　修機断指案」——「技師の親指」

060 The Adventure of the Engineer's Thumb ｜ The Strand Magazine 1892.3

漢訳では、ワトスンがホームズとつきあいはじめてから、ホームズが関わった事件が千百件にのぼる、とする。

原文は、"OF all the problems which have been submitted to my friend Mr. Sherlock Holmes for solution during the years of our intimacy, …… 私の友人シャーロック・ホームズとの数年におよぶ親しいつきあいのあいだに、解決するよう持ち込まれた多くの問題のうち、……" だ。どこにも事件数が千百件だとは書いてない。

どこから来た数字なのだろうか。

1874年から引退するまでの間に、ホームズは、約1,700件の事件を扱っただろう、という研究があるそうだ[36)]。

数の上では、違いがあるようなそれほど外れていないような、どのみち多数の事件であることには変わりがない。

ワトスンが結婚したとも訳さない。患者の中にパディントン駅の駅員がいた、という箇所を、「内有一官。住拍定登司対輿。そのうちの一人は、パディントン・ステイションに住んでいた」と訳す。これでは駅舎に住んでいることになる。駅名を地名に取り違えている。

親指を切断された男性の年齢は25歳を出ていないと観察されるが、漢訳では「年約三十」と5歳も年取る。

以上のようにこまかく指摘しはじめると、いくら紙幅があっても不足する。つまり、忠実な翻訳ではないのだ。漢訳が、原文を適当に省略して粗筋をたどるからページ数も少ない。ほぼ11頁だ。やり方は、該書所収の「ボヘミア王の写真　跋海淼王照相片」(約7頁) に似ている。

話の展開に重要な役割をはたしている単語が、ひとつある。水力圧搾機 a hydraulic stamping machine だ。水力を利用して圧力をかける装置だとわかる。この機械を修理したために、技師は親指を失うことになったし、事件そのものが関係する重要機械である。話をバラしてしまえば、ニセ銀貨製造に必要な装置なのだ。それを、「打印水機」(82頁) と漢訳する。印刷機と誤解したと思われるかもしれない。別の場所では、a hydraulic press と表現されるのを、漢訳では「水気機」にして、同一機械であることはわかっているはずだが、訳語を統一しようとはしない。「打印水機」としたのは、別に漢訳者にしてみれば誤訳ではない。種明かしの箇所で、ニセ「銅貨」に文様を印するのに使ったと説明して強引に首尾一貫させる。ただし、「銅貨」は、銀貨の誤りだ。手間隙かけてニセ「銅貨」では割りが合わない。

というようなわけで、この漢訳は、可と評価する。

◎「貴族の妻失踪事件　貴胄失妻案」――「独身貴族」

063 The Adventure of the Noble Bachelor ｜ The Strand Magazine 1892.4

本作品は、別名「花嫁失踪事件」でも知られる。

原作冒頭にある、セント・サイモン卿の結婚とその破局への言及、およびワトスンのアフガン戦争従軍記念の古傷を省略して、いきなり「華生曰」ではじまる。ワトスンの血肉――生活史を削るのだ。

ホームズあてに届いていた手紙のひとつは魚屋 a fishmonger から、もうひとつは a tide waiter からだった。a tide waiter とは、満潮によって港に入ってくる船を待つ人、すなわち税関の監視官を意味する[37)]。ところが、漢訳では「弄潮児」となっている。波乗りをする子供、という意味にもとれる。英漢字典には、「海関差役」すなわち税関吏と載っているのだが、気づかなかったらしい。

Scotland Yard 警視庁を「蘇格蘭場」と漢訳しているのを見ると、漢訳者の有する英国についての知識に、やや不安を覚える。間違いでは、確かに、ない。だが、地名風に訳すなら、本来の意味がわかるように注釈が必要だと考える。

セント・サイモン卿と多額の持参金をもつハティ・ドーラン嬢の結婚は、花嫁が失踪していても、すでに成立している。だから、持参金はセント・サイモン卿のものになっている。それを確認してホームズは、“the marriage is a *fait accompli*” とフランス語で既成事実と言ったのだ。それを漢訳して「今婚事雖不成。今、結婚は成立しませんでしたが」とするのは、フランス語が理解できなかったためだと想像できる。

その一方で、うまく漢訳している部分もある。

事件の依頼者である Lord Robert Walsingham de Vere St. Simon を、「羅勃脱為斯海姆第維耳聖西門」と正確に音訳している。さらに、役職の Under-Secretary for the Colonies 植民次官を「理藩院侍郎」とし、父親のこれも役職である Secretary for Foreign Affairs 外務大臣を「外務部尚書」とするのも妥当である。

アメリカ俗語で jumping a claim または claim-jumping という言葉が使用されている。鉱山の採掘権を横領するという意味で、口にしたドーラン嬢の育ちと事件の真相の両方を示す重要語彙なのだ。こういう箇所は、もともと翻訳しにくい。それを「往跳一礦」「跳一礦」と漢訳するのは、字面だけの翻訳とはいえ、許容範囲内だろう。

アルファベットの署名 F. H. M. を「哀夫、哀去、袁姆」と音訳するのは、前に例があった。「三個のKの字五個のオレンジの種事件　三K字五橘核案」のやり方と同様だ。

少しの省略と、細かな誤りはいくつかあるが、おおむね原作に沿った翻訳である。漢訳としては、できのよい部類にはいる、というのが私の判断だ。

『続包探案』収録作品7篇のうち特に2篇について省略が多い。それ以外は、英文原作にほぼ忠実な漢訳となっていることを強調しておきたい。

漢訳が、原作者コナン・ドイルの名前を出さない。その理由は、漢訳者がホームズ物語を犯罪報道、すなわち実在したホームズとワトスンがかかわった事件だと考えていたからではないか、と述べた。事実、前出周桂笙は、そう考えていた。

犯罪報道だととらえていたと考える根拠を、くりかえし挙げれば、漢訳題名が、いずれも犯罪の内容をさし示すものになっていることがある。『時務報』からはじまり『啓蒙通俗報』を経て、『続包探案』にいたるまで、それは続いている。

つぎの『繡像小説』所載漢訳を見ても、原著者を明示しない。翻訳題名が事件の内容を表わしているものもあり、いくらか名残が見える。

5　「華生包探案」――『繡像小説』掲載のホームズ物語6篇

「華生包探案」と題して、『繡像小説』第4-10期（癸卯閏五月十五日1903.7.9-八月十五日10.5）に合計6篇が連載された。“THE MEMOIRS OF SHERLOCK HOLMES”1894から選んでの漢訳だ。目次には、「（新訳）華生包探案」とある。ここの「新訳」は、書名を構成しない。編集者による注釈だ。

詳細は、以下の通り。

「華生包探案」

『繍像小説』に連載。活版線装本。原著者、訳者名なし。柱の下に「商務印書館印行」と印刷。

第４期　癸卯閏五月十五日　哥利亜司考得船案　1-8　“THE GLORIA SCOTT”1893.4

第６期　癸卯六月十五日　銀光馬案　1-10　“SILVER BLAZE”1892.12

第７期　癸卯七月初一日　孀婦匿女案　1-7　“THE YELLOW FACE” 1893.2

第８期　癸卯七月十五日　墨斯格力夫礼典案　1-3　“THE MUSGRAVE RITUAL”1893.5

第９期　癸卯八月初一日　墨斯格力夫礼典案　4-9　柱下裏に「第八期」と印刷される。

書記被騙案　1-9　“THE STOCKBROKER’S CLERK”1893.3（注：目次は「書記被騙案」のみ。「墨斯格力夫礼典案」は、第８期に掲載しきれなかったものが第９期にずれ込んで掲載された。『繍像小説』原本２種類で確認した）

第10期　癸卯八月十五日　旅居病夫案　1-10　“THE RESIDENT PATIENT”1893.8

くりかえすが、原著者、訳者の名前は、明示されていない。『繍像小説』に掲載された翻訳小説のすべてがそうだ、というわけではない。別の翻訳小説には、原著者が書かれているばあいもある。たとえば「夢遊二十一世紀」には、「荷蘭達愛斯克洛提斯著」と明示されている。だが、「華生包探案」には、ドイルの名前がない。

中国では、「華生包探案」といえば、ホームズ物語に決まっている。しかし、「華生包探案」というのは、直訳すれば「ワトスン探偵事件」となる。これではホームズではなく、ワトスンが主人公のように見える。

後の話だが、あまりにも有名になりすぎた華生であるためか、奇妙な漢訳も出てくる。華生の探偵事件というなら、華生が主人公だ、そうならば、華生は、ホームズである、ということに無理矢理にしてしまった翻訳がある。信じられないような本当の話である。（英）各南特伊爾原著、鄙直訳「（長篇偵探小説）采緪」（『七襄』第2-4期　1914.11.17-12.7。The Adventure of the Speckled Band）がそれで、ホームズを華生、ワトスンを滑太と翻訳している[38]。

翻訳にまつわって一種の混乱状態を呈している、ということができよう。

さて、『繡像小説』の「華生包探案」シリーズの6篇である。

すでに述べたように、これが単行本になって出版されたものが（柯南道爾著）中国商務印書館編訳所訳述『補訳華生包探案』（中国商務印書館　光緒32（1906）丙午孟夏月／光緒33丁未孟春月二版　説部叢書第一集第四編）であり、さらに『（偵探小説）華生包探案』と改題される（説部叢書初集第4編　上海商務印書館　丙午1906年四月／1914.4再版）。

「序」によると、“The Memoirs of Sherlock Holmes”[39]、つまり『シャーロック・ホームズの思い出』（1894）から選択したと書いてある。『繡像小説』掲載の漢訳のひとつから見ても、初出雑誌からの翻訳ではないことは明らかだ（後述）。

英文原作について、雑誌初出と単行本で作品名が異なっている点は、初出にある頭の The Adventure of が、単行本でははずれることだ。初出の題名と発表年月を参考までに示すことにする。

◎「グロリア・スコット号事件　哥利亜司考得船案」
　　――「グロリア・スコット号」

077 The Adventure of the“Gloria Scott”｜The Strand Magazine 1893.4

『繡像小説』第4-5期（癸卯閏五月十五日1903.7.9－六月初一日7.24）に掲載された。

日本では、上村左川「（青年の探偵談）海上の惨劇」（『中学世界』6(10)-(13) 1903.8.10-10.10）がある。日付からすれば、『繡像小説』の方がわずかに早い。

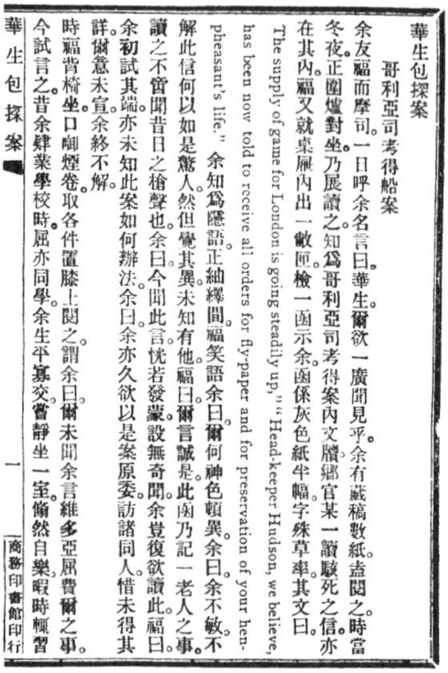

華生包探案

哥利亞司考得船案

余友福而摩司。一日呼余名言曰。華生。爾欲一廣聞見乎。余有藏稿數紙。盍閲之。時當冬夜。正圍爐對坐。乃展讀之。知爲哥利亞司考得案內文牘。鄉官某一讀駭死之信。亦在其內。福又就桌屜內出一敝匣。檢一函示余。函係灰色紙半幅。字殊草率。其文曰。The supply of game for London is going steadily up," "Head-keeper Hudson, we believe, has been now told to receive all orders for fly-paper and for preservation of your hen-pheasant's life." 余知爲隱語。正紬繹間。福笑語余曰。爾何神色頓異。余曰。余不敏。不解此信何以如是驚人。然但覺其異。未知有他。福曰。爾言誠是。此函乃記一老人之事。讀之不啻聞昔日之槍聲也。余曰。今聞此言。恍若發蒙。設無奇聞。余豈復欲讀此。福曰。余初試其端。亦未知此案如何辦法。余曰。余亦久欲以是案原委。訪諸同人。惜未得其詳。爾意未宣。余終不解。時福背椅坐。口啣煙卷。取各件置膝上閲之。謂余曰。爾未聞余言維多亞屈費爾之事。今試言之。昔余肄業學校時。屈亦同學。余生平寡交。嘗靜坐一室。翛然自樂。暇時輒習

華生包探案　一　商務印書館印行

漢訳「グロリア・スコット号」

日中両国の翻訳は、同時に発表されたといってもいい。

本件は、ホームズが最初にあつかった事件として名高い。

『時務報』では、「歇洛克呵爾唔斯　シャーロック・ホームズ」と「滑震　ワトスン」だったが、こちらの『繍像小説』では「福而摩司」と「華生」に変更されている。

ワトスンの筆記だから、漢文も「余」で始まる。

冒頭に出てくる文章は、翻訳するのがむつかしい。英語原文は、以下のとおり。

> "The supply of game for London is going steadily up," "Head-keeper Hudson, we believe, has been now told to receive all orders for fly-paper, and for preservation of your hen pheasant's life."

これだけを読んでも、内容がはっきりしない。それは当たり前で、暗号文だから、わからないようになっている。ある法則に従えば、別の文面が出現するように考えられているわけだ。

日本語翻訳では、ふたとおりの訳し方がある。ひとつは、原文の意図をくんで、暗号になるよう工夫する。

> 万　雉の　静穏なる　事　ロンドン　市の　休　日の　如く　ハドスン河の　上流は　凡て　雌雄　住むと　語れり　蝿取紙の　保存は　生命ある　ものを　危険　なる　状態より　直ちに　救いて　よく　脱出せよ[40]。

苦心の翻訳であることがわかる。分かち書きする英文の法則を、日本語には適用できないが、それでは暗号文を解読できない。だから、不自然であることをわかったうえで日本語を分かち書きにした。英文の解読方法と一致させるための工夫だ。

もうひとつは、文章の大意を翻訳するもの。暗号文にはならないが、翻訳だからしかたがないと割り切る。

> ロンドン向け鳥肉の供給は着実に上昇中です。猟場主任ハドスンは、すでに蝿取紙の注文に応じ、ならびに貴下の雌雉の生命を保存することの命令を受けるべく告げられたと思います[41]。

漢訳でも、同じことがいえる。次を見れば、文章の大意を翻訳していることがわかるだろう。

> 倫敦野味供応正穏歩上昇。我們相信総保管赫徳森現已奉命接受一切粘蝿紙的訂貨単並保存你的雌雉的生命[42]。

では、『繍像小説』では、この困難な問題を、どう解決したか。

なんと、英文のままを掲載する。翻訳する努力を放棄してしまったとわかる。

これもひとつの方法だとは思うが、当時の中国では英語を理解する読者は、限られるだろう。それを敢て実行したということは、『繍像小説』の読者を相当高い水準に想定していたということだろうか。それとも、原文はもともと理解できないように暗号化されているから、わざわざ漢訳するまでもない、という判断なのかもしれない。

ホームズがカレッジにいたころ、ブルテリアにくるぶしを咬まれた“his bull-terrier freezing on to my ankle”ことがあった。漢訳で「私の足のところで凍え死にしてしまった。凍斃於余足旁」（1丁裏）と奇妙な表現になったのは、freezing on という口語表現の意味が、漢訳者の知識の範囲外にあったためであろう。

それにしても、犬がなぜ凍え死にしてしまうのか、変に思わなかったのだろうか。論理的に考えれば、ありえないと気づくはずだと思うが、おかしなことだ。

中村に、「訳者には、英文法の初歩的な知識にすら闕けるところがあつたのではないか」[43] とまで書かれることになった箇所を見てみよう。

> Mr. Trevor stood slowly up, fixed his large blue eyes upon me with a strange, wild stare, and then pitched forward with his face among the nutshells which strewed the cloth, in a dead faint. トレヴァー氏は、ゆっくりと立ち上がり、大きな青い目を私のほうに向け奇妙な荒々しい目つきで見据えていたが、テーブルクロスの上に散らばったクルミの殻のなかに顔をばったりと埋めて気絶してしまった。
> 時屆父正立門旁。緩歩而前。張目睨余。忽俛首視其衣上之花。面色慘敗。その時、トレヴァーの父親は、ちょうど入り口の傍らに立ち、ゆっくりと前に歩むと目を見開いて私をにらんだ。ふと俯くとその服の模様を見て、顔色はみじめである。

中村は、「珍無類の解釈」という。たしかに、漢訳者は、テーブルクロス cloth を clothes と見誤り、in a dead faint が理解できなかった。だが、ブルテリアを凍死させてしまう人だから、ここの間違いは、それほど驚くというほどのものでもない。

トレヴァー老人を観察しただけで、彼の過去を言い当てたホームズに対して、トレヴァーは、探偵が仕事になることを示唆した。ホームズも、また、職業にしてもいいと考えるようになった、とワトスンに語っている。原作ではそうなっているが、漢訳は、この部分をバッサリと削除する。ホームズが探偵を職業にすることを意識し始めたことを明言しているだけに、読者には興味深いと思うのだが、漢訳者は、そのようには考えなかったようだ。

細かな誤りは、いくつもある。

トレヴァー老人を訪ねてきたハドスンが、塩漬け肉を食べていると表現して、今も水夫をしていることをいう。漢訳では、塩漬け肉を売って生活している［余仍以販鹹肉為生］ことに変更した。

トレヴァー老人の息子が、ホームズに助けを求め、2ヵ月ぶりに会ったとき、そのやつれ様を見て、つらい時をすごした I saw at a glance that the last two months had been very trying ones for him ことを知る。漢訳では、「二ヵ月前の訪問は、私の友人（トレヴァーのこと）にとってとても有益だったと思った。余念前二月之行。頗有益於吾友」とは、また、なんという誤解であろうか。

冒頭に示された暗号文は、途中で、ふたたび登場する。このばあいは、種明かしだ。漢訳は、2度も英語原文を出すのはムダと考えたものか、ここでは省略してしまった。

問題がここでも発生する。ホームズが、暗号文を解読していく過程を述べて、「単語のこの奇妙な配列のなかに、きっと別な意味が隠されているのだ。some second meaning must lie buried in this strange combination of words.」という。それを「私はそれには徒党を組むという意味が隠されていると思った。余思其必寓有結党之意」と漢訳する。意味が不明だ。英漢字典の combination の訳に、「結党、結約、聯会」などとあるのを見て、そのまま当てはめたと思われる。

前後の文脈を無視して、字典の訳語によりかかって奇妙な翻訳をでっちあげるのは、外国語学習の初心者がやることだ。

「トレヴァー老人を絶望においやるに十分な文章 a message which might well drive old Trevor to despair」を「どうりでトレヴァーの父親は理解できなかったのだ。無怪屈父不得其解」と漢訳するのは、中村が「言語道断である」というように、私も、驚く。文面の意味が理解できたから、死に至るほどの恐怖を味わったのだ。それを、理解できなかったと漢訳したのでは、なんのための暗号であったのか、作品それ自体が成立しなくなる。

漢訳者の英語能力に問題があったのは、以上の誤りを見ればあきらかだろう。

だが、問題は、漢訳者だけにあったのではなかった。漢訳を誰も点検しなかったのか、という当然すぎる疑問が湧き上がる。『繡像小説』の編集者は、何も気づかなかったのか。このばあい、英語が堪能である必要は、必ずしも、ない。漢語だけを読んでも、話のつじつまがあわない不思議な文章だ、と普通は思うはずなのだ。

◎「白銀号事件　銀光馬案」――「シルヴァー・ブレイズ」

071 The Adventure of the Silver Blaze | The Strand Magazine 1892.12

『繡像小説』第6期（癸卯六月十五日1903.8.7）掲載。日本の三津木春影「名馬の犯罪」（『探偵奇譚呉田博士　第三篇』中興館書店1912.11。未見）より、9年も漢訳の方が早い。

名馬白銀号の盗難と調教師殺害事件である。

物語は、ふたたび第三者によって語られる。それまでの漢訳は、君を意味する代名詞に「爾」を使っていた。この漢訳は、「子」を使用しているのが他と異なる。別の箇所では、「君」「汝」とあり不統一である。

こちらも、細かな誤りはいくつもある。

ホームズとワトスンが、汽車でダートムアへ向う車中において、ホームズが、速度を暗算する部分がある。時速53マイル半だ、とホームズはいう。ワトスンが、計算の根拠になったであろう「四分の一マイル標 the quarter-mile posts」は見えなかったと答える。漢訳は、「駅舎は見なかったよ。吾未見駅桟」とする。また、ホームズが、「この線の電柱は60ヤードごとに立っているのだから the telegraph posts upon this line are sixty yards apart」と根拠を明かすのを、漢訳では「電報局は、この線から60ヤードは離れている。且電報局距此路亦遠至六十碼」とわけのわからぬことにしている。わけがわからなければ、省略してもいいようなものの、それもしない。

かと思えば、英語原文でわざわざ斜体と大文字で示した新聞名の「テレグラフ紙 the *Telegraph*」を「電報」と普通名詞に漢訳する。漢訳者は、英語の基本的規則が理解できていないのではないか、と疑う。

馬主の「ロス大佐 Colonel Ross」を「コロネル・ロス　克羅烈爾羅斯」と全

部を人名にしていながら、つづく「グレゴリ警部 Inspector Gregory」は「警部グレゴリ　捕頭穀里郭勒」と正しく漢訳する。

白銀号が「ウェセックス杯レースの本命で、賭け率は3対1だった he was the first favourite for the Wessex Cup, the betting being three to one on」という箇所を、「ウェセックス・カップ（競馬会の名前）に最初に参加した時、3回のうち2回勝利した。其初与維瑟客斯客泊（賽馬会名）会時。三次中得勝者再」と漢訳したのを見れば、翻訳者は、競馬の仕組みを知らないことになろう。

いよいよレースの当日、競馬の賭け率をいう場面で、15対1だったものが3対1に下がったというのを、漢訳ではあっさり省略する。ホームズが、「競馬規則［賽馬章程］」をたずねることに書き換える。ついでに、出走馬掲示板に見える6頭の名前のうち白銀号以外も省略する。

重要な箇所を省略することもある。

殺されたストレイカーの持ち物の中に、その友人ダービシャー宛の領収書があった。1着22ギニーという相当高価な衣裳を購入したことがわかる。重要な手掛かりだからこそ、金額までかかげている。だが、ドイルは、調べることもない、と読者の注意をわざとそらす。すると、漢訳者も、それにつられたのか、「ウィリアム・ダービシャーは、富豪なのだね。莫大な金を使っているようだ。恵霊徳彼県亜亦豪富哉。似此即所費不貲矣」と簡単にすませた。ここは、ドイルの工夫のしどころだから、具体的に衣裳の金額までを漢訳しておかなければならない箇所だ。犯人に結びつく証拠のひとつだから、なおさらだろう。簡略化してしまったのは、漢訳者にその認識がないからだ。

現場検証の場面でも同様の省略がある。ホームズは、窪地で蝋マッチの燃えさしを見つける。これも、犯行の際の重要物件であるが、漢訳では無視するから、証拠としての説得力が低下してしまった。漢訳者の不注意である。

ホームズが事件の種明かしをする場面で、「粉末アヘンは決して無味ではありません Powdered opium is by no means tasteless」を「粉末アヘンは、無臭です。鴉片粉無気味」などと勝手に変更する。粉末アヘンの混入をごまかすために、わざわざカレー料理を出したドイルの工夫も、これではだいなしだ。

前作「哥利亜司考得船案」同様、大きな誤りはないものの、いくつかの省略と小さな誤訳が多く、翻訳の質としては、せいぜいが可どまりだと判断する。

◎「寡婦の娘隠匿事件　孀婦匿女案」――「黄色い顔」

075 The Adventure of the Yellow Face ｜ The Strand Magazine 1893.2

『繡像小説』第7期（癸卯七月初一日1903.8.23）掲載。日本語訳の上村左川「再婚」（『太陽』第7巻第13号1901.11.5）が、漢訳よりも2年前に発表されている。

ホームズ物語には、冒頭にホームズとワトスンの関わり、あるいは事件について、ワトスンの手になるメモ風の文章が綴られることがある。つまり、ふたりの生活史である。本作品では、ワトスンが事件の記録者として存在していることが語られ――だからこそホームズとワトスンが実在していると信じる中国人がいたのだが、ホームズの携わった事件がすべて成功したものではないこと、しかし、失敗談のなかにも事件の真相を摑んでいたことをいう。さらに、ホームズが、運動のための運動はしなかったが、すぐれた拳闘選手であり、食事は質素で、ときどきコカインをやる、などとホームズの日常生活を紹介して読者の興味を引きつける。

ところが、漢訳者は、この興味深いと思われる部分には、まったく関心を示さない。全部を削除する。

ホームズとワトスンの生活史部分を漢訳しないのは、物語を犯罪報道だと誤解しているのではないか、という例の見方を適用したくなる。

さて、ワトスンとホームズが、公園を散歩する場面に2行を費やすだけで、すぐさま事件の記述がはじまる。おまけに、ワトスンの筆記を第三者の筆に変更する。

依頼主が置き忘れたブライヤ a nice old briar のパイプを見て、ホームズは、持ち主の人物を推理する。本物の琥珀の吸い口をつけたもので、大事に使っている。持ち主は、屈強で、左利き、歯並びがそろっており、性格は無頓着で、金に苦労のない男 with no need to practise economy である。漢訳では、その順序を入れ替えて、「客は、金持ちにちがいない。客必富」を冒頭に置く。原文と比較したら、ほんのちいさな違いである。

こまかな違いといえば、こんな例もある。物語の解決部分で、依頼人の妻が、真相を明らかにする場面だ。

英語原文では、「「そのわけを申し上げましょう」夫人は、威厳のある落ち着いた顔で部屋に入ってきて叫んだ。“I will tell you the meaning of it,” cried the lady, sweeping into the room with a proud, set face.」となっている。漢訳では、「その妻は、悲しみで泣きながらやってくると、言うのだった。私はまことに不運で、思いどおりにいかないことばかりでした。其妻涕泣而至。語曰。妾誠薄命。事多逆意」と変更する。

ドイル原作の文章は、考えぬかれて表現されている。夫人が、自分の過去に対して後悔しない、自信の強さを表わした、つまり開き直った態度が読者にわかるように工夫した文章になっている。「威厳のある落ち着いた顔」がそれを表わしている。だが、漢訳のように泣いてしまっては、人生の困難に振り回される女性にしかならない。漢訳者は、そのように変更した方が、中国では自然であると考えたのだろう。いささか、強引な変更であるような印象を受ける。

小さくない違いもある。パイプを見て、その所有者が金持ちだとホームズが考えた理由は、漢訳のばあい、原文とはズレている。英文原作は、タバコが、1オンス8ペンスのグロウヴナー・ミクスチュアだからだ This is Grosvenor mixture at eightpence an ounce とある。高級タバコを吸うのは、金に困らない男だという理由だ。漢訳者は、Grosvenor mixture が何を意味するのか理解しなかったためか、それとも、読者には、理解できないと判断したためか、その部分を琥珀にしてしまった。「琥珀のパイプには本物と偽物がある。偽物は、値段がかなり安いが、見栄えはいい。客は、その偽であるのを好まずに本物を購入した。金持ちでなかったらできないことだよ。琥珀煙斗有真偽。偽者価較賤而美麗亦可入目。客不喜其偽而購其真。非富有莫辦」

英語原文は、ブライヤのパイプである。いうまでもなく、ブライヤの根で作ったパイプで、物語では、それに琥珀の吸い口を継いでいる。ところが、漢訳では、ただ、琥珀で飾ったパイプと訳す。原文にでてくるパイプの構造を、漢訳者は理解していない。漢訳者が創作して挿入したパイプは、全体が琥珀でできているように読めるからだ。

いくつか簡略化した部分がある。そのひとつを示せば、つぎのようになる。

"Now there is one thing I want to impress upon you before I go any further, Mr. Holmes: Effie loves me. Don't let there be any mistake about that. She loves me with her whole heart and soul, and never more than now. I know it, I feel it. I don't want to argue about that. A man can tell easily enough when a woman loves him. But there's this secret between us, and we can never be the same until it is cleared."「はい、ホームズさん、話を先に進める前に、一つだけはっきり申し上げておきたいことがあります。エフィはわたしを愛しています。このことを誤解なさらないようにお願いします。心底、彼女はわたしを愛しています。現在以上に愛したことは、これまでなかったのです。わたしにはそれがわかりますし、また感じとれます。この点については、論じる必要はありません。男というものは、女性に愛されている時には、たやすくそれを感じとれるものです。しかし、わたしたちの間にこの秘密があるうちは、それが解決するまで、以前と同じようにはなれないのです」[44)]

事件の依頼主が、妻エフィの行動に疑惑を感じ、ホームズに調査を申し込む際に語る言葉だ。原文で8行ある。それが、漢訳では、つぎのように凝縮される。

先是妻待我恩愛周至。倍極繾綣。余初不料有此変也。使余不知所以隔膜之故。則余二人不得和好如旧矣。以前、妻は、私に愛情深くしてくれ、まことに情緒纏綿としたものでした。私は、はじめこのように変わろうとは考えもつきませんでした。なぜ離れてしまったのか、どうしてもわからないのです。ですから私たち二人はもう昔のように睦まじくすることができません。

圧縮して、わずかに1行半、42字だ。「はいNow」にはじまる前置きが、ない。ホームズおよび妻の名前を省略する。

ほとんど、原文の2箇所のみ、すなわち、“She loves me with her whole heart and soul”と“But there's this secret between us, and we can never be the same”だけを引き抜いて漢訳したように見える。妻に裏切られたのではないかと疑う夫の、迷いにまよう心の切なさを表現した、せつせつとした言葉の羅列は、漢訳者にとっては、どうでもよい部分と感じられたらしい。ここにも、事件の粗筋を追うのに性急な訳者の姿勢を見てしまう。物語の血肉が、痩せ細ることに気づいていない。

彼女を「彼」、男性を「伊」、女性が私というのを「妾」と訳す。第二人称あなたは、男性のばあい「君」、女性は「卿」とする。また、男女に関係なく「汝」を使用するばあいもある。つまり、一定していない。人称代名詞がひとつのものに定着する以前の、過渡期に見える現象かもしれない。だが、ひとつの作品の中で、これほどまでに変化するのは、いかがか。読む過程で取り違えることはないが、繁雑である印象をぬぐえない。

題名の漢訳は、いただけない。「寡婦の娘隠匿事件　孀婦匿女案」では、タネをばらしているのと変わらないからだ。

この「黄色い顔」は、すこしあとで別人によって再び漢訳されている。

「（短篇）黄面（滑震筆記之一）」全6回（『時報』光緒三十年六月二十三日-二十八日1904.8.4-9）という。口語訳である。漢訳が「黄面　黄色い顔」だから、原文のままだ。こちらでは、ホームズは呼爾我斯、ワトスンは滑震と表記される。ドイルの名前、翻訳者名は、その記載がない。連載完結後に後記がついていて、それには、英文と前出上村左川訳「再婚」（『太陽』第7巻第13号1901.11.5）を参照して漢訳した、と明かされている。そう書くところからもわかるように、『繡像小説』の漢訳とは比べ物にならないほど、英文原作にほぼ忠実な漢訳だ。

あの小説冒頭の、ワトスンの事件記録者としての役割、コカイン（漢訳は瑪啡とする。モルヒネと理解したようだ）使用を含んだホームズの日常生活も漢訳している。ただし、この部分は、ワトスンの「前書き」扱いにして「滑震記」と署名するのが、英文原作と異なる。また、ホームズの関わった事件のひとつをあげる。初出『ストランド・マガジン』では、「マスグレイヴ家の儀式 The Adventure of the Musgrave Ritual」であり、単行本ではそれが変更されて「第二の汚点 the second stain」であるのは周知のことだ。残念ながら、漢訳ではこの事件名を省略するから、拠ったのが単行本かどうかの判断がつかない。

事件の依頼主が、ホームズに調査を申し込む際に、その妻エフィについて語る言葉を上に引用した。『繍像小説』では、夫の愛情表現を簡略化していた。こちらのばあいも、書き換えている。

> 呼爾我斯君。我心中煩惱的便是這事。我要請你解脱解脱。説後忙又續説道。愛伊我曉得他決不是負我的人。忙又解説道。這愛伊就是荊妻的名氏。我曉得他是個最愛我的人。從動的恩愛決不改変。ホームズさん、私が心中気をもんでいるのは、まさにこのことなのです。なんとか抜けださせてください。言い終わると急いで続ける。エフィが私にそむく人間ではありえないことを、私はわかっています。このエフィというのは、私の妻の名前ですが、私を最も愛している人だと私にはわかっているのです。愛情は決して変わりません。

せっかく上村左川の日訳を参照したといいながら、この部分だけは、原文とも上村日訳とも違う簡略化を実行している。これは、外国語の問題ではなく、愛情表現をどう考えるかの問題になるのかもしれない。

もうひとつ、ことの成り行きを説明するエフィの態度が堂々としている箇所は、どうか。「威厳のある落ち着いた顔で with a proud, set face」。自らの過去に自信をもち、なんら恥じていないという姿勢を表現した部分だ。

上村左川は、「『其訳を話しませう』と横柄な、落着きすました顔をして妻は室内へツカツカ歩み込んだ」とする。「横柄な」では、ふて腐れた感じとなって、適当とは思われない。

漢訳では、「其妻一見這様情形便俯首語道　その妻は、このありさまを見ると、うつむいて語った」とある。ここでも、漢訳者は、女性に「うつむ」かせ、恥じ入らせなくては気がすまない。原作の堂々とした態度では、中国では共感を得られないと考えているらしいのだ。これも、語学の問題ではなくて、当時の中国における考え方の問題であるとしかいいようがない。

◎「マスグレイヴ儀式事件　墨斯格力夫礼典案」——「マスグレイヴ家の儀式」

078 The Adventure of the Musgrave Ritual | The Strand Magazine 1893.5

『繡像小説』第8、9期（癸卯七月十五日1903.9.6、八月初一日9.21）掲載[45]。日本の山崎貞『水底の王冠』（建文館1909.3.25）より、漢訳の方が6年も早い。

題名の漢訳からして、英語原文に近い。原文に忠実な翻訳ではないかと、期待させる。

ところが、これまた冒頭のホームズとワトスンの生活史が、省略されるのである。

ホームズは、思考方法が体系的であるのにもかかわらず、個人的な習慣は、だらしない。室内で拳銃を発射し、ヴィクトリア女王の頭文字を壁に飾ったことは、ことに有名な事柄に属する。漢訳では、これらをすべて削除する。執筆者も、ワトスンから第三者に変更してしまった。

続く部分は、かろうじて、部屋が、ホームズの大事にする事件の関係書類で埋まってしまったことを要約する。ホームズがそれらを始末せず、整理整頓にも精をださないからだ。

保存書類のうち、最初にあげられる名前だけの事件は、5件ある。タールトン殺人事件 the Tarleton murders［偸勒呑命案録］、ぶどう酒商ヴァムベリ事件 the case of Vamberry, the wine merchant［酒商案録］、ロシアの老夫人の冒険 the adventure of the old Russian woman［俄国婦人案録］、アルミニウムの松葉杖という奇妙な事件 the singular affair of the aluminium crutch、ワニ足リコレッティと彼の憎むべき細君の事件 Ricoletti of the club foot and his abominable wife。

5件のうち、カッコに示したように漢訳では3件しか取り上げて翻訳していない。なぜ、省略したがるのか。事件とは、直接関係がないという判断だろう。

もうひとつ、事件を回顧する箇所がある。「グロリア・スコット号 The “Gloria Scott”」だ。

You may remember how the affair of the *Gloria Scott*, and my conversation with the unhappy man, whose fate I told you of, first turned my attention in the direction of the profession which has become my life’s work. 君にも話したことのある、《グロリア・スコット号》の事件で、不幸な人物と交わした会話がきっかけで、ぼくは現在では天職と思っているこの仕事のほうに初めて注意を向けるころになった、と話したのを憶えているだろう[46]。

漢訳では、この箇所が、次のようになる。

余自勘革羅力亜斯喀特案後。始立意為包探。私は、グロリア・スコット事件を調査した後、はじめて探偵になろうと決めたのだった。

簡略化した翻訳だ。骨だけを残したものになっている。

『繍像小説』に連載を始めた第1作が、この「グロリア・スコット号事件　哥利亜司考得船案」だった。しかし、まず、題名の漢訳が異なる。「哥利亜司考得船案」と「革羅力亜斯喀特案」。同じ雑誌に掲載されているにもかかわらず、同じではない漢字表記にしている。『時務報』にも同様の例があった。

ホームズが探偵を職業とするきっかけとなった老人との会話が、前に漢訳掲載された「グロリア・スコット号事件　哥利亜司考得船案」では、削除されていたのを思いだしてほしい。これは、ひとつの手掛かりではなかろうか。

老人の示唆部分が削除されていなければ、この「マスグレイヴ儀式事件　墨斯格力夫礼典案」と呼応しあって、ホームズ物語が全体で一つのものになるよう構成されていることがわかる。片方では省略し、一方ではそのまま漢訳する。

そこからは、ホームズ物語全体の仕組みに、漢訳者が気づいていないのではなかろうかとの疑念を生じさせる。というよりも、漢訳者がひとりではない、複数の人間が関係したのではないかという推測を導きだす。ひとりではないから、翻訳の姿勢がぶれる、統一されていない。

先に簡略化の１例を披露した。こまかいところならば、いくつもある。

たとえば、「そのうえ、私は、狩猟場の管理をするし、キジ狩りの季節には、いつも招待客がくるので人手が足りなくなるとまずいんだ。I preserve, too, and in the pheasant months I usually have a house party, so that it would not do to be short-handed.」という箇所がある。

漢訳では、土地のまわりが荒野であることを述べて、「昔は遊民がおり、いつも盗賊に悩まされていた。在昔為遊民所居。常患盗賊」と書き換える。a house party 招待客の意味がわからなかったので、勝手な想像をしたに違いない。こうなると、簡略化というよりも勝手な書き換えの部類に属するだろう。

つぎのような例は、どうだろうか。執事のブラントンを説明する箇所だ。

> He is a bit of a Don Juan, and you can imagine that for a man like him it is not a very difficult part to play in a quiet country district. 彼はちょっとドン・ファンでありまして、あなたもご想像できましょうが、彼のような男には、のんびりとした田舎では、そんなことはそれほど困難ではありませんでした。

ドン・ファンという名前を引きあいに出して、ブラントンが女たらしであったことを解説するのである。

漢訳では、「ブラントン　泊露呑は、めかし込んで遊ぶのが好きで、才能と容貌をかさにきて、色里に遊ぶようなことをするのが常だった。泊好修飾。喜遊玩。常挟其才貌。作北里遊」とする。ドン・ファンという固有名詞こそ出さないが、それらしく漢訳している。だが、原文に書いてあるのは、田舎だからこそ、ブラントンは色男で通用することだ。だから、田舎という部分を省略してしまうと、作品自体の舞台設定が崩壊することになる。漢訳は、おおよそを意訳したとはいえても、原文に正確な翻訳ではありえない。

細かいことをいえば、マスグレイブ家の儀式書は、17世紀中葉のものだが、漢訳では、勝手に16世紀に変更する。

漢訳の質は、全体として「可」というのがせいぜいだろう。

◎「書記が騙された事件　書記被騙案」——「株式仲買人」

076 The Adventure of the Stockbroker's Clerk ｜ The Strand Magazine 1893.3

『繍像小説』第９期（癸卯八月初一日1903.9.21）掲載。日本では、上村左川「（探偵小説）会社の書記」（『中学世界』4(14)、(16)　1901.11.10、12.10）が、漢訳よりも約２年前に発表されている。

ワトスンは、結婚してからパディントン地区に医者の開業権を購入した。権利を売ったファークァ老は、……という風に、いつものように物語が始まる。ワトスンは、開業の３ヵ月は大忙しで、ホームズと会うひまはなかった。ホームズはといえば、仕事以外には外出をしない男だったから、なおさらのことだ。

英文原書で約20行分の文章を、漢訳では、「ワトスンは新婚後、医者稼業が忙しく、ホームズを訪ねるひまはなかった。ホームズもまた探偵事件で忙しく、ワトスンの家を訪ねて旧交をあたためるということもできなかった。華生新婚後。医事旁午。無暇訪福而摩斯。福而摩斯亦以探案忙碌。未得過華生廬敍旧歓」にまとめてしまう。ワトスンの執筆を、第三者に変更するのも、あいかわらずだ。

パディントン地区も、舞踏病の持病をもつファークァ老もなくなった。またしても、血肉が、削がれる。

ホームズも忙しいことにしてしまったのでは、思索を深める原作のホームズではなくなる。なによりも、事件の記録者であるワトスンをさしおいて探偵稼業に精をだしては、ホームズ物語そのものが成立しない。漢訳者は、その点にかんして無頓着である。

ホームズが、ワトスンの妻を気遣い、「四つの署名」で受けた衝撃から立ち直っているのだろう I trust that Mrs. Watson has entirely recovered from all the little excitements connected with our adventure of the 'Sign of Four'?、と言葉を続ける。事件名を掲げて、ホームズとワトスンの生活史を示唆している。

ところが、漢訳者は、それを無視する。削除する。

その他にもこまかな削除、誤解は、いくつかある。

ワトスンが買った開業権の医院は、隣よりもよい。なぜなら、玄関の階段が3インチもすり減っているから（客が多いという意味だ）という箇所を削る。

依頼人ホール・パイクロフトが、前の会社がつぶれて、それよりも大きな商会に再就職できたとき、給料は以前よりも1ポンド多い The screw was a pound a week rise、という部分を「給料は、はじめ毎週1ポンドです。薪資初毎一礼拝金一鎊」と間違う。screw という俗語が理解できているにもかかわらず、rise を見落としたらしい。

パイクロフトを訪ねてきた男が、相場についてエアシャーはどれくらい、ニュージーランド整理公債はいくらか、と具体的に問うのに対して、パイクロフトも細かな数字をあげて答える。漢訳では、単に「その客は、それぞれの会社の交易の多寡の数字を私に質問し、私も具体的にそれに答えた。客乃以各行交易多寡之数詢余。余具答之」にまとめる。事件とは直接の関係はない、と判断したのだろうが、それは訳者の勝手な判断である。詳しい数字をあげることには、なにか意味があるのではないか、と読者に思わせるために著者がほどこした一つの仕掛けにほかならない。こういう細部を無視しては探偵小説は成立しないだろう。

パイクロフトに与えられた仕事は、パリの人名録を持ち帰り、それから金物業者の名前と住所を書き抜くというもの（I want you to take it home with you, and to mark off all the hardware sellers with their addresses.）だった。ところが、漢訳では、パリの金物工場と金物商の名簿にする。それを突き合わせ調査しろ［査閲］に変更した。to mark off の意味が分らなかったらしい。抜き書きするから時間がかかった。突き合わせ調査といえば、だいいち、何をもとにして調査するというのか。漢訳者は、おかしいとは思わなかったようだから、その程度の翻訳だといわれると、そうだ。

モースン・アンド・ウィリアムズ商会に保管してあるのは、総額百万ポンドの有価証券 have been the guardians of securities which amount in the aggregate to a sum of considerably over a million sterling だが、漢訳では、現金で百万ポンドだと誤解する。このばあい、漢訳者がはたして「誤解」したかどうかは定かではない。原作では、有価証券を盗み出したことになっている。だが、盗難有価証券を現金に換えることが可能だろうか。ここはドイル原作の不可解なところで、それに気づいた漢訳者は、有価証券を現金に変更したのかもしれない。そう考えるのは、深読みにすぎず、単に「誤解」したというばあいもあろう。

表記上の変化で注目にあたいするのは、ホームズの言葉が途切れた箇所の処理である。「それとも、もしかして――」彼は爪を噛みはじめ or is it possible that――" he began biting his nails」を漢訳して「君はもしかして、、、、問い終わらないうちに、ふと爪を噛み。豈君能。、、、、、、問未終。忽以齒嚙指甲」とする。原文の記号「――」に対応させて「、、」を使用する。漢訳における新しい試みだということができる。

この漢訳にはちいさな新しい試みもあるにはあるが、翻訳の質は、やはり「可」どまりである。

◎「入院患者事件　旅居病夫案」――「入院患者」

083 The Adventure of the Resident Patient ｜ The Strand Magazine 1893.8

『繍像小説』第10期（癸卯八月十五日 1903.10.5）掲載。日本では、漢訳より約４年遅れて、天馬桃太（本間久四郎）「妙な患者」（『神通力』祐文社1907.12.15）がある。

原作はワトスンの筆記だが、漢訳は、第三者の視点に変更している。

漢訳冒頭の「ある年の十月某日、雨だった。某年十月某日天雨」から始まっているのを見て、悪い予感がする。例によって、ホームズとワトスンの生活史を削除している。「緋色の研究」と「グロリア・スコット号」の２件が挙げられているのを含んで、原作の冒頭をバッサリと削除している。

英文原作は、雑誌初出と単行本所収の本文には違いがある。あまりにも有名な話だ。

『シャーロック・ホームズの思い出』に収録しなかった「ボール函 The Adventure of the Cardboard Box」から、文章のはじめの一部分を流用したのである。当然、中村もそれに触れている[47]。

『繍像小説』収録の漢訳は、英文原作の単行本によっているから、「ボール函」からの流用文章を翻訳することになった。英文とその漢訳を比較対照してみよう。

It had been a close, rainy day in October. Our blinds were half-drawn, and Holmes lay curled upon the sofa, reading and re-reading a letter which he had received by the morning post. 十月のうっとうしい雨の日だった。鎧戸を半分だけおろして、ホームズはソファの上に身体を丸くして、午前中の郵便できた一通の手紙をくりかえし読んでいた[48]。
某年十月某日天雨。薄暮時。華生与福而摩斯共坐斎中。明窗半啓。暮景蒼茫。福而摩斯蜷臥椅上。閲清晨郵局送来之信不止。ある年の十月某日、雨だった。夕方、ワトスンとホームズは、ともに部屋にいた。窓を半分開け、日暮れて暗くなる。ホームズは、椅子に身体を丸めて、朝に郵便で来た手紙をくりかえし読んでいた。

漢訳は、原作をほぼ忠実に追っているということができる。ただし、1ヵ所だけ、奇妙なところがある。原文の「鎧戸を半分だけおろして」が、「窓を半分開け」に解釈された。blind は、英漢字典にも収録されているにもかかわらず、漢訳者は、気づかなかったようだ。10月のロンドンは、すでに寒いだろう。おまけに雨の日だから、窓を開けるのは理屈に合わない。ひきつづいて、更におかしな表現がでてくる。

For myself, my term of service in India had trained me to stand heat better than cold, and a thermometer of 90 was no hardship. 私としては、インドで軍務

に服してきたえられていたので、寒さよりも暑さのほうがしのぎやすく、九十度ぐらいの温度は、べつにつらいとも思わなかった。229頁

天頗燥熱。寒暑表升至九十度。華生曾行医於印度。経其山川風土。体気変遷。性不畏熱。故以気候之不斉而初冬如夏。亦覚安適。とても暑くて温度計は90度にまであがっている。ワトスンはかつてインドで医者をしたことがあり、その気候風土を経験して体質が変化してしまった。暑いのは平気で、だから天候不順で初冬が夏のようであっても、気楽に感じていた。

英文原作は、10月だ。10月であるにもかかわらず、華氏90度（摂氏約32.2度）というのは、異常である。本来は、「ボール函」で８月のやけつくように暑い日という設定で説明されていたのを、無理矢理「入院患者」に移植したことにより発生した原作の不整合なのである。ドイルは、手を入れて訂正しなかった。その不都合に気づいた漢訳者が、苦心の末に天候不順にしてしまったというわけだ。原作の不都合をそのままに放置しなかった。この点だけを見れば、親切な翻訳者といってもいい。

新聞はおもしろくなく、議会は閉会している。みんなロンドンを離れており、ニュー・フォレストかサウスシーへ行きたくとも金がない。おまけにホームズは、景色よりも未解決の事件の方が好みである。ワトスンは、物思いにふけった。

この部分は、漢訳は、ナタを振いながら大意を述べるにとどまる。ただ、地名であるニュー・フォレスト New Forest を「新林」に、サウスシー Southsea を「南海」に漢訳したのは、やりすぎだと思わないでもない。

Suddenly my companion's voice broke in upon my thoughts.／“You are right, Watson,” said he. “It does seem a very preposterous way of settling a dispute.”

とつぜんホームズが声をかけたので、私の思索はさまたげられた。／「君のいうとおりさ」彼はいう。「ワトスン君。論争を解決する方法としては、まったく不条理きわまるようだね」229頁

忽為福而摩斯一声驚断。／福曰。華生。君之思想。正応如此。判案如君。可免乖謬之譏矣。とつぜんホームズの一声によって驚かされ、考えが断ち切られた。／ホームズは、いう。「ワトスン君。君の考えは、まさにそうでなくちゃね。君のように判断すれば、偏屈であるという謗りを免れることができるんだ」

漢訳は、英文とまったく同じということはできないにしても、雰囲気はこれによって伝わっているとしよう。

"Most preposterous!" I exclaimed, and then suddenly realizing how he had echoed the inmost thought of my soul, I sat up in my chair and stared at him in blank amazement.／"What is this, Holmes?" I cried. "This is beyond anything which I could have imagined."「不合理きわまるって！」と私はさけんだが、急に彼が私の心の奥底にある考えに呼応したのだと感づいたので、椅子の中で居ずまいをただし、おどろいて彼の顔を見つめた。／「どうしたのだ、ホームズ君？」私はさけんだ。「想像もしてみなかったことだ」229頁
華生曰。否。恐難如君言。然不知福而摩斯何以知其心中之底蘊。忽有所驚觸。目視福而摩斯。問曰。福君。君何以知余有所思乎。是誠出人意表矣。「いや。おそらく君の言うようにするのはむつかしいよ」とワトスンは言った。だが、ホームズがなぜ心の中の詳細までを知って、突然、ふれてきたのかがわからない。ホームズを見つめてたずねた。「ホームズ君。なぜ私の考えがわかったのかね。本当に予想外のことだ」

ホームズは、ワトスンの表情を観察して彼の思考の動きを推理した、という場面だ。ホームズは、推理してワトスンの考えに賛同した。ワトスンも、思わず、それに同意した、というのが原文に見られる二人のやりとりだ。だが、漢訳では、ワトスンは、ホームズに反対する。これでは、せっかくのホームズの推理がムダになろうというものだ。漢訳者は、なにか勘違いしている。

He laughed heartily at my perplexity.／“You remember,” said he, “that some little time ago when I read you a passage in one of Poe’s sketches, in which a close reasoner follows the unspoken thoughts of his companion, you were inclined to treat the matter as a mere *tour-de-force* of the author. On my remarking that I was constantly in the habit of doing the same thing you expressed incredulity.”
私がまごついているのを見て、彼は心から笑った。／「おぼえているだろうが、いつかポオの短篇の一つの中の文章を読んできかせたことがあるだろう。あの中で、精緻な推理家が、友人の口には出さない考えをぴたりといいあてるところがあったが、あの時、君はそれを作者の単なる見せ場（傍点ママ）／として片づけたい口ぶりだったね。ぼくが、自分もしじゅう同じようなことをやってるというと、君は信用しなかった」229頁
福笑而応之曰。余前日非以波也小説之汗漫遊一篇語子耶。其中謂有某理想家於推度中得知其友之隠念。君憶之否。君向以此為不《マ》不《マ》足信。故余今日見君心中有所疑。亦踵彼之後塵。一試吾技。使君知個中至理也。ホームズは、笑ってこたえた。「僕は、以前、ポーの小説「ガリバー旅行記」を君に話したことがなかったかな。その中で、ある理想家がその友人の隠している考えをぴたりと言い当てることを述べていたが、君はおぼえていないか。君は、つねづねそれを信用できないと考えていた。だから、今日、僕は君の心に疑いがあるのを見て、彼のまねをしたというわけさ。私の技をちょっと試して、そのなかにもっともなところがあることを君にわからせようとしたのだよ」

tour-de-force は、フランス語で「離れ業」という意味だ。引用した日本語訳では、「見せ場」としてある。漢訳者にフランス語まで要求するのは、無理だろう。翻訳していない。

ポーの短篇のひとつといっているだけだから、わざわざ小説の題名をあげることもない。ゆえに、ポーとは関係のない「ガリバー旅行記」などという間違っ

た作品をここに引っ張りだしてくるのは、根本的に間違っている。

「ガリバー旅行記」の漢訳は、最初「僬僥国」と題して『繍像小説』第5期より連載がはじまり、第8期から「汗漫遊」に改題したことを上の記述は反映している。だが、いくら同じ『繍像小説』に連載されていたといっても、わざわざここに引用する必要は、まったくない。漢訳者の翻訳感覚というのは、この程度のものだったと言われてもしかたがない。

おかしなところは、いくつもある。

ホームズとワトスンは、部屋をでて町へ散歩にでかける。ところが漢訳は、「海辺に出かけて夜の潮の打ち寄せる様子を見物する。携手同行出歩海濱。観晩潮之澎湃」ことにする。ロンドンの地理的位置を理解していないことが、わかる。

散歩からもどったホームズは、部屋に来ていた客に、それほど待たせなかったことをいう。客は、てっきり御者に聞いたと思った。しかし、ホームズの答えは、「いいえ、教えてくれたのは、そのサイドテーブルのろうそくです。No, it was the candle on the *side-table* that told me.」だった。このセリフから、読者は、ロウソクの減り具合が少ないから、客が部屋に入ってからほとんど時間が経過していないと推理したとわかる仕組みになっている。それを漢訳では、「ホームズは、いう。「いいえ。私は、馬車のあかりが少ししか燃えていないのを見てわかったのですよ」福曰。否。僕見車中之灯燭。僅燃去少許。是以知之」にする。「馬車のあかり」では何のことかわからない。table が見えるのだから、せめて、「机のあかり」とでもすれば、まだ、ましだったのにと思う。翻訳不足があると同時に、そのうしろの推理の根拠を述べるのは、訳しすぎになる。読者が想像する楽しみを奪う結果になっているのに気づかない。

依頼客が自分の経歴を紹介するなかで、専門医として成功するためには、資金が必要で、その資金の欠乏に苦しんでいたことをいう。

> As you will readily understand, a specialist who aims high is compelled to start in one of a dozen streets in the Cavendish Square quarter, all of which entail

enormous rents and furnishing expenses. 容易にお察しいただけると思いますが、専門医として成功しようと思えば、キャヴェンディッシュ広場界隈の十二、三の通のどこかで開業しなければならず、それにはまた莫大な額の家賃や設備費がかかります。283頁

具体的な場所の名前までだして説明しているにもかかわらず、漢訳では、「医師になるには、医師の体裁がなければなりません。蓋既為医師。則必有医師之体制」と省略してまとめてしまう。中国の読者に「キャヴェンディッシュ広場」がどうのと翻訳したところで理解されず、事件とは無関係であると判断したのかもしれないが、それにしても、翻訳の質が、不均衡なのである。

奇妙な漢訳といえば、次のような例もある。

依頼客の名前は、医者のパーシ・トレヴェリヤン Percy Trevelyan という。漢訳では、波西屈力裴令と表記する。奇妙だというのは、原文の Doctor をわざわざ道克忒と訳していることだ。Doctor Percy Trevelyan となっていない箇所でも、道克忒波西屈力裴令としたりする。Doctor を人名と誤解しているとは思わないが、わざわざ道克忒とする必要もないではないか。この漢訳者は、上に見たようにいくつかの誤訳を犯しているから、あらぬ疑いをいだくことになる。地名であるニュー・フォレストを「新林」に、サウスシーを「南海」に漢訳した逆をここで行なっているのではないか、と。

ロンドン警視庁 Scotland Yard をそのままスコットランド［蘇格蘭］にしてしまう。それくらいの英語力だとしかいいようがない。漢訳の質は、これもせいぜいが「可」である。

以上、『繡像小説』連載の漢訳ホームズ物語 6 篇を見てきた。

ホームズ物語の語り手は、ワトスンだ。それを第三者に変更する。例外は、「グロリア・スコット号事件　哥利亜司考得船案」のみ。一人称の発話というのは、それほどまでに見慣れないものらしい。

ホームズとワトスンの生活史を無視する。誤訳がかなりある。適当に文章を省略する。

その翻訳の質は、残念ながら、『時務報』連載、『啓蒙通俗報』連載、『続包探案』所収の漢訳ホームズ物語に比較すれば、1段も2段も劣る。

『繡像小説』連載のホームズ物語に関する中村論文（22頁）のなかで、注釈を必要とする箇所があるので説明しておきたい。

すでに述べているように『繡像小説』に掲載されたホームズ物語は、6篇だ。それを中村は5篇とし、「マスグレイヴ儀式事件　墨斯格力夫礼典案」をはずす。単行本発行時に、該作品を追加収録したと考えた。これには、理由があった。

『繡像小説』は、今でこそ上海書店が影印した「晩清小説期刊」シリーズによって容易に読むことができる（香港・商務印書館1980.12。ほかの影印は、『新小説』『月月小説』『小説林』『新新小説』）。しかし、それ以前は、『繡像小説』の全冊といっても日本国内に所蔵する公共機関は、なかった。ゆえに、『繡像小説』に言及する研究者のなかで、その実物を手にした人はほとんどいなかったのである。日本における清末小説関係資料は、これくらいにお寒い情況にあることは、今でもかわらない。

例外は、いつのばあいにもある。ごく少数の人が利用できていた。

竹内好が『繡像小説』を所蔵していた。ただし、1冊のみが欠けており、全冊揃いではない（その由のハガキを本人からもらった）。中村が拠ったのは、この竹内蔵書である。自分で写真撮影した、と中村から私は、直接、聞いたことがある。ただし、雑誌そのままではなく、いったん雑誌をばらして、作品ごとにまとめて撮影した。その方が利用しやすいと、当時は考えたらしい。だが、そうしたために雑誌の第何号に掲載されたのかわからなくなった。大きな失敗であった、とのちに私に語ったものだ。

日本では、『繡像小説』全揃いは、当時、澤田瑞穂の手元にあるだけだった。私は、それにもとづいて「繡像小説総目録」（『大阪経大論集』第93号1973.5.15）を作成して公表した。別刷りを贈呈すると、中村から、この総目録をいちばん利用するのは私（中村）であろう、という手紙をもらったくらい喜んでもらえた。というのも、目録があればこそ、中村が写真撮影していた『繡像小説』の作品を資料として利用できるからだ。

こうして中村の「清末探偵小説史稿」が書かれた。

さて、中村論文が、なぜ「マスグレイヴ儀式事件　墨斯格力夫礼典案」をはずしたかというと、私の「繍像小説総目録」にその題名を見ることができないからだ。

あとから判明したことだが、澤田所蔵本には、たまたま落丁というか乱丁があって、「墨斯格力夫礼典案」でなければならない冒頭1丁が「銀光馬案」に入れ替わっていた。総目録作成時に、私はその事実に気づかず、「銀光馬案」のままに記述した。中村は、この総目録の記述によったから「墨斯格力夫礼典案」は、雑誌連載終了後に単行本が発行された際に加えられた、と考えた。

ついでに述べれば、郭延礼は、前出『中国近代翻訳文学概論』において、『補訳華生包探案』を説明し6篇の作品に言及する。そのうちの「墨斯格力夫礼典案」に特に注をほどこして次のように書く。

> これら6篇の探偵小説は、「墨斯格力夫礼典案」を除いて、その他の5篇はすべて『繍像小説』第5《ママ》期から第10期に掲載されている。(148頁)

上に説明したように、「墨斯格力夫礼典案」は、『繍像小説』第8、9期に掲載されている。郭延礼の上の注釈は、中村の誤った記述に拠って書かれていることがわかる。『繍像小説』の影印本で確認する機会がなかったようだ。

さて、『繍像小説』連載終了後、まとめられて単行本の姿で世に出た。これが、『補訳華生包探案』だ。「華生包探案」に「補訳」をつけた書名となる。

6　書名の謎――「華生包探案」から『補訳華生包探案』をへて、再び『華生包探案』へ

『繍像小説』に連載された「華生包探案」は、単行本化されたとき『補訳華生包探案』と『華生包探案』の2種類の書名があたえられた。「補訳」がある

か、ないかだ。まぎらわしい。

中村は、書いている。「又、同じく説部叢書本で、体裁は全く同じでありながら、「初集第四編」とし、「補訳」の文字を削つて、単に『華生包探案』と題するものがある。これは後刷である」49)。

明快に説明されているといえる。

たしかに、『補訳華生包探案』から『華生包探案』に改題されている。そのあたりをもう少し説明しておきたい。

賈植芳、兪元桂主編『中国現代文学総書目』（福州・福建教育出版社1993.12）の「附録二　1882-1916年間翻訳文学書目」には、該書について以下のように記す。

補訳華生包探案　小説。［英］柯南道爾著，上海商務印書館訳印。商務印書館光緒29年（1903年）版。（894頁）

該書に「説部叢書」の表示がないとすれば、私には未見の版本だ。しかし、「［英］柯南道爾著」という表示があるかどうか、はなはだ疑わしいと考えている。別の版本を見ての判断でもあるが、該書には、たぶん原著者名はない。『繡像小説』連載時に表示されなかった著者名であるからだ。

「入院患者事件　旅居病夫案」が『繡像小説』第10期に掲載されたのが、癸卯八月十五日（1903.10.5）のことだった。単行本の1903年を見れば、連載終了後にあわただしく１冊にまとめられたということになる。それだけ読者から歓迎されたと理解できる。

阿英「晩清小説目」（151頁）にも『補訳華生包探案』という書名で、しかも重複して収録される。

補訳華生包探案　光緒二十九年（一九〇三）商務印書館訳印。

補訳華生包探案　柯南道爾著。光緒二十九年（一九〇三）商務印書館訳印。
　　　　　　　　収福爾摩斯探案六種：

（一）哥利亜司考得船案　　（二）銀光馬〔案〕
（三）孀婦匿女〔案〕　　（四）墨斯格力夫礼典〔案〕
（五）書記被騙〔案〕　　（六）旅居病夫〔案〕

同じ単行本だと思われるのに、なぜ、重複しているのか。しかも、記述が異なっており、その理由がわからない。「柯南道爾著」と書かれている版本とそうでないものが、並列されているではないか。はたして、単行本に「柯南道爾著」と記されているかどうか、あやしいと思う。阿英の小説目は、誤記が多くあることは周知の事実だ。ドイルの作品でもないのに「柯南道爾著」と平気で記入している例がある。ここも、阿英の判断で原著者名を補ったのではなかろうか。『繡像小説』に連載されていた時にはあった〔案〕を、参考までにつけておいた。

阿英目録に見える1903年発行のふたつの『補訳華生包探案』に「説部叢書」と明示してなければ、私は未見だ[50)]。

以上の目録には、注記がないから、「説部叢書」ではないと考えていいのだろう。

私が該書に「説部叢書」の表示があるかないのか注目するのには、理由がある。

つまり、『補訳華生包探案』には、可能性として表紙あるいは扉の異なる2種類がある、と私は考えている。

ひとつは、ただの単行本として出たもの。「ただの」という修飾語をつけたのは、商務印書館がシリーズものとして「説部叢書」を計画していたことが背景にあるからだ。外国小説の漢訳を単独で発行しながら、のちにそれを大きなシリーズのひとつとして収録する、という手順をとるばあいがある。

『補訳華生包探案』が、最初から「説部叢書」第一集第四編とすることを計画されていたのかどうかは、わからない。ただの単行本として発行したのち、表紙を取り替えて「説部叢書」シリーズに組み込んだとも考えられるからだ。だから、1903年版を広く見れば、それに「説部叢書」と印刷されているかどうかを確認することができる。その機会がくることを願っている。

私の手元に、「説部叢書第一集第四編」と印刷した『補訳華生包探案』がある。日本の古書店から入手した。

『補訳華生包探案』1冊

活版線装本。表紙は、印刷題簽で「補訳華生包探案」とある。原著者、訳者名なし。扉に、説部叢書第一集第四編　上海商務印書館印行とある。光緒二十九年癸卯仲冬上海商務印書館主人序。奥付なし。価格表示なし。

哥利亜司考得船案　1-8

銀光馬　1-10　（案がない）

孀婦匿女　11-17　（案がない）

墨斯格力夫礼典　18-26　（案がない）

書記被騙　27-35　（案がない）

旅居病夫　36-45　（案がない）

この本が学術的に価値があるのは、活版線装本であるところだ。

活版線装本といえば、『繡像小説』が採用している形態である。つまり、該書は、『繡像小説』連載と同じ版下を利用して印刷製本されている。

そもそも『繡像小説』そのものが、連載作品をあとで製本をバラし、作品ごとにまとめることができるように工夫して制作されていた。ページが終われば、文章の途中でも打ち切ってしまう。読者の都合よりも、連載終了後のことを優先する製本だ。まさに該書が具体例である。同じ形態の単行本を、そのほかいくつか原物で見たことがある。

ただし、単行本化するにあたり、一部手直しがなされている。「説部叢書」をうたう扉をつけた。序、目録を追加する。さらに、作品名から「案」を削除した（6作品のうち5作品）。丁数は、途中から通し番号にする。

扉は、あとからいくらでも付け替えることができる。最初は、「説部叢書」と銘打たない扉をつけて製本する。そののち、「説部叢書」の構想が出てくれば、それに応じて「第一集第四編」と印刷した扉に変更すれば、よろしい。どのみち奥付がないのだから、発行年月日が違っていようが、なんの問題もない。

冒頭をかざった上海商務印書館主人の「序」には、「光緒二十九年癸卯仲冬(十一月)」の日付が見えている。1903年だから、『繍像小説』連載終了後の序だと考えれば、その発行年月と矛盾するものではない。1903年の発行だと考えていいだろう。

「説部叢書」の表示がないものとあるもの、この2種類が存在する可能性がある。違いはそれだけで、体裁などは同じだと推測される。

三年後、活版線装本を活版洋装本に変更して、出版した。こちらには、発行年月が明記されている。

上海図書館所蔵の版本には、たしかに「説部叢書第一集第四編」の表示がある。

『補訳華生包探案』1冊
活版洋装本。扉に、説部叢書第一集第四編　中国商務印書館印行とある。
光緒二十九年癸卯仲冬上海商務印書館主人序。目次は「華生包探案」。
奥付：原著者名なし。中国商務印書館編訳所訳述／中国商務印書館／光緒三十二年歳次丙午孟夏初版／光緒三十三年歳次丁未孟春二版
哥利亜司考得船案、銀光馬案、孀婦匿女案、墨斯格力夫礼典案、書記被騙案、旅居病夫案

「案」をつけているのは、『繍像小説』連載時の形にもどしたのだ。

表紙、扉に見える題名には「補訳」がついており、目次本文には「華生包探案」とだけある。柯南道爾の名前はない。

『補訳華生包探案』という書名も、考えてみれば、おかしなものだ。なぜなら『繍像小説』に連載していた時の統一題名は、「華生包探案」であったからだ。単行本にするとき、なぜ「補訳」をつける必要があるのか。だいいち、「華生」を書名に使った翻訳が、それ以前に商務印書館から単行本で発行され

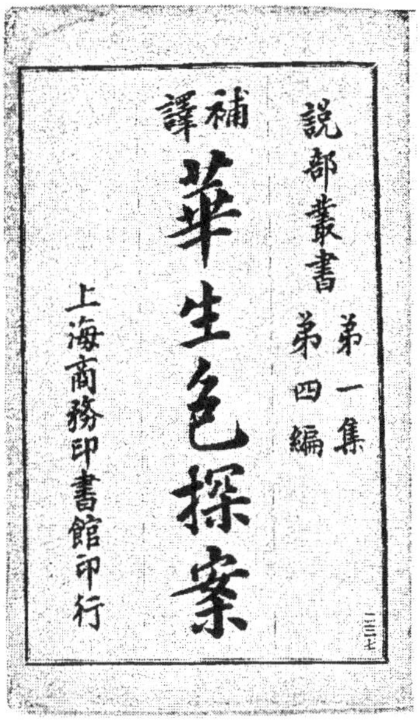

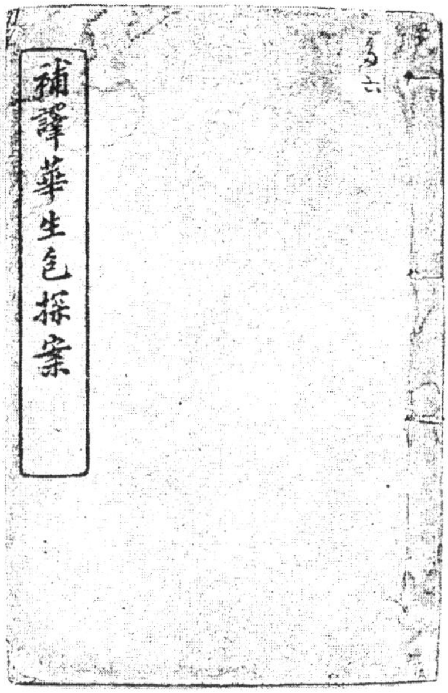

『補訳華生包探案』

た事実は、ない。商務印書館が最初に出版するホームズ物語の漢訳に「補訳」をつけることの方が、奇妙だろう。また、「補訳」をつけると、「新訳」とか「続訳」の後塵を拝するような印象を与えるのではなかろうか。そのような議論が、商務印書館編訳所内部で行なわれたとしてもおかしくはない。

書名をもとの『華生包探案』に改めた本が出版されることになった。

表紙を張り替えるだけで、本文は『補訳華生包探案』と同じだからそのままでよい。この発行は、奥付の表示を見る限り1906年だ。

私が、今、見ているのは、以下の版本だ。

『華生包探案』 1冊　120頁
活版洋装本。表紙に説部叢書初集第四編、偵探小説、上海商務印書館発行と印刷。

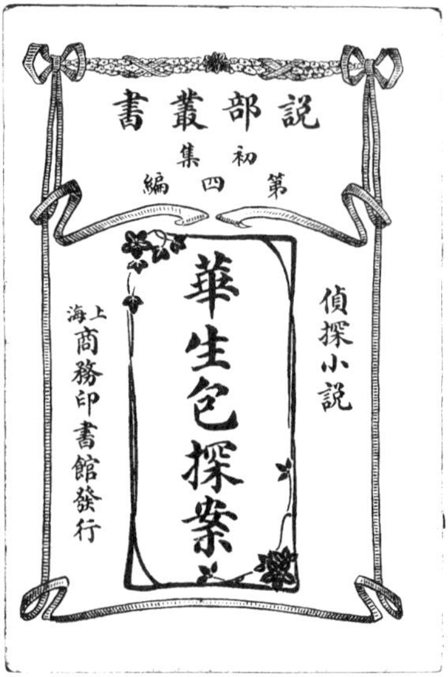

『華生包探案』

奥付：商務印書館編訳所訳述、商務印書館。丙午年四月（1906）初版／中華民国三年四月（1914）再版。
光緒二十九年癸卯仲冬上海商務印書館主人序
哥利亜司考得船案、銀光馬案、孀婦匿女案、墨斯格力夫礼典案、書記被騙案、旅居病夫案

「説部叢書　初集第四編」というのは、「第一集」の書き誤りであると思われるかもしれない。いや、これで正しい。なぜかといえば「説部叢書」は、途中で改編が実施されるのである。それまでの第一集から第十集まで各10篇で合計100篇を「初集」と呼びなおし、第一編から第一百編に変更し、作品も一部分を入れ替えた。すなわち「第一集第四編」が「初集第四編」に変わったというわけだ。こちらも表紙だけを付け替える。これが奥付の表示通り1914年のことだと理解できる。

さて、該書を見ても「柯南道爾著」と書かれていない。コナン・ドイルの名前を出さないのは、なぜか。「序」の内容からしても、ホームズとワトスンを実在の人物だと考えているようだ、とくりかえしておく。そう考えているのは、誰か、という問題になるが、「商務印書館主人」という署名だから、その人だろう。さて、商務印書館主人とは、何者かについては、今、断定する資料が、ない。

阿英「晩清小説目」（150頁）に収録されている『華生包探案』には、「柯南道爾著」とある。たぶん、これは間違いだと思う。ただし、賈植芳、兪元桂主編『中国現代文学総書目』（899頁）に収録された上海商務印書館1911年4月初版／1920年11月五版の小本小説については、見ていないのではたして原作者名があ

るのかどうかは知らない。

『華生包探案』という書名は、誤訳であることを強調しておきたい。加えて、英文原作に忠実ではないという意味で、質的に劣った漢訳であった。

しかし、原文を知らないならば、それでもいくらかのおもしろさを感じる人が出てくる。評判をとったとわかるのは、商務印書館が発行する『繍像小説』に連載されたのち、「説部叢書」にも収録されているからだ。重版をくりかえすほどに売れた。ひろく普及したために、『華生包探案』という誤った書名の方で伝えられることになったのは、皮肉なことだった。誰も、これが奇妙な書名であると気がつかないほどなのだ。

7 「四つのサイン」――漢訳『四名案』と『案中案』

038 The Sign of Four | Lippincott's Magazine 1890.2

英文原題は、2種類ある。"The Sign of the Four" と "The Sign of Four" だ。"the" があるかないかだが、ややこしい。初出『リピンコッツ・マガジン』に掲載されたとき、題名は "The Sign of the Four; or, The Problem of the Sholtos 四つのサイン、もしくはショルトー一族の問題" であったという[51)]。

単行本になったときの書名は、"the" がなかった。しかし、作中では、"the" をつけて使っている。というように混在しているのが実情である。

コナン・ドイルが最初に書いたシャーロック・ホームズ物語が「緋色の研究」(1887) だった。それから2年とすこし経過して発表されたホームズ物語の第2作となる。

中国では、清末に翻訳されたものは、2種類ある。『四名案』と『案中案』だ。

『四名案』

『(唯一偵探譚) 四名案』原文医士華生筆記、英国愛考難陶列輯述、無錫呉栄

図、嵇長康同訳　文明書局　光緒癸卯（1903）

本漢訳は、残念ながら見る機会を得ていない。中国の研究者にもたずねたが、中国でも所蔵が不明であるという。きわめて有名な翻訳である。しかも、研究書には書名を掲げて説明しているにもかかわらず、所蔵がわからないというのは、不可解である（ご教示いただけるとありがたい）。

すでに触れたが、本書においてなされている著者名などの表記は、興味深い。医者のワトスンが記録したものを、コナン・ドイルが編集著述したことになっている。つまり実話をもとにして書かれた物語だという認識なのだ。

『四名案』を紹介する文章がある。

『遊戯世界』第1-2期（刊年不記）[52]に掲載された寅半生「小説閑評」に収録されている[53]。

それまでの漢訳ホームズ物語に触れて、『時務報』にはじまり、これが『包探案』の書名で刊行されたこと、商務《ママ》書館の『繍像小説』の『続包探案』に受け継がれる、と説明している。

誤解がある。『繍像小説』の漢訳は、『補訳華生包探案』のちの『華生包探案』であって、『続包探案』は、文明書局から出版されている別物だ。似たような書名で発行されるから、混乱している。

寅半生は、該書の粗筋を述べることによって紹介にかえる。その評価というのは、「ただこの作品は、不思議でかつ壮大であり、その風変わりで変化するなかに、申し分のない夫婦の縁をひそませて、巧妙に組み合わせている。実に探偵事件のなかにひとつの特色をだしているのだ」というもの。

もうひとつは、人名が5、6文字になるものがあり、読みづらいと注文をつけているのが目新しいか。ただし、その注文が妥当であるかどうかは、別問題だ。外国小説に出てくる人名が漢訳するさいに、3文字、あるいは4文字におさまらないからといって、読みづらいと文句を言う方もいう方だ。中国小説ではないのだから、同じであるわけがない。だいいち歇洛克福而摩斯は、7文字だ。だからこそ「福」と省略形を使うのだが。

顧燮光「小説経眼録」（『訳書経眼録』1927初出未見。研究巻535-536頁）も、『四名案』をとりあげている。

話の大筋を紹介し、ホームズの推理をほめる。ただし、漢訳については、やや厳しい評価をくだす。すなわち、むだに重複していて、3分の1は削ることができる、というものだ。原文を見ていないから、本当にそうなのかどうかは不明である。

ただし、前述寅半生は同書異名の『案中案』を評して、つぎのようにいう。

「本作品は、『四名案』である。そのなかの筋はひとつも加筆削除をしない。しかも、そのまま述べており、『四名案』に雰囲気があるのにはおよばない」

寅半生は、『案中案』よりも『四名案』の漢訳を高く評価している。しかし、その評価基準が、現在とは異なるように見える。

できるだけ原文のままを翻訳するのが、あるべき翻訳の姿勢だと私は考えている。しかし、寅半生は、加筆削除をして雰囲気のあるように変更するのがよい漢訳だと思っているらしい。寅半生が当時の翻訳観を代表しているかどうかは、わからない。だが、ひとつの見解であるということはできる。

はたして漢訳の実態はどうなのか。具体的に検討できるようになるまで、結論はだせないだろう。

『案中案』

『(偵探小説) 案中案』は、1904年に商務印書館から単行本で発行されたという。

最初から「説部叢書」に組み込まれていたかどうかは不明だ。「説部叢書」の表示があるかどうか、1904年発行の原物をみていないから確認できない。

つまり、可能性としては、ふたつある。

ひとつは、翻訳作品の単行本『案中案』が発行される。そのあとで、「説部叢書」に組み入れられ、扉に「説部叢書　第一集第六編」と印刷した本が出版される。

別のひとつは、最初から「説部叢書」の1冊として発行されるというかたちだ。

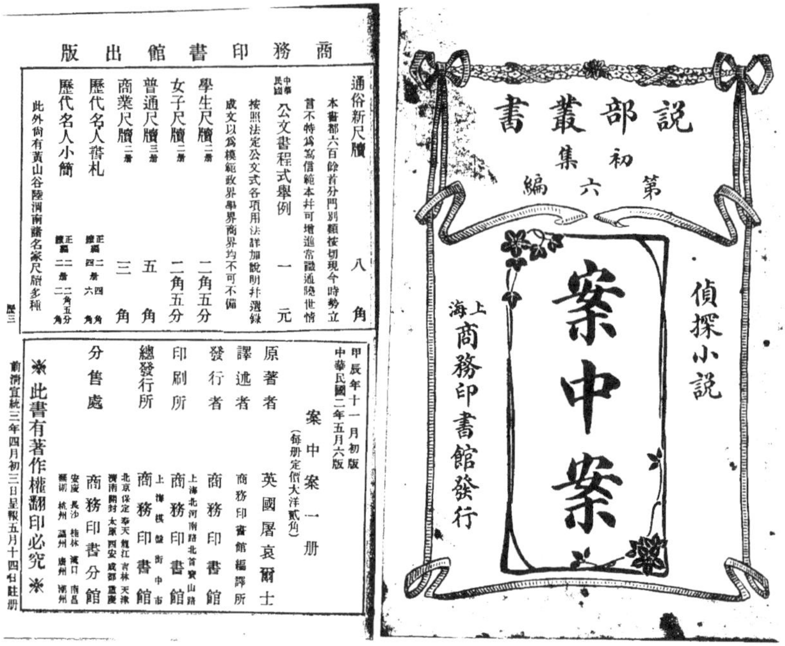

漢訳「四つのサイン」

商務印書館「説部叢書」に入れられたのは、確認できている。最初は、第一集第六編であり、のちに改編されたとき初集第6編となる。

私が見ているのは、（英）屠哀爾士著、商務印書館編訳所訳、上海商務印書館（甲辰（1904）年十一月初版/民国二年五月六版）の「説部叢書」初集第6編本だ。

商務印書館は、『華生包探案』のときは原著者名をあきらかにしなかった。こちらは、奥付に「屠哀爾士」と示す。「ドイル氏」ということになろう。商務印書館編訳所を使う翻訳は、買い取り原稿であったという。

よく売れた。目録所収の発行年月を見ると、1905.3再版、1906.4四版、1914.2、1914.4再版などとあるところから、それがわかる。

英文原作は、12章に分けるが、漢訳では、それを無視する。（章題は、小林、東山訳による。[ ] 内に説部叢書本のページを示す）

○第１章　推理学 The Science of Deduction　[1-3頁]

冒頭を示す。

Sherlock Holmes took his bottle from the corner of the mantelpiece, and his hypodermic syringe from its neat morocco case. With his long, white, nervous fingers he adjusted the delicate needle and rolled back his left shirt-cuff. For some little time his eyes rested thoughtfully upon the sinewy forearm and wrist, all dotted and scarred with innumerable puncture-marks. Finally, he thrust the sharp point home, pressed down the tiny piston, and sank back into the velvet-lined armchair with a long sigh of satisfaction. シャーロック・ホームズはマントルピースの片隅からびんを取り上げると、格好のよいモロッコ革のケースから皮下注射器を取り出した。そして、力強い白く長い指先で細い注射針を整え、左手のワイシャツのそでをたくし上げた。彼はおびただしい数の注射針の跡が点々と残る筋肉質の前腕と手首に、しばらくじっと視線を落とした。やがて鋭い針先を一気に突き刺し、小さな内筒をぐっと押し下げると、満足げに長い溜息をついてビロード張りのひじかけ椅子に身を沈めた。11頁

某年月日。余見歇洛克福而摩斯。自火炉架上取薬水一瓶。又出一革射管於軟皮篋中。復捲其袖。用細針刺入臂及腕上。一転瞬間。臂腕間水漬淋漓。乃収針棄管。閉目喘息。穏坐椅中。若甚愉快。あるとき、シャーロック・ホームズは、暖炉の台から薬ビンを取り上げると、やわらかい革の箱のなかから注射器をだした。さらに、袖をめくり、細い針を手首と腕に刺すと、その瞬間、手首から腕はびしょびしょになった。針をしまうと、目を綴じて一息をいれ、静かに椅子に座ってとても愉快げであった。１頁

原作は、ホームズが、７パーセントのコカイン溶液を注射している場面からはじまる。

「モロッコ革」ではあるが、そのままに翻訳されるよりも、漢訳のように「やわらかい革」と翻訳してくれる方が、読者にはやさしい。ただし、手首から腕がびしょびしょになるというのは、原文の注射の跡を誤解したものだろうか。この部分の漢訳は、理解できない。さらに、7パーセントのコカイン溶液 cocaine, a seven-per-cent solution を「コカイン。75パーセントの溶液。哥加因。是為七成半之薬汁」と漢訳するのは、あまりにも濃度が高すぎる。

ワトスンは、ホームズにコカイン注射をやめるように注意したいのだが、彼の才能に気おされて、それができない。ワトスンの心の葛藤部分を、漢訳では省略する。

ホームズからコカインをすすめられて、ワトスンは、「ぼくの体はアフガニスタン戦争の後遺症からまだ治っていないからね。よけいな負担などはかけられない。My constitution has not got over the Afghan campaign yet. I cannot afford to throw any extra strain upon it.」（12頁）と断わる。

漢訳では、「僕の身体は、すこぶる健康だから、まだそんなものはいらないよ。吾体殊健。尚無需此」（1頁）と答える。アフガン戦争で負傷をしたことを無視しては、ワトスンの生活史がだいなしになる。漢訳が、なぜこれを書き換えるのか、私の理解をこえる。

漢訳の出だしは、まあまあではある。だが、びしょびしょと75パーセントの誤解が見え、省略、書き換えもあるとなると、すばらしいできだとは言いにくい。探偵小説の翻訳では、細部をおろそかにしないことが肝心なのだ。漢訳者には、そこが理解できているのだろうか、と不安をおぼえる。

もう少し漢訳を見てみよう。翻訳者が、漢訳をする時の方針をさぐりたいのだ。原文に忠実に漢訳するのか、あるいは原文を適当につまんで翻訳してすませるのか。

ワトスンが、麻薬が身体によくないことをホームズに話すと、彼は、仕事によって精神が高揚するのだったら、麻薬は必要ではなくなると答える。ホームズにとっては、精神の高揚こそが生きている証明なのだ。

“My mind,” he said, “rebels at stagnation. Give me problems, give me work, give me the most abstruse cryptogram, or the most intricate analysis, and I am in my own proper atmosphere. I can dispense then with artificial stimulants. But I abhor the dull routine of existence. I crave for mental exaltation. That is why I have chosen my own particular profession, or rather created it, for I am the only one in the world.”「ぼくの精神は停滞を嫌うのさ。問題があればいい。仕事がしたいのだ。このうえなく難解な暗号文の解読でもいい。あるいは複雑このうえない分析でもいい。そうすれば、ぼくはすぐに水を得た魚のように生き返るのさ。そうなれば人工的な刺激などは要らなくなる。ぼくは、ぼんやりと生きていくことに耐えられない。精神の高揚が必要なのだ。だからこそ、自分の性にあったこの職業を選んだ、いや、創り出したと言うべきかな。世界広しといえども、この仕事をしているのはぼくしかいないのだからねえ」13頁

鄙性好動。不能常静。新奇之事。足以啓吾思想者。無不楽為。愈幻愈妙。藉以舒暢胸懐。然欲究新奇事理。必須大費心力。而求助於斯薬。雖身体有損。而収効実足償之。故自信世間操業最奇。而用心最深者。莫我若也。僕の性格は動くのがすきで、いつも静かにしてはいられないんだ。目新しい事で、僕の考えを啓蒙してくれるのに十分なものは、楽しくないわけがない。不思議なものほどいいんだな。それで心を解き放つんだ。ただ、目新しい事の道理を解明するためには、大いに神経をすりへらさなくてはならず、そこでこの薬の助けがいるというわけなんだ。身体には悪くても、効果がある。だから、僕だけが、この世の中で最も奇妙で、もっとも用心しなくてはならない仕事をしていると信じているんだよ。1-2頁

漢訳者は、誤解している。ホームズは、仕事で精神の高揚感を得ることができれば、麻薬など必要はない、といっている。だが、漢訳では、精神を静めるために麻薬がいる、と反対に翻訳する。わかっていないのだ。

ホームズだけの仕事、すなわちただひとりの私立諮問探偵 the only unofficial

consulting detective である。漢訳では、「議探」とする。

「議探」とは、なつかしい。以前に使われたことのある新しい翻訳語だ。すでに述べたことがある。『泰西説部叢書之一』の訳者黄鼎らが、警察官の「包探」とは区別して私立探偵の訳語として「議探」を考えだしたのだった。

ホームズのところには、事件の解明に行き詰まった警察官が相談にくる。グレグスン、レストレイド、アセルニー・ジョウンズたちだ。漢訳は、彼らを登場させず、この部分を削除する。

ホームズにとっては、仕事そのものが報酬であることをいう。その例として「緋色の研究」があげられる。

> "……But you have yourself had some experience of my methods of work in the Jefferson Hope case." ／ "Yes, indeed," said I cordially. "I was never so struck by anything in my life. I even embodied it in a small brochure, with the somewhat fantastic title of 'A Study in Scarlet.'"「……あのジェファスン・ホープ事件で、ぼくのやり方はすこしはわかってもらえたと思うがね」／「そう、よくわかったよ」わたしはすなおに認めた。「あれほど感銘を受けたことは今までになかったね。だから、『緋色の習作』という少々風変わりな題名をつけて、小さな冊子にまとめたというわけだ」13頁
>
> 吾之所最快心而見長者。為傑福森一案。子其知之乎。余欣然曰、唯。然鄙意紅色案尤奇。僕が最も楽しんで得意としたことは、ジェファスン事件で、君は知ったのじゃないかな。そうだ、私の考えでは「緋色事件」が特に奇怪だった、と答えた。2頁

文中にいうジェファスン・ホープ事件とは、「緋色の研究」のことをさす。漢訳は、ここで「傑福森一案」とするが、第7、8章で出てくる時「傑弗森花栢（命）案」（33、40頁）と書き換える。単なる不統一か。

「緋色の研究」の漢訳である『恩仇血』の発行が1904年であった。『案中案』とは同書異名の『四名案』が出版されるのは、その前年の1903年だから、両書

の関係を知っている読者はいなかったのではないか。しかも、「紅色案」だから題名を見ただけでは、『恩仇血』『大復仇』『福爾摩斯偵探第一案』『歇洛克奇案開場』のいずれとも関連が見いだせない。

漢訳では、さらに、原文を省略する。「緋色の研究」にワトスンがロマンチックに味付けしすぎたというホームズの批評、フランス人のホームズに対する賞賛、ホームズのタバコの灰に関する論文、足跡についての論文、些細なことが重要であることなどだ。

原文には、ホームズ物語を象徴する文句がでてくる。すなわち、「他の要因をすべて消していって、残ったのが真実というわけさ。Eliminate all other factors, and the one which remains must be the truth.」（17頁）。これを漢訳では削除するのだから、困ったものだ。第6章でも同様のセリフが出てくるが、漢訳は、それも無視する。

ホームズ物語の特徴のひとつであり、しかも中国の読者によって特に好まれたのが、ホームズの観察術だ。「四つのサイン」でも、当然、でてくる。ふたつある。

ワトスンが、その朝、郵便局に行って電報を打ったことを、ホームズは観察によって推理する。この部分を省略した。漢訳全体の分量を圧縮するためかもしれない。くりかえすが、あの有名な「他の要因をすべて消していって、……。Eliminate all other factors, …….」（17頁）というセリフも削除している（第6章にも関連する語句がある）。それにしても、読者の好みを無視した漢訳者の処置は、納得できない。

もうひとつのワトスンの時計についての観察術は、漢訳する。

時計を観察しただけで、それがワトスンの兄のものであること、父親から譲り受けたもの、兄の性格は、だらしなくずぼらで、何度も機会を失い、金回りがよかったり悪かったり、長い間貧乏でとうとう酒浸りになったことをいう。ここまで、漢訳は、ほぼ原文通りに翻訳している。

会ったこともないはずの兄について、ホームズがあまりにも詳しく知っているのでワトスンは、驚く。ホームズは、当て推量はしない。彼が推理の根拠を説明する部分を見てみよう。

For example, I began by stating that your brother was careless. When you observe the lower part of that watch-case you notice that it is not only dinted in two places but it is cut and marked all over from the habit of keeping other hard objects, such as coins or keys, in the same pocket. Surely it is no great feat to assume that a man who treats a fifty-guinea watch so cavalierly must be a careless man. たとえば、君の兄さんはだらしない人だ、とぼくは言った。時計の側を見ると、下の方が二か所へこんでいるだけでなく、一面にかすり傷がついているのがわかる。これは、硬貨や鍵といった固いものと一緒にポケットに入れておく癖があったからだ。五十ギニーもする高価な時計をこんなふうに扱う人間をずぼらな人と推理するぐらいでは、大した芸当とも言えない。20頁
即以令兄為人不謹而言。試観表殻下沿。有污痕二處。界紋無数。此与銀銭鑰匙同置一嚢之証。以値千余先令之表。而不知珍惜。任意乱置。其為人不謹可知。君の兄さんはだらしがないといった。時計の側を見ると下あたりに汚れが2ヵ所と無数のキズがある。これは硬貨や鍵といっしょにポケットにいれていた証拠だ。千シリング以上もする時計を大切にせずほうりだしているところから、性格がだらしないとわかるのだ。3頁

ここの漢訳は、ほぼ英文原作通りだといってもいい。50ギニーがなぜ千シリング以上になるのか。誤訳ではない。1ギニー金貨は、21シリングに相当するから、計算すれば1,050シリングとなる。漢訳者は、イギリスの貨幣制度には詳しいようだ（漢訳42頁に「一幾呢」に割注して「英幣値二十一先零」とある）。

It is very customary for pawnbrokers in England, when they take a watch, to scratch the numbers of the ticket with a pin-point upon the inside of the case. It is more handy than a label as there is no risk of the number being lost or transposed.

There are no less than four such numbers visible to my lens on the inside of this case. Inference – that your brother was often at low water. Secondary inference – that he had occasional bursts of prosperity, or he could not have redeemed the pledge. Finally, I ask you to look at the inner plate, which contains the keyhole. Look at the thousands of scratches all round the hole – marks where the key has slipped. What sober man's key could have scored those grooves? But you will never see a drunkard's watch without them. He winds it at night, and he leaves these traces of his unsteady hand. イングランドの質屋では、普通、時計を質に取るときには、ふたの内側にピンの先で質札の番号を書いておく。札を貼るより便利だからね。なくなったり他のと入れ替わったりする危険性をなくすためだ。ルーペで見ると、ふたの内側にそういう番号が四つも見える。まず、推理できるのは、君の兄さんはたびたび金に困っていたということだ。さらには、時には金回りがよくなることもあったということにもなる。そうでなければ、質草を引き出せないからね。最後に、内ぶたを見てほしい。ネジ穴がついているだろう。穴のまわり中に無数の引っかき傷が見えないかい。ネジが滑ってできた傷だ。しらふの人なら、ネジでこういう引っかき傷をつけないだろう？ところが、酔っ払いの懐中時計には、必ず傷がある。夜中に時計のネジを巻くので、ふるえる手で傷をつけてしまうのさ。20頁

英国質庫常例。質入之表。必用針刺識号数。以免混雑。是表殻内有第四号字様。可知而兄常以入質。不免窘迫之憂。至嗜酒一事。可験諸鑰孔。其處有紋無数。蓋由彼酔時開表。心神恍惚手腕触動所致。苦心定神爽者。必不至此。英国の質屋の常として、質入れの時計には、まぎれるのを防ぐために、必ず針で認識番号を書いておく。この時計の内側には、４号活字の大きさのがある。お兄さんはいつも質にいれていて、貧乏の憂いに苦しんでいたことがわかるのだ。酒好きというのは、鍵穴でわかる。そこには無数のキズがついているが、酔っ払ったとき時計を開け、ぼんやりしていて手が震えてつけたものだ。しっかりしているなら、そんなことにはならない

よ。3頁

小林、東山訳に「ネジ穴」とあるのは、原文でいえば keyhole に当たる。鍵穴だ。鍵を使ってネジを巻くから、「ネジ穴」でも間違いではない。蛇足ながらつけくわえれば、当時、すでに竜頭巻き時計はあったが、まだ鍵でネジを巻くものの方が多く、上に引用したのはこの鍵巻き時計のことを指している[54)]。

イギリスのお金には詳しいとほめたところなのに、訳者は、質草の番号について誤解をしている。数字が4個もあるから、それだけの回数を入れた、すなわち金に困っていた証拠としている。出したというのは、金が入って質草を受け出したことを意味しているのだ。それを数字の大きさに解したのでは、この部分が漢訳者には、わかっていないという意味になる。肝心の部分が、はずれる。たよりない。

そこにミス・メアリ・モースタン Miss Mary Morstan 美蘭馬斯頓が登場する。

○第2章　事件の始まり The Statement of the Case　[3-8頁]

事件が解決されたのち、ワトスンは、このメアリと結婚することになる。だから、初対面の印象は、重要な意味をもっている。容貌、着衣について説明したあとで、ワトスンは、つぎのようにつけくわえる。

> In an experience of women which extends over many nations and three separate continents, I have never looked upon a face which gave a clearer promise of a refined and sensitive nature. わたしはこれまで、三大大陸の数多くの国々で、様々な女性を見てきたが、これほど上品で繊細な人柄を表わした顔には、出会ったことがなかった。22頁

この大事な箇所を、漢訳は削除するのである。なんということをするか。

さて、メアリが語る事件というのは、こうだ。

メアリの父は、インドのある連隊で士官をしていた。子供だったメアリは、

イギリスに送りかえされ、母親はなくなっている。メアリは、17歳になるまで寄宿舎で生活をする。1878年、父親が1年間の休暇でアンダマン諸島 the Andaman Islands から帰国したが、メアリに会う前に、ロンドンで消息をたってしまう。父の知人だというショルトー少佐 major Sholto（漢訳では、最期まで美査喜爾扡と表記する）は、彼が帰国していることすら知らなかった。その後、1882年5月4日の『タイムズ』紙にメアリの住所をたずねる広告が掲載され、それに答えると、毎年、大粒の真珠が入っているボール箱が届くようになった。

メアリの父が、アンダマン諸島で囚人警備隊の将校をつとめていたというのが、この事件の鍵のひとつなのだ。読者がその重要さには気づかないように、ドイルはさりげなく記述している。

話の筋とは関係のない箇所だが、どうして間違うのか、と思うような漢訳がある。上の、日付で the fourth of May を「四月四号」とするのは、誤訳ではなく誤植だろう。

6粒の真珠をホームズらに見せ、さらに、手紙が届いた、とメアリは、説明をつづける。

手紙の日付は7月7日[55]で、メアリを呼び出している内容だ。

ここまでは、漢訳は、ほぼ原文通りともいってもいいくらいの翻訳になっている。だが、信じられないような間違いがある。ホームズが、メアリの持参した手紙を点検しながら独り言をいう箇所だ。

> The envelope, too, please. Post-mark, London, S. W. Date, July 7. Hum! Man's thumb-mark on corner – probably postman. Best quality paper. Envelopes at sixpence a packet. Particular man in his stationery. No address. 封筒も見せていただけますか。消印はロンドン南西区域局、日付は九月七日。おや、隅に男の親指の指紋があるが、おそらく郵便配達人のものでしょう。最上質の便せんと、一束六ペンスの封筒。文房具にかけては、うるさい人物のようだ。差出人の住所はなし。25-26頁
>
> 上蓋倫敦Ｓ.Ｗ郵局印。七月七日発。紙良佳。信封每包値六便士。語至此。

忽詫曰。信函上何来指印。美蘭曰。度為投遞者所汚。福不語。ロンドン南西区の消印がある。7月7日の投函だ。紙質はよい。便せんは1包6ペンスだ。ここまでくると、ふと怪しんで、封筒のうえの指紋はどこからか、という。たぶん投函した人のものでしょう、とメアリが言葉をはさむと、ホームズは、なにもいわなかった。6頁

英文を見ても、メアリの出番は、ない。ホームズの独り言で、自分で観察しながら自分で点検している。便せんの指紋が投函した人間のものだったら、ひとつの材料となるところだ。ワトスンなら、口をはさむ可能性もないこともない。だが、なぜ、メアリに首をつっこませる必要が漢訳にあるのか。いらぬお節介ではないか。しかも、もともとホームズが口にした言葉通りでもない。ここは、漢訳者の捏造といってもいい。

この漢訳者は、翻訳について、何か根本的に勘違いしているのではないか、と私は危惧する。原作のままを漢語に置き換えるだけでは、すぐれた翻訳ではない、と考えているのではないか。

おかしな箇所は、まだある。その呼び出しの手紙の待ち合わせ場所だ。原文では、「ライシーアム劇場前面の、左から三番目の柱のところ at the third pillar from the left outside the Lyceum Theatre」(26頁)を、「ライシーアム劇場の左ボックス3号室で　蘭勝戯院左廂第三室中」(6頁)と書き改める。

ホームズが調べ物で外出するとき、ワトスンに示した本がある。「ウィンウッド・リードの『人類の苦悩』Winwood Reade's *Martyrdom of Man*」だ。漢訳では、「ウィンウッド著『義士殉教記』Winwood Read《ママ》 惲軍桓特所著之義士殉教記」とする。

漢訳がなぜ英語で著者の名前を、それも間違ったものを提示するのか不明。『義士殉教記』という漢訳書名もいかがか。Martyr は、当時の英漢辞典には「守死善道者，為教致命者」とあって、たしかに殉教者だ。だが、-dom がついて、苦痛という意味があるのを、漢訳者は知らなかったらしい。

○第３章　解決の糸口 In Quest of a Solution　[8-11頁]

帰宅したホームズは、ショルトー少佐が、すでに死亡していることをワトスンに告げる。メアリ嬢に送られてくる真珠は、少佐の死亡と関係があるという。

呼び出し場所にむかって、メアリ嬢ら３人が一緒に馬車に乗る。メアリは、不思議な図面をみつけたといってホームズに見せる。建物の見取図のようであり、奇妙な記号と名前が書かれている。

> In the left-hand corner is a curious hieroglyphic like four crosses in a line with their arms touching. Beside it is written, in very rough and coarse characters, 'The sign of the four － Jonathan Small, Mahomet Singh, Abdullah Khan, Dost Akbar.' 左手の隅には、四つの×印を横につなげて一列に並べたような奇妙な記号が見える。そのわきには、たいへん乱雑な文字で『四つのサイン――ジョナサン・スモール、マホメット・シング、アブドゥラー・カーン、ドスト・アクバー』と書かれている。32頁
>
> 左角有四直線。縱横相交。其下草書 "The Sign of thef《ママ》 our － Jonathan Small, Mahomet Singh, Abdullah Khan, Dost Akbdr《ママ》." 四花押。其音為傑納森斯麻。墨漢模新。亜勃度汗。特斯安倍。左下に四つの直線があり、縦横に交わっている。その下に筆記体の英文で四つのサインがある。ジョナサン・スモール、マホメット・シング、アブドゥラー・カーン、ドスト・アクバーだ。9頁

人名など、ここでも英語をそのままに引用しているが、その必要があるのだろうか。音訳しているのだから、なおさら不自然さを感じる。四つのサインを「四花押」と漢訳している。これで十分だと思う。好意的に解釈すれば、題名に関係する部分だから、原文も示して強調したかったのかもしれない。あとでも同じことを行なっている。

また、「四花押」こそが書名なのだ。なぜ、変更して『案中案』としなければならなかったのかも不明である。『四花押』のままに、これを書名にすれば

よかったのだ。

時は9月の夕方 It was a September evening である。だが、手紙の場面で7月にしてしまっているから、漢訳では、つじつまを合わせるために9月を省略した（10頁）。英文原作の矛盾した箇所だから、漢訳者の処理は、しかたがない。

劇場につくと（漢訳は、待ち合わせ場所を、あいかわらず「左廂第三号室」（10頁）と誤解している）男が近づいてきて、別の馬車に案内する。車中でワトスンは、不安でならず、メアリを元気づけようとアフガニスタンでの冒険を話して聞かせる。

> To this day she declares that I told her one moving anecdote as to how a musket looked into my tent at the dead of night, and how I fired a double-barrelled tiger cub at it. 今になっても彼女に言われることだが、真夜中にわたしのテントにマスケット銃がのぞきこんだので、それに向かって二連発の子ども虎を発射したなどという、しどろもどろで感動的な話をしていたらしい。34頁
> 在某地鎗斃一虎。在某地獲一猛獣。あるところでは虎を1頭撃ち殺し、またある場所では猛獣をつかまえた。10-11頁

原文は、ワトスンのあわてぶりを描写している。どこに連れて行かれるかわからないのだから、不安でないはずがない。「二連発の子ども虎を発射した」などとありえない表現が、その時のワトスンの心情を如実に表わしているから、今でもメアリにからかわれるのだ。漢訳は、その滑稽さを無視して、単なる武勇伝に書き換えてしまった。不十分である。

ある屋敷の前で馬車はとまった。インド人の使用人が、3人を中に案内する。

○第4章　サディアス・ショルトーは語る

The Story of the Bald-Headed Man　[11-18頁]

その家の主人は、すでに死亡したショルトー少佐が残した双子の息子のひと

りサディアスだった。貧弱な屋敷であるが、部屋は豪華に飾り立ててある。カーテン、絵画、花瓶、じゅうたん、虎の皮、銀の香炉などの調度品を描写する。だが、なぜかしら大きな水ギセル a huge hookah を漢訳していない。意味するものがわからなかったのか。だから、サディアスが気分を落着けるためにタバコを水ギセルで吸う場面が、妙なことになる。

> Well, then, I trust that you have no objection to tobacco-smoke, to the balsamic odour of the Eastern tobacco. I am a little nervous, and I find my hookah an invaluable sedative. それでは、失礼して、タバコを一服させていただきますよ。東洋の香り高いタバコです。少々興奮しておりまして。心を静めるには、水ぎせるが一番でしてね。39-40頁
> 客悪煙気否。僕所吸者。産東方。味良善。無悪気。僕脳筋易漲。終日需此。尚祈垂諒。皆さんはタバコ〈アヘン〉の匂いはお嫌いですか。私が吸いますのは東洋産でして、落着くのにいいのです。悪い匂いはしません。私の脳は疲れやすくて、いつもこれが必要なんです。失礼しますよ。13頁

漢語で「煙」といえば、タバコとアヘンの両方を意味する。水ギセルを漢訳しないから、アヘンを吸っていると中国の読者には理解されたかもしれない。もっとも、本作品においては、ホームズも葉巻を吸っているが、その時の漢訳も「吸煙」となっている。

漢訳は、サディアスが部屋の中の絵画を自慢する場面を省略する。コロー Corot、サルヴァトール・ローザ Salvator Roza、ブーグロー Bouguereau などの名前を漢訳したところで、読者には無用だという訳者の判断なのだろう。そうかもしれない。だが、こういう一見ムダに見える箇所を、細かく漢訳しておくことが、小説読みの楽しみにつながる可能性があるかもしれないことに、漢訳者は、気づいていないのである。

ショルトーは、父がインドで成功し、退役帰国した後に起こったことを話して聞かせた。

彼の父は、アッパー・ノーウッドのポンディチェリ荘に住んだが、何かを恐れていた。義足をつけた男を、特に嫌っていた。メアリの父モースタンが帰国してショルトーを訪ねたのは、インドで入手した財宝の分け前を要求するためだったのだ。ところが、配分について意見があわず興奮のあまりメアリの父は、心臓発作で死んでしまった。警察に届ければ財宝のことが知られるかもしれない。そこで死体を処分してしまう。これが、不可思議な失踪の真相なのだ。1882年、インドから手紙が届くと、父は、ショックを受けて寝込んでしまった。息子ふたりを枕もとによんで遺言したいという。それまでの経緯を話し、モースタンの娘、すなわちメアリに分け前をやってくれ、それが真珠の頭飾りだという。財宝の隠し場所を告げるところで、暗やみに人が潜んでいるのに気づく。窓際に駆け寄っているあいだに、父は死んでしまった。翌朝、その遺体のうえには「四つのサイン」と書いた紙切れが留めてある。真珠の頭飾りは、遺言通りに郵送されつづけた。双子の息子は、庭中を掘りおこしさがしまわり、兄がとうとう屋敷の隠し部屋を発見し、そこに財宝をみつけたという次第だ。

以上が、ショルトーが水ギセルを吸いながら話した長い物語の粗筋である。

いくつかの箇所で、漢訳が気にかかる。

アッパー・ノーウッドのポンディチェリ荘 Pondicherry Lodge in Upper Norwood を「上拿垣旁色隙来落棋」(13頁) と漢訳する。地名だから、「上」とわざわざ翻訳するまでもない。一方で、Lodge を音訳して「落棋」としたのは、間違いではないが、本当に理解しているのかどうか、これでは不明だ。

護衛にプロのボクサー two prize-fighters 2名を雇っていた。漢訳が、「2名の強い下僕［二健僕］」(14頁) になるのはしかたがないか。

遺言をしたいといったのは、4月末ごろ the end of April だ。8月末「八月杪」(14頁) にするのはなぜか。

遺体のうえに留められた「四つのサイン」という紙片だが、漢訳では、遺体のうえではなく、箱のうえに変更する。しかも、ここでも原文を示す。しかも誤植がある。「The Sign of the Fouz《ママ》 四花押」(16頁)。強調したいのも理解できるが、しつこい。

父親の死亡について話されたとき、メアリ嬢は真っ青になって気を失いそうだった。ワトスンがヴェネチアン・グラスの水差しから水を注いで手渡したのを飲んで、元気をとりもどす。

これを漢訳では、「メアリは父親の死の知らせを聞いた時、気を失ってしまった。私は急いで水を飲ませると、ようやく気がついた。美蘭聞父死耗。已暈去。余急飲以水。始醒」（16頁）と書き換える。豪華なヴェネチアン・グラスも消え失せており、意味がズレる。

どうでもいいような箇所であると思われるか。もし、そう感じるならば、誤訳しないでいただきたい。

そこで配分を要求するためにみんなしてポンディチェリ荘へおもむくのだ。

財宝の値打ちが50万ポンドを下らないと聞かされて、ワトスンの気分は沈んだ。

> Miss Morstan, could we secure her rights, would change from a needy governess to the richest heiress in England. Surely it was the place of a loyal friend to rejoice at such news, yet I am ashamed to say that selfishness took me by the soul and that my heart turned as heavy as lead within me. もし、モースタン嬢の権利を確保してあげることができたら、彼女は貧しい家庭教師から、いちやくイングランド一の相続人になれるはずだ。確かに、こんな嬉しい知らせを聞いたら、心から祝うのが本当の友達というものだ。しかし、恥かしいことに、自分勝手な考えにとらわれて、わたしの心は鉛のように重く沈んだ。49頁
>
> 因思美蘭或分得応有之資。則驟為英倫富女。竊為美蘭慶。不覚露於言語間。美蘭与余素無交誼。乃関切如是。メアリが手に入れるべき金銭をあるいは得ることができれば、たちまちイングランド一の金持ちになると思った。メアリのために喜んでいることが、おもわず言葉に漏れたのだ。メアリと私は交際はないけれども、関心はあった。17頁

友人として祝うという部分は、かろうじて漢訳に反映されている。しかし、ワトスンの心が沈んだという部分の意味が、漢訳者には理解できなかった。通り一遍の表面的なワトスンの反応しかすくい取れておらず、勝手に原文を無視する。ワトスンの心は、なぜ、沈んだのか。いうまでもなく、メアリ嬢を好きになっていたからだ。その彼女が、突然、大金持ちになってしまったら、愛の告白をしたところで金めあてだと誤解される可能性が高い。だから、心が沈む。そう読むべき箇所だから、漢訳を見れば、原文を理解しているとは思えない。原文第７章にこのときのワトスンの気持ちが文字に示されているからこそ、ますます、いぶかしく感じる。

○第５章　ポンディチェリ荘の悲劇

The Tragedy of Pondicherry Lodge　[18-22頁]

夜の11時近く、ポンディチェリ荘に到着した。待ちうけていたのは、双子の兄バーソロミューの死体だった。密室の殺人事件である。そのうえ財宝が盗まれていた。

さきにショルトーの護衛がプロ・ボクサーであることを述べた。ホームズたちを主人の命令がないから屋敷には入らせない、と拒む下僕が、それである。

ホームズが、声をかける。

> Don't you remember that amateur who fought three rounds with you at Alison's rooms on the night of your benefit four years back? 四年前、アリスン館での君のチャリティ試合の夜、君と三ラウンド戦ったあのアマチュア・ボクサーを、覚えているだろう？ 51頁
> 爾猶憶四年前。在亜礼生室中。与爾角技者乎。４年前、アリスン室で、君と戦ったのを覚えているだろう。18頁

ホームズにはボクシングの心得がある証拠となるせりふなのだ。漢訳では、ここでもボクシングについてはいわない。チャリティもアマチュアもだ。日本

語でもカタカナを使用しているように、もともと漢語にはない言葉だから、漢訳で省略してもしかたがなかろう。

暗やみのなかで、ワトスンとメアリは自然と手を握りあっていた。愛情のきざしである。当時を回想して、メアリは、ワトスンを頼っていたのだと何度も語った。その部分の原文と漢訳は、以下のようになっている。

> I have marvelled at it since, but at the time it seemed the most natural thing that I should go out to her so, and, as she has often told me, there was in her also the instinct to turn to me for comfort and protection. 後になってこそ、なぜそうなったのか信じられないような気がしたが、その時は、そうすることが何より自然だと思えたし、彼女のほうも、慰めと保護を求めて本能からわたしを頼ったのだと、その後何度も語り合ったものだ。54頁
> 美蘭顧余曰。妾性惶怯。君幸見憐。復緊握両手。メアリは私を見て言った。私は怖がりですし、さいわいあなたが保護してくださいます。そうしてきつく両手を握った。20頁

英文原作では、時制の転換がある。物語のなかでは現在だが、その物語全体を過去のこととして回想するという視点が導入されている。だが、漢訳のほうは、すべてを現在に帰属させる。だから、その場で、頼りになるとメアリに言わせることになった。理解が不十分である。

ドアを破ってなかに入る。死体のそばに紙切れがある。漢訳は、ここでも「The Sign of Four. 四花押」(21-22頁) と英文を引用するが、the が抜けている。

ホームズは、警察に通報するようショルトーにいいつけた。

○第6章　シャーロック・ホームズの活躍

Sherlock Holmes Gives a Demonstration　[22-29頁]

ホームズが行なう現場の調査と、間抜けな警部アセルニー・ジョウンズが対比して描かれる。犯人の名前までホームズによって特定される。義足のスモー

ルである。彼は、事件の全体をすでに把握しているようだ。しかし、密室殺人の謎がここで明らかになるわけではない。

第１章で「他の要因をすべて消していって、残ったのが真実というわけさ」という有名な言葉を漢訳が省略したことを指摘しておいた。この第６章にも、それを詳しく説明する箇所がある。

> How often have I said to you that when you have eliminated the impossible, whatever remains, *however improbable*, must be the truth? これまでにも、君に言ったと思うが、ありそうにないものを消していって、残ったものが、たとえどんなにありそうでなくとも、真実に違いない。63頁

漢訳者がここを削除したのは、こういうセリフは、事件の進行とはなんの関係もないという判断だろうか。もしそうであれば、探偵小説のおもしろみを知らないことになるだろう。

死体の硬直と毒トゲについて、漢訳が省略しなかったのは、さいわいである。犯人推理のうえでの重要なてがかりを中国の読者に残しているからだ。

ホームズが特定した犯人の名前は、Jonathan Small 傑納森斯麻だ。漢訳は、英文を添えて強調する。

○第７章　樽のエピソード The Episode of the Barrel　[29-37頁]

本作品は、短篇ではないから、一気に事件解決とはならない。謎の追求がある。それは一直線ではなく、脇道にそれてしまうこともあるのだ。

本章では、ふたつの話題がある。ひとつは、ワトスンのメアリ嬢に対する愛情と、もうひとつは、犬を使った犯人追求とその失敗だ。

原文では、ワトスンの苦悩が、詳しく述べられている。まず、メアリ嬢は、精神的に揺さぶられているから、こんな時に愛を押しつけるのは、相手の弱みにつけこむことになる。また、彼女は金持ちになってしまったから、年金をうけている軍医では、財産狙いだと思われるかもしれない。ふたつのことが原因

で、ワトスンの言葉も少なくなっていた。

漢訳は、原文通りではなく、すこし離れて簡潔にしてしまった。「精神が不安定なところにかまうのはよろしくない。また、万一事件が解決して、彼女が財宝を得るとなると、貧富がはるかに違ってしまう。そう考えずにはおられようか。だから、疑いを避けないわけにはいかなかった。徒以心神無主。周旋失宜。又万一破案。珍宝復得。則貧富迥殊。何敢罔想。固不得不遠嫌耳」(29頁)

犬を借りに寄るのだが、そのシャーマンという人物は、ロンドン訛で話す。漢訳者は、これにてこずる。

ワトスンが誰か知らずに脅かし、毒蛇を落とすという。viper を wiper と発音するから、漢訳は、「鞭」にしてしまった。アナグマ badger もイタチ stoat も、みんな犬に漢訳する。目的の犬が、スパニエル spaniel とラーチャー lurcher の血がまじっているのも、省略。事件の大筋とは関係はない。だが、そういうことをする漢訳者なのだ。

原文を無視して平気な傾向のある漢訳者は、それによって誤りを免れた例もある。

ホームズが、屋根裏部屋を調査するためランタンを前にぶら下げられるようにする場面でのことだ。

> Now tie this bit of card round my neck, so as to hang it in front of me. ランタンをぼくの前に提げられるように、首の回りに、この紐を結んでくれたまえ。79頁[56)]
> 請以灯假余。並請以灯索繫余頸下。ランプを僕に貸してくれ。それからランプの紐を僕の首のまわりに結んでくれないか。31頁

原文の“card”は“cord”のあきらかな誤りである。漢訳者は、それに気づいたから、躊躇なく訂正して翻訳した。

追跡の途中、ホームズは、ワトスンに答えて、事件のあらましを話して聞かせた。モースタンとショルトーは、囚人警備隊の士官で、囚人4人が隠した財

宝を横取りしたという。インドからの手紙は、囚人たちが脱走したことを知らせるものだった。4人にしてみれば制裁だから、「四つのサイン」もその記念なのだ。

犬は、途中で迷って、とうとうたどりついたのが樽だった。途中で、混線したため間違った目標に到着したというわけだ。

犬が犯人のところまで連れていってくれて事件が解決したというのでは、芸がなさすぎる。

○第8章　ベイカー街遊撃隊 The Baker Street Irregulars　[37-45頁]

義足の犯人は船に乗って逃亡したとわかった。貸し船屋のかみさんがいうには、夜中の3時頃、義足の男が亭主を起こして一緒に出かけたという。

> about three it would be. ‘Show a leg, matey,’ says he: ‘time to turn out guard.’
> あれは、三時頃だったかな。『おい、起きろ』って、どなるんです。『当直の時間だぞ』ってね。94頁
> 時已至。苟不信。請視吾足。時間だぞ。信じないんだったら、おれの足を見てくれ。39頁

仲間 matey と呼びかけているから、義足の男と貸し船屋はいくらかの面識はあったらしい。Show a leg というのは、俗語で「起きる」という意味だ。漢訳が「請視吾足」とわけのわからぬ直訳風にしてしまったのは、その俗語が理解できなかったからだ。

新聞で事件が報道された。これを引用するのは、事件の概要を復習するためである。ホームズ物語では、第1作の「緋色の研究」から利用されている方法であることは周知のことだろう。

本書にも出現する刑事警察ベイカー街支隊 the Baker Street division of the detective police force は、「培克街之探捕」(40頁) と漢訳している。もうひとつの呼称、the Baker Street irregulars の方は、「培克街之閑探隊」(42頁) と表現を

かえる。『恩仇血』の「匏瓜街之偵探巡捕軍」、あるいは『歇洛克奇案開場』の「俾格爾街偵探隊」とにたようなものだ。別の日訳は、ベイカー街不正規連隊という。いうまでもなく、浮浪児たち street Arabs で構成される少年探偵団である。漢訳が「アラブ人。亜剌伯人」(42頁) としたのは、英語の単語にまどわされたからだ。文脈からいって、なぜ突然、アラブ人が出てくるのか不思議に感じなかったのだろうか。

ホームズは、義足の犯人に協力者がいたと目星をつけ、それがアンダマン諸島の原住民だろうと推理する。

○第9章　解決への鎖が切れる A Break in the Chain　[45-52頁]

犯人がのった船の行方が、わからなくなった。事件が解決するまえの、膠着状態におちいる。この停頓があるからこそ、犯人逮捕の際の緊張が、生じる。なんの障害もなく、超人的な探偵の働きで、するすると犯人がつかまってしまえば、それが質のよくない探偵小説の証拠となろう。

ワトスンは、新聞に尋ね人広告が載っているのに気づいた。(犯人が逃亡に使った) 船と父子を、その家族がさがしているという形にしてある。短い文面であるが、漢訳は、3ヵ所もあやしい。ひとつ、船長の息子ジムを省略する。出航時間の「先日の火曜日午前三時頃 about three o'clock last Tuesday morning」(110頁) を「先日の火曜日朝7時頃。於前星期二晨七句鐘時」(48頁) に変更する。連絡先の「ベイカー街二二一B at 221B, Baker Street」(同上) を「ベイカー街B字221号。培克街B字二百二十一号」(同上) とした。

警察もお手上げで、ジョウンズがホームズから呼び出しをうけて訪問してくる。ホームズは、なにかてがかりを見つけたらしい。そこに船のありかを知っているという老水夫が来る。それこそはホームズの変装なのである。

変装を必要とする理由まで述べてある。

> You see, a good many of the criminal classes begin to know me − especially since our friend here took to publishing some of my cases: たくさんの犯罪者

が、わたしの名前を知り始めていますからね。ことに、このワトスンが、わたしのかかわった事件のうちのいくつかを発表するようになってからですが。116頁
近宵小識余者日多。且自華生偵探録之作。益易為人注目。非喬装不可。僕のことを知っている悪人が、近頃はふえていますからね。また、ワトスンが探偵記録を発表するようになって、ますます人が注目して、変装しなくてはだめなんだ。51頁

ワトスンがホームズの探偵記録をとって発表している、と書いてあれば、それが事実だと考える中国の読者がいても不思議ではなかろう。

ホームズは、老水夫の変装で調査をした結果、ついに犯人を逮捕できる手はずを整えたらしい。財宝が見つかったとき、分配をうける権利をもったメアリ嬢に最初に箱を開けてもらうという異例の条件も、ジョウンズは、承知した。まことに異常である。これでは、警察の権限も権威もあったものではない。ホームズに、事件解決のすべてをゆだねた警察の弱みである。

すべての条件をジョウンズがのんだから、そこで食事を一緒にすることにした。

I have oysters and a brace of grouse, with something a little choice in white wines. カキと、つがいのライチョウ、それに、白ワインのちょっとしたのがありますよ。118頁
余有佳肴旨酒。特以饗客。上等な料理にうまい酒があります。それでお客さんをもてなすことにしましょう。52頁

こういう細かいところに手を抜くから漢訳がつまらないものになる。カキ、ライチョウ、白ワインという名詞を翻訳するのにどれくらいの労力がかかろうというのだろうか。簡単な事柄を省略しているところに、漢訳者の姿勢が見える。あくまでも具体的に描写するからこそ、大きな虚構を支えることができる

という事実に、漢訳者は気づいていない。

カキもライチョウも、7月のものではなく9月だという説がある[57]。手紙の日付の7月は間違いで、ドイル自身が9月に訂正しなくてはならない、というのに符合する（原文は、なぜか訂正されていないが）。

事件調査が静の状態から、動の状態に急変するのが、次の第10章だ。

○第10章　島から来た男の最期 The End of the Islander　[52-58頁]

ホームズたちは、警察船に乗り込んだ。行き先の the Tower といえば、ロンドン塔に決まっている。漢訳はたんに「鐘楼」（52頁）としており、その知識がないことを示している。

船中でホームズは、犯人の行動について彼の推測を説明する。船が見つからないのは、造船所に隠されていたからだ。老水夫の変装をしたのは、その確認のためだった。

この章の最高潮は、船による追跡劇だ。高速船どうしで抜きつぬかれつを展開する。猛烈な速さで逃亡するのを、全速力で追っかけるのだ。

ほんの一部分をお目にかけよう。

> The furnaces roared, and the powerful engines whizzed and clanked like a great metallic heart. Her sharp, steep prow cut through the still river-water and sent two rolling waves to right and to left of us. With every throb of the engines we sprang and quivered like a living thing. ボイラーは唸り、強力なエンジンは巨大な金属の心臓のように、荒く力強い音を響かせた。鋭く尖った船首が、静かな水面をかき分けて、左右両舷に波のうねりを送り出す。エンジンが鼓動するたびに、船上にいるもの全員が、一つの生き物になったように、飛び上がったり、震えたりした。126頁
>
> 鑪中火声機声。轟騰震耳。衝波直進。船舷浪激瀾翻。水花飛濺。機輪一震。跳躍幾如絶大動物。ボイラーの火と機械の音が、ゴウゴウと耳を震わせた。波にぶつかり直進すると、船の両側面に波がはげしくみだれ、水しぶきが

まきあがる。エンジンが震えて、まるで巨大な動物のようにとびあがる。
55頁

漢訳は、原文の逐語訳というわけではない。しかし、緊迫した雰囲気はよく伝えている。

義足の犯人には、協力者がいた。アンダマン諸島の原住民だ。その男が船の上にうずくまっている。そいつが吹き矢を使う瞬間に、ホームズとワトスンの拳銃が鳴った。原住民は、川に落ちていく。船は、沼地に乗りあげ、義足の男は泥に足をとられて身動きならず、逮捕されてしまった。甲板には、鉄製の箱がある。これこそが、ショルトー一族の呪われた財宝なのだ。

○第11章　大いなるアグラの財宝 The Great Agra Treasure　[58-63頁]

本章は、長くはない。

財宝は、無事、入手した。大金持ちになるメアリ嬢とワトスンは、どうなるのか。下心があると思われるのではないかと躊躇するワトスンは、この困難をどう乗りきるつもりか。読者は、かたずをのんで注目している。

問題を一挙に解決するためにドイルがひねり出したのが、この第11章なのである。

宝の箱の鍵は、河底に投げ捨てたことにした。ドイルは、その場で箱を開けたくなかったからだ。しかたなく、ワトスンは、直接メアリ嬢のいるところへ財宝の箱を持って行く。ホームズが、事前に警視庁のジョウンズに約束させたことが伏線になっている。だが、どう考えても不自然な話の運びであるように思う。ただし、そういうことにしなければ、ワトスンとメアリ嬢の恋愛も、劇的な展開をむかえることにならない。

メアリ嬢は、ひとりで家にいた。ワトスンは、財宝を持参したことを告げる。

"I have brought something better than news," said I, putting down the box upon the table and speaking jovially and boisterously, though my heart was heavy within me.「知らせより、ずっとよいものです」と言って、私は箱をテーブルの上に置き、陽気にはしゃいでしゃべったが、本心は重かった。136頁

余欣然置鉄箱於桌。曰。謹報好音。私は、喜んでテーブルのうえに鉄の箱を置いていった。よいニュースをお知らせしましょう。61頁

漢訳は、原文の「本心は重かった」を省略する。財宝を手に入れたのだから、嬉しいに決まっているとでもいいたいらしい。漢訳者は、ワトスンの複雑な心理状態を理解していないといわざるをえないのだ。

ワトスンが、テムズ河での追跡劇などを話しはじめるのも、おかしなことだ。まず箱を開けてからでもいいはずだが、いっこうにそうしない。蓋を開ければ、それで話が終わってしまうから、ドイルはむりやり引き伸ばしている。

さて鍵がないから、その家のあるじ「フォレスター夫人の火かき棒を、ちょっとお借りしましょう。I must borrow Mrs. Forrester's poker.」(138頁)。こじあけようというのだ。漢訳が、「フォレスターの鍵を借りて開けることにしましょう。可借花爾斯忒之鑰匙啓之」(62頁)とするのは、誤解だ。これでは鍵の役目をなさない。

箱は、空だった。義足のスモールが、自分のものにならないのならというので、河に捨てたのだ。

ワトスンとメアリ嬢を隔てていた障害がなくなったことを意味する。ふたりは、お互いの愛情を確かめた。

○第12章　ジョナサン・スモールの不思議な物語

The Strange Story of Jonathan Small　[63-83頁]

本章は、事件の謎解きに当てられている。

ホームズ物語第1作の「緋色の研究」は、2部構成になっており、前半で殺人事件の発生と犯人逮捕がある。後半が事件が発生する因縁話であり、謎解きをも兼ねていた。物語が2分されるのは、やはり構成上に問題があるといえる。

第２作の本作品では、物語の一貫性を重視し、原因部分を１章にまとめたのは賢明であった。

義足の男ジョナサン・スモール［傑納森斯麻］が、自分の体験を語る。イギリスを出てインドで軍隊生活を送っていたが、ガンジス河でワニに右足を持っていかれた。セポイの乱が起きたためアグラへ避難する。インド北部の金持ちがアグラに隠そうとした財宝を奪う計画に引きこまれた。仲間は、スモールをいれて４人だ。

鉄の箱にいれている財宝を強奪する場面で、漢訳は、大きな誤訳をする。

> I cast my firelock between his legs as he raced past, and he rolled twice over like a shot rabbit. 奴があっしの脇を走り抜けようとした時、銃を奴の足の間に投げつけてやると、弾にあたったウサギのように二回ころころと転がった。156頁
> 急発槍射之。商人応声倒。奴にむけて急いで発砲すると、商人はバッタリ倒れた。73頁

漢訳では、スモールが自ら殺人をおかしたことになってしまう。銃で殺したほうが、てっとりばやい、と訳者は考えたのだろう。だが、スモールがズル賢いのは、自分で直接手を下さないところなのだ。あくまでも、逃げるのを阻止しただけ。実際に殺したのは、他人なのである。

財宝を隠し、誰も抜け駆けしない誓いを４人でする。これが「四つのサイン」の理由なのだった。インド暴動が鎮圧されたところで、殺人容疑で４人は逮捕されてしまう。終身刑でアンダマン諸島へと移送された。そこに勤務していたのが、ショルトー少佐、モースタン大尉たちだ。賭けトランプの借金がかさんだショルトーに財宝の話をして取引を申し出る。これでスモールたち４人とショルトー、モースタンが結びつく。これこそが、事件の発端なのである。

あとは、述べるまでもない。財宝を一人占めしたショルトーを追って、スモールとアンダマン諸島の原住民トンガ［忒革］がイギリスへ渡ったというわけ。

もともとはインド人の財宝が、なぜにスモールを含めて4人の所有になるのか、おかしな理屈なのだ。だから、いちおうは、ショルトーに「政府のものだよ。To government 報官」（163頁／77頁）と答えさせている。ここでいう政府というのは、イギリス政府を指すのだろう。植民地というのは、そういうことになるのか。

どのみち不正な手段で入手した邪悪な財宝なのだから、それにメアリ嬢がからんでくると、ワトスンとの関係もややこしくなる。事件の結末としてスッキリさせるためには、やはり、財宝はテムズ河の底に捨てられなければならなかった。

では、メアリ嬢に送られてきた6粒の真珠は、どうなる。そのまま保存しておいたのだろうか。そうなら、ワトスンも承知のことになる。ワトスン、すなわちドイルは、その相当な値打ちのある真珠については、おしまいまで何も説明していない。世界に多数いるシャーロック愛好家のことだ、誰かが、この問題についてはすでに文章を発表していることだろう。

中村は、「清末探偵小説史稿（1）」において、漢訳『案中案』をつぎのように評している。

「わざわざ原文を参照するまでもなく，大意訳である」31頁

「ただ筋を逐うて直叙するばかりであるから，無味乾燥，真に読み辛いものになつてゐる。前掲、寅半生の文に，「依事直敍，不及『四名案』之有神韻」とあるのは，訳文の巧拙もさることながら，如上の事実も大いに関係してゐるであらう」31-32頁

「さうした欠陥が認められるにもせよ，平静に之を眺めれば，『案中案』の訳文も，さう拙いものではない。失笑を買ふ様な誤訳も少なければ，詞章もそれなりに整つて居り、当代の水準からすれば，まづまづの翻訳と言へるのではないかと思ふ」32頁

漢訳は、物語全体をいじくって別物にしているわけではない。しかし、うえに見てきたように、誤訳と削除、ことに重要部分の省略が多いといわなければならない。私の見方は、中村の評価「まづまづ」よりもすこし厳しく、せいぜ

いが良の下どまりである。

以前にも述べたが、ここでも商務印書館編訳所の役割について疑問を提出しておこう。ちゃんと原稿を点検したのだろうか。点検をした結果がこの『案中案』ならば、その編集水準は、あまり高くない。

8 「緋色の研究」

032 A Study in Scarlet | Beeton's Christmas Annual 1887.12

「緋色の研究」については、清末に少なくとも4種類の漢訳が出版されている。

阿英目録によれば、以下のようになる（*印は未見）。

1　恩仇血　柯南道爾著。陳彦訳。光緒甲辰（一九〇四）小説林社刊［阿英136］

2 *大復仇　英柯南道爾著。奚若黄人合訳。光緒甲辰（一九〇四）小説林社刊［阿英112］

3 *福爾摩斯偵探第一案　英柯南道爾著。佚名訳。光緒丙午（一九〇六）小説林社刊［阿英159］

4　歇洛克奇案開場　英柯南道爾著。林紓魏易同訳。光緒三十四年（一九〇八）商務印書館刊［阿英156］

4種類のうち、2種類しか私は見ていない。

いくつかの疑問があるが、原物で確認できないのだからしかたがない。ホームズ物語の第1作である「緋色の研究」とその漢訳については、別に文章を発表した[58]。

そちらを見てもらうことにして、次は周桂笙の漢訳ホームズを紹介しよう。

9　周桂笙の漢訳「竊毀拿破侖遺像案」

『新民叢報』掲載の漢訳ホームズ物語は、どういうわけか1篇しか存在しない。

説明が必要だ。なぜこう書くかといえば、『新民叢報』を見れば、翻訳の連載を予定していて、それが中断したようにしか思えないからだ。

冒頭に「歇洛克復生偵探案」と掲げている。今までは、これを作品名としてあつかい、実態は、「竊毀拿破侖遺像案」すなわち「六つのナポレオン The Adventure of the Six Napoleons」である、と説明してきた。この作品ひとつしか『新民叢報』には掲載されなかったから、そうせざるをえない。

だが、考えてみれば、作品ひとつにふたつの題名というのは不自然である。もともとは、連載を予定していたのではないかと想像する。

つまり、想像されるいきさつはこうだ。

『シャーロック・ホームズの帰還』にあたる「復活シャーロック探偵事件　歇洛克復生偵探案」がシリーズ全体の題名である。その翻訳第1作として「竊毀拿破侖遺像案」が登場した。その後も継続して漢訳を掲載する計画だったが、なにかの理由で中断した。結果として漢訳第1作だけが残った。

訳者の周桂笙といえば、『新民叢報』に漢訳ホームズ物語を掲載したのと同じ頃、小説林社から出版されている『福爾摩斯再生案』シリーズの翻訳者のひとりだ。原物で確認できてはいないが、奚若との連名になっているらしい。『新民叢報』の掲載が1作のみで終わったことと『福爾摩斯再生案』の発行とは、なにか関係があるように思う。その事情を説明した文章を、今まで、見たことがない。不明とせざるをえない。

阿英目録（151-152頁）に、つぎのような単行本が記録されている（傍線は省略。以下同じ）。

最新偵探案彙刊　新民叢報社訳印　光緒三十二（一九〇六）。収小説四種：

漢訳「六つのナポレオン」

漢訳『シャーロック・ホームズの帰還』

竊毀拿破侖遺像案　英陶高能著　知新子（周桂笙）訳

失女案　知新室主人（周桂笙）訳

毒薬案　無歆羨斎主訳

双公使　知新室主人（周桂笙）訳

いずれもが『新小説』に掲載された漢訳だ。「歇洛克復生偵探案」シリーズが継続できなかったので、別の作品とあわせて単行本にしたものかと想像する。

◎「ナポレオン像盗難破壊事件　竊毀拿破侖遺像案」――「六つのナポレオン」

（英）陶高能著、知新子（周桂笙）訳述。「歇洛克復生偵探案」シリーズ。『新民叢報』第３年第７号（原第55号）（光緒三十年九月十五日1904.10.23）掲載。

162 The Adventure of the Six Napoleons ｜ Colliers Weekly 1904.4.30: The Strand Magazine 1904.5

原作がアメリカ、イギリスで発表されたのち、わずか半年ばかりで漢訳が掲載されている。ほとんど同時といってもいい。

冒頭に「弁言」が掲げられていることは、紹介した。

西洋人の名前を漢訳すると字数がふえて、わずらわしいという意見があった。周桂笙は、中国人が読むのになるべく気にならないように、翻訳に工夫をしている。人名は、字数を少なく漢訳するのだ。いくつか例をあげる。

Mr. Lestrade	レストレイド	李師徳
Sherlock Holmes	シャーロック・ホームズ	歇洛克（呵爾唔斯）
Dr. Watson	ワトスン	滑震
Napoleon	ナポレオン	拿破侖
Morse Hudson	モース・ハドスン	毛四
Dr. Barnicot	バーニコット	白尼谷
Devine	ドゥヴィーヌ	田横
Harding Brothers	ハーディング・ブラザーズ	哈廷兄弟
Mr. Josiah Brown	ジョサイア・ブラウン	鮑老恩
Mr. Sandeford	サンドフォード	桑得福
Pietro Venucci	ピエトロ・ヴェヌッチ	玉樨・温
Lucretia Venucci	リュクリーシア・ヴェヌッチ	玉仙・温

慣用で短いものも含まれるが、ほとんど3文字以内に縮める努力をしていることがわかる。（もっとも、別の解決法はある。どんなに長い漢訳名になろうとも、全部を示すのは最初だけにして、つぎからは冒頭の1文字だけを使えばいい。周桂笙は、この方法も併用している）

漢訳の最初のほうで、すこし、ひっかかるところがある。

Then he had fallen silent, puffing thoughtfully at his cigar. それから黙り込ん

で、葉巻をふかすと、考えにふけっていた。279頁
無復他言。吸淡巴菰。それ以上は話さず、タバコを吸った。2頁

「葉巻」は、漢語では「雪茄煙」といい、当時、すでに翻訳語として存在していた。それをわざわざ「タバコ」とする必要があるのか。

事件をホームズに持ち込んだレストレイドがいうセリフのなかで、事件というよりも、病気かもしれないという意味で、つぎのようにいう。

But, in my opinion, it comes more in Dr. Watson's line than ours. ただわたしの考えでは、これはわたしたちの専門というより、むしろワトスン先生の受け持ちかと思います。280頁
然今茲之事。吾恐雖滑震先生。亦無能為力也。しかし、これは、おそらくワトスン先生といえども、どうすることもできないでしょうよ。2頁

原文の事件の性質からいえば、ワトスンの専門だ、というのと、漢訳のワトスンでもダメというのは、微妙に違ってくる。

This Dr. Barnicot is an enthusiastic admirer of Napoleon, このバーニコット先生というのがナポレオンの熱烈な信奉者で。281頁
当法皇拿破侖在日。此医士頗蒙信用。屡邀奨錫。フランス皇帝ナポレオンが生きていたとき、この医者はとても信用されて、たびたび栄誉をあたえられた。3頁

知らない人が読めば、なんでもなさそうな箇所だ。だが、漢訳は、原文から離れてしまっている。このナポレオン胸像事件は、1900年に発生したと考えられる。バーニコットが、ナポレオン（1769-1821）の最晩年に面識を得たとして、事件発生の時点ですでに79年の歳月が過ぎている。ナポレオンに信用されていたバーニコットが20歳のころと若く見積もっても、事件があった1900年には、

99歳だ。ありえない。周桂笙は、なぜ、バーニコットを原文通りにただの信奉者にしておかなかったのか。おかしく感じる部分だ。

フランスの彫刻家ドゥヴィーヌ作成のナポレオン胸像が、つぎつぎに壊されていくという不可解な事件である。

これにイタリア人の殺人事件がからむ。マフィア［馬非亜］という言葉も登場する。レストレイドが誤った判断をするのは、定石通りだ。

製造元が同じ6個のナポレオン胸像というのが、ヒントである。そのなかのひとつに、黒真珠が隠されているのが事件の真相なのだ。犯人は、胸像に黒真珠を埋め込み、取りだそうと壊してまわった。

漢訳には、省略がある。

記者のハーカ宅で殺人事件が起こった場面だ。記者だから記事を書かなくてはならないが、気持ちが動転してしまい文章を書く気にならない。昔、ドンカスターにおいて観客席がくずれた時、ハーカは現場に居合わせたにもかかわらず、唯一事件の載っていない新聞が、彼の社のものだった。つまり、目撃したが衝撃が強すぎて記事を書くことができなかったということ。この挿話を漢訳は省略する。

すこしの加筆も行なう。

6個作成されたナポレオン胸像の残る1個を買い取ったホームズは、それを白い布のうえでたたき壊す。

加筆直前の英文原作は、以下のようになっている。

> He began by taking a clean white cloth from a drawer and laying it over the table. Then he placed his newly acquired bust in the centre of the cloth. Finally, he picked up his hunting-crop and struck Napoleon a sharp blow on the top of the head. The figure broke into fragments, 彼はまず引き出しからきれいな白い布を取り出すと、テーブルの上に広げた。そしてかれが新たに手に入れた胸像を布の中心に置いたのである。その後で、狩猟用の乗馬むちを手にとり、ナポレオン像の頭上に鋭い一撃を加えた。像は粉々に砕けた。306

頁

歇乃出白布尺幅。取像厳裹之。挙棒猛撃。則此瓦全者。又虀粉矣。シャーロックは、１尺幅の白い布を取り出すと、胸像をそれできつく巻いた。棒で鋭くたたきつけると、この胸像は粉々にくだけた。18頁

原文が、胸像を白い布のうえに置いているのに、漢訳では、それを布でくるんでしまった。その違いはあるが、あとは、ほぼ原文通りだといっていいだろう。

ところが、つぎの加筆が漢訳にはある。

余及李師徳自旁観之。不覚愕然。此何故耶。豈其以此像之故。奔走一昼夜。往還数十里。無可洩其忿。故撃砕之。不使復有一像存於世間耶。果如是。毋乃傎乎。歇殊不然。既砕之。従容啓其布。私はレストレイドとそばで見ていて、愕然とした。これは、どうしたことか。この胸像のために、一昼夜、奔走し、数十里を往復することになり、そのうっ憤を晴らすことができなくて破壊したのか。あるいは、世間に胸像を存在させたくないのか。もしそうなら、どうか錯乱しないでくれ。ところがどっこい、シャーロックは、それを粉砕すると、落着いて布をひろげたのだった。18頁

原作が、ナポレオン像を打ち砕いたあと、すぐさま破片を点検するホームズを描写するのは、周桂笙にとってみれば、説明不足に感じられたのかもしれない。物語の最終部分ではあるが、事件の真相を知らないワトスンだから、いかにもいだきそうな感想を、周桂笙はドイルにかわって披露して見せた。

漢訳者によるこの加筆部分は、あったほうが読者の理解を助けるかどうかは問題だろう。

加筆があった方が、作品の理解を深める、というわけでもない。私の考えでは、この加筆はなくても、別にかまわない。

それよりも、破片のなかから黒真珠を見つけ出し、誇らしげに居合わせた人々

に紹介するときのホームズについて、重要な部分を漢訳は削除するのだ。こちらの方が、問題が大きい。

> It was at such moments that for an instant he ceased to be a reasoning machine, and betrayed his human love for admiration and applause. The same singularly proud and reserved nature which turned away with disdain from popular notoriety was capable of being moved to its depths by spontaneous wonder and praise from a friend. 彼がほんの短い間でも論理的な機械人間であることをやめ、賞賛や拍手を好む、人間らしさをうっかり表わすのはこういう瞬間だった。通俗的な評判を軽蔑して、そこから顔をそむける、非常に誇り高く、控え目な性格の人間でも、友人の自然な驚きや賞賛によって深く心を動かされることがあるのだ。307頁

世俗の評判を意に介さない、超俗的にみえるホームズでも、私的な場面では、地のままの部分を表わすことがある。ホームズの人間的な表情が見られるめずらしい箇所なのだから、それを削除してしまっては、作品のふくらみを削ぐことになる。残念な周桂笙の判断であった。

上に見てきたように、誤解と省略、あるいは加筆がすこしある。だが、これくらいですんでいるのは、問題が少ないほうだということはできる。決定的な間違いがない、というのがよろしい。

周桂笙にとってのホームズ——実在の探偵

どうしても問題になるのが、周桂笙がいだいているホームズ実在説である。

周桂笙がシャーロック・ホームズは実在していたと考えていることについては、すでに述べた（本稿「2　漢訳ホームズ物語の反響」）。

むしかえすようだが、もう少し補足説明しておきたい。

「竊毀拿破侖遺像案」の前につけられた「弁言」において、つぎのように説明する。すなわち、ホームズが事件を解決し、ワトスンがそれをノートに記録、

ドイルが小説に仕立てた。すなわち、「ホームズは、近代探偵の名人なのである。英国呵爾唔斯歇洛克者。近世之偵探名家也」。

現在からは、想像もつかないような珍説ではあるが、そう書かれているのだから、信じるほかない。

同じく「弁言」に、その後につづけてこうも説明する。

ホームズが逝去してのち、奇怪な事件はつぎつぎと発生したが、彼のように事件を解決できる人がいない。ドイルは、ほとんど筆を折りそうになったが、ホームズを復活させることにした。

ホームズが死去しているのなら、それ以後の作品は、ドイルの創作である。周桂笙が、こう認識しているかというと、そうでもない。

何事もとるに足りないということはない、細部に拘泥しろ、というのがホームズの探偵術の基本だ。

上の「ナポレオン像盗難破壊事件　竊毀拿破侖遺像案」のなかに、こうある。

> You will remember, Watson, how the dreadful business of the Abernetty family was first brought to my notice by the depth which the parsley had sunk into the butter upon a hot day. ワトスン、君は覚えているだろう、アバネッティ家のあの恐ろしい事件が、ぼくの注意をひいたのは、暑い日にパセリがバターの中に沈んだ深さだったのだからね。283-284頁
> 吾自辦某案後。従此不復敢軽於料事矣。滑震君想猶能憶及之。僕がある事件を手掛けてのちは、二度と軽はずみに推測しないことにしたのだ。ワトスン、君は覚えているだろう。5頁

漢訳には、パセリもバターも出てこない。「アバネッティ家のあの恐ろしい事件」は、「某案」に置き換えられた。すこしの省略があるということだ。問題は、この部分につけられた割注なのだ。

歇洛克死已久矣。作者乃託為復生。故挿此数言。以肖其口吻。以乱読者之

目。固不必刻舟求剣。問為某案也。シャーロックは、だいぶまえに死去している。作者は、復活したことにしているから、口ぶりをまねてこの言葉を挿入したのだ。読者の目をごまかそうとしているので、必ずしもこだわって某事件のことをたずねることはない。5頁

ホームズ物語がドイルの創造であると周桂笙が考えているならば、上のような注釈は必要ない。死亡しようが復活しようが、自由自在だ。

だが、ホームズが実在している人物だと考えているとすれば、どうなる。ホームズは、モリアーティ教授と格闘し、ライヘンバッハの滝壷に落ちて死んだ。この死亡したことだけは、事実だと周桂笙は考える。だから、「シャーロックは、だいぶまえに死去している」という注になる。

過去の事件記録であれば、ホームズが活躍するのに不思議はない。しかし、ホームズを復活させたとわざわざ書くところから、事件は、過去のものではなく、現実に発生しているととらえている。つまり、ドイルは、生き返らせたホームズに現実の事件を推理解決させようとしている、と周桂笙は考えているのだ。奇妙というよりしかたがない。

周桂笙は、ホームズ物語に関して、現実と創作の区別がついていないのではないか、と疑わせるのに十分である。

つぎは、おなじ『シャーロック・ホームズの帰還』に収録された復活第1作「空き家の冒険」を検討する。これも周桂笙の翻訳だ。

10 『福爾摩斯再生案』の謎

ここにも謎がある。探偵小説だから謎というわけではない。

小説林社がシリーズで翻訳発行した『福爾摩斯再生案』に関する謎なのだ。ただし、私は該シリーズを見る機会をえていない。

見ることができないから、阿英目録（158-159頁）から引用する（原作名を補う）。

福爾摩斯再生案　英柯南道爾著。小説林社刊。奚若訳。

第一冊：光緒三十年（一九〇四）刊。收再生第一案 The Adventure of the Empty House。

第二冊：光緒三十年（一九〇四）刊。收亜特克之焚屍案 The Adventure of the Norwood Builder，卻令登自転車案 The Adventure of the Solitary Cyclist。

第三冊：光緒三十年（一九〇四）刊。收麦克来登之小学校奇案 The Adventure of the Priory School，宓爾逢登之被螫案 The Adventure of Charles Augustus Milverton。

第四冊：光緒三十二年（一九〇六）刊。収毀拿破侖像案 The Adventure of the Six Napoleons，黒彼得被殺案 The Adventure of Black Peter，密碼被殺案 The Adventure of the Dancing Men，陸聖書院窃題案 The Adventure of the Three Students，虚無党案 The Adventure of the Golden Pince-Nez。按此五種，另有分冊。

今まで書かれた文章は、この阿英の記述を基本的に資料としている。これだけを見れば、すべてが奚若の翻訳になる。だが、これは正しくないようだ（後述）。

そのほか、参照できる資料は、以下のようなものがある。

○1　『月月小説』第5号光緒丁未1907正月「紹介新書」

福爾摩斯再生後之探案第十一二三　小説林発行　定価四角

「吾国周君桂笙所訳福爾摩斯再来第一案。首先出版。頗受歓迎。而続訳者又踵起矣」「故自第八案以後。仍倩《ママ》周君桂笙。一手訳述。今最後之第十一二三三案。又已出版。共釘一冊」

これによれば、第一案と第八案から第十三案までは、周桂笙の翻訳だ。

○2　『小説林』第9期　戊申1908年正月「小説林書目」

福爾摩斯再生一至五案　一　丙午五月五版　奚若、周桂森《ママ》　・四五
福爾摩斯再生六至十案　一　丙午十月六版　奚若、周桂森《ママ》　・四
福爾摩斯再生十一至十三案　一　丙午十月　周桂森《ママ》　・四

合本で重版、あるいは初版が発行されたことがわかる。ただし、最初から合本であったかどうかは、不明。

○3　賈植芳、兪元桂主編『中国現代文学総書目』福州・福建教育出版社1993.12。894頁

福爾摩斯再生案　小説。[英]柯南道爾著，華生筆記，周桂笙等訳。上海小説林社1904年2月第1冊初版；10月第2-5冊初版；1905年12月第6-8冊初版；1906年5月第9-10冊初版；1906年10月第11-13冊初版。収入小説林叢書。

この記録は原物によって書かれているらしい。冊数から見ると、1作品を1冊で発行したことがわかる。

○4　『中国近代文学大系』第11集第27巻翻訳文学集2（施蟄存主編）　上海書店1991.4。写真版に書影あり。

写真版の書影は、小さくて判別がむつかしい。見ると、そのうちの2冊が『福爾摩斯再生案』のようだ。表紙に目をこらせば、書名には「案」がついていない。表紙の書名と本文、奥付の表記が異なるばあいも普通に見られる。小さな写真だから本の厚さまでは、わからない。1作品1冊という形態だとすれば、ほとんど小冊子だろう。

書誌についてあれこれ予想することは、あまり意味がない。いくら合理的に考えたところで、実物が、すべての予想を簡単にくつがえすことがあるからだ。

だが、小説林社の『福爾摩斯再生案』については、原物を見ていないにもかかわらずのべないわけにはいかない。今まで誰も疑義を提出していないが、お

かしなところがあることに気がついた。第２次資料にもとづいて推測をのべる。

阿英目録を除いて、いずれも細目を明示しない。だから、それぞれを補いながらの記述になる。

郭延礼が『中国近代翻訳文学概論』の110、148、349、356頁において、『福爾摩斯再生案』が全部で13篇の探偵物語を収録し、前の10篇は奚若の翻訳、周桂笙が後ろの３篇を翻訳した、とくりかえして書くのは、上の資料によっている。

ただし、郭延礼は、『月月小説』「紹介新書」の記事を見逃していない。この「紹介新書」には、福爾摩斯再来第一案は、周桂笙の翻訳だと説明する。奚若ではないらしい。だから、疑問として残した（郭延礼356頁注１を見よ）。

郭延礼は、第２次資料によって説明をしているから、『福爾摩斯再生案』の原物は見ていないのだろうと考えられる。だが、彼は、不思議なことに、見ていないはずの奚若訳「再生第一案」の本文を『中国近代翻訳文学概論』の356-360頁に引用しているのだ。

郭延礼は、漢訳を示したうえで、奚若の翻訳の質について検討してつぎのように書いている。

「私は、上の訳文を原文と対照し、最新の漢訳本も参照してみて、奚若の翻訳が基本的に原著に忠実な直訳であることを発見した」（360頁）

郭延礼のこの判断は、まず、翻訳者について間違っているのではないか。もうひとつ、本当に「翻訳が基本的に原著に忠実な直訳である」かどうか。あとで問題にする。

私が気づいた奇妙なことについて説明しよう。

そのひとつは、「再生第一案」だけが、そのほかの漢訳題名となじまない。

各作品の漢訳題名が、事件の内容を表わすものになっていることは、見ればわかる。たとえば、「亜特克之焚屍案 The Adventure of the Norwood Builder」は、「オールデイカー死体焼却事件」となる。

それらのなかに、「復活最初の事件　再生第一案」を置いたとき、これだけが事件内容を示していないところに違和感がある。あっさりしすぎてほかのものとつりあわない。

さらに、『月月小説』の「紹介新書」にある「吾国周君桂笙所訳福爾摩斯再来第一案［周桂笙氏の翻訳したホームズ復活最初の事件］」をどう考えたらいいのか。福爾摩斯再来第一案を周桂笙が翻訳したのであれば、奚若訳「再生第一案」と矛盾するではないか。

もうひとつ、（英）柯南道爾著、周桂笙訳「阿羅南空屋被刺案」が、前出『中国近代文学大系』11集27巻翻訳文学集二に収録されている。これが、シャーロック・ホームズが復活する第1作“The Adventure of the Empty House”であることは、「漢訳コナン・ドイル小説目録」に書いてある通りだ。しかも、大系本には、文末に出典を明記し、「選自《福爾摩斯再生案》第一集，《小説林》1904年版」（934頁）とする。

漢訳本文を対照してみれば、「阿羅南空屋被刺案」と郭延礼の引用するいわゆる「再生第一案」は、同文であることがわかった。

以上を総合して、どういうことかといえば、郭延礼は、阿英目録にある「福爾摩斯再生案　英柯南道爾著。小説林社刊。奚若訳。／第一冊：光緒三十年（一九〇四）刊。収再生第一案」（158頁）を信じてしまい、本当は周桂笙の漢訳であるにもかかわらず、奚若の翻訳として『中国近代文学大系』から原文を引用したということだ。

推測すれば、阿英の書いている漢訳題名「再生第一案」は間違いだろう。本当は、「阿羅南空屋被刺案」であるらしい。翻訳者も、奚若ではなく、周桂笙である。

こう考えてこそ『月月小説』の「紹介新書」に見える「吾国周君桂笙所訳福爾摩斯再来第一案」が矛盾なくおさまる。

原物で確認できる機会がくることを願っている。

周桂笙の翻訳であるというが言及のない原作は、以下の3作品だ。参考までにあげておく。

165 The Adventure of the Missing Three-Quarter ｜ The Strand Magazine 1904.8

166 The Adventure of the Abbey Grange | The Strand Magazine 1904.9

167 The Adventure of the Second Stain | The Strand Magazine 1904.12

というわけで『福爾摩斯再生案』のうち、現在、読むことができるのは、周桂笙漢訳の次の作品のみである。

◎「アデア、ロナルド空き家殺人事件　阿羅南空屋被刺案」

——「空き家の冒険」

（英）柯南道爾著、周桂笙訳　『中国近代文学大系』11集27巻翻訳文学集二上海書店1991.4（選自《福爾摩斯再生案》第一集,《小説林》1904年版）

155 The Adventure of the Empty House | Colliers Weekly 1903.9.26: The Strand Magazine 1903.10

書き出しを見てみよう。

It was in the spring of the year 1894 that all London was interested, and the fashionable world dismayed. by the murder of the Honourable Ronald Adair under most unusual and inexplicable circumstances. ロナルド・アデア閣下が異常極まる不可解な状況で殺害されて、ロンドン中が好奇の目を光らせ、社交界に動揺が走ったのは、一八九四年の春のことであった。15頁

約翰・華生曰：余自作緝案被戕記，輟筆已数年於茲矣。ジョン・ワトスンが言う。私が逮捕殺害記録をつけていたのをやめてすでに数年になる。921頁

比較するもなにも、出だし部分の漢訳は、英文原作とはまったく異なっている。

漢訳者周桂笙が、この作品の冒頭で行なったのは、ワトスンにそれまでの経緯を説明させることだった。

それまでの経緯といっても、なんと、ワトスンがホームズと知り合ってベーカー街に同居するところからはじめて、ホームズの死去までをいう。ただし、ごく簡単な説明ですませている。

ホームズの漢訳に変更がある。「ナポレオン像盗難破壊事件　竊毀拿破侖遺像案」では、ホームズに呵爾唔斯という漢字をあたえていたが、本漢訳では、福爾摩斯とする。シリーズ名が「福爾摩斯再生案」だから、文中のホームズもそれに統一する必要からであろう。

ホームズとの同居によって、ワトスンが犯罪に興味を抱くようになった、という一部の原文を漢訳に取り入れながら、1894年のロナルド・アデア殺害事件に筆を運ぶ。

原文の順序を入れ替え、10年近くまえの事件であって、ようやく先月の3日に発表が解禁されたこともいう。

そこに訳者の注として「この作品は1903年10月に発表されたから、先月3日というのは、すなわち9月3日なのである」(922頁) と書く。この注釈は、なにか。わざわざほどこさなくてはならないほどの注であろうか。

この奇妙な注釈を見るにつけ、周桂笙は、作品を実際に起こった事件をそのまま記録している、と考えているのではないかと推測する。

おなじ周桂笙の漢訳「ナポレオン像盗難破壊事件　竊毀拿破侖遺像案」につけられた「弁言」において、周桂笙はホームズの実在を説明していた。それと同じ態度である。

翻訳冒頭の、1行27字で22行分、つまり約600字を原作とは異なった形で提出していることになる。

原作を書き換える必要があるのか、大いに疑問を感じる箇所だ。周桂笙にしてみれば、ホームズが死去したのだから、それからのことを説明しなければ読者に理解されない、あるいは不親切だと思ったのかもしれない。だが、これは、やりすぎではないのか。

人名を字数少なく漢訳する例を、ここでもあげておこう。前述のように中国の読者に読みやすいように、という配慮である。ただし、マイクロフト麦閣労

博式のように、例外はある。

the Honourable Ronald Adair	ロナルド・アデア閣下	阿羅南（中国風に姓のアデアを先において、名前のロナルドを後にする）
the Earl of Maynooth	メイヌース伯爵	梅奴伯爵
Hilda	ヒルダ	希達
the Baldwin	ボールドウィン	抱雲
the Cavendish	キャヴェンディッシュ	開文
the Bagatelle	バガテル	倍加
Mr. Murray	マリ氏	麦来
Sir John Hardy	サー・ジョン・ハーディー	哈田
Colonel Moran	モラン大佐	馬倫
Godfrey Milner	ゴッドフリ・ミルナー	弥南
Lord Balmoral	バルモラル卿	鮑爾睦
Professor Moriarty	モリアーティ教授	莫掌教（掌教は教授）、莫立亜堆
brother Mycroft	兄マイクロフト	弟《ママ》麦闊労博式
Mrs. Hudson	ハドスン夫人	女僕《ママ》赫震
Meunier	ムニエ	満尼愛

英文原作と漢訳が重なる部分を示しておく。

The Honourable Ronald Adair was the second son of the Earl of Maynooth, at that time governor of one of the Australian Colonies. ロナルド・アデア閣下は、当時オーストラリア植民地のうちの一つの州の総督の一人であったメイヌース伯爵の次男だった。16頁

阿羅南者，梅奴伯爵之仲子也。伯時任英国澳大利亜洲殖民地総督。アデア、

ロナルドは、メイヌース伯爵の次男だった。伯爵は、その時、イギリスのオーストラリア州植民地の総督だった。922頁

ここから、原文に沿った翻訳になる。見れば、漢訳が原文に忠実であることがわかる。

ロナルドは、カード cards が好きだった。漢訳は、樗蒲（サイコロばくち）に置き換えるが、その方が読者には理解しやすいという判断だろう。これも、余計な気配りのような気がする。

誤解がある。

ロナルドが殺害された夜のことだ。賭けカードから帰宅したロナルドが、三階 the second floor（漢訳は二層楼とする）の部屋に入っていく。そこの窓は開けてあった。

> She had lit a fire there, and as it smoked she had opened the window. 彼女はそこの暖炉に火をつけたのだが、煙が出たために窓を開けていた。17頁
> 女僕聞少主人入二層楼書房中，遂亦随入，為之上灯火。復以吸煙故，又為之啓窗焉。女使用人は、若主人が2階の書斎に入るのを聞いたので、ついて入り、灯火に火をつけた。また、タバコを吸うというので窓を開けたのだった。922頁

上海の租界では、実質3階を2階というから、「二層楼」は、かまわない。だが、暖炉に火を入れるのと灯火、煙とタバコなど、こまかなところで誤解をしている。

そのロナルドが殺害され、銃弾も見つかっているのにピストルの音を聞いた者がいない。これは、伏線のひとつだ。さらに、原文は、銃弾の形状を説明する。

> bullet, which had mushroomed out, as soft-nosed bullets will, and so inflicted a

wound which must have caused instantaneous death. 先の柔らかい弾丸らしく、弾頭はキノコ状につぶれていて、その傷による即死だったに違いなかった。18頁

漢訳は、これを省略する。死体があれば十分で、それ以上の説明は詳細にすぎるという判断かもしれない。

だが、音のしない銃で、しかも殺傷力のある種類のもの、となれば、銃そのものとの関係で弾丸が重要な意味をもつ。殺人を確実なものにするためには、人間の肉体を貫通するほどの固い弾丸では不適当だ。柔らかい弾丸であれば、あたったときの衝撃で弾頭が変形し、肉体の柔らかい部分にめがけて迷走し殺傷力を高める効果がある。それを計算にいれてのドイルの記述である。それを無視して勝手に省略するのは、いかがなものか。

事件の手掛かりを求めても得られないワトスンである。通りですれ違った愛書家が、訪問してくる。抱えた書物というのが、『英国の鳥類 British Birds』『カタラス詩集 Catullus』『神聖戦争 The Holy War』だ。周桂笙は、なんと英語の書名のままを示して、漢訳していない。これは読者にたいして不親切だといわなくてはならない。

書棚を見て、振り返れば、死んだとばかり思っていたホームズが、そこに立ってほほえみかけている。ホームズの復活である。

感動の場面を引用しよう。

When I turned again, Sherlock Holmes was standing smiling at me across my study table. I rose to my feet, stared at him for some seconds in utter amazement, and then it appears that I must have fainted for the first and the last time in my life. もう一回向き直ると、なんとシャーロック・ホームズが、書斎机越しに私に笑いかけているではないか、わたしは立ち上がり、びっくり仰天して、しばらく彼を見つめていた。それから、一生で最初で最後のことだが、気を失ってしまったらしいのだ。21頁

比余再回首，則能令余脳筋紊乱，驚喜之余，尚不知人事。是何為，見立余書案前者，非白髪翁，而為余響[嚮]者夢寐不忘、朝夕思念之我友歇洛克・福爾摩斯也。睨余而笑，不発一言。余駭極，急起立，諦視良久，但覚儚儚然不復知如何。もう一度振り返ると、私の頭は混乱させられ、驚きと喜びのあまり意識がなくなった。なんと、見れば、私の机の前に立っているのは、白髪の老人ではなく、私が夢にも忘れない、朝夕、思っていた我が友シャーロック・ホームズなのである。私を見てほほえみ、一言もしゃべらない。私はびっくりして、急いで立ち上がると、じっと見つめていたが、ぼんやりとしてきてどうなったかもわからない。924頁

周桂笙の漢訳は、原文の雰囲気をよくとらえているといってよい箇所だ。

ホームズが変装していたのは、事件の調査のためであった。出かける前に、ライヘンバッハの滝で、どのように窮地を脱出したかの説明がある。

モリアーティに追い詰められたホームズは、ワトスンあてに遺書を書いた。内容は、ワトスンへのわかれの言葉、犯罪者を有罪にする資料があること、財産は兄のマイクロフトに渡してきた、などなどだ。この手紙について、ホームズは、次のようにいう。

My note to you was absolutely genuine. 君に書いた手紙はまぎれもない本物だよ。23頁
我所書之字条中語，皆杜撰者也。僕が書いた手紙の中身は、全部がでたらめだよ。925頁

漢訳は、どうしたことか原文とは正反対の内容にしている。「本物」が「でたらめ」に変身するのだ。死んだはずのホームズが生きているのだから、死に面して書いた手紙は「でたらめだ」と周桂笙は考えたのだろうか。もしそうならば、考えすぎである。なぜ、原文通りに翻訳できないのか。書きなおすことが翻訳の重要な役割のひとつだ、と周桂笙が考えているとすれば、これは問題

である。

ホームズが、日本の柔術バリツを修得していたという有名な箇所を下に示す。

I have some knowledge, however, of baritsu, or the Japanese system of wrestling, which has more than once been very useful to me. ぼくは日本の格闘技であるバリツに通じていて、今までにもそれが一度ならず役立っていた。23頁
我固略解日本角力之技者，此術有益於我，亦非一次矣。僕は日本の格闘技をすこし知っていて、これが一度といわず役に立っていたのだ。925頁

漢訳は、「バリツ」をぬかしているとはいえ、ほぼ原文に忠実だといえよう。ホームズは、バリツを使って窮地を切り抜けた。モリアーティは滝壷に落ち、ホームズは崖を登って姿を消した、という次第だ。

どうしてこんな単語を、別の漢訳にするのか、というような箇所もある。

モリアーティの仲間が落とす岩石を避けて、ホームズが、岩場から小道にはい降りる場面だ。

It was a hundred times more difficult than getting up. 登るより百倍も大変だった。25頁
然而，華生，下嶺之難，有較上山三十倍者。だが、ワトスン、降りるむつかしさは、登るよりも30倍は大変だった。927頁

原文の百倍が、なぜ漢訳ではその３分の１以下になるのだろうか。おかしなことだ。

自分の無事を兄マイクロフトだけには知らせておいた。

I had only one confidant − my brother Mycroft. ただ一人、兄のマイクロフトにだけは、このことを知らせておいた。26頁
有之惟吾弟麦闊労博弌一人而已。ただ、弟のマイクロフトひとりだけは知っ

ていた。927頁

周桂笙は、兄を弟と取り違える。英語の実力よりも、ホームズ物語を知っているかどうかが、問題になる箇所といえる。

こまかいことをいえば、こういう例もある。

ホームズがワトスンに説明して、ここ3年、手紙を書こうとしたが、秘密が漏れるのではないかと心配し実現しなかったことをいう。「ここ3年 the last three years」を漢訳は、「2年間　二年之中」とする。なぜ、2年に縮める必要があるのか。2、3年とおおよその時間にしたかったともとれる。しかし、原文通り3年でよさそうな箇所だ。

ひそかにベーカー街の自分の部屋にもどってきたホームズは、ハドスン夫人 Mrs. Hudson を驚かせた。ハドスン夫人は、いうまでもなくホームズらが下宿している部屋の家主である。

漢訳は、彼女のことを「女中」すなわち漢語で「女僕」だと表現している。名前すら翻訳しない。ここも、マイクロフトを弟とするのと同じで、ホームズ物語についての知識の有無が決め手になる。周桂笙は英語はできるし、漢訳ホームズ物語もいちおうは読んではいた。しかし、それほど熱心な読者ではなかったのかもしれない。

もうひとつ例をあげよう。ハドスン夫人をびっくりさせたと言ったあとのホームズのセリフだ。

> and found that Mycroft had preserved my rooms and my papers exactly as they had always been. ぼくの部屋と書類は、マイクロフトがまったく昔のままに保存しておいてくれていた。27頁

「最後の事件」において、モリアーティの一味がホームズの部屋に火をつけたことがあった。ただし、その被害はたいしたことはない。だから、上のセリフのように、部屋と書類が昔のままに保存してあるのだ。

この箇所の漢訳を見てみよう。

> 時房屋器具，倶已尽復旧観，即一紙之微，亦与曩日無異。此皆余未返前，嘱吾弟之布置，故得如是（據福爾摩斯緝案《《ママ》被戕記》，倍克街故屋已為莫掌教使人放火焚焼燼浄，故云然也）。部屋と器具は、ともに昔のままに復旧されていた。すなわち紙の１枚にいたるまで昔と同じなのだ。これは皆、僕が帰ってくるまでに、弟にいってやらせたことなんだ。だからこのようになっている（「ホームズ殺害事件」によれば、ベーカー街の昔の家は、モリアーティが人に放火させてきれいに焼けてしまった。だからこう言っている）927-928頁

「ママ」とした箇所は、《福爾摩斯緝案被戕記》のようにカッコを移動させるのが適当だ。原文には、もともとカッコ類は、使用されていないはずだから、中国近代文学大系の編集者がつけ間違ったのだろう。周桂笙がウロ覚えの題名を正確に書くとすれば、「ホームズ殺害事件　呵爾唔斯緝案被戕」（張坤徳訳『時務報』第27-30冊　光緒二十三年四月二十一日1897.5.22－五月二十一日6.20）だ。『時務報』を見れば、「やつらは、昨晩、僕の部屋に放火したんだ。若輩昨晩。将我房放火」（『時務報』第29冊）となっている。これを読んだ周桂笙は、部屋が全焼してしまったと勘違いしたらしい。周桂笙の漢訳では、マイクロフトが、すべてを元通りに復元してくれたことになる。そうではなくて、すぐに消火できるくらいの火勢だったから、紙の１枚までも元のままなのだ。漢訳は、大げさにすぎる。

もとの部屋に、なんとホームズの影が見える。ロウ細工の半身像をつくらせたのを置いているのだ。漢訳では、ロウ細工であることを省略する。関連して、モリアーティの部下に見張られている、影が動くのはロウ人形をハドスン夫人に動かしてもらっているというホームズの説明も、周桂笙はすべて削除する。「あとで詳しく説明するよ。事後当詳告君也」（929頁）ということばで処理した。

ホームズとワトスンが潜んでいる空き家に、別の人間がはいってきて、銃らしきもの（空気銃 air-gun［気銃］）でホームズの影を撃った（銃の組み立て過程は、

漢訳では省略する)。そこを襲って、犯人であるモラン大佐をつかまえる。

昔の部屋にもどると、ホームズによって事件のあらましが解説される段取りだ。定型である。

だが、ここで、漢訳は、原文の記述を入れ替えている。先に「あとで詳しく説明するよ。事後当詳告君也」といった箇所が漢訳にあることをいった。モリアーティの手下に見張られているとか、特別のロウ人形を注文したとかが、ホームズの部屋での説明に使用される(932頁)。

この作品についていえば、漢訳は原文のままではないし、忠実なものでもない。こまかな勘違い、誤訳がある。さらに、冒頭の書き換えと、ある部分における記述の順序を変えているのは見てきたとおりだ。郭延礼がのべたように「翻訳が基本的に原著に忠実な直訳である」とは思わない。

それでは、漢訳としての水準が低いかといえば、そうではない。当時の中国人読者が受けた全体の印象は、矛盾も感じないし上出来の漢訳であったのではなかろうか。ただし、これには条件がつく。原文を知らなければ、だ。原文との比較対照をすれば、やや甘くして良というところだろう。

11 『妖犬退治記　降妖記』ほか――『バスカヴィル家の犬』

146 The Hound of the Baskervilles | The Strand Magazine 1901.8-1902.4

『バスカヴィル家の犬』の漢訳題名を示して「ほか」としたのには、理由がある。当時の漢訳は、1種類だけではないからだ。主要なものをあげれば、以下のようになる。(*印は未見)

1　*降妖記　(偵探小説)　屠哀爾士著　陸康華、黄大鈞訳
　中国商務印書館1905.2／7再版／1907.3三版　説部叢書二=4
2　降妖記　(偵探小説)　著者名不記　陸康華、黄大鈞編訳
　上海商務印書館　乙巳2(1905)／1913.12　説部叢書1=14
3　*降妖記　(道爾著)　陸康華、黄大鈞訳述

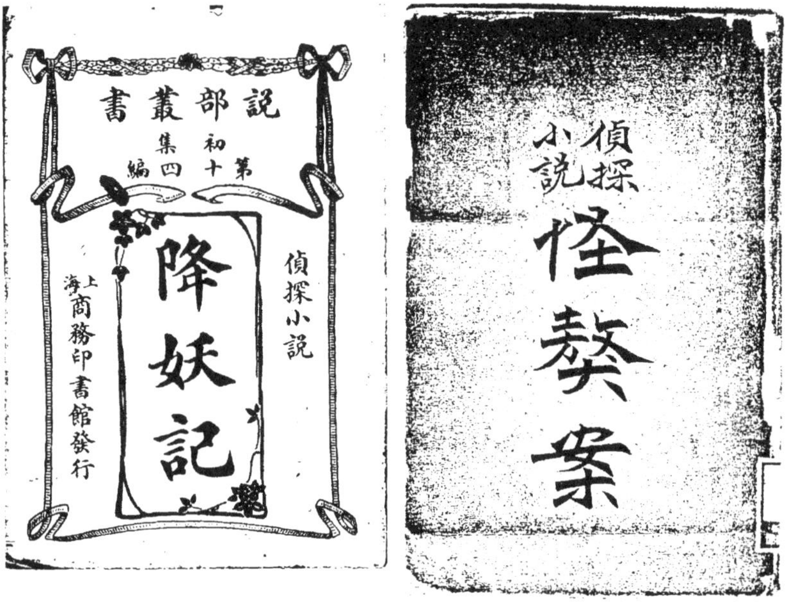

漢訳『バスカヴィル家の犬』

上海商務印書館1914.6 小本小説

4　怪獒案　（偵探小説）　韓琨 Conon《ママ》 Doyle　人鏡学社編訳処訳[59]

人鏡学社　光緒三十一年八月二十二日（1905.9.20）

5　獒祟（第三十九案）　（英）柯南道爾著　陳霆鋭訳[60]

『福爾摩斯偵探案全集』第10冊　上海・中華書局1916.5／8再版／1921.9九版／1936.3二十版[61]

のち、『中国近代文学大系』11集27巻翻訳文学集二（上海書店1991.4）に収録。

あわせて5種類があるわけではない。見てのとおり１２３は同じ翻訳だ。翻訳者別にすれば、３種類ということになる。

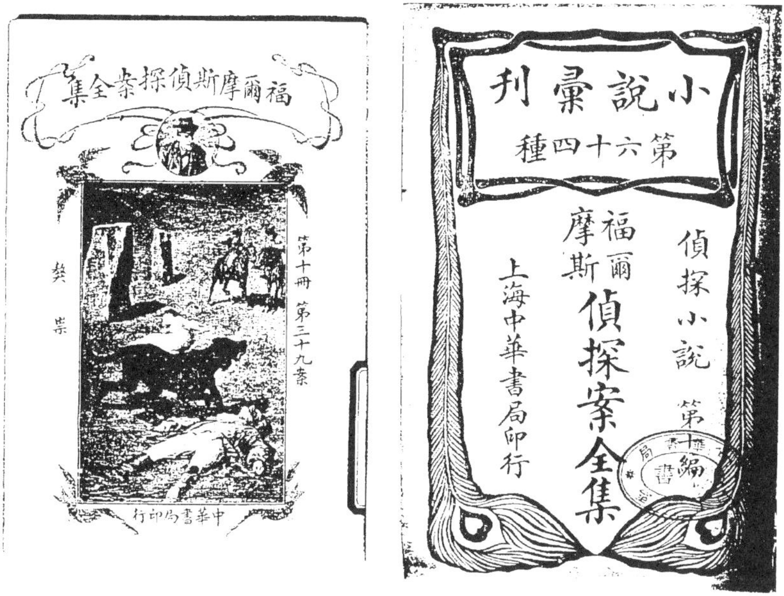

漢訳『バスカヴィル家の犬』

『降妖記』と『怪獒案』(章分けしていない) が、清末の、偶然にも同じ1905年の刊行である。『獒祟』は、それよりも約11年後の中華民国になってからの出版物だ。

書名のあれこれ

原文は hound となっている。日本語にすれば、たんなる「犬」である。猟犬だ。書名と関係するから、この犬について先に説明しておこう。

第2章で明らかにされるのが、バスカヴィル家に伝わる魔犬の話だ。その家の祖先を噛み殺した怪物の姿は、次のように描写される。

> there stood a foul thing, a great, black beast, shaped like a hound, yet larger than any hound that ever mortal eye has rested upon. おぞましい怪物であった。

大きく黒いこの獣は、姿は猟犬に似てはいるが、かつて人の目に触れたこともない巨大な化け物であった。28頁

猟犬 hound に似てはいるが、それよりもはるかに巨大である。だからこそ化け物、魔犬、妖犬という。

それぞれの漢訳が、この部分をどのように処理しているのか見てみよう。

【降妖記】一獣状如猟犬。猟犬に似た獣であった。9頁

あっさりと漢訳しているから、原文の凄味が伝わってこない。漢訳書名との関係からいえば、「妖狗」あるいは「妖犬」を使用して詳しく説明してもいい箇所なのだ。

【怪獒案】且有一龐然黒獣。形類烈獒。巨大な黒い獣がおり、姿は猛々しい猟犬に似ていた。10頁

こちらの方が、英文原作に忠実な漢訳であるといえる。「獒［猟犬］」を使用して漢訳書名「怪獒［魔犬］」とうまくつながっていることがわかるだろう。

ところが、この獒に特定の種類を意味させた漢訳がある。のちに発行された『獒祟』だ。

英文原作には、マスティフ mastiff が３ヵ所でてくる。第１章に２回、第14章に１回。いうまでもなく大型の猛犬を指す。３種類の漢訳がそれぞれをどう訳したのかを紹介する。

	第１章		第14章	
【降妖記】	大種狗	大種狗	×	
【怪獒案】	×	×	×	（獒は猟犬、魔犬の意味で使用）
【獒祟】	巨獒	巨獒	×	

『獒祟』は、マスティフを漢訳して獒を当てた。当時の英漢字典に「Mastif, n.獒, 大種狗」とのっている。これを参照したものか。字典に記述があるのだから、『降妖記』がマスティフを漢訳して大種狗とするのは、正しい。

これと同様に、『獒祟』が本文に出てくるマスティフを獒にしても不都合はない。だが、具合が悪いのは、それを書名に使用した点なのである。

原作『バスカヴィル家の犬』の書名にいう「犬」は、怪物、妖怪、妖犬、魔犬を指しており、種類を特定しているわけではない。くりかえせば、原作のhound は、もともと大型の猟犬を意味している。マスティフに限らない。そうだからこそ、『獒祟』が書名にマスティフを意味させた獒を使うのは、不適当だと思うのだ。

『怪獒案』の方は、獒を猟犬の意味でしか使っていない。猟犬は魔犬にもなる。ゆえに、それを書名に取り入れたのには、なんの矛盾もない。これと『獒祟』のばあいは区別する必要がある。

上と同じく、魔犬の姿を描写した箇所は、次のようになっている。

【獒祟】二屍間則有一獣。状類猛厲之猟犬。ふたつの死体の間には獣がいて、その姿は狂暴な猟犬に似ていた。12頁

『獒祟』の漢訳者陳霆鋭は、『降妖記』と同じ「猟犬」とした。これは、陳霆鋭にしてみれば苦しまぎれの処置なのである。

書名との整合性が問題となる。くりかえすが、ここの「猟犬」が原作題名に使われた hound なのだ。

ところが、『獒祟』は、マスティフに獒という単語を当ててしまった。獒を書名に使うと、魔犬の種類が限定されることになる。ドイルの原作では、魔犬すなわち怪物の正体は、ブラッドハウンドとマスティフの雑種だ。マスティフとは異なるものを書名にしたということだ。

陳霆鋭が採用した漢語の使い方に従えば、書名は、『マスティフのたたり』

という意味になる。具体的な名詞になってしまい原作の題名にそぐわない。もともとが妖犬なのだから、犬の種類は特定できないほうがよい。『獒祟』は、魔犬には「妖犬」という別の漢訳を与えている。これを書名に使って『妖犬祟』あるいは『妖祟』とでもすべきだった。いまごろ指摘したところで、手遅れだ。正すことはできない。

漢訳の比較対照

『降妖記［妖犬退治記］』あるいは『怪獒案［魔犬事件］』という漢訳題名をみるかぎり、原文のバスカヴィルがないにしても、事件の雰囲気を伝えているということができる。

『獒祟［マスティフのたたり］』は、原題からすこしズレる。しかし、題名で事件の真相を明らかにしている当時の漢訳に比較すれば、ましなほうだ。

商務印書館の『降妖記』を3種類もあげたのは、形をかえて出版されていることによる。どういう経緯なのか、それを知るのは、むつかしい。

つまり、最初からシリーズとは無関係に独立した翻訳として出したのか、それとも「説部叢書」の1冊として刊行したのか、よくわからない。商務印書館の「説部叢書」には、いつもまつわって存在している問題なのだ。

可能性を考えれば、以下のようになる。

最初、「説部叢書」には関係なく単独で刊行された。のちに「説部叢書」第二集第4編に収録し、その後、改編して初集第14編と数えなおした。それとは別に「小本小説」シリーズの1冊に収録する。

最初の単独刊行は想像できるだけで、原物で確認したわけではない。阿英の「晩清小説目」には「説部叢書」を書かない1905年の版本があげてある（129頁）。注記のし忘れか、もともとそうではないのか、これだけでは判断できない。単独刊行はされず、いきなり叢書に組み込まれた可能性も無視できないだろう。

どのみち、商務印書館版の上記3種類は、いずれも漢訳者に陸康華、黄大鈞のふたりをあげている。翻訳の内容については異同はないと考える。

『降妖記』は、当時の読者によって大いに歓迎された。侗生の次のような言及があるから、それがわかる。

偵探小説最受歓迎，近年出版最多，不乏佳作，如《奪嫡奇冤》、《福爾摩斯偵探案》、《降妖記》等書，其最著者也[62]。

探偵小説の流行を指摘し、3作品を例にあげている。『奪嫡奇冤』は、ガボリオの『ルルージュ事件』が原作だ。『福爾摩斯偵探案』はホームズものの全体をいい、『降妖記』が本稿であつかう『バスカヴィル家の犬』である。

著名だという3作品のうち2件が、ドイルのホームズものなのだ。同一原作が3種類の漢訳で刊行されているという事実にくわえて、「説部叢書」といい、中華書局の『福爾摩斯偵探案全集』といい、その重版の記録を見れば、多くの読者を獲得していたことが理解できる。

ただし、侗生は、すぐれていると漠然というだけだ。どこがどのようにすぐれているのか、という説明をしない。『降妖記』の内容に踏み込んでの評価がなされていれば、当時の中国人読者が、ホームズもののどのあたりに興味を感じていたのかを理解する手掛かりになったはずだ。残念ではある。

○第1章　シャーロック・ホームズ氏　MR. SHERLOCK HOLMES.

忘れ物のステッキ1本から、その持ち主を推理するところからはじまる。ホームズもののお定まりである。

冒頭部分を原作と漢訳で比較対照してみよう。

MR. SHERLOCK HOLMES, who was usually very late in the mornings, save upon those not infrequent occasions when he was up all night, was seated at the breakfast table. I stood upon the hearth-rug and picked up the stick which our visitor had left behind him the night before. It was a fine, thick piece of wood, bulbous-headed, of the sort which is known as a "Penang lawyer." Just under the head was a broad silver band, nearly an inch across. "To James Mortimer,

M. R. C. S., from his friends of the C. C. H.," was engraved upon it, with the date "1884." It was just such a stick as the old-fashioned family practitioner used to carry—dignified, solid, and reassuring. 徹夜をすることもまれではないが、そういう場合を除けば、常日頃はひどく朝の遅いシャーロック・ホームズ氏が、すでに朝食の食卓についていた。わたしは、暖炉の前の敷物の上に立ち、昨夜、客が忘れていったステッキを手に取ってみた。握りの部分がこぶ状になっている、木製の太くて立派なもので、「ペナン・ローヤー」と呼ばれている品である。握りのすぐ下には一インチ（約二・五センチ）ほどの幅で、幅広の銀の帯が巻かれていた。そこには「謹呈　ジェイムズ・モーティマー氏、ＭＲＣＳへ、ＣＣＨ友人たちより」と彫られ、年号は「一八八四」となっていた。昔かたぎの家庭医がかつてよく持ち歩いていたような、品格があり、丈夫で、頼りになりそうなステッキであった。11頁

ふだんは起きるのが遅いホームズであった。徹夜をすれば、そのまま眠らずに朝食をとることもある。

ステッキを説明してなんでもないような箇所に見える。

なんでもないと感じるとすれば、それは、資料がそろっている現在だからだ。「ペナン・ローヤー Penang lawyer」は、ヤシの木で作ったステッキで、ペナン島から輸入される。そうと説明されて、はじめて納得がいく。もし原文を示されて、翻訳しろといわれれば、資料もなしに正しく理解できるかどうか、私には自信がない。

CCH については、あとの推理の題材でもあるから、そのままにしておいてもいい。

MRCS は、原作のどこにも説明がない。第 6 章に「王立外科医師会附属の博物館 the Museum of the College of Surgeons」が出てくる。だが、これと直接結びつくとは、普通は思いつかないのではないか。原文を見てそのまま理解する一般読者は、それほど多いとは思えない。MRCS が「王立外科医師会会員

Member of the Royal College of Surgeons」を意味していることを知るのは、注釈書があるからだ。

これらについて、翻訳ではどのように工夫しているだろうか。興味を感じる箇所である。

【降妖記】福爾摩斯有事恒徹夜不眠。故常遅起。一日福適早餐。余立炉旁毡上。持一木杖審視之。杖美而堅。首作円形。飾以銀圏。径近一寸。圏中嵌有一千八百八十四年 CCH 敬贈国家外科医院層母提耳先生等字。余審其形。似為老医士所携者。非常物也。ホームズは用事があるとよく徹夜をして眠らなかったから、常に起きるのが遅かった。ある日、ホームズはちょうど朝食をとっていた。私は、暖炉の敷物のうえに立ち、ステッキを持って念入りに見ていた。ステッキは、美しくて堅く、かしらは円形になっていて銀の輪で飾ってある。1寸ほどの太さだ。輪の中には1884年 CCH が国家外科病院のジェイムズ・モーティマー氏へ謹んで贈るなどの字がはめ込んである。私がその形を調べれば、老医師の持物らしく、すばらしいステッキだった。1頁

ホームズは徹夜をすれば、朝まで起きている。寝ないのだから当然だ。それを、仕事で徹夜をするから起きるのが遅い、としたのは誤解であろう。

ペナン・ローヤーは、漢訳では省略してしまう。

すこしの誤解と省略をしている漢訳者が、MRCS については、「国家外科医院」と正解に近い訳語を与えていることに驚く。イギリスの医学事情には詳しい翻訳者のようだ。

【怪獒案】施楽庵 Sherlock Holmes 平居遅起。唯莅事必夙興且夜寐。一日施適蚤餐。余立鑪辺之氍毹上。拾視昨夜某客所遺之杖。木質堅美而首圜。状如庇能律師。及年老医生所持者。杖端嵌銀寸許。上鐫一八八四年。C. C. H. 同人贈馬田牧 Mortimer 医生数字。シャーロックは、起きるのがいつも

遅かった。ただ、仕事があると朝早くに起きて夜は遅く寝る。ある日、シャーロックはちょうど食事をしていた。私は、暖炉のじゅうたんの上に立ち、昨夜、客の残していったステッキを拾って観察した。木は堅くて美しく、かしらは丸い。形は、ペナンの弁護士あるいは老医師が持つものだ。ステッキの端には1寸ばかりの銀が埋め込まれ、上には1884年、CCHの友人がモーティマー医師へ贈るという数文字が刻んである。1頁

『降妖記』とほぼ同時に発行されたのが、この『怪獒案』である。それぞれ独自に漢訳を進めていたことになる。

固有名詞には、英文綴りを添えている。ホームズの漢訳は、普通、福爾摩斯として知られる。施楽庵をあてるのは、珍しいかもしれない。ちなみに、ワトスンは屈臣だ。これもあまり見かけない。

ペナン・ローヤーを「ペナンの弁護士　庇能律師」と直訳した。原文にそう書いてあるのだから無理もないといえばそうだ。ただし、直訳して前後の意味がとおるかどうかは、別問題だろう。引用符が使用されていることに気づいてもよかった。特別な意味をもっているというしるしだからだ。前後の流れを考えず、直訳をしてすましたのは、すこしひっかかる。

MRCSは、翻訳者には意味不明だったらしい。省略した。

【獒祟】華生曰。福爾摩斯操心慮患人也。当有事時。恒終夜無寐。故有遅起之習。某日晨。福在膳室中。方用早餐。余立炉旁氈上。撥火自熱。反身忽見一精緻之木杖。乃昨晩之来客所遺者。杖美而堅。首端作圓形。其下囲以銀圈一。直径可及一寸許。圈之表面。鐫有「一千八百八十四年。CCH敬贈於国家外科医院乾姆史馬帖満先生」字様。細玩其形状。知此為老前輩物也。ワトスンが話す。ホームズは用心深い人間だった。仕事があるとよく徹夜をしていたから、遅く起きる習慣だ。ある朝、ホームズは食堂にいて、ちょうど朝食をとっていた。私は暖炉のそばの敷物の上に立って、火をかきおこし暖まっていた。振り返って見れば精巧なステッキがある。昨

晩の客が忘れたものだ。美しく堅い。かしらは円形になっていてその下は銀で囲ってある。直径は一寸ばかり。囲いの表面には、「1884年、CCH が国家外科病院のジェイムズ・モーティマー氏へ謹んで贈る」と刻んである。その形をよく見れば、年輩者のものだとわかる。1頁

「華生曰」で始める例は、以前にはあった。しかし、民国になってからの出版物でこれを繰り返すのは、やや古い印象を与える。ホームズの性格を「用心深い」と述べる部分は、英文原作にはない。ペナン・ローヤーは省略している。

MRCS は、『降妖記』と同じ漢訳「国家外科医院」をあてる。発行の時間差を考えれば、先行訳を参照した可能性がある。

ステッキの観察に夢中になっているワトスンにホームズが声をかける。ステッキから何が理解できるか、と問うのだ。背中を見せているホームズに、なぜ、ワトスンのやっていることがわかるのか。ホームズの答えは、まことに簡単だ。

"I have, at least, a well-polished, silver-plated coffee-pot in front of me," said he.
「つまり、ぼくの目の前に、表面がよく磨かれている銀製のコーヒーポットがあるということかな」と、彼は言った。12頁

ポットにワトスンの姿が映っている、などとは書かないところが、いい。説明しすぎるのは、ヤボである。

【降妖記】福曰否。案上銀杯。光亮射人。可以映後耳。「いいや。テーブルの上に銀杯があってピカピカで後ろがうつるんだよ」とホームズはいう。1頁

英文原作をそのまま漢訳すれば意味が通じないとでも考えたのか。原文に近いが、すこしばかり余計な説明をつけくわえた。

【怪獒案】施曰。非也。予覚一光影映余之咖啡銀鐺。「いいや。コーヒーの銀鍋に姿がうつっているんだ」とシャーロックはいう。1頁

言葉は少ないが、こちらも、読者に考える楽しみを与えない。

【獒祟】福曰。君不見予桌上適有一銀製之咖啡杯乎。光采四徹。予正可従此中窺見汝之動作。「テーブルの上に銀製のコーヒーカップがあるのが見えないのかい。ピカピカで、君の動きが丸見えなんだ」とホームズはいう。1-2頁

ポットとカップでは違う。「光采四徹」という表現は、『降妖記』の「光亮射人」を言い換えたものらしく思える。参照したらしい。こちらの漢訳も、説明のしすぎだといっていいだろう。

『獒祟』が『降妖記』を参考にしていると思われる箇所は、ほかにもある。

ワトスンは、CCH の意味は「何とかいう狩猟クラブのことで I should guess that to be the Something Hunt,」（13頁）と推測する。『降妖記』では、「どこかの狩猟クラブが贈ったものに違いない。是必某猟会所贈者」と漢訳して次に割注をつける。「ワトスンが狩猟クラブだと断定したのは、狩猟クラブの英語は H ではじまっており、それを縮めたのだ。華生断為猟会者因猟会英文首字為 H 字嵌者縮短之耳」（1頁）。『獒祟』にも割注があって、「英語では狩猟クラブの最初の文字は H だからだ。因英文中猟会首字即H字也」（2頁）と書く。両者は、よくにている。

ただし、参照したにしては『獒祟』に大きな違いがある箇所を見つけて不思議に思いもする。

CC は「チャリング・クロス病院 Charing Cross Hospital」だ、とホームズがワトスンの推測を正すばめんを見てみよう。

『降妖記』は、「その CC という 2 文字は、チャリング・クロスという場所を簡略化したものだ。其 CC 二字。為茶林哥老斯地方所簡縮者」（2頁）と正しく

漢訳する。

しかし、『嫈崇』の方は、「そのCCという2文字は、十字会の慈善病院だと推測することができる。其CC二字。則可推知其為十字会之慈善医院也」（3頁）と地名をわざわざ別物に翻訳する。

考えるに、チャリング Charing をチャリティ Charity、すなわち慈善に誤解し、クロス Cross を十字に翻訳したのではないか。こういう間違いをしているところから、漢訳者のロンドンについての知識が不足していることを感じさせる。

『怪嫈案』は、CCHを「チャリング・クロス病院　遐齢医院」と正確に把握している。後から発行された『嫈崇』が誤るのは、いかがかと思う。

訪問してきたモーティマー医師を、ホームズは、ドクターと呼んだ。これに対してモーティマーの返答がある。さきほど見てきたMRCSと関係があるので触れておこう。

> "Mister, sir, Mister − a humble M. R. C. S."「いえ、ドクターと呼ばれる資格はありません、ミスターと呼んでください。王立外科医師会の一会員でしかありませんから」20頁

医学博士号を持っておらず、王立外科医師会の会員にすぎないと謙遜しているのだ。「ミスターと呼んでください」で十分であろうが、日本語訳は「資格はありません」などと言葉を加えて説明した。

> 【降妖記】余一卑陋国家外科医院之人。何敢当此尊称。私は王立外科病院のものにすぎません。ドクターという尊称には値しないのです。5頁

漢訳者は、MRCSを「王立外科病院」と考えているから、翻訳が微妙にズレている。病院勤務と医師会会員とでは違うだろう。ただし、細かいところを除けば、ほぼ原文に忠実ということはできる。これで中国の読者は理解する。

【怪獒案】吾不過一留院副医生耳。私は病院の住み込み副医師にすぎません。6頁

こちらの漢訳は、最初から「国立外科医師会会員」を省略している。だから、ここでもその名称がでてこない。あっさりしたものだ。

【獒祟】不敢当。下走乃一国家外科院卑陋之医生。過蒙先生奨借。実令人慚愧至於無地。恐れ入ります。私は王立外科病院のつまらぬ医師にすぎません。過分のお励ましをこうむり、お恥ずかしいかぎりです。6頁

原文にない加筆をしているのには理由がある。漢訳ではドクターという呼びかけをしていない。お名前を聞いております、知り合いになれてうれしいです、などと勝手に書き換えて翻訳するから、それとの辻褄合わせに上のような漢訳となる。

第１章を見た段階で、３種類の漢訳のなかでは『降妖記』と『怪獒案』が、原文に比較的忠実であるように感じる。

さて、モーティマー医師は、どんな怪事件をホームズとワトスンのもとに持ち込んだのか。

○第２章　バスカヴィル家の呪い　THE CURSE OF THE BASKERVILLES.

モーティマー医師が取り出したのは、バスカヴィル家にまつわる伝説を記した文書だった。彼は、３ヵ月前（『降妖記』は「三日《ママ》前」と誤植する）に死亡したチャールズ・バスカヴィルから預かった。

その内容とは、バスカヴィル家の領主だったヒューゴーの狼藉とその報いを述べたものだ。ヒューゴーが村娘をさらい屋敷に閉じこめた。娘は屋敷から逃亡する。猟犬にあとを追わせたが、ヒューゴーは、かえって魔犬に噛み殺されたというのだ。

これが、さきに紹介した巨大な魔犬伝説である。バスカヴィル家の祖先を噛み殺した魔犬、という意味で書名になった。

漢訳は、こまかなところで英文原作と異なる。

たとえば、距離表示だ。娘が逃れて目指した自分の家までの距離３リーグ（約15キロメートル）とか途中の１、２マイル（約1.6-3.2キロメートル）がある。『降妖記』は、いずれも「里」とする。『怪獒案』は、リーグは無視してマイルのみを「里」に置き換える。『獒祟』は、『降妖記』と同じくともに「里」だ。かなりの短距離になってしまった。原文どおりに細かく区別して漢訳することは、中国の読者には不必要だと考えたのだろうか。

ヒューゴーの仲間13名が、あとから追いかける。彼らは、ヒューゴーの末路を目撃させるために必要な存在なのだ。

『降妖記』と『獒祟』は、なぜか30名にしている。勘違いだろう。『怪獒案』は、英文原作どおりに13名で正確だ。

文書の末尾には、つぎのような言葉がつづられていた。

> This from Hugo Baskerville to his sons Rodger and John, with instructions that they say nothing thereof to their sister Elizabeth. この文章はヒューゴー・バスカヴィルから息子、ロジャーとジョンにあてたものである。姉妹のエリザベスにはこの事を一切漏らすことのないように。29頁

ここに見えるヒューゴーというのは、魔犬に噛み殺されたあのヒューゴーとは別人だ。死人が説明するわけがない。いうまでもなく、当然、同名の子孫だと想像できる。ところが、漢訳者たちは、そうは考えなかった。

> 【降妖記】此書為暁格後人所述。以遺其子烏魯斎及荘児。各宜珍蔵勿失。この文書は、ヒューゴーの子孫が述べたものである。その息子ロジャーとジョンに残す。保存して失わないように。10頁

死んだヒューゴーが残した文書というのでは、つじつまがあわない。だから、漢訳者は、子孫に書き換えた。エリザベスについては、無視だ。

【怪獒案】此書与吾二子犖嘉 Rodger 及遵。John 且戒勿以此事告汝妹阿麗。Elizabeth。この文書は、わが息子ロジャーとジョンに与える。このことを妹のエリザベスに話してはならない。11頁

こちらも、ヒューゴーと同名の子孫とは考えない。だから、名前を省略してしまった。そのほかは、英文原作と同じ。

【獒祟】此書為囂俄後嗣所述。以遺其子羅傑及約翰。其世世珍蔵勿失。この文章は、ヒューゴーの子孫が述べたものである。その息子ロジャーとジョンに残す。代々保存して失わないように。12頁

『獒祟』は、ここでも先行する『降妖記』とほぼ同文である。同名の子孫ということを想像しない。英文原作とは離れた漢訳にしてしまった。ヒューゴーを囂俄と漢訳するのは、よろしい。あのビクトル・ユゴーの漢訳名と同じだから、おもしろく思う。

モーティマー医師は、6月14日付新聞に報道されているチャールズ・バスカヴィル殺人事件を紹介する。

漢訳3種も、同じく6月14日とする。周知のように、初出の『ストランド・マガジン』では、5月14日になっていた。ドイルは、単行本化するにあたり、6月14日に書き換えたのだ（新聞記事のなかの日付も初出の5月4日から、単行本では6月4日に変更される）。この事実から、3種類の漢訳は、翻訳の際、雑誌連載ではなく単行本を底本にしたことがわかる。

モーティマー医師から新聞記事を読み聞かされたホームズは、事件を知らないわけではなかった。ただ、当時、バチカンのカメオ事件に関わっていたから、といいわけをする。『降妖記』と『獒祟』は、カメオ事件を省略して漢訳しな

い。『怪獒案』は、カメオ事件を宝石事件と表現している。

こういうこまかい部分を翻訳するかどうかが、作品としての豊かさを維持しているか否かに関係する。本筋には無関係だから省略してしまう。これでは、ホームズものを楽しむ余地が減少することになるだろう。

死去したチャールズは、南アフリカで巨万の富を蓄えて、故郷のバスカヴィル館に戻ってきていた。心臓が悪く、つきあう人間もわずかだった。そのなかのひとりが、博物学者のステイプルトン Mr. Stapleton, the naturalist だ。

ステイプルトンを、『降妖記』は、斯太白敦（12頁）と、『怪獒案』は、是倜（15頁）と、『獒祟』は、斯魄爾頓（16頁）と表記する。

モーティマー医師は、新聞記事以外のことをホームズに話す。チャールズは、一族に呪いがかけられていると信じていたのだった。

あるとき、モーティマー医師が屋敷を訪ねてみるとおかしなものを見かけた。

> I whisked round and had just time to catch a glimpse of something which I took to be a large black calf passing at the head of the drive. わたしも急いで振り返ってみますと、ちょうど、車寄せの道の入り口の所を、子牛ほどもある大きな黒い生き物が走り抜けていくのが、一瞬見えました。36頁

子牛ほどの大きさの魔犬というわけだ。チャールズは、魔犬の存在を信じていたからこそ恐怖におののいた。

> 【降妖記】急回首。驟見一黒物。状如小牛。疾馳而過。急いで振り返りますと、子牛ほどの黒いものが、走り抜けていくのが一瞬見えました。13頁

車寄せは省略しているが、英文原作とほぼ同じであることがわかる。

> 【怪獒案】吾急四顧。瞥見一物。形類小馬。余趨視之。倏然而逝。私は急いであたりを見回しますと、子馬に似たものがちらっと見えました。目で

追いましたがたちまち見えなくなりました。15頁

原文の子牛が、ここではなぜだか子馬に変わった。

【獒祟】急回首視之。則忽見一物。状如一黒色小牛。瞥眼而過。急往踪跡之。則倏焉已不知所往矣。急いで振り返りますと、子牛ほどの黒いものがさっと過ぎていきました。急いであとを追いましたが、どこにいったのかわかりません。17頁

『降妖記』と似ている部分がある。急いであとを追ったというのは、英文原作にあるのを前に移動して漢訳したのだ。

チャールズの死体からすこし離れたところに新しい足跡があった。

the footprints of a gigantic hound　巨大な犬の足跡だったのです。38頁

【降妖記】足跡異於常物。似為猟狗所遺物。足跡は普通のものとは異なっていました。猟犬が残したもののようでした。14頁

【怪獒案】乃巨獒之足跡也。巨大な猟犬の足跡だったのです。16頁

【獒祟】乃大種猟犬之足跡也。巨大な猟犬の足跡だったのです。18頁

バスカヴィル家の伝説が、はるか過去からよみがえり現実のものになった瞬間である。

○第3章　問題　THE PROBLEM.

殺されたチャールズ・バスカヴィルは、3人兄弟の長男だった。

次男は若くしてなくなり、その息子がヘンリーだ。三男ロジャーは一族の鼻つまみ者だったが、1876年、中央アメリカで病死したという。だから、チャールズの遺産を相続するのは、残ったヘンリー（カナダ在住）ということになる。彼をめぐって、この物語が進行する。主人公だといっていい。

『降妖記』は、ロジャーの死亡を「一千七百八十六年」(17頁)と誤る。

『怪獒案』は、ロジャーは「未婚」(20頁)で死んだ、と書き加える。たしかに、第5章あるいは第15章の種明かしの場面でそのように書かれている(40、132頁。実は、結婚をしていて息子がいた、と続く)。それを前にもってきた。

ロジャーには息子がいたというのが、この物語の鍵となる。チャールズがつきあっていた少ない人のなかの、あの博物学者ステイプルトンその人である。ロジャーの息子であることを隠し偽名を使って身近にいたというわけ。それには、当然ながら理由がある。私がここまで書けば、すでに事件の犯人をのべたのと変わりはない。

ヘンリーは、カナダからイギリスに帰国する予定になっている。ヘンリーを伴って明日の10時にもういちどホームズの家をたずねるようモーティマー医師と約束をした。そのあと、ホームズは、ひとりで事件について深い思考をめぐらす時間を持つ。それには、タバコが欠かせない。ブラッドレイの店 Bradley's の前を通ったら、一番強いシャグタバコ1ポンド a pound of the strongest shag tobacco を配達するようにワトスンに頼んだ。

『降妖記』は、ブラッドレイの店を翻訳して「巴老利煙肆」(19頁)と表記する。『怪獒案』は「某肆」(22頁)と言葉をにごす。『獒祟』の「白拉特莱煙舗」(25頁)は原文のままだ。

シャグタバコについては、3種類の漢訳はそれぞれ「濃厚煙絲」、「最辣煙絲」、「気味濃郁之煙草」とだけ書いてシャグがない。架空の店ブラッドレイだから、タバコ名も翻訳してもしなくてもよさそうに見えたのだろうか。そういってしまっては、ホームズものを読む楽しみが多く失われてしまう。

ワトスンは、ホームズのじゃまをしないように終日クラブ club で時間をつぶした。クラブを漢訳するのはむつかしい。それに相当するものが、当時の中国に存在していたかどうか。だから、漢訳者によって訳語が異なる。『降妖記』は、なぜだか「遊場」と漢訳する。時間をつぶした、という内容からの想像だろう。『怪獒案』は「総会」だ。字典に「公所」などとあるから、これにもとづく連想か。『獒祟』がいちばん妥当なところで「倶楽部」である。

ワトスンが帰ってみると、火事かと思うくらいに煙があふれている。ホームズは、コーヒーとタバコに全身を浸しながらデヴォンシァの地図を手元において事件の詳細を検討していたのだった。

◯第４章　サー・ヘンリー・バスカヴィル　SIR HENRY BASKERVILLE.

約束の時間通りにホームズの部屋を訪れたヘンリー・バスカヴィルとモーティマー医師だった。

ヘンリーが取り出したのは、チャリング・クロス局の消印がある「脅迫状」である。

チャリング・クロスといえば、第１章に出てきた。同じ漢訳にしているかどうか見てみよう。第１章－第４章の順である。

『降妖記』は、茶林哥老斯－査林哥老斯（22頁）とする。茶と査は同音だ。しかし、どちらかに統一した方が理解しやすい。

『怪獒案』は、遐齡－遐齡（26頁）でゆらいでいない。

奇妙なのは、『獒祟』だった。第１章で地名を意味のある言葉に翻訳していた。十字会之慈善だ。それをここでは、却林売洛史（30頁）と音訳に変更するのだ。漢訳の途中で考えが変化することもあるだろう。ならば、気のついたところで全体を点検して統一するのが普通のやりかたではなかろうか。そうはしていない。

脅迫状は、昨日の『タイムズ』紙から論説部分を切り張りして綴られていた。

翻訳がむつかしいのは、言葉そのものをあつかう箇所であるのはいうまでもない。脅迫状と論説からの語句をまとめて示す。

As you value your life or your reason keep away from the moor. あなたの　命　と　正気　が　大事　なら　あなたは　ムア　からは　遠ざ　かれ。57頁

‘You,’ ‘your,’ ‘your,’ ‘life,’ ‘reason,’ ‘value,’ ‘keep away,’ ‘from the.’ 『あなたの』、『あなたは』、『命』、『正気』、『大事』、『なら』、『遠ざ』、『か

れ』、『からは』59頁

『タイムズ』の論説から文字を拾ったということを共通する字句を示して論証する。ムアはないので、そこは手書きだ。ただし、As については何の説明もない。組み合わせたのだろう。日本語訳は、英文にあわせて分かち書きにした。

【降妖記】保権利。増福命。必去此原野。権利を保ち、福運を増したいのなら、この原野より去らなければならない。23頁
保字、権字、利字、福字、必字、命字、増字、去此字（略）24頁

ムアを「原野」と漢訳した。バスカヴィル家の伝説文書は、「曠野」だった。漢字の出し方も、脅迫状と一致するように工夫をする。たとえば、「去此」を分かたず一緒に掲げているのは、理由がある。新聞の文章がそうなっており、これも新聞を特定する根拠だとホームズが説明する。それを漢訳に反映したのだ。

【怪獒案】倘汝鄭重汝之性命。及汝之霊魂。勿至此曠野。As you value your life or your reason, keep away from the moor. もしあなたの命とあなたの霊魂を大事にしたいのなら、この平原に来てはならない。26頁
You,汝 Your,汝之 Your,汝之 Life,性命 ｜ 生 Reason,霊魂 ｜ 推論 Value,鄭重 ｜ 価値 Keep away,勿至 ｜ 失去 From the,助語辞（略）28頁

英文原作では、論説の語句を使って脅迫状をつくっている。それをどのように漢訳するか。Life に性命と生の二重の意味を与えて解説してみせた。これこそが、漢訳者の工夫である。

英文原作の「ムアからは遠ざかれ」を「この平原に来てはならない」と書き換えた。『怪獒案』は、脅迫状にも、新聞記事にも英語の原文を引用している。

人名なども英語を組み込んでいる。英語を理解する読者を想定しているかのようである。単語を掲げる箇所では、辞書のような表記のしかたをするのが珍しい。まるで、英語学習用教材のような雰囲気をかもしだす。

【嫈祟】君如欲保全性命。増進楽利。則必去此原野。もしあなたが生命を保全し、快楽と利益を増やしたいなら、この原野より去らなければならない。31頁

保字。権字。利字。福字。必字。命字。増字。去字。此字。（略）32頁

単語の示し方が、『降妖記』とほとんど同じであるのに気づく。ただし、その単語と脅迫状の字句が一致しておらず、奇妙なのだ。「権字」といいながら、それが本文に見えないという不手際である。さらに、「去此」とあるべき字句まで分割するミスを犯している。

チャリング・クロスにしても、この脅迫状にしても、『嫈祟』は、ほかの2種類に比較して、すこし頼りない。

ホームズが、数ある新聞のなかの『タイムズ』だと特定した根拠は、活字の違いだと説明する。その時、引き合いに出したのが、三流（だと書いてある）夕刊紙の『リーズ・マーキュリー the Leeds Mercury』と『ウェスタン・モーニング・ニューズ the Western Morning News』の2紙である。

『降妖記』は、2紙を訳さない。『嫈祟』も、それにならって訳さない。『怪嫈案』は、片方は『西方早報』と漢訳し、残りは原語を添えて『礼土美』と音訳する（29頁）。『怪嫈案』は、あくまでも原文に忠実に翻訳しようという姿勢だとわかる。

封筒に書かれた筆跡のインクが途切れている。ホームズは、ホテルの備品を使ったと推測した。脅迫状の差出人は、ホテルに宿泊しているということだ。

ホームズは、脅迫状のにおいをかいでもいる。ただし、ドイルは、そう書かない。

He was carefully examining the foolscap, upon which the words were pasted, holding it only an inch or two from his eyes. ホームズは文字が貼りつけられているフールスキャップ紙を一、二インチ（約二〜五センチ）くらいまで目に近づけてじっと観察した。63頁

ワトスンが話し手であることを、ドイルはまことに有効に利用しているということができる。ワトスンには観察力がないから、ホームズの行動の意味、すなわち香りを確認したことが理解できなかった、となる。

『降妖記』は、この重要な箇所を漢訳していない（26頁）。これではワトスンよりも鈍感だといわれてもしかたがなかろう。『怪嫈案』は、「更展斯楠反覆審視。その手紙をなんども観察した」（30頁）と漢訳して手を抜いていないのがよろしい。『嫈祟』といえば、「既又取該信細視移時。またその手紙をとってこまかく観察してしばらくした後」（34頁）と原文どおりなのだ。『降妖記』よりも進歩している。

原因があって結果に結びつく。第15章のタネ明かしで説明される。「目から数インチのところまで近づけると、ホワイト・ジャスミンの香水の香りがほのかににおった。I held it within a few inches of my eyes, and was conscious of a faint smell of the scent known as white jessamine」（282頁）という箇所と対応するのだ。

『降妖記』には次のようにある。「余熟察亨利所得匿名信。覚有香露味。ヘンリーあての匿名の手紙をよく観察すると、香りがしたのだった」（109頁）。第4章にあるべき伏線が省略されてしまったから、突然、そのように説明されても読者は納得しないだろう。

『怪嫈案』は、もっとくわしい。「吾反覆察其匿名小札。聞牋中含馥郁之気。察之。乃茉莉香水也。匿名の手紙をくりかえし観察した。手紙には馥郁とした香りをおびており、それはジャスミンの香水なのだった」（135頁）。これでこそ辻褄があう。

『嫈祟』が、またチグハグなのだ。第4章の伏線部分を漢訳しており、『降妖

記』よりも進歩しているとせっかくほめたにもかかわらず、結論部分でバッサリと省略してしまった。種明かしをしないから、解明されたことにならない。

以上、「脅迫状」として紹介した。匿名だし、なによりも新聞の文字を切り張りしている。あやしいに決まっている。文面が命令口調だということもあり、「脅迫状」に違いない。誰でもそう考える（ように書いてある）。これがドイルの巧妙なところだ。誤誘導といってもいい。脅迫状にしか見えないが、実は、そうではなかったことが最後に明らかになる。

ヘンリーが新しく購入したブーツの片方がなくなっていた。なんでもないかのようにサラリと描写しているのが、うまい。

ヘンリーとモーティマー医師が部屋を出ていく。ホームズとワトスンがあとをつける。馬車に乗ってヘンリーを尾行している男を目撃する。しかし、その男を追いかけることには失敗した。

ホームズがうった次の手は、ホテルの調査だ。チャリング・クロスのホテルから、切り抜いた『タイムズ』をさがすようにメッセンジャー会社 the district messenger offices の少年に依頼した（72頁）。

メッセンジャー会社は、郵便局とは別物として作品のなかに登場している。当時、個人間の手紙、品物を配達していた。誤配した電報をさがしているといういいわけまで用意する。ゴミ箱をあさるには、それらしい理由が必要なのだ。郵便局員ではできないことをホームズは依頼した。だから、ここは郵便局では都合が悪い。英文原作は、考え抜いて組み立てられているというわけだ。

しかし、『降妖記』は、「郵局」と漢訳し郵便局に置き換えた（30頁）。中国の読者にはこの方が理解しやすいと配慮したものか。『怪獒案』も同じく「郵局」（35頁）とし、『獒祟』も同様である（39頁）。

中国の現実に存在しないものは、とりあえず音訳しておき訳注で処理するという方法がある。そうしたほうがよかった箇所だ。

○第５章　切れた三本の糸　THREE BROKEN THREADS.

「切れた三本の糸」というのは、着手していた捜査がいずれもうまくいかなかったことをいう。

疑わしいと思われた執事には、アリバイがあった。脅迫状に使われた『タイムズ』をホテルにさがしたが、その存在を確認することはできなかった。あとをつけていた馬車の御者からは、手がかりが得られなかった。

第4章につづいて、ここでもヘンリーのブーツが紛失している。今度は、古いブーツなのだ。2度までも、しかも、古いというところに意味が込められている。

> I only had three pairs in the world − the new brown, the old black, and the patent leathers, which I am wearing. わたしが持っているブーツは全部で三足しかありません。新品の茶のブーツ、古い黒のもの、今はいているエナメル革のもの。79頁

『降妖記』は、この部分を省略した。直前にホームズとヘンリーの会話がある。「あなたがなくしたのは新品の茶のブーツだと前にいいましたよね。子前云所失新購之履為棕色者乎」とホームズがいう。ヘンリーは、「前になくしたのは茶色です。今またなくしたのは灰色のです。前所失者為棕色。今又失一。為灰色」(32頁) と答える。これに加えて原文のように繰り返すのは、煩雑だと漢訳者は判断したのかもしれない。だが、漢訳者は、ブーツの古さと新しさに重要な意味があることに気づいていないのか、それを省略してしまった。持ち主のニオイがしみついているという重要な事実を見失ってしまう。原作の用意周到さに気がついていないことになる。

ドイルは、読者がニオイよりも色に注意するように書いている。しかし、漢訳者が読者と一緒になって騙されていてはしょうがないだろう。

> 【怪獒案】吾有靴三。一則樱色生皮者。一則黒色熟皮者。昨日樱色者已失其一。今日黒色者復失其一。私はブーツを3足持っています。ひとつは茶色の新しいもの。もうひとつは黒色の古いものです。昨日は茶色のものを

なくして、今日は黒色のを片方なくしました。37頁

こちらは、英文原作を忠実に漢訳している。「生皮」と「熟皮」で新旧を区別して表現したのは、うまい。ただし、エナメルは省略した。

『獒祟』は、『降妖記』と同じく直前の会話だけを訳出してブーツ3足部分は省略する。「今またブーツのひとつをなくしてしまいました。前は茶色で、こんどは黒色のが姿形もありません。今乃又失一履矣。前者所失為一棕色之履。今一黒色履。又不翼而飛矣」(42頁)

『降妖記』と同じくこちらも色にのみこだわったのは、やはり判断ミスだとしかいいようがない。注意深く原文を読んでいるはずの漢訳者でさえも、うっかりと見過ごすくらいに、原作がすぐれていると考えるべきか。

第5章で読者が知るのは、ヘンリーが相続する遺産の総額である。

Sir Charles had the reputation of being rich, but we did not know how very rich he was until we came to examine his securities. The total value of the estate was close on to a million. サー・チャールズは資産家として有名でしたが、残された有価証券を調べるまでは、わたしたちもこれほどの資産があるとは知りませんでした。遺産総額は百万ポンド（約二四〇億円）にも届こうというものでした。83頁

securitiesは、複数形で有価証券、すなわち手形、小切手、株券、債券などを意味する。それを含めなければ74万ポンドだとも書いてある。

【降妖記】査斯之富。人盡知之。余始未識其富之程度。継察其田地契券之価値。不下一百万鎊。チャールズに財産があることは、人はみな知っていました。しかし、私は、それがどの程度のものか知らなかったのです。のちにその土地所有権証書の価値を調べてみると、百万ポンドを下りませんでした。34頁

英文原作の有価証券が理解できなかったか。あるいは、中国の読者には「田地契券」に置き換えたほうが理解しやすいとの判断かもしれない。

【怪獒案】葩史宮素称富裕。特査未死。吾輩不能知耳。吾今会計之。約有百餘万。バスカヴィル家はもとより裕福で知られていました。特にチャールズが死去されるまえは、われわれはどれくらいのものか知ることはできなかったのです。このたび計算してみますと、おおよそ百万あまりでした。40頁

衰退したバスカヴィル家を再興するためにチャールズは帰国したのだ。それなのに、この漢訳は、バスカヴィル家が裕福のままであるかのように解釈している。これでは、チャールズの役割がなくなってしまう。有価証券も省略している。百万あまりも原文とは異なる。

【獒祟】却爾司本以殷富著称郷里。特其財産総数。究有幾何。人皆不能知之。直至於其易簀後。雇量其田地価値。始知乃不亜一百万鎊。チャールズはもともと大金持ちで知られていました。その財産の総額がいくらか、人は知ることができなかったくらいです。死去されたのち、その土地の価値を調べてはじめて百万ポンドをくだらないと知ったのでした。45頁

土地の価値を百万ポンドにしたところは、『降妖記』と似ている。こういう箇所があるから、『獒祟』は『降妖記』を参照しているのだろうと推測するのだ。

とはいいながら、『獒祟』がすべて『降妖記』をまねているというわけでもない。

ヘンリーがバスカヴィル家に向かうのにワトスンが同行することになる。土曜日、パディントン駅発10時半の列車で待ちあわせる。『降妖記』は、それを

なぜだか10時に誤る（36頁）。『嫳祟』は、正しく10時30分とする（48頁）。『怪嫳案』は、時間を省略してしまう（42頁）。これでは待ち合わせすることができない。

ヘンリーたちのあとをつけていた馬車の御者に質問すると、依頼者は自らをシャーロック・ホームズと名乗ったというのだ。犯人は、ホームズの動きをすべて知ったうえで行動していることが判明した。ホームズに対する犯人からの挑戦なのである。

○第６章　バスカヴィル館　BASKERVILLE HALL.

知識がなければ漢訳できない固有名詞の例に関連して「王立外科医師会附属の博物館 the Museum of the College of Surgeons」に触れた。モーティマー医師がロンドンで時間をすごした場所として第６章の会話のなかにでてくるものだ。

『降妖記』は、「城内医学校」（40頁）とする。博物館を省略した。前に、この漢訳者は医学事情に詳しいと書いたが、これではその言葉を訂正する必要がでてくる。『怪嫳案』では、「外科医院之博物所」（48頁）となっている。正しい。『嫳祟』は、「外科博物院」（53頁）だ。『降妖記』を参照したらしいのだが、ここは独立して正しい判断を下している。３種ともに、微妙に異なっているのがおもしろい。

『降妖記』と後の『嫳祟』の漢訳が似ていることは、たびたび指摘している。一部、異なる箇所があるといっても、その印象は強い。話の本筋ではない部分で、共通しているように思う。

モーティマー医師は、専門の分野に引きつけて話をするのがクセだ。

> A glance at our friend here reveals the rounded head of the Celt, which carries inside it the Celtic enthusiasm and power of attachment. Poor Sir Charles's head was of a very rare type, half Gaelic, half Ivernian in its characteristics. こちらのご友人をごらんなさい。ケルト民族特有の丸い頭をされているのがおわかりでしょう。ここにはケルト人ならではの情熱と愛着がひそんでいるの

です。お気の毒なサー・チャールズの頭の型は、純血ではなく、スコットランド・ゲール人の血が半分、アイルランド人の血が半分という非常にまれなものでした。97頁

スコットランドのゲール人もアイルランドのイヴェルニア人もともにケルト人なのだそうだ。

【降妖記】省略　41頁
【怪獒案】子試観謙之頭顱。圓如喜壚Lelt《ママ》之人。脳中必蔵恋喜壚之性質。毋怪其恋故郷也。ヘンリーの頭をごらんなさい。ケルト人のように丸いです。頭では必ずケルトをひそかに恋しくおもっているのです。故郷を恋するのを怪しむにはあたりません。49頁
【獒祟】省略　54頁

『怪獒案』は、原文に忠実な漢訳をめざしているとわかる。『降妖記』と『獒祟』はともに民族についての説明を省略している。だから共通しているという。

舞台は、ロンドンからデヴォンシャのムアへ移る。バスカヴィル館がある場所だ。

ムアへの途中で騎馬兵を見かける。プリンスタウン監獄からノッティング・ヒルの殺人鬼セルダンが脱獄したという。脱獄囚には、物語におけるしかるべき役割がふられているのはいうまでもない。

“It is Selden, the Notting Hill murderer.” セルダンですよ、あのノッティング・ヒルの殺人鬼ですよ。100頁
【降妖記】名司當。即於納丁山戕人者。セルダンという名前です。ノッティング山で人を殺したやつ。42頁

地区名であるノッティング・ヒルを山にしてしまった。

【怪獒案】名佘敦、即殺人於遁亭山 Notting 中者。セルダンという名前です。ノッティング山で人を殺したやつ。51頁

『降妖記』と同じだ。

【獒祟】名司當。納丁山殺人之案。彼実主謀。セルダンという名前です。ノッティング山の殺人事件は、やつが犯人です。55-56頁

『降妖記』と基本的に同じで、さらに「やつが犯人です」をつけ加えた。

漢訳３種ともに、ノッティング・ヒルが地区名であるという認識がない。

バスカヴィル館は、死んだような雰囲気につつまれていた。そのうえ、その夜にはすすり泣く女の声が聞こえた。荒涼とした風景に存在する陰気な屋敷、おまけに怪しげな物音を加えて、ほとんど恐怖小説の様相をおびている。

○第７章　メリピット荘のステイプルトン一家

THE STAPLETONS OF MERRIPIT HOUSE.

陰気な夜をすごした翌日、執事のバリモアの妻が泣きはらした眼をしている。泣き声の主である。怪しい人物としてバリモアを残しているのは、作者による誤誘導のひとつだ。

ワトスンは、附近を散歩することにした。途中で出会うのが捕虫網をもったステイプルトンである。彼は、底なし沼と新石器時代の遺跡があることをワトスン、すなわち読者に説明する。さらに、美人の妹が出現する。兄の姿が見えないところで、ワトスンにむかってロンドンに帰れという。ヘンリー・バスカヴィルと人違いしての発言だった。

以上が第７章の主な内容だ。細かく見ると、いくつかの興味深い箇所がある。

あたりに鳴り響いたうめくような声について、ステイプルトンが解説してワトスンにいう。

The peasants say it is the Hound of the Baskervilles calling for its prey. 小作人たちは、バスカヴィル家の魔犬が餌食を求めている声だと言います。120頁

日本語訳では「魔犬」としているが、これが題名になっている「バスカヴィル家の犬」なのだ。

【降妖記】郷人伝説此為戕害巴斯赤衛利一族之猟犬。田舎の者は、これがバスカヴィル一族を殺害した猟犬だといっています。49頁

英文原作の書名なのだから、漢訳者も漢訳題名を『巴斯赤衛利一族之猟犬』としてもよかった。しかし、結果として『降妖記』になったのは、短い書名のほうがなじみがあったのだろう。

【怪獒案】此間農人云。斯乃妖獒之声。恐不久又将出而祟人矣。ここの農民は、魔犬の声だといいます。おそらく間もなくまた出てきて人に祟るんでしょう。62頁

後半は、漢訳者がつけ加えた。「餌食を求めている calling for its prey」を変形させたということも可能だ。

【獒祟】據郷農言。此即戕害却爾司之妖犬。農民のいうところによれば、これこそがチャールズを殺害した妖犬なのです。66頁

バスカヴィルをチャールズに置き換えてしまった。最近の殺人事件は、チャールズが被害者だ。そう考えての変更だろう。だが、これでは、伝説の持つ重みがなくなる。祖先がくい殺され、その子孫も同じ運命にあったからこそ恐怖が

増加する。書名と関係する箇所なのだから、もうすこし慎重に漢訳すべきだった。

ステイプルトンは、聞こえてきた鳴き声をサンカノゴイ（bittern 漢字で表示すれば山家五位）、すなわち絶滅寸前のサギの１種だといってみたりする。

英文原作には、有史以前の住居跡が存在していることを説明する箇所がある。しかし、『降妖記』と『獒祟』は、これを省略した。殺人事件とは、直接の関係はないという判断なのだろう。『怪獒案』は、原文のまま忠実に漢訳している。

◯第８章　ワトスン先生の第一報　FIRST REPORT OF DR. WATSON.

ワトスンからホームズへあてた報告の手紙である。「一ページ分だけ紛失してしまった。One page is missing」（133頁）と書いてあるが、紛失した部分があるとは思えない。

『降妖記』は、「私がホームズにあてた手紙の第１信はすでに失われてしまった。余所致福信首次已遺失」（54頁）と誤る。『獒祟』も同様に、「私がホームズにあてた手紙の第１信はすでに失われて残っていない。余所致福爾摩斯之信。第一号已遺失無存」（71頁）としている。『怪獒案』は、原文に忠実が翻訳方針だと思って見れば、なぜだかこちらもおかしい。「散逸した残りで、わずかに二三があるとはいえ。雖散失之餘。僅存其両」となっている。おかしいといえば、『降妖記』と『獒祟』はともに、手紙の日付、10月13日 October 13th. を省略する。『怪獒案』は、手紙の後ろに移動している。

『降妖記』は、手紙だからという理由からか、原文の描写を大幅に削って大筋だけだ。

英文原作ではムアの風景をこまごまと説明したあと、ホームズはそのような事柄には無関心だった、とワトスンは書く。「太陽が地球の周りを回っていようが、地球が太陽の周りを回ろうが、君はまったく無関心だったことを、ぼくは今でもよく覚えている。I can still remember your complete indifference as to whether the sun moved round the earth or the earth round the sun.」（134頁）

ここを漢訳するのは、『怪獒案』だけだ。「太陽が地球の周りを回るのか、それとも地球が太陽の周りを回るのかと人が議論をしているのを聞いて、君は無関心だったことを覚えている。そのような意味のない話を君は聞きたくなかったのだ。且吾曾記君聞人議論日繞地球行。抑地球繞日行之説。君置而不辯。可知君必不願聴此無謂之談也」(69頁)

ワトスンの手紙は、ホームズへいくつかの事柄を報告するものだ。

1．ムアに逃げている脱獄囚の動向

2．ヘンリーがステイプルトンの妹に好意を寄せていること、兄のステイプルトンは、それに嫉妬していること

3．ヒューゴーの伝説の現場を見学したこと

4．ラフター荘のフランクランドに会ったこと

5．バリモアが夜中、ムアの暗闇を見つめているという怪しげな行動

『降妖記』と『獒祟』は、まったく同じというわけではないが、大筋だけを漢訳した。『怪獒案』は、両者とは違い原文に忠実だ。

2のヘンリーとステイプルトン兄妹の箇所を英文原作と漢訳を比較してみる。

> and yet I have more than once caught a look of the strongest disapprobation in his face when Sir Henry has been paying some attention to his sister. サー・ヘンリーが妹にやさしい素振りを見せたりすると、彼の顔に強い不快な表情がうかぶのを、ぼくは何回も目にした。137頁

ワトスンは、兄の不快な表情を、妹にたいする愛情だと解釈した。実は、兄妹愛ではなく夫婦愛なのだ。しかし、真相が明かされる以前のことだから、ワトスンの書くように理解せざるをえない。そういう微妙な箇所だ。

> 【降妖記】乃其妹与亨利私語。或携手閑歩。其兄沮喪之色。即現於面。妹がヘンリーと私語する、あるいは手に手をとって散歩すると、その兄は元気のなさが顔にあらわれるのだった。55頁

「手に手をとって」は、翻訳のしすぎだ。そのような表現は原作にはない。

【怪槃案】吾嘗見謙勵与白梨語時。是倜毎含慍色。ヘンリーとベリルが話をするとき、ステイプルトンはきまって憤怒の色をうかべるのだった。71頁

ほぼ原作に近い漢訳だといえよう。

【槃祟】蓋余毎睹亨利与其妹私語時。其兄往往露不豫之色。ヘンリーがその妹と私語する時、兄は往々にして不快な色をうかべるのだった。73頁

『槃祟』は、『降妖記』を手本にしているらしい、と私は判断している。ところが、上の箇所は、そうなっていないから不思議だと思う。共通している部分が多いが、異なっている箇所もあるということだ。
『降妖記』と『槃祟』が、同じ箇所に小さな間違いがあって、落ち着かない。

The other day − Thursday, to be more exact − Dr. Mortimer lunched with us. 先日、正確にいうと、木曜日のことだが、モーティマー医師はぼくたちと昼食を共にした。138頁

問題は、曜日なのだ。

【降妖記】礼拜二日。層母提耳来此小餐。火曜日にモーティマーが来て食事をした。55頁

原文の木曜日 Thursday が、火曜日になった。
参照しているらしいから『槃祟』を先に示す。

【嫈祟】前星期二日。馬帖満医士曾在亨利家小餐。このあいだの火曜日にモーティマーがヘンリーの家で食事をした。73頁

『降妖記』とほぼ同じだとわかる。間違っている。

【怪嫈案】木曜日馬田牧来訪。木曜日にモーティマーが訪れた。71頁

当時の英漢字典に「木曜日」と書かれている。食事がぬけているが、木曜日というのは正しい。

第８章で注目される箇所、すなわち後の物語の伏線が、ステイプルトン兄妹の関係である。ヘンリーが妹に好意を寄せると、兄が嫉妬をする。前述のように、作者は、ワトスンにそれを兄妹愛だと説明させている。読者に怪しまれないように工夫をした箇所である。

バリモアが夜中に屋敷内をうろつきまわる秘密は、次章で明らかになる。

○第９章　ムアの明り　THE LIGHT UPON THE MOOR.

ワトスンが、ホームズにあてて報告する10月15日付の第２信だ。

主要な内容は、ふたつある。

ひとつは、ヘンリーがステイプルトンの妹を好きになり、兄がそれに対して怒りをぶつけること。

ふたつは、夜中に徘徊するバリモアの不可解な行動が、脱獄囚に関係するものだということ。つまり、脱獄囚は、バリモアの妻の弟だった。ムアに潜んだ義理の弟に食事を準備したという合図を送っていたのである。それに関連して、脱獄囚をムアに追跡するばめんもある。

『降妖記』と『嫈祟』は、ここでも日付を無視する。『怪嫈案』は、「十月望日」と正確に漢訳している。

ステイプルトンが、ヘンリーと妹の結婚を反対する理由がわからない。そこ

でワトスンは、バスカヴィル家の魔犬伝説が原因ではないか、と考える。

I know nothing against him, unless it be this dark fate which runs in his family.
ただひとつ、思いつくのは、彼の一族にまつわる、あの不吉な運命である。
154頁

「あの不吉な運命」といえば、魔犬伝説以外にはありえない。
『降妖記』は、この部分を省略した。それでは、『獒祟』はどうかと見れば、つぎのようになっている。

【獒祟】其或斯太白敦惑於亨利家妖狗作祟之説。故不願其妹与之締婚歟。
あるいは、ステイプルトンはヘンリーの一族が魔犬に祟られているという説に惑わされているため、妹が婚約するのを願っていないのかもしれない。
80頁

言葉を置き換え、さらに説明を増加させているが、ほぼ英文原作の意味に近い。『降妖記』とは違っている。
『怪獒案』は、どうか。

【怪獒案】所嫌者。唯其家屡遭惨死耳。疑うのは、その一族がたびたび惨劇にあっていることぐらいだ。

やはり、これが一番原文に近い。
ステイプルトンは、ヘンリーの妹にむけた愛情を利用しようとした。つまり、時間稼ぎをしておいて、殺害の機会をねらおうというわけだ。いっておかなければならないのは、ドイルは、あからさまにそう説明しているわけではない。あとから考えれば、そうとわかるように記述している。

if I would promise for three months to let the matter rest and to be content with cultivating the lady's friendship during that time without claiming her love. This I promised, and so the matter rests. それで、わたしは三か月の間、この件はおあずけにして、結婚はあせらず、彼女と互いに理解を深めることにすると約束すれば、彼も強硬な反対はしないとおもいました。そこで、わたしはそう約束をした。と、まあ、こういうわけです。155頁

ステイプルトンが提案したのではなく、ヘンリーの方から言い出した、というのが作者の巧妙なところなのだ。

【降妖記】但三月内。只許与其妹為尋常之交。毋得別生枝節。余遂諾之。ただし、3ヵ月の間は、その妹とは普通のつきあいをしておいて、別に事故がおきないようにするというので、わたしはそれを承諾したのです。62頁

【怪獒案】但望謙勵俟三月後始与訂婚。謙一一諾之。ただし、ヘンリーには婚約するのは3ヵ月を待ってもらうことにして、彼はすべてを承諾したのです。79頁

【獒祟】特求予於三月之内。不復与其妹談論及此。則将来終有作合之日。惟尋常往来。則儘可自由云云。3ヵ月のあいだ、その妹との件はおあずけにすれば、将来はむすばれることもあろう。ただ、日常の往来は自由にするなどなど。81頁

漢訳3者を並べてみると、それぞれがいずれも「3ヵ月」をはずしていない。そのなかで『降妖記』が、比較的原文に忠実だということがわかるだろう。

第9章においては、英文がイギリス版とアメリカ版では異なる箇所があるという。

ワトスンとヘンリーが、脱獄囚を追跡するばめんだ。

We were both fair runners and in good condition, ぼくたちは、二人とも走るのが速く、コンディションもよかったのだが。169頁

『ストランド・マガジン』では、上のようになっている。それが、アメリカ版では、こうなる。

We were both swift runners and in fairly good training, こちらは二人とも足は早く、しかもコンディションも申し分なく上々だったのだが　321頁

英語自体が、微妙な言葉使いなのだ。漢訳では、『降妖記』と『獒祟』は、両者ともこの部分を無視した。
ところが、『怪獒案』は、ちゃんと翻訳しているから感心する。

【怪獒案】吾与謙皆善走。且此時精神活潑。私とヘンリーはふたりとも足は速く、しかも元気はつらつだったのだが　85頁

結局のところ取り逃がした。月を背にする不思議な人物の影をワトスンは目撃する。英文原作は、謎がいっそう深まっていくという巧妙な筆運びである。
ワトスンの手紙の最後には次のような文章がある。初出の『ストランド・マガジン』には存在しない表現だ。

In any case you will hear from me again in the course of the next few days. いずれにしても、二、三日中に再び君に報告する予定でいる。172頁

漢訳の3種類が拠ったのは、初出雑誌ではなく、単行本であることはすでに指摘している。にもかかわらず、『降妖記』と『獒祟』は、この箇所を翻訳していない。しかし、『怪獒案』は、違う。

【怪獒案】或遅日吾更有以告君。また後ほど君に報告するよ。86頁

ちいさな箇所だ。だが、ちいさなところをゆるがせにするかしないかが重要だ、と私は考えている。3種類の漢訳を評価するとき、原文に忠実であるかどうかを基準にする。今はまだ検討して途中ではあるが、『怪獒案』がほかの2種類に比較して上質な翻訳だということができる。

○第10章　ワトスン先生の日記から

EXTRACT FROM THE DIARY OF DR. WATSON.

前2章は、ホームズにあてたワトスンの手紙だった。本章は、趣向をかえてワトスンの10月16日付および10月17日付日記である。

『降妖記』だけが、「九月十一日」(68頁)と「九月十七日」(73頁)に誤る。その理由がわからない。誤訳するような箇所ではないからだ。旧暦に換算したつもりなのだろうか。そもそも、その必要があるのか、はなはだ疑問でもある。

16日の日記で明らかにされる事柄は、主としてふたつある。

ひとつは、バリモアの義弟である脱獄囚が南アメリカへ逃亡する手はずになっていること。もうひとつは、チャールズが殺された時、L. L. という女性に会うことになっていたという新事実だ。

脱獄囚についていうと、殺人事件の本筋には直接からむようには見えないかもしれない。そう見えるとすれば、ドイルの筆がさえていることになる。関係がなさそうで、結局は、本筋に密着して配置されている。だから、翻訳に手を抜けば、物語そのものが貧弱になる。バリモアたちも、バスカヴィル館の荒涼とした雰囲気を作り出すためにも、必要な存在なのだ。それは、漢訳者たちも理解している。だから、省略することはない。

それは、いいのだが、なぜだかこれも『降妖記』だけが、原文の南アメリカ South America をただの「アメリカ［美洲］」(70頁)にする。不注意なのだろうか。訳者がそうであっても、商務印書館には編訳所が設置されているのだから、その関係者は訳文を点検しなかったのかと疑問に思う。その回答は、点検はし

なかった、である。茅盾は1916年の商務印書館編訳所を回想して、編訳所には校閲担当者がいなかったとのべている。なにもわざわざ誤訳を指摘してうらまれることもない、という考えがあったというのだ[63]。読者のことは眼中になかったということになる。相当にいいかげんだ。

本章の後半は、10月17日付日記である。

L. L. という名前は、ローラ・ライオンズ Laura Lyons であることが判明する。ムアに潜むもうひとりの不審者が誰なのか。興味をつないで次章にうつる。

○第11章　岩山の男　THE MAN ON THE TOR.

ワトスンの日記が10月17日で終わったから、本章は翌日の18日からのことになる。

『降妖記』だけが、「九月十八日」にして違う月を示す。

ワトスンが、ローラ・ライオンズ夫人を訪問するばめんを比較対照してみよう。

> A maid showed me in without ceremony, and as I entered the sitting-room a lady, who was sitting before a Remington typewriter, sprang up with a pleasant smile of welcome. メイドが無造作に案内してくれた。居間に通ると、レミントン社製のタイプライターに向かって座っていた女性が、愛想の良い笑みを浮かべながら、さっと立ち上がった。191頁

ローラ・ライオンズ夫人は、来客が親しい男性であると予想していたことが、この表現から読みとれる。その男性とは、ここでは明らかにされていないが、ステイプルトンなのだ。

> 【降妖記】一女僕延余入。見一婦人坐字儿側。欣然起立。似迎熟客者。メイドが私を招き入れると、テーブルに座っていた婦人が、よろこんで立ち上がり、まるでなじみの客をむかえるようだった。75頁

レミントン社製のタイプライタは、漢訳されていない。それを除けば、雰囲気は出ている。

【怪獒案】一女傭出応入。見羅娃在廳事中打字。聞客至。輟而起迎。メイドが迎え入れると、ローラが広間でタイプライタを打っているのが見えた。客がきたのを知って、むかえに立ち上がった。94頁

『怪獒案』は、『降妖記』と同じ年に発行された。一方はタイプライタを知らず、『怪獒案』はほぼ正しく漢訳している。

タイプライタといえば、「娘を欺く義父事件　継父誑女破案」（『時務報』第24-26冊　光緒二十三年三月二十一日1897.4.22－四月二十一日5.12。「花婿失踪事件」）に出てきた。その時は、タイプライタという単語そのものが漢訳されなかった事実を思い出す。時間が経過すれば、適正な訳語が使用されるという例のひとつだといえようか。漢訳者による、ということはいうまでもないが。

ただし、知人であると勘違いした箇所は、漢訳に反映されていない。

『獒祟』は『降妖記』を後追いしている、と表現してきた。ところが、まったくの「後追い」というわけではない。

【獒祟】一女僕粛余入室。見一婦人。坐一打字機側。睹余至。即起立通款。メイドが私を部屋に迎え入れると、婦人がひとりタイプライタのそばに座っているのが見えた。私が来たのを見て、すぐさま立ち上がって出迎えた。98頁

タイプライタの漢訳は正確だ。ただし、ここでも知人と思い違いしたところは、翻訳しきれていない。

ワトスンがローラ・ライオンズ夫人から聞いたことは、それほど実り多いものではなかった。チャールズが殺された夜、ローラは会う約束をしたが行かな

かったことなどを確認しただけだ。

ムアの不審者、すなわち章題の「岩山の男」については、意外な展開になる。ワトスンは、あやしい人物だと見定めてその正体をさぐっている。少年が食料を運んでいる現場を目撃し、その場所に足を踏み入れてみると、外から聞き慣れた声がする。

○第12章　岩山の死[64)]　DEATH ON THE MOOR.

ホームズが再登場する。

ワトスンは、自分の方が不審者を追っているとばかり考えていた。だが、その不審者、実は、ホームズの監視のもとにあった。こういう逆転が読者の興味をひっぱっている。

本章から、物語は急展開を見せる。

ホームズの口から、つぎのことがワトスンに明らかにされる。

ステイプルトンの妹は、妹ではなく妻であること、ロンドンでホームズたちをつけ回していたのはステイプルトン自身だったこと、彼とローラ・ライオンズ夫人がごく親しい仲であることなどだ。極めつけは、彼のねらいはヘンリーを殺害することだった。

> Holmes's voice sank as he answered:—
>
> "It is murder, Watson — refined, cold-blooded, deliberate murder. Do not ask me for particulars. My nets are closing upon him, even as his are upon Sir Henry, and with your help he is already almost at my mercy. ホームズは声を潜めて答えた。「殺人だよ、ワトスン。巧妙に仕組まれた、残忍きわまりない殺人計画だ。細かな点は話せない。彼の仕掛けた網がサー・ヘンリーを捕らえようとしているが、ぼくの網もステイプルトンに着実に迫っている。君の助けで、彼はぼくの手中に入ったも同然だよ。218頁

ホームズは、事件全体をすでに把握している。ワトスンへの説明は、まだ、

する段階ではないという判断だ。

【降妖記】福沈声曰。是必就人人之所疑者。以行其毒殺之計。斯太白敦所布置。已為爾我次破。當難倖脱。ホームズは声をひそめていった。「それは、人々が疑っていることで、毒殺をやろうとしているんだ。ステイプルトンの計画は、ぼくだけが見破っている。のがれるのはむつかしいんだ」86頁

「毒殺」という箇所が、ひっかかる。訳者は、本当にそう考えているのだろうか。原文の murder をわざわざそう漢訳する必要があるのか、疑う。さらには、本書の題名が「バスカヴィル家の犬」であることに、無頓着であるといわなければならない。「毒殺」であるならば、バスカヴィル一族は、魔犬に呪われているという前提で物語が進行しているのを無視する結果になるからだ。

【怪獒案】施低声曰。彼之詭秘毒手段。君今姑勿問其詳。吾已張網羅以困之。更得君助。則彼必無可遁。シャーロックは声を潜めていった。「彼の秘密の残忍な手段は、君はその詳細を聞かないでくれ。ぼくはすでに網をはって包囲している。君の助けで、彼は逃れることはできないよ」107-108頁

ここまで漢訳しているのだから、こちらは英文原作をほぼ完全に把握している、といってもいいだろう。『降妖記』に比較すれば、上出来だ。

【獒祟】福低声答曰。昧盡天良。実行其暗殺主義耳。雖然彼之所図。已盡為我次破。余網已張。彼陥落之時非遙矣。ホームズは声を潜めて答えた。「良心をなくし、暗殺主義を実行するのだ。彼の計画は、ぼくが見破っているがね。ぼくの網はすでにはってあって、彼が落ちるのはそう遠くではないよ」111頁

「暗殺主義」は、原文にはない。漢訳のしすぎだと思う。だが、『降妖記』よりは、まだ、マシだ。

叫び声がして、ヘンリーの衣服を身につけた人物が殺されている。ヘンリーが殺されたとばかりに思ったが、実は、脱獄囚であった。ここで、ヘンリーがホテルでブーツを盗まれた理由がわかる。ヘンリーのにおいが必要だったのだ。

この物語が特異なのは、犯人がステイプルトンだとすでにわかっていることだ。犯人は判明しているが、その証拠を出すことができない。いわゆるアリバイ崩しの興味につながる。

本章には、重要な事柄が示されていることをいっておこう。

ホームズが重視するのは、犯人であることを証明する動かぬ証拠を提出することだ。つまり、いわば証拠主義に立脚している点を見逃すことはできない。捕縛したとしても、犯人であることを証明しなければならない。現代の読者にとっては、説明の必要もない明白な前提である。これを、当時の中国の読者は、どのように受け取ったのか。漢訳者は、読者を代表していると考えるから、該当個所を見てみよう。

英文原作の関連箇所ふたつを示す。いずれもホームズの発言だ。

> But supposing, for argument's sake, that we had him arrested to-night, what on earth the better off should we be for that? We could prove nothing against him. けれども、ためしに仮定してみたまえ。ぼくたちは今晩にだって彼を捕縛できるよ。けれどもそれで、ぼくたちのために何かいいことがあるだろうか？彼を有罪にするような証拠が、ぼくたちにはないのだ。231頁
>
> We should be laughed out of court if we came with such a story and such evidence. この程度の話と証拠では、法廷で一笑に付されるのが落ちだよ。231頁

【降妖記】設竟捕之。子以何據控告其罪。捕縛したとして、きみはなんの

証拠でその罪を告発するのかね。90頁
欲控告人。須証其罪。不能徒恃捕風捉影之聞見。若子以猘犬作祟之説。訴之法廷。将貽為笑柄。告発するにはその罪を証明しなければならない。あてにならない伝聞によるわけにはいかないよ。猘犬の祟りだという伝説で法廷に訴えたとしたら物笑いになる。91頁

英文原作そのままではないにしても、証拠の必要性を強調する漢訳である。

【怪獒案】今遽擒之。将何以証其罪。今、あわてて彼を捕縛しても、その罪を何で証拠だてるのかね。114頁
焉能為証。若至公庭。豈不令人嗤笑乎。証拠とすることはできないよ。もし法廷にだしても、笑われるのが落ちだね。114頁

簡潔にすぎるかと思いもするが、原文の意味するところは十分に翻訳している。

【獒祟】証拠不充足。為時尚早。証拠不十分だよ。時期尚早だね。116頁

法廷うんぬんの箇所は、省略してしまった。大幅な簡略化によってページ数を減らす必要があったらしい。

3種類の漢訳は、程度の差はあるにしても、原作で述べられた証拠主義を基本的に無視していないことを確認しておきたい。証拠がなければ有罪にできない。これが探偵小説の大前提として存在している。漢訳者にも認識されているのが重要なのだ。

○第13章　網を張る　FIXING THE NETS.

物語は、真相解明にいたる直前の段階にある。ステイプルトンを捕縛するための段取りを整えるのだ。

まず、ステイプルトンがバスカヴィル一族の一員であることがホームズによって指摘される。先祖の肖像画と酷似していることが証拠だ。財産が目的である。

ステイプルトンが捕虫網を使っているのに引っかけて、ホームズは、つぎのようにいう。

> We have him, Watson, we have him, and I dare swear that before to-morrow night he will be fluttering in our net as helpless as one of his own butterflies. A pin, a cork, and a card, and we add him to the Baker Street collection! これで、彼はぼくたちの手の中に入った、ワトスン。彼をつかまえたも同然だ。明日の夜までに、彼が捕まえる蝶のように、彼を網の中にとり込んでみせる。これは確実だよ。虫ピン、コルク、カードを用意し、ぼくたちのベイカー街コレクションに加えようではないか！239-240頁
>
> 【降妖記】然。明日薄暮。彼入余網中。猶彼之以網捕蝶。而余偵探記中。又増一巴斯赤衛利猟犬戕人之案。そうだ。明日の夕方には、彼はぼくの網の中だ。彼が網で蝶をつかまえるようにね。ぼくの探偵記録のなかに、バスカヴィルの猟犬殺人事件が増える。94頁

漢訳者は、原文の「ベイカー街コレクション」を探偵記録に読み替えた。まったくの間違いというわけではないが、おさまりが悪い。漢訳のようにしてしまうと、ホームズ自身が事件の記録をつけているようにも理解できるからだ。記録は、ワトスンの担当である。

> 【怪獒案】屈臣彼已在吾等掌中矣。明日彼必困吾之網中。亦如蝶入彼之網也。ワトスン、彼はすでにぼくたちの掌中にあるよ。明日、彼はぼくの網の中につかまるはずだ。まるで蝶が彼の網に入るようにね。118頁

ベイカー街コレクションは、無視してしまった。

【獒祟】余知明日下午。斯太白頓将不知不覚陥入於余輩所張之羅網矣。明日の午後、ステイプルトンは知らず知らずにぼくらがはった網に入り込むだろうよ。118頁

こちらも『怪獒案』と同様にあっさりと切り上げげた。これでは、ホームズのすこし高揚した気分が、うかがえない。

翌朝、ホームズは、ヘンリーにひとりでステイプルトンを訪問するようにいう。

ホームズたちは、ライオンズ夫人に面会し、ステイプルトンが妻を妹といつわっていたことを知らせる。夫人は、結婚を餌に騙されてチャールズに面会の手紙を書いたのである。つまり、知らないうちにチャールズ殺しの手伝いをさせられていたというわけだ。

ホームズが事件について、ふと、漏らしたことばがある。

I shall soon be in the position of being able to put into a single connected narrative one of the most singular and sensational crimes of modern times. Students of criminology will remember the analogous incidents in Godno, in Little Russia, in the year '66, and of course there are the Anderson murders in North Carolin a, but this case possesses some features which are entirely its own. Even now we have no clear case against this very wily man. But I shall be very much surprised if it is not clear enough before we go to bed this night. 現在の犯罪の中でも一、二を争うほど特異で、センセーショナルな犯罪について、ぼくはまもなく、ひとつの話としてまとめて話せるようになるよ。将来、犯罪学の研究者なら小ロシアのグロドゥノで一八六六年におきた事件を思いおこすことになるだろうね。それから確か、ノース・カロライナ州のアンダースン殺人事件もだ。いずれにしても、今回の事件は比べるもののない、特殊な事件だよ。今になってもまだ、あの狡猾きわまりないあの男の犯罪は立証できないのだ。とにかく、今夜、寝る前までに、すべてが解き明か

されていないはずはないさ。249頁

出てくる地名も、1866年という年も、事件名も、かかわっている目下の事件とは、直接の関係はない。ホームズが直面している事件がいかに特異であるかを強調するための説明にすぎない。だからといって、これを省略してしまうと、ホームズ物語としての豊かさ、別のことばでいえばホームズの生活史が失われてしまう。くりかえして私がいう理由である。

【降妖記】功垂成矣。此案最奇者。為其始枝節岐出。検之如治棼絲。迄今則不難組織為一幅錦繍。世界中喜読探案者。茶餘酒後。又増一驚詫驀想之書。念当日膺斯事之人。亦歎美之。但控告斯太白敦仍無所據。今夜如不能了。則前功盡棄已。もうすぐ成功するよ。この事件がもっとも奇怪なのは、はじめは枝葉がでてきたが、乱れた糸を整理するように点検して、今では錦織刺繍を織り上げるのもむつかしくはなくなった。探偵物語を読むのがすきな世界中の人々には、ひまつぶしに、驚きの書物がまたひとつ増えることだろう。この事件にあたった人も、賛美するよ。しかし、ステイプルトンを告訴しても証拠がない。今夜、終わることができなくは、今までの苦労は水泡に帰すね。99頁

グロドゥノもアンダースン殺人事件もないのは、漢訳者の判断だろう。そこを除けば、大筋はほぼ原文通りの翻訳だといってもいい。

【怪獒案】此案吾已盡得其底蘊矣。少間案破。君誌之。則又得邇来一空前奇案以餉世矣。凡攷究謀害案者。莫不以一八六六年郝龐蘆 Grodno 及燕徳詢 Anderson 二案為奇絶。詎知此案更有甚于彼。この事件について、ぼくはすでに詳細は全部を把握しているよ。もうすこしで解決だ。きみが記録すれば、ちかごろ空前の奇怪事件ということになる。1866年グロドゥノおよびアンダースンのふたつの事件よりもすごい。この事件は、それらとの

比較にならんよ。123頁

固有名詞に原文を添えるのが、『怪娶案』の漢訳者のやり方だ。省略していないところを見てほしい。

【娶祟】以意度之。此案今晩當破。明日余輩二人。可釈重負。買酔於倫敦酒家矣。この事件は今晩には解決すると考えている。明日にはぼくたちは重荷を下ろして、ロンドンのパブで酒をのむことができるよ。122-123頁

事件の奇怪さはなくなってしまった。後半は、漢訳者の考えによるつけたしだ。しかし、「重荷を下ろして」という表現を使えば、ホームズは普通の人になってしまう。事件がないことの方が、彼には苦痛であることを漢訳者は知らない。事件がこみいっているだけ、ホームズには喜びなのだ。それを知らずに、翻訳をしていることが、この少しの付け加えからわかってしまう。

3種類をならべると、はやり『怪娶案』に軍配があがる。

○第14章　バスカヴィル家の犬　THE HOUND OF THE BASKERVILLES.

レストレイドを加えてホームズとワトスンの3人は、ステイプルトンの屋敷に潜入した。ヘンリーが食事を終えて帰宅の途につく。霧のなかで彼を待ち伏せたホームズたちの前に、魔犬が出現した。

A hound it was, an enormous coal-black hound, but not such a hound as mortal eyes have ever seen. Fire burst from its open mouth, its eyes glowed with a smouldering glare, its muzzle and hackles and dewlap were outlined in flickering flame. それは、漆黒の巨大な猟犬であった。犬には違いないが、見たこともないものだ。大きく開いた口から火をふき、ほのかに炎を宿す目はぎらぎらと睨みつけ、その鼻、逆立つ首の毛、のど袋、そしてその全体が小さな火を放っているのだ。258-259頁

【降妖記】一大黒犬。衝突而来。張歯流目。光耀如火。項皮背毛。灼灼射人。巨大な黒犬が突進してきた。歯をむき出しにして目をおよがせ、炎のように輝かせている。首の皮、背中の毛はきらきらと人を射ている。101頁

4字をくりかえして調子がいい。だが、その分、上滑りだ。英文原作に出現する巨大な猟犬が、口から火を吹いているのは、たとえではない。文字通り火をふき、身体全体が小さな火を放っている。だからこそ、レストレイドは悲鳴をあげた。その恐怖感が、『降妖記』の漢訳では伝わってこない。

【怪獒案】見一龐然黒獣。衝霧而出。状類獒属。但其目光掣電。鼻息噴火。巨大な黒い獣が、霧のなかから出てきた。形は猟犬だが、その目はひかり、鼻息は火をふいている。127頁

猟犬が全身から火を放っている凄味が、こちらにもすこし足りない。

【獒祟】見一猛厲之黒色大猟犬。疾趨而前。獰猛な黒い巨大な猟犬が、すごい速度でやってきた。125頁

ますます簡潔になってしまった。怖さも迫力も、ない。

残念ながら、3種類の漢訳は、ともに恐怖感を伝えてその程度が低いといわざるをえないだろう。

猟犬が実際に火を放った原因を説明した箇所を紹介しておこう。これをあわせて読めば、漢訳者がどのように原文を把握していたか理解できると思うからだ。

Even now in the stillness of death, the huge jaws seemed to be dripping with a bluish flame and the small, deep-set, cruel eyes were ringed with fire. I placed my hand upon the glowing muzzle, and as I held them up my own fingers smouldered and gleamed in the darkness.

"Phosphorus," I said. 死んでおとなしくなっている今でも、巨大な犬の口からは、青白い炎がこぼれていて、深く窪んだ、残虐そうな小さな目も、まるく火で囲まれていた。その燃えている鼻先に手を置き、次に指をかざすと、わたしの指が暗闇に鈍く光を放った。／「燐だ」と、わたしは言った。263頁

【降妖記】雖受槍擊。目与歯。仍紅赤如前。余以手納犬口内。出之。則指甲燦然有光。余曰。此犬必多食燐質。故能発光。ピストルに撃たれたとはいえ、目と歯はやはり真っ赤だ。わたしは手を犬の口にいれて出すと、指は鮮やかに光る。「この犬は、燐を食べたにちがいない。だから光ることができるのだ」とわたしは言った。102頁

リンが鈍く光っている描写ではない。漢訳から受ける印象は、巨大な犬が燃え上がっているかのようだ。すこし訳しすぎではなかろうか。

【怪獒案】今雖死而目鼻尚有光。吾試捫之。指忽生光。因言施曰。咦。有燐質乎。死んでも鼻はまだ光っている。わたしが触ってみると、指が光った。「ああ、燐だな」とシャーロックが言った。128頁

ワトスンのせりふ「燐だ」をホームズに言わせてしまった。それを除けば、簡単な表現になったぶん、ぼんやりとしたリンの光という感じが出ている。

【獒祟】なし

『獒祟』は、省略したから、前の箇所とあわせて、魔犬は光を放っていない。これでは、ただの獰猛な猟犬になる。伝説の魔犬という雰囲気では、まったくない。

ステイプルトン夫人は、自宅で縛られているのが発見された。犯人のステイプルトンは、沼地に逃亡してそのまま飲み込まれたということになった。

ホームズものでは、犯人との立ち回りがあって逮捕に終わることがよくある。ただし、本件は、犯人は底なし沼に落ちて死亡したのだろう、とあいまいに終了する。

○第15章　回想　A RETROSPECTION.

ホームズがワトスンに事件の全貌を説明する。まとめの章である。

単行本化にさいして、アップウッド大佐 Colonel Upwood の事件とカレール嬢 Mlle. Carere 殺害事件のふたつが冒頭に書き加えられたのは周知のことであろう。

ヘンリーとモーティマー医師が、神経を癒すための長旅に出る途中、ロンドンのホームズたちを訪問する。たんなるあいさつだ。その夜、自然とバスカヴィルの事件がホームズとワトスンの話題にのぼった。これが原作である。

ところが、『降妖記』は、それらを大胆に書き換える。アップウッド大佐もカレール嬢も省略。ヘンリーたちがやってきたので、彼らを接待した。さらに、その場でバスカヴィルの事件を解説するようワトスンがたのむと、ヘンリーたちもそれに賛同するのだ。漢訳を下に示すが、ある意味で「独創的」なのだ。

【降妖記】十一月下旬某日。亨利及層母提耳以遊歴過倫敦。福宴之於家。賓主歓甚。飲酒数巡。余請福剖析此案関鍵。亨利層母提耳亦固請之。福曰子試検余日記視之。便可了了。余曰。不若口述之詳明。子何吝喉舌如是。福曰。口述恐不連貫。而乗機応変者。尤易遺忘。11月下旬のある日、ヘンリーとモーティマーは旅行でロンドンにきた。ホームズは、家に招待した。主客ともに喜び、酒が数回まわったのだ。わたしはホームズにこの事件の鍵を分析してくれるようにたのんでみた。ヘンリーとモーティマーももとよりそれを望んでいる。「ぼくの日記を見てみれば、理解できるよ」とホームズはいう。わたしは、「話してもらったほうが詳しくてわかりやすいよ。

どうしてそんなに惜しむのかね」というと、ホームズは、「話すとおそらく一貫せずに、時におうじて変化するし、忘れやすいものなんだ」と答える。105頁

ご覧になれば、読者はすでにおわかりだろうが、ホームズらしくないところが「独創的」だ。

ホームズが日記をつけていたという箇所を見られたい。備忘録とかスクラップブック、手帳は聞いたことがあるが、それらに日記が含まれているのだろうか。ありそうで、違う。

口頭での説明は、書き物に劣るという判断をホームズがしているのも、珍しい。つまり、ここでは漢訳者が勝手に想像したホームズ像を提出していると思われる。勝手な想像だから、漢訳者自身の考えが無意識に反映されて出てきたホームズ像なのだ。頭脳明晰なホームズが、事件の詳細を説明して、時に応じて変化するとは考えられない。

そもそも、英文原作には、日記などでてこないし、ホームズによる口頭での説明が、当然のようにしてはじまるのである。「あの魔犬の話も、なるべく記憶が遠のかないうちに、できるだけ正確になりゆきを君に話しておこう。So far as the case of the Hound goes, however, I will give you the course of events as nearly as I can,」(276頁)

第15章全体が、ほとんどホームズの語りで構成されている事実を見れば、『降妖記』のように口頭での説明を軽んじるホームズなど存在する余地がない。漢訳者は、勘違いしたといわなければならないだろう。

『怪獒案』が英文原作に忠実に漢訳しているのは、いうまでもない。

一方で、『降妖記』を後追いする『獒祟』は、まぎれもなく『降妖記』を参照している。『降妖記』が酒をふるまっているのを、「ホームズはひきとめて食事をともにした。福留之共飯」(127頁)と書き換えて、さらに省略を加えている。

『怪獒案』の末尾に訳者の「序」がある。その内容は、原作者コナン・ドイ

ルの解説だ。今まで紹介されたことはない。資料として原文を掲げる。発行された1905年という早い時期に、すでに正確な著者説明がなされていることに注目されたい。ただし、これに言及した文章をみたことがないところから、当時、漢訳そのものがそれほど流布しなかったのかと思う。周桂笙が読んでいれば、シャーロック・ホームズを実在の人間だと考えることはなかったはずだ。

右記6一書為韓滌Conon《ママ》 Doyle所作。韓乃英倫當世之大文豪也。年甫壮歳。而平居著作。言盈百万。曾以文誉膺列爵之賞。由是大名鼎鼎。震于寰宇。比年疾當道之懵懵。偵探之昏昏。坐令狡獪之徒。作奸犯科。而莫能察。故託屈臣之名。而作施楽奮偵探案。以状當時上下社会之情形。且意謂倘得一人如施楽奮者。則奸宄不作。若猶不靖。亦断無苟免之理。噫。以世称文明之英国。尚且如此。吾国更如何也。余有慨于斯。爰泚筆訳之。甲辰臘八日成城子識于大我堂

結論としては、漢訳の質からいって、まず『怪燊案』が上位にくる。優秀である。すこし水準がさがって『降妖記』および『燊祟』という順番だ。

注

1）江戸川乱歩『海外探偵小説作家と作品』早川書房1957.7.15初版未見／1995.9.30再版。211頁

2）樽本「漢訳ホームズ研究小史」本書所収

3）藤元直樹編「コナン・ドイル小説作品邦訳書誌」『未来趣味』第8号2000.5.3。Richard Lancelyn Green and John Michael Gibson "A Bibliography of A. Conan Doyle" Hudson House 1983,2000

4）畑實「シャーロックホームズの訳「乞食道楽」について」『文学年誌』第6号1982.4.25。藤元直樹編「コナン・ドイル小説作品邦訳書誌」91頁。樽本「「唇のねじれた男」の日訳と漢訳」本書所収

5）『時務報』第3冊（光緒二十二年七月廿一日1896.8.29。中華書局影印）には、「助資

諸君名氏」として「汪穰卿進士／梁卓如孝廉　集銀壹千貳百両　黄公度観察捐集銀壹千元　盛杏蓀観察助銀伍百両　朱竹意志廉訪助銀壹百元　黄幼農観察助銀伍百両　薛次申観察助銀貳百元　黄愛棠大令助銀壹百元　……」などのように掲載されている。また、史和、姚福申、葉翠娣編『中国近代報刊名録』（福州・福建人民出版社1991.2）には、鄒凌翰の名前もあげてある（189頁）。秦紹徳『上海近代報刊史論』（復旦大学出版社1993.7）には、張之洞が強学会上海分会に寄付したのは1,000両だと書いてある（40頁）。

6）中村忠行「清末探偵小説史稿（1）」『清末小説研究』第2号1978.10.31。11-12頁

7）中村「清末探偵小説史稿（1）」11頁

8）郭延礼『中国近代翻訳文学概論』漢口・湖北教育出版社1998.3。142頁

9）葉凱蒂「関於晩清時代小説類別及《新小説》雑誌広告二則」『清末小説』第12号（1989.12.1）には、該当広告の影印が掲載されており貴重だ。陳平原、夏暁虹編『二十世紀中国小説理論資料』第1巻（1897年-1916年）北京大学出版社1989.3。45頁

10）中村「清末探偵小説史稿（1）」29頁

11）「小説閑評」は、連載もの。『四名案』を紹介する『遊戯世界』第1期（刊年不記）は、「小説閑評」の扉に「丙午夏孟」と記してある。孟夏ならば、1906年の旧暦四月となる。

12）阿英編「晩清文学叢鈔」小説戯曲研究巻　北京・中華書局1960.3上海第1次印刷。535頁

13）また、陳平原、夏暁虹編『二十世紀中国小説理論資料』にも収録。201頁

14）阿英『晩清戯曲小説目』上海文芸聯合出版社1954.8／増補版　上海・古典文学出版社1957.9

15）李慶国「《啓蒙通俗報》篇目匯録」『清末小説』第23号2000.12.1

16）中村「清末探偵小説史稿（1）」16頁

17）阿英「晩清小説目」169頁という意味。

18）郭延礼『中国近代翻訳文学概論』147頁

19）「議探」の使用例は、ほかに上海知新室主人（周桂笙）訳「（偵探小説）失女案」（『新小説』2年4号（16号）光緒三十一年四月1905.5）がある。

20）小林司、東山あかね訳「まだらの紐」シャーロック・ホームズ全集第3巻『シャーロック・ホームズの冒険』　河出書房新社1998.2.25。287頁

21）中村「清末探偵小説史稿（１）」17頁。郭延礼は、『中国近代翻訳文学概論』の147頁注１で、中村の文章をそのまま注釈に使用している。

22）商務印書館編訳所訳『(偵探小説）華生包探案』(上海商務印書館　丙午1906年四月／1914.4再版　説部叢書1=4）の「序」に見える。また、冷血（陳景韓）戯作「(短篇小説）歇洛克来遊上海第一案」(『時報』1904.12.18）に啓文《ママ》社と記述されている。啓明社なのか、それとも啓文社なのか、どちらが正しいのか不明だった。しかし、今、啓明社が正しいと判明した。啓文社は、教科書出版社である。『中外日報』(1906.4.21付）にその広告が掲載されている。

23）さきばしってついでにいえば、郭延礼もいわゆる『続訳華生包探案』すなわち『続包探案』の原物を見ていないらしい。収録作品の順序が違うし、なによりも『続包探案』という書名を挙げていないから、そうと知れる。郭延礼も目にできないくらい珍しい翻訳本なのだろう。

24）阿英「晩清小説目」171頁

25）中村「清末探偵小説史稿（１）」17頁

26）阿英「晩清小説目」177頁

27）郭延礼『中国近代翻訳文学概論』147頁の注２

28）孫宝瑄『忘山廬日記』上下　上海古籍出版社1983.4。742頁

29）魯迅博物館蔵『周作人日記（影印本)』鄭州・大衆出版社1996.12。392頁／「周作人日記（1903-1904)」北京魯迅博物館魯迅研究室編『魯迅研究資料』(12）天津人民出版社1983.5。131-132頁

30）中村「清末探偵小説史稿（１）」17頁

31）『商務書館華英字典』(上海・商務印書館　光緒壬寅1902三次重印）に、amateur 専嗜一藝者、mendicant 乞児、丐食人と載ってはいる。しかし、素人と乞食が結びつかなかったのかもしれない。だからこそ事件になるのだが。

32）孫宝瑄『忘山廬日記』742-743頁。鄒振環『影響中国近代社会的一百種訳作』(北京・中国対外翻訳出版公司1996.1。249頁）に指摘がある。

33）「字」を単純に名前だと判断する根拠は、別の作品（ぶな屋敷）でジェフロ・ルーカッスルの名前を出して「傑弗洛（羅之字)」(70頁）と書いているからだ。

34）樽本「「唇のねじれた男」の日訳と漢訳」本書所収

35）小林、東山訳「ぶな屋敷」シャーロック・ホームズ全集第３巻『シャーロック・ホームズの冒険』443頁

36）コナン・ドイル著、小池滋監訳『詳注版シャーロック・ホームズ全集』2　ちくま文庫1997.5.22。398頁注1

37）コナン・ドイル著、小池滋監訳『詳注版シャーロック・ホームズ全集』2。547頁注5

38）樽本「『華生包探案』は誤訳である——漢訳ホームズ物語「采緬」について」本書所収

39）「序」の原文には、誤植がある。そのままを示せば、The memoirs of Skerlock Holmes となる。

40）延原謙訳「グロリア・スコット号」『シャーロック・ホームズの思い出』新潮文庫1953.3.10／1973.1.20三十八刷。104頁

41）阿部知二訳「グロリア・スコット号」『シャーロック・ホームズ全集』第1巻。233頁

42）A・柯南道爾著　李家雲訳「"格洛里亜斯科特"号三桅帆船」『福爾摩斯探案集』3　北京・群衆出版社1980.9。78頁

43）中村「清末探偵小説史稿（1）」22頁

44）小林、東山訳「黄色い顔」シャーロック・ホームズ全集第4巻『シャーロック・ホームズの思い出』河出書房新社1999.2.25。100頁

45）上海書店影印版の『繍像小説』では、掲載は第8期のみになっている。しかし、原本2種類（初版と後刷り）を見る限りでは、第8期と第9期の連載だ。ただし、第9期掲載（4-9丁）の柱に「第八期」とある。想像するに、『繍像小説』原本では、なんらかの原因で第8、9期の連載であったのを、上海書店は影印する時、原本とは違えて第8期に移動させたと思われる。

46）小林、東山訳「マスグレーヴ家の儀式」シャーロック・ホームズ全集第4巻『シャーロック・ホームズの思い出』河出書房新社1999.2.25。195頁

47）中村「清末探偵小説史稿（1）」24頁

48）作品は、「入院患者」だが、「ボール函」から流用している。ゆえに、この部分は、阿部知二訳「ボール函」（『シャーロック・ホームズ全集』第2巻河出書房新社1958.8.31／1959.5.20再版。229頁）から引用する。

49）中村「清末探偵小説史稿（1）」9頁

50）陳平原、夏暁虹編『二十世紀中国小説理論資料』は、201頁に「《補訳華生包探案》序」を収録する。ただし、発行年は、1906年になっている。

51）小林、東山訳『四つのサイン』シャーロック・ホームズ全集第2巻　河出書房新社1998.6.25。179頁。ただし、ロンドン版『リピンコッツ・マガジン』には、“the”がついている。家次房夫「《四つのサイン》（誕生秘話）」小林、東山編『シャーロック・ホームズ大事典』東京堂出版2001.3.20。903頁

52）木版。「光緒丙午春季寅半生識於鏡秋閣」とあるから、発行は1906年ころだろう。また、阿英編「晩清文学叢鈔」小説戯曲研究巻（北京・中華書局1960.3上海第1次印刷）所収。研究巻は、台湾・文豊出版公司（1989.4）の影印本がある。

53）研究巻476-477頁

54）コナン・ドイル著、小池滋監訳『詳注版シャーロック・ホームズ全集』5　ちくま文庫1997.8.25。32頁注28

55）原作では、July 7 と書かれているから、漢訳も当然ながら「七月七日」と訳している。ただし、小林、東山訳『四つのサイン』は、「九月七日」（25頁）とする。ドイル自身が、9月に訂正しなければならないといっていることが根拠だ。同左187頁注24

56）コナン・ドイル著、小池滋監訳『詳注版シャーロック・ホームズ全集』5では「ランプが前にぶらさげられるように、この厚紙（カード）を首のまわりに結んでくれないか」143頁とある。注して「この“card”という単語は“cord”としなければならない」とある。

57）コナン・ドイル著、小池滋監訳『詳注版シャーロック・ホームズ全集』5。216頁注136

58）樽本「漢訳ホームズ「緋色の研究」」本書所収

59）巻末に訳者の序がある。それには「甲辰臘八日成城子識於大我堂」と記される。成城子は、蔡守か。未確認。「序」の全文は、本文を見られたい。

60）陳霆鋭（1890-1976）は、江蘇呉県（今の蘇州）の人。中華書局で編集者をしていた。1920年、蘇州の東呉大学を卒業したのち、アメリカに留学、法学博士を取得。1923年、帰国後、各大学の教授を歴任した。1948年、台湾に渡り弁護士となる。1954年、東呉法学学院院長。1956年、アメリカに移住。1974年、台湾にもどった。以上、陳玉堂編著『中国近現代人物名号大辞典』（杭州・浙江古籍出版社1993.5。534頁）による。経歴を見ると、中華書局に勤務したのちに大学に入学している。ホームズものの漢訳は、陳霆鋭が大学に入学したころに行なったものらしい。アメリカに留学する以前の仕事だ。

61）私の手元にあるのは、刊年不記の「小説彙刊第六十四種」である。

62）侗生「小説叢話」阿英編『晩清文学叢鈔』小説戯曲研究巻　北京・中華書局1960.3 上海第1次印刷。台湾・文豊出版公司（1989.4）の影印本がある。454頁

63）茅盾「商務印書館編訳所和革新《小説月報》的前後」『商務印書館九十年——我和商務印書館』北京・商務印書館1987.1。151頁

64）「ムアでの死」というのが章題だろうが、日本語訳（210頁）ではこうなっている。

【参考文献】

A. Conan Doyle "Memoirs of Sherlock Holmes" George Newnes, LTD （Souvenir Edition） 1902

Sir Arthur Conan Doyle "The Original Illustrated 'STRAND' Sherlock Holmes -The Complete Facsimile Edition" Wordsworth Editions Limited 1990,1998

"Sherlock Holmes: The Complete Novels and Stories" Volume 1, Bantam Books 1986

川戸道昭、新井清司、榊原貴教編『明治期シャーロック・ホームズ翻訳集成』全3巻 アイ　アール　ディー企画2001.1.20

漢訳ホームズ「緋色の研究」

『大阪経大論集』第53巻第１号（通巻267号2002.5.15）に掲載。原題「漢訳ホームズ『緋色の習作』」。それまでの「緋色の研究」をわざわざ「緋色の習作」としたのは、そうするのが正しいという記述を読んだからだ。新しい日本語訳もそうなっている。だが、「緋色の習作」は誤訳だという指摘がある（平山雄一「「緋色の研究」か、「緋色の習作」か——A Study in Scarlet 訳題名考」『ドイルは悪くない』しょうそう文学研究所2005.8.6）。今回、その説にしたがい改題した。従来の説にもどったというわけだ。

1　漢訳「緋色の研究」がいっぱい

「緋色の研究」の日本語題名で知られる A Study in Scarlet は、コナン・ドイルが書いた最初のシャーロック・ホームズ物語としても有名である。

ドイルは、エディンバラ大学医学部を卒業した後、開業医をつとめながら創作をつづけていた。1886年に執筆した長篇「緋色の研究」の原稿をいくつかの出版社に送ったが、いずれも返却されてきた。ようやく雑誌『ビートンのクリスマス年刊 Beeton's Christmas Annual』(1887.12）に掲載された1887年までのあいだに、ドイルは、31本の短篇小説をすでにいろいろな雑誌に発表している。

「緋色の研究」の原稿は、25ポンドという安さで版権が買い取られた。なぜ安いかといえば、のちに『ストランド・マガジン』にホームズ物語を連載したとき、１作平均30ポンドの原稿料だったからだ[1]。しかも、発表後もほとんど反響はなかったという。

清末において、「緋色の研究」の漢訳は、複数が刊行されている。阿英目録によって下に示す（*印は未見。所蔵をご教示いただけるとありがたい。[ ]内の数字は、阿英目録のページ数）。

1　恩仇血　柯南道爾著。陳彦訳。光緒甲辰（一九〇四）小説林社刊［阿英136］

2　*大復仇　英柯南道爾著。奚若黄人合訳。光緒甲辰（一九〇四）小説林社刊［阿英112］

3　*福爾摩斯偵探第一案　英柯南道爾著。佚名訳。光緒丙午（一九〇六）小説林社刊［阿英159］

4　歇洛克奇案開場　英柯南道爾著。林紓魏易同訳。光緒三十四年（一九〇八）商務印書館刊［阿英156］

民国以後現在まで20種類をこえる漢訳が出版されており、人気の高さがわかる。ここではいちいち挙げない（本書所収の樽本編「漢訳コナン・ドイル小説目録」を参照されたい）。

郭延礼は、同じ作品が違う漢訳題名を用いて翻訳されている例のひとつとして上の４種類をあげた[2]。

彼は、近代翻訳研究のむつかしさのなかに同書異名があることを指摘する。「後記」では、おなじく以上のうちの『大復仇』『恩仇血』『歇洛克奇案開場』を特に取り上げて言及している。下に引用するが、日本語に翻訳するまでもなかろう。

再如，柯南・道爾的一部偵探小説，奚若訳為《大復仇》(1904)，陳彦訳為《血書《ママ》》(恩仇血の間違い。1904)，林紓訳為《歇洛克奇案開場》(1908)，其実這三種不同訳名的小説均是訳自 A Study in Scarlet，今通訳為《血字的研究》。但当時的訳者又不標出書名原文，查起来就頗傷脳筋。而這種情況在近代翻訳作品中並非是個別的。諸如此類的問題搞得我疲憊不堪。写完這本小書，我総算松了一口気[3]。

郭延礼がここであげる漢訳「緋色の研究」（現在の漢訳名「血字的研究」）は、どういうわけか１種類少ない３種類だ。原作の題名を明示せず、そのうえ題名が異なるために、郭延礼は、頭を悩ませたという。複雑ではあるが、翻訳には、往々にしてよくある現象である。郭延礼は、原物を手にとっていたからこそ、同書異名であることがわかった。

「ママ」とした漢訳の『血書』は、原作はおなじく「緋色の研究」であるが、周痩鵑の手になる漢訳だ（『福爾摩斯偵探案全集』第１冊上海・中華書局1916.5）。郭延礼は、勘違いしたらしい。

せっかく原物を目にしながら、それぞれの漢訳の質について、郭延礼は言及しない。さらに惜しいことに、それぞれの刊行関係を説明しない。知りたいところである。

つまり、上の一覧を見て、疑問が生じるのは当然だからだ。発行がどうして小説林社に集中しているのか。同じ「緋色の研究」を訳者を変えて、なぜ、複数漢訳する必要があるのだろうか。奇妙である。

『福爾摩斯偵探第一案』について、『小説林』第９期「小説林書目」には、奚若・金一、丙午七月（1906）再版と記している。『恩仇血』あるいは『大復仇』が、再版のおりに改題したものが『福爾摩斯偵探第一案』ではないか、などと想像してみたりする。だが、書誌について、想像で発言するのは危険である。上の版本のなかで、私が見ているのは、１と４にすぎない（『大復仇』は、原作の前半部を漢訳したもの。1984年、天津に長期滞在したとき見たが、今、原文が手元にないため未見あつかいとする）。原物を手にしない限り、それぞれの関連は明らかにはできないだろう。私は、予想師ではない。問題があることだけを指摘するにとどめたい。

『恩仇血』と『歇洛克奇案開場』では発行年が、違う。だが、同じ原作だから、ここでは比較対照しながら紹介したい。比較対照することによって、それぞれの漢訳の特徴がわかるのではないかと考えるからだ。

2 『恩讐の血　恩仇血』と『シャーロック最初の怪奇事件　歇洛克奇案開場』

032 A Study in Scarlet | Beeton's Christmas Annual 1887.12

『恩仇血』は、上海・小説林社より甲辰（1904）七月に出版された。日本・翔鸞社印刷。角書は統一されていない。上巻は「探偵小説」、下巻は「偵探小説」、奥付は「探偵小説」とする。本文題字下に「福爾摩斯偵探案之一」、奥付に「小説林偵探小説之一」との表示がある。全93頁。

作者であるコナン・ドイル柯南道爾の名前が、ない。震沢陳彦訳意、呉江金一潤辞と書かれているだけだ。

原作は、ホームズとワトスンが最初に登場するという意味で、記念すべき作品である。しかし、中国では、翻訳発表の順序が違うから、読者にとってふたりは、おなじみだ。

すなわち、中国最初の翻訳ホームズ物語は、「英包探勘盗密約案」（張坤徳訳『時務報』第6-9冊　光緒二十二年八月二十一日1896.9.27－九月二十一日10.27、The Naval Treaty 1893.10）だった。それから数えれば、すでに八年が経過している。その間、多くのホームズ物語が漢訳された。というような書誌的説明には、訳者も出版社も、まったく興味がないらしい。該書には、それらしい説明もなければ、ふたたびいうが原作者の名前すら記そうとはしない。

『恩仇血』が採用したホームズとワトスンの漢訳名をかかげておく。福爾摩斯と滑震である。

かたや、『歇洛克奇案開場』の角書は、「偵探小説」となっている。英国科南達利著　閩県林紓、仁和魏易同訳。上海・商務印書館。戊申年六月八日（1908.7.6）初版発行/中華民国四年十月十三日（1915.10.13）三版発行。表紙に、説部叢書二集第9編の表示がある。「丁未冬月愚弟陳熙績謹識」と記す「序」と林紓の「序」が冒頭に置かれる。全99頁。

漢訳「緋色の研究」

林訳のホームズとワトスンの漢訳名は、歇洛克福爾摩司と華生である。

あの有名な林紓の漢訳だ。

よくいわれる。林紓は、外国語を理解しなかった翻訳者である。

なぜこのように称せられるかといえば、その言葉通り、林紓自身は、外国語を知らなかったからだ。ゆえに、外国語を理解する者が原書をその場で翻訳口述し、それを林紓が文言に書き取るというやり方を採用した。

イギリス、アメリカ、フランス、ロシア、ギリシア、ドイツ、日本などなど、全部で184種の作品を漢訳している。そのうち単行本は137種にのぼるという[4)]。

「外国語を理解しなかった翻訳者」と書くこと自体が、いかにも林訳は信用ならないという侮蔑の語感をむきだしにした表現である。

あるいは、180種をうわまわる作品のうち、40、50種がよい作品で、残りはすべて「二三流の作品」にすぎない、時間を浪費したものだ、という評価さえある。外国語ができなかったから、作品の選択は口訳者にゆだねられたのが原

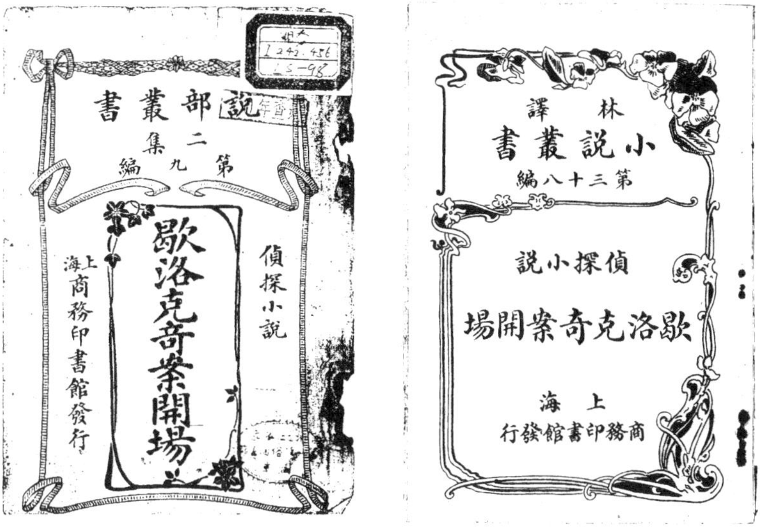

漢訳「緋色の研究」

因だともいわれる。

誤訳削除も多い、と聞かされれば、その印象は最低に位置づけられる。と同時に、別の感想が浮かんでくるのも事実だ。そんな漢訳をよくも137種類も単行本にしたものだ、とかえって不思議に感じる。林訳批判が、必然的に到達する矛盾点である。

版元である商務印書館の翻訳についての品質管理は問われなかったのか、としごく当たり前の疑問が出てくる。

たしかに、『繡像小説』第4-10期（癸卯閏五月十五日1903.7.9-八月十五日10.5）に連載した後、単行本になった『華生包探案』は、翻訳の質は上等とはいいかねる。

当時の編訳所所長は、学識が豊かなことで有名な張元済である（所長在任は、1903年6月15日から1918年9月まで）。

『繡像小説』の創刊が、同年5月27日だ。時期的にいえば、張元済が編訳所所長に就任する前になる。張元済が『繍像小説』の編集にどれくらい関与していたのかは、わからない。『繍像小説』は、李伯元が請け負って編集していたという説明があるから、その分、張元済の責任は軽くなる。

しかし、商務印書館の「説部叢書」あるいは「林訳小説叢書」は、張元済の直接の管轄下にある。林訳の価値を貶める研究者は、張元済には、作品を見る目がなかったといっていることとかわりがない。

外国語を知らない翻訳者という表現からは、もうひとつ、あたかも林紓が、外国語を知らないことを隠して漢訳を発表したかのような印象を受ける（事実は、必ず共訳者の名前を明らかにしている）。林訳の負の側面しか見ない論者は、商務印書館の「説部叢書」とは別に、林紓の漢訳だけを集めた「林訳小説叢書」が出版された理由を説明できないのではないか。

翻訳の多くが「二三流の作品」だった、と軽蔑をあらわにして解説する論文があることには、すでに触れた。ドイルやハガードらの作品が、それに該当するという。

林訳が当時の読者に歓迎された事実をみれば、若者にあたえた影響は小さくはなかったことが明白である。ならば、五四時期に出現した作家たちは、それら「二三流の作品」で育ったということになりかねない。暗澹たる気分におそわれる。林紓の漢訳を批判することが、林訳を好んで読んだ当時の中国人――これには新しい作家たちを含む――そのものを蔑視することにつながるのに気づかないのだろうか。

私には、納得のいかない林紓批判である。

はたして林紓の漢訳は、それほどひどいものなのか、自分の目で確認する必要がある。『歇洛克奇案開場』と『恩仇血』を対照しながら見ていく理由のひとつでもある[5)]。

Part 1 Being a Reprint from the Reminiscences of John H. Watson, M. D., Late of the Army Medical Department. もと陸軍軍医・医学士ジョン・H・ワトスンの回想録からの復刻

○1 Mr. Sherlock Holmes わが友シャーロック・ホームズ

ドイル原作の第１章には、まずワトスンが登場する。作品自体が、ワトスンが書いた記録という体裁をとるのは、周知のことだ。

ワトスンは、軍医として参加した第２次アフガン戦争で肩を負傷し、帰国後、ロンドンで無為の生活をしていた。生活を変えるためホテルを引き払い、金のかからない住居をさがしはじめたところに友人と出会う。シャーロック・ホームズを知ることになるのは、その友人の紹介による。こうしてふたりは、家賃を折半してベーカー街221番地Bに同居することになった。

ワトスンの経歴が手際よく紹介され、彼がシャーロック・ホームズとなぜ同居しているのか、という理由の解説がある。語り手であるワトスンと、物語の主人公が登場するから、それなりの説明が必要だと認識されている。

英文原作と林紓の漢訳『歇洛克奇案開場』の冒頭部分を下に示す。

> IN THE YEAR 1878 I took my degree of Doctor of Medicine of the University of London, and proceeded to Netley to go through the course prescribed for surgeons in the Army. 一八七八年にロンドン大学で医学士号[6]を取得したわたしは、軍医になるためにネットリーの陸軍病院で研修を受けることにした。12頁
>
> 【歇洛克奇案開場】華生曰。当一千八百七十八年。余在倫敦大学校医学畢業。以国家欲設軍医。余遂至乃忒立試験所学。ワトスンがいう。1878年、私はロンドン大学で医学を修め、国家が軍医を必要としていたので、ネットリー試験所で学んだ。1頁

「華生曰」としたのは、ワトスンの筆記だからだ。この時点でも第一人称では書きはじめにくいらしい。軍医についての林紓（このばあいは魏易か）の解釈が、すこし異なる。あとは、ほぼ原文通りの漢訳であるといっていい。原文のネットリーは、地名だ。それが王立ヴィクトリア陸軍病院[7]であることをいうのは、知識がなければ無理である。漢訳が前後の文脈から試験所と解釈したの

は、よい判断だというべきだ。

Having completed my studies there, I was duly attached to the Fifth Northumberland Fusiliers as assistant surgeon. The regiment was stationed in India at the time, and before I could join it, the second Afghan war had broken out. On landing at Bombay, I learned that my corps had advanced through the passes, and was already deep in the enemy's country. そこでの研修を修了すると、順当に第五ノーサンバーランド・フュージリア連隊に軍医補として配属された。その頃連隊はインドに駐留していたが、着任する前に第二アフガン戦争が勃発し、そのためわたしがボンベイに上陸した時、わたしの連隊は既に敵地の奥深く進軍してしまっていた。12頁
【歇洛克奇案開場】及試験所亦畢吾業。即奉檄赴悩聖白蘭砲隊中第五聯隊為副軍医。此第五聯隊。本駐印度。余未赴軍時。而吾英与阿富汗第二次宣戦。及余至孟買登岸。聞吾隊已過山峡。身与敵邇矣。試験所で修了したのち、すぐさま任命されてノーサンバーランド砲兵隊第五連隊の軍医補として赴いた。この第五連隊は、もともとインドに駐留しており、私が任地に行くまえに、わが英国はアフガンに２回目の宣戦布告をしたのだ。私がボンベイに上陸すると、私の隊は、すでに山間をぬけ、敵に迫っていると聞かされた。1頁

フュージリア Fusiliers を「砲兵隊［砲隊］」と漢訳したのは、間違いではないかと思われるかもしれない。だが、フュージリアとは、もともと火打ち石銃を用いた連隊のことを意味しているから、「砲兵隊」としてもかろうじて可というところか。魏易の英語力は、かなりなものだと言ってもよい。
物語の出だしは、英文原作にかなり忠実な漢訳だという印象を受ける。
ワトスンが肩に銃弾を受けて負傷をする場面を抜き出してみよう。

The campaign brought honours and promotion to many, but for me it had nothing but misfortune and disaster. I was removed from my brigade and attached to the Berkshires, with whom I served at the fatal battle of Maiwand. There I was struck on the shoulder by a Jezail bullet, which shattered the bone and grazed the subclavian artery. I should have fallen into the hands of the murderous Ghazis had it not been for the devotion and courage shown by Murray, my orderly, who threw me across a pack-horse, and succeeded in bringing me safely to the British lines. この戦争で多くの者は勲章を受け、昇進したが、わたしはひどい目にあっただけだった。まずわたしの連隊からバークシャ連隊付きに移され、あのマイワンドの激戦に参加することになったのだ。そこでジーザイル弾で肩を撃たれた。骨は砕け、鎖骨下動脈をかすめるという大けがだった。衛生兵のマレイの献身と勇気とかなかったら、わたしはあの残忍きわまるイスラム兵に捕まっていただろう。マレイはわたしを荷馬の背に乗せ、イギリス軍戦線まで運んでくれたのだ。12-13頁

【歇洛克奇案開場】戦時大勝。同業者咸得奨。而余独否。大帥調余赴伯克歇埃聯隊。与敵悪戦。余肩中弾。骨砕落。大血管亦破。此時非同人見抜。余為虜矣。其人曰穆雷。見余呻吟道側。遂挙而置之輜車。帰壁。この戦争は大勝し、仲間はすべて報償をえたが、私だけが違った。総帥は、私をバークシャ連隊に移し、敵と激しく戦うことになった。私は肩に銃弾をうけ、骨が砕け、血管が破れた。この時、同志に助けられなかったら、私は捕虜になっていただろう。その人はマレイといった。私が道端に苦しんでいるのを見て、かかえて幌車に乗せ、砦にもどったのだ。1頁

こまかな部分、特に固有名詞が、漢訳からこぼれる。マイワンド Maiwand、ジーザイル Jezail、ガージー Ghazis（イスラム兵）などだ。

マレイについては、日本語訳でも、伝令兵、衛生兵、当番兵などに分かれる。原作では my orderly だ。林紓が「同人［日訳：同志］」としても、広い意味でかまわないだろう。pack-horse は、荷馬、駄馬だから、これを漢訳で輜車とするのは、はずれる。当時の英漢字典には、「負載貨物之馬」と説明されている

から間違いようがない。ただし、話の大筋は、原文の通りだ。

勘違いしている箇所も、ある。

ワトスンが友人の紹介でホームズに会う場面だ。ワトスンが連れて行かれると、ホームズは、病院の実験室におり、ヘモグロビンの検出方法を新しく開発したと興奮している。

> "The question now is about haemoglobin. No doubt you see the significance of this discovery of mine?"「それよりヘモグロビンですよ。この発見の重要性はおわかりでしょう？」17頁
> 【歇洛克奇案開場】吾今方辨種毒入血管之薬性。汝亦知是物宜発明之関係乎。僕は、今、毒を注入された血管を見分ける薬を作ったのです。君も、これが発明にふさわしいということがおわかりでしょう。4頁

ホームズが開発したのは、ヘモグロビンにのみ反応する試薬である。それは、血痕を検出する確かな方法となる。毒とは、直接、関係はない。小さな誤解があるにしても、血液についての記述だとは、漢訳者は理解したようだ。

林訳には、誤解はある。だが、原文から外れる、勝手に話を作る、加筆する、といった勝手気ままな漢訳では、決してない。見ればわかる。いわば細部を切り落し、しぼりあげた、大筋で原文に忠実な漢訳だといっておこう。

ベイカー街に同居しようというのだから、お互いの性格をありのままに知らせておいたほうがいい。タバコ、化学の実験、ヴァイオリンについてホームズの習慣が披露されるのに対して、ワトスンが述べるのは、ブルドッグの小犬である。

> "I keep a bull pup,"「わたしは体内にブルドッグの小犬をかかえているような癇癪持ちです」21頁
> 【歇洛克奇案開場】省略している

原作では、あまりにも唐突に小犬が出現する。ホームズ研究家の格好の話題になっているらしい。銃身の短い拳銃とする日訳もある。上のようにたとえ話にしてしまうのも、ひとつの解釈だ[8)]。小犬が作品に姿を見せない理由が、あれこれ論じられているのを知れば、なるほど、ホームズ研究の楽しみはこういう部分にあるのだとわかる。

漢訳は、あっさりと省略してしまった。意味不明だと判断したらしい。

○2 The Science of Deduction 推理の研究

第2章では、ワトスンが知ることになったホームズの奇妙な日常生活と仕事、またその人となりを描写する。

たとえば、ホームズには、文学、哲学、天文学の知識などは皆無に等しい。しかし、化学の知識は、深い。犯罪事件については、主要なものすべてを詳細に知っている。法律の実用的知識をもっている、などである。そうそう、ヴァイオリンも演奏する。

林訳が原文に忠実であることを示すために、ホームズの容貌描写を例に引いてみる。

> In height he was rather over six feet, and so excessively lean that he seemed to be considerably taller. His eyes were sharp and piercing, save during those intervals of torpor to which I have alluded; and his thin, hawk-like nose gave his whole expression an air of alertness and decision. His chin, too, had the prominence and squareness which mark the man of determination. 身長は六フィート（一八〇センチ）を超えている。非常に瘦せているので、実際以上に背が高く見える。目は鋭く、視線は射るようだ。それも、前に話した無気力のときは別だが。肉の薄い、鷲鼻のおかげで、彼は俊敏で、決断力のある人間に見える。あごも角ばって、突き出て、意思の固い人間であることを示していた。24頁
>
> 【歇洛克奇案開場】身材在六英尺以上。瘦損如枯樹。較諸魁人為高。平時

眼光如利矢射人。鼻鋒鉤如鷹喙。望而即知其剛果。下頷突出。亦見其城府之深。身長は6フィート以上ある。枯れ木のように痩せていて、大男よりもまだ背が高い。ふだんは眼光はするどく人を射るようだ。鼻は鷲のくちばしのようで、見ればその意思堅固であることがわかる。下あごは突き出ており、警戒心がつよいと見える。8頁

一部、save during those intervals of torpor to which I have alluded という無気力の時という原文をとばすが、あとはほぼ忠実な漢訳だといっていい。

ドイル原作にある細かな描写、一見、事件とは無関係に思われるような箇所を、漢訳が省略する例を今まで多く見てきた。事件の発生とその解決という粗筋にしか中国の翻訳者は、興味を示さないのか、と疑うほどである。そういう例にくらべれば、林訳は、はるかに原文の通りだということができる。林紓は、口訳者に原文に忠実に翻訳するよう命じていたのではないかと思うほどである。

ホームズが、自分の職業をワトスンにつげるのもこの箇所だ。すなわち、世界でひとりだけの「a consulting detective 顧問包探」である。日本語では、諮問探偵、探偵コンサルタントなどと翻訳される。

林紓は、警察官については、漢語「包探」を使っている。「government detective 官家包探」は、役所の警察官だし、「private detective 私家包探」は、私立探偵だ。角書は「偵探小説」だが、文中では「包探」が使われているとわかる。ホームズが自分を特別の探偵だというのは、警察官、私立探偵がもてあましている事件に関して、解決の手掛かりを教えてやる、つまり一段高みに立った位置に自分を置くからだ。

勘違いは、ある。

警部レストレイドが、八方塞がりでホームズに手助けを求めた事件は、原文では「ニセ金事件 a forgery case」だが、林訳では、「近頃、ニセ署名で人の財産を盗む事件。近有一偽署名以取人財者」とする。

観察による推理の重要性が強調されるのも、この部分においてである。

他人に会ったそのとたんに、その人の職業を当てる訓練により観察力をみが

く。これに対して、ワトスンがたわごとだと叫ぶ。

ホームズは、ワトスンとはじめて会ったとき、アフガニスタン帰りであると言い当てた。推理の根拠を述べる。

Here is a gentleman of a medical type, but with the air of a military man. Clearly an army doctor, then. He has just come from the tropics, for his face is dark, and that is not the natural tint of his skin, for his wrists are fair. He has undergone hardship and sickness, as his haggard face says clearly. His left arm has been injured. He holds it in a stiff and unnatural manner. Where in the tropics could an English army doctor have seen much hardship and got his arm wounded? Clearly in Afghanistan. 医師らしいが、軍人の雰囲気をもった男、といえば、軍医ということになる。顔は黒いが、手首は白いから、熱帯地方から帰ったのだろう。彼のやせこけた顔を見れば、苦労し、病気をしたのはすぐわかる。左手の動きがぎこちないところをみると、左腕にけがをしているな。英国の軍医がこんな目にあう熱帯地方といえばアフガニスタンしかない。

32頁

【歇洛克奇案開場】吾見爾似習医。而有武容則必軍医矣。顧其来必自炎荒。故面色黝黒。蓋袖中之肉仍白皙。則面目之黒。決非天然。又似労乏而病。痩瘠莫堪。而左臂殊滞而不霊。必受重創。因計本国軍医。受傷當在何地。然今日方用兵於阿富汗。則汝之来必自阿富汗。僕が見るところ、君は医学を学んでいるようだが、軍人らしい、となれば軍医にちがいない。南方荒遠の地から来たはずで、だから顔色が黒ずんでいるのだ。袖のなかは白いから、顔が黒いのは天然ではない。また、疲労して病気になったようだ。ひどく痩せこけている。しかも左腕はぎこちない。重傷を負ったにちがいない。本国の軍医で、どこで負傷するかといえば、現在、アフガニスタンで戦っているから、君はアフガニスタンから来たに違いないということさ。

14頁

なんともうまい漢訳だ。誤解もなければ訳し落しもない。推理の要素をひとつでも取り落せば、成立しない箇所だから、無傷となれば、これは見事な翻訳だ。

この調子で、作品全体を漢訳していれば、林紓の漢訳に誤訳が多いなどという評判は立たなかったはずだ。しかし、原文にない語句に言い換えること、つまり誤解が、林訳にはある。

エドガー・アラン・ポー Edgar Allan Poe 愛徳葛愛倫、またガボリオー Gaboriau 加波利物の作中人物がノロマだと批判する箇所である。

> The question was how to identify an unknown prisoner. I could have done it in twenty-four hours. Lecoq took six months or so. It might be made a textbook for detective to teach them what to avoid. 要は、どうやって身元の知れぬ被告人の正体を割り出すかだが、ぼくなら二十四時間以内でできることに、ルコックは六ヶ月以上もかかっている。あの本は、探偵ならしてはいけないことを教える手引きにはなっているがね。33頁
>
> 【歇洛克奇案開場】彼書不言一疑案。索得罪人主名耶。勒可克以六月得。余僅二十四句鐘耳。吾若有六月之功。可以著書示天下包探以捷徑。勿行此紆曲之途。あれは事件について言っていないよ。犯人の正体を探しだすのに、ルコックは６ヵ月もかかっている。僕ならわずかに24時間だよ。もし６ヵ月もあるのなら、本を書いて、世の探偵に近道を示してあんな回り道をするなというね。15頁

林訳は、確かにドイルの原文をはずれる。が、べからず集を書いてやるというのも、話の前後からすれば、これはこれで筋のとおった文章にはなっているといえる。

以上、この第１、２章においては、人物設定とともに探偵に必要な推理について興味深い説明がなされている。

『歇洛克奇案開場』ばかりを紹介し、なぜ『恩仇血』を引用しないのか。読

者は、そういぶかるであろう。

『恩仇血』が登場しない理由は、ほかでもない、『恩仇血』は、冒頭の2章を無視し省略しているからである。

つまり、訳者は、それら——私のいうところの生活史をきれいサッパリ削除する。中国の読者にとっては、ホームズとワトスンの経歴などは、必要ない、と考えているのだろうか。奇怪な事件を、ホームズが神業の推理でみごとに解決する。その粗筋だけを提供したい、また、読みたい。余分な説明はいらない。どうもそんな気がする。

原作の章題と『恩仇血』とを対比させてみる。(『歇洛克奇案開場』は章題を省略している)

【恩仇血】上巻	Part 1 Being a Reprint from the Reminiscences of John H. Watson, M.D., Late of the Army Medical Department. もと陸軍軍医・医学士ジョン・H・ワトスンの回想録からの復刻
×	1 Mr. Sherlock Holmes わが友シャーロック・ホームズ君
×	2 The Science of Deduction 推理の研究
第1章　羅力斯頓園之死屍	3 The Lauriston Garden Mystery ローリストン・ガーデンズ事件
第2章　警吏之所見	4 What John Rance Had to Tell ジョン・ランス巡査の証言
第3章　指戒之受領	5 Our Advertisement Brings a Visitor 広告を見てやって来た人
第4章　寓主之誤獲	6 Tobias Gregson Shows What He Can Do グレグスン警部の大活躍
第5章　同伴被殺与御者之発見	7 Light in the Darkness 暗闇にさす光
【恩仇血】下巻	Part 2 The Country of the Saints 聖者たちの国

第１章　沙漠之奇遇	1 On the Great Alkali Plain アルカリ土壌の大平原にて
第２章　途中之少年	2 The Flower of Utah ユタに咲く花
第３章　婚姻問題	3 John Ferrier Talks with the Prophet ジョン・フェリアと預言者の話し合い
第４章　出険	4 A Flight for Life 命がけの脱出
第５章　父女之被害与復仇之原因	5 The Avenging Angels 復讐の天使
第６章　暗殺之供状	6 A Continuation of the Reminiscences of John Watson, M. D. ワトスン医師の回想録の続き
第７章　帰結	7 The Conclusion 結末

見れば、冒頭２章が削除されているほかは、ほぼ原作の順序通りになっている。

原作は、２部構成である。第１部でふたつの殺人事件が発生する。まぬけな警官をしりめに、ホームズは見事な推理をおこない、殺人犯が逮捕される。物語が奇特なのは、事件がおこり、犯人がつかまっただけで、その謎解きは第２部にまわされていることだ。

謎の発生→謎の追求→謎の解決、という探偵小説の定型によっていることがわかる。

さて、いよいよ事件が、はじまる。

○3 The Lauriston Garden Mystery ローリストン・ガーデンズ事件

『恩仇血』の書き出しを見てみよう。原作がワトスンの第一人称ではじまるのとは異なり、第三者の語りに変更されている。

【恩仇血】滑震曰。昨夜雨声大悪。余不成夢。晨起与福爾摩斯凭窗遠眺。吸新空気。福右手持煙巻。以左手疊膝上。笑謂余曰。数日内無人命案件。僕甚得享清閑之福。願一年三百六十五日如今日。余曰。恐能者多労。天不

従人願。「昨夜は雨の音がひどくて、寝られなかったよ」とワトスンがいった。朝おきてホームズと窓にもたれかけ遠くをながめて新しい空気を吸っている。ホームズは、右手に紙巻きタバコを持ち、左手は膝にかさねて私に微笑みかけて言った。「この数日は殺人事件がなくてね。僕は、静かであるというしあわせを満喫したよ。願わくは1年365日、今日のようだったらな」「有能な人ほどよく働くというからね。そうは問屋がおろさないさ」と私。

書きはじめが「滑震曰」であったものが、途中で「余曰」に変化する。物語る主体が不安定である。

それよりも、ここに登場するホームズは、まるでホームズらしくない。だいいち、暇であることを憎悪することはあっても、ヒマを楽しむホームズなど考えられないからだ。省略した原文第2章には、つぎのように書いてある。

> “There are no crimes and no criminals in these days,” he said, querulously.
> 「近頃は、やりがいのある犯罪事件もないし、犯罪者もいない」ホームズは愚痴っぽく言った。33頁

事件好き、それも奇怪であればあるほど彼の興味をかきたてる。『恩仇血』では、そんなホームズが浮かんでこない。また、ホームズはパイプ煙草を好んでいるから、紙巻きタバコというのもおかしい。ホームズの人物像を勝手に変更している訳者の感覚に、まず疑問を感じる。

疑問を持つのは、そればかりではない。肝心のホームズの推理眼に関しても、ある。

事件の発生を知らせる手紙を配達する人物についてだ。

ホームズは、配達人は、海兵隊の退役兵曹 the retired sergeant of Marines だと判断した。その根拠は、こうだ。

Even across the street I could see a great blue anchor tattooed on the back of the fellow's hand. That smacked of the sea. He had a military carriage, however, and regulation side whiskers. There we have the marine. …… A steady, respectable, middle-aged man, too, on the face of him-all facts which led me to believe that he had been a sergeant. 通りの向こう側にいた彼の手の甲には、こちらからでも見えるくらい大きな青いいかりのいれずみがあったのだ。そこからは海の匂がするね。彼は姿勢がぴんと正しくて、軍人らしい態度と、おきまりのほおひげをはやしていることから、海兵隊ということがわかる。……暮らしに困らない、まじめな中年の男であることはひと目で見て取れる。そこから彼は兵曹だったという結論になる。37頁

手の甲のいれずみ、姿勢、態度、容貌などを細かく観察し、それをもとにして推理した結果の退役兵曹である。それが、『恩仇血』では、こうなる。

【恩仇血】余見彼形容軀幹。雖末被軍服。知彼必曾服警吏之職。僕は彼の容貌体躯を見て、軍服を着てはいないが、彼が警官の職にあったにちがいないとわかったのだ。2頁

大きな誤りは、警官にしてしまったことだ。その根拠が、容貌体躯のみである。これでは、あまりにも原作から遠ざかってしまう。根拠を説明しないから推理にもならない。ただの当てずっぽうにすぎないのだ。

だが、同じ漢訳といっても、林紓は、違う。

【歇洛克奇案開場】適行次。吾已見其人手背捏一鉄錨。決其為海行之人矣。然腰膂勁直。常如進面長官。乃信其軍中趨走之弁。……故決之為曹長。ちょうど通りかかったとき、僕は彼の手の甲にイカリがほってあるのを見たんだ。断然、海の男だよ。姿勢がぴんとしていて、いつも長官に面会しているようだったから、軍隊にいたと考えた。……だから曹長という結論なの

だ。16-17頁

かさねていうが、『恩仇血』の漢訳では、配達人を「警吏」つまり警察官にしてしまっているし、それを説明して、まるで推理のかたちになっていない。ホームズが得意とする推理に、その根拠と過程がなければ、ただの印象にしかならない。ドイルの原作とは、遠く関係のないものになっている。

林訳は、すこし原文から離れる箇所があるにしても、『恩仇血』に比較すれば、はるかに原文に忠実であることがわかる。ただし、林訳は、上に加えて「其云退休者。則軍中人出必戎服。既舎戎服。已退休矣（なぜ退職かというと、軍人は外出するときは必ず軍服をつけるものだが、それを着ていないからには、すでに退職しているのだよ）」（17頁）という。これは、ドイルの原作にはない。しかし、そう林紓に説明されると、なるほどと思ってしまう。余計な加筆ではあるが、妙に納得する。

『恩仇血』は、原文の冒頭2章分を削除するという暴挙を見せつけた。だから、林紓らの漢訳が、なおさらに輝くのである。

林紓訳をほめた直後にその誤訳を指摘するのは、具合が悪い。しかし、事実だからしかたがない。本当に細かい部分である。

いましがた届けられた事件を知らせる手紙の中身である。

There has been a bad business during the night at 3, Lauriston Gardens, off the Brixton Road. 昨晩、ブリクストン通り近くの、ローリストン・ガーデンズ三番で事件がありました。38頁

【恩仇血】昨夜白列克頓街第三号羅力斯頓園。有惨殺事。昨夜、ブリクストン街3番ローリストン園で殺人事件がありました。2頁

【歇洛克奇案開場】白列斯敦街羅利斯敦花園中。在初三日。竟有奇案出焉。ブリクストン街ローリストン花園において、三日、怪奇事件が発生しました。17頁

原文の「離れた off」を漢訳ではふたつとも of に誤解しているようだ。それにしても『恩仇血』では3番を正しく番地と理解している（ただし、どこの番地かは誤解する）にもかかわらず、林訳はそれを三日と間違えている。

魏易は、英語が堪能であったはずだが、番地と日付を取り違えるなどは不可解だ。すぐそのあとに手紙の差出人のクレグスンを説明して「スコットランド・ヤード」一番の切れ者とある。この「スコットランド・ヤード」を林訳は「蘇格蘭雅得（為官中包探聚会之公所）」（18頁）と割注をつける。つまり、「警察官の集まる役所」すなわち警視庁だと説明できている。ところが、『恩仇血』の方は、それを無視して「倫敦之名探也。ロンドンの名警官だ」（3頁）と意訳する。この例を見ても林訳の実力は、知識の方面でも、『恩仇血』よりもはるかに上だと判断できる。

だからこそ、番地の間違いは、不可解だ。さらに、原文では、事件現場にホームズとワトスンをみちびいて、番地を明らかにしている。

Number 3, Lauriston Gardens wore an ill-omened and minatory look. ローリストン・ガーデンズ三番の家は、暗くて、不吉な感じだった。40頁
【恩仇血】省略している
【歇洛克奇案開場】労利斯敦第三号房。赫然已見。余観其状。似知其中大有凶徴者。ローリストン3番の家は、突然にあらわれた。その様子を見れば、大いに不吉な兆があるように思えた。19頁

林訳は、ここで正しく番地を示しているのだから、前の箇所も「三日」ではないと気づくべきであった。不注意である。

『恩仇血』は、それにくらべれば、信じられないくらいの誤りを犯す。

殺人事件のあった家の庭は、レンガ塀でかこまれ、巡査が見張りをして野次馬がとりかこんでいた。

The garden was bounded by a three-foot brick wall with a fringe of wood rails upon the top, and against this wall was leaning a stalwart police constable, surrounded by a small knot of loafers, who craned their necks and strained their eyes in the vain hope of catching some glimpse of the proceedings within. 木製のてすりが上についた三フィート（九〇センチ）ほどのレンガ塀で庭が囲まれていた。がっちりした体の巡査が塀によりかかり、その周りを野次馬が、中を覗こうと首を伸ばしたり、目を凝らしたりしていたが、無駄なようだった。40頁

【恩仇血】矮牆拱圍。高僅三尺。上列木柵一行。矮牆之前。見石楼高聳。気象万千。即白列克頓街警察署也。何物大憝。竟敢試運動於肘腋之下。藐法玩紀如此。低い塀が周りかこんでおり、高さは３フィートだった。その上には木製の柵がある。低い壁の前に石造りの建物がそびえており、じつに壮観だった。すなわちブリクストン街の警察署なのである。だれか大悪人が、こんな近くでよくもうごめいて、法律をないがしろにしたのだ。4頁

巡査 constable が、漢訳で「警察署」になるのは、はなはだしい誤解である。まさに警察署の目の前で殺人事件が発生したことになって、野次馬も吹き飛んでしまった。その異常さに漢訳者も気づいているから、後ろを勝手にでっちあげ、大胆不敵な悪人にしてしまったのだ。

ねんのために林訳もあげておこう。

【歇洛克奇案開場】園之四圍。有短牆。可三尺。其上加以木柵。余入時。有一憲兵。以背負牆。十余人環立其側。皆引頸向此空屋。瞭彼屍身。庭の周りには低い塀があり、３フィートだった。その上には木製の柵がある。私が入っていくと、ひとりの憲兵が塀によりかかり、そのそばに十人あまりの人々がかこんで立って、空家にむかって首をのばして屍体をながめている。19頁

家の外から部屋のなかの死体を見ることができるはずがない。その部分を除けば、林訳は、『恩仇血』に比較してはるかに原文に忠実な漢訳であることがわかる。

部屋に横たわった死体には、外傷がないのに、周りに血が飛び散っている。さらに、壁に犯人が血のりで書き残した文字があった。ドイツ語で“RACHE 復讐［漢語：報仇］”という（ただし、この段階では、ドイツ語だというホームズの指摘は伏されている）。捜査撹乱のためであることは、明らかだ。レストレイド警部は、女性の名前 Rachel と書こうとして中断したのだと推理する。

壁に“RACHE”としか書かれていないから、ドイツ語に考えのおよばない警部は、女性の名前だと考えた。

ところが、『恩仇血』では、壁にかかれている血文字は、はじめから Rachel とローマ字で示す。英文原作が“RACHE”であることを無視する。最後まで女性の名前 Rachel だと押し通す。原作では第 2 章の終わりと第 3 章において、ホームズが、ドイツ語だと種明かしするが、『恩仇血』は、その時も Rachel のままにして、これを「復仇」という意味だと漢訳する（第 2 部第 6 章では Bachel と誤植する。86頁）。ここにいたっては、漢訳者の強情さ、あるいは頭の固さにあきれてしまう。

死体を発見した巡査は、ジョン・ランスといった。ホームズは、自宅にたずねていく。

◯4 What John Rance Had to Tell ジョン・ランス巡査の証言

ランス巡査の家に行く馬車のなかで、ホームズは、犯人像を推理し根拠を説明する。『恩仇血』および林訳は、ほぼ原作通りに漢訳している。

『恩仇血』が Rachel を堅持しているのは、あいかわらずだ。

Rache についてのホームズの推理は、こうだ。

> As to poor Lestrade's discovery, it was simply a blind intended to put the police upon a wrong track, by suggesting Socialism and secret societies. レストレイ

ドには気の毒だが、彼が発見した文字は警察の目をあざむいて、社会主義者とか秘密結社に目を向けさせるためのものなのだ。53頁

【恩仇血】彼誤以 Rachel 為最大之関鍵。疑及秘密党人。彼は、Rachel が最大のカギだと誤認をしてしまい、秘密党員だと疑ってしまった。13頁

【歇洛克奇案開場】勒司忒雷得読血書。以我卜之尚兇手之詭謀。愚官中人以虚無党人語。レストレイドが読んだ血文字については、僕はそれが犯人の謀略だと推測したが、愚かな警察官は虚無党員の言葉だと考えた。27頁

原文には、Socialism と secret societies のふたつが使われている。だが、漢訳はいずれもその片方しか翻訳していない。

『恩仇血』は、後者にあてはめて「秘密党人」としたようだ。Socialism は、無視する。

『歇洛克奇案開場』は、前者を「虚無党人」と漢訳した。

現在は、Socialism は「社会主義」という漢語を使用する。だが、『歇洛克奇案開場』初版は、1908年発行で、その頃には、「社会主義」という単語はなかったのだろうか。当時の英漢辞典にも、「公用、公用之理」と説明されるだけだから、無理もないような気もする（後述）。

林訳が、原文に忠実であろうとしていることは、ホームズが扱う事件とは無関係の箇所も取りこぼさないようにしているところから理解できる。私のいうところの生活史を尊重している。

音楽会に行きたいから仕事を早くかたづけようという。

I want to go to Halle's concert to hear Norman Neruda this afternoon. 今日の午後はノーマン・ネルーダ夫人のヴァイオリンを聴きにハレの演奏会へ行きたいので。54頁

【恩仇血】省略している

【歇洛克奇案開場】吾今日午後。尚欲至好而音楽会。聴脳門牛魯達調。僕は今日の午後、ノーマン・ネルーダの演奏を聴きに音楽会に行きたいんだ。

28頁

中国の読者にしてみれば、注記のないノーマン・ネルーダといわれても誰のことやらわからない。ハレは、ドイツのピアニスト、指揮者。ネルーダはその夫人でヴァイオリン演奏者だという[9]。この種の情報は、外国の読者にはことに理解しにくい。事件とはなんの関係もない演奏会だから、漢訳では省略したくなるのもわかる。だが、それこそホームズの生活史なのだ。大筋とはかかわりがないといっても血と肉の部分だから、削れば『恩仇血』は痩せた漢訳とならざるをえない。

ランス巡査は、殺人事件のあった建物の近くに酔漢がいたことを証言した。「コロンバインの『最新流行の旗』かなんかを歌ってました。about Columbine's New-fangled Banner, or some such stuff」（58頁）というのは、「ヘイル・コロンビア」や「星条旗」というアメリカの愛国的な歌だそうで[10]、犯人がアメリカ人である証拠にもなるという。この部分は、林紓は、「大呼科答布旗。コロンバインの旗を大声で叫んでいた」（30頁）とし、『恩仇血』は、「高唱格論皮之歌。コロンバインの歌を大声で歌っていた」（16頁）と漢訳する。ほぼ同じだ。

ところが、林訳は、つづく酔漢のあつかいを誤る。

> "He was an uncommon drunk sort o' man," he said. "He'd ha' found hisself in the station if we hadn't been so took up." ごく普通の酔っ払いでしたよ[11]。おれたちが忙しくなかったら、豚箱に入っているところだ。58頁
>
> 【歇洛克奇案開場】酔人耳。非我扶。将必且顛頓於火車之軌。碾砕其身矣。酔っ払いでした。私がささえてやらなきゃ、きっと列車の線路にころがって砕かれていただろうよ。30頁

漢訳で、「火車」が突然出現するのは、英文の station の意味を勘違いしたからだ。『恩仇血』が、ここを「不速行。且入警察署。はやく行かなかったら、警察署に入れていただろう」（16頁）と原文に近く漢訳しているのを見れば、

林紓たちは、先行の漢訳は参照するつもりがなかったらしいとわかる。さらにいえば、第2部第6章に「警察 police-station」(155頁) が使われている。林訳は、「巡所」(85頁。『恩仇血』は「警署」77頁) と正しく理解している。同じ station だと、なぜ、気づかなかったのか、不思議である。

その酔漢こそ事件の犯人である。なぜ、現場にもどってきたのか。それは、現場に落した指輪を取りにもどったのだ。指輪が犯人捕縛のてがかりになる。

ホームズは、ワトスンの存在に感謝する。なぜなら、ワトスンがいたおかげで事件に参加する気になったからだ。

I might not have gone but for you, and so have missed the finest study I ever came across: a study in scarlet, eh? 君がいなかったら、出かけなかったろうし、そうすればこれまでで最高の研究対象を逃すところだった。ちょっと芸術的な言い方をして、緋色で描いた習作とでも呼ぼうか。60頁

【恩仇血】省略している

【歇洛克奇案開場】吾懶不欲行。非爾策之。吾失之於眉睫之下矣。此案吾将名之曰読血書。僕は不精で行きたくなかったのだが、君が勧めてくれなけりゃ、目前に迫っている機会を失うところだった。この事件を「血書を読む」と名付けることにしよう。31頁

事件の名称「緋色の研究」が誕生する瞬間である。

あらためて漢訳の題名を見れば、『恩仇血』は、事件の内容を少なからず暴露しているし、林訳は、象徴的成分を抜き取ってしまったものでしかない。

ならば、『読血書』を漢訳題名にすればよかったか。「血書」だから、恋愛小説とは誤解されることはなかろう。だが、これでも読者にホームズを主人公とした探偵小説であることが伝わらないかもしれない。林紓が心配したのもその点だった。だからこその『歇洛克奇案開場』という命名だった。それにしても、本文のなかに書名が埋め込まれているのだから、なんらかの工夫があってもよかった。たとえば、『読血書——歇洛克奇案開場』とするのもひとつのやり方

ではなかったか。

○5 Our Advertisement Brings a Visitor 広告を見てやって来た人

殺人現場にもどる危険を犯すほどに大事な指輪ならば、これを拾ったと広告を出せば、関係する人物が姿をあらわすだろう、というのがホームズの考えである。

訪問者を待つあいだ、事件とは無関係なラテン語の本についてのおしゃべりがある。

> This is a queer old book I picked up at a stall yesterday-*De Jure inter Gentes*-published in Latin at Liége in the Lowlands, in 1642.（後略）ところで、これは珍しい古本なんだ。昨夜露店で買ったものだけれど、『諸民族間の法規』[12] といって、一六四二年にローランドのリエージュで出版されたラテン語の本なんだ。（後略）65頁
>
> 【恩仇血】余得一旧書名『民族権利微言』。（後略）僕は『民族権利微言』という古本を手にいれたんだ。（後略）20頁
>
> 【歇洛克奇案開場】昨日買自小攤。署曰人与人之法律。此在一千六百四十二年。荷蘭利去城。以臘丁文印之。（後略）昨日露店で買ったんだ。『人と人の法律』といって、1642年にオランダのリエージュにおいてラテン語で印刷された。（後略）34頁

古本を話題にしている。事件とは、まったく関係がない。この部分は『恩仇血』では、はぶいてもいいようなものの、なぜか、漢訳している。ラテン語の書名もそれらしく翻訳しているのがおもしろい。林紓がローランドをオランダとするのは、誤り。ベルギーでなくてはならない。

娘の結婚指輪だ、と取りにきたのは老婆だった。１年前に結婚し as was married only this time twelvemonth、昨晩サーカスに出かけて she went to the circus last night 指輪をなくした、という。

なんでもなさそうな原文だ。林訳は、彼女が嫁いでわずか１年［彼嫁僅一年］で、昨日、女友達とサーカス見物にでかけた［昨日与女友出観馬戯］と漢訳する（35頁）。そのままだ。

ところが、『恩仇血』では、彼女は十二月に結婚式をすることになっており［彼将於十二月中挙行婚礼］、昨夜、サーカス街に行って［彼昨夜赴酸古斯］と解釈する（21頁）。時制も無視して、サーカスを地名に解釈する。原文を知らなければ、事件の運びには影響をおよぼさないとはいえ、やはり、外国語の理解について、すこし不安があるのは確かだろう。

指輪を返すと、ホームズは、すぐさまそのあとをつけた。犯人の手掛かりにつながるはずだった。ところが、馬車に乗り込むのを確認したのだが、まんまとまかれてしまう。老婆は、若い男の変装だった。

○6 Tobias Gregson Shows What He Can Do グレグスン警部の大活躍

翌日の各新聞は、「ブリクストンの怪事件 Brixton Mystery」と名付けられた事件の記事でいっぱいだった。

いろいろな名詞が出てくる。新聞の紙名では『デイリー・テレグラフ』『スタンダード』とか、それらが事件を論評して、事件が政治的亡命者や革命家の仕業であること、アメリカには社会主義者の支部がたくさんあるから、組織から逃げたのであろう、とか書き立てるのだ。

それらの名詞を、漢訳ではどのように処理しているのかを紹介しておこう。

	【恩仇血】	【歇洛克奇案開場】
Daily Teregraph デイリー・テレグラフ	国民新聞	毎日電報
political refugees 政治的亡命者	政党亡命児	×
revolutionists 革命家	×	虚無党人
the Socialists 社会主義者	社会党人	虚無党人
（the secret societies 秘密結社	秘密社会	虚無党）

新聞記事の内容を漢訳するのはせいぜいがこれくらいまでだ。

原文でも言葉としてのみ引用される、Vehmgericht 秘密裁判制度、aqua tofana トファナ水、Carbonari 炭焼き党、the Marchioness de Brinvilliers ブランヴィリエ伯爵夫人、the Darwinian theory ダーウィンの進化論、the principles of Malthus マルサスの人口論、the Ratcliff Highway murders ラトクリフ街殺人事件などは、両漢訳ともに無視をする。単語だけをかかげても煩わしいだけだ、と判断されたのだろう。注釈がなければ理解がむつかしいし、しかも、事件とは直接の関係がないのだから、しかたがないといわれればそうか。

新聞の報道で事件の概要を伝えるのは、ホームズ物語の定石である。いいかえれば「緋色の研究」が最初のホームズ物語だから、それ以後、便利な方法として定着する。

被害者は、アメリカの紳士でドレッバーといい、連れは秘書のスタンガスンである。スタンガスンは、行方不明となっていた。

上に the Socialists が見えているのに注目してほしい。『恩仇血』は「社会党人」とし、『歇洛克奇案開場』は「虚無党人」を使用している。

第 4 章に、Socialism が出ていた。そのおり、「社会主義」という漢語はなかったのか、と疑問をだしておいた。ところが、あるのだ。『恩仇血』に、そのものズバリ「社会主義」が使われる。

> The *Daily News* observed that there was no doubt as to the crime being a political one. The despotism and hatred of Liberalism which animated the Continental governments had had the effect of driving to our shores a number of men ……
> 「デイリー・ニューズ」紙――この事件は政治的なものであることは間違いないと述べている。専政政治や自由主義に対する憎悪が大陸の国々の政治を動かしているため、多くの人々がわが国へ逃げてきている……73頁
> 【恩仇血】日日新聞之言曰。／観此次之奇案。吾人可毅然断之曰。此非個人之交渉。而政治上之問題也。蓋政党亡命者。専以社会主義。鼓吹民間。彼大陸之政府。不能容此狂惑之輩。則相与疾駆而至各国。デイリー・ニュー

ズは、次のようにいっている。／この怪奇事件をみるに、われらは以下のように断言する。これは、個人が関係するものではない。政治上の問題である。政党亡命者が、社会主義を民間に鼓吹したため、大陸政府はその熱狂者たちを許すことができず、そのため各国に逃亡しているのである。25頁

【歇洛克奇案開場】毎日新聞則云。此案必繫属於政治。大陸各政府。均厳緝虚無党。故駆此頑梗。咸戻吾国。デイリー・ニューズは、次のようにいっている。この事件は政治問題に違いない。大陸各政府は、いずれも虚無党を厳しく捕らえようとしている。ゆえにあれらの筋金入りたちを追いたてて、みんなわが国にもどってきているのだ。38頁

漢訳のふたつとも、英文原作に忠実というわけにはいかない。とくに『恩仇血』は、原文の大意をすくいとっただけで、「政党亡命者が、社会主義を民間に鼓吹した」という箇所は、勝手な作文だといえる。新聞のヨタ記事である。何を書いてもいい箇所だから、自由に翻訳の筆をのばしたとでもいうのか。翻訳としては、やりすぎだと思う一方、当時のイギリスがアメリカをどのように見ていたのかの雰囲気は出ているような気もする。

翻訳語の問題としてみれば、1904年に「社会主義」の用例があるのは、興味深い。

刑事警察ベイカー街支隊 the Baker Street division of the detective police force が登場する。いわゆる少年探偵団だ。『恩仇血』は「匏瓜街之偵探巡捕軍」（26頁）と漢訳し、『歇洛克奇案開場』は「俾格爾街偵探隊」（38頁）と翻訳する。両者ともに妥当なところだろう。

ホームズが、少年たちに捜査を継続するようにいったあと、クレグスン警部が犯人を逮捕したと報告にやってきた。

間抜けな警察が、早とちりをして別人を誤認逮捕しただけの話だが、この描写に手を抜くと、作品自体が薄っぺらいものとなる。固有名詞を織りまぜながら、殺されたドレッバーの品行の悪さなどを含めて詳細に記述され、これで1

章分を費やする。

そこにレストレイドが来て、行方不明だったスタンガスンが、今朝ホテルで殺された、と告げる。

○7 Light in the Darkness 暗闇にさす光

スタンガスンの死体のうえにも、RACHE と血で書いてあった。

これを聞けば、居合わせたホームズ、ワトスン、グレグスンは、ただちに理解する。第1被害者ドレッバーを殺害したのと同一人物が、スタンガスンをも手にかけた。だから、グレグスンが逮捕した人物は犯人ではない。以上のことは、原文には書かれていない。だが、読者ならば、それくらいの推理はする。それを期待して、ドイルもくどくは書かない。その前後の原文を下に示そう。林訳は、原文に忠実だが、『恩仇血』は、違う。

"……And now comes the strangest part of the affair. What do you suppose was above the murdered man?"

I felt a creeping of the flesh, and a presentiment of coming horror, even before Sherlock Holmes answered.

"The word RACHE, written in letters of blood," he said.

"That was it," said Lestrade, in an awestruck voice; and we were all silent for a while.「……さて、これからが、事件の不可解なところです。殺された男の体の上に、何があったと思いますか？」／私は体がぞくぞくっとした。ホームズが答える前に、恐怖の予感のようなもので震えがきた。／「RACHE と血で書いてあった」ホームズが言った。／「そのとおりです」レストレイドは、感心と恐れが入り交じったような声で答えた。そして、わたしたち四人は、しばらく黙ったままだった。88頁

【恩仇血】君意此凶手為誰歟。余聞萊斯屈来特語。毛髪復森戴。噤不能声。福曰。此無庸疑也。殺人者乃血書 Rachel 之人耳。萊曰。如。福君言。諸人復黙移時。犯人は誰だと思いますか。私は、レストレイドの言葉を聞く

> と、毛髪は逆立ち、声が出なかった。疑うまでもない、殺人者は、血でRachel と書いた人物だ、とホームズがいう。ホームズさんのおっしゃる通りです、とレストレイドは答える。みんなはしばし沈黙してしまった。35頁
>
> 【歇洛克奇案開場】其尤奇者。死人之身何物耶。歇洛克未答。余已毛戴不已。歇洛克曰。又有血書 Rache 乎。勒司忒雷得曰。然、於是衆皆無言。
> とくに奇妙なのは、死体のうえに何があったと思いますか。シャーロックが答える前に、私の毛髪は逆立った。また血で Rache と書いてあった、とシャーロックは言う。そうです、ホームズさんのいうとおりです、とレストレイドが言った。皆は無言であった。47頁

『恩仇血』では、Rachel に書き換えたうえに、ホームズが勝手に、Rachel と書いた人間が犯人だ、と断定している。だが、ここで重要なのは、ホームズが死体に血文字が書かれていたと言い当てたことなのだ。ホームズの推理がどのようにして得られたのかわからない。だから、居合わせた人々は沈黙した。

原文のままだと読者が理解しない、と訳者が考えたうえでの書き換えだろうか。もしそうであれば、中国の読者の理解力を信頼していない訳者ではなかろうか。

もうひとつ、『恩仇血』のなかでほどこされた不可解な注釈を指摘しておこう。

スタンガスンの遺体に残されたものの中に、１通の電報があった。クリーヴランドから発しており、その内容は、「Ｊ・Ｈはヨーロッパにいる。J. H. is in Europe.」という。

『恩仇血』は、それを「Ｊ，Ｈ，現在欧州（案Ｊ，Ｈ，即 Jefuson《ママ》 Hopes《ママ》 人名之縮写見後自明）J. H. は今ヨーロッパにいる（J. H. とはすなわち Jefuson《ママ》 Hopes《ママ》 を省略した書き方である。のちに明らかとなる）」（36頁）と漢訳し注をつける。種明かしに近いことを平気で行なう。おまけに人名のつづりが違う（正しくは Jefferson Hope）。つづり間違いは誤植であるにしても、全体が余分な注であることには

かわりがない。探偵小説は、謎の追求過程を楽しむ小説だ。いってみれば、著者が読者に仕掛けたワナをいかに読み解くか、あるいはその仕掛けを読者がいかに楽しむかが主眼なのである。漢訳者が、その途中にしゃしゃり出てきて、あれこれ指示することは、じゃまな行為にほかならない。

林訳では余計なことはせず、「J，h．其人已在欧羅巴矣。J. h. その人はすでにヨーロッパにいる」（47頁）とだけ漢訳しているのは、当然だとはいえ、さすがというべきだ。

ついでに、電報に関していえば、『恩仇血』では、ホームズが、犯人を知っている、それは「其為電報上所述者。電報に書かれている者だ」（39頁）と書く。原文にはない事柄だ。こんなに早く犯人をバラしてしまってどうするのか。訳者は、探偵小説というものを理解していないのではないか、と疑う箇所である。

馬車の御者を呼び込んで、ホームズは、あっと言う間に手錠をかけてしまった。これこそふたつの殺人事件の犯人――ジェファスン・ホープ Jefferson Hope である、と宣言する。御者の馬車がある、それで警視庁に連行しよう。一見落着である。

『繡像小説』連載の漢訳のなかに、ロンドン警視庁 Scotland Yard をそのままスコットランド［蘇格蘭］にしている例があった。『恩仇血』が、同じ間違いを犯す。「斯楷脱蘭特場」（41頁）と書いているところから、そうと知れる。林訳は、「警察所」としているから、これでいい。

ドイルの原作は、全書の後半を使って、殺人事件の背景を説明し種明かしを行なう。

Part 2 The Country of the Saints 聖者たちの国

○1 On the Great Alkali Plain アルカリ土壌の大平原にて

舞台はアメリカ大陸だ。ワトスンが登場しないから、語り手は第三者となる。

砂漠で死に瀕していた男と女の子がいた。

砂漠で仲間がつぎつぎに死んでいったといえば、飢え渇きと疲労が原因であろうと容易に想像がつく。人名が出てくる部分を下に示そう。

No, nor drink. And Mr. Bender, he was the fust to go, and then Indian Pete, and then Mrs. McGregor, and then Johnny Hones, and then, dearie, your mother. そうさ、飲む水もないんだからね。最初にベンダーさんが死んで、次にインディアンのピート。そして、マクレゴーの奥さんだ。それから、ジョニー・ホーンズ、そしておまえのお母さんもだ。104頁

【恩仇血】彼得去最早。麦克随之。哈痕従之。其四則及汝母矣。ピートが最初に死んだ。マクレゴー、ホーンズが続いて、4番目がおまえのお母さんだ。45頁

【歇洛克奇案開場】汝知船破時。死者幾人。板得先亡。第二即印度紅人斐得。次則密昔司麦格洛閣。又次則約翰洪司。又次則爾母矣。船が難破したとき何人死んだかお前は知っているね。ピートが最初に死んで、つぎがインディアンのピート。そして、ミセス・マクレゴーさん。それから、ジョニー・ホーンズ。そしておまえのお母さんだ。

名前の数では、林訳の方が『恩仇血』よりも正確だが、「船が難破」とはどういうことだろうか。溺死したと思い込んでいる。英文原作にそのような記述は、存在しない。林紓たちの勘違いだ。男ジョン・フェリアは、のちに、仲間21人のうち自分と女の子のふたりを除いた残りは、全員が飢えと渇きのために死んだ、と自分で言っている。林紓は、訳文を読みなおして、つじつまが合わないと気づかなかったのか、と不思議に思う。また、林紓たちには校閲者がついていた（後述）。彼も見逃したらしい。たよりない。

ふたりは、そこに通りかかった大幌馬車隊に救われる。彼らは、モルモン教徒 the Mormons［恩仇血：摩孟教徒、歇洛克奇案開場：莫門教人］であった。救出の条件は、モルモン教に入信することだ。男と少女は、集団の四大長老のひとりスタンガスンが世話をすることになった。もうひとりの長老は、ドレッパーという。いずれも、物語第1部に出てきている名前だ。ここで被害者にむ

すびつく。勘のよい読者は、イギリスにおける殺人事件は、どうやらアメリカ大陸のモルモン教が関係していると気づくはずだ。

大集団は、移動をはじめる。号令がかかる。「進め！神の国を目指して出発だ！ Forward! On, on to Zion!」（112頁）。『恩仇血』が、「可以行矣。行くがよい」（50頁）と省略して漢訳するのにたいして、林訳は、「向郇山。シオン山へ」（60頁）と正確に翻訳している。エルサレムにある丘だとよく理解していると感心した。だが、当時の英漢辞典に「Zion, n. 郇山，聖会，天堂，天国」と載っている。

○2 The Flower of Utah ユタに咲く花

ユタに到着したモルモン教徒の大集団は、ここここそが約束の土地であると考えた。

救助された少女（ルーシー・フェリア Lucy Ferrier と命名された）は、美しい女性に育ち、ジェファソン・ホープと知り合う。どこかで目にした名前だと気づかれたことだろう。彼も、物語の第１部最後部分に登場する。ホームズに手錠をかけられ、犯人だと名指しされた男だ。

本稿は、論文だから、原作ではさりげなく触れているだけの要点をわざわざ明らかにして指摘している。文章の性質上、犯人も明らかにせざるをえない。

だが、漢訳が、当時においてそれを行なうとすれば、やりすぎだ。あくまでも探偵小説の翻訳であることを忘れてはならない。必要最低限の注が必要なばあいは、あるだろう。だが、余計な注釈にならないよう、注意をはらうのは当然だ。

林訳が、教団の四大長老の名前をあげて（といっても３名だけだが）、そのなかのドレッバー Drebber について「特来伯氏（即空屋中死人之姓）」空家のなかの死人の名前、と書くのは、その余計な一例となる。ただし、このような例は、林訳には珍しい。『恩仇血』に省略と誤訳が多いのに比較すれば、林訳は、ほぼ原文に忠実な漢訳になっているからだ。

鉱山関係の仕事をしていたホープは、ルーシーと結婚の約束をして、２ヵ月後に迎えにくると言い残して旅立っていった。

○3 John Ferrier Talks with the Prophet ジョン・フェリアと預言者の話し合い

ドイルが理解した当時のモルモン教の婚姻について、紹介がある。ジョン・フェリアの口を借りて、ルーシーをモルモン教徒に嫁がせたくない理由を述べながらの説明だ。

> He had always determined, deep down in his resolute heart, that nothing would ever induce him to allow his daughter to wed a Mormon. Such marriage he regarded as no marriage at all, but as a shame and a disgrace. つねづね彼は、娘をモルモン教徒とだけは結婚させまいと深く心に決めていた。あのような多妻婚は結婚と言えるようなものではなく、恥辱と屈辱以外の何物でもないと、思っていた。123頁

日本語訳が原文にはない「多妻婚」という言葉を採用したのは、その方が理解されやすいという判断なのだろう。原文のままだと「あのような結婚」となり、なにが「あのような」のか、わかりにくいからだ。

> 【恩仇血】福聯因自誓決不以愛女字摩孟教徒。彼教中所謂娶婦。直以婦女為玩具。与野蛮人種何異。安得謂娶。フェリアは、かわいい娘をモルモン教徒には決して嫁がせないと誓っていた。その教えの中の結婚とは、婦女をおもちゃにし野蛮人となんら違うところがない。どうして結婚などといえるだろうか。56頁

「野蛮人種」が出てきて、「恥辱」「屈辱」がひっこむが、ほぼ、原文と同じ漢訳になっているといってもいいだろう。

> 【歇洛克奇案開場】仏里爾之心。決不嫁其女与莫門教中人。以彼教中人娶

妻。非復匹耦。直多畜群雌。非婚姻大義応爾也。フェリアは、その娘をモルモン教徒には決して嫁がせないつもりだった。その教えのなかの人が妻を娶るのは、夫婦になるのではなく、多数のメスを養うことにほかならない。婚姻の大義のあるべきすがたではないのだ。66頁

林紓たちは、当時のモルモン教についての知識をもっているとわかる。林訳は、原文からすこし離れる。だが、離れることによって中国の読者が読んですぐに理解できる翻訳になった。その分、すぐれた漢訳になっていると考える。これくらいの距離は、認めるべきだ。

ここにいう、いわゆる一夫多妻は、別の箇所にも出ている。

第２章に、次のようにあるのがそれだ。

No argument or persuasion could ever induce him to set up a female establishment after the manner of his companions. どんなに議論し、説得を重ねても、モルモン教徒の掟に従って何人もの女性と結婚するということをしなかったのだ。115頁

上と同じく、日本語は、少し意訳している。原文では、単に仲間のやり方に従って女性と身を固めないと述べているだけだ。結婚するとは、モルモン教では複数の女性と、という慣習を知っていれば、意訳した方がわかりやすい。

【恩仇血】福聯有特性。不悦女色。絶不效其同教友所為。フェリアには特別な性癖があり、色香を悦ばなかった。決してモルモン教の仲間の行為をまねなかったのだ。51頁

【歇洛克奇案開場】惟有一事。為同教中所弗容。雖力勧其人。乃終不娶。モルモン教のなかで、ただひとつ聞き入れないことがあった。いくら勧めても娶ろうとはしなかったのである。62頁

両者ともに、英文原作に忠実であることが理解できる。ただし、読者のためをいえば、ここは少し意訳したほうがもっとよかった。

第3章では、そのものズバリの単語「polygamy 一夫多妻」が使われる。『恩仇血』は、その周囲のかなりの部分を省略した。ゆえに、該当する漢語は、ない。林訳は、「多娶之風」（67頁）と翻訳している。

娘ルーシーが好きになった青年ホープは、キリスト教徒だった。それを知った教団の指導者は、フェリアに教えに背いていることを告げ、スタンガスン、ドレッパーの息子のいずれかを娘の婿として選ぶよう迫った。

これが、フェリアとルーシーがユタを脱出する原因となる。

○4 A Flight for Life 命がけの脱出

翌日、フェリアが、ソルトレーク・シティへ出かけ、ホープあてに助けをもとめる手紙をことづけている間に、スタンガスンとドレッパーの息子が、もう家に来ていた。

ルーシーが自分の妻にふさわしい理由を、スタンガスンはつぎのように述べる。

> As I have but four wives and Brother Drebber here has seven, it appears to me that my claim is the stronger one. ぼくの妻はまだ四人ですが、ドレッパーさんにはもう七人もいます。ですから、ぼくのほうがふさわしいでしょう。132頁
>
> 【恩仇血】然余只有妻四人、而直雷畔兄有妻已七人矣。以多少論。則女公子似応帰吾。ですが僕には妻は4人だけですが、しかしドレッパーさんにはもう7人もいます。数からいえば、娘さんは僕のものです。61頁
>
> 【歇洛克奇案開場】惟特来伯兄弟。有七妻。我但有四。以理卜之。宜帰我。ドレッパーさんには妻が7人います。僕は4人だけですから、理屈からいっても僕のものです。71頁

漢訳はふたつともに、原文をよくうつしている。ただ、林訳の方がより簡潔であることが、見れば理解できる。

林訳で、簡潔にすぎる箇所もないわけではない。

ふたりの息子を追い返したあと、指導者から日ごとに脅迫を受けることになった。猶予の１ヵ月を１日ずつ減じた数をつきつけられるのだ。

On it was printed, in bold, straggling letters:-

"Twenty-nine days are given you for amendment, and then －" 紙切れには、太く乱暴な字でこう書かれていた。／「改心のため、二十九日を与える。その後は……」134-135頁

【恩仇血】観之。則上書字両行曰『以二十九限汝改悔。其後則。――』見れば、２行にわけて書いてある。「お前が悔い改めるのにあと29日。その後は……」63頁

【歇洛克奇案開場】上有小紙以針縫之。書曰。猶有二十九日生也。上には小さな紙が止めてあり、まだ29日生きられる、と書いてある。73頁

『恩仇血』が、引用記号にカッコを使用しているのが新しい工夫となっている。この部分についていえば『恩仇血』の方が、『歇洛克奇案開場』よりも原文に近い。

陰湿な脅迫がつづき、精神的にまいってしまったあと残り１日の夜に、ようやくホープがもどってきた[13)]。

ちいさなところだが、漢訳者による加筆があるので見ておきたい。

寝ていたルーシーを起こして旅支度をさせる。恋人たちふたりが顔をあわせる。

The greeting between the lovers was warm, but brief, 恋人たちは、愛情のこもった、短い挨拶を交わした。139頁

【歇洛克奇案開場】此両情人相見。情愫極濃。顧為期甚蹙。乃不能喁喁作

私語。恋人たちは顔をあわせた。気持ちはとても盛り上がっていたが、時期が時期だけに、ひそひそと私語することもできない。76頁

林訳も、微妙に原文とは異なるが、『恩仇血』は、もう少し離れる。

【恩仇血】慵髻半梳。睡衣未褪。両人相見。愛情頓露。恋恋若不勝情。だらしのない髪はまだとき終わっておらず、ネマキも脱いでいない。ふたりは顔をあわせると、愛情はにわかにあふれ、想いはつのるのだった。67頁

旅支度をすませたルーシーであるはずなのに、『恩仇血』に出てくる彼女は、ネマキも脱いでいないとなると、緊張感が欠落しているといわれてもしかたがない。こまかな部分ではあるが、全体の緊迫した雰囲気をぶち壊す可能性すら生じる。翻訳する際には、細心の注意が必要とされる理由である。

その細心の注意が忘れられる箇所が、こんどは『歇洛克奇案開場』に出現する。

密かに家を出た3人が途中で見張りの会話を耳にした。仲間であるという確認のために合い言葉を使っている。

「九と七！Nine to seven!」「七と五！Seven to five!」(141頁)。これを漢訳し忘れる。関門を抜けるためには欠かすことのできない言葉であるにもかかわらずだ。あとで出てくる合い言葉が必要となる場面において、林訳はどうしたかというと、それには知らん顔をした。「ジェファスンは、庭先で「9と7」にたいして「7と5」と答えたのを聞いたから。仏森適聞草間行人曾曰九至七。答者七至五」(77頁) とやった。伏線がないから唐突の感をまぬかれない。『恩仇血』は、原文通りに漢訳する。

こうして、見張りに正体がばれることなく、3人はユタの地を脱出した。

第2部のやまばは、つぎの章に設定されている。

○5 The Avenging Angels 復讐の天使

悲劇は、ホープが食糧の獲物を入手するため狩りに出かけたあいだにおこった。

持参した食糧は、もともと少なかった。追っ手を大きく引き離したと判断したから、ホープは、当面の食糧を得る目的でルーシーらふたりを置いて、出かけた。獲物を仕留めるのに、思わぬ時間がかかったうえに、道に迷った。ふたりのいる場所に、ようやくもどったホープが目にしたのは、フェリアの墓だ。あとでわかったことだが、フェリアを殺害したのはスタンガスンで、連れもどされたルーシーは、ドレッバーと結婚させられた。しかもルーシーは、心労のあまり床についたまま１ヵ月もしないうちに死んでしまった。

通夜の席に姿をあらわしたホープは、遺体から結婚指輪を抜き取る。その時の、セリフは、こうだ。

> She shall not be buried in that, こんな指輪をはめたまま、埋葬されてたまるか！151頁
>
> 【歇洛克奇案開場】彼即葬也。此物不能同瘞。彼女は埋葬されるのに、これをいっしょに埋めさせるものか。82頁

林訳は、「此物」で指輪を示す。ホープがルーシーに贈ったものとわかる。だから、第１部で死体のそばで見失った指輪を取り戻すのに、危険を犯して現場にもどってきたり、新聞広告を見てホームズたちの部屋に人をやって指輪を取りに行かせた。それほど重要だった。その謎解きがここでなされている。

片方の漢訳を示そう。遺体から指輪を抜き取るのは、原文と同じだ。

> 【恩仇血】不可使塵土汚我愛卿。香質此物不当殉葬於此。私の愛する人をチリで汚してはならない。これを一緒に埋めさせてなるものか。74頁

銀鉱探し、毛皮取り、牧童などさまざまな経験をしているホープの人物像からいえば、「愛卿」という単語は、すこしそぐわない気がする。遺体をとりま

いて女性たちがいる場面だからなおさらだ。原文のように、ぶっきらぼうに、「she 彼」と呼ぶくらいがにあっていると思う。それくらいのことは、当然、ドイルは計算している。

もうひとつ、『恩仇血』が、原文にない説明をしている部分を紹介しておこう。

モルモン教会の内部で分裂騒ぎがあって、ドレッパーとスタンガスンも教会を離れてユタを去った。

> Rumour reported that Drebber had managed to convert a large part of his property into money, and that he had departed a wealthy man, while his companion, Stangerson, was comparatively poor. 噂では、ドレッパーは財産のかなりの部分を換金して裕福だったが、スタンガスンのほうはどちらかといえば貧しいままだったという。153頁
>
> 【恩仇血】伝聞直雷畔已盡変其産。加以福聯之遺金。擁貲巨万。而斯旦及孫日就貧窶。聞くところによると、ドレッパーは財産のすべてを換金し、加えてフェリアの残した金があったから、巨万の資金を持っていた。だが、スタンガスンは、貧しいままだった。76頁

ドレッパーたちは、たしかに脱出したフェリアらを追っていた。見つけだして殺害したから、その時持っていた彼らの金（ホープの金も含まれる）も奪った。さらに、形だけとはいえルーシーと結婚したから、その財産も自分のものになった。こう訳者は考えたのではないか。だから「加えてフェリアの残した金があった」という漢訳になったと思われる。

だが、脱走者の所持金、財産がそのままルーシーの所有になっていたとは考えられない。教会に「寄付」されたと考えるのが普通だ。では、なぜ、原文にないフェリアの財産が漢訳に出現するのか。原文の“he had departed a wealthy man 裕福な男として去っていった”というのを、裕福な男＝フェリアから奪った、と勘違いしたからではないだろうか。どのみち、早とちりである。

ホープは、復讐の鬼となっていた。逃げ回るドレッバーたちをしつこく追い回す。ついに、ロンドンに追い詰めた。

「緋色の研究」は、前述のように第1部と第2部のふたつで構成されている。第1部は、ワトスンの記述だ。ところが、第2部のアメリカ大陸における事の顛末を語るのは、誰か。これは原作について生じる疑問である。

その疑問が出てくるのは、第5章の最後に次のような説明があるからだ。

> As to what occurred there, we cannot do better than quote the old hunter's own account, as duly recorded in Dr. Watson's Journal, to which we are already under such obligations. そこでの出来事については、年老いた猟師その人の口から聞くのがよいだろう。彼の言葉は、わたしたちがすでに深く恩義を感じているワトスン医師の手記に逐一記録されている。154頁
>
> 【恩仇血】省略している
>
> 【歇洛克奇案開場】以約仏森所言。均在華生大夫日記中。吾書均取材於彼日記中也。ジェファスンの話は、すべてワトスン医師の日記に書かれている。私の本は、彼の日記に取材しているのだ。84頁

『恩仇血』のように関係部分を省略してしまったのでは、出てくる疑問も出てこない。林訳が、原文に忠実であるのを見るにつけ、『恩仇血』の訳者の翻訳姿勢には、ものたらないものを感じるのが正直なところだ。

○6 A Continuation of the Reminiscences of John Watson, M. D.

ワトスン医師の回想録の続き

本第6章が、第1部第7章の内容をひきつぐ。ホープ逮捕から彼自身による供述である。といっても、ワトスンの筆記という形をとるから、第1部の方法にもどったことになる。

第6章では、ホープの復讐物語が細部にわたるまで明らかにされる。

1．動脈瘤――ホープの持病

ホープが、ワトスンらに裁判を受けることはない、と言ったのは、持病をかかえていたからだ。「an aortic aneurism 大動脈瘤」(157頁) である。いずれ血管が破裂して死ぬだろうから、裁判までもたないという意味だ。また、この持病があるから鼻血を出して、それが死体のまわりにとびちっていた、という理由付けにもなっている。

『恩仇血』は、「大動脈」(79頁) とだけ訳している。動脈瘤を無視するのは、当時の辞典には、「aorta, n. 総脈管，大動脈」としか掲載されていなかったからかと想像する。だが、大動脈だけでは、病名にはならない。前後関係から見て、それに気づかなかったのか。

こういう専門用語は、翻訳者によほどの知識がなければ、漢訳はむつかしい。というよりも、工具書の問題になる。

林訳は、「汝病乃為血沸　君の病気は血がたぎっていることだよ」(86頁) としているが、言葉足らずだ。動脈瘤という単語をしらなかったためにそうなったのだろう。

2．日常生活のための資金――馬車屋

かたきを追跡するにしても、長期間にわたれば (20年間である)、生活するための金が必要になる。

> I applied at a cab-owner’s office, and soon got employment. 馬車屋に頼んだら、すぐに雇ってくれました。159頁
>
> 【恩仇血】余乃赴一馬車行。主人一見。即得録用。馬車屋へ行くと、主人はすぐに雇ってくれました。80頁
>
> 【歇洛克奇案開場】自造車棧。賃車自贍其生。車屋へ行って、車を借り生活費をかせぐことにしました。87頁

こういう日常生活の基礎となる部分にも目を配っているのが、ドイル原作のうまいところだ。ふたつの漢訳も、その重要さを理解している。省略していないところがよい。

3．かたきの居場所――キャンバウェルの宿

ホープは、かたきふたりがロンドンに滞在していることをようやくつきとめた。

They were at a boarding-house at Camberwell, over on the other side of the river. 奴らは川向こうのキャンバウェルに宿をとっていました。159頁

【恩仇血】彼於康伯衛児某家賃屋。やつらはキャンバウェルのある宿に部屋を借りていました。80頁

【歇洛克奇案開場】在対河岸上孀婦家。川向こうのやもめの家にいました。87頁

林訳は、「キャンバウェル」を省略したうえに、「やもめの家」とする。a boarding-house は、賄いつきの下宿屋だ。寡婦が営んでいることが多いということかも知れないが、すこし訳しすぎの感がある。

4．空家の鍵――犯行現場の設定

ホープが婚約者の恨みをはらす場所は、事前に決めていた。乗った客が、空家の鍵を馬車に落したことがあり、その合鍵を作っておいた。

It chanced that some days before a gentleman who had been engaged in looking over some houses in the Brixton Road had dropped the key of one of them in my carriage. It was claimed that same evening, and returned; but in the interval I had taken a moulding of it, and had a duplicate constructed. 何日か前に、たまたま、ブリグストン通りに空き家を見に行った紳士が、わたしの馬車に鍵を落したのです。鍵は、その人がその晩取りに来たので返しましたが、その間に、私は型を取って、合鍵を作らせました。161頁

【恩仇血】一礼拝前。某先生雇吾車往白列克頓看察空屋一所。急忙中堕鑰匙一枚於車中。是夜雇吾車。然余得閑即仿此匙摹製一枚。１週間前、あるひとが私の馬車に乗ってブリクストン通りに空家を見に行きました。急い

でいて鍵を馬車のなかに落したのですが、その夜、また私の馬車に乗ったのです。私はその間に、その鍵と同じものを作らせました。82頁

【歇洛克奇案開場】適前数日有趁車之人。至白列斯敦視彼空屋。遺其鑰匙車茵之上。及其未索之先。吾已如式別搆一具。数日前、ちょうど馬車に乗る人がいて、ブリクストン通りに彼の空家を見に行ったのですが、鍵を車のなかに忘れたのです。その人が取りにくるまえに、私は同じものを作らせました。89頁

『恩仇血』が、鍵の落とし主が、ホープの馬車にまた乗ったように解するのは原文とは異なる。それ以外は、原文のままだ。林訳については、文句をつける箇所は、ない。

5．毒物――アルカロイド

ホープが使ったのは、アメリカのヨーク大学の実験室で入手したアルカロイドだった。

One day the professor was lecturing on poisons, and he showed his students some alkaloid, as he called it, which he had extracted from some South American arrow poison, ある日、教授が毒物についての講義のとき、学生たちに、アルカロイドとかいうものを見せていました。南アメリカの現地人の毒矢から採ったもので。163頁

【恩仇血】一日赴化学試験室。見教習講義中。偶述毒薬一門。出一種亜爾加里。為南美洲箭毒之一種。ある日、化学実験室へいくと、教師が講義中でした。たまたま毒薬について説明していて、アルカリというものを見せていました。南アメリカの矢の毒の一種で。83頁

【歇洛克奇案開場】一時教師辨毒薬性質。即語学生以南亜美利加野人箭鋒之傅毒薬。あるとき教師が毒薬の性質について説明していて、南アメリカの野蛮人が矢尻に塗る毒薬という。90頁

アルカロイドには、漢訳両者ともにてこずっている。『恩仇血』は、アルカリと誤解するし、林訳は、単語自体を省略してしまった。さらに、林訳では、「南アメリカの野蛮人［野人］」と差別意識を丸出しにしているのが目を引く。原文に、そのような表現は存在していないから、林紓らの考えが、直接、出てしまったのだ。

6．血文字―― RACHE

興奮のあまり鼻血の流れるままにしていたホープは、思いつきから壁に血文字を書いた。

> I don't know what it was that put it into my head to write upon the wall with it. Perhaps it was some mischievous idea of setting the police upon a wrong track,
> なぜそのとき、その血で壁に文字を書こうと思いついたのか、今もってわかりません。たぶん、警察をからかってやろうといういたずら心からだったんでしょう。167頁
> 【恩仇血】余故以指染血択牆而書之。冀以乱偵探之計。ですから私が血で壁に文字を書いたのは、警官を混乱させようと考えたからです。86頁
> 【歇洛克奇案開場】作書於壁間。以愚巡警。壁に文字を書いたのは、警官をばかにしようとしたのです。92頁

『恩仇血』が、ここでも誤植のうえに Bachel とつづることはすでに述べた。『歇洛克奇案開場』は、ローマ字そのものは省略している。こまかい違いはあるが、意味のうえからすれば、ほぼ原文通りといってもいいだろう。

『恩仇血』『歇洛克奇案開場』ともに、以上の重要箇所は省略していないことがわかる。ここで手を抜くと、本小説そのものが成立しにくくなるから、特に点検してみた。

そのほかでいえば、ベーカー街221号が『恩仇血』では、なぜか「匏瓜街三百廿一号」（87頁）と番号が違う。単なる誤植だろう。

○7 The Conclusion 結末

前の第6章が、犯人ホープによる説明であったが、本第7章は、ホームズが自らの推理の過程を解説するものだ。

まず、ホープが動脈瘤破裂 the aneurism burst で死亡したことが明らかにされる。

『恩仇血』は、「大動脈爆裂［大動脈破裂］」（89頁）と漢訳していて、ほぼ正確だ。ところが、林訳の方は、「肺立炸［肺がただちに破裂して］」（94頁）とする。

原文の前章では、ホープが動脈瘤を持っていると説明していた。しかし、林訳はそれを「血沸病［血が沸き返る病気］」と考えたために、この箇所については、最後まで正解に近づくことができなかった。まあ、細かい部分には違いない。

比較的大きな部分を示して漢訳の違いをいわなければ、林訳にとっては不公平になるだろう。

ドイルの原作では、ホームズが、この事件そのものは単純であること、さかのぼる推理が大事であること、結果を聞いてその経過を論理的に推理できる人は少ないことなどなど、推理についての彼独特の思考法を紹介する。

読者は、探偵推理術についての知識をこれによって得る。今まで聞いたことのない話だ。ドイルもその効果があることがわかっているから、わざわざ記述している。そのような考え方があることを、説明されてはじめて知るから、興味をもつ読者にとっては、はずすことのできない部分であるといってもいい。

林訳は、ほぼ原文に忠実に漢訳する。しかし、『恩仇血』は、この部分をあっさり削除する。すぐさま、殺人現場の実地調査に説明をつなげている。ここでも、私のいういわゆる生活史を無視することになった。作品がいくらか痩せ細るのは、当然の結果だろう。

強調されるのは、足跡鑑定技術 the art of tracing footsteps（173頁）だ。『恩仇血』は、「査審足印」（89頁）に、林訳は、「辨足印」（96頁）と漢訳していて、正しい。

足跡を観察することにより、ふたりの男が空家に侵入したこと、ひとりは背の高い男であることなどを推理する。さらに、死人の口の匂いをかいで毒殺であることを知る。ここまでは、ふたつの漢訳ともに、原文に忠実だ。

毒殺事件の例としてホームズは、オデッサのドルスキー事件 the cases of Dolsky in Odessa、モンペリエのルトリエ事件 the cases of Leturier in Montpellier の名前をあげる。『恩仇血』は、省略した。林訳は、前者を「倭地煞中度而司基之陳案」（96頁）に、後者を「孟忒迫里而中之勒都里爾」（同前）と音訳する。いわゆる生活史も無視してはならない、という立場にたてば、林訳のやり方が好ましい。

殺人の動機は、手のこんだ殺し方を見れば、女性関係であること。それは、指輪が見つかって確証となった。

犯人像についても、ホームズは、推測した根拠をこまごまと説明する。両漢訳とも、この部分は、原文のままになっている。

最後に、事件を報道する新聞記事をみよう。

記事は、有名なふたりの警部 the well-known Scotland Yard officials, Messrs. Lestrade and Gregson の功績であることをいう。

まず、単語の問題だが、『恩仇血』と林訳を並べておく。

	【恩仇血】	【歇洛克奇案開場】
officials	偵探家	包探
Gregson	格蘭孫	格来格森
Lestrade	莱斯屈来特	勒司忒雷得

固有名詞が両者で異なるのは、しかたがない。警部を漢訳して「包探」とするのは、時間的に林訳の方が遅いのにもかかわらず、ややふるい訳語のように思う。訳語の流れからすれば、まず「包探」があって、のちには「偵探」が多く用いられているからだ。

両漢訳の違いは、この新聞記事のなかのホームズのあつかいだ。

ドイルの原文では、犯人は、「シャーロック・ホームズ氏なる人物の部屋で in the rooms of a certain Mr. Sherlock Holmes」（178頁）逮捕されたとある。

林訳は、原文通りに「密司忒歇洛克福爾摩司家。シャーロック・ホームズ氏の家」（99頁）とする。だが、『恩仇血』は、そこを「復得福爾摩斯先生之参助。また、ホームズ氏の協力を得て」（93頁）と書き換えた。

ホームズが警部ふたりに協力して犯人を逮捕した、という方が、読者にはわかりやすいはず、という思い込みが訳者にあったのではないか。

だが、原文は、ロンドン警視庁の警部と私立探偵の微妙な関係を描いていることに気づかなければならない。推理調査能力ともに警部たちをはるかに超えているホームズ、という設定だ。警察が手掛かりすらつかめず、ホームズに相談しにやってくる事実を思いだしてほしい。しかし、新聞あるいは社会一般は、事件解決の実力は、ホームズよりも警部たちの方にあると勘違いしている。小説は、この事実の乖離を辛辣に暴露してもいるのだ。

『恩仇血』が、ホームズを警察に協力する仲良しクラブのように書き換えたのは、ドイル原作の基本的人間関係を把握しそこねている証拠となろう。

3　読者の反響

漢訳「緋色の研究」に関する同時代人の評論は、多くない。

郭延礼が『中国近代翻訳文学概論』（163-164頁）で引用するのは、陳熙績の文章だ。といっても、林紓、魏易同訳『歇洛克奇案開場』につけられた前出の「序」にほかならない[14]。

翻訳原稿ができた段階で、陳熙績は頼まれて校閲訂正、句読点の附加を行なった。その読後の感想が「序」というわけだ。

陳熙績の「序」には、ふたつの注目すべき点がある。

ひとつは、林紓が西洋の小説を翻訳するのは、社会を改良し、人心を奮い立たせる意図があると指摘していることだ。

具体例として挙げられるのは、次の作品である。

『巴黎茶花女遺事』LA DAME AUX CAMELISA は、男女の情は正しくあるべきことを、『黒奴籲天録』UNCLE TOM'S CABIN は、階級の平等であることを、『滑鉄廬戦血余腥記』WATERLOO: SUITE DE CONSCRIT DE 1813 は、軍国の主義を、『愛国二童子伝』LE TOUR DE LA FRANCE PAR DEUX ENFANTS は、実業を興すべきことを人々に示しているという。

では、『歇洛克奇案開場』は、なにを意図しているのか。

陳熙績は、ホームズではなく犯人ジェファスン・ホープに注目する。ホープが、各地を転々とし、長年にわたり、飢えと渇きに耐えながら、最後には復讐をはたすという堅忍不抜、不撓不屈の精神を賞賛する。

「嗟乎約仏森者西国之越勾践伍子胥也。ああ、ジェファスンは、西洋の越王勾践、伍子胥である」とまでいう。前者は、越王勾践が、呉王夫差に敗れたあと、苦い肝をなめて自分の心をふるいたたせた故事をいう。後者は、楚の人伍子胥が、父兄を楚王に殺されたため、呉王を助けて楚を討ったことを背景にしている。いずれも、強い決意をもって復讐を誓い、その意思をまげなかった例で有名だ。

というわけで、陳熙績は、太史公（司馬遷『史記』）の「越（王勾践）世家（第十一）」「伍員（子胥）列伝（第六）」をかかげ、これらとあわせて読むことを勧める。

探偵ホームズにではなく、犯人の方に重点をおいた評価は、めずらしい。ホープが、もしもホームズに出会わなかったならば、かならずアメリカに帰国していただろう、とまで陳熙績は述べる。

探偵小説のもつ謎解きのおもしろさよりも、艱難辛苦をものともしない犯人の信念の強さに、作品自体の価値を置いている。普通には見られない特異な評価だといえよう。

陳熙績の読み方は、作品をなにかの目的に利用しようとする、小説功利論の応用である。

そのばあい、翻訳小説であれば、外国の事物、制度、組織、人情などを理解するのに役立つとしかいいようがない。探偵小説にまで小説功利論を応用するのは、かなり無理が生じる。だが、それをいわなければならない時代の風潮があった。

もうひとつの注目点は、さきほど述べた、陳熙績が依頼された校閲訂正の作業だ。林訳には、口訳者と筆述者・林紓のほかに、翻訳作品を校閲する人物がいたという事実には目をむけておいてもいい。

林訳のすべてにわたって校閲者がいたかどうかは不明だ。だが、すくなくとも『歇洛克奇案開場』のばあいは、翻訳作業が、点検を含んで組織されていたことを意味する。いいかげんに訳しとばしたわけではないことが理解できる。ただし、校閲者がいても誤訳が生じるのは、しかたのないことだ。

4　結論——林紓らの漢訳

外国語を理解しなかった、と林紓を批判する論文には、ある固有の考えが前提としてあるように感じる。すなわち、外国小説の翻訳には、ひとりの外国語がわかる人間が、最初から最後まで、独力で従事しなくてはならない。

しかし、これは、思い込みではないのか。複数の人が、それぞれ得意な分野を分担しながら共同作業で翻訳することは、悪いのか、と反論したくなる。

結局のところ、読者にとって、よい翻訳はなにか、という問題になる。

原文に忠実で、誤訳、省略がすくなく、訳者の加筆はひかえた、漢語として読みやすいものがいいにきまっている。文化の違いで、どうしても漢訳できない事物については、必要最低限の注釈をほどこすことによって説明することができる。どのようにも工夫できよう。

ただし、その時代の情況と要請に応じて、場合によっては、翻案、書き換えもありうる。翻訳を受ける側の問題だといってもいい。文言から口語へと変化するのも、その一例だ。簡単に決めつけることのできる課題ではない。

翻訳の過程で、ひとりで実務をこなしたとしても、その結果出てきた漢訳作品が、誤訳、省略だらけの、勝手な加筆が多く原文とは離れたものであるならば、それは悪い翻訳作品である。

翻訳は、その過程が重要なのではない。作品としての結果こそが最重要でなくてはならない。当然のことである。いまさらわざわざ書くのも恥かしいくらいだ。

翻訳作品そのものを評価の基準にするとどうなるか。

外国語に堪能な人物を得て、原文に忠実な翻訳をしてもらう。それを外国語はできないが文章のうまい林紓が聞きながら文言になおす。これで、いいではないか。

外国語は理解するが、堪能というほどではなく、誤訳、省略をまじえながら、なんとか原文の筋を追う程度の漢訳でしかない。弱点が重なる可能性もある。翻訳そのものがすぐれていなければ、それだけのことだ。

林紓が、魏易と共同で漢訳した『歇洛克奇案開場』は、すこしの誤訳はある。だが、基本的に原作に忠実な漢訳であることは、上に例をあげたから理解してもらえると思う。

陳彦と金一が翻訳した『恩仇血』が、大きな省略とこまかな誤りを多く持っているのに比較すれば、林訳は質的にはるかにすぐれた翻訳作品である、と私は自信をもって断言する。

注

1）「訳者あとがき」小林司、東山あかね訳　シャーロック・ホームズ全集第１巻『緋色の習作』河出書房新社1997.9.10/10.20二刷。362頁

2）郭延礼『中国近代翻訳文学概論』漢口・湖北教育出版社1998.3。354頁。ただし、《福爾摩斯偵探案《ママ》第一案》とする。

3）郭延礼『中国近代翻訳文学概論』604頁

4）馬泰来「林紓翻訳作品全目」銭鍾書等著『林紓的翻訳』北京・商務印書館1981.11。103頁

5）日本語訳は、前出の小林、東山訳『緋色の習作』を使用する。

6）医学博士と訳さないのは、小林、東山訳『緋色の習作』184-185頁の注３に説明がある。

7）小林、東山訳『緋色の習作』185頁の注４

8）小林、東山訳『緋色の習作』207-208頁の注67

9）小林、東山訳『緋色の習作』248-249頁の注177

10）小林、東山訳『緋色の習作』251頁の注185

11）小林、東山訳『緋色の習作』58頁。「普通の酔っ払い」と訳するのはおかしい。uncommon なのだから、異常に酔っ払っていた、くらいに訳してほしい。

12）小林、東山訳『緋色の習作』255頁の注197ではラテン語の書名の一部を June と表記するが、誤植ではなかろうか。

13）小林、東山訳『緋色の習作』137頁は、「この四日、飲まず食わずでした」と訳す。原文は、“I have had no time for bite or sup for eight-and-forty hours.” 明らかに48時間だ。四日ではない。誤訳だろう。【恩仇血】故不食已四十八点鐘矣。【歇洛克奇案開場】吾於道中両日両夜。未嘗得杯水之飲。

14）阿英編『晩清文学叢鈔』小説戯曲研究巻　北京・中華書局1960.3上海第１次印刷（台湾・文豊出版公司（1989.4）の影印本がある）。289-290頁。また、陳平原、夏暁虹編『二十世紀中国小説理論資料』第１巻（1897年-1916年）北京大学出版社1989.3。327-328頁。両書ともに表題を「《歇洛克奇案開場》叙」とする。「叙」は、「序」が正しい。阿英が収録した文章は、原文とは３ヵ所の文字の異同があり、陳平原、夏暁虹のものもそれを踏襲する。

『華生包探案』は誤訳である

――漢訳ホームズ物語「采緪」について

『清末小説から』第61号（清末小説研究会　2001.4.1）に掲載。『漢訳ドイル作品論考１』（しょうそう文学研究所出版局2002.1.15）電字版に収録。英訳された。HIRAYAMA Yuichi “A MISTRANSLATION OF THE TITLE OF CHINESE EDITION OF THE CANON” *SHOSO-IN BULLETIN* VOL.11 2001。雑誌『七襄』は、マイクロフィルムで入手した。

1　『華生包探案』という書名の謎

『華生包探案』は、コナン・ドイルが創造したシャーロック・ホームズ物語の漢訳名としてあまりにも有名である。

清末翻訳界に漢訳輸入されて以来、ドイル作品の多くは、中国人読者に大歓迎された。漢訳される早さ、種類の多さなど、その勢いは、当時の日本の読者をうわまわる部分もあったといってもいいくらいだ。

中国で最初にホームズ物語を漢訳連載したのは、上海の『時務報』であった。該誌第６-９冊に「英包探勘盗密約案」と題して “The Naval Treaty 海軍条約文書事件” が掲載されたのがそれだ。1896年のことである。

この時には、まだ「華生」という翻訳語は、なかった。「滑震」という訳語が当てられていた。

漢訳ホームズ物語のひとつに、いわゆる警察学生訳『続訳華生包探案』（文明書局1902）がある。阿英の「晩清小説目」にその書名を見ることができる。（その書名が適切でないことは、別に論じた）

この時あたりから『華生包探案』という書名が、中国翻訳界に浸透しはじめる。

シリーズ名として「華生包探案」が使用され、6篇の漢訳作品が『繍像小説』第4-10期（癸卯閏五月十五日-八月十五日（1903.7.9-10.5））に連載された。

のちに、それらは、商務印書館の手によって単行本にまとめられ、『補訳華生包探案』をへて『華生包探案』の題名で出版されている。目録などに収録された該版本の刊行年を見れば、1903年、1911.4/1920.11五版（小本小説40）、丙午4（1906）/1914.4再版（説部叢書1=4）、1907.1二版/1908.8五版/1914.4再版（説部叢書1=4）など多数の版本があることがわかる。1903年から1920年まで、まさに清朝末期から民国初期にかけて、くりかえし刊行されているほどに人気を博した漢訳作品であった。

例をひとつだけあげる。1903年、日本にいた魯迅は、弟の周作人に手紙を書いて『華生包探案』を購入して送るようにいっている[1)]。わざわざ取り寄せるくらいの興味を持っていた、あるいは遠く日本にいる留学生まで評判になっていたということだろう。

あまりにも有名な『華生包探案』だからか、その中身がドイルのホームズ物語であるのは周知のことだからか、書名が奇妙だと指摘する研究者は、いない。

「包探」は探偵を意味する。現在では、「偵探」と表記することが多い。「案」は、事件だ。つまり、探偵事件になる。そこまでは、いい。奇妙だというのは、「華生」との組み合わせなのだ。

「華生」は、本来、ワトスンを指す。すなわち、『華生包探案』は、『ワトスン探偵事件』という意味になってしまう。

ホームズ物語の主人公は、いうまでもなくシャーロック・ホームズである。それを差し置いて、脇役のワトスンが書名に出てくるのは、奇妙以外のなにものでもない。

いってしまえば、『華生包探案』と漢訳するのは、誤りなのだ。

ワトスンが記録したホームズ探偵の事件簿というのであれば、やはり『華生筆記』とすべきだろう。誤訳をとりつくろうことはできない。

正しくホームズ物語とする書籍があることを言っておけば、それだけで十分だ。

（英）華生筆記、周桂笙等訳『福爾摩斯再生案』第1-13冊（上海・小説林社1904.2-1906.10。未見）とか、（英）柯南道爾著、佚名訳『福爾摩斯偵探第一案』（小説林社　光緒丙午1906。未見）とか、（英）柯南道爾著、周痩鵑等訳『福爾摩斯偵探案全集』第1-12冊（上海・中華書局1916.5/8再版/1936.3二十版）などだ。

その一方で、誤訳の『華生包探案』が生き残っていることに、私は注目する。『華生包探案』を発行したのが、大手出版社の商務印書館だったためか、誤訳であるにもかかわらず、社会には『華生包探案』という書名が浸透し定着してしまった。

怪奇現象ではあるが、事実だからしかたがない。

誤訳もここまで定着すると、不思議なことに、それに合わせる書籍が出現する。

すなわち、「華生」を無理矢理ホームズのことにしてしまうのである。ホームズの漢訳として存在する「福爾摩斯」の方は、無視することになる。一種の逆転現象だということができよう。

2　「采緪」のこと

その逆転作品の実物は、（英）各南特伊爾原著　鄗直訳「（長篇偵探小説）采緪」（『七襄』第2-4期　1914.11.17-12.7）という。原作は、“The Adventure of the Speckled Band まだらの紐”である。

「まだらの紐」の中国最初の翻訳は、黄鼎、張在新訳、黄慶瀾参校「毒蛇案」（『啓蒙通俗報』第4-5期　[光緒28.6（1902）]-光緒28.7（1902）未完）だ。「毒蛇」という漢訳は、事件の内容をすこし漏らしている。ドイルが「まだらの紐」と命名したのは、題名から内容が類推できないように工夫をしているのだから、翻訳もそれなりに気を使わなければならない。いちばんいいのは、原題のままにすることだ。

12年後に発表された2度目の漢訳は、その点、原題に近い「采緪　五色の紐」

と翻訳したのは、よろしい。

九つの小見出しがつけられている。「朝のヴェールの女性　清晨之覆面女子」という具合だ。もともとが短篇小説なのだが、漢訳では「長篇偵探小説」になってしまい、そのための翻訳者による工夫かと思う。

問題は、冒頭の書き出しである。ここで、シャーロック・ホームズを華生とする。

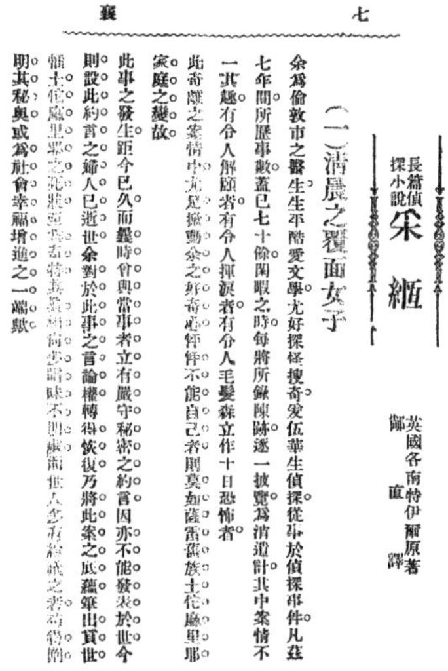
七襄

長篇偵探小說 采紐

英國各南特伊爾原著　御直譯

(一)清晨之覆面女子

余爲倫敦市之醫生。生平酷愛文學。尤好探怪搜奇。爰伍華生偵探。從事於偵探事件。凡玆七年間。所歷事數。蓋已七十餘。閑暇之時。每將所錄陳跡。逐一披覽。爲消遣計。其中案情不一其趣。有令人解頤者。有令人揮淚者。有令人毛髮森立作十日恐怖者。

此奇離之案情中。尤足撼動余之好奇心。怦怦不能自已者。則莫如薩雷孫族士佗廳里耶家庭之變故。

此事之發生。距今已久。而當時曾與當事者立有嚴守秘密之約言。因亦不能發表於世。今則設此約言之婦人已逝世。余對於此事之言論權。轉得恢復。乃將此案之底蘊。筆出貢世。惟士佗廳里耶之死。狀頗奇特。其疑團尚未明晰。不獨偵探世人多有疑惑之者。若得闡明其秘奧。或爲社會幸福增進之一端歟。

采紐　一

漢訳「まだらの紐」

余為倫敦市之医生。生平酷愛文学。尤好探怪捜奇。爰伍華生偵探。従事於偵探事件。凡茲七年間。所歴事数。蓋已七十餘。閑暇之時。毎将所録陳跡。逐一披覧。為消遣計。其中案情不一其趣。有令人解頤者。有令人揮涙者。有令人毛髪森立作十日恐怖者。私は、ロンドン市の医者である。つねづね文学を熱愛し、ことに怪奇なものを探索するのを好む。そこでホームズ探偵と組んで探偵事件に従事している。ここ七年間に経験した事件の数はおおよそ七十余になっており、暇なおり、記録した事跡を逐一読んで暇潰しとしている。その事件は一様ではなく、大笑いさせるもの、涙を揮わせるもの、毛髪は逆立ち十日も恐ろしく感じさせるものもある。

ワトスンの自己紹介から始まるのは、英文原作とは異なる。「私［余］」で始まるのは、よろしいとしよう。しかし、ワトスンが文学を熱愛するというのは、いかがか。原文にそのような記述は、ない。

ワトスンが小説を読もうとする場面は、出てくる（ボスコム谷の謎）。あるいは、クラーク・ラッセルの海洋小説に夢中になっている（五個のオレンジの種）。

小説本をひろげて居眠りしている（背の曲がった男）。ワトスンを文学愛好者とするのは、それらからくる連想であろうか。そうとするならば、漢訳者は、ホームズ物語を相当に読んでいることになるだろう。

漢訳では7年間だが、原文は、8年間で、なぜか1年の差が生じている。

英文原作の冒頭を下に示す。

> IN glancing over my notes of the seventy odd cases in which I have during the last eight years studied the methods of my friend Sherlock Holmes, I find many tragic, some comic, a large number merely strange, but none commonplace ; この八年間に私がシャーロック・ホームズの探偵方法を研究してひかえてきた、七十件あまりの事件にかんするノートをながめてみると、悲劇も多いが、喜劇もいくらかあり、そしてまたたんに風変りなだけの事件もたくさんあるけれども、一つとして平凡なものはない[2)]。

このあとに、ホームズが働いたのは、報酬のためではなかったことが説明される。

> for, working as he did rather for the love of his art than for the acquirement of wealth, he refused to associate himself with any investigation which did not tend towards the unusual, and even the fantastic. それは、何といっても彼が、多額の報酬を目当に働いたのでなく、おのれの技術そのものに情念をいだいて仕事をしてきたからであり、異常で奇怪な経過をたどる事件でないと、相手にはしなかったからである[3)]。

漢訳では、この部分を削除する。これでは、シャーロック・ホームズの手掛ける事件が異常である理由、また事件解決に見せる情熱の強さが読者に伝わってこない。

細かく見ていけば、おかしい箇所は、いくつかある。

数字ほか

ひとつは、数字の違いだ。数字などは翻訳の間違いようがない。だから、漢訳者は、意図的に改変したものだ。

原作［→漢訳］の順に示そう。

朝、ワトスンが起こされたのが7時15分［→5時15分］、依頼人の婦人が家を出たのが6時［→4時］、駅に着いたのが6時20分［→4時20分］など。冒頭部分の時間設定を2時間早めている。漢訳者の感覚からすると、7時15分は、早いうちには入らないためだろう。

年収1,100ポンド［→1万圓］、750ポンド［→7,500元］など。これも金額が1桁大きくなる。

毒が効くのが10秒［→10分］は、インド毒蛇の猛毒のはずなのだが、それにしても部屋から出て来て叫ぶのだから、10秒は早すぎると考えたのか。一方で、10分もかかってしまっては、猛毒にならないのではないかとも思う。

ファリントッシュ夫人事件は、ワトスンと一緒になる前［→ワトスン（漢訳：滑太）が協力した］。細かいことだが、ホームズとワトスンの生活史が、狂ってくる。

固有名詞

本来は、ワトスンの訳語である「華生」をホームズに割り当ててしまう漢訳者だ。人名の訳しかたに独特のものがある。その比較として、前述、漢訳最初の「まだらの紐」である「毒蛇案」をあげよう。

別に掲げた一覧表は、原文／「采緪」／「毒蛇案」の順である。「×」というのは、該当する漢訳がないことを示す。

ドイル Conan Doyle を音訳して各南特伊爾とする。これを見れば、「采緪」という漢訳においては、正確な音訳をほどこしているといえよう。すなわち、北京音で音訳をしたと考えていい。方言音を考慮する必要は、ない。

シャーロック・ホームズ Sherlock Holmes を華生とするのが、普通とは異なることにご注意いただきたい。

華生をホームズにしたから、ワトスンには、滑太をあてた。別に滑震というのがあったから、それからの連想だとも考えられる。

義父のロイロット Roylott を土佗麻里耶、双子の姉妹ヘレン Helen を冷珂、ジュリア Julia を希巌とするのは、いずれも首をかしげる。一方の「毒蛇案」が、普通に音訳しているだけに、その比較で奇妙さが増す。地名の翻訳も示しておく。こちらは、レザヘッド Leatherhead を卡滑沙と妙に訳するが、それ以外は、妥当だろう。

人名漢訳比較一覧

原文	「采緪」	「毒蛇案」
Conan Doyle	各南特伊爾	×
Sherlock Holmes	華生	休洛克福而摩司
Watson	滑太	華生
Grimesby Roylott	土佗・麻里耶	牢愛勒此
Farintosh	哈那太	威霊忒虚
Helen Stoner	冷珂	海倫司禿能
Julia	希巌	×
Honoria Westphail	×	韋思歓而

地名の漢訳比較一覧

Baker-street	麪包店街	盤克街
Surrey	薩雷	×
Stoke Moran	×	司托克毛倫
London	倫敦	倫敦
Leatherhead	卡滑沙	雷柔黒脱
Waterloo	華太洛	×

England	英国	英国

省　略

省略は、ほかにもある。

ヘレンが、双子の姉が死亡したときの様子をホームズに説明する場面で、姉が「まだらの紐（バンド）」と叫んだことをいう。「まだらの紐」について思いつくものはないかとホームズに問われ、庭にいたジプシー（gypsies 原文のまま）の団体（バンド）か、頭にまいたハンカチのことか、と証言する。バンドという言葉で紐と団体をむすびつけた、ドイルによる誤誘導の手法である。この誤誘導部分を漢訳では、省略する。これでは、ジプシーが出てくる意味がない。ドイルは、せっかくジプシーを配置して、犯人がそのなかにいるのではないかと読者が考えるように工夫しているのに、無駄骨に終わらせてしまった。もし、漢訳者が探偵小説における誤誘導の手法を知らずに、筋に関係がないものとして省略してしまったのなら、探偵小説がどのようなものであるのか理解していないことになる。

ヘレンの手首に残るアザから義父の力が強いことを示す部分を省略する。

ホームズが語る医者の悪事についても省略。

加　筆

ホームズとワトスンが、事件解明のためヘレンの寝室で夜を明かす直前の場面に、漢訳者による加筆がある。「みかけだけの呼び鈴紐および通気孔、大金庫に犬用の鞭。最初は、奇妙でも異物でもなかったものが、夜中の口笛と美人の惨殺に、まさか、なんらかの関係があるのであろうか。ホームズのちいさなことまで明察するという実地調査を経ることにより、なんと磁石が引きあい、ニカワと漆がくっつくように、離れることができない反応を示すのである。その秘密は、最後に暴露される。ああ、奇異であることよ」

地の文に書かれているから、ワトスンの言葉とも受け取ることができよう。だが、英文原作には存在しない。だから、これは、漢訳者の勝手な説明文にほかならない。怪異性を盛り上げるための加筆とわかるが、やはり、余分な加筆である。

以上、漢訳を検討した。

この漢訳全体が、冒頭に見るような、勝手な解釈と書き換えに満ちた翻訳かといえば、そうではない。

箸にも棒にもかからない漢訳では、まったくない。それは、自信をもって断言する。

人物名の漢訳に独特のクセがあるのは、事実だ。上のように、誤り、省略、加筆などを文章にすると分量が多そうに見える。だが、いくつかの省略と１ヵ所の加筆を除けば、基本的に英文原作に忠実な漢訳だということができる。

優良可の段階に分けて評価するとすれば、良、というのが、私の結論である。

漢訳「采緢」は、珍しい作品だ。『七襄』という雑誌そのものが、日本では容易に見ることができない。だから、漢訳「采緢」に触れる文章を見たことがない。紹介した理由である。

注

１）周遐寿（作人）『魯迅的故家』（人民文学出版社1957重版の影印本）所収「魯迅在東京」の三十四補遺二（209-210頁）。魯迅博物館蔵、常春編『周作人日記（影印本）』上冊鄭州・大象出版社1996.12。392頁。癸卯（1903）四月十四日。

２）阿部知二訳「まだらの紐」『シャーロック・ホームズ全集』第１巻河出書房新社1958.6.25/1959.5.20四版。110頁

３）阿部知二訳「まだらの紐」110頁

【附録】

漢訳コナン・ドイル小説目録

【凡例】

1　本目録は、漢訳されたコナン・ドイルの小説の目録である。

2　収録範囲は、最初の漢訳の1896年から2001年（部分）までとする。

3　「作品」と「贋作、原作不明など」の２部に分ける。

4　「作品」部に収録した作品は、ドイルの英文原作と掲載誌、発表年月を最初に示し、それに該当する漢訳作品を収録する。原作の発表順になっている。

5　ドイルの英文原作などに関しては、藤元直樹編「コナン・ドイル小説作品邦訳書誌」に拠った。また、参考のために日本語翻訳作品を、その最初のものだけを掲げた。これも該書誌に拠っている。漢訳と時間的に比較するためだけのものであるからご了解いただきたい。ここを見れば漢訳があるかどうかがわかる。

6　漢訳作品は、雑誌掲載から単行本収録のものまで、目にできる限りを掲げることを方針としている。ただし、不十分な部分がある。

7　作品集に収録されている作品は、各作品別にバラして該当英文原作に配列した。漢訳の発表順になっている。

8　「贋作、原作不明など」部は、贋作と今後の調査を待たなければならない原作不明作品を収めている。また、未見のため原作が不明である作品もあげた。

9　作品名に福爾摩斯と表示のあるものも収録した。

10　作品名の現代中国語音のabc順に配列している。

11　漢訳ホームズ物語は、1980年代以降におびただしく出版されている。そのすべては収録していない。また、香港、台湾における出版物は、一部を除いて、今回、力が及んでいない。

【記号】

番号：藤元直樹編「コナン・ドイル小説作品邦訳書誌」（『未来趣味』第８号 2000.5.3。

81-123頁）につけられたもの。

（日）：日本語翻訳作品だが、最初に翻訳されたもののみを掲げている。

＊：未見を示す。

【参考文献】

江戸川乱歩「福爾摩斯探案全集など」『海外探偵小説作家と作品』早川書房 1957.4.15/1995.9.30再版

中村忠行「清末探偵小説史稿（１）」『清末小説研究』第２号 1978.10.31

Richard Lancelyn Green and John Michael Gibson "A Bibliography of A. Conan Doyle" Hudson House 1983, 2000

樽本「贋作漢訳ホームズ」『清末小説論集』所収

樽本編『新編増補清末民初小説目録』済南・斉魯書社 2002.4

樽本編『清末民初小説年表』清末小説研究会 1999.10.10

孔 慧怡「以通俗小説為教化工具：福爾摩斯在中国（1896-1916）」『清末小説』第19号 1996.12.1

Eva Hung（孔慧怡）"Giving Texts a Context: Chinese Translations of Classical English Detective Stories 1896-1916" "TRANSLATION AND CREATION：readings of literature in early modern china, 1840-1918" David Pollard（ed.）, John Benjamins Publishing Company, Amesterdam/Philadelphia, 1998

孔 慧怡「還以背景、還以公道――論清末民初英語偵探小説中訳」王宏志編『翻訳与創作――中国近代翻訳小説論』北京大学出版社 2000.3／『通俗文学評論』1996年第４期未見

川戸道昭、新井清司、榊原貴教編『明治期シャーロック・ホームズ翻訳集成』全３巻 アイ アール ディー企画 2001.1.20

【謝辞】

藤元直樹、平山雄一、李慶国、劉徳隆、渡辺浩司各氏より資料提供とご教示をいただきました。ありがとうございます。

●作 品

001■The Mystery of Sasassa Valley｜Chamber's Journal 1879.9.6

（日）ササッサ谷の怪 小池滋『ササッサ谷の怪』中央公論社 1982.11.30

002■The American's Tale /An Arizona Tragedy｜London Society 1880 Christmas

（日）アメリカ人の話　小池滋　『ササッサ谷の怪』中央公論社 1982.11.30

003■A Night Among the Nihilists ｜ London Society 1881.4

＊（日）特別通信無政府党の一夜　抱一庵主人　『東京朝日新聞』1902.11.8-21

虚無党密議　柯南達利原著　孟曙、胡昕同訳　『小説月報』第4巻第11号 1914.2.25

秘密窟中一夕談（虚無党案）（英）A. CONAN DOYLE 著　詩屏、谷蘋合訳　『小説叢報』第3年第2期 1916.9.10

004■The Gully of Bluemansdyke ｜ London Society 1881 Christmas

＊（日）ブルーマンスダイク谷　笹野史隆　『北海文学』(84)　1998.10

005■The Little Square Box ｜ London Society 1881 Christmas

＊（日）探偵小説不思議の小函　小島秋人　『海国少年』4(9)-(10)　1920.11-12

006■Bones, The April Fool of Harvey's Sluice /The Fool of Harvey's Sluice ｜ London Society 1882.4

（日）デカ骨　小池滋　『ササッサ谷の怪』中央公論社 1982.11.30

007■Our Derby Sweepstakes ｜ London Society 1882.5

（日）わが家のダービー競馬　小池滋　『ササッサ谷の怪』中央公論社 1982.11.30

008■That Veteran ｜ All the Year Round 1882.9.2

（日）老兵の話　小池滋　『ササッサ谷の怪』中央公論社 1982.11.30

009■My Friend the Murderer ｜ London Society 1882 Christmas

（日）わが友、殺人者　笹野史隆　『北海文学』(81)　1997.5

010■The Captain of the "Polestar" ｜ Temple Bar Magazine 1883.1

＊（日）北極星号の船長　岡本綺堂　『世界怪談名作集』改造社 1929.8（世界大衆文学全集35）

011■Gentlemanly Joe ｜ All the Year Round 1883.3.31

（日）紳士ジョー　小池滋　『ササッサ谷の怪』中央公論社 1982.11.30

012■The Winning Shot ｜ Bow Bells 1883.7.11

（日）決勝の一発　小池滋　『ササッサ谷の怪』中央公論社 1982.11.30

013■Selecting a Ghost /The Ghosts of Goresthorpe Grange /The Secret of Goresthorpe Grange ｜ London Society 1883.12

（日）幽霊選び　小池滋　『ササッサ谷の怪』中央公論社 1982.11.30

014■The Silver Hatchet ｜ London Society 1883 Christmas

＊（日）銀の手斧　湖南生　『読売新聞』1897.3.23-4.2

015■An Exciting Christmas Eve:Or, My Lecture on Dynamite ｜ Boy’s Own Paper 1883 Christmas

（日）スリル満点のクリスマス・イヴ　小池滋　『ササッサ谷の怪』中央公論社 1982.11.30

016■The Heiress of Glenmahowley ｜ Temple Bar Magazine 1884.1

（日）グレンマハウリー村の跡とり娘　小池滋　『真夜中の客』中央公論社 1983.3

017■J.Habakuk Jephson’s Statement ｜ The Cornhill Magazine 1884.1

＊（日）奇中奇談耳石物語　緒方流水　『青年世界』9(1)-(4)　1902.6-9

018■The Blood-stone Tragedy ｜ Cassell’s Saturday Journal 1884.2.16

（日）血の石の秘儀　西崎憲　『ドイル傑作選Ⅰミステリー篇』翔泳社 1999.12.5

019■John Barrington Cowles /Beautiful Basilisk ｜ Cassell’s Saturday Journal 1884.4.12-19

＊（日）ジョン・バリントン・カウルズ　石田幸太郎　『ドイル全集』第 6 巻改造社 1933.8

020■The Cabman’s Story ｜ Cassell’s Saturday Journal 1884.5.17

（日）辻馬車の話　小池滋　『真夜中の客』中央公論社 1983.3.25

021■An Actor’s Duel /The Tragedians ｜ Bow Bells 1884.8.20

（日）悲劇役者　小池滋　『真夜中の客』中央公論社 1983.3.25

022■Crabbe’s Practice ｜ Boy’s Own Paper 1884 Christmas

＊（日）クラッブの開業　笹野史隆　『北海文学』(80)　1996.12

023■The Man from Archangel ｜ London Society 1885.1

＊（日）荒磯　山縣螽湖訳　『反省雑誌』第13年第 1 - 2 号 1898.1.1-2.1

荒磯　（原名 THE MAN O《ママ》ROM ACHEMGLE）（英）陶爾（DA《ママ》LYE）　萍雲（周作人）訳述　『女子世界』第 2 年第 2 - 3 期（第14-15期）［乙巳（1905)］

哲学家言　（柯南達利山窗砕墨之一）　延陵　『小説月報』第 9 巻第 3 号 1918.3.25

024■The Lonely Hampshire Cottage ｜ Cassell’s Saturday Journal 1885.5.2

（日）ハンプシャー州の淋しい家　小池滋　『真夜中の客』中央公論社 1983.3.25

025■The Great Keinplatz Experiment ｜ Belgravia Magazine 1885.7

＊（日）大実験　徳田秋声　『学窓余談』3(1)-4(1)　1899.7-1900.1

026■The Fate OF the Evangeline ｜ Boy’s Own Paper 1885 Christmas

（日）エヴァンジェリン号の運命　小池滋　『真夜中の客』中央公論社 1983.3.25

027■The Parson of Jackman’s Guich /Elias B. Hopkins ｜ London Society 1885

Christmas

*（日）ジヤツクマン金鉱区の牧師イライアス・ビー・ホプキンズ　石田幸太郎　『ドイル全集』第 6 巻改造社 1933.8

028■Touch and Go:A Midshipman' s Story ｜ Cassell' s Fammily Magazine 1886.4

（日）危機一髪　小池滋　『真夜中の客』中央公論社 1983.3.25

029■Cyprian Overbeck Wells /A Literary Mosaic ｜ Boy' s Own Paper 1886 Christmas

*（日）シプリアン・オウヴアベツク・ウエルズ　石田幸太郎　『ドイル全集』第 6 巻改造社 1933.8

030■Uncle Jeremy' s Household ｜ Boy' s Own Paper 1887.1.8

（日）ジェレミー伯父の家　小池滋　『真夜中の客』中央公論社 1983.3.25

031■The Stone of Boxman' s Drift ｜ Boy' s Own Paper 1887 Christmas

（日）ボックマンズ・ドリフトの宝石　小池滋　『真夜中の客』中央公論社 1983.3.25

032■A Study in Scarlet ｜ Beeton' s Christmas Annual 1887.12

*（日）血染の壁　無名氏　『毎日新聞』1899.4.16-7.16

*大復仇（福爾摩斯偵探第一案　偵探小説）（英　柯南道爾著）黄人潤辞　奚若訳意　小説林社　甲辰 6 (1904)

恩仇血（探偵小説　福爾摩斯偵探案之一）（柯南道爾著）陳彦訳意　金一潤辞　上海・小説林社　甲辰 7 (1904)

*福爾摩斯偵探第一案　（英）柯南道爾著　佚名訳　小説林社　光緒丙午 (1906)

歇洛克奇案開場（欧美名家小説）（英）科南達利著　林紓、魏易同訳　商務印書館　光緒 34.3(1908)

歇洛克奇案開場（偵探小説）（英）科南達利著　林紓、魏易訳　上海・商務印書館　戊申 6.8(1908.7.6)/1915.10.13三版　説部叢書2=9

*歇洛克奇案開場（偵探小説）（英）科南達利著　林紓、魏易同訳　上海商務印書館 1914.6　林訳小説叢書1=38

血書（第一案）（英）柯南道爾著　（周）痩鵑訳　『福爾摩斯偵探案全集』第 1 冊　上海・中華書局 1916.5/8再版/1921.9九版/1936.3二十版

*歴劫恩仇　2 巻　上下巻　（英）華特生著　王汝荃、胡君復訳　惲樹珏校訂　上海商務印書館 1917.8　説部叢書3=31

血字的研究　（英）柯南道爾著　程小青訳　『福爾摩斯探案大全集』 9　上海・世界書局 1926.10/1940.3再版

*血的研究　柯南道爾著　因以、虚生訳　『福爾摩斯探案新編』第１集　重慶・進文書店 1934再版
*情敵　（柯南道爾著）　楊逸声編訳　『福爾摩斯偵探案大全集』上海・大通図書社 1937.6
万里復仇記　柯南道爾著　何可人選輯　『福爾摩斯新探案大集成』９　上海・武林書局 1937.4/1941.6再版
*血字的研究　（福爾摩斯探案１）　柯南道爾著　庄稼訳　上海・啓明書局 1947.2
*血字的研究　（福爾摩斯探案之三）　Ａ・柯南道爾著　丁鍾華、袁棣華訳　北京・群衆出版社 1958.6
*血字的研究　Ａ・柯南道爾著　丁鍾華、袁棣華訳　『福爾摩斯探案集』１　北京・群衆出版社 1978.12/1979.2二版
血字的研究　Ａ・柯南道爾著　丁鍾華、袁棣華訳　『福爾摩斯探案集』１　北京・群衆出版社 1979.2/1981.3北京第４次印刷
血字的研究　（英）阿・柯南道爾著　丁鍾華、袁棣華訳　『福爾摩斯探案全集』上　北京・群衆出版社 1981.1/2000.11第16次印刷
血字的研究　（英）Ａ・柯南道爾著　高登訳　『福爾摩斯四大奇案』長沙・湖南文藝出版社 1996.9/1997.10第三次印刷
血字分析　（英）阿・柯南道爾著　賀海涛訳『福爾摩斯偵探小説全集』上　広州・花城出版社 1997.3/2000.1第五次印刷
血字的研究　柯南・道爾著　程小青等訳『（新版挿図本）福爾摩斯探案全集』１　台湾・世界書局 1927/1997.12修訂１版／1998.7修訂１版五刷
血字的研究　阿瑟・柯南道爾著　訳者名不記　「福爾摩斯探案集」１　台湾・書華出版事業有限公司 1998.9
血字的研究　（英）阿瑟・柯南道爾著　程君訳　『福爾摩斯偵探故事全集』上　長沙・新世紀出版社 1998.10/2000.1第三次印刷
血字的研究　（英）柯南道爾著　鄧小紅訳　『福爾摩斯探案集』北京燕山出版社 1999.3/2000.12第三次印刷
暗紅色研究　亜瑟・柯南・道爾爵士（Arthur Conan Doyle）著、王知一訳　「福爾摩斯探案全集」１　台湾・臉譜文化事業股份有限公司 1999.7.5
血字的研究　柯南・道爾（Sir Arthur Conan Doyle）　丁鍾華、袁棣華訳　『福爾摩斯探案全集』四之一　台湾・遠流出版事業股份有限公司 1999.8.16/2002.1.16初版十一刷
血字研究　（英）阿瑟・柯南道爾著　黄徳遠訳　北京・外文出版社 2000.4　世界経典名

著節録叢書

血字的研究　（英）柯南道爾著　浩宇訳　『福爾摩斯探案集』北京・中国社会出版社 2000.10

血字的研究　（英）柯南道爾著　周克希、兪歩凡訳　『福爾摩斯探案』　南京・訳林出版社 2000.10

血字的研究　（英）柯南道爾著　李霜訳　『福爾摩斯探案全集』 1　北京・時事出版社 2001.1

血字的研究　（英）阿瑟・柯南道爾著　暁陽訳　文君絵『福爾摩斯探案集』上　長春・時代文藝出版社 2001.4

血字的研究　柯南・道爾著　陳暁怡訳　「福爾摩斯探案全集」 1　台湾・小知堂文化事業有限公司 2001.7

033■John Huxford's Hiatus /John Hanford and John Hardy ｜ The Cornhill Magazine 1888.6

*（日）四十年後の恋人　森下雨村　『女学世界』22(4)-(6)　1922.4

034■The Mystery of Cloomber ｜ Pall Mall Budget 1888.8.30-11.8

*（日）特別通信残月塔秘事　抱一庵主人　『東京朝日新聞』1899.12.14-1900.3.1

035■The Firm of Girdlestone ｜ People 1889.10.27-1890.4.13

036■Micah Clarke ｜ 1889.2.25

金風鉄雨録（軍事小説）　3巻　上中下巻　（英）勲爵柯南達利著　林紓　曾宗鞏（又は魏易）訳　上海商務印書館 丁未 6.14(1907.7.23)/1915.10.25三版　説部叢書2=13

金風鉄雨録（軍事小説）　上中下巻　（英）柯南達利著　林紓、曾宗鞏（又は魏易）訳　上海商務印書館 1914.6　林訳小説叢書1=33

*金風鉄雨録　柯南道爾著　殷雄訳述　上海・大通図書社 1937.2　世界名著訳本

037■The Ring of Thoth /The Mummy ｜ The Cornhill Magazine 1890.1

*（日）ルーヴル博物館内の怪死　石田幸太郎　『ドイル全集』第6巻改造社 1933.8

038■The Sign of Four ｜ Lippincott's Magazine 1890.2

*（日）特別通信残月塔秘事　抱一庵主人　『東京朝日新聞』1900.3.6-5.1

*四名案（唯一偵探譚）　原文医士華生筆記、英国愛考難陶列輯述、無錫呉栄鬯嵇長康同訳　文明書局　光緒癸卯(1903)

*案中案　（英）柯南達利著　商務印書館訳印　中国商務印書館　説部叢書一=6　刊年不明

案中案（偵探小説）（英）屠哀爾士著　商務印書館編訳所訳　上海商務印書館　甲辰11(1904)/1913.5六版　説部叢書1=6

仏国宝（第二案）（英）柯南道爾著　劉半儂訳　『福爾摩斯偵探案全集』第 2 冊　上海・中華書局 1916.5/8再版/1921.9九版/1936.3二十版

四簽名　（英）柯南道爾著　范烟橋、范佩萸訳　『福爾摩斯探案大全集』10　上海・世界書局 1926.10/1940.3再版

荒島蔵宝　柯南道爾著　何可人選輯　『福爾摩斯新探案大集成』 9　上海・偵探小説社 1937.4

*大宗珍物　（柯南道爾著）　楊逸声編訳　『福爾摩斯偵探案大全集』上海・大通図書社 1937.6

四簽名（福爾摩斯新探案）（英）柯南道爾著　魯人寿訳　上海・育才書局 (194?)

荒島蔵宝　柯南道爾著　何可人選輯　『福爾摩斯新探案大集成』11　上海・武林書局 1937.4/1941.6再版

四簽名（福爾摩斯探案長篇之二）　柯南道爾著　范烟橋、范佩萸訳　上海・世界書局 1941.12/1946.3重排新三版

四簽名（福爾摩斯探案之二）　A. Conan Doyle　庄稼訳述　上海・啓明書局 1947.2

荒島蔵宝（福爾摩斯新探案大集成／扉：偵探小説最新探案）（柯南道爾著　徐逸如訳　何可人選輯）　上海・偵探小説社　刊年不記

*四簽名（福爾摩斯探案之二）　A・柯南道爾著　厳仁雷《ママ》訳　北京・群衆出版社 1958.3/1958.7印二次

*四簽名　A・柯南道爾著　（丁鍾華、袁棣華訳）『福爾摩斯探案集』 1　北京・群衆出版社 1978.12/1979.2二版

四簽名　A・柯南道爾著　厳仁曾訳　『福爾摩斯探案集』 1　北京・群衆出版社 1979.2/1981.3北京第 4 次印刷

四簽名　（英）阿・柯南道爾著　厳仁曾訳　『福爾摩斯探案全集』上　北京・群衆出版社 1981.1/2000.11第16次印刷

四簽名　（英）阿・柯南道爾著　厳仁曾訳　北京・群衆出版社 1992.6　福爾摩斯探案精萃

四簽名　（英）A・柯南道爾著　楊暁紅訳　『福爾摩斯四大奇案』長沙・湖南文藝出版社 1996.9/1997.10第三次印刷

四簽名　（英）阿・柯南道爾著　李艶波訳『福爾摩斯偵探小説全集』上　広州・花城出

版社 1997.3/2000.1第五次印刷

四簽名　柯南・道爾著　程小青等訳『(新版挿図本) 福爾摩斯探案全集』2　台湾・世界書局 1927/1997.12修訂 1 版

四簽名　阿瑟・柯南道爾著　訳者名不記 「福爾摩斯探案集」2　台湾・書華出版事業有限公司 1998.9

四簽名 （英）阿瑟・柯南道爾著　謝偉明訳 『福爾摩斯偵探故事全集』上　長沙・新世紀出版社 1998.10/2000.1第三次印刷

四個簽名 （英）柯南道爾著　韓仰熙訳 『福爾摩斯探案集』北京燕山出版社 1999.3/2000.12第三次印刷

四個人的簽名　亜瑟・柯南・道爾爵士（Arthur Conan Doyle）著、王知一訳 「福爾摩斯探案全集」2　台湾・臉譜文化事業股份有限公司 1999.7.5

四簽名　柯南・道爾（Sir Arthur Conan Doyle） 厳仁曾訳 『福爾摩斯探案全集』四之一　台湾・遠流出版事業股份有限公司 1999.8.16/2002.1.16初版十一刷

四簽名 （英）柯南道爾著　浩宇訳 『福爾摩斯探案集』北京・中国社会出版社 2000.10

四簽名 （英）柯南道爾著　兪歩凡訳 『福爾摩斯探案』南京・訳林出版社 2000.10

四簽名 （英）柯南道爾著　李弘訳『福爾摩斯探案全集』3　北京・時事出版社 2001.1

四簽名 （英）阿瑟・柯南道爾著　暁陽訳　文君絵『福爾摩斯探案集』上　長春・時代文藝出版社 2001.4

四簽名　柯南・道爾著　陳暁怡訳 「福爾摩斯探案全集」2　台湾・小知堂文化事業有限公司 2001.7

039■A Physiologist's Wife | Blackwood's Magazine 1890.9

生理学家之妻 （第 9 章） （英）科南達利著　天笑（包公毅)、(張）其訒同訳「(医学小説）紅燈談屑」『小説大観』12集　1917.12

*（日）生理学者の妻　桜井邦雄 『赤ランプ』金剛社 1925.11（万国怪奇・探偵叢書12)

040■The Surgeion of Gaster Fell | Chamber's Journal 1890.12.6-27

*（日）ガスター・フエルの医師　大木惇夫 『ドイル全集』第 4 巻改造社 1932.6

041■A Pastoral Horror | People 1890.12.21

（日）田園の恐怖　小池滋 『真夜中の客』中央公論社 1983.3.25

042■The White Company | The Cornhill Magazine 1891.1-12

黒太子南征録（軍事小説） 2巻　上下巻 （英）科南達利著　林紓、魏易訳　上海商務印書館 己酉 4.17(1909.6.4)/1915.10.1再版 説部叢書2=12

黒太子南征録（軍事小説） 上下巻 （英）科南達利著 林紓、魏易合訳 上海商務印書館 1914.6 林訳小説叢書1=32

（日）白衣組 石田幸太郎 『ドイル全集』第7巻改造社 1932.4.21

043■Our Midmight Visitor | Temple Bar Magazine 1891.2

（日）真夜中の客 小池滋 『真夜中の客』中央公論社 1983.3.25

044■The Voice of Science | The Strand Magazine 1891.3

（日）科学の声 小池滋 『最後の手段』中央公論社 1983.8.25

045■A Straggler of '15 | Black and White 1891.3.21

一八一五年之遺老（第4章） （英）科南達利著 （張）其訒、天笑（包公毅）同訳「(医学小説）紅燈談屑」『小説大観』11集 1917.9.30

*（日）千八百十五年の敗残兵 桜井邦雄 『赤ランプ』金剛社 1925.11（万国怪奇・探偵叢書12）

046■A Scandal in Bohemia | The Strand Magazine 1891.7

*（日）帝王秘密の写真 南陽外史 （不思議の探偵）『中央新聞』1899.7.31-8.7

跋海淼王照相片 ((英）柯南道爾著） 警察学生訳 『続包探案』上海・文明書局 光緒28(1902)12/光緒31.11(1905)再版

情影（第三案） （英）柯南道爾著 常覚、小蝶訳 『福爾摩斯偵探案全集』第3冊 上海・中華書局 1916.5/8再版/1921.9九版/1936.3二十版

波宮秘史 （英）柯南道爾著 程小青訳 「冒険史1」『福爾摩斯探案大全集』1 上海・世界書局 1926.10/1940.3再版

婚変奇案 柯南道爾著 何可人選輯 『福爾摩斯新探案大集成』1 上海・偵探小説社 1937.4

婚変奇案 柯南道爾著 何可人選輯 『福爾摩斯新探案大集成』1 上海・武林書局 1937.4/1941.6再版

波希米亜丑聞 A・柯南道爾著 陳羽綸訳 『福爾摩斯探案集』2 北京・群衆出版社 1980.6

波希米亜丑聞 （英）阿・柯南道爾著 陳羽綸訳 「冒険史」『福爾摩斯探案全集』上 北京・群衆出版社 1981.1/2000.11第16次印刷

波希米亜丑聞 （英）阿・柯南道爾著 陳羽綸訳 『紅髪会』北京・群衆出版社 1992.7 福爾摩斯探案精萃

波希米亜丑聞 （英）阿・柯南道爾著 武鉄民訳「冒険史」『福爾摩斯偵探小説全集』

上　広州・花城出版社 1997.3/2000.1第五次印刷

波宮秘史　柯南・道爾著　程小青等訳『(新版插図本) 福爾摩斯探案全集』5冒険史　台湾・世界書局 1927/1997.12修訂1版

波希米亜醜聞　阿瑟・柯南道爾著　訳者名不記　『冒険史』上「福爾摩斯探案集」3　台湾・書華出版事業有限公司 1998.9

波希米亜丑聞　(英) 阿瑟・柯南道爾著　徐瑛訳「冒険史」『福爾摩斯偵探故事全集』上　長沙・新世紀出版社 1998.10/2000.1第三次印刷

波宮秘聞　亜瑟・柯南・道爾爵士 (Arthur Conan Doyle) 著、王知一訳　『福爾摩斯辦案記』「福爾摩斯探案全集」3　台湾・臉譜文化事業股份有限公司 1999.7.5

波宮秘史　柯南・道爾 (Sir Arthur Conan Doyle)　陳羽綸訳　「冒険史」『福爾摩斯探案全集』四之一　台湾・遠流出版事業股份有限公司 1999.8.16/2002.1.16初版十一刷

波希米亜丑聞　(英) 柯南道爾著　李霜訳「冒険史」『福爾摩斯探案全集』1　北京・時事出版社 2001.1

波希米亜丑聞　(英) 阿瑟・柯南道爾著　暁陽訳　文君絵「冒険史」『福爾摩斯探案集』上　長春・時代文藝出版社 2001.4

波希米亜宮廷秘史　柯南・道爾著　呂玉嬋訳　『冒険史』「福爾摩斯探案全集」3　台湾・小知堂文化事業有限公司 2001.7

047■The Doings of Raffles Haw | Answers 1891.12.12-1892.2.27

電影楼台 (社会小説) (英) 科南達利著　林紓、魏易訳　上海商務印書館 戊申 8.16 (1908.9.11)/1915.10.6三版 説部叢書2=5

*電影楼台 (社会小説) (英) 科南達利著　林紓、魏易訳　上海商務印書館 1913.10再版　欧美名家小説

電影楼台 (社会小説) (英) 科南達利著　林紓、魏易訳　上海商務印書館 1914.6　林訳小説叢書1=23

*電影楼台 (社会小説) (英) 科南達利著　林紓、魏易訳　上海商務印書館 1914.7　小本小説

* (日) ラッフルズ・ホー行状記　石田幸太郎　『ドイル全集』第5巻改造社 1933.2

048■The Colonel's Choice | Lloyd's Weekly London Newspaper 1891.7.26

(日) 大佐の選択　小池滋　『最後の手段』中央公論社 1983.8.25

049■The Red Headed League | The Strand Magazine 1891.8

(日) 禿頭倶楽部　南陽外史　(不思議の探偵)『中央新聞』1899.8.8-14

*紅髪会　((英) 柯南道而著)　黄鼎、張在新合訳　『議探案』餘学斎　光緒壬寅 (1902)
*紅髪案　(英) 柯南道爾著　湯心存、戴鴻蘖合訳　小説進歩社　宣統 1(1909)
紅髪会　黄鼎佐廷、張在新鉄民合訳　『泰西説部叢書之一』蘭陵社　宣統 1.2(1909)再版
*紅髪会奇案 (一名銀行盗賊　偵探小説) (英) 考南道一著　鄭建人口述　陶報癖筆訳『揚子江小説報』第 4 期　宣統 1.7.1(1909.8.16)
紅髪会 (第四案) (英) 柯南道爾著　常覚、小蝶訳　『福爾摩斯偵探案全集』第 3 冊 上海・中華書局 1916.5/8再版/1921.9九版/1936.3二十版
赤髪団　(英) 柯南道爾著　徐碧波、程小青訳　「冒険史 3 」『福爾摩斯探案大全集』 1 上海・世界書局 1926.10/1940.3再版
紅髪会　柯南道爾著　何可人選輯　『福爾摩斯新探案大集成』 1　上海・偵探小説社 1937.4
*紅髪人　(柯南道爾著)　楊逸声編訳　『福爾摩斯偵探案大全集』上海・大通図書社 1937.6
紅髪会　柯南道爾著　何可人選輯　『福爾摩斯新探案大集成』 1　上海・武林書局 1937.4/1941.6再版
紅髪会　A・柯南道爾著　陳羽綸訳　『福爾摩斯探案集』 2　北京・群衆出版社 1980.6
紅髪会　(英) 阿・柯南道爾著　陳羽綸訳　「冒険史」『福爾摩斯探案全集』上　北京・群衆出版社 1981.1/2000.11第16次印刷
紅髪会　(英) 阿・柯南道爾著　陳羽綸訳　『紅髪会』北京・群衆出版社 1992.7　福爾摩斯探案精萃
紅髪会　(英) 阿・柯南道爾著　武鉄民訳「冒険史」『福爾摩斯偵探小説全集』上　広州・花城出版社 1997.3/2000.1第五次印刷
赤髪団　柯南・道爾著　程小青等訳『(新版挿図本) 福爾摩斯探案全集』 5 冒険史　台湾・世界書局 1927/1997.12修訂 1 版
紅髪会　阿瑟・柯南道爾著　訳者名不記　『冒険史』上「福爾摩斯探案集」 3　台湾・書華出版事業有限公司 1998.9
紅頭髪協会　(英) 阿瑟・柯南道爾著　徐瑛訳「冒険史」『福爾摩斯偵探故事全集』上　長沙・新世紀出版社 1998.10/2000.1第三次印刷
紅髪倶楽部　亜瑟・柯南・道爾爵士 (Arthur Conan Doyle) 著、王知一訳　『福爾摩斯辦案記』「福爾摩斯探案全集」 3　台湾・臉譜文化事業股份有限公司 1999.7.5
紅髪会　柯南・道爾 (Sir Arthur Conan Doyle)　陳羽綸訳　「冒険史」『福爾摩斯探案全

集』四之一　台湾・遠流出版事業股份有限公司 1999.8.16/2002.1.16初版十一刷

紅髪会　（英）柯南道爾著　李霜訳「冒険史」『福爾摩斯探案全集』1　北京・時事出版社 2001.1

紅髪会　（英）阿瑟・柯南道爾著　暁陽訳　文君絵「冒険史」『福爾摩斯探案集』上　長春・時代文藝出版社 2001.4

紅髪聯盟　柯南・道爾著　呂玉嬋訳　『冒険史』「福爾摩斯探案全集」3　台湾・小知堂文化事業有限公司 2001.7

050■A Case of Identity ｜ The Strand Magazine 1891.9

継父誑女破案　（(英) 柯南道爾著）張坤徳訳　『時務報』24-26冊　光緒 23.3.21-4.11 (1897.4.22-5.12)

*継父誑女破案　（時務報館訳　丁楊杜訳）『包探案（又名新訳包探案）』素隠書屋　光緒己亥 (1899)

（日）紛失の花婿　南陽外史　（不思議の探偵五）『中央新聞』1899.8.15-20

継父誑女破案　『包探案（又名新訳包探案）』上海・文明書局　光緒 29(1903).12/31(1905).7再版

怪新郎（第五案）（英）柯南道爾著　常覚、小蝶訳　『福爾摩斯偵探案全集』第 3 冊　上海・中華書局 1916.5/8再版/1921.9九版/1936.3二十版

贋婿　胡寄塵　『春声』第 5 期　1916.6.1

化身記（福爾摩斯新探案）（英）柯南道爾　徐宝山訳　『紫羅蘭』第 1 巻第 9 号 1926?

熱情女　（英）柯南道爾著　尤半狂訳　「冒険史 2」『福爾摩斯探案大全集』1　上海・世界書局 1926.10/1940.3再版

継父与情人　柯南道爾著　何可人選輯　『福爾摩斯新探案大集成』1　上海・偵探小説社 1937.4

継父与情人　柯南道爾著　何可人選輯　『福爾摩斯新探案大集成』1　上海・武林書局 1937.4/1941.6再版

身分案　A・柯南道爾著　陳羽綸訳　『福爾摩斯探案集』2　北京・群衆出版社 1980.6

身分案　（英）阿・柯南道爾著　陳羽綸訳　「冒険史」『福爾摩斯探案全集』上　北京・群衆出版社 1981.1/2000.11第16次印刷

身分案　（英）阿・柯南道爾著　陳羽綸訳　『紅髪会』北京・群衆出版社 1992.7　福爾摩斯探案精萃

身分案　（英）阿・柯南道爾著　武鉄民訳「冒険史」『福爾摩斯偵探小説全集』上　広

州・花城出版社 1997.3/2000.1第五次印刷

熱情女　柯南・道爾著　程小青等訳『(新版挿図本) 福爾摩斯探案全集』5冒険史　台湾・世界書局 1927/1997.12修訂1版

身分案　阿瑟・柯南道爾著　訳者名不記　『冒険史』上「福爾摩斯探案集」3　台湾・書華出版事業有限公司 1998.9

査訪身份案　(英) 阿瑟・柯南道爾著　徐瑛訳「冒険史」『福爾摩斯偵探故事全集』上　長沙・新世紀出版社 1998.10/2000.1第三次印刷

身分之謎　亜瑟・柯南・道爾爵士 (Arthur Conan Doyle) 著、王知一訳　『福爾摩斯辦案記』「福爾摩斯探案全集」3　台湾・臉譜文化事業股份有限公司 1999.7.5

身分案　柯南・道爾 (Sir Arthur Conan Doyle)　陳羽綸訳　「冒険史」『福爾摩斯探案全集』四之一　台湾・遠流出版事業股份有限公司 1999.8.16/2002.1.16初版十一刷

身分案　(英) 柯南道爾著　李霜訳「冒険史」『福爾摩斯探案全集』1　北京・時事出版社 2001.1

身份案　(英) 阿瑟・柯南道爾著　暁陽訳　文君絵「冒険史」『福爾摩斯探案集』上　長春・時代文藝出版社 2001.4

身分謎雲　柯南・道爾著　呂玉嬋訳　『冒険史』「福爾摩斯探案全集」3　台湾・小知堂文化事業有限公司 2001.7

051■The Boscombe Valley Mystery | The Strand Magazine 1891.10

(日) 親殺の疑獄　南陽外史　(不思議の探偵六)『中央新聞』1899.8.21-29

*抜斯夸姆命案　((英) 柯南道而著)　黄鼎、張在新合訳　『議探案』餘学斎　光緒壬寅 (1902)

抜斯夸姆命案 (泰西説部叢書之一)　(((英) 柯南道而著)　黄鼎佐廷、張在新鉄民訳　黄慶瀾涵之参校)『啓蒙通俗報』第12-15期　[光緒 29.3 (1903.4)] - 光緒 29.閏5(1903.7) 未完

抜斯夸姆命案　黄鼎佐廷、張在新鉄民合訳　『泰西説部叢書之一』蘭陵社　宣統 1.2 (1909)再版

弑父案 (第六案)　(英) 柯南道爾著　常覚、小蝶訳　『福爾摩斯偵探案全集』第3冊　上海・中華書局 1916.5/8再版/1921.9九版/1936.3二十版

湖畔惨劇　(英) 柯南道爾著　徐碧波、呉明霞訳　「冒険史4」『福爾摩斯探案大全集』1　上海・世界書局 1926.10/1940.3再版

暗殺案　柯南道爾著　何可人選輯　『福爾摩斯新探案大集成』6　上海・武林書店 1937.

4/1941.6再版

博斯科姆比渓谷秘案　A・柯南道爾著　陳羽綸訳　『福爾摩斯探案集』2　北京・群衆出版社 1980.6

博斯科姆比渓谷秘案　(英) 阿・柯南道爾著　陳羽綸訳　「冒険史」『福爾摩斯探案全集』上　北京・群衆出版社 1981.1/2000.11第16次印刷

博斯科姆比渓谷秘案　(英) 阿・柯南道爾著　陳羽綸訳　『紅髪会』北京・群衆出版社 1992.7　福爾摩斯探案精萃

伯斯克姆彼渓谷秘案　(英) 阿・柯南道爾著　武鉄民訳「冒険史」『福爾摩斯偵探小説全集』上　広州・花城出版社 1997.3/2000.1第五次印刷

湖畔惨劇　柯南・道爾著　程小青等訳『(新版挿図本) 福爾摩斯探案全集』5冒険史　台湾・世界書局 1927/1997.12修訂1版

博斯科姆比渓谷秘案　阿瑟・柯南道爾著　訳者名不記　『冒険史』上「福爾摩斯探案集」3　台湾・書華出版事業有限公司 1998.9

波斯科姆伯谷迷案　(英) 阿瑟・柯南道爾著　徐瑛訳「冒険史」『福爾摩斯偵探故事全集』上　長沙・新世紀出版社 1998.10/2000.1第三次印刷

波士堪谷奇案　亜瑟・柯南・道爾爵士 (Arthur Conan Doyle) 著、王知一訳　『福爾摩斯辦案記』「福爾摩斯探案全集」3　台湾・臉譜文化事業股份有限公司 1999.7.5

博斯科姆比渓谷秘案　柯南・道爾 (Sir Arthur Conan Doyle)　陳羽綸訳　「冒険史」『福爾摩斯探案全集』四之一　台湾・遠流出版事業股份有限公司 1999.8.16/2002.1.16初版十一刷

博思柯姆比渓谷秘案　(英) 柯南道爾著　李霜訳「冒険史」『福爾摩斯探案全集』1　北京・時事出版社 2001.1

伯斯克姆彼渓谷秘案　(英) 阿瑟・柯南道爾著　暁陽訳　文君絵「冒険史」『福爾摩斯探案集』上　長春・時代文藝出版社 2001.4

波司康河谷慘案　柯南・道爾著　呂玉嬋訳　『冒険史』「福爾摩斯探案全集」3　台湾・小知堂文化事業有限公司 2001.7

052■The Five Orange Pips | The Strand Magazine 1891.11

＊(日) 暗殺党の船長　南陽外史　(不思議の探偵)『中央新聞』1899.8.30-9.2

三K字五橘核案　((英) 柯南道爾著)　警察学生訳　『続包探案』上海・文明書局　光緒28(1902)12/光緒31.11(1905)再版

五橘核 (第七案)　(英) 柯南道爾著　常覚、小蝶訳　『福爾摩斯偵探案全集』第3冊

上海・中華書局 1916.5/8再版/1921.9九版/1936.3二十版

橘核案　（英）柯南道爾著　范佩萸訳　「冒険史５」『福爾摩斯探案大全集』１　上海・世界書局 1926.10/1940.3再版

三封怪異的信　柯南道爾著　何可人選輯　『福爾摩斯新探案大集成』５　上海・偵探小説社 1937.4

三封怪異的信　柯南道爾著　何可人選輯　『福爾摩斯新探案大集成』７　上海・武林書店 1937.4/1941.6再版

五個橘核　A・柯南道爾著　陳羽綸訳　『福爾摩斯探案集』２　北京・群衆出版社 1980.6

五個橘核　（英）阿・柯南道爾著　陳羽綸訳　「冒険史」『福爾摩斯探案全集』上　北京・群衆出版社 1981.1/2000.11第16次印刷

五顆橘核　（英）阿・柯南道爾著　武鉄民訳「冒険史」『福爾摩斯偵探小説全集』上　広州・花城出版社 1997.3/2000.1第五次印刷

橘核案　柯南・道爾著　程小青等訳『（新版挿図本）福爾摩斯探案全集』５冒険史　台湾・世界書局 1927/1997.12修訂１版

五個橘核　阿瑟・柯南道爾著　訳者名不記　『冒険史』上「福爾摩斯探案集」３　台湾・書華出版事業有限公司 1998.9

五粒橘核之謎　（英）阿瑟・柯南道爾著　徐瑛訳「冒険史」『福爾摩斯偵探故事全集』上　長沙・新世紀出版社 1998.10/2000.1第三次印刷

五枚橘籽　亜瑟・柯南・道爾爵士（Arthur Conan Doyle）著、王知一訳　『福爾摩斯辦案記』「福爾摩斯探案全集」３　台湾・臉譜文化事業股份有限公司 1999.7.5

五個橘核　柯南・道爾（Sir Arthur Conan Doyle）　陳羽綸訳　「冒険史」『福爾摩斯探案全集』四之一　台湾・遠流出版事業股份有限公司 1999.8.16/2002.1.16初版十一刷

五個橘核　（英）柯南道爾著　李霜訳「冒険史」『福爾摩斯探案全集』１　北京・時事出版社 2001.1

五個橘核　（英）阿瑟・柯南道爾著　暁陽訳　文君絵「冒険史」『福爾摩斯探案集』上　長春・時代文藝出版社 2001.4

五粒橘籽　柯南・道爾著　呂玉嬋訳　『冒険史』「福爾摩斯探案全集」３　台湾・小知堂文化事業有限公司 2001.7

053■A Sordid Affair ｜ Piople 1891.11.29

（日）やりきれない話　小池滋　『最後の手段』中央公論社 1983.8.25

054■The Man with the Twisted Lip ｜ The Strand Magazine 1891.12

（日）乞食道楽　『日本人』第 6 - 9 号 1894.1.3-2.18

偽乞丐案　（（英）柯南道爾著）　警察学生訳　『続包探案』上海・文明書局　光緒 28 (1902)12/光緒 31.11(1905)再版

丐者許彭（第八案）（英）柯南道爾著　常覚、小蝶訳　『福爾摩斯偵探案全集』第 3 冊　上海・中華書局 1916.5/8再版/1921.9九版/1936.3二十版

海綿　雪生　『小説海』第 2 巻第11号 1916.11.1

倫敦之丐　（英）柯南道爾著　范佩萸訳　「冒険史 6 」『福爾摩斯探案大全集』 1　上海・世界書局 1926.10/1940.3再版

*倫敦的乞丐　（柯南道爾著）　楊逸声編訳　『福爾摩斯偵探案大全集』上海・大通図書社 1937.6

歪唇男人　A・柯南道爾著　陳羽綸訳　『福爾摩斯探案集』 2　北京・群衆出版社 1980.6

歪唇男人　（英）阿・柯南道爾著　陳羽綸訳　「冒険史」『福爾摩斯探案全集』上　北京・群衆出版社 1981.1/2000.11第16次印刷

歪嘴漢子　（英）阿・柯南道爾著　武鉄民訳「冒険史」『福爾摩斯偵探小説全集』上　広州・花城出版社 1997.3/2000.1第五次印刷

倫敦之丐　柯南・道爾著　程小青等訳『（新版挿図本）福爾摩斯探案全集』 5 冒険史　台湾・世界書局 1927/1997.12修訂 1 版

歪唇男人　阿瑟・柯南道爾著　訳者名不記　『冒険史』上「福爾摩斯探案集」 3　台湾・書華出版事業有限公司 1998.9

歪嘴漢子　（英）阿瑟・柯南道爾著　徐瑛訳「冒険史」『福爾摩斯偵探故事全集』上　長沙・新世紀出版社 1998.10/2000.1第三次印刷

歪嘴的人　亜瑟・柯南・道爾爵士（Arthur Conan Doyle）著、王知一訳　『福爾摩斯辦案記』「福爾摩斯探案全集」 3　台湾・臉譜文化事業股份有限公司 1999.7.5

歪唇男人　柯南・道爾（Sir Arthur Conan Doyle）　陳羽綸訳　「冒険史」『福爾摩斯探案全集』四之一　台湾・遠流出版事業股份有限公司 1999.8.16/2002.1.16初版十一刷

歪唇男人　（英）柯南道爾著　李霜訳「冒険史」『福爾摩斯探案全集』 1　北京・時事出版社 2001.1

歪唇男人　（英）阿瑟・柯南道爾著　暁陽訳　文君絵「冒険史」『福爾摩斯探案集』上　長春・時代文藝出版社 2001.4

歪唇乞丐　柯南・道爾著　呂玉嬋訳　『冒険史』「福爾摩斯探案全集」 3　台湾・小知堂文化事業有限公司 2001.7

055■Beyond the City | Good Words 1891 Christmas

蛇女士伝（社会小説）（英）科南達利著　魏易口訳　林紓筆述　上海商務印書館 戊申9.23(1908.10.17)/1915.8.7再版　説部叢書2=7

蛇女士伝（社会小説）（英）科南達利著　林紓、魏易同訳　上海商務印書館 1914.6　林訳小説叢書1=26

056■A False Start | Gentlewoman 1891 Christmas

名誤（第6章）（英）科南達利著　天笑（包公毅）、（張）其訒同訳「（医学小説）紅燈談屑」『小説大観』12集　1917.12

*（日）誤ちたる出発点　桜井邦雄　『赤ランプ』金剛社 1925.11（万国怪奇・探偵叢書12）

057■The Adventure of the Blue Carbuncle | The Strand Magazine 1892.1

*（日）奇怪の鴨の胃　南陽外史　（不思議の探偵）『中央新聞』1899.7.23-30

鵝腹藺宝石案　（（英）柯南道爾著）　警察学生訳　『続包探案』上海・文明書局　光緒28(1902)12/光緒31.11(1905)再版

鵝膝宝石　（法）孔那多咽著　雪生訳　『小説月報』第6巻第1号 1915.1.25

藍宝石（第九案）（英）柯南道爾著　常覚、小蝶訳　『福爾摩斯偵探案全集』第4冊　上海・中華書局 1916.5/8再版/1921.9九版/1936.3二十版

藍色宝石　（英）柯南道爾著　顧明道訳　「冒険史7」『福爾摩斯探案大全集』2　上海・世界書局 1926.10/1940.3再版

破帽児得宝　柯南道爾著　何可人選輯　『福爾摩斯新探案大集成』6　上海・武林書店 1937.4/1941.6再版

*藍宝石　柯南道爾著　蘇逸萍訳　『藍宝石』（福爾摩斯探案集8）上海・大江書局 1945.12三版

藍宝石案　A・柯南道爾著　陳羽綸訳　『福爾摩斯探案集』2　北京・群衆出版社 1980.6

藍宝石案　（英）阿・柯南道爾著　陳羽綸訳　「冒険史」『福爾摩斯探案全集』上　北京・群衆出版社 1981.1/2000.11第16次印刷

藍宝石　（英）柯南道爾著　常覚、小蝶訳　『中国近代文学大系』11集27巻翻訳文学集二　上海書店 1991.4

藍宝石案　（英）阿・柯南道爾著　陳羽綸訳　『紅髪会』北京・群衆出版社 1992.7　福爾摩斯探案精萃

偵破藍宝石案　（英）阿・柯南道爾著　雷春英訳「冒険史」『福爾摩斯偵探小説全集』上　広州・花城出版社 1997.3/2000.1第五次印刷

藍色宝石　柯南・道爾著　程小青等訳『(新版挿図本) 福爾摩斯探案全集』 5冒険史　台湾・世界書局 1927/1997.12修訂1版

藍宝石案　阿瑟・柯南道爾著　訳者名不記　『冒険史』下「福爾摩斯探案集」4　台湾・書華出版事業有限公司1998.9

藍宝石迷案　(英) 阿瑟・柯南道爾著　徐瑛訳「冒険史」『福爾摩斯偵探故事全集』上　長沙・新世紀出版社 1998.10/2000.1第三次印刷

藍柘榴石探案　亜瑟・柯南・道爾爵士 (Arthur Conan Doyle) 著、王知一訳　『福爾摩斯辦案記』「 福爾摩斯探案全集」 3　台湾・臉譜文化事業股份有限公司 1999.7.5

藍宝石案　柯南・道爾 (Sir Arthur Conan Doyle)　陳羽綸訳　「冒険史」『福爾摩斯探案全集』四之一　台湾・遠流出版事業股份有限公司 1999.8.16/2002.1.16初版十一刷

藍宝石案　(英) 柯南道爾著　李霜訳「冒険史」『福爾摩斯探案全集』 1　北京・時事出版社 2001.1

藍宝石案　(英) 阿瑟・柯南道爾著　暁陽訳　文君絵「冒険史」『福爾摩斯探案集』上　長春・時代文藝出版社 2001.4

藍宝石奇案　柯南・道爾著　呂玉嬋訳　『冒険史』「福爾摩斯探案全集」 3　台湾・小知堂文化事業有限公司 2001.7

058■Out of the Running｜Black and White 1892.1.2

＊(日) 勝算無しに　和気津次郎　『ドイル全集』第8巻改造社 1932.11

059■The Adventure of the Speckled Band｜The Strand Magazine 1892.2

(日) 毒蛇の秘密　南陽外史　(不思議の探偵一)『中央新聞』1899.7.12-22

＊毒蛇案　((英) 柯南道而著)　黄鼎、張在新合訳　『議探案』餘学斎　光緒壬寅 (1902)

毒蛇案 (泰西説部叢書之一)　((英) 柯南道而著)　黄鼎佐廷、張在新鉄民訳　黄慶瀾涵之参校　『啓蒙通俗報』第4-5期　[光緒 28.6(1902.7)]-光緒 28.7 (1902.8) 未完

毒蛇案　黄鼎佐廷、張在新鉄民合訳　『泰西説部叢書之一』蘭陵社　宣統 1.2(1909)再版

采緪 (長篇偵探小説)　(英) 各南特伊爾原著　鄙直訳　『七襄』第2-4期　1914.11.17-12.7

彩色帯 (第十案)　(英) 柯南道爾著　常覚、小蝶訳　『福爾摩斯偵探案全集』第4冊　上海・中華書局 1916.5/8再版/1921.9九版/1936.3二十版

斑爛帯　(英) 柯南道爾著　顧明道訳　「冒険史8」『福爾摩斯探案大全集』 2　上海・世界書局 1926.10/1940.3再版

恐怖的臥室　柯南道爾著　何可人選輯　『福爾摩斯新探案大集成』1　上海・偵探小説社 1937.4

恐怖的臥室　柯南道爾著　何可人選輯　『福爾摩斯新探案大集成』1　上海・武林書局 1937.4/1941.6再版

*印度毒蛇　柯南道爾著　蘇逸萍訳　『藍宝石』(福爾摩斯探案集 8) 上海・大江書局 1945.12三版

斑点帯子案　A・柯南道爾著　陳羽綸訳　『福爾摩斯探案集』2　北京・群衆出版社 1980.6

斑点帯子案　(英) 阿・柯南道爾著　陳羽綸訳　「冒険史」『福爾摩斯探案全集』上　北京・群衆出版社 1981.1/2000.11第16次印刷

斑点帯子案　(英) 阿・柯南道爾著　陳羽綸訳　『紅髪会』北京・群衆出版社 1992.7　福爾摩斯探案精萃

查訪斑帯案　(英) 阿・柯南道爾著　雷春英訳「冒険史」『福爾摩斯偵探小説全集』上　広州・花城出版社 1997.3/2000.1第五次印刷

斑斕帯　柯南・道爾著　程小青等訳『(新版插図本) 福爾摩斯探案全集』5 冒険史　台湾・世界書局 1927/1997.12修訂 1 版

斑点帯子案　阿瑟・柯南道爾著　訳者名不記　『冒険史』下「福爾摩斯探案集」4　台湾・書華出版事業有限公司 1998.9

花斑帯之謎　(英) 阿瑟・柯南道爾著　徐瑛訳「冒険史」『福爾摩斯偵探故事全集』上　長沙・新世紀出版社 1998.10/2000.1第三次印刷

花斑帯探案　亜瑟・柯南・道爾爵士 (Arthur Conan Doyle) 著、王知一訳　『福爾摩斯辦案記』「福爾摩斯探案全集」3　台湾・臉譜文化事業股份有限公司 1999.7.5

斑点帯子案　柯南・道爾 (Sir Arthur Conan Doyle)　陳羽綸訳　「冒険史」『福爾摩斯探案全集』四之一　台湾・遠流出版事業股份有限公司 1999.8.16/2002.1.16初版十一刷

斑点帯子案　(英) 柯南道爾著　李霜訳「冒険史」『福爾摩斯探案全集』1　北京・時事出版社 2001.1

斑点帯子案　(英) 阿瑟・柯南道爾著　暁陽訳　文君絵「冒険史」『福爾摩斯探案集』上　長春・時代文藝出版社 2001.4

斑点帯子案　柯南・道爾著　呂玉嬋訳　『冒険史』「福爾摩斯探案全集」3　台湾・小知堂文化事業有限公司 2001.7

060■The Adventure of the Engineer's Thumb | The Strand Magazine 1892.3

（日）片手の機関師　南陽外史　（不思議の探偵九）『中央新聞』1899.9.12-20

修機断指案　（(英）柯南道爾著）　警察学生訳　『続包探案』上海・文明書局　光緒 28 (1902) 12/光緒 31.11 (1905) 再版

機師之指（第十一案）（英）柯南道爾著　常覚、小蝶訳　『福爾摩斯偵探案全集』第 4 冊　上海・中華書局 1916.5/8再版/1921.9九版/1936.3二十版

機師的拇指　（英）柯南道爾著　尤半狂訳　「冒険史 9」『福爾摩斯探案大全集』2　上海・世界書局 1926.10/1940.3再版

怪機　柯南道爾著　何可人選輯　『福爾摩斯新探案大集成』1　上海・偵探小説社 1937.4

怪機　柯南道爾著　何可人選輯　『福爾摩斯新探案大集成』1　上海・武林書局 1937.4/1941.6再版

*工程師的手指　柯南道爾著　蘇逸萍訳　『藍宝石』（福爾摩斯探案集 8）上海・大江書局 1945.12三版

工程師大拇指案　A・柯南道爾著　陳羽綸訳　『福爾摩斯探案集』2　北京・群衆出版社 1980.6

工程師大拇指案　（英）阿・柯南道爾著　陳羽綸訳　「冒険史」『福爾摩斯探案全集』上　北京・群衆出版社 1981.1/2000.11第16次印刷

工程師大拇指案　（英）阿・柯南道爾著　雷春英訳「冒険史」『福爾摩斯偵探小説全集』上　広州・花城出版社 1997.3/2000.1第五次印刷

工程師的拇指　柯南・道爾著　程小青等訳『（新版挿図本）福爾摩斯探案全集』5 冒険史　台湾・世界書局 1927/1997.12修訂 1 版

工程師大拇指案　阿瑟・柯南道爾著　訳者名不記　『冒険史』下「福爾摩斯探案集」4　台湾・書華出版事業有限公司 1998.9

工程師的大拇指　（英）阿瑟・柯南道爾著　徐瑛訳「冒険史」『福爾摩斯偵探故事全集』上　長沙・新世紀出版社 1998.10/2000.1第三次印刷

工程師拇指探案　亜瑟・柯南・道爾爵士（Arthur Conan Doyle）著、王知一訳　『福爾摩斯辦案記』「福爾摩斯探案全集」3　台湾・臉譜文化事業股份有限公司 1999.7.5

工程師大拇指案　柯南・道爾（Sir Arthur Conan Doyle）　陳羽綸訳　「冒険史」『福爾摩斯探案全集』四之一　台湾・遠流出版事業股份有限公司 1999.8.16/2002.1.16初版十一刷

工程師大拇指案　（英）柯南道爾著　李霜訳「冒険史」『福爾摩斯探案全集』1　北京・時事出版社 2001.1

工程師大拇指案　（英）阿瑟・柯南道爾著　曉陽訳　文君絵「冒険史」『福爾摩斯探案集』上　長春・時代文藝出版社 2001.4

工程師的大拇指案　柯南・道爾著　呂玉嬋訳　『冒険史』「福爾摩斯探案全集」3　台湾・小知堂文化事業有限公司 2001.7

061■ "De Profundis" | The Independent 1892.2.18: The Idler 1892.3

*（日）蒼溟より　和気津次郎　『ドイル全集』第8巻改造社 1932.11

062■The Great Brown-Pericord Motor | Ludgate Weekly Magazine 1892.3.5

発明与製造　（英）柯南道爾作　周痩鵑訳　『遊戯世界』第12期 1922.5

*（日）偉大な発動機　和気津次郎　『ドイル全集』第8巻改造社 1932.11

063■The Adventure of the Noble Bachelor | The Strand Magazine 1892.4

（日）紛失の花嫁　南陽外史　（不思議の探偵十）『中央新聞』1899.9.21-27

貴冑失妻案　（(英）柯南道爾著）　警察学生訳　『続包探案』上海・文明書局　光緒28(1902)12/光緒31.11(1905)再版

怪新娘（第十二案）（英）柯南道爾著　常覚、小蝶訳　『福爾摩斯偵探案全集』第4冊　上海・中華書局 1916.5/8再版/1921.9九版/1936.3二十版

貴新郎　（英）柯南道爾著　程小青訳　「冒険史10」『福爾摩斯探案大全集』2　上海・世界書局 1926.10/1940.3再版

貴族単身漢案　A・柯南道爾著　陳羽綸訳　『福爾摩斯探案集』2　北京・群衆出版社 1980.6

貴族単身漢案　（英）阿・柯南道爾著　陳羽綸訳　「冒険史」『福爾摩斯探案全集』上　北京・群衆出版社 1981.1/2000.11第16次印刷

単身貴族案　（英）阿・柯南道爾著　雷春英訳「冒険史」『福爾摩斯偵探小説全集』上　広州・花城出版社 1997.3/2000.1第五次印刷

貴新郎　柯南・道爾著　程小青等訳『(新版挿図本）福爾摩斯探案全集』5冒険史　台湾・世界書局 1927/1997.12修訂1版

貴族単身漢案　阿瑟・柯南道爾著　訳者名不記　『冒険史』下「福爾摩斯探案集」4　台湾・書華出版事業有限公司 1998.9

単身貴族迷案　（英）阿瑟・柯南道爾著　徐瑛訳「冒険史」『福爾摩斯偵探故事全集』上　長沙・新世紀出版社 1998.10/2000.1第三次印刷

単身貴族探案　亜瑟・柯南・道爾爵士（Arthur Conan Doyle）著、王知一訳　『福爾摩斯份案記』「福爾摩斯探案全集」3　台湾・臉譜文化事業股份有限公司 1999.7.5

貴族単身漢案　柯南・道爾（Sir Arthur Conan Doyle）　陳羽綸訳　「冒険史」『福爾摩斯探案全集』四之一　台湾・遠流出版事業股份有限公司 1999.8.16/2002.1.16初版十一刷

単身貴族　（英）柯南道爾著　李霜訳「冒険史」『福爾摩斯探案全集』 1　北京・時事出版社 2001.1

貴族単身漢案　（英）阿瑟・柯南道爾著　暁陽訳　文君絵「冒険史」『福爾摩斯探案集』上　長春・時代文藝出版社 2001.4

貴族単身漢案　柯南・道爾著　呂玉嬋訳　『冒険史』「福爾摩斯探案全集」 3　台湾・小知堂文化事業有限公司 2001.7

064■The Adventure of the Beryl Coronet ｜ The Strand Magazine 1892.5

（日）歴代の王冠　南陽外史　（不思議の探偵十一）『中央新聞』1899.9.28-10.1、21-26

*宝石冠　（（英）柯南道而著）　黄鼎、張在新合訳　『議探案』餘学斎　光緒壬寅(1902)

宝石冠（泰西説部叢書之一）　(((英）柯南道而著）　黄鼎佐廷、張在新鉄民訳　黄慶瀾涵之参校)『啓蒙通俗報』第12期　［光緒 29.3（1903.4)］未完

宝石冠　黄鼎佐廷、張在新鉄民合訳　『泰西説部叢書之一』蘭陵社　宣統 1.2(1909)再版

翡翠冠（第十三案）（英）柯南道爾著　常覚、小蝶訳　『福爾摩斯偵探案全集』第 4 冊　上海・中華書局 1916.5/8再版/1921.9九版/1936.3二十版

緑玉皇冕　（英）柯南道爾著　尤半狂訳　「冒険史12」『福爾摩斯探案大全集』 2　上海・世界書局 1926.10/1940.3再版

*緑玉皇冠　柯南道爾著　蘇逸萍訳　『藍宝石』(福爾摩斯探案集 8 ）上海・大江書局 1945.12三版

緑玉皇冠案　A・柯南道爾著　陳羽綸訳　『福爾摩斯探案集』 2　北京・群衆出版社 1980.6

緑玉皇冠案　（英）阿・柯南道爾著　陳羽綸訳　「冒険史」『福爾摩斯探案全集』上　北京・群衆出版社 1981.1/2000.11第16次印刷

緑玉皇冠案　（英）阿・柯南道爾著　陳羽綸訳　『紅髪会』北京・群衆出版社 1992.7　福爾摩斯探案精萃

緑玉皇冠案　（英）阿・柯南道爾著　雷春英訳「冒険史」『福爾摩斯偵探小説全集』上　広州・花城出版社 1997.3/2000.1第五次印刷

緑玉皇冠　柯南・道爾著　程小青等訳『(新版挿図本）福爾摩斯探案全集』 5 冒険史　台湾・世界書局 1927/1997.12修訂 1 版

緑玉皇冠案　阿瑟・柯南道爾著　訳者名不記　『冒険史』下「福爾摩斯探案集」4　台湾・書華出版事業有限公司 1998.9

緑玉皇冠案　（英）阿瑟・柯南道爾著　徐瑛訳「冒険史」『福爾摩斯偵探故事全集』上　長沙・新世紀出版社 1998.10/2000.1第三次印刷

緑玉冠探案　亜瑟・柯南・道爾爵士（Arthur Conan Doyle）著、王知一訳　『福爾摩斯辦案記』「福爾摩斯探案全集」3　台湾・臉譜文化事業股份有限公司 1999.7.5

緑玉皇冠案　柯南・道爾（Sir Arthur Conan Doyle）　陳羽綸訳　「冒険史」『福爾摩斯探案全集』四之一　台湾・遠流出版事業股份有限公司 1999.8.16/2002.1.16初版十一刷

緑玉皇冠案　（英）柯南道爾著　李霜訳「冒険史」『福爾摩斯探案全集』1　北京・時事出版社 2001.1

緑玉皇冠案　（英）阿瑟・柯南道爾著　暁陽訳　文君絵「冒険史」『福爾摩斯探案集』上　長春・時代文藝出版社 2001.4

緑宝石皇冠　柯南・道爾著　呂玉嬋訳　『冒険史』「福爾摩斯探案全集」3　台湾・小知堂文化事業有限公司 2001.7

065■The Regimental Scandal ｜ Indianapolis Journal 1892.5.14

（日）連隊のスキャンダル　小池滋　『最後の手段』中央公論社 1983.8.25

066■The Adventure of the Copper Beeches ｜ The Strand Magazine 1892.6

（日）散髪の女教師　南陽外史　（不思議の探偵十二）『中央新聞』1899.10.27-11.4

親父囚女案　（（英）柯南道爾著）　警察学生訳　『続包探案』上海・文明書局　光緒 28 (1902) 12/光緒 31.11 (1905) 再版

金絲髪（第十四案）（英）柯南道爾著　常覚、小蝶訳　『福爾摩斯偵探案全集』第 4 冊　上海・中華書局 1916.5/8再版/1921.9九版/1936.3二十版

髪之波折　（英）柯南道爾著　銭釈雲訳　「冒険史11」『福爾摩斯探案大全集』2　上海・世界書局 1926.10/1940.3再版

保姆的遭遇　柯南道爾著　何可人選輯　『福爾摩斯新探案大集成』1　上海・偵探小説社 1937.4

保姆的遭遇　柯南道爾著　何可人選輯　『福爾摩斯新探案大集成』1　上海・武林書局 1937.4/1941.6再版

銅山毛欅案　A・柯南道爾著　陳羽綸訳　『福爾摩斯探案集』2　北京・群衆出版社 1980.6

銅山毛欅案　（英）阿・柯南道爾著　陳羽綸訳　「冒険史」『福爾摩斯探案全集』上　北

京・群衆出版社 1981.1/2000.11第16次印刷

銅山毛櫸案　（英）阿・柯南道爾著　陳羽綸訳　『黄面人』北京・群衆出版社 1992.7　福爾摩斯探案精萃

銅山毛櫸之謎　（英）阿・柯南道爾著　雷春英訳「冒険史」『福爾摩斯偵探小説全集』上　広州・花城出版社 1997.3/2000.1第五次印刷

髪之波折　柯南・道爾著　程小青等訳『(新版插図本) 福爾摩斯探案全集』 5 冒険史　台湾・世界書局 1927/1997.12修訂 1 版

銅山毛櫸案　阿瑟・柯南道爾著　訳者名不記　『冒険史』下「福爾摩斯探案集」 4　台湾・書華出版事業有限公司 1998.9

銅山毛櫸之謎　（英）阿瑟・柯南道爾著　徐瑛訳「冒険史」『福爾摩斯偵探故事全集』上　長沙・新世紀出版社 1998.10/2000.1第三次印刷

紅櫸荘探案　亜瑟・柯南・道爾爵士（Arthur Conan Doyle）著、王知一訳　『福爾摩斯辦案記』「福爾摩斯探案全集」 3　台湾・臉譜文化事業股份有限公司 1999.7.5

銅山毛櫸案　柯南・道爾（Sir Arthur Conan Doyle）　陳羽綸訳　「冒険史」『福爾摩斯探案全集』四之一　台湾・遠流出版事業股份有限公司 1999.8.16/2002.1.16初版十一刷

銅山毛櫸案　（英）柯南道爾著　李霜訳「冒険史」『福爾摩斯探案全集』 1　北京・時事出版社 2001.1

銅山毛櫸案　（英）阿瑟・柯南道爾著　暁陽訳　文君絵「冒険史」『福爾摩斯探案集』上　長春・時代文藝出版社 2001.4

紅毛櫸山荘奇遇記　柯南・道爾著　呂玉嬋訳　『冒険史』「福爾摩斯探案全集」 3　台湾・小知堂文化事業有限公司 2001.7

067■A Question of Diplomacy ｜ Illustrated London News 1892 Summer Number

外交家之妻（第10章）（(英）科南達利著）　天笑（包公毅)、(張）其訒同訳「(医学小説）紅燈談屑」『小説大観』13集　1918.3.30

*（日）外交の問題　桜井邦雄　『赤ランプ』金剛社 1925.11（万国怪奇・探偵叢書12)

068■Lot No.249 ｜ Harper's New Monthly Magazine 1892.9

古楼屍怪（第11章）（(英）科南達利著）　天笑（包公毅)、(張）其訒同訳「(医学小説）紅燈談屑」『小説大観』13集　1918.3.30

*（日）牛津大学　古塔の秘密　福永渙　『武侠世界』9(5)　1920.4

069■The Great Shadow ｜ Tronto Globe 1892.10.1-11.5

*（日）巨大な暗影　和気津次郎　『ドイル全集』第 6 巻改造社 1932.8

070■The Los Amigos Fiasco | The Idler 1892.12

*（日）電気死刑物語　水上規矩夫　『冒険世界』5(16)　1912.12

電殛余生　幼新　『小説海』第 1 巻第 7 号 1915.7.1

電気長生（第13章）（(英) 科南達利著）天笑（包公毅)、(張）其訒「(医学小説) 紅燈談屑」『小説大観』14集　1919.9.1

071■The Adventure of the Silver Blaze | The Strand Magazine 1892.12

銀光馬案　(柯南道爾著　商務印書館訳印)『繍像小説』第 6 期　癸卯 6.15(1903.8.7)

銀光馬案　(柯南道爾著)　中国商務印書館編訳所訳述『補訳華生包探案』中国商務印書館　光緒 32(1906)丙午猛夏月／光緒 33丁未猛春月二版　説部叢書一=4

銀光馬案　(柯南道爾著)　商務印書館編訳所訳　『華生包探案』上海商務印書館　丙午 4(1906)/1914.4再版　説部叢書1=4

*（日）名馬の犯罪　三津木春影　『(探偵奇譚) 呉田博士　第三篇』中興館書店 1912.11

名馬　卓呆成鰲　『小説海』第 1 巻第10号 1915.10.1

失馬得馬（第十五案）（英）柯南道爾著　厳独鶴訳　『福爾摩斯偵探案全集』第 5 冊　上海・中華書局 1916.5/8再版/1921.9九版/1936.3二十版

銀色駒　(英) 柯南道爾著　趙苕狂訳　「回憶録1」『福爾摩斯探案大全集』3　上海・世界書局 1926.10/1940.3再版

殺人者誰？　柯南道爾著　何可人選輯　『福爾摩斯新探案大集成』2　上海・偵探小説社 1937.4

恵士克杯馬賽中的名駒　A. Conan Doyle　朱蔚文訳述　『回憶録（福爾摩斯探案之四)』上海・啓明書局 1940.10/1947.4三版

殺人者誰？　柯南道爾著　何可人選輯　『福爾摩斯新探案大集成』2　上海・武林書店 1937.4/1941.6再版

銀光馬　柯南道爾著　小隠訳述　『絶命書（福爾摩斯新探案)』育才書局 1946/1947.3再版

銀色駒　柯南道爾著　趙苕狂訳　『回憶録（福爾摩斯探案短篇集之二　挿図本)』上海・世界書局 1949.6四版

銀色馬　A・柯南道爾著　李家雲訳　『福爾摩斯探案集』3　北京・群衆出版社 1980.9

銀色馬　(英) 阿・柯南道爾著　李家雲訳　「回憶録」『福爾摩斯探案全集』中　北京・群衆出版社 1981.1/2000.11第16次印刷

銀色馬　(英) 阿・柯南道爾著　李家雲訳　『黄面人』北京・群衆出版社 1992.7　福爾

摩斯探案精萃

銀色白額馬　（英）阿・柯南道爾著　周覚知訳「回憶録」『福爾摩斯偵探小説全集』中　広州・花城出版社 1997.3/2000.1第五次印刷

銀色駒　柯南・道爾著　程小青等訳『（新版挿図本）福爾摩斯探案全集』6回憶録　台湾・世界書局 1927/1997.12修訂1版

銀色馬　阿瑟・柯南道爾著　訳者名不記　『回憶録』上「福爾摩斯探案集」5　台湾・書華出版事業有限公司 1998.9

銀色白額馬　（英）阿瑟・柯南道爾著　丁文訳「回憶録」『福爾摩斯偵探故事全集』中　長沙・新世紀出版社 1998.10/2000.1第三次印刷

銀斑駒　亜瑟・柯南・道爾爵士（Arthur Conan Doyle）著、王知一訳　『福爾摩斯回憶記』「福爾摩斯探案全集」4　台湾・臉譜文化事業股份有限公司 1999.7.5

銀色馬　柯南・道爾（Sir Arthur Conan Doyle）　李家雲訳　「回憶録」『福爾摩斯探案全集』四之二　台湾・遠流出版事業股份有限公司 1999.8.16/2002.1.16初版十一刷

銀色馬　（英）柯南道爾著　温寧訳「回憶録」『福爾摩斯探案全集』2　北京・時事出版社 2001.1

銀色白額馬　（英）阿瑟・柯南道爾著　暁陽訳　文君絵「回憶録」『福爾摩斯探案集』中　長春・時代文藝出版社 2001.4

銀神駒　柯南・道爾著　陳佳慧訳　『回憶録』「福爾摩斯探案全集」4　台湾・小知堂文化事業有限公司 2001.9

072■Jelland's Voyage | Harper's Weekly 1892.11.12

海面奇景　（英）柯南達里著　劉延陵、巣幹卿訳　冷風校訂『囲炉瑣談（原名 ROUND THE FIRE STORIES）』上海商務印書館 1917.12/1920.8再版　説部叢書3=38

*（日）ジェランドの航海　延原謙　『ドイル傑作集Ⅱ』新潮社 1958.8（新潮文庫）

073■The Refugees | Harper's Monthly Magazine 1893.1-6

恨綺愁羅記（歴史小説）　2巻　上下巻　（英）科南達阿利著　林紓、魏易訳　上海商務印書館 戊申 5.4（1908.6.2）/1915.10.20四版　説部叢書2=30

恨綺愁羅記（歴史小説）　上下巻　（英）科南達阿利著　林紓、魏易合訳　上海商務印書館 1914.6　林訳小説叢書1=27

*（日）亡命者　笹野史隆　私家版 1997.1

074■The Adventure of the Cardboard Box | The Strand Magazine 1893.1

*（日）小包郵便から耳二ツ　毒庵　『日本一』5(1)　1919.1

*双耳記　（英）柯南道爾著　周痩鵑訳　『欧美名家偵探小説大観』１集　上海交通図書館 1919.5.1

可怕的紙包　（英）柯南道爾著　程小青訳　「新探案６」『福爾摩斯探案大全集』７　上海・世界書局 1926.10/1940.3再版

盒中雙耳　柯南道爾著　何可人選輯　『福爾摩斯新探案大集成』２　上海・偵探小説社 1937.4

可怕的紙包　（英）柯南道爾著　程小青訳　『福爾摩斯新探案全集』上　上海・世界書局 1940.3五版

盒中雙耳　柯南道爾著　何可人選輯　『福爾摩斯新探案大集成』２　上海・武林書店 1937.4/1941.6再版

可怕的紙包　柯南道爾著　程小青訳　『新探案（福爾摩斯探案短篇集之四　挿図本）』上海・世界書局 1941.12

*可怕的紙包　（柯南道爾著）　程小青編訳　『福爾摩斯偵探案』桂林・南光書店 1943.6

*可怕的紙包　柯南道爾著　林俊平訳　『石橋女屍』上海・環球書報社 1945.7蓉二版　世界偵探小説叢書

*可怕的紙包　柯南道爾著　傅紹光訳　『新探案』上海・啓明書局 1948.3三版

硬紙盒子　A・柯南道爾著　雨久訳　『福爾摩斯探案集』５　北京・群衆出版社 1981.5

硬紙盒子　（英）阿・柯南道爾著　雨久訳　「最後致意」『福爾摩斯探案全集』下　北京・群衆出版社 1981.1/2000.11第16次印刷

硬紙盒子　（英）阿・柯南道爾著　曹有鵬訳「最後奉献」『福爾摩斯偵探小説全集』下　広州・花城出版社 1997.3/2000.1第五次印刷

硬紙盒子　阿瑟・柯南道爾著　訳者名不記　『最後致意』「福爾摩斯探案集」11　台湾・書華出版事業有限公司 1998.9

硬紙盒之謎　（英）阿瑟・柯南道爾著　徐瑛訳「最後的致意」『福爾摩斯偵探故事全集』下　長沙・新世紀出版社 1998.10/2000.1第三次印刷

硬紙盒探案　亜瑟・柯南・道爾爵士（Arthur Conan Doyle）著、王知一訳　『福爾摩斯退場記』「福爾摩斯探案全集」８　台湾・臉譜文化事業股份有限公司 1999.7.5

硬紙盒子　柯南・道爾（Sir Arthur Conan Doyle）　雨久訳　「最後致意」『福爾摩斯探案全集』四之四　台湾・遠流出版事業股份有限公司 1999.8.16/2002.1.16初版十一刷

可怕的紙包　柯南・道爾著　程小青等訳『（新版挿図本）福爾摩斯探案全集』８　新探案　台湾・世界書局 1927/1999.12修訂１版

硬紙盒子　（英）柯南道爾著　李弘訳「最後的致意」『福爾摩斯探案全集』 3　北京・時事出版社 2001.1

硬紙盒子　（英）阿瑟・柯南道爾著　暁陽訳　文君絵「最後致意」『福爾摩斯探案集』下　長春・時代文藝出版社 2001.4

硬紙盒之案　柯南・道爾著　高忠義訳　『最後的致意』「福爾摩斯探案全集」 8　台湾・小知堂文化事業有限公司 2001.11

075■The Adventure of the Yellow Face | The Strand Magazine 1893.2

（日）再婚　上村左川　『太陽』第 7 巻第13号 1901.11.5

孀婦匿女案　（柯南道爾著　商務印書館訳印）『繍像小説』第 7 期　癸卯 7.1(1903.8.23)

黄面（滑震筆記之一　短篇）　滑震記『時報』　光緒 30.6.23-28(1904.8.4-9)

孀婦匿女案　（柯南道爾著）　中国商務印書館編訳所訳述『補訳華生包探案』中国商務印書館　光緒 32(1906)丙午猛夏月／光緒 33丁未猛春月二版　説部叢書一=4

孀婦匿女案　（柯南道爾著）　商務印書館編訳所訳　『華生包探案』上海商務印書館　丙午 4(1906)/1914.4再版　説部叢書1=4

窗中人面（第十六案）（英）柯南道爾著　厳独鶴訳　『福爾摩斯偵探案全集』第 5 冊　上海・中華書局 1916.5/8再版/1921.9九版/1936.3二十版

黄面人　（英）柯南道爾著　程小青訳　「回憶録 2 」『福爾摩斯探案大全集』 3　上海・世界書局 1926.10/1940.3再版

黄臉児　A. Conan Doyle　朱蔚文訳述　『回憶録（福爾摩斯探案之四）』上海・啓明書局 1940.10/1947.4三版

慈母良妻　柯南道爾著　何可人選輯　『福爾摩斯新探案大集成』 6　上海・武林書店 1937.4/1941.6再版

黄臉怪人　柯南道爾著　小隠訳述　『絶命書（福爾摩斯新探案）』育才書局 1946/1947.3再版

黄面人　柯南道爾著　程小青訳　『回憶録（福爾摩斯探案短篇集之二　挿図本）』上海・世界書局 1949.6四版

黄面人　A・柯南道爾著　李家雲訳　『福爾摩斯探案集』 3　北京・群衆出版社 1980.9

黄面人　（英）阿・柯南道爾著　李家雲訳　「回憶録」『福爾摩斯探案全集』中　北京・群衆出版社 1981.1/2000.11第16次印刷

黄面人　（英）阿・柯南道爾著　李家雲訳　『黄面人』北京・群衆出版社 1992.7　福爾摩斯探案精萃

黄臉人　（英）阿・柯南道爾著　郝前訳「回憶録」『福爾摩斯偵探小説全集』中　広州・花城出版社 1997.3/2000.1第五次印刷

黄臉人　柯南・道爾著　程小青等訳『（新版挿図本）福爾摩斯探案全集』6 回憶録　台湾・世界書局 1927/1997.12修訂 1 版

黄面人　阿瑟・柯南道爾著　訳者名不記　『回憶録』上「福爾摩斯探案集」5　台湾・書華出版事業有限公司 1998.9

黄臉人　（英）阿瑟・柯南道爾著　丁文訳「回憶録」『福爾摩斯偵探故事全集』中　長沙・新世紀出版社 1998.10/2000.1第三次印刷

黄色臉孔　亜瑟・柯南・道爾爵士（Arthur Conan Doyle）著、王知一訳　『福爾摩斯回憶記』「福爾摩斯探案全集」4　台湾・臉譜文化事業股份有限公司 1999.7.5

黄面人　柯南・道爾（Sir Arthur Conan Doyle）　李家雲訳　「回憶録」『福爾摩斯探案全集』四之二　台湾・遠流出版事業股份有限公司 1999.8.16/2002.1.16初版十一刷

黄面人　（英）柯南道爾著　温寧訳「回憶録」『福爾摩斯探案全集』2　北京・時事出版社 2001.1

黄臉人　（英）阿瑟・柯南道爾著　暁陽訳　文君絵「回憶録」『福爾摩斯探案集』中　長春・時代文藝出版社 2001.4

黄面人　柯南・道爾著　陳佳慧訳　『回憶録』「福爾摩斯探案全集」4　台湾・小知堂文化事業有限公司 2001.9

076■The Adventure of the Stockbroker's Clerk ｜ The Strand Magazine 1893.3

（日）会社の書記（探偵小説）　上村左川　『中学世界』4(14)、(16)　1901.11.10、12.10

書記被騙案　（柯南道爾著　商務印書館訳印）『繡像小説』第 9 期　癸卯 8.1(1903.9.21)

書記被騙案　（柯南道爾著）　中国商務印書館編訳所訳述『補訳華生包探案』中国商務印書館　光緒 32(1906)丙午猛夏月／光緒 33丁未猛春月二版　説部叢書一=4

書記被騙案　（柯南道爾著）　商務印書館編訳所訳　『華生包探案』上海商務印書館　丙午 4(1906)/1914.4再版　説部叢書1=4

傭書受紿（第十七案）（英）柯南道爾著　厳独鶴訳　『福爾摩斯偵探案全集』第 5 冊　上海・中華書局 1916.5/8再版/1921.9九版/1936.3二十版

不幸的書記　（英）柯南道爾著　朱𣏌訳　「回憶録 4 」『福爾摩斯探案大全集』 3　上海・世界書局 1926.10/1940.3再版

一個書記　A. Conan Doyle　朱蔚文訳述　『回憶録（福爾摩斯探案之四）』上海・啓明書局 1940.10/1947.4三版

巨賊　柯南道爾著　何可人選輯　『福爾摩斯新探案大集成』6　上海・武林書店 1937.4/1941.6再版

書記受騙　柯南道爾著　小隠訳述　『絶命書（福爾摩斯新探案）』育才書局 1946/1947.3再版

不幸的書記　柯南道爾著　朱戬訳　『回憶録（福爾摩斯探案短篇集之二　挿図本）』上海・世界書局 1949.6四版

証券経紀人的書記員　A・柯南道爾著　李家雲訳　『福爾摩斯探案集』3　北京・群衆出版社 1980.9

証券経紀人的書記員　（英）阿・柯南道爾著　李家雲訳　「回憶録」『福爾摩斯探案全集』中　北京・群衆出版社 1981.1/2000.11第16次印刷

傭書受紿　（英）柯南道爾著　厳独鶴訳　『中国近代文学大系』11集27巻翻訳文学集二　上海書店 1991.4

証券経紀人的書記員　（英）阿・柯南道爾著　李家雲訳　『黄面人』北京・群衆出版社 1992.7　福爾摩斯探案精萃

証券経紀人的辦事員　（英）阿・柯南道爾著　竜艷訳「回憶録」『福爾摩斯偵探小説全集』中　広州・花城出版社 1997.3/2000.1第五次印刷

不幸的書記　柯南・道爾著　程小青等訳『（新版挿図本）福爾摩斯探案全集』6 回憶録　台湾・世界書局 1927/1997.12修訂 1 版

証券経紀人的書記員　阿瑟・柯南道爾著　訳者名不記　『回憶録』上「福爾摩斯探案集」5　台湾・書華出版事業有限公司 1998.9

証券経紀人的書記員　（英）阿瑟・柯南道爾著　丁文訳「回憶録」『福爾摩斯偵探故事全集』中　長沙・新世紀出版社 1998.10/2000.1第三次印刷

証券交易所的職員　亜瑟・柯南・道爾爵士（Arthur Conan Doyle）著、王知一訳　『福爾摩斯回憶記』「福爾摩斯探案全集」4　台湾・臉譜文化事業股份有限公司 1999.7.5

証券経紀人的書記員　柯南・道爾（Sir Arthur Conan Doyle）　李家雲訳　「回憶録」『福爾摩斯探案全集』四之二　台湾・遠流出版事業股份有限公司 1999.8.16/2002.1.16初版十一刷

股票経紀人的書記員　（英）柯南道爾著　温寧訳「回憶録」『福爾摩斯探案全集』2　北京・時事出版社 2001.1

証券経紀人的辦事員　（英）阿瑟・柯南道爾著　暁陽訳　文君絵「回憶録」『福爾摩斯探案集』中　長春・時代文藝出版社 2001.4

証券経紀人的辦事員　柯南・道爾著　陳佳慧訳　『回憶録』「福爾摩斯探案全集」 4　台湾・小知堂文化事業有限公司 2001.9

077■The Adventure of the "Gloria Scott" | The Strand Magazine 1893.4

哥利亜司考得船案　(柯南道爾著　商務印書館訳印)　『繡像小説』第 4 - 5 期　癸卯閏 5.15-6.1(1903.7.9-7.24)

(日) 海上の惨劇 (青年の探偵談)　上村左川　『中学世界』6(10)-(13)　1903.8.10-10.10

哥利亜司考得船案　(柯南道爾著)　中国商務印書館編訳所訳述『補訳華生包探案』中国商務印書館　光緒 32(1906)丙午猛夏月／光緒 33丁未猛春月二版　説部叢書一=4

哥利亜司考得船案　(柯南道爾著)　商務印書館編訳所訳　『華生包探案』上海商務印書館　丙午 4(1906)/1914.4再版　説部叢書1=4

孤舟浩劫 (第十八案)　(英) 柯南道爾著　厳独鶴訳　『福爾摩斯偵探案全集』第 6 冊　上海・中華書局 1916.5/8再版/1921.9九版/1936.3二十版

囚舟記　(英) 柯南道爾著　程小青訳　「回憶録 3 」『福爾摩斯探案大全集』 3　上海・世界書局 1926.10/1940.3再版

葛洛来司高脱海船　A. Conan Doyle　朱蔚文訳述　『回憶録 (福爾摩斯探案之四)』上海・啓明書局 1940.10/1947.4三版

絶命書　柯南道爾著　小隠訳述　『絶命書 (福爾摩斯新探案)』育才書局 1946/1947.3再版

囚舟記　柯南道爾著　程小青訳　『回憶録 (福爾摩斯探案短篇集之二　挿図本)』上海・世界書局 1949.6四版

"格洛里亜斯科特" 号三桅帆船　A・柯南道爾著　李家雲訳　『福爾摩斯探案集』 3　北京・群衆出版社 1980.9

"格洛里亜斯科特" 号三桅帆船　(英) 阿・柯南道爾著　李家雲訳　「回憶録」『福爾摩斯探案全集』中　北京・群衆出版社 1981.1/2000.11第16次印刷

"格洛里亜斯科特" 号三桅帆船　(英) 阿・柯南道爾著　李家雲訳　『黄面人』北京・群衆出版社 1992.7　福爾摩斯探案精萃

"格洛里亜斯各特" 覆没記　(英) 阿・柯南道爾著　周覚知訳「回憶録」『福爾摩斯偵探小説全集』中　広州・花城出版社 1997.3/2000.1第五次印刷

囚舟記　柯南・道爾著　程小青等訳『(新版挿図本) 福爾摩斯探案全集』 6 回憶録　台湾・世界書局 1927/1997.12修訂 1 版

「格里亜斯科特」号三桅帆船　阿瑟・柯南道爾著　訳者名不記　『回憶録』上「福爾摩斯探案集」5　台湾・書華出版事業有限公司 1998.9

“格洛利亜斯科特”号帆船　（英）阿瑟・柯南道爾著　丁文訳「回憶録」『福爾摩斯偵探故事全集』中　長沙・新世紀出版社 1998.10/2000.1第三次印刷

栄蘇号　亜瑟・柯南・道爾爵士（Arthur Conan Doyle）著、王知一訳　『福爾摩斯回憶記』「福爾摩斯探案全集」4　台湾・臉譜文化事業股份有限公司 1999.7.5

「格洛里亜斯科特」号三桅帆船　柯南・道爾（Sir Arthur Conan Doyle）　李家雲訳　「回憶録」『福爾摩斯探案全集』四之二　台湾・遠流出版事業股份有限公司 1999.8.16/2002.1.16初版十一刷

“格洛里亜斯科特”号三桅帆船　（英）柯南道爾著　温寧訳「回憶録」『福爾摩斯探案全集』2　北京・時事出版社 2001.1

“格洛里亜斯各特”号覆没記　（英）阿瑟・柯南道爾著　暁陽訳　文君絵「回憶録」『福爾摩斯探案集』中　長春・時代文藝出版社 2001.4

「葛洛麗亜・史考特」号　柯南・道爾著　陳佳慧訳　『回憶録』「福爾摩斯探案全集」4　台湾・小知堂文化事業有限公司 2001.9

078■The Adventure of the Musgrave Ritual ｜ The Strand Magazine 1893.5

墨斯格力夫礼典案　（柯南道爾著　商務印書館訳印）『繍像小説』第 8 - 9 期　癸卯 7.15(1903.9.6)-8.1(9.21)

墨斯格力夫礼典案　（柯南道爾著）　中国商務印書館編訳所訳述『補訳華生包探案』中国商務印書館　光緒 32(1906)丙午猛夏月／光緒 33丁未猛春月二版　説部叢書一=4

墨斯格力夫礼典案　（柯南道爾著）　商務印書館編訳所訳　『華生包探案』上海商務印書館　丙午 4(1906)/1914.4再版　説部叢書1=4

（日）『水底の王冠』　山崎貞訳註　建文館 1909.3.25

窟中秘宝（第十九案）（英）柯南道爾著　厳独鶴訳　『福爾摩斯偵探案全集』第 6 冊　上海・中華書局 1916.5/8再版/1921.9九版/1936.3二十版

故家的礼典　（英）柯南道爾著　朱戭訳　「回憶録 6 」『福爾摩斯探案大全集』4　上海・世界書局 1926.10/1940.3再版

邁史格来文礼典的故事　A. Conan Doyle　朱蔚文訳述　『回憶録（福爾摩斯探案之四）』上海・啓明書局 1940.10/1947.4三版

礼典問答　（英）柯南道爾著　小隠訳述　『海軍聯盟（福爾摩斯新探案）』育才書局 1946.11

故家的礼典　柯南道爾著　朱𢽬訳　『回憶録（福爾摩斯探案短篇集之二　挿図本）』上海・世界書局 1949.6四版

馬斯格雷夫礼典　A・柯南道爾著　李家雲訳　『福爾摩斯探案集』3　北京・群衆出版社 1980.9

馬斯格雷夫礼典　（英）阿・柯南道爾著　李家雲訳　「回憶録」『福爾摩斯探案全集』中　北京・群衆出版社 1981.1/2000.11第16次印刷

馬斯格雷夫礼典　（英）阿・柯南道爾著　李家雲訳　『黄面人』北京・群衆出版社 1992.7　福爾摩斯探案精萃

馬格雷夫儀式　（英）阿・柯南道爾著　周覚知訳「回憶録」『福爾摩斯偵探小説全集』中　広州・花城出版社 1997.3/2000.1第五次印刷

故家的礼典　柯南・道爾著　程小青等訳『（新版挿図本）福爾摩斯探案全集』6 回憶録　台湾・世界書局 1927/1997.12修訂 1 版

馬斯格雷夫礼典　阿瑟・柯南道爾著　訳者名不記　『回憶録』上「福爾摩斯探案集」5　台湾・書華出版事業有限公司 1998.9

馬斯格雷夫儀式　（英）阿瑟・柯南道爾著　丁文訳「回憶録」『福爾摩斯偵探故事全集』中　長沙・新世紀出版社 1998.10/2000.1第三次印刷

墨氏家族的成人礼　亜瑟・柯南・道爾爵士（Arthur Conan Doyle）著、王知一訳　『福爾摩斯回憶記』「福爾摩斯探案全集」4　台湾・臉譜文化事業股份有限公司 1999.7.5

馬斯格雷夫儀礼　柯南・道爾（Sir Arthur Conan Doyle）　李家雲訳　「回憶録」『福爾摩斯探案全集』四之二　台湾・遠流出版事業股份有限公司 1999.8.16/2002.1.16初版十一刷

馬斯格雷夫礼典（英）柯南道爾著　温寧訳「回憶録」『福爾摩斯探案全集』2　北京・時事出版社 2001.1

馬斯格雷夫礼典　（英）阿瑟・柯南道爾著　暁陽訳　文君絵「回憶録」『福爾摩斯探案集』中　長春・時代文藝出版社 2001.4

馬斯格雷夫儀式　柯南・道爾著　陳佳慧訳　『回憶録』「福爾摩斯探案全集」4　台湾・小知堂文化事業有限公司 2001.9

079■The Adventure of the Reigate Squire /The Reigate Puzzle ｜ The Strand Magazine 1893.6

*紳士克你海姆　（（英）柯南道而著）　黄鼎、張在新合訳　『議探案』餘学斎　光緒壬寅（1902）

（日）田紳邸　天馬桃太（本間久四郎）抄訳　『神通力』祐文社 1907.12.15

紳士克你海姆　黄鼎佐廷、張在新鉄民合訳　『泰西説部叢書之一』蘭陵社　宣統 1.2 (1909)再版

午夜鎗声（第二十案）（英）柯南道爾著　厳独鶴訳　『福爾摩斯偵探案全集』第 6 冊　上海・中華書局 1916.5/8再版/1921.9九版/1936.3二十版

密柬残角　（英）柯南道爾著　尤半狂訳　「回憶録 5」『福爾摩斯探案大全集』 3　上海・世界書局 1926.10/1940.3再版

密約一角　A. Conan Doyle　朱蔚文訳述　『回憶録（福爾摩斯探案之四)』上海・啓明書局 1940.10/1947.4三版

父子同謀　柯南道爾著　何可人選輯　『福爾摩斯新探案大集成』 6　上海・武林書店 1937.4/1941.6再版

一角残紙　柯南道爾著　小隠訳述　『絶命書（福爾摩斯新探案)』育才書局 1946/1947.3 再版

密柬残角　柯南道爾著　尤半狂訳　『回憶録（福爾摩斯探案短篇集之二　挿図本)』上海・世界書局 1949.6四版

頼盖特之謎　A・柯南道爾著　李家雲訳　『福爾摩斯探案集』 3　北京・群衆出版社 1980.9

頼盖特之謎　（英）阿・柯南道爾著　李家雲訳　「回憶録」『福爾摩斯探案全集』中　北京・群衆出版社 1981.1/2000.11第16次印刷

頼盖特之謎　（英）阿・柯南道爾著　李家雲訳　『黄面人』北京・群衆出版社 1992.7 福爾摩斯探案精萃

瑞盖特之謎　（英）阿・柯南道爾著　唐健訳「回憶録」『福爾摩斯偵探小説全集』中　広州・花城出版社 1997.3/2000.1第五次印刷

密柬残角　柯南・道爾著　程小青等訳『(新版挿図本）福爾摩斯探案全集』 6 回憶録　台湾・世界書局 1927/1997.12修訂 1 版

頼開特郷村之謎　阿瑟・柯南道爾著　訳者名不記　『回憶録』上「福爾摩斯探案集」 5　台湾・書華出版事業有限公司 1998.9

雷盖特之謎　（英）阿瑟・柯南道爾著　丁文訳「回憶録」『福爾摩斯偵探故事全集』中　長沙・新世紀出版社 1998.10/2000.1第三次印刷

瑞盖特村之謎　亜瑟・柯南・道爾爵士（Arthur Conan Doyle）著、王知一訳　『福爾摩斯回憶記』「福爾摩斯探案全集」 4　台湾・臉譜文化事業股份有限公司 1999.7.5

賴盖特之謎　柯南・道爾（Sir Arthur Conan Doyle）　李家雲訳　「回憶録」『福爾摩斯探案全集』四之二　台湾・遠流出版事業股份有限公司 1999.8.16/2002.1.16初版十一刷

賴盖特之謎　（英）柯南道爾著　温寧訳「回憶録」『福爾摩斯探案全集』 2　北京・時事出版社 2001.1

賴開特郷村之謎　（英）阿瑟・柯南道爾著　暁陽訳　文君絵「回憶録」『福爾摩斯探案集』中　長春・時代文藝出版社 2001.4

雷盖特之謎　柯南・道爾著　陳佳慧訳　『回憶録』「福爾摩斯探案全集」 4　台湾・小知堂文化事業有限公司 2001.9

080■The Green Flag ｜ Pall Mall Magazine 1893.6

＊（日）緑の旗　笹野史隆　『北海文学』（83）　1998.4

081■The Adventure of the Crooked Man ｜ The Strand Magazine 1893.7

記傴者復仇事　（（英）柯南道爾著）張坤徳訳　『時務報』10-12冊　光緒 22.10.1-10.21 (1896.11.5-25)

＊記傴者復仇事　（時務報館訳　丁楊杜訳）『包探案（又名新訳包探案）』素隠書屋　光緒己亥（1899）

記傴者復仇事　『包探案（又名新訳包探案）』上海・文明書局　光緒 29（1903）.12/31（1905）.7再版

僂背眩人（第二十一案）（英）柯南道爾著　（程）小青訳　『福爾摩斯偵探案全集』第6冊　上海・中華書局 1916.5/8再版/1921.9九版/1936.3二十版

＊（日）邪悪の人　藤原時三郎　『ホルムスの思ひ出』金剛社 1924（万国怪奇・探偵叢書 2）

＊攣生劫　柯南道爾著　周痩鵑訳　『福爾摩斯新探案全集』上海・大東書局 1926.3／1928.12再版

駝背人　（英）柯南道爾著　顧明道訳　「回憶録８」『福爾摩斯探案大全集』 4　上海・世界書局 1926.10/1940.3再版

＊攣生劫　柯南道爾著　胡玉書訳　『福爾摩斯新探案』上海・春明書店（1936）

残廃的人　A. Conan Doyle　朱蔚文訳述　『回憶録（福爾摩斯探案之四）』上海・啓明書局 1940.10/1947.4三版

駝背藝人　（英）柯南道爾著　小隠訳述　『海軍聯盟（福爾摩斯新探案）』育才書局 1946.11

駝背人　柯南道爾著　顧明道訳　『回憶録（福爾摩斯探案短篇集之二　挿図本）』上海・

世界書局 1949.6四版

駝背人　A・柯南道爾著　李家雲訳　『福爾摩斯探案集』 3　北京・群衆出版社 1980.9

駝背人　(英) 阿・柯南道爾著　李家雲訳　「回憶録」『福爾摩斯探案全集』中　北京・群衆出版社 1981.1/2000.11第16次印刷

駝背人　(英) 阿・柯南道爾著　李家雲訳　『黄面人』北京・群衆出版社 1992.7　福爾摩斯探案精萃

駝背人　(英) 阿・柯南道爾著　劉更祥訳「回憶録」『福爾摩斯偵探小説全集』中　広州・花城出版社 1997.3/2000.1第五次印刷

駝背人　柯南・道爾著　程小青等訳『(新版挿図本) 福爾摩斯探案全集』 6 回憶録　台湾・世界書局 1927/1997.12修訂 1 版

駝背人　阿瑟・柯南道爾著　訳者名不記　『回憶録』下「福爾摩斯探案集」 6　台湾・書華出版事業有限公司 1998.9

駝背人　(英) 阿瑟・柯南道爾著　丁文訳「回憶録」『福爾摩斯偵探故事全集』中　長沙・新世紀出版社 1998.10/2000.1第三次印刷

駝者　亜瑟・柯南・道爾爵士 (Arthur Conan Doyle) 著、王知一訳　『福爾摩斯回憶記』「福爾摩斯探案全集」 4　台湾・臉譜文化事業股份有限公司 1999.7.5

駝背人　柯南・道爾 (Sir Arthur Conan Doyle)　李家雲訳　「回憶録」『福爾摩斯探案全集』四之二　台湾・遠流出版事業股份有限公司 1999.8.16/2002.1.16初版十一刷

駝背人　(英) 柯南道爾著　温寧訳「回憶録」『福爾摩斯探案全集』 2　北京・時事出版社 2001.1

駝背人　(英) 阿瑟・柯南道爾著　暁陽訳　文君絵「回憶録」『福爾摩斯探案集』中　長春・時代文藝出版社 2001.4

駝背人　柯南・道爾著　陳佳慧訳　『回憶録』「福爾摩斯探案全集」 4　台湾・小知堂文化事業有限公司 2001.9

082■The "Slapping Sal" | Arrowsmith's Summer Annual 1893.8

＊(日)「いだてんのサル」号　延原謙　『ドイル傑作集Ⅵ』新潮社 1961.3 (新潮文庫)

083■The Adventure of the Resident Patient | The Strand Magazine 1893.8

旅居病夫案　(柯南道爾著　商務印書館訳印)『繍像小説』第10期　癸卯 8.15(1903.10.5)

旅居病夫案　(柯南道爾著)　中国商務印書館編訳所訳述『補訳華生包探案』中国商務印書館　光緒 32(1906)丙午猛夏月／光緒 33丁未猛春月二版　説部叢書一=4

旅居病夫案　(柯南道爾著)　商務印書館編訳所訳　『華生包探案』上海商務印書館　丙

午 4(1906)/1914.4再版　説部叢書1=4

（日）妙な患者　天馬桃太（本間久四郎）抄訳　『神通力』祐文社 1907.12.15

客邸病夫（第二十二案）（英）柯南道爾著　厳独鶴訳　『福爾摩斯偵探案全集』第 7 冊　上海・中華書局 1916.5/8再版/1921.9九版/1936.3二十版

医士的奇遇　（英）柯南道爾著　朱戭訳　「回憶録 9」『福爾摩斯探案大全集』4　上海・世界書局 1926.10/1940.3再版

住院的病人　A. Conan Doyle　朱蔚文訳述　『回憶録（福爾摩斯探案之四）』上海・啓明書局 1940.10/1947.4三版

麻痺病人　（英）柯南道爾著　小隠訳述　『海軍聯盟（福爾摩斯新探案）』育才書局 1946.11

医士的奇遇　柯南道爾著　朱戭訳　『回憶録（福爾摩斯探案短篇集之二　挿図本)』上海・世界書局 1949.6四版

住院的病人　A・柯南道爾著　李家雲訳　『福爾摩斯探案集』3　北京・群衆出版社 1980.9

住院的病人　（英）阿・柯南道爾著　李家雲訳　「回憶録」『福爾摩斯探案全集』中　北京・群衆出版社 1981.1/2000.11第16次印刷

住院的病人　（英）阿・柯南道爾著　李家雲訳　『黄面人』北京・群衆出版社 1992.7　福爾摩斯探案精萃

住院的病人　（英）阿・柯南道爾著　彭平訳「回憶録」『福爾摩斯偵探小説全集』中　広州・花城出版社 1997.3/2000.1第五次印刷

医生的奇遇　柯南・道爾著　程小青等訳『(新版挿図本）福爾摩斯探案全集』6 回憶録　台湾・世界書局 1927/1997.12修訂 1 版

住院的病人　阿瑟・柯南道爾著　訳者名不記　『回憶録』下「福爾摩斯探案集」6　台湾・書華出版事業有限公司 1998.9

住院的病人　（英）阿瑟・柯南道爾著　丁文訳「回憶録」『福爾摩斯偵探故事全集』中　長沙・新世紀出版社 1998.10/2000.1第三次印刷

住院病人　亜瑟・柯南・道爾爵士（Arthur Conan Doyle）著、王知一訳　『福爾摩斯回憶記』「福爾摩斯探案全集」4　台湾・臉譜文化事業股份有限公司 1999.7.5

住院的病人　柯南・道爾（Sir Arthur Conan Doyle）　李家雲訳　「回憶録」『福爾摩斯探案全集』四之二　台湾・遠流出版事業股份有限公司 1999.8.16/2002.1.16初版十一刷

住院的病人　（英）柯南道爾著　温寧訳「回憶録」『福爾摩斯探案全集』2　北京・時

事出版社 2001.1
住院的病人　（英）阿瑟・柯南道爾著　暁陽訳　文君絵「回憶録」『福爾摩斯探案集』中　長春・時代文藝出版社 2001.4
住院的病人　柯南・道爾著　陳佳慧訳　『回憶録』「福爾摩斯探案全集」4　台湾・小知堂文化事業有限公司 2001.9

084■The Adventure of the Greek Interpreter ｜ The Strand Magazine 1893.9
*希臘訳人　((英) 柯南道而著)　黄鼎、張在新合訳　『議探案』餘学斎　光緒壬寅(1902)
希臘訳人　黄鼎佐廷、張在新鉄民合訳　『泰西説部叢書之一』蘭陵社　宣統 1.2(1909) 再版
希臘舌人（第二十三案）（英）柯南道爾著　（程）小青訳　『福爾摩斯偵探案全集』第 7 冊　上海・中華書局 1916.5/8再版/1921.9九版/1936.3二十版
*（日）希臘語通訳　藤原時三郎　『ホルムスの思ひ出』金剛社 1924（万国怪奇・探偵叢書 2）
希臘訳員　（英）柯南道爾著　顧明道訳　「回憶録 7」『福爾摩斯探案大全集』4　上海・世界書局 1926.10/1940.3再版
遺産祟　柯南道爾著　何可人選輯　『福爾摩斯新探案大集成』5　上海・偵探小説社 1937.4
希臘繙訳員　A. Conan Doyle　朱蔚文訳述　『回憶録（福爾摩斯探案之四)』上海・啓明書局 1940.10/1947.4三版
遺産祟　柯南道爾著　何可人選輯　『福爾摩斯新探案大集成』7　上海・武林書店 1937.4/1941.6再版
希臘翻訳　（英）柯南道爾著　小隠訳述　『海軍聯盟（福爾摩斯新探案)』育才書局 1946.11
希臘訳員　柯南道爾著　顧明道訳　『回憶録（福爾摩斯探案短篇集之二　挿図本)』上海・世界書局 1949.6四版
希臘訳員　A・柯南道爾著　李家雲訳　『福爾摩斯探案集』3　北京・群衆出版社 1980.9
希臘訳員　（英）阿・柯南道爾著　李家雲訳　「回憶録」『福爾摩斯探案全集』中　北京・群衆出版社 1981.1/2000.11第16次印刷
希臘訳員　（英）阿・柯南道爾著　李家雲訳　『黄面人』北京・群衆出版社 1992.7　福爾摩斯探案精萃
希臘訳員　（英）阿・柯南道爾著　訳者名不記「回憶録」『福爾摩斯偵探小説全集』中

広州・花城出版社 1997.3/2000.1第五次印刷

希臘訳員　柯南・道爾著　程小青等訳『(新版插図本) 福爾摩斯探案全集』6回憶録　台湾・世界書局 1927/1997.12修訂1版

希臘訳員　阿瑟・柯南道爾著　訳者名不記　『回憶録』下「福爾摩斯探案集」6　台湾・書華出版事業有限公司 1998.9

希臘訳員　(英) 阿瑟・柯南道爾著　丁文訳「回憶録」『福爾摩斯偵探故事全集』中　長沙・新世紀出版社 1998.10/2000.1第三次印刷

希臘語訳員　亜瑟・柯南・道爾爵士 (Arthur Conan Doyle) 著、王知一訳　『福爾摩斯回憶記』「福爾摩斯探案全集」4　台湾・臉譜文化事業股份有限公司 1999.7.5

希臘語訳員　柯南・道爾 (Sir Arthur Conan Doyle)　李家雲訳　「回憶録」『福爾摩斯探案全集』四之二　台湾・遠流出版事業股份有限公司 1999.8.16/2002.1.16初版十一刷

希臘訳員　(英) 柯南道爾著　温寧訳「回憶録」『福爾摩斯探案全集』2　北京・時事出版社 2001.1

希臘訳員　(英) 阿瑟・柯南道爾著　暁陽訳　文君絵「回憶録」『福爾摩斯探案集』中　長春・時代文藝出版社 2001.4

希臘訳員　柯南・道爾著　陳佳慧訳　『回憶録』「福爾摩斯探案全集」4　台湾・小知堂文化事業有限公司 2001.9

085■The Adventure of the Naval Treaty | The Strand Magazine 1893.10-11

英包探勘盗密約案　((英) 柯南道爾著) 張坤徳訳　『時務報』6-9冊　光緒 22.8.21-9.21(1896.9.27-10.27)

*英包探勘盗密約案　(時務報館訳　丁楊杜訳)『包探案 (又名新訳包探案)』素隠書屋　光緒己亥(1899)

英包探勘盗密約案　『包探案(又名新訳包探案)』上海・文明書局　光緒 29(1903).12/31(1905).7再版

(日) 海軍条約　天馬桃太 (本間久四郎) 抄訳　『神通力』祐文社 1907.12.15

海軍密約 (第二十四案)　(英) 柯南道爾著　(程) 小青訳　『福爾摩斯偵探案全集』第7冊　上海・中華書局 1916.5/8再版/1921.9九版/1936.3二十版

海軍密約　(英) 柯南道爾著　朱戭訳　「回憶録10」『福爾摩斯探案大全集』4　上海・世界書局 1926.10/1940.3再版

海軍協定　A. Conan Doyle　朱蔚文訳述　『回憶録 (福爾摩斯探案之四)』上海・啓明書局 1940.10/1947.4三版

海軍聯盟　（英）柯南道爾著　小隠訳述　『海軍聯盟（福爾摩斯新探案）』育才書局 1946.11

海軍密約　柯南道爾著　朱戩訳　『回憶録（福爾摩斯探案短篇集之二　插図本）』上海・世界書局 1949.6四版

海軍協定　A・柯南道爾著　李家雲訳　『福爾摩斯探案集』3　北京・群衆出版社 1980.9

海軍協定　（英）阿・柯南道爾著　李家雲訳　「回憶録」『福爾摩斯探案全集』中　北京・群衆出版社 1981.1/2000.11第16次印刷

海軍密約　（英）柯南道爾著　程小青訳　『中国近代文学大系』11集27巻翻訳文学集二　上海書店 1991.4

海軍協定　（英）阿・柯南道爾著　李家雲訳　『黄面人』北京・群衆出版社 1992.7　福爾摩斯探案精萃

海軍協定　（英）阿・柯南道爾著　訳者名不記「回憶録」『福爾摩斯偵探小説全集』中　広州・花城出版社 1997.3/2000.1第五次印刷

海軍密約　柯南・道爾著　程小青等訳『（新版插図本）福爾摩斯探案全集』6 回憶録　台湾・世界書局 1927/1997.12修訂 1 版

海軍協定　阿瑟・柯南道爾著　訳者名不記　『回憶録』下「福爾摩斯探案集」6　台湾・書華出版事業有限公司 1998.9

海軍協定　（英）阿瑟・柯南道爾著　丁文訳「回憶録」『福爾摩斯偵探故事全集』中　長沙・新世紀出版社 1998.10/2000.1第三次印刷

海軍協約　亜瑟・柯南・道爾爵士（Arthur Conan Doyle）著、王知一訳　『福爾摩斯回憶記』「福爾摩斯探案全集」4　台湾・臉譜文化事業股份有限公司 1999.7.5

海軍協定　柯南・道爾（Sir Arthur Conan Doyle）　李家雲訳　「回憶録」『福爾摩斯探案全集』四之二　台湾・遠流出版事業股份有限公司 1999.8.16/2002.1.16初版十一刷

海軍協定　（英）柯南道爾著　温寧訳「回憶録」『福爾摩斯探案全集』2　北京・時事出版社 2001.1

海軍協定　（英）阿瑟・柯南道爾著　暁陽訳　文君絵「回憶録」『福爾摩斯探案集』中　長春・時代文藝出版社 2001.4

海軍協定　柯南・道爾著　陳佳慧訳　『回憶録』「福爾摩斯探案全集」4　台湾・小知堂文化事業有限公司 2001.9

086■The Case of Lady Sannox /The Kiss of Blood ｜ The Idler 1893.11

桜唇（短篇名著）（英）柯南達爾著　常覚訳　『礼拝六』第 6 - 8 期　1914.7.11-7.25

割唇（第 3 章）（英）科南達利著　（張）其訒、天笑（包公毅）同訳「(医学小説）紅燈談屑」『小説大観』11集　1917.9.30

香桜小劫　(英国名小説家柯南道爾紅燈瑣談之一）　柯南道爾著、(周）痩鵑訳　『小説月報』第 9 巻第 6 号 1918.6.25

＊（日）サノックス夫人事件　吉田夏村　『新青年』5(2)　1924.1

087■The Adventure of the Final Problem ｜ The Strand Magazine 1893.12

呵爾唔斯緝案被戕　((英）柯南道爾著）張坤徳訳　『時務報』27-30冊　光緒 23.4.21-5.21(1897.5.22-6.20)

*呵爾唔斯緝案被戕　(時務報館訳　丁楊杜訳）『包探案（又名新訳包探案)』素隠書屋　光緒己亥 (1899)

呵爾唔斯緝案被戕　『包探案（又名新訳包探案)』上海・文明書局　光緒 29(1903).12/31(1905).7再版

懸崖撤手（第二十五案）（英）柯南道爾著　厳独鶴訳　『福爾摩斯偵探案全集』第 7 冊　上海・中華書局 1916.5/8再版/1921.9九版/1936.3二十版

＊（日）鎖された空家　天岡虎雄　『古城の怪宝』博文館 1922.4（探偵傑作叢書 4)

最後問題　(英）柯南道爾著　鄭逸梅訳　「回憶録11」『福爾摩斯探案大全集』 4　上海・世界書局 1926.10/1940.3再版

終了問　柯南道爾著　何可人選輯　『福爾摩斯新探案大集成』 6　上海・偵探小説社 1937.4

最後一次　A. Conan Doyle　朱蔚文訳述　『回憶録（福爾摩斯探案之四)』上海・啓明書局 1940.10/1947.4三版

終了問　柯南道爾著　何可人選輯　『福爾摩斯新探案大集成』 8　上海・武林書店 1937.4/1941.6再版

最後一案　(英）柯南道爾著　小隠訳述　『海軍聯盟（福爾摩斯新探案)』育才書局 1946.11

最後問題　柯南道爾著　鄭逸梅訳　『回憶録（福爾摩斯探案短篇集之二　挿図本)』上海・世界書局 1949.6四版

最後一案　A・柯南道爾著　李家雲訳　『福爾摩斯探案集』3　北京・群衆出版社 1980.9

最後一案　(英）阿・柯南道爾著　李家雲訳　「回憶録」『福爾摩斯探案全集』中　北京・群衆出版社 1981.1/2000.11第16次印刷

最後一案　(英）阿・柯南道爾著　李家雲訳　『最後一案』北京・群衆出版社 1992.7

福爾摩斯探案精萃

最後一案　（英）阿・柯南道爾著　彭春艶訳「回憶録」『福爾摩斯偵探小説全集』中　広州・花城出版社 1997.3/2000.1第五次印刷

最後問題　柯南・道爾著　鄭逸梅訳（程小青等訳）『（新版插図本）福爾摩斯探案全集』6 回憶録　台湾・世界書局 1927/1997.12修訂 1 版

最後一案　阿瑟・柯南道爾著　訳者名不記　『回憶録』下「福爾摩斯探案集」6　台湾・書華出版事業有限公司 1998.9

最後一案　（英）阿瑟・柯南道爾著　丁文訳「回憶録」『福爾摩斯偵探故事全集』中　長沙・新世紀出版社 1998.10/2000.1第三次印刷

最後一案　亜瑟・柯南・道爾爵士（Arthur Conan Doyle）著、王知一訳　『福爾摩斯回憶記』「福爾摩斯探案全集」4　台湾・臉譜文化事業股份有限公司 1999.7.5

最後一案　柯南・道爾（Sir Arthur Conan Doyle）李家雲訳　「回憶録」『福爾摩斯探案全集』四之二　台湾・遠流出版事業股份有限公司 1999.8.16/2002.1.16初版十一刷

最後一案　（英）柯南道爾著　温寧訳「回憶録」『福爾摩斯探案全集』2　北京・時事出版社 2001.1

最後一案　（英）阿瑟・柯南道爾著　暁陽訳　文君絵「回憶録」『福爾摩斯探案集』中　長春・時代文藝出版社 2001.4

最後一案　柯南・道爾著　陳佳慧訳　『回憶録』「福爾摩斯探案全集」4　台湾・小知堂文化事業有限公司 2001.9

088■The Doctors of Hoyland | The Idler 1894.4

荷蘭之医士（第14章）（（英）科南達利著）　天笑（包公毅）、（張）其訒「（医学小説）紅燈談屑」『小説大観』14集　1919.9.1

*（日）ホイランドの医者　桜井邦雄　『赤ランプ』金剛社 1925.11（万国怪奇・探偵叢書12）

089■Sweethearts | The Idler 1894.7

*（日）わが妻　高須梅渓　『新声』7(3)　1902.3

纏綿（原名 SWEETHEARTS　名家短篇言情小説）（英）科南達利 SIR A.CONAN DOYLE 著　（周）痩鵑訳　『礼拝六』第57期 1915.7.3

纏綿　科南道爾著、周痩鵑訳　『欧美名家短篇小説叢刊』上海・中華書局 1917.2　懐蘭室叢書

痴（第 8 章）（英）科南達利著　天笑（包公毅）、（張）其訒同訳「（医学小説）紅燈談

屑」『小説大観』12集　1917.12

090■The Lord of Chateau Noir ｜ The Strand Magazine 1894.7

黒別墅之主人（復仇小説）（英）科南達利著　（周）痩鵑訳　『礼拝六』第47期　1915.4.24

*黒別墅之主人　（英）科南道爾著　周痩鵑訳　『欧美名家短篇小説叢刊』上海・中華書局 1917.2　懐蘭室叢書

黒別墅之主人　（英）科南達利著　（周）痩鵑訳　『欧美名家短篇小説叢刻』上巻　上海・中華書局 1917.3

*黒別墅之主人（復仇小説）（英）科南利達《ママ》著　（周）痩鵑訳　『華鐸』第2巻第7-9号　1919.2.17-3.3

*（日）黒館の夜襲　田中早苗　『現代探偵傑作集』グランド社 1924.12

091■Behind the Times ｜ 1894

不入時之医士（第1章）（英）科南達利著　（張）其訒、天笑（包公毅）同訳「（医学小説）紅燈談屑」『小説大観』11集　1917.9.30

*（日）時代遅れ　『文化パンフレット19』文化研究会 1923.6

092■His First Operation ｜ 1894

*（日）外科手術　小日向定次郎訳註　『恋と戦』博文館 1908.11（英語世界叢書第一編）

割剖術展覧会（第2章）（英）科南達利著　（張）其訒、天笑（包公毅）同訳「（医学小説）紅燈談屑」『小説大観』11集　1917.9.30

093■The Third Generation ｜ 1894

*（日）三代目　前田木城　『太陽』12(13)　1906.10

遺伝病（第5章）（英）科南達利著　（張）其訒、天笑（包公毅）同訳「（医学小説）紅燈談屑」『小説大観』11集　1917.9.30

094■The Curse of Eve ｜ 1894

娩前（第7章）（英）科南達利著　天笑（包公毅）、（張）其訒同訳「（医学小説）紅燈談屑」『小説大観』12集　1917.12

*（日）前夜の呪咀　桜井邦雄　『赤ランプ』金剛社 1925.11（万国怪奇・探偵叢書12）

095■A Medical Document ｜ 1894

医人述歴（第12章）（（英）科南達利著）天笑（包公毅）、（張）其訒「（医学小説）紅燈談屑」『小説大観』14集　1919.9.1

*（日）医師の記録　桜井邦雄　『赤ランプ』金剛社 1925.11（万国怪奇・探偵叢書12）

096■The Surgeon Talks | 1894

外科医士述歴（第15章）（(英）科南達利著） 天笑（包公毅)、(張）其訒「(医学小説）紅燈談屑」『小説大観』14集 1919.9.1

＊（日）外科医の話 桜井邦雄 『赤ランプ』金剛社 1925.11（万国怪奇・探偵叢書12）

097■The Stark Munro Letters | The Idler 1894.10-1895.11

＊（日）スターク・マンロオの手紙 木村毅 『ドイル全集』第2巻改造社 1933.5

098■The Parasite | Lloyd' s Weekly Newspaper 1894.11.11-12.2

＊（日）寄生体（パラサイト） 吉野美恵子 『筋肉男のハロウィーン』文藝春秋 1996.11（文春文庫）

099■How the Brigadier Won HIs Medal /The Medal of Brigadier Gerard | The Strand Magazine 1894.11

＊（日）特別大勲章 佐藤紅緑 『老将物語』金港堂 1904.7

（遮那徳自伐八事）第7章 （英）柯南達利著 陳大灯、陳家麟訳『遮那徳自伐八事』上冊 上海商務印書館己酉 1.6(1909.1.27)/1915.10.10再版 説部叢書2=61

100■A Foreign Office Romance | Young Man and Young Woman 1894 Christmas

＊（日）折衝秘聞 熊本謙二郎 『英語青年』17(1)-(10) 1907.4.1-8.15

燭影当窗（外交小説）（英）文豪柯南達里著 半儂（劉半農）訳 『中華小説界』第2年第5期 1915.5.1

101■The Recollections of Captain Wilkie | Chambers' s Journal 1895.1.19

（日）ウイルキー大尉の思い出話 小池滋 『最後の手段』中央公論社 1983.8.25

102■How the Brigadier Held the King | The Strand Magazine 1895.4

（遮那徳自伐八事）第3章 （英）柯南達利著 陳大灯、陳家麟訳『遮那徳自伐八事』上冊 上海商務印書館己酉 1.6(1909.1.27)/1915.10.10再版 説部叢書2=61

＊（日）鯨丸 藤野鉦斎（鉦作） 『老雄実歴譚』政教社 1909.12

103■How the King Held the Brigadier /How the King Held Brigadier Gerard | The Strand Magazine 1895.5

（遮那徳自伐八事）第4章 （英）柯南達利著 陳大灯、陳家麟訳『遮那徳自伐八事』上冊 上海商務印書館己酉 1.6(1909.1.27)/1915.10.10再版 説部叢書2=61

（日）牢破 藤野鉦斎（鉦作） 『老雄実歴譚』政教社 1909.12

104■How the Brigadier Slew the Brothers of Ajaccio | The Strand Magazine 1895.6

＊（日）刺客 佐藤紅緑 『老将物語』金港堂 1904.7

（遮那徳自伐八事）第 2 章　（英）柯南達利著　陳大灯、陳家麟訳『遮那徳自伐八事』上冊　上海商務印書館己酉 1.6(1909.1.27)/1915.10.10再版 説部叢書2=61

105■How the Brigadier Came to the castle of Gloom ｜ The Strand Magazine 1895.7

＊（日）魔陰城　佐藤紅緑　『老将物語』金港堂 1904.7

（遮那徳自伐八事）第 1 章　（英）柯南達利著　陳大灯、陳家麟訳『遮那徳自伐八事』上冊　上海商務印書館己酉 1.6(1909.1.27)/1915.10.10再版 説部叢書2=61

106■How the Brigadier Took the Field Against the Marshal Millefleurs ｜ The Strand Magazine 1895.8

（遮那徳自伐八事）第 5 章　（英）柯南達利著　陳大灯、陳家麟訳『遮那徳自伐八事』上冊　上海商務印書館己酉 1.6(1909.1.27)/1915.10.10再版 説部叢書2=61

＊（日）花園　藤野鉦斎（鉦作）『老雄実歴譚』政教社 1909.12

107■How the Brigadier Was Tempted by the Devil ｜ The Strand Magazine 1895.9

＊（日）奈翁の密書　佐藤紅緑　『新国民』2(3・4)　1906.1

（遮那徳自伐八事）第 8 章　（英）柯南達利著　陳大灯、陳家麟訳『遮那徳自伐八事』上冊　上海商務印書館己酉 1.6(1909.1.27 /1915.10.10再版 説部叢書2=61

108■How the Brigadier Played for a Kingdom ｜ The Strand Magazine 1895.12

（遮那徳自伐八事）第 6 章　（英）柯南達利著　陳大灯、陳家麟訳『遮那徳自伐八事』上冊　上海商務印書館己酉 1.6(1909.1.27)/1915.10.10再版 説部叢書2=61

＊（日）勅使　藤野鉦斎（鉦作）『老雄実歴譚』政教社 1909.12

109■Rodney Stone ｜ The Strand Magazine 1896.1-12

博徒別伝（社会小説）　2 巻　（英）柯南達利著　陳大灯、陳家麟訳　上海商務印書館戊申 9.14(1908.10.8)/1915.10.18再版　説部叢書2=59

＊（日）ロドニー・ストーン　大木惇夫　『ドイル全集』第 4 巻改造社 1932.6

110■The Three Correspondents ｜ Windsor Magazine 1896.10

＊（日）従軍記者　熊本謙二郎　『英語青年』19(1)-20(11)　1908.4.1-1909.3.1

111■The Field Bazaar ｜ Student 1896.11.20

＊（日）野外バザー　深町真理子　『ミステリマガジン』25(12)　1980.12

112■How the Governor of St.Kitts Came Home /The Governor of St.Kitts ｜ Pearson' s Magazine 1897.1

＊（日）シャーキイ船長　延原謙　『ドイル傑作集Ⅵ』新潮社 1961.3（新潮文庫）

113■Uncle Bernac ｜ Manchester Weekly Times 1897.1.8-3.5

＊（日）帝国の紀念　衛藤東田　『文庫』29(1)-(3)　1905.5-7

髯刺客伝（歴史小説）（英）科南達利著　林紓、魏易訳　上海商務印書館 戊申 5.3 (1908.6.1)/1915.10.16再版 説部叢書2=10

髯刺客伝（歴史小説）（英）科南達利著　林紓、魏易同訳　上海商務印書館 1914.6 林訳小説叢書1=30

114■The Two Barks;The Dealing of Captain Sharkey with Stephen Craddock /The Two Barques ｜ Pearson's Magazine 1897.3

＊（日）シャーキイ船長との勝負　延原謙　『ドイル傑作集Ⅵ』新潮社 1961.3（新潮文庫）

115■How Copley Banks Slew Captain Sharkey /The Voyage of Copley Banks ｜ Pearson's Magazine 1897.5

＊（日）シャーキイはどのように殺されたか　延原謙　『ドイル傑作集Ⅵ』新潮社 1961.3（新潮文庫）

116■The Tragedy of the Korosko ｜ The Strand Magazine 1897.5-12

＊（日）小説ナイル河遭難記　赤穂菱城　『日本及日本人』(177)-(184)　1929.6.1-9.1

117■The Striped Chest ｜ Pearson's Magazine 1897.7

海中宝箱　（柯南達利山窗砕墨之三）　延陵訳　『小説月報』第9巻第8号 1918.8.25

＊（日）恐ろしい宝物箱　福永渙　『雄弁』23(8)　1932.8

118■The fiend of the Cooperage ｜ Manchester Weekly Times 1897.10.1

＊（日）樽工場の妖怪　『探偵小説』2(5)　1932.5

119■The New Catacomb /Burger's Secret ｜ Sunlight Year Book 1898

迷宮　（柯南達利山窗砕墨之二）　延陵　『小説月報』第9巻第3号 1918.3.25

（日）新しい地下墓地　延原謙　『ドイル傑作集Ｖ』新潮社 1960.7.25/1966.6.10五刷（新潮文庫）

120■The confession ｜ Star 1898.1.17

（日）告白　小池滋　『最後の手段』中央公論社 1983.8.25

121■The Story of the Beetle Hunter ｜ The Strand Magazine 1898.6

昆虫学者　（英）柯南達里著　劉延陵、巣幹卿訳　冷風校訂『囲炉瑣談（原名 ROUND THE FIRE STORIES)』上海商務印書館 1917.12/1920.8再版　説部叢書3=38

＊（日）神秘小説殺人鬼　岩崎善郎　『少年』(200)　1920.4

122■The King of the foxes ｜ Windsor Magazine 1898.7

（日）狐の王　西崎憲　『ドイル傑作選Ⅰミステリー篇』翔泳社 1999.12.5

123■The Story of the Man with the Watches | The Strand Magazine 1898.7

一身六表之疑案（原名 THE MAN WITH THE WATCHES　偵探小説）（英）柯南達理著　半儂（劉半農）訳 『小説大観』4集　1915.12.30

多錶之人　（英）柯南達里著　劉延陵、巣幹卿訳　冷風校訂『囲炉瑣談（原名 ROUND THE FIRE STORIES）』上海商務印書館 1917.12/1920.8再版　説部叢書3=38

＊（日）時計を持つた男　横溝正史　『ドイル全集』第8巻改造社　1932.11

124■The Story fo the Lost Special | The Strand Magazine 1898.8

＊（日）号外　落天生　『牟婁新報』(37)-(41)　1901.1.1-27

専車　（英）柯南達里著　劉延陵、巣幹卿訳　冷風校訂『囲炉瑣談（原名 ROUND THE FIRE STORIES）』上海商務印書館 1917.12/1920.8再版　説部叢書3=38

125■The Story of the Sealed Room | The Strand Magazine 1898.9

錮室陳屍記（志異小説）（英）科南達里著　常覚、小蝶訳　『中華小説界』第3巻第5期　1916.5.1

古屋惨聞　（英）柯南達里著　劉延陵、巣幹卿訳　冷風校訂『囲炉瑣談（原名 ROUND THE FIRE STORIES）』上海商務印書館 1917.12/1920.8再版　説部叢書3=38

＊（日）暗殺の秘密　田中早苗　『女学世界』24(3)-(4)　1924.3-4

126■The Story of the Black Doctor | The Strand Magazine 1898.10

黒色医生　（英）柯南達里著　劉延陵、巣幹卿訳　冷風校訂『囲炉瑣談（原名 ROUND THE FIRE STORIES）』上海商務印書館 1917.12/1920.8再版　説部叢書3=38

＊（日）黒面医の変死　ハーベー・ヒヂングス　『武侠世界』8(1)　1919.1

127■The Story of the Club-Footed Grocer | The Strand Magazine 1898.11

128■The Retirement of Signor Lambert | Pearson's Magazine 1898.12: Cosmopolitan Magazine 1898.12

（日）シニョール・ランバートの引退　小池滋　『最後の手段』中央公論社 1983.8.25

129■The Story of the Brazilian Cat | The Strand Magazine 1898.12

巴西之猫　（英）柯南達里著　劉延陵、巣幹卿訳　冷風校訂『囲炉瑣談（原名 ROUND THE FIRE STORIES）』上海商務印書館 1917.12/1920.8再版　説部叢書3=38

（日）ブラジル猫　延原謙　『ドイル傑作集V』新潮社 1960.7.25/1966.6.10五刷（新潮文庫）

130■A Shadow Before | Windsor Magazine 1898.12

131■The Story of the Japanned Box | The Strand Magazine 1899.1

東塔影事　（英）柯南達里著　劉延陵、巣幹卿訳　冷風校訂『囲炉瑣談（原名 ROUND THE FIRE STORIES)』上海商務印書館 1917.12/1920.8再版　説部叢書3=38

＊（日）漆器の箱　横溝正史　『ドイル全集』第 8 巻改造社 1932.11

132■The Story of the Jew's Breast-Plate ｜ The Strand Magazine 1899.2

宝石　（英）柯南達里著　劉延陵、巣幹卿訳　冷風校訂『囲炉瑣談（原名 ROUND THE FIRE STORIES)』上海商務印書館 1917.12/1920.8再版　説部叢書3=38

＊（日）猶太の胸甲　坂井三郎　『新青年』9(3)　1928新春増刊号

133■The story of the B24 ｜ The Strand Magazine 1899.3

鉄窓涙痕　（英）柯南達里著　劉延陵、巣幹卿訳　冷風校訂『囲炉瑣談（原名 ROUND THE FIRE STORIES)』上海商務印書館 1917.12/1920.8再版　説部叢書3=38

＊（日）B二十四号　『探偵小説』2(7)　1932.7

134■A True Story of the Tragedy of Flowery Land ｜ Louisville Courier-Journal 1899.3.10

（日）フラワリー・ランド号の悲劇の真相　小池滋　『最後の手段』中央公論社 1983.8.25

135■A Duet ｜ 1899

＊（日）告白　和気津次郎　『新趣味』17(6)　1922.6

136■The Usher of Lea House School /The Story of the Latin Tutor ｜ The Strand Magazine 1899.4

柳原学校（原名 THE USHER OF LEA HOUSE SCHOOL　社会小説）（英）柯南達里著　半儂（劉半農）訳　『小説大観』 7 集　1916.10

黎屋啓事　（英）柯南達里著　劉延陵、巣幹卿訳　冷風校訂『囲炉瑣談（原名 ROUND THE FIRE STORIES)』上海商務印書館 1917.12/1920.8再版　説部叢書3=38

＊（日）窓に浮く影　延原謙　『新青年』11(12)　1930.9

離奇的綁案　柯南道爾著　何可人選輯　『福爾摩斯新探案大集成』 3　上海・偵探小説社 1937.4

離奇的綁案　柯南道爾著　何可人選輯　『福爾摩斯新探案大集成』 3　上海・武林書店 1937.4/1941.6再版

137■The Story of the Brown Hand ｜ The Strand Magazine 1899.5

赤鬼手（神怪小説）（英）柯南達利著　太常仙蝶（陳蝶仙）訳　『小説大観』 3 集 1915.12.1

（日）茶色い手　西崎憲　『怪奇小説の世紀』第2巻国書刊行会 1993.2.25

138■The Croxlely Master ｜ The Strand Magazine 1899.10-12

*（日）クロクスリの王者　延原謙　『ドイル傑作集Ⅲ』新潮社 1960.1（新潮文庫）

139■How the Brigadier Slew the Fox /The Crime of the Brigadier ｜ The Cosmopolitan Magazine 1899.12: The Strand Magazine 1900.1

（日）軍事小説大佐の罪　高須梅渓　『太陽』10(10)　1904.7.1

斥候美談（軍事小説）科南岱爾著（日）高須梅渓訳意　呉梼重演　『繍像小説』第72期［丙午 3.15(1906.4.8)］

（遮那徳自伐後八事）第3章（英）科南達利著　陳大灯、陳家麟訳『遮那徳自伐後八事』上巻　上海商務印書館　己酉 12.14(1910.1.24)/1915.10.3再版　説部叢書2=62

140■The Debut of Bimbashi Joyce ｜ Punch 1900.1.3

*（日）ヒラリ・ジョイス中尉の初陣　延原謙　『ドイル傑作集Ⅳ』新潮社 1960.8（新潮文庫）

141■Playing with Fire ｜ The Strand Magazine 1900.3

*（日）火あそび　『探偵小説』2(8)　1932.8

142■An Impression of the Regency ｜ Frank Leslie's Popular Monthly 1900.8

（日）摂政時代の印象記　小池滋　『最後の手段』中央公論社 1983.8.25

143■The Holocaust of Manor Place ｜ The Strand Magazine 1901.3

*（日）実録犯罪奇談　マナ・プレイスのホロコースト　笹野史隆　『実録犯罪奇談』私家版　1999.6

144■The Love Affair of George Vincent Parker ｜ The Strand Magazine 1901.4

多情却是総無情（一名情歟孽歟　孽情小説）（英）柯南達利著（周）痩鵑訳　『遊戯雑誌』第11期　1914?

*（日）実録犯罪奇談　ジョージ・ヴィンセント・パーカーの恋愛　笹野史隆　『実録犯罪奇談』私家版 1999.6

145■The Debatable Case of Mrs. Amsley ｜ The Strand Magazine 1901.5

*（日）実録犯罪奇談　エムズリー夫人の疑問が残る事件　笹野史隆　『実録犯罪奇談』私家版 1999.6

146■The Hound of the Baskervilles ｜ The Strand Magazine 1901.8-1902.4

*怪獒案　人鏡学社訳　広智書局　光緒 31(1905)

*降妖記（偵探小説）屠哀爾士著　陸康華、黄大鈞訳　中国商務印書館 1905.2/7再版/

1907.3三版　説部叢書二=4

怪獒案（偵探小説）　人鏡学社編訳処訳　人鏡学社　光緒 31.8.22(1905.9.20)

降妖記（偵探小説）（(英）亜柯能多爾著）　陸康華、黄大鈞編訳　上海商務印書館　乙巳 2(1905)/1913.12　説部叢書1=14

降妖記　(道爾著)　陸康華、黄大鈞訳述　上海商務印書館 1914.6 小本小説

獒祟（第三十九案）（英）柯南道爾著　陳霆鋭訳　『福爾摩斯偵探案全集』第10冊　上海・中華書局 1916.5/8再版/1921.9九版/1936.3二十版

*（日）名犬物語　加藤朝鳥　天弦堂 1916.10

古邸之怪　（英）柯南道爾著　程小青訳　『福爾摩斯探案大全集』11　上海・世界書局 1926.10/1940.3再版

恐怖的獵狗　柯南道爾著　何可人選輯　『福爾摩斯新探案大集成』 8　上海・偵探小説社 1937.4

*妖犬　（柯南道爾著）　楊逸声編訳　『福爾摩斯偵探案大全集』上海・大通図書社 1937.6

*古邸之怪　（福爾摩斯探案 6 ）　科南道爾著　楊啓瑞訳　上海・啓明書局 1940

恐怖的獵狗　柯南道爾著　何可人選輯　『福爾摩斯新探案大集成』10　上海・武林書局 1937.4/1941.6再版

古邸之怪　（福爾摩斯探案長篇之三　挿図本）　柯南道爾著　程小青訳　上海・世界書局 1941.12

*古屋怪犬　（福爾摩斯新探案）　柯南道爾著　魯人寿訳　上海・育才書局（194?)

*巴斯克維爾的獵犬　（福爾摩斯探案之一）　A・柯南道爾著　倏螢訳　北京・群衆出版社 1957.10/1958.6印二次

*巴斯克維爾的獵犬　（福爾摩斯探案之一）　A・柯南道爾著　（丁鍾華、袁棣華訳）『福爾摩斯探案集』 1　北京・群衆出版社 1978.12/1979.2二版

巴斯克維爾的獵犬　A・柯南道爾著　倏螢訳　『福爾摩斯探案集』 1　北京・群衆出版社 1979.2/1981.3北京第 4 次印刷

巴斯克維爾的獵犬　（英）阿・柯南道爾著　劉樹瀛訳　『福爾摩斯探案全集』中　北京・群衆出版社 1981.1/2000.11第16次印刷

獒祟　15章　（英）柯南道爾著　陳霆鋭訳　『中国近代文学大系』11集27巻翻訳文学集二　上海書店 1991.4

巴斯克維爾的獵犬　（英）阿・柯南道爾著　倏螢訳　北京・群衆出版社 1992.7　福爾摩斯探案精萃

巴斯克維爾的猟犬　（英）A・柯南道爾著　付敬茹訳　『福爾摩斯四大奇案』長沙・湖南文藝出版社 1996.9/1997.10第三次印刷

巴斯克維爾的猟犬　（英）阿・柯南道爾著　劉超先、戴茵訳『福爾摩斯偵探小説全集』中　広州・花城出版社 1997.3/2000.1第五次印刷

巴斯克維爾的猟犬　阿瑟・柯南道爾著　訳者名不記　「福爾摩斯探案集」9　台湾・書華出版事業有限公司 1998.9

巴斯克維爾的猟犬　（英）阿瑟・柯南道爾著　謝偉明訳　『福爾摩斯偵探故事全集』中　長沙・新世紀出版社 1998.10/2000.1第三次印刷

巴斯克維爾的猟犬　（英）柯南道爾著　王鳳芝訳　『福爾摩斯探案集』北京燕山出版社 1999.3/2000.12第三次印刷

巴斯克村猟犬　亜瑟・柯南・道爾爵士（Arthur Conan Doyle）著、王知一訳　「福爾摩斯探案全集」5　台湾・臉譜文化事業股份有限公司 1999.7.5

巴斯克維爾的猟犬　柯南・道爾（Sir Arthur Conan Doyle）　劉樹瀛訳　『福爾摩斯探案全集』四之三　台湾・遠流出版事業股份有限公司 1999.8.16/2002.1.16初版十一刷

古邸之怪　柯南・道爾著　程小青等訳『(新版挿図本）福爾摩斯探案全集』3　台湾・世界書局 1927/2000.8修訂１版

巴斯克維爾的猟犬　（英）柯南道爾著　明亮訳　『福爾摩斯探案集』北京・中国社会出版社 2000.10

巴斯克維爾的猟犬　（英）柯南道爾著　兪歩凡訳　『福爾摩斯探案』　南京・訳林出版社 2000.10

巴斯克維爾的猟犬　（英）柯南道爾著　李弘訳『福爾摩斯探案全集』3　北京・時事出版社 2001.1

巴斯克維爾的猟犬　（英）阿瑟・柯南道爾著　暁陽訳　文君絵『福爾摩斯探案集』中　長春・時代文藝出版社 2001.4

幽霊犬　柯南・道爾著　李璞良訳　「福爾摩斯探案全集」6　台湾・小知堂文化事業有限公司 2001.9

147■How the Brigadier Lost his Ear /How Brigadier Gerard Lost an Ear ｜ The Strand Magazine 1902.8

（遮那徳自伐後八事）第１章　（英）科南達利著　陳大灯、陳家麟訳『遮那徳自伐後八事』上巻　上海商務印書館　己酉 12.14(1910.1.24)/1915.10.3再版　説部叢書2=62

＊（日）新講談恋の軍事探偵　若林明　『娯楽世界』12(6)　1924.6

148■How the Brigadier Saved an Army /How the Brigadier Saved the Army | The Strand Magazine 1902.11

(遮那徳自伐後八事) 第4章 (英) 科南達利著　陳大灯、陳家麟訳『遮那徳自伐後八事』上巻　上海商務印書館　己酉 12.14(1910.1.24)/1915.10.3再版　説部叢書2=62

* (日) 旅団長、一軍団を救つた話　大仏次郎　『ドイル全集』第6巻改造社 1933.8

149■The Leather Funnel | The Strand Magazine 1903.6

* (日) 革の漏斗　『探偵小説』2(4)　1932.4

150■How the Brigadier Rode to Minsk | The Strand Magazine 1902.12

(遮那徳自伐後八事) 第6章 (英) 科南達利著　陳大灯、陳家麟訳『遮那徳自伐後八事』上巻　上海商務印書館　己酉 12.14(1910.1.24)/1915.10.3再版　説部叢書2=62

* (日) ゼラールの冒険　大木篤夫　『西洋冒険小説集』アルス 1929.9 (日本児童文庫32)

151■How the Brigadier Bore Himself at Waterloo /Brigadier Gerard at Waterloo | The Strand Magazine 1903.1

* (日) 老雄実歴談　鉦斎　『日本及日本人』(505)-(506)　1909.3.15-4.1

(遮那徳自伐後八事) 第7、8章 (英) 科南達利著　陳大灯、陳家麟訳『遮那徳自伐後八事』上巻　上海商務印書館　己酉 12.14(1910.1.24)/1915.10.3再版　説部叢書2=62

152■How the Brigadier Triumphed in England /The brigadier in England | The Strand Magazine 1903.3

(遮那徳自伐後八事) 第5章 (英) 科南達利著　陳大灯、陳家麟訳『遮那徳自伐後八事』上巻　上海商務印書館　己酉 12.14(1910.1.24)/1915.10.3再版　説部叢書2=62

* (日) 旅団長、英国にて凱旋を奏した話　大仏次郎　『ドイル全集』第6巻改造社 1933.8

153■How the Brigadier Captured Saragossa /How the Brigadier Joined the Hussars of Conflans | The Strand Magazine 1903.4

(遮那徳自伐後八事) 第2章 (英) 科南達利著　陳大灯、陳家麟訳『遮那徳自伐後八事』上巻　上海商務印書館　己酉 12.14(1910.1.24)/1915.10.3再版　説部叢書2=62

* (日) 旅団長、サラゴツサを占領した話　大仏次郎　『ドイル全集』第6巻改造社 1933.8

154■The Last Adventure of the Brigadier /How Etienne Gerard Said Goodbye to his Master | The Strand Magazine 1903.5.8

* (日) ナポレオンを救ひに　小島政二郎　『ハポレオンを捕へろ』金蘭社 1927.12

155■The Adventure of the Empty House | Colliers Weekly 1903.9.26: The Strand

Magazine 1903.10

*再生第一案　(英) 柯南道爾著　奚若訳　『福爾摩斯再生案』第1冊　小説林　光緒30(1904)

阿羅南空屋被刺案　(英) 柯南道爾著　周桂笙訳　『福爾摩斯再生案』第1冊　小説林　光緒30(1904)

空屋　珠児　『小説海』第1巻第7号 1915.7.1

*(日) 復活せるホオムス　風来居主人　『武侠世界』5(5)-(7)　1916.4-6

絳市重蘇 (第二十六案) (英) 柯南道爾著　厳天侔訳　『福爾摩斯偵探案全集』第8冊　上海・中華書局 1916.5/8再版/1921.9九版/1936.3二十版

空屋　(英) 柯南道爾著　厳独鶴訳　「帰来記1」『福爾摩斯探案大全集』5　上海・世界書局 1926.10/1940.3再版

奇異的汽槍　柯南道爾著　何可人選輯　『福爾摩斯新探案大集成』6　上海・偵探小説社 1937.4

空屋奇跡　(英) 科南道爾著　楊啓瑞訳　『福爾摩斯帰来記』上海・啓明書局 1940.10/1947.1三版

奇異的汽槍　柯南道爾著　何可人選輯　『福爾摩斯新探案大集成』4　上海・武林書店 1937.4/1941.6再版

空屋　柯南道爾著　厳獨鶴訳　『帰来記 (福爾摩斯探案短篇集之三　挿図本)』上海・世界書局 1941.12

空屋　A・柯南道爾著　欧陽達訳　『福爾摩斯探案集』4　北京・群衆出版社 1980.10

空屋　(英) 阿・柯南道爾著　李広成、欧陽達等訳　「帰来記」『福爾摩斯探案全集』中　北京・群衆出版社 1981.1/2000.11第16次印刷

阿羅南空屋被刺案　(英) 柯南道爾著　周桂笙訳　『中国近代文学大系』11集27巻翻訳文学集二　上海書店 1991.4

空屋　(英) 阿・柯南道爾著　欧陽達訳　『最後一案』北京・群衆出版社 1992.7　福爾摩斯探案精萃

空屋奇案　(英) 阿・柯南道爾著　路旦俊訳「福爾摩斯的帰来」『福爾摩斯偵探小説全集』中　広州・花城出版社 1997.3/2000.1第五次印刷

空屋　柯南・道爾著　程小青等訳『(新版挿図本) 福爾摩斯探案全集』7帰来記　台湾・世界書局 1927/1997.12修訂1版

空屋　阿瑟・柯南道爾著　訳者名不記　『帰来記』上「福爾摩斯探案集」7　台湾・書

華出版事業有限公司 1998.9

空屋奇案　（英）阿瑟・柯南道爾著　李学森訳「福爾摩斯的帰来」『福爾摩斯偵探故事全集』中　長沙・新世紀出版社 1998.10/2000.1第三次印刷

空屋探案　亜瑟・柯南・道爾爵士（Arthur Conan Doyle）著、王知一訳　『福爾摩斯帰来記』「福爾摩斯探案全集」6　台湾・臉譜文化事業股份有限公司 1999.7.5

空屋　柯南・道爾（Sir Arthur Conan Doyle）李広成、欧陽達等訳「帰来記」『福爾摩斯探案全集』四之二　台湾・遠流出版事業股份有限公司 1999.8.16/2002.1.16初版十一刷

空屋　（英）柯南道爾著　譚春輝訳「帰来記」『福爾摩斯探案全集』4　北京・時事出版社 2001.1

空屋　（英）阿瑟・柯南道爾著　暁陽訳　文君絵「帰来記」『福爾摩斯探案集』中　長春・時代文藝出版社 2001.4

無声無息的謀殺　柯南・道爾著　林千真訳　『帰来記』「福爾摩斯探案全集」5　台湾・小知堂文化事業有限公司 2001.8

156■The Adventure of the Norwood Builder ｜ Colliers Weekly 1903.10.31: The Strand Magazine 1903.11

*亜特克之焚屍案　（英）柯南道爾著　奚若訳　『福爾摩斯再生案』第 2 冊　小説林　光緒 30(1904)

火中秘計（第二十七案）（英）柯南道爾著　厳天侔訳　『福爾摩斯偵探案全集』第 8 冊　上海・中華書局 1916.5/8再版/1921.9九版/1936.3二十版

*（日）「谷間の邸」の秘密　芳野青泉　『名馬の行方』白水社 1918.7（近代世界快著叢書 4）

火中秘　（英）柯南道爾著　程小青訳　「帰来記 2」『福爾摩斯探案大全集』5　上海・世界書局 1926.10/1940.3再版

白兔計　柯南道爾著　何可人選輯　『福爾摩斯新探案大集成』6　上海・偵探小説社 1937.4

火中雪冤　（英）科南道爾著　楊啓瑞訳　『福爾摩斯帰来記』上海・啓明書局 1940.10/1947.1三版

白兔計　柯南道爾著　何可人選輯　『福爾摩斯新探案大集成』4　上海・武林書店 1937.4/1941.6再版

火中秘　柯南道爾著　程小青訳　『帰来記（福爾摩斯探案短篇集之三　挿図本）』上海・

世界書局 1941.12

諾伍徳的建築師　A・柯南道爾著　欧陽達訳　『福爾摩斯探案集』 4　北京・群衆出版社 1980.10

諾伍徳的建築師　（英）阿・柯南道爾著　李広成、欧陽達等訳　「帰来記」『福爾摩斯探案全集』中　北京・群衆出版社 1981.1/2000.11第16次印刷

諾伍徳的建築師　（英）阿・柯南道爾著　欧陽達訳　『最後一案』北京・群衆出版社 1992.7　福爾摩斯探案精萃

諾伍徳的建築師　（英）阿・柯南道爾著　路旦俊訳「福爾摩斯的帰来」『福爾摩斯偵探小説全集』中　広州・花城出版社 1997.3/2000.1第五次印刷

火中秘　柯南・道爾著　程小青等訳『（新版挿図本）福爾摩斯探案全集』 7 帰来記　台湾・世界書局 1927/1997.12修訂 1 版

諾伍徳的建築師　阿瑟・柯南道爾著　訳者名不記　『帰来記』上「福爾摩斯探案集」 7　台湾・書華出版事業有限公司 1998.9

諾伍徳的建築師　（英）阿瑟・柯南道爾著　李学森訳「福爾摩斯的帰来」『福爾摩斯偵探故事全集』中　長沙・新世紀出版社 1998.10/2000.1第三次印刷

営造商探案　亜瑟・柯南・道爾爵士（Arthur Conan Doyle）著、王知一訳　『福爾摩斯帰来記』「福爾摩斯探案全集」 6　台湾・臉譜文化事業股份有限公司 1999.7.5

諾伍徳的建築師　柯南・道爾（Sir Arthur Conan Doyle）　李広成、欧陽達等訳　「帰来記」『福爾摩斯探案全集』四之二　台湾・遠流出版事業股份有限公司 1999.8.16/2002.1.16初版十一刷

諾伍徳的建築師　（英）柯南道爾著　譚春輝訳「帰来記」『福爾摩斯探案全集』 4　北京・時事出版社 2001.1

諾伍徳的建築師　（英）阿瑟・柯南道爾著　暁陽訳　文君絵「帰来記」『福爾摩斯探案集』中　長春・時代文藝出版社 2001.4

諾伍城建商命案　柯南・道爾著　林千真訳　『帰来記』「福爾摩斯探案全集」 5　台湾・小知堂文化事業有限公司 2001.8

157■The Adventure of the Dancing Men　｜　Colliers Weekly 1903.12.5: The Strand Magazine 1903.12

*密碼被殺案　（英）柯南道爾著　奚若訳　『福爾摩斯再生案』第 4 冊　小説林　光緒 32（1906）

壁上奇書（第二十八案）　（英）柯南道爾著　常覚、天虚我生（陳蝶仙）訳　『福爾摩斯

偵探案全集』第8冊　上海・中華書局 1916.5/8再版/1921.9九版/1936.3二十版
*（日）象形文字　某探偵次長　『生活』5(1)　1917.1
跳舞人形　（英）柯南道爾著　尤半狂訳 「帰来記3」『福爾摩斯探案大全集』 5　上海・世界書局 1926.10/1940.3再版
密碼　柯南道爾著　何可人選輯　『福爾摩斯新探案大集成』3　上海・偵探小説社1937.4
奇異的図形　（英）科南道爾著　楊啓瑞訳　『福爾摩斯帰来記』上海・啓明書局 1940.10/1947.1三版
密碼　柯南道爾著　何可人選輯　『福爾摩斯新探案大集成』 3　上海・武林書店 1937.4/1941.6再版
跳舞人形　柯南道爾著　尤半狂訳　『帰来記（福爾摩斯探案短篇集之三　挿図本)』上海・世界書局 1941.12
跳舞的人　A・柯南道爾著　欧陽達訳　『福爾摩斯探案集』 4　北京・群衆出版社 1980.10
跳舞的人　（英）阿・柯南道爾著　李広成、欧陽達等訳 「帰来記」『福爾摩斯探案全集』中　北京・群衆出版社 1981.1/2000.11第16次印刷
跳舞的人　（英）阿・柯南道爾著　欧陽達訳　『最後一案』北京・群衆出版社 1992.7　福爾摩斯探案精萃
跳舞的人　（英）阿・柯南道爾著　路旦俊訳「福爾摩斯的帰来」『福爾摩斯偵探小説全集』中　広州・花城出版社 1997.3/2000.1第五次印刷
跳舞人形　柯南・道爾著　程小青等訳『(新版挿図本）福爾摩斯探案全集』 7 帰来記　台湾・世界書局 1927/1997.12修訂1版
跳舞的人　阿瑟・柯南道爾著　訳者名不記　『帰来記』上「福爾摩斯探案集」 7　台湾・書華出版事業有限公司 1998.9
跳舞的人　（英）阿瑟・柯南道爾著　李学森訳「福爾摩斯的帰来」『福爾摩斯偵探故事全集』中　長沙・新世紀出版社 1998.10/2000.1第三次印刷
小舞人探案　亜瑟・柯南・道爾爵士（Arthur Conan Doyle）著、王知一訳　『福爾摩斯帰来記』「福爾摩斯探案全集」 6　台湾・臉譜文化事業股份有限公司 1999.7.5
跳舞的人　柯南・道爾（Sir Arthur Conan Doyle）　李広成、欧陽達等訳　「帰来記」『福爾摩斯探案全集』四之二　台湾・遠流出版事業股份有限公司 1999.8.16/2002.1.16初版十一刷
跳舞的人　（英）柯南道爾著　譚春輝訳「帰来記」『福爾摩斯探案全集』 4　北京・時

事出版社 2001.1

跳舞的人　（英）阿瑟・柯南道爾著　暁陽訳　文君絵「帰来記」『福爾摩斯探案集』中　長春・時代文藝出版社 2001.4

人影塗鴉的秘密　柯南・道爾著　林千真訳　『帰来記』「福爾摩斯探案全集」5　台湾・小知堂文化事業有限公司 2001.8

158■The Adventure of the Solitary Cyclist ｜ Colliers Weekly 1903.12.26: The Strand Magazine 1904.1

*卻令登自転車案　（英）柯南道爾著　奚若訳　『福爾摩斯再生案』第 2 冊　小説林　光緒 30(1904)

碧巷双車（第二十九案）（英）柯南道爾著　常覚、天虚我生（陳蝶仙）訳　『福爾摩斯偵探案全集』第 8 冊　上海・中華書局 1916.5/8再版/1921.9九版/1936.3二十版

自由車怪人　（英）柯南道爾著　尤半狂訳　「帰来記 4 」『福爾摩斯探案大全集』 5　上海・世界書局 1926.10/1940.3再版

*（日）自転車嬢の危難　三上於菟吉　『シャーロック・ホームズの帰還』平凡社 1929.10（世界探偵小説全集第 4 巻）

神秘的自由車　（英）科南道爾著　楊啓瑞訳　『福爾摩斯帰来記』上海・啓明書局 1940.10/1947.1三版

自由車怪人　柯南道爾著　尤半狂訳　『帰来記（福爾摩斯探案短篇集之三　挿図本)』上海・世界書局 1941.12

車後怪人　（英）柯南道爾著　小隠訳述　『公子失踪（福爾摩斯新探案)』育才書局 1947.3再版

孤身騎車人　A・柯南道爾著　李家雲訳　『福爾摩斯探案集』 4　北京・群衆出版社 1980.10

孤身騎車人　（英）阿・柯南道爾著　李広成、欧陽達等訳　「帰来記」『福爾摩斯探案全集』中　北京・群衆出版社 1981.1/2000.11第16次印刷

孤身騎車人　（英）阿・柯南道爾著　李広成訳　『最後一案』北京・群衆出版社 1992.7　福爾摩斯探案精萃

孤身騎車人　（英）阿・柯南道爾著　路旦俊訳「福爾摩斯的帰来」『福爾摩斯偵探小説全集』中　広州・花城出版社 1997.3/2000.1第五次印刷

自行車怪人　柯南・道爾著　程小青等訳『(新版挿図本）福爾摩斯探案全集』 7 帰来記　台湾・世界書局 1927/1997.12修訂 1 版

孤身騎車人　阿瑟・柯南道爾著　訳者名不記　『帰来記』上「福爾摩斯探案集」7　台湾・書華出版事業有限公司 1998.9

孤身騎車人　（英）阿瑟・柯南道爾著　李学森訳「福爾摩斯的帰来」『福爾摩斯偵探故事全集』中　長沙・新世紀出版社 1998.10/2000.1第三次印刷

独行女騎者探案　亜瑟・柯南・道爾爵士（Arthur Conan Doyle）著、王知一訳　『福爾摩斯帰来記』「福爾摩斯探案全集」6　台湾・臉譜文化事業股份有限公司 1999.7.5

孤身騎車人　柯南・道爾（Sir Arthur Conan Doyle）　李広成、欧陽達等訳　「帰来記」『福爾摩斯探案全集』四之二　台湾・遠流出版事業股份有限公司 1999.8.16/2002.1.16初版十一刷

孤身騎車人　（英）柯南道爾著　譚春輝訳「帰来記」『福爾摩斯探案全集』4　北京・時事出版社 2001.1

孤身騎車人　（英）阿瑟・柯南道爾著　暁陽訳　文君絵「帰来記」『福爾摩斯探案集』中　長春・時代文藝出版社 2001.4

怪異的単車路程　柯南・道爾著　林千真訳　『帰来記』「福爾摩斯探案全集」5　台湾・小知堂文化事業有限公司 2001.8

159■The Adventure of the Priory School ｜ Colliers Weekly 1904.1.30: The Strand Magazine 1904.2

*麦克来登之小学校奇案　（英）柯南道爾著　奚若訳　『福爾摩斯再生案』第３冊　小説林　光緒 30(1904)

隰原蹄跡（第三十案）（英）柯南道爾著　常覚、天虚我生（陳蝶仙）訳　『福爾摩斯偵探案全集』第８冊　上海・中華書局 1916.5/8再版/1921.9九版/1936.3二十版

*（日）修学院学校事件　石河陸郎　『ホルムスの再生』紅玉堂書店 1925.12（万国怪奇探偵叢書14）

蹄痕輪迹　（英）柯南道爾著　程小青訳　「帰来記５」『福爾摩斯探案大全集』5　上海・世界書局 1926.10/1940.3再版

逼婚　柯南道爾著　何可人選輯　『福爾摩斯新探案大集成』6　上海・偵探小説社1937.4

緑野尋踪録　（英）科南道爾著　楊啓瑞訳　『福爾摩斯帰来記』上海・啓明書局 1940.10/1947.1三版

逼婚　柯南道爾著　何可人選輯　『福爾摩斯新探案大集成』4　上海・武林書店 1937.4/1941.6再版

蹄痕輪跡　柯南道爾著　程小青訳　『帰来記（福爾摩斯探案短篇集之三　挿図本)』上

海・世界書局 1941.12

公子失踪　（英）柯南道爾著　小隠訳述　『公子失踪（福爾摩斯新探案）』育才書局 1947.3再版

修道院公学　A・柯南道爾著　李広成訳　『福爾摩斯探案集』4　北京・群衆出版社 1980.10

修道院公学　（英）阿・柯南道爾著　李広成、欧陽達等訳　「帰来記」『福爾摩斯探案全集』中　北京・群衆出版社 1981.1/2000.11第16次印刷

修道院公学　（英）阿・柯南道爾著　李広成訳　『最後一案』北京・群衆出版社 1992.7　福爾摩斯探案精萃

修道院公学　（英）阿・柯南道爾著　路旦俊訳「福爾摩斯的帰来」『福爾摩斯偵探小説全集』中　広州・花城出版社 1997.3/2000.1第五次印刷

蹄痕輪跡　柯南・道爾著　程小青等訳『（新版插図本）福爾摩斯探案全集』7 帰来記　台湾・世界書局 1927/1997.12修訂 1 版

修道院公学　阿瑟・柯南道爾著　訳者名不記　『帰来記』上「福爾摩斯探案集」7　台湾・書華出版事業有限公司 1998.9

修道院公学　（英）阿瑟・柯南道爾著　李学森訳「福爾摩斯的帰来」『福爾摩斯偵探故事全集』中　長沙・新世紀出版社 1998.10/2000.1第三次印刷

修院学校探案　亜瑟・柯南・道爾爵士（Arthur Conan Doyle）著、王知一訳　『福爾摩斯帰来記』「福爾摩斯探案全集」6　台湾・臉譜文化事業股份有限公司 1999.7.5

修道院公学　柯南・道爾（Sir Arthur Conan Doyle）　李広成、欧陽達等訳　「帰来記」『福爾摩斯探案全集』四之二　台湾・遠流出版事業股份有限公司 1999.8.16/2002.1.16初版十一刷

修道院公学　（英）柯南道爾著　譚春輝訳「帰来記」『福爾摩斯探案全集』4　北京・時事出版社 2001.1

修道院公学　（英）阿瑟・柯南道爾著　暁陽訳　文君絵「帰来記」『福爾摩斯探案集』中　長春・時代文藝出版社 2001.4

公爵之子綁架案　柯南・道爾著　林千真訳　『帰来記』「福爾摩斯探案全集」5　台湾・小知堂文化事業有限公司 2001.8

160■The Adventure of Black Peter ｜ Colliers Weekly 1904.2.27: The Strand Magazine 1904.3

*黒彼得被殺案　（英）柯南道爾著　奚若訳　『福爾摩斯再生案』第4冊　小説林　光緒 32

(1906)

隔簾髯影（第三十一案）（英）柯南道爾著　常覚、天虚我生（陳蝶仙）訳　『福爾摩斯偵探案全集』第 8 冊　上海・中華書局 1916.5/8再版/1921.9九版/1936.3二十版

＊（日）密猟船　覆面冠者（関谷新之助）『少年』（165）-（176）　1917.5-1918.4

兇矛　（英）柯南道爾著　尤次範訳　「帰来記 6」『福爾摩斯探案大全集』 5　上海・世界書局 1926.10/1940.3再版

黒彼得　柯南道爾著　何可人選輯　『福爾摩斯新探案大集成』 3　上海・偵探小説社 1937.4

恐怖之夜　（英）科南道爾著　楊啓瑞訳　『福爾摩斯帰来記』上海・啓明書局 1940.10/1947.1三版

黒彼得　柯南道爾著　何可人選輯　『福爾摩斯新探案大集成』 3　上海・武林書店 1937.4/1941.6再版

兇矛　柯南道爾著　尤次範訳　『帰来記（福爾摩斯探案短篇集之三　挿図本）』上海・世界書局 1941.12

獺皮烟袋　（英）柯南道爾著　小隠訳述　『公子失踪（福爾摩斯新探案）』育才書局 1947.3再版

黒彼得　A・柯南道爾著　李広成訳　『福爾摩斯探案集』4　北京・群衆出版社 1980.10

黒彼得　（英）阿・柯南道爾著　李広成、欧陽達等訳　「帰来記」『福爾摩斯探案全集』中　北京・群衆出版社 1981.1/2000.11第16次印刷

黒彼得　（英）阿・柯南道爾著　李広成訳　『最後一案』北京・群衆出版社 1992.7　福爾摩斯探案精萃

黒彼徳　（英）阿・柯南道爾著　路旦俊訳「福爾摩斯的帰来」『福爾摩斯偵探小説全集』中　広州・花城出版社 1997.3/2000.1第五次印刷

黒彼得　柯南・道爾著　程小青等訳『（新版挿図本）福爾摩斯探案全集』 7 帰来記　台湾・世界書局 1927/1997.12修訂 1 版

黒加里　阿瑟・柯南道爾著　訳者名不記　『帰来記』上「福爾摩斯探案集」 7　台湾・書華出版事業有限公司 1998.9

黒彼徳　（英）阿瑟・柯南道爾著　李学森訳「福爾摩斯的帰来」『福爾摩斯偵探故事全集』中　長沙・新世紀出版社 1998.10/2000.1第三次印刷

黒彼得探案　亜瑟・柯南・道爾爵士（Arthur Conan Doyle）著、王知一訳　『福爾摩斯帰来記』「福爾摩斯探案全集」 6　台湾・臉譜文化事業股份有限公司 1999.7.5

黒彼得　柯南・道爾（Sir Arthur Conan Doyle）　李広成、欧陽達等訳　「帰来記」『福爾摩斯探案全集』四之二　台湾・遠流出版事業股份有限公司 1999.8.16/2002.1.16初版十一刷

黒彼得　（英）柯南道爾著　譚春輝訳「帰来記」『福爾摩斯探案全集』 4　北京・時事出版社 2001.1

黒加里　（英）阿瑟・柯南道爾著　暁陽訳　文君絵「帰来記」『福爾摩斯探案集』中　長春・時代文藝出版社 2001.4

黒色彼得的慘死　柯南・道爾著　林千真訳　『帰来記』「福爾摩斯探案全集」 5　台湾・小知堂文化事業有限公司 2001.8

161■The Adventure of Charles Augustus Milverton｜Colliers Weekly 1904.3.26: The Strand Magazine 1904.4

*宓爾逢登之被螫案　（英）柯南道爾著　奚若訳　『福爾摩斯再生案』第 3 冊　小説林　光緒 30(1904)

*（日）あらしの夜　久保田正次　『英学界』6(10)　1908.7定期増刊

室内鎗声（第三十二案）（英）柯南道爾著　常覚、天虚我生（陳蝶仙）訳　『福爾摩斯偵探案全集』第 9 冊　上海・中華書局 1916.5/8再版/1921.9九版/1936.3二十版

脅詐者　（英）柯南道爾著　程小青訳　「帰来記 7 」『福爾摩斯探案大全集』 6　上海・世界書局 1926.10/1940.3再版

宓仏登　柯南道爾著　何可人選輯　『福爾摩斯新探案大集成』 4 / 7 重複　上海・偵探小説社 1937.4

混世魔王　（英）科南道爾著　楊啓瑞訳　『福爾摩斯帰来記』上海・啓明書局 1940.10/1947.1三版

宓仏登　柯南道爾著　何可人選輯　『福爾摩斯新探案大集成』 5　上海・武林書局 1937.4/1941.6再版

脅詐者　柯南道爾著　程小青訳　『帰来記（福爾摩斯探案短篇集之三　插図本)』上海・世界書局 1941.12

就是你麼　（英）柯南道爾著　小隠訳述　『公子失踪（福爾摩斯新探案)』育才書局 1947.3再版

米爾沃頓　A・柯南道爾著　李広成訳　『福爾摩斯探案集』 4　北京・群衆出版社 1980.10

米爾沃頓　（英）阿・柯南道爾著　李広成、欧陽達等訳　「帰来記」『福爾摩斯探案全集』

中　北京・群衆出版社 1981.1/2000.11第16次印刷

査爾斯・米爾沃頓　（英）阿・柯南道爾著　路旦俊訳「福爾摩斯的帰来」『福爾摩斯偵探小説全集』中　広州・花城出版社 1997.3/2000.1第五次印刷

脅詐者　柯南・道爾著　程小青等訳『（新版插図本）福爾摩斯探案全集』7帰来記　台湾・世界書局 1927/1997.12修訂１版

米爾沃頓　阿瑟・柯南道爾著　訳者名不記　『帰来記』下「福爾摩斯探案集」8　台湾・書華出版事業有限公司 1998.9

査爾斯・密爾沃頓　（英）阿瑟・柯南道爾著　李学森訳「福爾摩斯的帰来」『福爾摩斯偵探故事全集』中　長沙・新世紀出版社 1998.10/2000.1第三次印刷

査爾斯・奥卡斯塔・麦維頓探案　亜瑟・柯南・道爾爵士（Arthur Conan Doyle）著、王知一訳　『福爾摩斯帰来記』「福爾摩斯探案全集」6　台湾・臉譜文化事業股份有限公司 1999.7.5

米爾沃頓　柯南・道爾（Sir Arthur Conan Doyle）李広成、欧陽達等訳　「帰来記」『福爾摩斯探案全集』四之二　台湾・遠流出版事業股份有限公司 1999.8.16/2002.1.16初版十一刷

訛詐専家　（英）柯南道爾著　譚春輝訳「帰来記」『福爾摩斯探案全集』4　北京・時事出版社 2001.1

査爾斯・米爾沃頓　（英）阿瑟・柯南道爾著　暁陽訳　文君絵「帰来記」『福爾摩斯探案集』中　長春・時代文藝出版社 2001.4

悪棍米弗頓之死　柯南・道爾著　林千真訳　『帰来記』「福爾摩斯探案全集」5　台湾・小知堂文化事業有限公司 2001.8

162■The Adventure of the Six Napoleons ｜ Colliers Weekly 1904.4.30: The Strand Magazine 1904.5

竊毀拿破侖遺像案　（英）陶高能著　知新子（周桂笙）訳述　「歇洛克復生偵探案」『新民叢報』第３年第７号（第55号）　光緒 30.9.15（1904.10.23）

*毀拿破侖像案　（英）柯南道爾著　奚若訳　『福爾摩斯再生案』第４冊　小説林　光緒 32（1906）

*竊毀拿破侖遺像案　（英）陶高能著　知新子（周桂笙）訳　『最新偵探案彙刊』新民叢報社　光緒 32（1906）

*（日）偶像破壊奇譚　今井信之　『英語世界』2(2)-3(14)　1908.2-12

剖腹蔵珠（第三十三案）（英）柯南道爾著　常覚、天虚我生（陳蝶仙）訳　『福爾摩斯

偵探案全集』第９冊　上海・中華書局 1916.5/8再版/1921.9九版/1936.3二十版

六個拿破崙　（英）柯南道爾著　程小青訳　「帰来記８」『福爾摩斯探案大全集』６　上海・世界書局 1926.10/1940.3再版

黒珠　柯南道爾著　何可人選輯　『福爾摩斯新探案大集成』４/７重複　上海・偵探小説社 1937.4

六個拿破崙　（英）科南道爾著　楊啓瑞訳　『福爾摩斯帰来記』上海・啓明書局 1940.10/1947.1三版

黒珠　柯南道爾著　何可人選輯　『福爾摩斯新探案大集成』５　上海・武林書局 1937.4/1941.6再版

六個拿破崙　柯南道爾著　程小青訳　『帰来記（福爾摩斯探案短篇集之三　挿図本)』　上海・世界書局 1941.12

六座拿破侖半身像　Ａ・柯南道爾著　李広成訳　『福爾摩斯探案集』４　北京・群衆出版社 1980.10

六座拿破侖半身像　（英）阿・柯南道爾著　李広成、欧陽達等訳　「帰来記」『福爾摩斯探案全集』中　北京・群衆出版社 1981.1/2000.11第16次印刷

六座拿破侖半身像　（英）阿・柯南道爾著　路旦俊訳「福爾摩斯的帰来」『福爾摩斯偵探小説全集』中　広州・花城出版社 1997.3/2000.1第五次印刷

六個拿破崙　柯南・道爾著　程小青等訳『(新版挿図本）福爾摩斯探案全集』７帰来記　台湾・世界書局 1927/1997.12修訂１版

六座拿破侖半身像　阿瑟・柯南道爾著　訳者名不記　『帰来記』下「福爾摩斯探案集」８　台湾・書華出版事業有限公司 1998.9

六座拿破侖半身像　（英）阿瑟・柯南道爾著　李学森訳「福爾摩斯的帰来」『福爾摩斯偵探故事全集』中　長沙・新世紀出版社 1998.10/2000.1第三次印刷

六尊拿破侖塑像探案　亜瑟・柯南・道爾爵士（Arthur Conan Doyle）著、王知一訳　『福爾摩斯帰来記』「福爾摩斯探案全集」６　台湾・臉譜文化事業股份有限公司 1999.7.5

六座拿破侖半身像　柯南・道爾（Sir Arthur Conan Doyle）李広成、欧陽達等訳　「帰来記」『福爾摩斯探案全集』四之二　台湾・遠流出版事業股份有限公司 1999.8.16/2002.1.16初版十一刷

六座拿破侖半身像　（英）柯南道爾著　譚春輝訳「帰来記」『福爾摩斯探案全集』４　北京・時事出版社 2001.1

六座拿破侖的半身像　（英）阿瑟・柯南道爾著　暁陽訳　文君絵「帰来記」『福爾摩斯探案集』中　長春・時代文藝出版社 2001.4

六個拿破侖影像　柯南・道爾著　林千真訳　『帰来記』「福爾摩斯探案全集」5　台湾・小知堂文化事業有限公司 2001.8

163■The Adventure of the Three Students ｜ The Strand Magazine 1904.6

*陸聖書院竊題案　（英）柯南道爾著　奚若訳　『福爾摩斯再生案』第 4 冊　小説林　光緒 32(1906)

*（日）学校盗賊　池上弘　『英学界』5(13)-(16)　1907.10-12

赤心護主（第三十四案）（英）柯南道爾著　常覚、天虚我生（陳蝶仙）訳　『福爾摩斯偵探案全集』第 9 冊　上海・中華書局1916.5/8再版/1921.9九版/1936.3二十版

三学生　（英）柯南道爾著　程小青訳　「帰来記 9」『福爾摩斯探案大全集』 6　上海・世界書局 1926.10/1940.3再版

三泥丸　柯南道爾著　何可人選輯　『福爾摩斯新探案大集成』 4 / 7 重複　上海・偵探小説社 1937.4

試題的洩漏　（英）科南道爾著　楊啓瑞訳　『福爾摩斯帰来記』上海・啓明書局 1940.10/1947.1三版

三泥丸　柯南道爾著　何可人選輯　『福爾摩斯新探案大集成』 5　上海・武林書局 1937.4/1941.6再版

三学生　柯南道爾著　程小青訳　『帰来記（福爾摩斯探案短篇集之三　挿図本）』上海・世界書局 1941.12

義僕護主　（英）柯南道爾著　小隠訳述　『多情球員（福爾摩斯新探案）』育才書局 1946.11

三個大学生　A・柯南道爾著　李広成訳　『福爾摩斯探案集』 4　北京・群衆出版社 1980.10

三個大学生　（英）阿・柯南道爾著　李広成、欧陽達等訳　「帰来記」『福爾摩斯探案全集』中　北京・群衆出版社 1981.1/2000.11第16次印刷

三個大学生　（英）阿・柯南道爾著　路旦俊訳「福爾摩斯的帰来」『福爾摩斯偵探小説全集』中　広州・花城出版社 1997.3/2000.1第五次印刷

三学生　柯南・道爾著　程小青等訳『（新版挿図本）福爾摩斯探案全集』 7 帰来記　台湾・世界書局 1927/1997.12修訂 1 版

三個大学生　阿瑟・柯南道爾著　訳者名不記　『帰来記』下「福爾摩斯探案集」 8　台

湾・書華出版事業有限公司 1998.9

三個大学生　(英) 阿瑟・柯南道爾著　李学森訳「福爾摩斯的帰来」『福爾摩斯偵探故事全集』中　長沙・新世紀出版社 1998.10/2000.1第三次印刷

三名学生探案　亜瑟・柯南・道爾爵士 (Arthur Conan Doyle) 著、王知一訳 『福爾摩斯帰来記』「福爾摩斯探案全集」6　台湾・臉譜文化事業股份有限公司 1999.7.5

三個大学生　柯南・道爾 (Sir Arthur Conan Doyle)　李広成、欧陽達等訳 「帰来記」『福爾摩斯探案全集』四之二　台湾・遠流出版事業股份有限公司 1999.8.16/2002.1.16初版十一刷

三個大学生　(英) 柯南道爾著　譚春輝訳「帰来記」『福爾摩斯探案全集』4　北京・時事出版社 2001.1

三個大学生　(英) 阿瑟・柯南道爾著　暁陽訳　文君絵「帰来記」『福爾摩斯探案集』中　長春・時代文藝出版社 2001.4

三個作弊嫌疑犯　柯南・道爾著　林千真訳 『帰来記』「福爾摩斯探案全集」5　台湾・小知堂文化事業有限公司 2001.8

164■The Adventure of the Golden Pince-Nez | The Strand Magazine 1904.7

*虚無党案　(英) 柯南道爾著　奚若訳 『福爾摩斯再生案』第 4 冊　小説林　光緒 32 (1906)

*(日) 探偵小説鼻眼鏡　勝間舟人 『文芸倶楽部』14(3)　1908.2

雪窖沈冤 (第三十五案) (英) 柯南道爾著　常覚、天虚我生 (陳蝶仙) 訳 『福爾摩斯偵探案全集』第 9 冊　上海・中華書局 1916.5/8再版/1921.9九版/1936.3二十版

眼鏡　(英) 柯南道爾著　范菊高訳 「帰来記10」『福爾摩斯探案大全集』6　上海・世界書局 1926.10/1940.3再版

虚無党　柯南道爾著　何可人選輯 『福爾摩斯新探案大集成』4/7 重複　上海・偵探小説社 1937.4

金絲眼鏡　(英) 科南道爾著　楊啓瑞訳 『福爾摩斯帰来記』上海・啓明書局 1940.10/1947.1三版

虚無党　柯南道爾著　何可人選輯 『福爾摩斯新探案大集成』5　上海・武林書局1937.4/1941.6再版

眼鏡　柯南道爾著　范菊高訳 『帰来記 (福爾摩斯探案短篇集之三　挿図本)』上海・世界書局 1941.12

橱里婦人　(英) 柯南道爾著　小隠訳述 『公子失踪 (福爾摩斯新探案)』育才書局1947.

3再版

金辺夾鼻眼鏡　A・柯南道爾著　李広成訳　『福爾摩斯探案集』 4　北京・群衆出版社 1980.10

金辺夾鼻眼鏡　（英）阿・柯南道爾著　李広成、欧陽達等訳　「帰来記」『福爾摩斯探案全集』中　北京・群衆出版社 1981.1/2000.11第16次印刷

金辺夾鼻眼鏡　（英）阿・柯南道爾著　路旦俊訳「福爾摩斯的帰来」『福爾摩斯偵探小説全集』中　広州・花城出版社 1997.3/2000.1第五次印刷

眼鏡　柯南・道爾著　程小青等訳『（新版挿図本）福爾摩斯探案全集』 7 帰来記　台湾・世界書局 1927/1997.12修訂 1 版

金辺夾鼻眼鏡　阿瑟・柯南道爾著　訳者名不記　『帰来記』下「福爾摩斯探案集」 8　台湾・書華出版事業有限公司 1998.9

金辺夾鼻眼鏡　（英）阿瑟・柯南道爾著　李学森訳「福爾摩斯的帰来」『福爾摩斯偵探故事全集』中　長沙・新世紀出版社 1998.10/2000.1第三次印刷

金辺夾鼻眼鏡探案　亜瑟・柯南・道爾爵士（Arthur Conan Doyle）著、王知一訳　『福爾摩斯帰来記』「福爾摩斯探案全集」 6　台湾・臉譜文化事業股份有限公司 1999.7.5

金辺夾鼻眼鏡　柯南・道爾（Sir Arthur Conan Doyle）　李広成、欧陽達等訳　「帰来記」『福爾摩斯探案全集』四之二　台湾・遠流出版事業股份有限公司 1999.8.16/2002.1.16初版十一刷

金色夾鼻眼鏡　（英）柯南道爾著　譚春輝訳「帰来記」『福爾摩斯探案全集』 4　北京・時事出版社 2001.1

金辺夾鼻眼鏡　（英）阿瑟・柯南道爾著　暁陽訳　文君絵「帰来記」『福爾摩斯探案集』中　長春・時代文藝出版社 2001.4

尤斯里老屋命案　柯南・道爾著　林千真訳　『帰来記』「福爾摩斯探案全集」 5　台湾・小知堂文化事業有限公司 2001.8

165■The Adventure of the Missing Three-Quarter ｜ The Strand Magazine 1904.8

荒村輪影（第三十六案）（英）柯南道爾著　厳天侔訳　『福爾摩斯偵探案全集』第 9 冊　上海・中華書局 1916.5/8再版/1921.9九版/1936.3二十版

＊（日）蹴球選手の行衛不明　石川陸一　『食堂の殺人』紅玉堂書店 1926.3（万国怪奇探偵叢書15）

球員的失踪　（英）柯南道爾著　范菊高訳　「帰来記11」『福爾摩斯探案大全集』 6　上海・世界書局 1926.10/1940.3再版

司湯登的失踪　柯南道爾著　何可人選輯　『福爾摩斯新探案大集成』 4　上海・偵探小説社 1937.4

球員的失踪　（英）科南道爾著　楊啓瑞訳　『福爾摩斯帰来記』上海・啓明書局 1940.10/1947.1三版

司湯登的失踪　柯南道爾著　何可人選輯　『福爾摩斯新探案大集成』 8　上海・武林書局 1937.4/1941.6再版

球員的失踪　柯南道爾著　范菊高訳　『帰来記（福爾摩斯探案短篇集之三　挿図本）』上海・世界書局 1941.12

多情球員　（英）柯南道爾著　小隠訳述　『多情球員（福爾摩斯新探案）』育才書局 1946.11

失踪的中衛　A・柯南道爾著　李広成訳　『福爾摩斯探案集』 4　北京・群衆出版社 1980.10

失踪的中衛　（英）阿・柯南道爾著　李広成、欧陽達等訳　「帰来記」『福爾摩斯探案全集』中　北京・群衆出版社 1981.1/2000.11第16次印刷

失踪的中衛　（英）阿・柯南道爾著　李広成訳　『黄面人』北京・群衆出版社 1992.7　福爾摩斯探案精萃

失踪的中衛　（英）阿・柯南道爾著　路旦俊訳「福爾摩斯的帰来」『福爾摩斯偵探小説全集』中　広州・花城出版社 1997.3/2000.1第五次印刷

球員的失踪　柯南・道爾著　程小青等訳『（新版挿図本）福爾摩斯探案全集』 7 帰来記　台湾・世界書局 1927/1997.12修訂 1 版

失踪的中衛　阿瑟・柯南道爾著　訳者名不記　『帰来記』下「福爾摩斯探案集」 8　台湾・書華出版事業有限公司 1998.9

失踪的中衛　（英）阿瑟・柯南道爾著　李学森訳「福爾摩斯的帰来」『福爾摩斯偵探故事全集』中　長沙・新世紀出版社 1998.10/2000.1第三次印刷

失踪的中後衛探案　亜瑟・柯南・道爾爵士（Arthur Conan Doyle）著、王知一訳　『福爾摩斯帰来記』「福爾摩斯探案全集」 6　台湾・臉譜文化事業股份有限公司 1999.7.5

失踪的中衛　柯南・道爾（Sir Arthur Conan Doyle）　李広成、欧陽達等訳　「帰来記」『福爾摩斯探案全集』四之二　台湾・遠流出版事業股份有限公司 1999.8.16/2002.1.16初版十一刷

失踪的中衛　（英）柯南道爾著　譚春輝訳「帰来記」『福爾摩斯探案全集』 4　北京・時事出版社 2001.1

失踪的中衛　（英）阿瑟・柯南道爾著　暁陽訳　文君絵「帰来記」『福爾摩斯探案集』中　長春・時代文藝出版社 2001.4

賽前失踪的球員　柯南・道爾著　林千真訳　『帰来記』「福爾摩斯探案全集」5　台湾・小知堂文化事業有限公司 2001.8

166■The Adventure of the Abbey Grange ｜ The Strand Magazine 1904.9

情天決死（第三十七案）（英）柯南道爾著　常覚、天虚我生（陳蝶仙）訳　『福爾摩斯偵探案全集』第 9 冊　上海・中華書局 1916.5/8再版/1921.9九版/1936.3二十版

＊（日）呉船長　芳野青泉　『名馬の行方』白水社 1918.7（近代世界快著叢書 4 ）

情天一俠　（英）柯南道爾著　顧明道訳　「帰来記12」『福爾摩斯探案大全集』 6　上海・世界書局 1926.10/1940.3再版

俠義録　（英）科南道爾著　楊啓瑞訳　『福爾摩斯帰来記』上海・啓明書局 1940.10/1947.1三版

酒禍　柯南道爾著　何可人選輯　『福爾摩斯新探案大集成』 6　上海・武林書店 1937.4/1941.6再版

情天一俠　柯南道爾著　顧明道訳　『帰来記（福爾摩斯探案短篇集之三　挿図本)』上海・世界書局 1941.12

情天大俠　（英）柯南道爾著　小隠訳述　『多情球員（福爾摩斯新探案)』育才書局 1946.11

格蘭其荘園　A・柯南道爾著　李広成訳　『福爾摩斯探案集』 4　北京・群衆出版社 1980.10

格蘭其荘園　（英）阿・柯南道爾著　李広成、欧陽達等訳　「帰来記」『福爾摩斯探案全集』中　北京・群衆出版社 1981.1/2000.11第16次印刷

格蘭其荘園　（英）阿・柯南道爾著　李広成訳　『黄面人』北京・群衆出版社 1992.7 福爾摩斯探案精萃

修道院荘園　（英）阿・柯南道爾著　路旦俊訳「福爾摩斯的帰来」『福爾摩斯偵探小説全集』中　広州・花城出版社 1997.3/2000.1第五次印刷

情天一俠　柯南・道爾著　程小青等訳『（新版挿図本）福爾摩斯探案全集』 7 帰来記　台湾・世界書局 1927/1997.12修訂 1 版

格蘭其荘園　阿瑟・柯南道爾著　訳者名不記　『帰来記』下「福爾摩斯探案集」 8　台湾・書華出版事業有限公司 1998.9

修道院荘園　（英）阿瑟・柯南道爾著　李学森訳「福爾摩斯的帰来」『福爾摩斯偵探故

事全集』中　長沙・新世紀出版社 1998.10/2000.1第三次印刷
格蘭居探案　亜瑟・柯南・道爾爵士（Arthur Conan Doyle）著、王知一訳　『福爾摩斯帰来記』「福爾摩斯探案全集」6　台湾・臉譜文化事業股份有限公司 1999.7.5
格蘭其荘園　柯南・道爾（Sir Arthur Conan Doyle）李広成、欧陽達等訳「帰来記」『福爾摩斯探案全集』四之二　台湾・遠流出版事業股份有限公司 1999.8.16/2002.1.16 初版十一刷
格蘭其荘園　（英）柯南道爾著　譚春輝訳「帰来記」『福爾摩斯探案全集』4　北京・時事出版社 2001.1
格蘭其荘園　（英）阿瑟・柯南道爾著　暁陽訳　文君絵「帰来記」『福爾摩斯探案集』中　長春・時代文藝出版社 2001.4
格蘭吉荘園命案　柯南・道爾著　林千真訳　『帰来記』「福爾摩斯探案全集」5　台湾・小知堂文化事業有限公司 2001.8

167■The Adventure of the Second Stain | The Strand Magazine 1904.12

＊（日）奇談外交文書の紛失　千葉紫草　『日露戦争写真画報』37-39　1905.11.8-12.8
掌中倩影（第三十八案）（英）柯南道爾著　常覚、天虚我生（陳蝶仙）訳　『福爾摩斯偵探案全集』第 9 冊　上海・中華書局 1916.5/8再版/1921.9九版/1936.3二十版
第二血跡　（英）柯南道爾著　顧明道訳　「帰来記13」『福爾摩斯探案大全集』6　上海・世界書局 1926.10/1940.3再版
重要公文　柯南道爾著　何可人選輯　『福爾摩斯新探案大集成』6　上海・偵探小説社 1937.4
第二血跡　（英）科南道爾著　楊啓瑞訳　『福爾摩斯帰来記』上海・啓明書局 1940.10/1947.1三版
重要公文　柯南道爾著　何可人選輯　『福爾摩斯新探案大集成』4　上海・武林書店 1937.4/1941.6再版
第二血跡　柯南道爾著　顧明道訳　『帰来記（福爾摩斯探案短篇集之三　挿図本）』上海・世界書局 1941.12
両把鑰匙　（英）柯南道爾著　小隠訳述　『多情球員（福爾摩斯新探案）』育才書局 1946.11
第二塊血迹　A・柯南道爾著　李広成訳　『福爾摩斯探案集』4　北京・群衆出版社 1980.10
第二塊血迹　（英）阿・柯南道爾著　李広成、欧陽達等訳　「帰来記」『福爾摩斯探案全

集』中　北京・群衆出版社 1981.1/2000.11第16次印刷

第二塊血迹　（英）阿・柯南道爾著　李広成訳　『黄面人』北京・群衆出版社 1992.7　福爾摩斯探案精萃

第二塊血迹　（英）阿・柯南道爾著　路旦俊訳「福爾摩斯的帰来」『福爾摩斯偵探小説全集』中　広州・花城出版社 1997.3/2000.1第五次印刷

第二血跡　柯南・道爾著　程小青等訳『（新版插図本）福爾摩斯探案全集』 7 帰来記　台湾・世界書局 1927/1997.12修訂 1 版

第二塊血跡　阿瑟・柯南道爾著　訳者名不記　『帰来記』下「福爾摩斯探案集」 8　台湾・書華出版事業有限公司 1998.9

第二塊血迹　（英）阿瑟・柯南道爾著　李学森訳「福爾摩斯的帰来」『福爾摩斯偵探故事全集』中　長沙・新世紀出版社 1998.10/2000.1第三次印刷

第二血跡探案　亜瑟・柯南・道爾爵士（Arthur Conan Doyle）著、王知一訳　『福爾摩斯帰来記』「福爾摩斯探案全集」 6　台湾・臉譜文化事業股份有限公司 1999.7.5

第二塊血迹　柯南・道爾（Sir Arthur Conan Doyle）　李広成、欧陽達等訳　「帰来記」『福爾摩斯探案全集』四之二　台湾・遠流出版事業股份有限公司 1999.8.16/2002.1.16 初版十一刷

第二処血跡　（英）柯南道爾著　譚春輝訳「帰来記」『福爾摩斯探案全集』 4　北京・時事出版社 2001.1

第二塊血迹　（英）阿瑟・柯南道爾著　暁陽訳　文君絵「帰来記」『福爾摩斯探案集』中　長春・時代文藝出版社 2001.4

失踪的機密文件　柯南・道爾著　林千真訳　『帰来記』「福爾摩斯探案全集」 5　台湾・小知堂文化事業有限公司 2001.8

168■Sir Nigel ｜ The Strand Magazine 1905.12-1906.12

（日）ナイヂエル卿　石田幸太郎　『ドイル全集』第 7 巻改造社 1932.4.21

169■The Pot of Caviare ｜ The Strand Magazine 1908.3

囲城哀史　（英）柯南達里著　劉延陵、巣幹卿訳　冷風校訂『囲炉瑣談（原名 ROUND THE FIRE STORIES）』上海商務印書館 1917.12/1920.8再版　説部叢書3=38

*（日）カヴイヤーの壷　横溝正史　『ドイル全集』第 8 巻改造社 1932.11

170■The Grey Dress ｜ The Flag 1908.5

*（日）鼠色　大谷繞　『女学世界』10(8)　1910.6

171■The Silver Mirror ｜ The Strand Magazine 1908.8

＊（日）女皇メリーの古鏡　松本芳山　『武侠世界』7(8)　1918.6

172■The Adventure of the Wisteria Lodge /The Singular Experience of Mr.J.Scott Eccles｜Colliers Weekly 1908.8.15: The Strand Magazine 1908.9-10

＊（日）殺人鬼　鵜飼優造　『新趣味』18(1)　1923.1

専制魔王　（英）柯南道爾著　程小青訳　「新探案８」『福爾摩斯探案大全集』 8　上海・世界書局 1926.10/1940.3再版

専制魔王　（英）柯南道爾著　程小青訳　『福爾摩斯新探案全集』中　上海・世界書局 1940.3五版

囚船暴動記　柯南道爾著　何可人選輯　『福爾摩斯新探案大集成』 6　上海・武林書店 1937.4/1941.6再版

聖比特路的虎　柯南道爾著　何可人選輯　『福爾摩斯新探案大集成』 8　上海・武林書店 1937.4/1941.6再版

専制魔王　柯南道爾著　程小青訳　『新探案（福爾摩斯探案短篇集之四　挿図本)』上海・世界書局 1941.12

＊専制魔王　柯南道爾著　傅紹光訳　『新探案』上海・啓明書局 1948.3三版

威斯特里亜寓所　A・柯南道爾著　雨久訳　『福爾摩斯探案集』 5　北京・群衆出版社 1981.5

威斯特里亜寓所　（英）阿・柯南道爾著　雨久訳　「最後致意」『福爾摩斯探案全集』下　北京・群衆出版社 1981.1/2000.11第16次印刷

威斯特里亜寓所　（英）阿・柯南道爾著　雨久訳　『魔鬼之足』北京・群衆出版社 1992.7　福爾摩斯探案精萃

威斯特利亜寓所歴険記　（英）阿・柯南道爾著　曹有鵬訳「最後奉献」『福爾摩斯偵探小説全集』下　広州・花城出版社 1997.3/2000.1第五次印刷

威斯特里亜寓所　阿瑟・柯南道爾著　訳者名不記　『最後致意』「福爾摩斯探案集」11　台湾・書華出版事業有限公司 1998.9

威斯泰利亜府之謎　（英）阿瑟・柯南道爾著　徐瑛訳「最後的致意」『福爾摩斯偵探故事全集』下　長沙・新世紀出版社 1998.10/2000.1第三次印刷

紫藤居探案　亜瑟・柯南・道爾爵士（Arthur Conan Doyle）著、王知一訳　『福爾摩斯退場記』「福爾摩斯探案全集」 8　台湾・臉譜文化事業股份有限公司 1999.7.5

威斯特里亜寓所　柯南・道爾（Sir Arthur Conan Doyle）　雨久訳　「最後致意」『福爾摩斯探案全集』四之四　台湾・遠流出版事業股份有限公司 1999.8.16/2002.1.16初版十

一刷
専制魔王　柯南・道爾著　程小青等訳『(新版挿図本) 福爾摩斯探案全集』8 新探案　台湾・世界書局 1927/1999.12修訂1版
威斯特那亜寓所　(英) 柯南道爾著　李弘訳「最後的致意」『福爾摩斯探案全集』3　北京・時事出版社 2001.1
威斯特里亜寓所　(英) 阿瑟・柯南道爾著　暁陽訳　文君絵「最後致意」『福爾摩斯探案集』下　長春・時代文藝出版社 2001.4
衛斯特拉堡歴険記　柯南・道爾著　高忠義訳『最後的致意』「福爾摩斯探案全集」8　台湾・小知堂文化事業有限公司 2001.11

173■The Adventure of the Bruce-Partington Plans｜The Strand Magazine 1908.12
潜艇図　(福爾摩斯最近探案)　(英) A. CONAN DOYLE原著　水心、儀・合訳『小説叢報』第4-5期　1914.9.1-10.20初版/1915.3.25再版
竊図案 (第四十三案)　(英) 柯南道爾著　陳霆鋭訳『福爾摩斯偵探案全集』第11冊　上海・中華書局 1916.5/8再版/1921.9九版/1936.3二十版
*(日) 血染の設計図　毒庵『日本一』5(2)-(3)　1919.2-3
*艇図案　(英) 柯南道爾著　周痩鵑訳『欧美名家偵探小説大観』1集　上海交通図書館 1919.5.1
潜艇図　(英) 柯南道爾著　兪友清訳「新探案4」『福爾摩斯探案大全集』7　上海・世界書局 1926.10/1940.3再版
国際間諜　柯南道爾著　何可人選輯『福爾摩斯新探案大集成』5　上海・偵探小説社 1937.4
国際間諜　柯南道爾著　何可人選輯『福爾摩斯新探案大集成』7　上海・武林書店 1937.4/1941.6再版
潜艇図　柯南道爾著　兪友清訳『新探案 (福爾摩斯探案短篇集之四　挿図本)』上海・世界書局 1941.12
*潜艇図　(柯南道爾著)　程小青編訳『福爾摩斯偵探案』桂林・南光書店 1943.6
*潜艇図　柯南道爾著　傅紹光訳『新探案』上海・啓明書局 1948.3三版
布魯斯-帕廷頓計劃　A・柯南道爾著　雨久訳『福爾摩斯探案集』5　北京・群衆出版社 1981.5
布魯斯-帕廷頓計劃　(英) 阿・柯南道爾著　雨久訳「最後致意」『福爾摩斯探案全集』下　北京・群衆出版社 1981.1/2000.11第16次印刷

布魯斯-帕廷頓計劃　（英）阿・柯南道爾著　雨久訳　『魔鬼之足』北京・群衆出版社 1992.7　福爾摩斯探案精萃

布洛斯-帕廷頓計劃　（英）阿・柯南道爾著　曹有鵬訳「最後奉献」『福爾摩斯偵探小説全集』下　広州・花城出版社 1997.3/2000.1第五次印刷

布魯斯-帕廷頓計劃　阿瑟・柯南道爾著　訳者名不記　『最後致意』「福爾摩斯探案集」11　台湾・書華出版事業有限公司 1998.9

布魯斯-帕汀頓計劃之謎　（英）阿瑟・柯南道爾著　徐瑛訳「最後的致意」『福爾摩斯偵探故事全集』下　長沙・新世紀出版社 1998.10/2000.1第三次印刷

布魯斯-巴丁登計劃探案　亜瑟・柯南・道爾爵士（Arthur Conan Doyle）著、王知一訳『福爾摩斯退場記』「福爾摩斯探案全集」8　台湾・臉譜文化事業股份有限公司 1999.7.5

布魯斯-帕廷頓計劃　柯南・道爾（Sir Arthur Conan Doyle）雨久訳　「最後致意」『福爾摩斯探案全集』四之四　台湾・遠流出版事業股份有限公司 1999.8.16/2002.1.16初版十一刷

潛艇図　柯南・道爾著　程小青等訳『(新版插図本) 福爾摩斯探案全集』8新探案　台湾・世界書局 1927/1999.12修訂1版

布魯斯-帕廷頓計劃　（英）柯南道爾著　李弘訳「最後的致意」『福爾摩斯探案全集』3　北京・時事出版社 2001.1

布魯斯-帕廷頓計劃　（英）阿瑟・柯南道爾著　曉陽訳　文君絵「最後致意」『福爾摩斯探案集』下　長春・時代文藝出版社 2001.4

布魯斯-帕廷頓計劃　柯南・道爾著　高忠義訳　『最後的致意』「福爾摩斯探案全集」8　台湾・小知堂文化事業有限公司 2001.11

174■A Discord ｜ Nash's Magazine 1909.6

175■The Lord of Falconbridge ｜ The Strand Magazine 1909.8

＊（日）フオールコンブリツヂ卿　和気津次郎　『ドイル全集』第8巻改造社 1932.11

176■The Homecoming ｜ The Strand Magazine 1909.12

＊（日）帰宅　和気津次郎　『ドイル全集』第8巻改造社 1932.11

177■The Terror of Blue John Gap ｜ The Strand Magazine 1910.8

＊（日）鍾乳洞に現はれた大地底の妖獣　人面馬体生　『冒険世界』3(14)　1910.12

178■The Marriage of the Brigadier ｜ The Strand Magazine 1910.9

兕媒（奇情小説）（英）A. CONAN DOYLE 原著　水心、式穉合訳　『小説叢報』第8

期 1915.2.8
*（日）中尉の結婚　和気津次郎　『ドイル全集』第 8 巻改造社 1932.11
179■The Last Galley｜London Magazine 1910.11
*（日）最後の戦艦　和気津次郎　『ドイル全集』第 8 巻改造社 1932.11
180■The Coming of the Huns｜Scribner' s Magazine 1910.11
*（日）匈奴の襲来　和気津次郎　『ドイル全集』第 8 巻改造社 1932.11
181■The Last of the Legions /The Passing of the Legions｜Scribner' s Magazine 1910.12
*（日）最後の軍団　和気津次郎　『ドイル全集』第 8 巻改造社 1932.11
182■The First Cargo｜Scribner' s Magazine 1910.12
*（日）最初の積荷　和気津次郎　『ドイル全集』第 8 巻改造社 1932.11
183■The Adventure of the Devil' s Foot｜The Strand Magazine 1910.12
鬼脚草　（福爾摩斯奇案）（英）高能陶爾著　（楊）心一訳　『小説時報』第17期　1912.12.1
*康南虚恐怖案　（福爾摩斯偵探新案）　ARTHUR CONAN DOYLE 原著（倪）・森、儀・合訳　『小説叢報』第1周増刊　1915.6.28
魔足（第四十案）（英）柯南道爾著　（程）小青等訳　『福爾摩斯偵探案全集』第11冊　上海・中華書局 1916.5/8再版/1921.9九版/1936.3二十版
*（日）毒草『悪魔の足』　毒庵　『日本一』5(8)-(9)　1919.8-9
魔鬼之足　（英）柯南道爾著　朱戬訳　「新探案 3」『福爾摩斯探案大全集』 7　上海・世界書局 1926.10/1940.3再版
魔鬼草　柯南道爾著　何可人選輯　『福爾摩斯新探案大集成』 2　上海・偵探小説社 1937.4
魔鬼草　柯南道爾著　何可人選輯　『福爾摩斯新探案大集成』 2　上海・武林書店 1937.4/1941.6再版
魔鬼之足　柯南道爾著　朱戬訳　『新探案（福爾摩斯探案短篇集之四　挿図本）』上海・世界書局 1941.12
*魔鬼之足　柯南道爾著　傅紹光訳　『新探案』上海・啓明書局 1948.3三版
魔鬼之足　A・柯南道爾著　雨久訳　『福爾摩斯探案集』 5　北京・群衆出版社 1981.5
魔鬼之足　（英）阿・柯南道爾著　雨久訳　「最後致意」『福爾摩斯探案全集』下　北京・群衆出版社 1981.1/2000.11第16次印刷

魔鬼之足　（英）阿・柯南道爾著　雨久訳　『魔鬼之足』北京・群衆出版社 1992.7　福爾摩斯探案精萃

鬼足之謎　（英）阿・柯南道爾著　戴茵訳「最後奉献」『福爾摩斯偵探小説全集』下　広州・花城出版社 1997.3/2000.1第五次印刷

魔鬼脚跟　阿瑟・柯南道爾著　訳者名不記　『最後致意』「福爾摩斯探案集」11　台湾・書華出版事業有限公司 1998.9

鬼足迷案　（英）阿瑟・柯南道爾著　徐瑛訳「最後的致意」『福爾摩斯偵探故事全集』下　長沙・新世紀出版社 1998.10/2000.1第三次印刷

魔鬼的脚探案　亜瑟・柯南・道爾爵士（Arthur Conan Doyle）著、王知一訳　『福爾摩斯退場記』「福爾摩斯探案全集」8　台湾・臉譜文化事業股份有限公司 1999.7.5

魔鬼之足　柯南・道爾著　程小青等訳『（新版挿図本）福爾摩斯探案全集』8 新探案　台湾・世界書局 1927/1999.12修訂 1 版

魔鬼脚跟　（英）柯南道爾著　李弘訳「最後的致意」『福爾摩斯探案全集』3　北京・時事出版社 2001.1

魔鬼脚跟　（英）阿瑟・柯南道爾著　暁陽訳　文君絵「最後致意」『福爾摩斯探案集』下　長春・時代文藝出版社 2001.4

魔鬼之足　柯南・道爾著　高忠義訳　『最後的致意』「福爾摩斯探案全集」8　台湾・小知堂文化事業有限公司 2001.11

184■The Red Star ｜ Scribner's Magazine 1911.1

＊（日）赤い星　和気津次郎　『ドイル全集』第 8 巻改造社 1932.11

185■The Contest ｜ Pearson's Magazine 1911.3

＊（日）力較べ　和気津次郎　『ドイル全集』第 8 巻改造社 1932.11

186■An Iconoclast ｜ Sunday Magazine of the New York Tribune 1911.3.5

＊（日）偶像破壊者　和気津次郎　『ドイル全集』第 8 巻改造社 1932.11

187■The Adventure of the Red Circle ｜ The Strand Magazine 1911.3

＊赤環党　（英）科南達利著　羈魂、痩菊合訳　『繁華雑誌』1915

紅圏党　（福爾摩斯探案）　痴儂、何為　『小説叢報』第 8 期　1915.2.8

紅圜会（第四十一案）（英）柯南道爾著　漁火訳　『福爾摩斯偵探案全集』第11冊　上海・中華書局 1916.5/8再版/1921.9九版/1936.3二十版

＊（日）英国探偵　三階建の家　13(6)-(7)　1925.6-7

紅圏党　（英）柯南道爾著　兪天憤訳　「新探案 2 」『福爾摩斯探案大全集』7　上海・

世界書局 1926.10/1940.3再版

怪客　柯南道爾著　何可人選輯　『福爾摩斯新探案大集成』5　上海・偵探小説社 1937.4

怪客　柯南道爾著　何可人選輯　『福爾摩斯新探案大集成』7　上海・武林書店 1937.4/1941.6再版

紅圏党　柯南道爾著　兪天憤訳　『新探案（福爾摩斯探案短篇集之四　挿図本）』上海・世界書局 1941.12

*紅圏党　（柯南道爾著）　程小青編訳　『福爾摩斯偵探案』桂林・南光書店 1943.6

*紅圏党　柯南道爾著　傅紹光訳　『新探案』上海・啓明書局 1948.3三版

紅圏会　A・柯南道爾著　雨久訳　『福爾摩斯探案集』5　北京・群衆出版社 1981.5

紅圏会　（英）阿・柯南道爾著　雨久訳　「最後致意」『福爾摩斯探案全集』下　北京・群衆出版社 1981.1/2000.11第16次印刷

紅圏会　（英）阿・柯南道爾著　雨久訳　『魔鬼之足』北京・群衆出版社 1992.7　福爾摩斯探案精萃

紅圏会　（英）阿・柯南道爾著　曹有鵬訳「最後奉献」『福爾摩斯偵探小説全集』下　広州・花城出版社 1997.3/2000.1第五次印刷

紅圏会　阿瑟・柯南道爾著　訳者名不記　『最後致意』「福爾摩斯探案集」11　台湾・書華出版事業有限公司 1998.9

紅圏会之謎　（英）阿瑟・柯南道爾著　徐瑛訳「最後的致意」『福爾摩斯偵探故事全集』下　長沙・新世紀出版社 1998.10/2000.1第三次印刷

赤環党探案　亜瑟・柯南・道爾爵士（Arthur Conan Doyle）著、王知一訳　『福爾摩斯退場記』「福爾摩斯探案全集」8　台湾・臉譜文化事業股份有限公司 1999.7.5

紅圏会　柯南・道爾（Sir Arthur Conan Doyle）　雨久訳　「最後致意」『福爾摩斯探案全集』四之四　台湾・遠流出版事業股份有限公司 1999.8.16/2002.1.16初版十一刷

紅圏党　柯南・道爾著　程小青等訳『（新版挿図本）福爾摩斯探案全集』8新探案　台湾・世界書局 1927/1999.12修訂 1 版

紅圏会　（英）柯南道爾著　李弘訳「最後的致意」『福爾摩斯探案全集』3　北京・時事出版社 2001.1

紅圏会　（英）阿瑟・柯南道爾著　暁陽訳　文君絵「最後致意」『福爾摩斯探案集』下　長春・時代文藝出版社 2001.4

紅圏会　柯南・道爾著　高忠義訳　『最後的致意』「福爾摩斯探案全集」8　台湾・小知堂文化事業有限公司 2001.11

188■The Blighting of Captain Sharkey ｜ Pearson's Magazine 1911.4

＊（日）シャーキイの穢れ　和気津次郎　『ドイル全集』第8巻改造社 1932.11

189■Through the Veil ｜ 1911

＊（日）戸張のうち　和気津次郎　『ドイル全集』第8巻改造社 1932.11

190■Giant Maximin ｜ The Literary Pageant 1911.7

＊（日）巨漢マクシミン　和気津次郎　『ドイル全集』第8巻改造社 1932.11

191■A Pirate of the Land /One Crowded Hour ｜ The Strand Magazine 1911.8

＊（日）一時間　保篠竜緒　『アサヒグラフ』4(11)-(12)　1925.3.11-18

192■The Disappearance of Lady Frances Carfax ｜ The Strand Magazine 1911.12

福爾摩斯偵探案（偵探小説）　甘作霖訳　『小説月報』第2年第12期　辛亥年 12.25(1912.2.12)

＊（日）ホシナ大探偵　押川春浪　『ホシナ大探偵』本郷書院 1913.4

柩中的人　(福爾摩斯新探案)　(英) 柯南道爾著　周痩鵑訳　『半月』第3巻第6号 1923.12.8

*柩中的人　柯南道爾著　周痩鵑訳　『福爾摩斯新探案全集』上海・大東書局 1926.3

郡主的失踪　(英) 柯南道爾著　程小青訳　「新探案10」『福爾摩斯探案大全集』 8　上海・世界書局 1926.10/1940.3再版

*柩中的人　柯南道爾著　胡玉書訳　『福爾摩斯新探案』上海・春明書店 (1936)

伝道師的罪悪　柯南道爾著　何可人選輯　『福爾摩斯新探案大集成』 2　上海・偵探小説社 1937.4

郡主的失踪　(英) 柯南道爾著　程小青訳　『福爾摩斯新探案全集』中　上海・世界書局 1940.3五版

伝道師的罪悪　柯南道爾著　何可人選輯　『福爾摩斯新探案大集成』 2　上海・武林書店 1937.4/1941.6再版

郡主的失踪　柯南道爾著　程小青訳　『新探案（福爾摩斯探案短篇集之四　挿図本)』上海・世界書局 1941.12

弗朗西絲・卡法克斯女士的失踪　A・柯南道爾著　雨久訳　『福爾摩斯探案集』 5　北京・群衆出版社 1981.5

弗朗西絲・卡法克斯女士的失踪　(英) 阿・柯南道爾著　雨久訳　「最後致意」『福爾摩斯探案全集』下　北京・群衆出版社 1981.1/2000.11第16次印刷

失踪奇案　(英) 阿・柯南道爾著　戴茵訳「最後奉献」『福爾摩斯偵探小説全集』下

広州・花城出版社 1997.3/2000.1第五次印刷
卡法克斯女士的失踪　阿瑟・柯南道爾著　訳者名不記　『最後致意』「福爾摩斯探案集」11　台湾・書華出版事業有限公司 1998.9
失踪迷案　（英）阿瑟・柯南道爾著　徐瑛訳「最後的致意」『福爾摩斯偵探故事全集』下　長沙・新世紀出版社 1998.10/2000.1第三次印刷
法蘭西斯・卡法克小姐的失踪　亜瑟・柯南・道爾爵士（Arthur Conan Doyle）著、王知一訳　『福爾摩斯退場記』「福爾摩斯探案全集」8　台湾・臉譜文化事業股份有限公司 1999.7.5
法蘭西絲・卡法克斯女士的失踪　柯南・道爾（Sir Arthur Conan Doyle）　雨久訳　「最後致意」『福爾摩斯探案全集』四之四　台湾・遠流出版事業股份有限公司 1999.8.16/2002.1.16初版十一刷
郡主的失踪　柯南・道爾著　程小青等訳『（新版挿図本）福爾摩斯探案全集』8 新探案　台湾・世界書局 1927/1999.12修訂 1 版
卡法克斯女士的失踪　（英）阿瑟・柯南道爾著　暁陽訳　文君絵「最後致意」『福爾摩斯探案集』下　長春・時代文藝出版社 2001.4
法蘭西斯・卡法克斯小姐失踪記　柯南・道爾著　高忠義訳　『最後的致意』「福爾摩斯探案全集」8　台湾・小知堂文化事業有限公司 2001.11

193■The Lost World ｜ The Strand Magazine 1912.4-11
洪荒鳥獣記（科学小説）　2 巻　上下巻　（英）柯南達利著　李薇香訳　上海商務印書館 1915.3.2/10.19再版　説部叢書2=73
*（日）亡なった世界　佐野生　『新愛知』（8648）-（8700）　1915.7.27-9.19

194■The Fall of Lord Barrymore ｜ The Strand Magazine 1912.12
*（日）バリモア卿失脚の真相　田中早苗　『新青年』7（3）　1926新春増刊号

195■The Poison Belt ｜ The Strand Magazine 1913.3-7
毒帯　（英）科南達利原著　常覚、小蝶合訳　『春声』3 集　1916.4.3
*（日）毒風　久須美海秋　『武侠世界』5（8）-（10）　1916.7-9
毒帯　6 章　柯南達利著　袁若庸訳　『小説月報』第 7 巻第11-12号 1916.11.25-12.25

196■Borrowed Scenes ｜ Pall Mall Magazine 1913.9
*（日）借物の舞台　大木惇夫　『ドイル全集』第 4 巻改造社 1932.6

197■How It Happened ｜ The Strand Magazine 1913.9
*（日）その夜　田中早苗　『新青年』9（4）　1928.3

198■The Horror of the Heights | The Strand Magazine 1913.11: Everybody's Magazine 1913.11

＊（日）有名なる英国探偵小説家コナン・ドイルの想像した空中怪物　虎髯大尉　『冒険世界』7(3)-(4)　1914.3-4

航空異聞　（英）科南達利原著　常覚、小蝶訳　『小説月報』第8巻第11号 1917.11.25

199■The Adventure of the Dying Detective | Colliers Weekly 1913.11.22: The Strand Magazine 1913.12

託病捕凶　（福爾摩斯最近探案）（英）A. CONAN DOYLE 原著　留氓訳　儀・述　『小説叢報』第2期　1914.6.10

＊（日）博士臨終の奇探偵　三津木春影　『(探偵奇譚）呉田博士　第六篇』中興館書店 1915.2

病詭（第四十二案）（英）柯南道爾著　（周）痩鵑訳　『福爾摩斯偵探案全集』第11冊　上海・中華書局 1916.5/8再版/1921.9九版/1936.3二十版

*病詭　（英）科南道爾著　周痩鵑訳　『欧美名家短篇小説叢刊』上海・中華書局 1917.2　懐蘭室叢書

病偵探　（英）柯南道爾著　包天笑訳　「新探案1」『福爾摩斯探案大全集』7　上海・世界書局 1926.10/1940.3再版

毒薬案　柯南道爾著　何可人選輯　『福爾摩斯新探案大集成』5　上海・偵探小説社 1937.4

毒薬案　柯南道爾著　何可人選輯　『福爾摩斯新探案大集成』7　上海・武林書店 1937.4/1941.6再版

病偵探　柯南道爾著　包天笑訳　『新探案（福爾摩斯探案短篇集之四　挿図本)』上海・世界書局1941.12

*病偵探　（柯南道爾著）　程小青編訳　『福爾摩斯偵探案』桂林・南光書店 1943.6

*病偵探　柯南道爾著　傅紹光訳　『新探案』上海・啓明書局 1948.3三版

臨終的偵探　A・柯南道爾著　雨久訳　『福爾摩斯探案集』5　北京・群衆出版社 1981.5

臨終的偵探　（英）阿・柯南道爾著　雨久訳　「最後致意」『福爾摩斯探案全集』下　北京・群衆出版社 1981.1/2000.11第16次印刷

病詭　（英）柯南道爾著　周痩鵑訳　『中国近代文学大系』11集27巻翻訳文学集二　上海書店 1991.4

臨終的偵探　（英）阿・柯南道爾著　雨久訳　『魔鬼之足』北京・群衆出版社 1992.7

福爾摩斯探案精萃
死亡陥穽　（英）阿・柯南道爾著　戴茵訳「最後奉献」『福爾摩斯偵探小説全集』下　広州・花城出版社 1997.3/2000.1第五次印刷
臨終的偵探　阿瑟・柯南道爾著　訳者名不記　『最後致意』「福爾摩斯探案集」11　台湾・書華出版事業有限公司 1998.9
死亡陥穽　（英）阿瑟・柯南道爾著　徐瑛訳「最後的致意」『福爾摩斯偵探故事全集』下　長沙・新世紀出版社 1998.10/2000.1第三次印刷
垂死偵探探案　亜瑟・柯南・道爾爵士（Arthur Conan Doyle）著、王知一訳　『福爾摩斯退場記』「福爾摩斯探案全集」8　台湾・臉譜文化事業股份有限公司 1999.7.5
臨終的偵探　柯南・道爾（Sir Arthur Conan Doyle）　雨久訳　「最後致意」『福爾摩斯探案全集』四之四　台湾・遠流出版事業股份有限公司 1999.8.16/2002.1.16初版十一刷
病偵探　柯南・道爾著　程小青等訳『（新版挿図本）福爾摩斯探案全集』8 新探案　台湾・世界書局 1927/1999.12修訂 1 版
臨終的偵探　（英）阿瑟・柯南道爾著　暁陽訳　文君絵「最後致意」『福爾摩斯探案集』下　長春・時代文藝出版社 2001.4
垂死的偵探　柯南・道爾著　高忠義訳　『最後的致意』「福爾摩斯探案全集」8　台湾・小知堂文化事業有限公司 2001.11

200■Danger! Being the Long of Captain John Sirius｜The Strand Magazine 1914.7
潜艇制勝記　柯南達利著　（甘）作霖訳　『小説月報』第 6 巻第1-2号 1915.1.25-2.25
*（日）潜艇奇襲　大英国の危機　宮家寿男　如山堂書店 1916.8

201■The Valley of Fear｜The Strand Magazine 1914.9-1915.5
恐怖窟　（福爾摩斯最新探案）（英）科南達里著　常覚、（陳）小蝶訳　『礼拝六』第25(1914.11.21)-32(1915.1.9),35(1915.1.30)-36(1915.2.6),41(1915.2.13)-44(1915.4.3),50(1915.5.15)-51(1915.5.22),53(1915.6.5)-56(1915.6.26)期
*（日）恐怖の谷　『生活』3(1)-(4)　1915.1-4
罪藪（第四十四案）（英）柯南道爾著　（程）小青訳　『福爾摩斯偵探案全集』第12冊　上海・中華書局 1916.5/8再版/1921.9九版/1936.3二十版
*恐怖窟　（福爾摩斯最新探案）　科南道里著　常覚、小蝶訳　上海・中華図書館 1920.10再版、1921.8再版
恐怖谷　（英）柯南道爾著　顧明道訳　『福爾摩斯探案大全集』12　上海・世界書局 1926.10/1940.3再版

*恐怖窟　（福爾摩斯最新探案）　科南道里著　常覚、小蝶訳　上海・春明書店 1936.3再版
凡密山的秘密党　柯南道爾著　何可人選輯　『福爾摩斯新探案大集成』10　上海・偵探小説社 1937.4
凡密山的秘密党　柯南道爾著　何可人選輯　『福爾摩斯新探案大集成』12　上海・武林書局 1937.4/1941.6再版
*恐怖谷　（福爾摩斯探案長篇之四　插図本）（英）柯南道爾著　顧明道訳　上海・世界書局 1941.12/1948.9再版
*恐怖谷　科南道爾著　施新裕訳　上海・啓明書局 1947
*恐怖窟　（福爾摩斯新探案）　柯南道爾著　魯人寿訳　上海・育才書局（194?）
恐怖谷　A・柯南道爾著　李家雲訳　『福爾摩斯探案集』2　北京・群衆出版社 1980.6
恐怖谷　（英）阿・柯南道爾著　李家雲訳　『福爾摩斯探案全集』下　北京・群衆出版社 1981.1/2000.11第16次印刷
恐怖谷　（英）阿・柯南道爾著　李家雲訳　北京・群衆出版社 1992.6　福爾摩斯探案精萃
恐怖谷　（英）A・柯南道爾著　何家祥訳　『福爾摩斯四大奇案』長沙・湖南文藝出版社 1996.9/1997.10第三次印刷
恐怖谷　（英）阿・柯南道爾著　劉晶訳「福爾摩斯的帰来」『福爾摩斯偵探小説全集』下　広州・花城出版社 1997.3/2000.1第五次印刷
恐怖谷　柯南・道爾著　程小青等訳『（新版挿図本）福爾摩斯探案全集』4　台湾・世界書局 1927/1997.12修訂 1 版
恐怖谷　阿瑟・柯南道爾著　訳者名不記　「福爾摩斯探案集」10　台湾・書華出版事業有限公司 1998.9
恐怖谷　（英）阿瑟・柯南道爾著　謝偉明訳　『福爾摩斯偵探故事全集』下　長沙・新世紀出版社 1998.10/2000.1第三次印刷
恐怖谷　（英）柯南道爾著　梁慧方訳　『福爾摩斯探案集』北京燕山出版社 1999.3/2000.12第三次印刷
恐懼之谷　亜瑟・柯南・道爾爵士（Arthur Conan Doyle）著、王知一訳　「福爾摩斯探案全集」7　台湾・臉譜文化事業股份有限公司 1999.7.5
恐怖谷　柯南・道爾（Sir Arthur Conan Doyle）　李家雲訳　『福爾摩斯探案全集』四之三　台湾・遠流出版事業股份有限公司 1999.8.16/2002.1.16初版十一刷
恐怖谷　（英）柯南道爾著　明亮訳　『福爾摩斯探案集』北京・中国社会出版社 2000.10

恐怖谷　（英）柯南道爾著　譚春輝訳　『福爾摩斯探案全集』 4　北京・時事出版社 2001.1

恐怖谷　（英）阿瑟・柯南道爾著　暁陽訳　文君絵『福爾摩斯探案集』下　長春・時代文藝出版社 2001.4

恐怖谷　柯南・道爾著　李璞良訳　「福爾摩斯探案全集」 7　台湾・小知堂文化事業有限公司 2001.11

202■The Prisoner's Defence | The Strand Magazine 1916.2

嬰娜加尼　CONAN DOYLE 柯那達利原著　小蝶、無為、鉄樵（惲樹珏）訳　『小説月報』第 7 巻第 6 号 1916.6.25

*（日）被告の答弁　大木惇夫　『ドイル全集』第 4 巻改造社 1932.6

203■His Last Bow | The Strand Magazine 1917.9

*（日）英独秘密探偵競争　毒庵　『日本一』 5 (11)　1919.10

為祖国　（英）柯南道爾著　程小青訳　「新探案12」『福爾摩斯探案大全集』 8　上海・世界書局 1926.10/1940.3再版

両雄闘智　柯南道爾著　何可人選輯　『福爾摩斯新探案大集成』 3　上海・偵探小説社 1937.4

為祖国　（英）柯南道爾著　程小青訳　『福爾摩斯新探案全集』下　上海・世界書局 1940.3五版

両雄闘智　柯南道爾著　何可人選輯　『福爾摩斯新探案大集成』 3　上海・武林書店 1937.4/1941.6再版

為祖国　柯南道爾著　程小青訳　『新探案（福爾摩斯探案短篇集之四　插図本）』上海・世界書局 1941.12

*為祖国　（柯南道爾著）　程小青編訳　『福爾摩斯偵探案』桂林・南光書店 1943.6

最後致意　A・柯南道爾著　雨久訳　『福爾摩斯探案集』 5　北京・群衆出版社 1981.5

最後致意　（英）阿・柯南道爾著　雨久訳　「最後致意」『福爾摩斯探案全集』下　北京・群衆出版社 1981.1/2000.11第16次印刷

最後致意　（英）阿・柯南道爾著　雨久訳　『魔鬼之足』北京・群衆出版社 1992.7　福爾摩斯探案精萃

最後致意　（英）阿・柯南道爾著　戴茵訳「最後奉献」『福爾摩斯偵探小説全集』下　広州・花城出版社 1997.3/2000.1第五次印刷

最後的致意　阿瑟・柯南道爾著　訳者名不記　『最後致意』「福爾摩斯探案集」11　台

湾・書華出版事業有限公司 1998.9

最後的致意　（英）阿瑟・柯南道爾著　徐瑛訳「最後的致意」『福爾摩斯偵探故事全集』下　長沙・新世紀出版社 1998.10/2000.1第三次印刷

福爾摩斯退場　亜瑟・柯南・道爾爵士（Arthur Conan Doyle）著、王知一訳　『福爾摩斯退場記』「福爾摩斯探案全集」 8　台湾・臉譜文化事業股份有限公司 1999.7.5

最後致意　柯南・道爾（Sir Arthur Conan Doyle）　雨久訳　「最後致意」『福爾摩斯探案全集』四之四　台湾・遠流出版事業股份有限公司 1999.8.16/2002.1.16初版十一刷

為祖国　柯南・道爾著　程小青等訳『(新版插図本）福爾摩斯探案全集』 8 新探案　台湾・世界書局 1927/1999.12修訂 1 版

最後的致意　（英）柯南道爾著　李弘訳「最後的致意」『福爾摩斯探案全集』 3　北京・時事出版社 2001.1

最後致意　（英）阿瑟・柯南道爾著　暁陽訳　文君絵「最後致意」『福爾摩斯探案集』下　長春・時代文藝出版社 2001.4

最後的致意　柯南・道爾著　高忠義訳　『最後的致意』「福爾摩斯探案全集」 8　台湾・小知堂文化事業有限公司 2001.11

204■Three of Them ｜ The Strand Magazine 1918.4-12

（日）その三人　木村毅　『ドイル全集』第 7 巻改造社 1932.4.21

205■A Point of View ｜ 1918

*（日）一つの見方　大木惇夫　『ドイル全集』第 4 巻改造社 1932.6

206■The Adventure of the Mazarin Stone ｜ The Strand Magazine 1921.10

*（日）マザリンの宝玉　『新青年』3(1)　1922.1

皇冕宝石　（福爾摩斯新探案）（英）柯南道爾 A.Conan Doyle 原著　張舍我訳　『半月』第 1 巻第 号 1922.4.8再版

*皇冕宝石　柯南道爾著　張舍我訳　『福爾摩斯新探案全集』上海・大東書局 1926.3

網中魚　（英）柯南道爾著　程小青訳　「新探案 9 」『福爾摩斯探案大全集』 8　上海・世界書局 1926.10/1940.3再版

*皇冕宝石　柯南道爾著　胡玉書訳　『福爾摩斯新探案』上海・春明書店（1936)

藍宝石　柯南道爾著　何可人選輯　『福爾摩斯新探案大集成』 4　上海・偵探小説社 1937.4

網中魚　（英）柯南道爾著　程小青訳　『福爾摩斯新探案全集』中　上海・世界書局 1940.3五版

藍宝石　柯南道爾著　何可人選輯　『福爾摩斯新探案大集成』8　上海・武林書局 1937.4/1941.6再版

網中魚　柯南道爾著　程小青訳　『新探案（福爾摩斯探案短篇集之四　挿図本）』上海・世界書局 1941.12

王冠宝石案　A・柯南道爾著　劉緋訳　『福爾摩斯探案集』5　北京・群衆出版社 1981.5

王冠宝石案　（英）阿・柯南道爾著　劉緋訳　「新探案」『福爾摩斯探案全集』下　北京・群衆出版社 1981.1/2000.11第16次印刷

王冠宝石案　（英）阿・柯南道爾著　劉超先訳「新探案」『福爾摩斯偵探小説全集』下　広州・花城出版社 1997.3/2000.1第五次印刷

王冠宝石案　阿瑟・柯南道爾著　訳者名不記　『新探案』上「福爾摩斯探案集」12　台湾・書華出版事業有限公司 1998.9

藍宝石之謎　（英）阿瑟・柯南道爾著　何佳訳「新探案」『福爾摩斯偵探故事全集』下　長沙・新世紀出版社 1998.10/2000.1第三次印刷

藍宝石探案　亜瑟・柯南・道爾爵士（Arthur Conan Doyle）著、王知一訳　『福爾摩斯档案簿』「福爾摩斯探案全集」9　台湾・臉譜文化事業股份有限公司 1999.7.5

王冠宝石案　柯南・道爾（Sir Arthur Conan Doyle）　劉緋訳　「新探案」『福爾摩斯探案全集』四之四　台湾・遠流出版事業股份有限公司 1999.8.16/2002.1.16初版十一刷

網中魚　柯南・道爾著　程小青等訳『（新版挿図本）福爾摩斯探案全集』8新探案　台湾・世界書局 1927/1999.12修訂１版

王冠宝石案　（英）柯南道爾著　温寧訳「新探案」『福爾摩斯探案全集』2　北京・時事出版社 2001.1

王冠宝石案　（英）阿瑟・柯南道爾著　暁陽訳　文君絵「新探案」『福爾摩斯探案集』下　長春・時代文藝出版社 2001.4

王冠宝石案　柯南・道爾著　小知堂編訳組訳　『新探案』「福爾摩斯探案全集」9　台湾・小知堂文化事業有限公司 2001.11

207■The Bully of Brocas Court ｜ The Strand Magazine 1921.11

*（日）ブローカスの暴れん坊　延原謙　『ドイル傑作集Ⅲ』新潮社 1960.1（新潮文庫）

208■The Nightmare Room ｜ The Strand Magazine 1921.12

*（日）夢魔の室　藤井一夫　『新青年』3(5)　1922.4

209■The Problem of Thor Bridge ｜ The Strand Magazine 1922.2-3

雷神橋畔　（福爾摩斯新探案）（英）柯南道爾氏原著　周痩鵑訳　『半月』第１巻第13、

14、15号（1922.3.13）1923.5.16再版、（1922.3.28）、1922.4.11
*（日）ソア橋事件　『新青年』3(10)　1922.8
*雷神橋畔　（英）柯南道爾著　周痩鵑、張舎我訳『福爾摩斯新探案』上海・大東書局 1923.11
*雷神橋畔　柯南道爾著　周痩鵑訳　『福爾摩斯新探案全集』上海・大東書局 1926.3
石橋女屍　（英）柯南道爾著　程小青訳　「新探案５」『福爾摩斯探案大全集』７　上海・世界書局 1926.10/1940.3再版
*雷神橋畔　柯南道爾著　胡玉書訳　『福爾摩斯新探案』上海・春明書店（1936）
情妬案　柯南道爾著　何可人選輯　『福爾摩斯新探案大集成』２　上海・偵探小説社 1937.4
石橋女屍　（英）柯南道爾著　程小青訳　『福爾摩斯新探案全集』上　上海・世界書局 1940.3五版
情妬案　柯南道爾著　何可人選輯　『福爾摩斯新探案大集成』２　上海・武林書店 1937.4/1941.6再版
石橋女屍　柯南道爾著　程小青訳　『新探案（福爾摩斯探案短篇集之四　挿図本)』上海・世界書局 1941.12
*石橋女屍　（柯南道爾著）　程小青編訳　『福爾摩斯偵探案』桂林・南光書店 1943.6
*石橋女屍　柯南道爾著　林俊平訳　『石橋女屍』上海・環球書報社 1945.7蓉二版　世界偵探小説叢書
雷神橋之謎　A・柯南道爾著　劉緋訳　『福爾摩斯探案集』5　北京・群衆出版社 1981.5
雷神橋之謎　（英）阿・柯南道爾著　劉緋訳　「新探案」『福爾摩斯探案全集』下　北京・群衆出版社 1981.1/2000.11第16次印刷
雷神橋之謎　（英）阿・柯南道爾著　舒莉莉訳「新探案」『福爾摩斯偵探小説全集』下　広州・花城出版社 1997.3/2000.1第五次印刷
雷神橋之謎　阿瑟・柯南道爾著　訳者名不記　『新探案』下「福爾摩斯探案集」13　台湾・書華出版事業有限公司 1998.9
雷神橋之謎　（英）阿瑟・柯南道爾著　何佳訳「新探案」『福爾摩斯偵探故事全集』下　長沙・新世紀出版社 1998.10/2000.1第三次印刷
松橋探案　亜瑟・柯南・道爾爵士（Arthur Conan Doyle）著、王知一訳　『福爾摩斯档案簿』「福爾摩斯探案全集」９　台湾・臉譜文化事業股份有限公司 1999.7.5
雷神橋之謎　柯南・道爾（Sir Arthur Conan Doyle）　劉緋訳　「新探案」『福爾摩斯探案

全集』四之四　台湾・遠流出版事業股份有限公司 1999.8.16/2002.1.16初版十一刷
石橋女屍　柯南・道爾著　程小青等訳『(新版揷図本) 福爾摩斯探案全集』8 新探案　台湾・世界書局 1927/1999.12修訂１版
雷神橋之謎　(英) 柯南道爾著　温寧訳「新探案」『福爾摩斯探案全集』2　北京・時事出版社 2001.1
雷神橋之謎　(英) 阿瑟・柯南道爾著　暁陽訳　文君絵「新探案」『福爾摩斯探案集』下　長春・時代文藝出版社 2001.4
雷神橋之謎　柯南・道爾著　小知堂編訳組訳　『新探案』「福爾摩斯探案全集」9　台湾・小知堂文化事業有限公司 2001.11

210■The Lift ｜ Hearst's International Magazine 1922.4: The Strand Magazine 1922.6
昇降機　科南道爾著　Y.L.訳　『小説世界』第１巻第１期 1923.1.10再版
(日) 昇降機　北原尚彦　『ドイル傑作選Ｉミステリー篇』翔泳社 1999.12.5

211■A Point of Contact ｜ Storyteller 1922.10
*(日) 接触点　笹野史隆　『最後のガレー船』私家版 1999.1

212■The centurion /I Saw Him Crucified ｜ Storyteller 1922.12
(日) 百人隊長　小池滋　『最後の手段』中央公論社 1983.8.25

213■The Adventure of the Creeping Man ｜ The Strand Magazine 1923.3
匍匐之人　(福爾摩斯新探案) (英) 柯南道爾氏原著　周痩鵑訳　『半月』第２巻第13、14、15号 1923.3.17、3.31、4.16
*(日) 這ふ人　妹尾韶夫　『新青年』4(11)　1923.9
*匍匐之人　(英) 柯南道爾著　周痩鵑、張舍我訳『福爾摩斯新探案』上海・大東書局 1923.11
*匍匐之人　柯南道爾著　周痩鵑訳　『福爾摩斯新探案全集』上海・大東書局 1926.3
怪教授　(英) 柯南道爾著　程小青訳　「新探案11」『福爾摩斯探案大全集』8　上海・世界書局 1926.10/1940.3再版
*匍匐而行　柯南道爾著　胡玉書訳　『福爾摩斯新探案』上海・春明書店 (1936)
長生術　柯南道爾著　何可人選輯　『福爾摩斯新探案大集成』6　上海・偵探小説社 1937.4
怪教授　(英) 柯南道爾著　程小青訳　『福爾摩斯新探案全集』下　上海・世界書局 1940.3五版
長生術　柯南道爾著　何可人選輯　『福爾摩斯新探案大集成』8　上海・武林書店 1937.

4/1941.6再版

怪教授　柯南道爾著　程小青訳　『新探案（福爾摩斯探案短篇集之四　插図本）』上海・世界書局 1941.12

*怪教授　（柯南道爾著）　程小青編訳　『福爾摩斯偵探案』桂林・南光書店 1943.6

*怪教授　柯南道爾著　林俊平訳　『石橋女屍』上海・環球書報社 1945.7蓉二版　世界偵探小説叢書

爬行人　A・柯南道爾著　劉緋訳　『福爾摩斯探案集』5　北京・群衆出版社 1981.5

爬行人　（英）阿・柯南道爾著　劉緋訳　「新探案」『福爾摩斯探案全集』下　北京・群衆出版社 1981.1/2000.11第16次印刷

爬行人　（英）阿・柯南道爾著　李志紅訳「新探案」『福爾摩斯偵探小説全集』下　広州・花城出版社 1997.3/2000.1第五次印刷

爬行人　阿瑟・柯南道爾著　訳者名不記　『新探案』下「福爾摩斯探案集」13　台湾・書華出版事業有限公司 1998.9

爬行人之謎　（英）阿瑟・柯南道爾著　何佳訳「新探案」『福爾摩斯偵探故事全集』下　長沙・新世紀出版社 1998.10/2000.1第三次印刷

匍行者探案　亜瑟・柯南・道爾爵士（Arthur Conan Doyle）著、王知一訳　『福爾摩斯档案簿』「福爾摩斯探案全集」9　台湾・臉譜文化事業股份有限公司 1999.7.5

爬行人　柯南・道爾（Sir Arthur Conan Doyle）　劉緋訳　「新探案」『福爾摩斯探案全集』四之四　台湾・遠流出版事業股份有限公司 1999.8.16/2002.1.16初版十一刷

怪教授　柯南・道爾著　程小青等訳『（新版插図本）福爾摩斯探案全集』8 新探案　台湾・世界書局 1927/1999.12修訂 1 版

爬行人　（英）柯南道爾著　温寧訳「新探案」『福爾摩斯探案全集』2　北京・時事出版社 2001.1

爬行人　（英）阿瑟・柯南道爾著　暁陽訳　文君絵「新探案」『福爾摩斯探案集』下　長春・時代文藝出版社 2001.4

爬行的人　柯南・道爾著　小知堂編訳組訳　『新探案』「福爾摩斯探案全集」9　台湾・小知堂文化事業有限公司 2001.11

214■The Adventure of the Sussex Vampire | The Strand Magazine 1924.1

*吸血記　（英）柯南道爾氏原著　周痩鵑訳　『半月』第 3 巻第10号 1924.2.5

*吸血記　柯南道爾著　周痩鵑訳　『福爾摩斯新探案全集』上海・大東書局 1926.3

吸血婦　（英）柯南道爾著　程小青訳　「新探案 7 」『福爾摩斯探案大全集』 7　上海・

世界書局 1926.10/1940.3再版
*（日）吸血鬼　横溝正史　『ドイル全集』第2巻改造社 1933.5
*吸血的人　柯南道爾著　胡玉書訳　『福爾摩斯新探案』上海・春明書店（1936）
慈母之愛　柯南道爾著　何可人選輯　『福爾摩斯新探案大集成』1　上海・偵探小説社 1937.4
吸血婦　（英）柯南道爾著　程小青訳　『福爾摩斯新探案全集』上　上海・世界書局 1940.3五版
慈母之愛　柯南道爾著　何可人選輯　『福爾摩斯新探案大集成』1　上海・武林書局 1937.4/1941.6再版
吸血婦　柯南道爾著　程小青訳　『新探案（福爾摩斯探案短篇集之四　插図本）』上海・世界書局 1941.12
*吸血婦　（柯南道爾著）　程小青編訳　『福爾摩斯偵探案』桂林・南光書店 1943.6
*吸血婦　柯南道爾著　林俊平訳　『石橋女屍』上海・環球書報社 1945.7蓉二版　世界偵探小説叢書
吸血鬼　A・柯南道爾著　劉緋訳　『福爾摩斯探案集』5　北京・群衆出版社 1981.5
吸血鬼　（英）阿・柯南道爾著　劉緋訳　「新探案」『福爾摩斯探案全集』下　北京・群衆出版社 1981.1/2000.11第16次印刷
蘇塞克斯郡的吸血鬼　（英）阿・柯南道爾著　陶玢訳「新探案」『福爾摩斯偵探小説全集』下　広州・花城出版社 1997.3/2000.1第五次印刷
吸血鬼　阿瑟・柯南道爾著　訳者名不記　『新探案』上「福爾摩斯探案集」12　台湾・書華出版事業有限公司 1998.9
蘇塞克斯郡的吸血鬼　（英）阿瑟・柯南道爾著　何佳訳「新探案」『福爾摩斯偵探故事全集』下　長沙・新世紀出版社 1998.10/2000.1第三次印刷
吸血鬼探案　亜瑟・柯南・道爾爵士（Arthur Conan Doyle）著、王知一訳　『福爾摩斯档案簿』「福爾摩斯探案全集」9　台湾・臉譜文化事業股份有限公司 1999.7.5
吸血鬼　柯南・道爾（Sir Arthur Conan Doyle）　劉緋訳　「新探案」『福爾摩斯探案全集』四之四　台湾・遠流出版事業股份有限公司 1999.8.16/2002.1.16初版十一刷
吸血婦　柯南・道爾著　程小青等訳『（新版插図本）福爾摩斯探案全集』8 新探案　台湾・世界書局 1927/1999.12修訂1版
吸血鬼　（英）柯南道爾著　温寧訳「新探案」『福爾摩斯探案全集』2　北京・時事出版社 2001.1

吸血鬼　（英）阿瑟・柯南道爾著　曉陽訳　文君絵「新探案」『福爾摩斯探案集』下　長春・時代文藝出版社 2001.4

蘇賽克斯的吸血鬼　柯南・道爾著　小知堂編訳組訳　『新探案』「福爾摩斯探案全集」9　台湾・小知堂文化事業有限公司 2001.11

215■How Watson Learned the Trick | 1924

*（日）ワトスンの推理法修業　深町真理子　『ミステリマガジン』25(12)　1980.12

216■The Adventure of the Three Garridebs | Colliers Weekly 1924.10.25: The Strand Magazine 1925.1

利誘記　（福爾摩斯新探案）（英）柯南道爾著　周痩鵑訳　『半月』第4巻第5号 1925.2.23

*（日）三人の同姓者　海野島人　『英語研究』18(1)-(10)　1925.4-1926.1

*利誘記　柯南道爾著　周痩鵑訳　『福爾摩斯新探案全集』上海・大東書局 1926.3

同姓案　（英）柯南道爾著　鄭逸梅訳　「新探案13」『福爾摩斯探案大全集』8　上海・世界書局 1926.10/1940.3再版

*利誘記　柯南道爾著　胡玉書訳　『福爾摩斯新探案』上海・春明書店（1936）

偽幣機関　柯南道爾著　何可人選輯　『福爾摩斯新探案大集成』4/7重複　上海・偵探小説社 1937.4

偽幣機関　柯南道爾著　何可人選輯　『福爾摩斯新探案大集成』5　上海・武林書局 1937.4/1941.6再版

同姓案　柯南道爾著　鄭逸梅訳　『新探案（福爾摩斯探案短篇集之四　挿図本)』上海・世界書局 1941.12

三個同姓人　A・柯南道爾著　劉緋訳　『福爾摩斯探案集』5　北京・群衆出版社 1981.5

三個同姓人　（英）阿・柯南道爾著　劉緋訳　「新探案」『福爾摩斯探案全集』下　北京・群衆出版社 1981.1/2000.11第16次印刷

三個同姓人　（英）阿・柯南道爾著　楊曉紅訳「新探案」『福爾摩斯偵探小説全集』下　広州・花城出版社 1997.3/2000.1第五次印刷

三個同姓人　阿瑟・柯南道爾著　訳者名不記　『新探案』上「福爾摩斯探案集」12　台湾・書華出版事業有限公司 1998.9

三個同姓人　（英）阿瑟・柯南道爾著　何佳訳「新探案」『福爾摩斯偵探故事全集』下　長沙・新世紀出版社 1998.10/2000.1第三次印刷

三名同姓之人探案　亜瑟・柯南・道爾爵士（Arthur Conan Doyle）著、王知一訳　『福

爾摩斯档案簿』「福爾摩斯探案全集」9　台湾・臉譜文化事業股份有限公司 1999.7.5
三個同姓人　柯南・道爾（Sir Arthur Conan Doyle）　劉緋訳　「新探案」『福爾摩斯探案全集』四之四　台湾・遠流出版事業股份有限公司 1999.8.16/2002.1.16初版十一刷
同姓案　柯南・道爾著　鄭逸梅訳（程小青等訳）『（新版挿図本）福爾摩斯探案全集』 8 新探案　台湾・世界書局 1927/1999.12修訂 1 版
三個同姓人　（英）柯南道爾著　温寧訳「新探案」『福爾摩斯探案全集』 2　北京・時事出版社 2001.1
三個同姓人　（英）阿瑟・柯南道爾著　暁陽訳　文君絵「新探案」『福爾摩斯探案集』下　長春・時代文藝出版社 2001.4
三個迦里徳布　柯南・道爾著　小知堂編訳組訳　『新探案』「福爾摩斯探案全集」 9　台湾・小知堂文化事業有限公司 2001.11

217■The Adventure of the Illustrious Client ｜ Colliers Weekly 1924.11.8: The Strand Magazine 1925.5
拯艶記　（福爾摩斯新探案）（英）柯南道爾著　周痩鵑訳　『半月』第 4 巻第 6 、 8 号 1925.3.9、4.7
*（日）白面鬼　妹尾韶夫　『新青年』6(7)-(8)　1925.6-7
*拯艶記　柯南道爾著　周痩鵑訳　『福爾摩斯新探案全集』上海・大東書局 1926.3
堕溷護花録　（英）柯南道爾著　鄭逸梅訳　「新探案14」『福爾摩斯探案大全集』 8　上海・世界書局 1926.10/1940.3再版
*拯艶記　柯南道爾著　胡玉書訳　『福爾摩斯新探案』上海・春明書店（1936）
淫慾的日記冊　柯南道爾著　何可人選輯　『福爾摩斯新探案大集成』 5　上海・偵探小説社 1937.4
淫慾的日記冊　柯南道爾著　何可人選輯　『福爾摩斯新探案大集成』 7　上海・武林書店 1937.4/1941.6再版
墜溷護花録　柯南道爾著　鄭逸梅訳　『新探案（福爾摩斯探案短篇集之四　挿図本）』上海・世界書局 1941.12
顕貴的主顧　A・柯南道爾著　劉緋訳　『福爾摩斯探案集』5　北京・群衆出版社 1981.5
顕貴的主顧　（英）阿・柯南道爾著　劉緋訳　「新探案」『福爾摩斯探案全集』下　北京・群衆出版社 1981.1/2000.11第16次印刷
顕赫的主顧　（英）阿・柯南道爾著　陶玢訳「新探案」『福爾摩斯偵探小説全集』下　広州・花城出版社 1997.3/2000.1第五次印刷

顕貴的主顧　阿瑟・柯南道爾著　訳者名不記　『新探案』上「福爾摩斯探案集」12　台湾・書華出版事業有限公司 1998.9

顕赫的委托人　（英）阿瑟・柯南道爾著　何佳訳「新探案」『福爾摩斯偵探故事全集』下　長沙・新世紀出版社 1998.10/2000.1第三次印刷

顕赫的顧客探案　亜瑟・柯南・道爾爵士（Arthur Conan Doyle）著、王知一訳　『福爾摩斯档案簿』「福爾摩斯探案全集」 9　台湾・臉譜文化事業股份有限公司 1999.7.5

顕貴的主顧　柯南・道爾（Sir Arthur Conan Doyle）　劉緋訳　「新探案」『福爾摩斯探案全集』四之四　台湾・遠流出版事業股份有限公司 1999.8.16/2002.1.16初版十一刷

墜溷護花録　柯南・道爾著　鄭逸梅訳（程小青等訳）『（新版插図本）福爾摩斯探案全集』 8 新探案　台湾・世界書局 1927/1999.12修訂 1 版

顕貴的主顧　（英）柯南道爾著　温寧訳「新探案」『福爾摩斯探案全集』 2　北京・時事出版社 2001.1

顕赫的主顧　（英）阿瑟・柯南道爾著　暁陽訳　文君絵「新探案」『福爾摩斯探案集』下　長春・時代文藝出版社 2001.4

顕貴的委託人　柯南・道爾著　小知堂編訳組訳　『新探案』「福爾摩斯探案全集」 9　台湾・小知堂文化事業有限公司 2001.11

218■The Land of Mist ｜ The Strand Magazine 1925.7-1926.3

＊（日）霧の世界　横溝正史　『ドイル全集』第 5 巻改造社 1933.2

219■The Adventure of the Three Gables ｜ Liberty Magazine 1926.9.18: The Strand Magazine 1926.10

*破奸記　柯南道爾著　周痩鵑訳　『福爾摩斯新探案全集』上海・大東書局 1926.3／1928.12再版

焚稿記（福爾摩斯最新探案）（英）柯南道爾　周痩鵑訳　『紫羅蘭』第 1 巻第23号 1926.11.5

＊（日）三破風館　妹尾韶夫　『新青年』8(2)　1927新春増刊号

*破奸記　柯南道爾著　胡玉書訳　『福爾摩斯新探案』上海・春明書店（1936）

三角屋　柯南道爾著　程小青訳　『新探案（福爾摩斯探案短篇集之四　插図本)』上海・世界書局 1941.12

三角墻山荘　A・柯南道爾著　劉緋訳　『福爾摩斯探案集』 5　北京・群衆出版社 1981.5

三角墻山荘　（英）阿・柯南道爾著　劉緋訳　「新探案」『福爾摩斯探案全集』下　北京・群衆出版社 1981.1/2000.11第16次印刷

三角墻山荘　（英）阿・柯南道爾著　劉超先訳「新探案」『福爾摩斯偵探小説全集』下　広州・花城出版社 1997.3/2000.1第五次印刷

三角墻山荘　阿瑟・柯南道爾著　訳者名不記　『新探案』上「福爾摩斯探案集」12　台湾・書華出版事業有限公司 1998.9

三角墻山荘疑案　（英）阿瑟・柯南道爾著　何佳訳「新探案」『福爾摩斯偵探故事全集』下　長沙・新世紀出版社 1998.10/2000.1第三次印刷

三面人形墻探案　亜瑟・柯南・道爾爵士（Arthur Conan Doyle）著、王知一訳　『福爾摩斯档案簿』「福爾摩斯探案全集」9　台湾・臉譜文化事業股份有限公司 1999.7.5

三角墻山荘　柯南・道爾（Sir Arthur Conan Doyle）　劉緋訳　「新探案」『福爾摩斯探案全集』四之四　台湾・遠流出版事業股份有限公司 1999.8.16/2002.1.16初版十一刷

三角屋　柯南・道爾著　程小青等訳『（新版插図本）福爾摩斯探案全集』8新探案　台湾・世界書局 1927/1999.12修訂1版

三角墻山荘　（英）柯南道爾著　温寧訳「新探案」『福爾摩斯探案全集』2　北京・時事出版社 2001.1

三角墻山荘　（英）阿瑟・柯南道爾著　暁陽訳　文君絵「新探案」『福爾摩斯探案集』下　長春・時代文藝出版社 2001.4

三角墻山荘　柯南・道爾著　小知堂編訳組訳　『新探案』「福爾摩斯探案全集」9　台湾・小知堂文化事業有限公司 2001.11

220■The Adventure of the Blanched Soldier｜Liberty Magazine 1926.10.16: The Strand Magazine 1926.11

*諱疾記　（英）柯南道爾　周痩鵑訳　『紫羅蘭』第2巻第1号 1926.12.19

*（日）秘密の離家　妹尾アキ夫　『新青年』8(4)　1927.3

白臉兵士　柯南道爾著　程小青訳　『新探案（福爾摩斯探案短篇集之四　插図本）』上海・世界書局 1941.12

皮膚変白的軍人　A・柯南道爾著　劉緋訳　『福爾摩斯探案集』5　北京・群衆出版社 1981.5

皮膚変白的軍人　（英）阿・柯南道爾著　劉緋訳　「新探案」『福爾摩斯探案全集』下　北京・群衆出版社 1981.1/2000.11第16次印刷

皮膚変白的軍人　（英）阿・柯南道爾著　陶玢訳「新探案」『福爾摩斯偵探小説全集』下　広州・花城出版社 1997.3/2000.1第五次印刷

皮膚変白的軍人　阿瑟・柯南道爾著　訳者名不記　『新探案』上「福爾摩斯探案集」12

台湾・書華出版事業有限公司 1998.9

皮膚変白的士兵　(英) 阿瑟・柯南道爾著　何佳訳「新探案」『福爾摩斯偵探故事全集』下　長沙・新世紀出版社 1998.10/2000.1第三次印刷

蒼白的士兵探案　亜瑟・柯南・道爾爵士 (Arthur Conan Doyle) 著、王知一訳 『福爾摩斯档案簿』「福爾摩斯探案全集」 9　台湾・臉譜文化事業股份有限公司 1999.7.5

皮膚変白的軍人　柯南・道爾 (Sir Arthur Conan Doyle)　劉緋訳 「新探案」『福爾摩斯探案全集』四之四　台湾・遠流出版事業股份有限公司 1999.8.16/2002.1.16初版十一刷

白臉兵士　柯南・道爾著　程小青等訳『(新版挿図本) 福爾摩斯探案全集』 8 新探案　台湾・世界書局 1927/1999.12修訂 1 版

失踪的軍人　(英) 柯南道爾著　温寧訳「新探案」『福爾摩斯探案全集』 2　北京・時事出版社 2001.1

皮膚変白的軍人　(英) 阿瑟・柯南道爾著　暁陽訳　文君絵「新探案」『福爾摩斯探案集』下　長春・時代文藝出版社 2001.4

皮膚変白的軍人　柯南・道爾著　小知堂編訳組訳　『新探案』「福爾摩斯探案全集」 9　台湾・小知堂文化事業有限公司 2001.11

221■The Adventure of the Lion's Mane ｜ Liberty Magazine 1926.11.27: The Strand Magazine 1926.12

*獅鬣記　(英) 柯南道爾　周痩鵑訳　『紫羅蘭』第 2 巻第 2 、 3 号 1927.1.4、18

*（日）獅子の鬣　横溝正史　『ドイル全集』第 2 巻改造社 1933.5

獅鬣　柯南道爾著　程小青訳　『新探案 (福爾摩斯探案短篇集之四　挿図本)』上海・世界書局 1941.12

獅鬃毛　A・柯南道爾著　劉緋訳　『福爾摩斯探案集』 5　北京・群衆出版社 1981.5

獅鬃毛　(英) 阿・柯南道爾著　劉緋訳　「新探案」『福爾摩斯探案全集』下　北京・群衆出版社 1981.1/2000.11第16次印刷

獅鬃謎　(英) 阿・柯南道爾著　周覚知訳「新探案」『福爾摩斯偵探小説全集』下　広州・花城出版社 1997.3/2000.1第五次印刷

獅鬃毛　阿瑟・柯南道爾著　訳者名不記　『新探案』下「福爾摩斯探案集」13　台湾・書華出版事業有限公司 1998.9

獅鬃毛之謎　(英) 阿瑟・柯南道爾著　何佳訳「新探案」『福爾摩斯偵探故事全集』下　長沙・新世紀出版社 1998.10/2000.1第三次印刷

獅鬃毛探案　亜瑟・柯南・道爾爵士（Arthur Conan Doyle）著、王知一訳　『福爾摩斯档案簿』「福爾摩斯探案全集」 9　台湾・臉譜文化事業股份有限公司 1999.7.5

獅鬃毛　柯南・道爾（Sir Arthur Conan Doyle）劉緋訳　「新探案」『福爾摩斯探案全集』四之四　台湾・遠流出版事業股份有限公司 1999.8.16/2002.1.16初版十一刷

獅鬣　柯南・道爾著　程小青等訳『(新版插図本）福爾摩斯探案全集』 8 新探案　台湾・世界書局 1927/1999.12修訂 1 版

獅鬃毛　（英）柯南道爾著　温寧訳「新探案」『福爾摩斯探案全集』 2　北京・時事出版社 2001.1

獅鬃毛之謎　（英）阿瑟・柯南道爾著　暁陽訳　文君絵「新探案」『福爾摩斯探案集』下　長春・時代文藝出版社 2001.4

獅鬃毛　柯南・道爾著　小知堂編訳組訳　『新探案』「福爾摩斯探案全集」 9　台湾・小知堂文化事業有限公司 2001.11

222■The Adventure of the Retired Colourman ｜ Liberty Magazine 1926.12.18: The Strand Magazine 1927.1

*蔵屍記　（福爾摩斯最新探案）（英）柯南道爾　周痩鵑訳　『紫羅蘭』第 2 巻第 5 、 6 号 1927.2.16、3.4

*（日）老絵具師　妹尾アキ夫　『新青年』8(6)　1927.5

棋国手的故事　柯南道爾著　程小青訳　『新探案（福爾摩斯探案短篇集之四　插図本)』上海・世界書局 1941.12

退休的顔料商　A・柯南道爾著　劉緋訳　『福爾摩斯探案集』 5　北京・群衆出版社 1981.5

退休的顔料商　（英）阿・柯南道爾著　劉緋訳　「新探案」『福爾摩斯探案全集』下　北京・群衆出版社 1981.1/2000.11第16次印刷

退休的顔料製造商　（英）阿・柯南道爾著　郝前訳「新探案」『福爾摩斯偵探小説全集』下　広州・花城出版社 1997.3/2000.1第五次印刷

退休的顔料商　阿瑟・柯南道爾著　訳者名不記　『新探案』下「福爾摩斯探案集」13　台湾・書華出版事業有限公司 1998.9

已退休的顔料商　（英）阿瑟・柯南道爾著　何佳訳「新探案」『福爾摩斯偵探故事全集』下　長沙・新世紀出版社 1998.10/2000.1第三次印刷

退休顔料商探案　亜瑟・柯南・道爾爵士（Arthur Conan Doyle）著、王知一訳　『福爾摩斯档案簿』「福爾摩斯探案全集」 9　台湾・臉譜文化事業股份有限公司 1999.7.5

退休的顔料商　柯南・道爾（Sir Arthur Conan Doyle）　劉緋訳　「新探案」『福爾摩斯探案全集』四之四　台湾・遠流出版事業股份有限公司 1999.8.16/2002.1.16初版十一刷

棋国手的故事　柯南・道爾著　程小青等訳『(新版挿図本）福爾摩斯探案全集』 8 新探案　台湾・世界書局 1927/1999.12修訂 1 版

退休的顔料商　(英）柯南道爾著　温寧訳「新探案」『福爾摩斯探案全集』 2　北京・時事出版社 2001.1

退休的顔料商　(英）阿瑟・柯南道爾著　暁陽訳　文君絵「新探案」『福爾摩斯探案集』下　長春・時代文藝出版社 2001.4

退休的顔料商　柯南・道爾著　小知堂編訳組訳　『新探案』「福爾摩斯探案全集」 9　台湾・小知堂文化事業有限公司 2001.11

223■The Adventure of the Veiled Lodger ｜ Liberty Magazine 1927.1.22: The Strand Magazine 1927.2

幕面記　(福爾摩斯最新探案）(英）柯南道爾　周痩鵑訳　『紫羅蘭』第 2 巻第 7 号 1927.3.18

＊(日）覆面の下宿人　妹尾アキ夫　『新青年』9(14)　1928.12

幕面客　柯南道爾著　程小青訳　『新探案（福爾摩斯探案短篇集之四　挿図本)』上海・世界書局 1941.12

帯面紗的房客　A・柯南道爾著　劉緋訳　『福爾摩斯探案集』 5　北京・群衆出版社 1981.5

戴面紗的房客　(英）阿・柯南道爾著　劉緋訳　「新探案」『福爾摩斯探案全集』下　北京・群衆出版社 1981.1/2000.11第16次印刷

帯面紗的房客　(英）阿・柯南道爾著　周覚知訳「新探案」『福爾摩斯偵探小説全集』下　広州・花城出版社 1997.3/2000.1第五次印刷

帯面紗的房客　阿瑟・柯南道爾著　訳者名不記　『新探案』下「福爾摩斯探案集」13　台湾・書華出版事業有限公司 1998.9

蒙着面紗的房客　(英）阿瑟・柯南道爾著　何佳訳「新探案」『福爾摩斯偵探故事全集』下　長沙・新世紀出版社 1998.10/2000.1第三次印刷

蒙面房客探案　亜瑟・柯南・道爾爵士（Arthur Conan Doyle）著、王知一訳　『福爾摩斯档案簿』「福爾摩斯探案全集」 9　台湾・臉譜文化事業股份有限公司 1999.7.5

戴面紗的房客　柯南・道爾（Sir Arthur Conan Doyle）　劉緋訳　「新探案」『福爾摩斯探案全集』四之四　台湾・遠流出版事業股份有限公司 1999.8.16/2002.1.16初版十一刷

幕面客　柯南・道爾著　程小青等訳『(新版插図本) 福爾摩斯探案全集』8新探案　台湾・世界書局 1927/1999.12修訂1版

帯面紗的房客　(英) 柯南道爾著　温寧訳「新探案」『福爾摩斯探案全集』2　北京・時事出版社 2001.1

盖面紗的房客　(英) 阿瑟・柯南道爾著　暁陽訳　文君絵「新探案」『福爾摩斯探案集』下　長春・時代文藝出版社 2001.4

戴面紗的房客　柯南・道爾著　小知堂編訳組訳　『新探案』「福爾摩斯探案全集」9　台湾・小知堂文化事業有限公司 2001.11

224■The Adventure of the Shoscombe Old Place ｜ Liberty Magazine 1927.3.5: The Strand Magazine 1927.4

移屍記　(福爾摩斯最新探案)　(英) 柯南道爾　周痩鵑訳　『紫羅蘭』第2巻第9号 1927.5.15

＊(日) シヨスコム古荘の秘密　横溝正史　『ドイル全集』第2巻改造社 1933.5

老屋中的秘密　柯南道爾著　程小青訳　『新探案 (福爾摩斯探案短篇集之四　挿図本)』上海・世界書局 1941.12

肖斯科姆別墅　A・柯南道爾著　劉緋訳　『福爾摩斯探案集』5　北京・群衆出版社 1981.5

肖斯科姆別墅　(英) 阿・柯南道爾著　劉緋訳　「新探案」『福爾摩斯探案全集』下　北京・群衆出版社 1981.1/2000.11第16次印刷

肖斯科姆別墅的奇案　(英) 阿・柯南道爾著　郝前訳「新探案」『福爾摩斯偵探小説全集』下　広州・花城出版社 1997.3/2000.1第五次印刷

肖斯科姆別墅　阿瑟・柯南道爾著　訳者名不記　『新探案』下「福爾摩斯探案集」13　台湾・書華出版事業有限公司 1998.9

肖斯科姆老別墅的奇案　(英) 阿瑟・柯南道爾著　何佳訳「新探案」『福爾摩斯偵探故事全集』下　長沙・新世紀出版社 1998.10/2000.1第三次印刷

老修桑姆荘探案　亜瑟・柯南・道爾爵士 (Arthur Conan Doyle) 著、王知一訳　『福爾摩斯档案簿』「福爾摩斯探案全集」9　台湾・臉譜文化事業股份有限公司 1999.7.5

肖斯科姆別墅　柯南・道爾 (Sir Arthur Conan Doyle)　劉緋訳　「新探案」『福爾摩斯探案全集』四之四　台湾・遠流出版事業股份有限公司 1999.8.16/2002.1.16初版十一刷

老屋中的秘密　柯南・道爾著　程小青等訳『(新版插図本) 福爾摩斯探案全集』8新探案　台湾・世界書局 1927/1999.12修訂1版

肖斯科姆別墅　（英）柯南道爾著　温寧訳「新探案」『福爾摩斯探案全集』2　北京・時事出版社 2001.1

蕭斯科姆別墅　（英）阿瑟・柯南道爾著　暁陽訳　文君絵「新探案」『福爾摩斯探案集』下　長春・時代文藝出版社 2001.4

肖斯科姆的旧宅　柯南・道爾著　小知堂編訳組訳　『新探案』「福爾摩斯探案全集」9　台湾・小知堂文化事業有限公司 2001.11

225■The Maracot Deep ｜ The Strand Magazine 1927.10-1928.2

＊（日）海底の怪人　山上一郎　『少年世界』37(9)-(12)　1931.9-12

*瑪拉柯深淵　劉希武訳　中国青年出版社 1959.2

226■When the World Screamed ｜ Liberty Magazine 1928.2.25,3.3: The Strand Magazine 1928.4-5

＊（日）世界が悲鳴を揚げた時　和気津次郎　『ドイル全集』第5巻改造社 1933.2

227■The Story of Spedegue's Dropper ｜ The Strand Magazine 1928.10

＊（日）スペデイグのドロツパアの話　和気津次郎　『ドイル全集』第5巻改造社 1933.2

228■The Disintegration Machine /The Disintegrating Machine /The Man Who Would Wreck the World ｜ The Strand Magazine 1929.1

＊（日）分解機　和気津次郎　『ドイル全集』第5巻改造社 1933.2

229■The Death Voyage ｜ The Saturday Evening Post 1929.9.28: The Strand Magazine 1929.10

（日）死の航海　小池滋　『最後の手段』中央公論社 1983.8.25

230■The Parish Magazine ｜ The Strand Magazine 1930.8

（日）教区雑誌　小池滋　『最後の手段』中央公論社 1983.8.25

231■The End of Devil Hawker ｜ The Saturday Evening Post 1930.8.23: The Strand Magazine 1930.11

（日）デヴィル・ホーカーの最期　小池滋　『最後の手段』中央公論社 1983.8.25

232■The Last Resource ｜ Liberty Magazine 1930.8.16: The Strand Magazine 1930.12

（日）最後の手段　小池滋　『最後の手段』中央公論社 1983.8.25

番外■The Case of the Man Who Was Wanted

隠身客　9章　柯南道爾爵士最後遺著　姚蘇鳳訳　上海・華華書報社 1948.10

●贋作、原作不明など（作品名の現代中国語音 abc 順）

*白格　杜衣児著 ARTHUR CONAN DOYLE?　冷血（陳景韓）訳『虚無党』上海・開明書店　光緒 30(1904)

*勃郎林（偵探小説）　滌煩訳　『大世界』1917.7.1以降?-1919以前

蔵鎗案（歇洛克来華第四案　短篇）（包天）笑　『時報』光緒 32.12.12（1907.1.25）／贋作

*東方福爾摩斯偵探案　（偵探小説）　祖模、塵榛合編　『心声』第 1 期 1917.6

『毒蛇惨案（福爾摩斯偵探奇案代表作第三集)』　王剣鳴　上海・広益書局 1938.6／贋作

*鵝　（柯南道爾著）　楊逸声編訳　『福爾摩斯偵探案大全集』上海・大通図書社 1937.6

『福爾摩斯筆記』　商務印書館　商務印書館『小説書目』Selections from Memories of Sherlock Holmes

*『福爾摩斯別伝』上下冊　（法）瑪利瑟勒勃朗著　周痩鵑訳　上海・中華書局 1917.8/1932.10八版／MAURICE LEBLANC著。本書系描写福爾摩斯与亜森羅苹交鋒的長篇小說。董皙郷と合訳か？

*『福爾摩斯別伝』（英）柯南道爾著　周痩鵑訳　上海・大東書局 1934.2

福爾摩斯大失敗（第一－三案）（滑稽小説）　半儂（劉半農）『中華小説界』第 2 年第 2 期 1915.2.1／贋作

福爾摩斯大失敗（第四案）（滑稽小説）　半儂（劉半農）『中華小説界』第 3 巻第 4 期 1916.4.1／贋作

福爾摩斯大失敗（第五案）（滑稽小説）　半儂（劉半農）『中華小説界』第 3 巻第 5 期 1916.5.1／贋作

福爾摩斯大失敗（滑稽小説）　半儂（劉半農）　胡寄塵編『小説名画大観』上海・文明書局、上海・中華書局 1916.10/北京・書目文献出版社 1996.7影印　北京図書館蔵珍本小説叢刊／贋作

『福爾摩斯帰来記』　商務印書館　商務印書館『小説書目』Selections from the Return of Sherlock Holmes

*福爾摩斯鱗爪録　茄南道爾原著　承訳　『清華周刊』第129-130期 1918.2.21-28／贋作「下」未見

『福爾摩斯奇案選』　商務印書館　商務印書館『小説書目』Selections from Adventures of Sherlock Holmes

『福爾摩斯全集』巻 4 /20案　姚乃麟訳述　上海・中央書店 1947.10再版

*『福爾摩斯探案』　滕光天編訳　長春・同化印書館 1942

＊『福爾摩斯探案』（英）達爾著　程小青訳　桂林・南光書局 1943

＊『福爾摩斯探案大全集』　程小青等訳　世界書局 1927

＊『福爾摩斯探案全集』（英）達爾著　因以、虚生同訳　重慶・上海書店 1943

＊『福爾摩斯新探案大全集』（英）柯南道爾著　揚興因訳　上海・三星書店 1935

＊『福爾摩斯新探案全集』上中下冊　柯南道爾著　程小青訳　上海・世界書局 1928.8三版／書名據封面著録，版権頁題為《福爾摩斯偵探案全集》。初版年月不詳，書前訳者序写於 1924年 6 月

＊『福爾摩斯偵探案大全集』第 1 - 8 冊（柯南道爾著）楊逸声編訳　上海・大通図書社 1937.6／版権頁書名題為《福爾摩斯探案大全集》。書上未題著者

福爾摩斯之勁敵（楊）心一訳『小説時報』第15期 1912.4.5／MAURICE LEBLANC "ARSENE LUPIN, GENTLEMAN;CAMBRIOLEUR" 1907のうちの「遅かりしシャーロック・ホームズ」

福爾摩斯之失敗（滑稽小説）（陳）小蝶『礼拝六』第45期 1915.4.10

『海外拾遺（筆記小説）』（(英）科南達爾著）上海商務印書館　戊申 7.16(1908.8.12)/1915.10.19再版　説部叢書2=72／ARTHUR CONAN DOYLE? 奥付には、発行兼著作人商務印書館とあるだけ。著者名なし。青竜館（11章）、修繖人、西飛燕、園丁、老画師、提琴客、聖画、妻母遺囑。商務印書館図書目録は、THE LOST WORLD と誤る。

黒衣女怪侠（臙脂党）席賡南『福爾摩斯最新偵探案』上海・三星書局　刊年不明

＊『紅衣女盗（福爾摩斯偵探奇案)』上下冊　柯南道爾著　魯恨生訳　上海・益新書社 1934.5五版

華爾金剛石　華生筆記　馬汝賢訳述『(福爾摩斯偵探案）黄金骨』上海・小説林総発行所　丙午 8(1906)／贋作。黄金骨と合冊。

滑稽偵探（滑稽小説　絵図）煮夢生　上海・改良小説社　宣統 3.1(1911)／贋作

黄金骨　華生筆記　馬汝賢訳述『(福爾摩斯偵探案）黄金骨』上海・小説林総発行所　丙午 8(1906)／贋作。華爾金剛石と合冊。

*黄眉虎（英）柯南道爾著　周痩鵑訳『欧美名家偵探小説大観』1 集　上海交通図書館 1919.5.1

*櫓中女（英）柯南道爾著　周痩鵑訳『欧美名家偵探小説大観』1 集　上海交通図書館 1919.5.1

*婚変　柯南道爾著　蘇逸萍訳『藍宝石』(福爾摩斯探案集 8 ）上海・大江書局 1945.12

三版
*『急富党　(福爾摩斯最新探案)』（英）柯南道爾著　周大猷、李定夷訳　上海・国華書局 1920.12再版
角智記（偵探小説）（程）小青　『小説大観』9-10集　1917.3.30-6.30／阿部泰記「ホームズとリュパンの知恵くらべを描いた作品」
*金剛石（偵探小説）滌煩訳　『大世界』1917.7.1以降?-1919以前
*巨奸滑賊（柯南道爾著）楊逸声編訳『福爾摩斯偵探案大全集』上海・大通図書社 1937.6
*軍人之恋（英）柯南達利著（周）痩鵑訳『婦女時報』第7期 1912.7.7
労働界中之福爾摩斯（偵探小説）　佃侯　『礼拝六』第100期 1916.4.29
労働界中之福爾摩斯　佃侯　于潤・主編『清末民初小説書系・偵探巻』北京・中国文聯出版公司 1997.7.20
両頭蛇（一名印度蛇　短篇小説）張其訒『月月小説』第2年第10期(第22号)　戊申10(1908.11)／ARTHUR CONAN DOYLE "THE ADVENTURE OF THE SPECKLED BAND" 1892.2を翻案したもの。張其訒は、張毅漢
両頭蛇（張其訒)『短篇小説十五種』上海・群学社　宣統2(1910)　説部叢書／同上
両頭蛇（一名印度蛇　短篇小説）張其訒『中国近代文学評林』第3期 1988.1　近代短篇小説選刊／同上
両頭蛇　張其訒『中国近代文学大系』2集9巻小説集七　上海書店 1992.1／同上
両頭蛇（一名印度蛇）張其訒。南昌・百花洲文芸出版社 1996.12　中国近代小説大系78　短編小説巻（上）／同上
両頭蛇　張其訒。于潤琦主編『清末民初小説書系・偵探巻』北京・中国文聯出版公司 1997.7.20／同上
*臨城案中之福爾摩斯（英）柯南道爾　周痩鵑訳『滑稽』第1輯、第2輯合刊 1924.2
*霊敏的女郎（柯南道爾著）楊逸声編訳『福爾摩斯偵探案大全集』上海・大通図書社 1937.6
竜虎闘　程小青　范伯群編選『鴛鴦蝴蝶——《礼拝六》派作品選』上冊　北京・人民文学出版社 1991.9／鑽石項圏のみ。もうひとつは潜艇図という。
倫敦空襲之夜（福爾摩斯最新探案）　恰和　『大偵探』第26期 1948.10.16／贋作
嗎啡案（歇洛克来華第三案　短篇）冷（陳景韓)『時報』1906.12.30／贋作
*『蒙面女侠盗　(福爾摩斯最新偵探案)』　柯南道爾著　楊塵因訳　上海・中華図書館

1922?再版／贋作『礼拝六』第146期（1922.1.28）広告

蒙面女俠盗　（英）柯南道爾著　楊塵因訳　『福爾摩斯最新偵探案』上海・三星書局　刊年不明

*夢魘之室　（英）柯南道爾　周痩鵑訳　『世界名家短篇小説全集』第３集　上海・大東書局 1947.5

『秘密党（偵探小説）』（英）顧能著　楊心一訳　上海北京・有正書局　光緒 32.12.1（1907.1.14）　小説叢書1=10／COULSON KERNAHAN “SCOUDRELS & CO.” 1901。封面と扉は、時報館印行。ARTHUR CONAN DOYLE “THE ADVENTURE OF THE GOLDEN PINCE-NEZ” ではない。

『女強盗（福爾摩斯新偵探案)』（英）柯南道爾原著　西冷悟痴生訳　大新図書館 1919.11

*『女強盗　(福爾摩斯偵探小説)』　上海・中華図書館 1922?／贋作『礼拝六』第146期（1922.1.28）広告

女強盗　（英）柯南道爾著　西冷悟痴生訳　『福爾摩斯最新偵探案』上海・三星書局　刊年不明

『女俠客　(福爾摩斯偵探奇案)』上下冊　（英）柯南道爾著　蘇民訳述　上海・文光書局 1937.5

*潜艇図　程小青　「竜虎闘」『紫羅蘭』第？期 1943　ホームズとルパン。范伯群上巻 839頁。ドイル作品173ではないのか？

*『強盗女偵探　(福爾摩斯新偵探案)』　上海・中華図書館 1922?／贋作『礼拝六』第146期（1922.1.28）広告

強盗女偵探　『福爾摩斯最新偵探案』上海・三星書局　刊年不明

『情場殺仇記（福爾摩斯新偵探案)』（英）科南道爾　无能子訳文（扉：孫季康訳著）上海・国光書店 1940.10再版

*『三捕愛姆生』（英）柯南道爾著　西冷悟痴生訳　集成図書公司　光緒 34(1908)

*『三大偵探案（福爾摩斯)』　上海・中華図書館 1922?　贋作？『礼拝六』第159期（1922.4.29）広告

*深林中暗殺案　(柯南道爾著)　楊逸声編訳　『福爾摩斯偵探案大全集』上海・大通図書社 1937.6

『深浅印（偵探小説)』　上海・小説林総発行所　丙午 5(1906)／贋作［阿英143］は、柯南道爾著とするが、誤り。EVA HUNGは、“THE ADVENTURE OF THE SECOND

STAIN" ?と疑問を提出しているが、誤り。のち "ORIJINAL UNIDENTIFIED" と訂正あり。『小説林』第9期「小説林書目」は、「福爾摩斯偵探案深浅印」、丙午五月（1906）とする。

*『神秘之窟』 柯南道爾著 魯人寿訳 育才書局

*双雄闘智録 張碧梧 『半月』第1巻第1号より連載 1921／MAURICE LEBLANC "ARSENE LUPIN CONTRE HERLOCK SHOLMES" 1907ではない？張碧梧の創作ともいう。周痩鵑が自分で翻訳したと書く（「角智記」序『小説大観』9集）

*死神 （英）柯南道爾著 周痩鵑訳 『欧美名家偵探小説大観』1集 上海交通図書館 1919.5.1

鉄宝匣 （最新偵探小説） 東京『法政学報』第5期 中歴丁未 6.1（1907.7.10）

*『偽幣機関 （福爾摩斯新探案大集成）』上下冊 （柯南道爾著） 何可人選輯 上海・偵探小説社 1937.4／選収《偽幣機関》、《宓仏登》、《黒珠》、《殺人者誰》、《慈母良妻》、《囚船暴動記》等16篇偵探小説。封面書名前題有 "福爾摩斯最新探案" 字様。書上未題著者。

倭刀記 （東方福爾摩斯探案） 程小青 『小説月報』第10巻第10号-第11巻第4号 1919.10.25-1920.4.25

*『倭刀記 （東方福爾摩斯探案）』 程小青 上海・商務印書館 1920.6

倭刀記 14章 程小青 『中国近代文学大系』2集9巻小説集七 上海書店 1992.1

倭刀記 14章 程小青 北京・大衆文芸出版社 1999.3 中国近代孤本小説集成 第5巻／九尾狐、黄繍球、活地獄、金陵秋、玉仏縁と合冊

無頭案 柯南道爾著 徐逸如訳述 何可人校輯 『福爾摩斯新探案大集成』1 上海・武林書局 1937.4/1941.6再版

*『侠女報仇記 （福爾摩斯偵探小説）』 上海・中華図書館 1922?／贋作『礼拝六』第146期（1922.1.28）広告

*『侠女報仇記』2冊 （英）柯南道爾著 悟痴生編訳 志文図書館 1922.10／贋作

侠女報仇記 （英）柯南道爾著 楊塵因訳 『福爾摩斯最新偵探案』上海・三星書局 刊年不明／贋作

*『侠女探険記』（英）柯南道爾著 沈蓮儂訳

侠女探検記 （英）柯南道爾著 沈蓮儂訳文 『福爾摩斯最新偵探案』上海・三星書局 刊年不明

歇洛克初到上海第二案 （短篇） （包）天笑 『時報』1905.2.13／贋作

歇洛克来遊上海第一案　（短篇小説）　冷血（陳景韓）戯作　『時報』1904.12.18／贋作

*歇洛克来遊上海第一案　冷血（陳景韓）戯作　『広益叢報』乙巳第1期（第65号）　光緒31.1.30（1905.3.5）／贋作

*歇洛克最新偵探　嘯谷子　『友声日報』1918.4.11以降?-1918秋冬?

*『新探案』　柯南道爾著　傅紹光訳　上海・啓明書局 1948.3三版／収入福爾摩斯探案全集。目次：専制魔王、可怕的紙包、紅圏党、潜艇図、病偵探、魔鬼之足

*『新探案（插図本）』　柯南道爾著　程小青訳述　上海・世界書局 1948.10重排新四版／包括短篇小説20篇。系據1927年初版之《福爾摩斯探案大全集》第七、八冊重排。巻首有訳者序（写於1926年 5 月）

*岩屋破奸　（英）柯南道爾著　周痩鵑訳　『欧美名家偵探小説大観』 1 集　上海交通図書館 1919.5.1

*一幕　（英）柯南道爾作　周痩鵑訳　『遊戯世界』第10期 1922.3

*『議探案』　黄鼎、張東《ママ》新合訳　餘学斎　光緒壬寅（1902）／［阿英169］木活字本。張在新の誤りか。「我疑此書為前者（泰西説部叢書之一）的翻刻本或増訂本。但因未見原本，不敢肯定」『啓蒙通俗報』掲載後、単行本にまとめる。

*隠情　（英）柯南道爾著　周痩鵑訳　『痩鵑短篇小説』下冊　上海・中華書局 1918.1

英国包探訪喀迭医生奇案　張坤徳訳　『時務報』第 1 冊　光緒 22.7.1（1896.8.9）／訳倫敦俄們報。阿英は、『新訳包探案』に収録してある本作品を ARTHUR CONAN DOYLE の SHERLOCK HOLMES ものとするが誤り。中村忠行は原作不詳とする。

*英国包探訪喀迭医生奇案　（時務報館訳　丁楊杜訳）『包探案（又名新訳包探案）』素隠書屋　光緒己亥（1899）／ARTHUR CONAN DOYLE の SHERLOCK HOLMES ものではない。［阿英154］は、時務報館訳、丁楊杜訳とするがあやまり。丁楊杜は発行者。

英国包探訪喀迭医生奇案　『包探案（又名新訳包探案）』上海・文明書局　光緒 29（1903）.12/31（1905）.7再版／同上

『中国福爾摩斯』（一名武侠偵探、中国武侠偵探奇案大観三集）　夢花館主江蔭香著　天台遊子劉坡公批　上海・世界書局 1925.4四版

*鑽石項圏　程小青　「竜虎闘」『紫羅蘭』第 1 - 6 期 1943.?.?-9.10／ホームズとルパン。范伯群上巻839頁

あとがき

清末小説とシャーロック・ホームズの組み合わせに違和感をいだく読者がいるかもしれない。

本書『漢訳ホームズ論集』の成立過程を説明しよう。

私が研究の対象としているのは、大きくは清末小説である。ただし、対象は作品だけに限らない。

作家が作品を書いて出版社が社会に送り出す。雑誌に連載された作品が、単行本の形で出版されることもある。現在では、誰も疑わないこの仕組は、清末にできあがった。出版社が背景に存在するという点が、それ以前の中国には見られない新しい形態なのである。

ゆえに、私の興味が、作品、作家、出版社の３分野にわたっていることがご理解いただけるだろう。

作品は、さらに創作と翻訳に分かれる。というわけで、私が現在すすめている研究のひとつが、清末翻訳小説についてのものだ。当然ながら、漢訳コナン・ドイルがそれに含まれる。清末小説研究と一口にいっても、奥が深い。

中国でも、ホームズものの全作品が漢訳されている。また、それについての研究論文も、書かれているのは当然だ。しかし、私の知る限り、ホームズものではないドイルの漢訳作品を研究する中国の専門家は、きわめて少ない。まるでホームズ物語以外にはドイルは作品を残さなかったかのような印象をあたえている。これが中国の学界の実情だ。

なぜそのような情況になったのか。中国においては、ドイルらに代表される大衆小説に対する偏見が長く続いたからだ。ほとんど抹殺状態だった。変化のきざしが見え始めたのは、ようやくこの20年くらいのことだろう。

だから、翻訳作品はあるが、コナン・ドイルの漢訳を主題とした中国の専門書は出版されたことがない。また、ホームズもの以外の漢訳ドイルを研究対象とする人も多くはない。

中国の学界は、以上のような情況だ。また、現在の日本でも漢訳ドイルを研究する人はいない。先行論文が少ないということが、私の興味をかきたてる。

そもそも、清末小説という研究分野は、中国において長年にわたって冷遇されてきた。事実だから何度でもいう。資料が散逸しているというのが定説だ。私は、それを日本でやることに決めたが、やはり基礎資料の不足に悩まされることになった。作品そのものをほとんど見ることができない。日本の公共機関が原本を所蔵するのはごくまれなのだ。

1984年から約1年間、天津に長期出張する機会にめぐまれた。胃潰瘍をわずらうまで天津図書館を主として利用する。いくつか驚くことがあった。そのひとつが、書籍の複写についてだ。再び訪れる可能性はすくない。不自由ななかで、できるだけ複写を依頼した理由である。該図書館は、それだけ豊富に関係書籍を所蔵しているという意味でもある。資料収集が出張の目的なのだから、私にとっては当たり前のことだ。ある日、なぜそんなに多くの複写をとるのか、と中国人の係員に問われて返答に窮する。研究のために必要であるのは説明するまでもないだろう。係員は何が聞きたいのか。私は中国語を聞いて理解するのだが、その意味がわからない。商売をするのか、と重ねていう。私は、質問の意図をようやく理解した。資料を複写して販売するという商売をやっていると思われたのだ。そのような仕事があるとも想像がつかなかった。今から考えれば、中国の研究者は、高価な複写を取る習慣がなかったらしい。なにしろ1元のレートが日本円で約150円だった（2006年現在は約15円）。都市労働者の平均賃金が60元だといわれていた時代のことだ。すこしでも複写をしたら月給はなくなる。私が研究用に複写をすることは、日本ではとりたてていうほどのものではない。だが、天津では彼らの理解をこえていた。

それでも複写ができる間は、マシだった。ある日突然、不可能になるまでは、ということだ。大昔の話である。

作品の原物を見ることがむつかしいのは承知だ。だが、少なくともどういう作品が発表されたのかを把握できるようにならないものか。利用できるものは、

2次資料でもかまわない。基礎資料整理のひとつとして着手したのが『清末民初小説目録』だ。天津滞在中に見た書籍も資料にしている。1988年に出版した。現在にいたるまで3度世に問い、いまだに増補訂正作業を継続している。創作作品と翻訳作品を雑誌初出から単行本までを網羅することを目標とする。これをやりだすと、本当にきりがない。完成ということがないのである。阿英の「晩清小説目」(1954) 以来、中国の研究者が手をださなかった理由がよくわかった。

とくに翻訳部分には手間ヒマがかかる。清末時期の習慣として原作者名、原作品名を明示しないばあいが多い。そうなるとほとんどお手上げだ。今でもお手上げ目録が中国では発行されたりしている。無理もない。翻訳を収録しているなら、まだよいほうだ。翻訳作品を無視して平気なものがあるのにはがっかりする。

それはさておき、作品を網羅するのが目録の目標だから、当然、探偵小説も対象に含まれる。例外はない。以前とは図書館の利用情況が変化した。原書を手にとることができるばあいもある。何回か上海に出張して原物で確認した。それを目録に反映する。入手した複写文献で論文を書く。以前に研究者が疑問として提出した問題も、原物を見れば解決できる。このくりかえしであるといっていい。

清末翻訳小説のひとつとしてコナン・ドイルが登場する。

私は、ホームズものではない作品も研究対象として、原作、漢訳を比較対照しながら考察を継続してきた。

そうすると、ホームズが上海で活躍する作品は贋作だと判明する。活躍するといっても、中国人にだまされバカにされるホームズなのだ。これはこれでおもしろい。ドイル作品の漢訳が「桜唇」とは何だろうか。興味を抱かない方がおかしい。同じくドイルの「荒磯」を周作人が漢訳しているのを知れば、内容を詳しく見てみたくなる。医者をめぐる漢訳短編集が中国で発表されていることなど、知る人はほとんどいないのではないか。

それらを含めて、本書は、『漢訳コナン・ドイル論集』として編集しはじめた。ところが、論文をひとまとめにすると制限ページ数におさまらないことがわかった。しかたなく、上に紹介した論文を割愛し、ホームズものだけを選択し編集しなおして本書が成ったという次第だ。

漢訳ホームズ物語に関する一連の論文は、漢訳原書の探索を除いて、私はほぼ楽しみながら書くことができた。まず、ドイルの原作がおもしろいことを理由にあげることができる。さらには、それを当時の中国人がどのように理解し翻訳したのかを語句のひとつひとつにこだわって見ていくのも私には苦にはならない。なぜなら、それを実行した研究者は中国に存在していないからだ。あくまでも詳細に比較対照する。そこに私が行なう一連の作業の意味がある。概説では抜けてしまう部分をすくい上げるという意図でもあった。

清末翻訳小説研究において、私は「結論を急がない」を方針としている。その意味は、結論をあらかじめ設定しない、ということだ。日本の読者には、奇異に聞こえるかもしれない。

中国において、ある時期の研究がまさに結論先行型だった。結論にあわせて資料を収集する、あるいは取捨選択を行なう。漢訳ドイルについて、はなはだしいのになると原書をみることなく論文を書いているのがわかるものがある。結論が決まっているのだから、それが可能になる。魔法のような話だ。本論でも紹介した。なぜそれがわかるかといえば、原書を見ていればまちがいようのない箇所を誤るのである。同じ作品であるにもかかわらず、翻訳名が違うというだけで別作品として記述するのだ。贋作であるにもかかわらず本物のホームズ物語と区別をしない。だいいちそういう論文は、翻訳原文を引用しないのが普通である。さらには原作英文も見ていないことがわかる。それで、翻訳小説研究だというのだからなにをかいわんや。私は書評を書いて遠回しに表現した。理解できる人はかぎられる。たぶん、その執筆者だけだろう。日本語ができるという前提があるのだが。そうすると、理解してもらえなかったかもしれない。

私の研究の底には、それらに対する批判の気持ちがあったらしい。私自身は、意識していなかった。だが、各論文を読み直していまさらながらそのことを確認した。

本書は、ホームズ物語の全作品に言及しているわけではない。研究は現在も進行中であることを申し添える。

各論の発表後、渡辺浩司氏より誤植の指摘をいただいた。感謝します。

本書は、大阪経済大学学会からの出版補助を受けた。感謝します。

2006.4.1

樽 本 照 雄

索　　引

1．作家名、翻訳家名、研究者名。論文表題の一部にでているものも対象とした。ただし、人名については関係するものだけを選択し、網羅はしていない。作品中の登場人物は、はぶく。
2．漢訳小説作品名のみを採取する。
3．漢訳作品名の後ろにある「d***/」は、本書所収「漢訳コナン・ドイル小説目録」の作品番号を示す。
4．附録の目録は採取対象としていない。
5．現代中国語音のABC順に配列する。中国人以外の名前も、漢字で書いてあるかぎり、同様である。かな表記のばあいは、日本語で読む。

Y

Z

著者略歴

樽本照雄（たるもと　てるお）

1948年　広島市生まれ
1972年　大阪外国語大学大学院修士課程修了
現　在　大阪経済大学教授 博士（言語文化学）
編著書　『老残遊記資料』（清末小説研究会2004 清末小説研究資料叢書６）
『中国近現代通俗文学史索引』（清末小説研究会2004 清末小説研究資料叢書７）
『初期商務印書館研究（増補版）』（清末小説研究会2004）
『清末小説研究ガイド2005』（清末小説研究会2004 清末小説研究資料叢書８）
『漢訳アラビアン・ナイト論集』（清末小説研究会2006）

漢訳ホームズ論集　大阪経済大学研究叢書第52冊

2006年９月　初版発行

著　者　樽　本　照　雄
発行者　石　坂　叡　志
製版印刷　富　士　リ　プ　ロ

発行所　汲　古　書　院
102-0072 東京都千代田区飯田橋2-5-4
電話03(3265)9764　FAX03(3222)1845

ISBN4－7629－2775－9　C3090